ÉCRITS SUR LE SABLE

* *

ISABELLE EBERHARDT

ŒUVRES COMPLÈTES II

ÉCRITS SUR LE SABLE

**

(nouvelles et roman)

Édition établie, annotée et présentée par
Marie-Odile DELACOUR et Jean-René HULEU

BERNARD GRASSET
PARIS

Présentation

LE JEU DU JE

> *« Je crois en la religion de l'amour, où que se dirigent ses caravanes, car l'amour est ma religion et ma foi. »*
>
> Ibn Arabi XIIIe s.

« Un jour calme d'hiver, dans l'ennui et l'inaction du *Ramadhan*, j'errais sur la dune basse dominant la vallée pierreuse... »

Beni Ounif, Sud oranais, décembre 1903. Isabelle Eberhardt écrit. Elle a sans doute réussi à s'isoler dans la chambre qu'elle partage avec un journaliste et un peintre, à la pension Estrella, l'unique hôtel de la petite ville de garnison. Sous sa fenêtre les rails du chemin de fer s'interrompent brusquement devant le désert.

« ... Je vis Mohammed assis, le dos contre le mur croulant du vieux bureau arabe... » Qui est ce « je » mis en action dans son récit ? Isabelle Eberhardt ? Non, « je » est un autre. Mahmoud Saadi, un personnage de fiction qui permettait à l'auteur d'errer sur la dune, ce jour-là. Il porte le *burnous* anonyme du voyageur, les bottes rouges du cavalier, il passe ou s'arrête mais n'est pas déplacé. La veille, il a rencontré Mohammed, près du campement des soldats « indigènes »; il parle la même langue que lui. Pas une seconde Mohammed ne s'est douté que Mahmoud Saadi était une femme.

Mahmoud Saadi se promène tranquillement, ne se cache pas mais reste à distance pour mieux observer, « ... car le *mokhazni* était occupé à quelque chose de très insolite. Il avait tiré de sa poche un miroir d'un sou... » et souriait à sa propre image.

Jeux de miroir. En écrivant, Isabelle Eberhardt regarde Mahmoud observant le *mokhazni* qui contemple son image. Mise en abyme. Jeux de perspective et de dédoublement. Où est la fiction ? Le *mokhazni* Mohammed est une réalité, ou au moins son reflet;

c'est le « je », là, qui s'invente. Et si l'on déplace l'angle du regard, c'est Mohammed qui a rencontré la fiction de Mahmoud, puisque Isabelle Eberhardt s'invente dans Mahmoud. Le « je » qui se promène sur la dune est médiateur. A lui s'offre la réalité du tableau dont il est un élément intégré. Mais Isabelle Eberhardt l'inscrit dans le secret de son écriture, elle s'exprime et signe son texte. Elle existe.

Pourquoi ce jeu du « je »? A l'origine il y a une absence, un vide, qu'il faut combler à tout prix. Quand elle naît, Isabelle Eberhardt a évidemment un père, peut-être son tuteur Alexandre Trophimowsky, peut-être un autre, connu ou inconnu, mais elle n'en a pas la reconnaissance puisqu'elle ne porte pas son nom. Plutôt que de s'inventer un père – ce qu'elle fait sans conviction dans sa correspondance, évoquant, entre autres, un médecin musulman – elle s'invente un patronyme (pas un pseudonyme), un nom qu'elle incarnera pour vivre. Ce faisant elle s'affranchit du destin d'une bâtarde, de la façon la plus radicale, puisqu'elle choisit un nom masculin, et échappe du même coup au sort commun des femmes de son temps.

La fiction pour vivre et, en définitive, pour être soi-même. En imposant tour à tour dans ses récits et dans sa vie la « réalité » du jeune journaliste russe Nicolas Podolinsky, puis celle de Mahmoud Saadi le *taleb*, elle finira par faire exister Isabelle Eberhardt, comme femme et écrivain.

Dès sa naissance à Genève en 1877, la fiction est partout dans la vie d'Isabelle Eberhardt. Un père fictif. Une patrie, la Russie, qu'elle ne connaîtra qu'à travers la langue maternelle et la littérature. Un roman familial hallucinant où se succèdent les drames et se dissimulent les secrets. On retrouve encore la fiction dans les seules traces concrètes qu'en dehors de ses écrits elle ait laissées. Une photo d'elle à dix-huit ans, mais c'est le portrait d'un marin français prêt à s'embarquer sur le *Vengeur*. Une carte de visite qu'à vingt ans elle envoie de Bône à son confident Ali Abdul Wahab, mais c'est celle de « Nicolas Podolinsky, publiciste ». Des photos, encore, quand exceptionnellement elle suit la mode de se faire tirer le portrait à Genève ou à Bône, chez Louis David. Images d'un jeune garçon en costume oriental, en bédouin, en Tunisien, et en femme arabe – c'est là qu'il paraît déguisé. Puis quatre clichés d'amateur pris bien plus tard, manifestement à la dérobée. Preuves irréfutables de l'aboutissement de la fiction Mahmoud Saadi. En scrutant ces épreuves usées par le temps, on cherche en vain à deviner la présence d'une femme de vingt-cinq ans derrière cette silhouette de vieux bédouin baroudeur mâchonnant sa cigarette.

Mais sur la dernière d'entre elles, faite quelques jours avant sa mort, apparaissent enfin le sourire et le regard narquois d'un enfant.

A la même époque Isabelle Eberhardt signe ses derniers récits et s'y dévoile autant que dans cet ultime sourire.

Avec Mahmoud Saadi elle réussit à s'intégrer au cœur du tableau qu'elle décrit, en retour surgissent des fragments de son image dans chacun de ses personnages. Logique retorse d'écriture, pointe Roland Barthes quand il dit à propos de Pierre Loti (l'un des premiers inspirateurs littéraires d'Isabelle Eberhardt) : « Vouloir être celui qui fait partie du tableau, c'est écrire pour autant seulement qu'on est écrit, abolition du passif et de l'actif, de l'exprimant et de l'exprimé, du sujet et de l'énoncé, en quoi se cherche précisément l'écriture moderne. »

Mais faire partie du tableau, c'est se donner les moyens de décrire les choses de l'intérieur. Démarche radicale lorsqu'on choisit de vivre avec et de montrer ceux que la colonisation voudrait nier, et qu'elle désigne d'un mot dont le sens devient péjoratif : indigènes.

Audace supplémentaire, faire des *fellah* dépossédés de leurs terres, des légionnaires, des forçats, des prostituées, des mystiques, des fous..., de tous ceux que la société d'alors marginalise, les héros de ses récits.

Démarche singulière au tournant du siècle, alors que l'Occident se veut encore le seul modèle de civilisation, avec le grand credo du progrès scientifique et technique apportant le bonheur.

En se dégageant des convenances, Isabelle Eberhardt réussit à donner une image saisissante du monde colonial qu'elle traverse. A montrer la distance qui sépare Occident et Orient, et qu'elle a parcourue. Bien plus, elle va à l'essentiel. Ces errants qui provoquent leur destin comme pour le précipiter, elle suit leurs lignes de vie dans la perspective décapante de leur mort, dans leur chemin vers Dieu, et révèle du même coup l'objet de sa quête. « Trois choses peuvent ouvrir nos yeux à l'éclatante aurore de vérité : la Douleur, la Foi, l'Amour – tout l'Amour », écrit-elle. Car il y a dans son œuvre cette indécence bien plus grande d'évoquer sans cesse les thèmes existentiels, l'amour, la mort, la force du désir, la fatalité du destin, la foi et l'idée de Dieu. Questions sans réponses définitives et que l'on est gêné d'aborder aujourd'hui par peur du ridicule, tant elles ont été longtemps refoulées de la « modernité ».

« Il y avait en elle une illumination permanente qui guidait ses pas et sa plume, là où le regard voit le mieux la promiscuité du reflet de Dieu dans le cœur humain », nous disait Himoud Brahimi, dit Momot, poète du Viel Alger et métaphysicien, alors que nous parcourions avec lui les rues de la Casbah qu'Isabelle Eberhardt aimait.

Ce reflet du divin, elle le cherche chez des êtres simples, dans des histoires vécues où son regard capte l'incident, « qui tombe doucement comme une feuille sur le tapis de la vie ». Un regard, un visage, un chant, une rencontre, une promenade... Tous ces riens à partir desquels la fiction se déploie.

L'indispensable fiction dont elle est pétrie, qui lui sert à traverser les apparences, les reflets trompeurs. Parfois s'en dégagent des visions étonnamment prémonitoires, jusqu'à l'intuition de sa mort prochaine, son départ pour le « paradis des eaux ». La fiction pour traverser le miroir. Celui des eaux de l'inondation de l'*oued* Sefra, où elle disparaîtra à l'âge de vingt-sept ans.

Le Miroir, c'est précisément le titre du très court récit que nous proposons en prélude aux textes de fiction d'Isabelle Eberhardt, une soixantaine de nouvelles et un roman inachevé, *Trimardeur,* rassemblés pour la première fois. Ils constituent le second volume de ses Œuvres complètes, après les pages de notes, récits et Journaliers (Grasset, 1988).

Un calcul approximatif indique qu'en dix années à peine elle a couvert de son écriture énergique et régulière quelque deux mille feuillets. Soit un peu plus d'une demi-page par jour depuis sa première publication, sans tenir compte des brouillons, essais inaboutis et variantes laissés de côté. Étonnante prolixité pour un écrivain nomade perpétuellement en mouvement, qui déplorait souvent ne pas trouver l'ardeur suffisante pour se mettre au travail.

Personne n'a jamais témoigné avoir vu Isabelle Eberhardt en train d'écrire. Elle a vécu la plupart de ces dix années de production littéraire dans des contrées où l'usage des tables et des chaises est quasi inconnu. On y passe le plus clair de son temps accroupi ou allongé sur les tapis..., position peu propice à l'écriture pour un Occidental.

Ce simple détail montre à quel point Mahmoud Saadi avait assimilé la vie à l'orientale.

Peu propices à l'écriture furent aussi ses incessantes traversées de la Méditerranée, depuis son premier séjour à Bône en 1897 jusqu'à son adieu à l'Occident au début de 1902. Et il lui fallait résister à l'engourdissement des oasis du Sud, quand elle n'était pas lancée dans ses expéditions sur les routes et les pistes, en diligence ou à cheval.

« La douleur est féconde », répétait Isabelle Eberhardt. Sa production est plus intense lorsqu'elle se retrouve momentanément recluse ou exilée, qu'elle doit lutter contre les revers du sort. L'attentat dont elle est victime à Behima, près d'El Oued, le 29 janvier 1901, puis son expulsion du territoire algérien quelques semaines plus tard et son exil à Marseille déclenchent une fièvre d'écriture, particulièrement de récits de fiction. Ils vont commencer à être publiés régulièrement dans la presse algérienne dès son retour.

A partir de 1902, Isabelle Eberhardt collabore aux *Nouvelles d'Alger*, puis à l'*Akhbar* et à *la Dépêche algérienne*; sa signature apparaît dans ces publications presque chaque semaine en 1903 et 1904. Et l'on a retrouvé près de son corps, après l'inondation d'Aïn Sefra, suffisamment d'inédits pour que son ami Victor Barrucand puisse faire paraître chez Fasquelle en 1906 *Dans l'ombre chaude de l'Islam*, qu'il venait de publier en feuilleton dans son journal l'*Akhbar*.

En fait, dès que sa vocation littéraire se confirme après la première publication de ses textes dans *la Nouvelle Revue moderne*, Isabelle Eberhardt n'a jamais cessé d'écrire.

Comme nous nous sommes efforcés de le faire dans le premier volume, nous avons tenté, pour réunir ces nouvelles, de retrouver la chronologie de leur inspiration. Une manière de suivre encore l'itinéraire de celle qui mêlait sans cesse le fil de l'écriture aux lignes de fuite de la route. On peut déchiffrer ainsi, à travers ces récits, la fiction parallèle qui y est inscrite. Chercher à y lire le roman de la vie d'Isabelle Eberhardt dont la mort symbolisera si brutalement son désir de fusion avec le désert. C'est dans cet esprit que nous avons rédigé les notes qui accompagnent chaque nouvelle. Quant au roman, *Trimardeur*, que nous avons placé à la fin de ce volume, il est le fruit, à travers plusieurs versions, d'une longue élaboration dont la genèse remonte aux débuts littéraires d'Isabelle Eberhardt. Le manuscrit, qu'elle avait emporté pour son dernier voyage, en témoigne.

Sa mort soudaine, le 21 octobre 1904, laissera à d'autres le soin d'entreprendre l'édition de son œuvre. Le premier à avoir cru à son talent, à l'avoir imposée aux lecteurs des journaux d'Alger, Victor Barrucand, devient tout naturellement son légataire. Après la publication des inédits en sa possession, dès les lendemains de la catastrophe d'Aïn Sefra, il fait reparaître dans son journal l'*Akhbar* des nouvelles déjà sorties du vivant de l'auteur. Il en reprend quelques-unes pour les mêler aux récits de voyage composant *Dans l'ombre chaude de l'Islam* et *Notes de route*. (Ces deux livres posthumes, édités chez Fasquelle en 1906 et 1908, alors que se constitue la légende de l'écrivain nomade, furent ses premiers succès en librairie.) Puis il en regroupe d'autres, par thèmes, dans *Pages d'Islam* en 1920 (chez le même éditeur). La plupart de ces nouvelles, finalement publiées deux ou trois fois, n'ont pas souffert des corrections de Barrucand, pourtant si enclin à confondre sa prose avec celle de son amie. Mais quand il fait paraître le roman *Trimardeur* en 1922 (toujours chez Fasquelle), c'est complété d'un dernier chapitre écrit de sa main.

Cet autre éditeur amoureux que fut René-Louis Doyon entre en scène en 1923, de manière fracassante. Il a retrouvé les *Journaliers*, quelques récits et quatre nouvelles inédites, boudés par Barrucand. Il livre au public ce journal, plus littéraire qu'intime, en prétendant révéler, derrière la légende, l'image vraie de celle qu'il appelle « la bonne Nomade ». Il publie deux nouvelles dans une revue puis les reprend successivement, avec d'autres, dans des recueils presque identiques, *Contes et Paysages*, en 1925, et *Au pays des sables*, qui ne sortira qu'en 1944.

Ces publications fractionnées n'aidèrent pas à saisir toute la dimension créatrice d'Isabelle Eberhardt, dans la nouvelle ou le roman. Elle s'exprime pourtant dès les premières tentatives, dans ces textes jamais réédités que nous avons exhumés, finalement, des collections « hors d'usage » (et malheureusement incomplètes) de la Bibliothèque nationale.

D'autres encore, oubliés ou négligés par les premiers éditeurs, n'en sont pas pour autant moins inspirés. On peut même penser que parmi cette douzaine de nouvelles et de variantes qui restaient à découvrir, certaines furent écartées en raison de leur audace ; par exemple *Sous le joug*, qui, à travers un drame passionnel, brosse un tableau violent de la colonisation.

Le parcours tourmenté de l'œuvre, qui défie l'oubli depuis plus de quatre-vingts ans, ajoute encore à son attrait. Chaque nouvelle ou roman a son histoire... Jamais rien de ce qui touche Isabelle Eberhardt n'est vraiment dégagé de la fiction...

Marie-Odile DELACOUR et Jean-René HULEU.

MER MÉDITERRANÉE

TUNISIE

MAROC

SOUF

SAHARIEN

TELLIEN

PLATEAUX

ATLAS

HAUTS

ATLAS TELLIEN

MONTS DES KSOURS

GRAND ERG ORIENTAL

GRAND ERG OCCIDENTAL

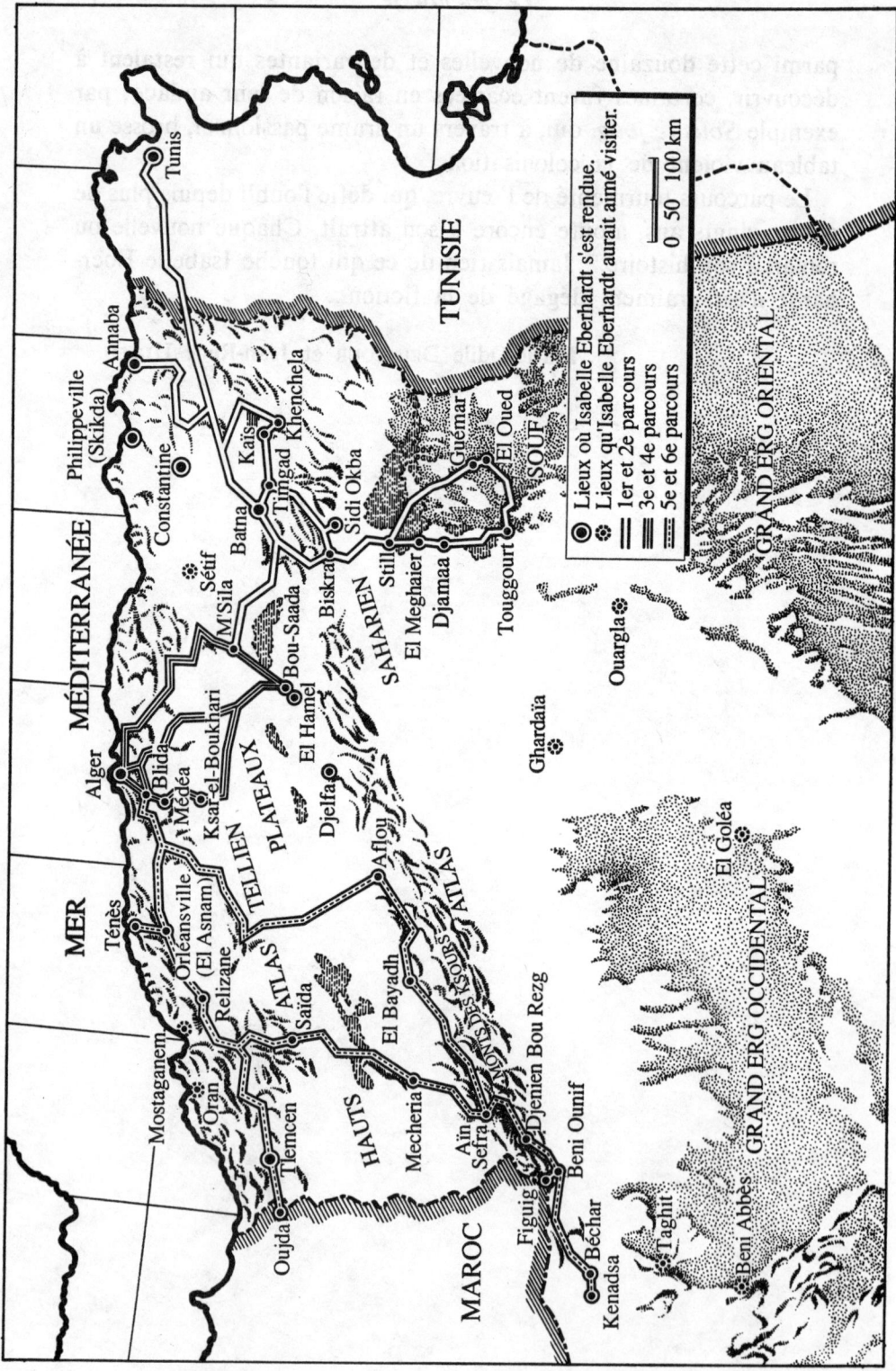

Légende :
○ Lieux où Isabelle Eberhardt s'est rendue.
◉ Lieux qu'Isabelle Eberhardt aurait aimé visiter.
▬ 1er et 2e parcours
▬ 3e et 4e parcours
▬ 5e et 6e parcours

0 50 100 km

Tunis — Annaba — Philippeville (Skikda) — Constantine — Sétif — M'Sila — Bou-Saada — El Hamel — Ksar-el-Boukhari — Médéa — Blida — Alger — Ténès — Orléansville (El Asnam) — Relizane — Mostaganem — Oran — Tlemcen — Oujda — Kenadsa — Béchar — Taghit — Beni Abbès — Figuig — Beni Ounif — Djenien Bou Rezg — Aïn Sefra — Mecheria — El Bayadh — Saïda — Afiou — Djelfa — El Golèa — Ghardaïa — Ouargla — Touggourt — Djamaa — El Meghaier — Still — Biskra — Sidi Okba — Batna — Timgad — Khenchela — Kaïs — Guémar — El Oued — Tunis

Batna — Tingad — Sidi Okba — Biskra

REPÈRES CHRONOLOGIQUES

1872. Nathalie de Moerder, née Eberhardt, épouse du général de Moerder, après avoir quitté Saint-Pétersbourg, vit en Suisse avec le précepteur de ses quatre enfants, Alexandre Trophimowsky, pope défroqué d'origine arménienne. Elle donne naissance à un cinquième enfant, Augustin de Moerder, fils probable du général de Moerder.

1877. Naissance d'Isabelle Eberhardt, le 17 février, à la maison des Grottes, à Genève. Le certificat de naissance ne porte pas mention du père.

1894. Augustin de Moerder, demi-frère d'Isabelle, quitte Genève brusquement et s'engage dans la Légion étrangère à Sidi-Bel-Abbès.

1897. A partir de mai : Isabelle Eberhardt et sa mère séjournent à Bône (Annaba) sur la côte algérienne. *28 novembre :* mort de Nathalie de Moerder, enterrée selon le rite musulman au cimetière « indigène » de Bône.
En décembre Isabelle Eberhardt est contrainte de rentrer à Genève avec son tuteur, Alexandre Trophimowsky. Elle y restera un an et demi. *Juillet 1898 :* projet de mariage avec Rechid Ahmed, diplomate turc. Isabelle Eberhardt ne donne pas suite quand Rechid Ahmed est nommé en poste à La Haye.

1899. Le 15 mai, Alexandre Trophimowsky meurt à Genève d'un cancer de la gorge. Séjour d'Isabelle Eberhardt en Tunisie.
8 juillet : départ de Tunis pour le Sud constantinois. Première découverte du Sahara et de la ville d'El Oued, dans le Souf.
2 septembre : retour à Tunis. *Septembre, octobre :* voyage dans le Sahel tunisien. *Novembre :* séjour à Marseille.

1900. *Janvier :* voyage en Sardaigne. *De février à juillet :* nombreux aller et retour entre Paris et Genève. *3 août :* arrivée à El Oued où Isabelle Eberhardt séjournera jusqu'à la fin de l'année. Rencontre de Slimène Ehnni, sous-officier de spahis, musulman de nationalité française, avec lequel elle décide de partager sa vie. Initiation à la confrérie des Qadriya. Isabelle Eberhardt devient l'amie et la confidente du chef religieux Sidi Lachmi ben Brahim.

1901. *Janvier :* Slimène Ehnni est muté à Batna en raison de sa liaison avec Isabelle Eberhardt. *29 janvier :* attentat à Behima, près d'El Oued, elle est blessée au bras gauche et à la tête à coups de sabre, par un membre de la confrérie des Tidjaniya, Abdallah ben Mohammed, se disant inspiré par Allah. Elle est hospitalisée à El Oued jusqu'au 25 février. Départ pour Batna, où elle fait l'objet d'une surveillance policière. *9 mai :* se croyant sous le coup d'un arrêté d'expulsion, Isabelle Eberhardt s'embarque à Bône pour Marseille. *18 juin :* procès à Constantine d'Abdallah ben Mohammed. Isabelle Eberhardt réclame pour lui l'indulgence du tribunal. Il est condamné aux travaux forcés. Immédiatement après le verdict elle est expulsée d'Algérie sur ordre du gouvernement général. Elle revient à Marseille chez son frère Augustin. *24 août :* Slimène Ehnni est autorisé à changer de régiment. *28 août :* il rejoint Isabelle Eberhardt à Marseille. *17 octobre :* mariage civil à la mairie de Marseille.

1902. *15 janvier :* française par son mariage, Isabelle Eberhardt peut rentrer sur le sol algérien. Séjour à Bône dans la famille de Slimène. Installation du couple à Alger, rue de la Marine, puis rue du Soudan dans la Casbah. Printemps : première rencontre avec Victor Barrucand. *Juin, juillet :* voyage à Bou-Saada et à la *zaouïya* d'El Hamel. Rencontre avec Lella Zeyneb, maraboute de la confrérie des Rahmaniya. *7 juillet :* installation à Ténès où Slimène Ehnni est nommé *khodja* (secrétaire-interprète). Nombreux aller et retour entre Ténès et Alger. Reparution de l'hebdomadaire l'*Akhbar* dont Isabelle Eberhardt devient la collaboratrice attitrée.

1903. *Janvier :* deuxième voyage à Bou-Saada et El Hamel. Deuxième rencontre avec Lella Zeyneb. *Avril, mai, juin :* campagne de calomnies contre Isabelle Eberhardt et ses proches, liée à la politique électorale des notables de Ténès. Slimène Ehnni démissionne, il est nommé à Sétif. Isabelle Eberhardt s'installe à Alger. *Septembre :* elle part comme reporter de guerre dans le Sud oranais, à la suite des combats d'El Moungar et du siège de Taghit. *Octobre :* rencontre avec Lyautey à Aïn Sefra. Reportages à Beni Ounif sur la situation à la frontière algéro-marocaine. Retour à Alger à la fin de l'hiver.

1904. Voyage à Oujda (Maroc). *Mai :* deuxième séjour dans le Sud oranais. Occupation de Béchar par les troupes de Lyautey. Isabelle Eberhardt passe l'été à la *zaouïya* marocaine de Kenadsa. *Septembre :* malade, elle revient à Aïn Sefra. *21 octobre :* Isabelle Eberhardt meurt dans l'inondation d'Aïn Sefra.

1907. *14 avril :* mort de Slimène Ehnni.

1920. Suicide d'Augustin de Moerder à Marseille.

Nouvelles

Le Miroir

Le *mokhazni* [1] Mohammed, de la tribu des Derraga-Cheraga de Géryville, est un grand bédouin souple et fort, aux larges épaules, avec des muscles saillants se dessinant vigoureusement sous la peau bronzée du cou et de la poitrine. Son visage est parfait de beauté mâle, aux traits secs, fermes, virilisés encore par la barbe noire et les épais sourcils arqués ombrant les yeux roux bien fendus et allongés.

Il porte avec une grâce négligente une chemise et une *gandoura* blanches toujours ouvertes sur la gorge et la poitrine, le long *burnous* bleu du *makhzen* et le voile blanc retenu sur le front par des cordelettes fauves enroulées à la diable. D'instinct, sans les chercher, il trouve des attitudes nobles, et, sous sa tenue de pauvre mercenaire du Sud, il a aussi grand air qu'un *caïd* ou qu'un *agha*.

Rieur, avec une gaîté audacieuse, une insouciance superbe et des colères terribles qui passent très vite, Mohammed est le boute-en-train et le *goual*, le chanteur de mélopées du détachement.

Il est surtout très fier de son adresse à cheval, et, dès qu'il voit devant lui l'espace large et libre d'une plaine, ses yeux s'allument et ses narines frémissent, tandis que sa main longue et sèche, qu'aucun travail grossier n'a déformée, tourmente la bride. Pourtant, au repos, Mohammed est très grave, silencieux et ne sourit pas.

Un jour calme d'hiver, dans l'ennui et l'inaction du *Ramadhan*, j'errais sur la dune basse dominant la vallée pierreuse. Je vis Mohammed assis, le dos contre le mur croulant du vieux bureau arabe. Je m'arrêtai pour ne pas être remarquée, car le *mokhazni* était occupé à quelque chose de très insolite.

Il avait tiré de sa poche un miroir d'un sou, une petite glace ronde

1. Nous avons conservé l'orthographe d'I.E. pour les mots arabes, qu'elle retranscrit parfois de façons différentes. Ceux des mots en italique dont le sens n'est pas donné dans le texte même sont regroupés dans un lexique en fin de volume.

à monture d'étain, et il se contemplait attentivement, sérieusement. Cela dura longtemps ainsi, comme si le bédouin était fasciné par sa propre image. Et cette coquetterie subite cadrait étrangement mal avec la beauté mâle et le grand air sérieux du soldat.

A quoi pensait-il, en se regardant dans son miroir d'écolier ? Que pouvait éprouver son âme fruste, née dans les solitudes vastes, dans la plus rude et la plus primitive des vies, celle des chameliers nomades ?

Mohammed finit par serrer son miroir, puis il croisa les bras, s'étira, et sourit.

A Ahmed ben Arslan
In memoriam

Infernalia
VOLUPTÉ SÉPULCRALE

> *Amour sans fin, amours sans nombre,*
> *Amours aux objets innomés,*
> *Amour d'un rêve, amour d'une ombre,*
> *C'est toujours de l'amour. Aimez!*
>
> *Aimez! Dans vos regards limpides*
> *Ces éclairs toujours rallumés*
> *Sont les étincelles rapides*
> *De la flamme éternelle. Aimez!*
>
> J. RICHEPIN. *Les Iles d'Or.*

Dans le silence nocturne, la grande salle morne, à peine éclairée, vaguement dormait...

Des tables infâmes, du plancher souillé, montait une odeur fade — une odeur d'entrailles humaines, de sang caillé, de drogues répandues...

En ce parfum de misère, en cette salle douloureuse, sur deux tables, deux cadavres dormaient, couverts de linceuls blancs, sinistres vêtements d'épouvante.

Près du mur nu, mur d'hôpital ou de prison, d'asile ou de caserne, sous son drap lamentable, un homme était couché, figé à jamais, les yeux clos, en son indifférence désormais éternelle. Très jeune, vingt ans peut-être; le profil de statue blanche, très doux, les lèvres blêmes à peine souriantes dans la face livide, d'un sourire d'outre-tombe...

Au coin opposé, une femme étendue, elle aussi, sous le drap des misérables.

Une image mystique et pure, en sa transcendantale beauté pâle de martyre...

Sous l'ombre bleuâtre des cheveux noirs, une blancheur immobile, la chair voluptueuse raidie dans le froid de la mort, étrangère désormais aux étreintes ardentes, aux baisers enflammés.

La forme rigide soulevait le voile infâme de son galbe parfait...

Et sur ce règne sinistre de la mort ténébreuse, la flamme baissée du gaz jetait ses reflets sanglants.

Dans le silence pesant, dans l'odeur nauséeuse, jeunes tous deux et beaux, les cadavres sans nom dormaient de leur sommeil d'épouvante...

Ils avaient encore gardé la forme humaine, mais, dans la salle mortuaire, eux ne comptaient pas... Ils *n'étaient* pas, rayés à jamais du nombre des êtres.

Misérables écrasés par la destinée, terrassés par le vice; passants inconnus d'une heure, ils étaient venus échouer ici. Demain, sous le scalpel froid, déchiquetés, honteusement dépouillés, leurs entrailles nues, ils allaient montrer à d'autres jeunes hommes, à d'autres jeunes femmes, avides de vivre, de savoir et d'aimer, leurs organes déchirés, leur misérable loque sanglante, leur seul bien, sans doute, durant leurs vies à jamais ignorées...

Ils allaient étaler leur misère ultime au grand soleil indifférent – au soleil en sa joie éternelle...

Qu'importe!

Dans la grande énigme du Devenir éternel, comment regretter le sang, la vie, la chair sacrifiés?

Et tous ceux qui, demain, allaient tremper leurs mains, jeunes et chaudes, dans ce sang glacé, dans cette chair mutilée, après, ils iraient essayer de soulager un peu la douleur de leurs frères pitoyables, essayer d'apaiser un jour le grand hurlement qu'arrache le Devenir incessant!

Ensuite, eux aussi allaient rouler, inertes soudain et glacés, dans le même Néant sans forme, sans durée et sans nom...

Et ainsi, toujours...

Ils gisaient dans le rayonnement étrange de la lumière faiblissante...

Et là, près d'eux, trépassés immobiles, un vivant luttait contre les sombres forces inconnues des en-dessous ténébreux de son être, qui allaient le dompter, l'anéantir...

Près de la couche misérable où gisait la femme livide, un étudiant, de garde à la clinique, se tenait debout.

Il la regardait, la chair soulevée d'un désir effroyable.

Sa face pâle, aux yeux noirs angoissés, se convulsait de frissons glacés...

De toute sa volonté, de toute son énergie jeune, il résistait, luttant contre les appels sinistres de la névrose...

Mais il ne pouvait plus s'enfuir, fasciné, immobile; la chair alanguie, faiblissant d'instant en instant, en proie à une épouvante mortelle, le cœur soulevé de dégoût...

Il se sentait sans force en face de l'étreinte hideuse qu'il désirait follement.

Et il allait céder bientôt...

Sa souffrance était intolérable en cette nuit cruelle...

Sa virilité se révoltait contre le coït abominable; sa volonté était de fuir...

Et il restait immobile, le front trempé de sueur, les poings serrés...

Il se sentait fort et beau; il se savait très jeune et mâle tout à fait. Et sa fierté se soulevait à la pensée de ce simulacre funèbre de l'amour qui, tant de fois déjà, l'avait entraîné dans les abîmes ineffables de la volupté.

Il chassait, écœuré, l'obscure fantasmagorie née de sa névrose qui, ce soir, en face de cette femme dont ses yeux voyaient sans pudeur la forme glacée sous le drap mou, en face de l'horrible chimère, triomphait, l'avilissant.

Il essayait de toute son énergie, de toute la chasteté déjà inconsciente, mais encore vivante qui était en lui, de reporter son désir délirant de possession sur une femme vivante – n'importe laquelle...

Mais toutes les images qu'évoquait sa mémoire, sous la tension violente de sa volonté, étaient pâles, impersonnelles..., tandis qu'à la vue de celle-ci – la morte – sa chair jeune frémissait, se pâmait, s'alanguissait malgré lui.

Le rouge de la honte, en face de la déchéance, lui monta au visage... Il se méprisait lui-même et se haïssait en cette heure torturante.

Son regard glissa sur le soulèvement du drap funèbre, au-dessus du corps. Et il *savait*, il voyait à travers.

Mais il voulut voir en réalité, invinciblement.

Alors, à ce désir, il céda, luttant pourtant toujours contre l'*autre* qu'il savait morbide et infâme...

De sa main qui tremblait violemment, il enleva le drap et regarda cette nudité lamentable qui s'étalait à ses yeux impudiques.

Alors il se sentit défaillir, il eut un long tressaillement jusqu'au plus profond de sa chair triomphante...

Et il tomba sur le cadavre blanc, le serra d'une étreinte sauvage, douloureuse, les dents serrées, frissonnant en sa fièvre horrible...

Quand il l'eut prise, ne sentant même pas sa froideur, il eut un frisson de volupté ultime.

De toute sa force il l'étreignait encore et encore, la sentant vivante, brûlante, folle sous ses caresses à lui, se serrer contre sa chair palpitante, lascive et molle en sa chaleur douce d'amante passive...

Il eut un râle furieux de volupté, le cri triomphant, le grand alleluia de la névrose toute-puissante.

Et lui, enragé, en mâle sauvage tout à fait, plus il l'étreignait, plus il la sentait vivre, tressaillir sous ses caresses folles.

Il pressa violemment, jusqu'à la douleur, ses lèvres sur celles de son amante-fantôme, de la trépassée insensible.

De nouveau, le même frisson voluptueux secoua tout son corps.

Sa tête, aux yeux élargis par la jouissance, reposait mollement, languide, sur la poitrine de la morte.

Et celle-ci, *lointaine*, inanimée, insensible à ces caresses ardentes du mâle qui la possédait malgré la mort, restait toujours étendue, la face tournée vers le plafond noyé d'ombres vagues.

Ses yeux morts restaient clos, et sans joie et sans douleur, en ce coït monstrueux ; elle reposait plus passive qu'aucune amante ne le sera jamais, sous l'étreinte puissante de l'être vivant.

Au lever pâle du jour printanier, sur sa couche de sang et d'amour, la trépassée et son amant endormi reposaient : elle, tranquille à jamais, envolée déjà vers l'inconnu ténébreux ; lui, destiné à tournoyer encore quelques années durant dans le tourbillon impersonnel du Devenir éternel...

NOTE

La jeune fille, l'amour et la mort... A dix-huit ans, avec cette « volupté sépulcrale », Isabelle Eberhardt choisit la plus étrange manière, la plus provocante aussi, de marquer ses débuts littéraires.

En 1895 elle vit à Meyrin, près de Genève, avec sa mère et son tuteur, Alexandre Trophimowsky. Elle commence à rompre l'étouffement familial et fréquente la faculté de médecine de Genève, où sa meilleure amie, Vera, une étudiante russe, prépare son doctorat.

Infernalia, le premier écrit publié d'I.E., paraît le 15 septembre 1895, dans *la Nouvelle Revue moderne*, « politique, littéraire, artistique, illustrée, les 1er et 15 du mois ». Chaque abonné avait le droit d'y faire paraître un texte, à condition qu'il soit d'une qualité suffisante pour cette revue ambitieuse, qui en était à sa quatorzième année d'existence et où avaient figuré les signatures d'Alexandre Dumas fils, Zola, Alphonse Daudet, Huysmans, Verlaine, Jules Massenet et Pierre Loti...

Les lecteurs de l'époque ne pouvaient se douter que l'auteur de ce texte « scabreux » était une très jeune femme. I.E. avait choisi un nom russe, Nicolas Podolinsky, comme pseudonyme. Mais une coquille écorche sa première signature et Podolinsky devient Poboliunsky. La dédicace et la localisation d'*Infernalia* – El Hadira, Constantine – indiquent la direction vers laquelle, déjà, elle tourne son regard.

Des personnages de médecins traversent l'œuvre d'I.E. Dans sa correspondance, elle affirme à plusieurs reprises être la fille de l'un d'eux. Dans une lettre à son jeune ami tunisien Ali Abdul Wahab, elle fait cet aveu presque incroyable : « ... J'ai appris, avec document à l'appui, que j'étais le triste résultat d'un viol commis par le médecin de Maman... » Faut-il voir une relation entre cette assertion et le sujet d'*Infernalia*?

A Pierre Loti, l'auteur exquis du *Roman
d'un Spahi* et d'*Aziyadé*, très humblement.

UN FRÈRE INCONNU.

Vision du Moghreb

> « *Au milieu du groupe, un jeune homme
> montrait le ciel, un jeune homme qui avait
> une adorable tête mystique.*
> *... Il montrait en haut un point invisible, il
> regardait avec extase dans la profondeur du
> ciel bleu, et disait :*
> *– Voilà Dieu ! regardez tous ! Je vois
> Allah ! Je vois l'Éternel !* »

Pierre LOTI, *Aziyadé.*

Après la grande langueur brûlante du jour, après le lourd sommeil sous le ciel de plomb, le soleil roux descendait vers l'horizon enflammé, et, en silhouette sombre, le grand *djebel* Ouaransénis se dessinait sur ces abîmes incandescents...

Dans la vallée, la vie accablée par la chaleur allait se réveiller, et une faible brise, à peine perceptible, faisait frémir les cimes jaunies des palmiers et les feuilles dures et grises des eucalyptus...

Sous cette brise venue du nord, venue de la mer déjà lointaine, passagère et furtive, le grand accablement lourd de la journée se dissipait un peu.

Une grande cour carrée, entourée de murs en torchis craquelés, dorés par le soleil, à travers les âges...

Dans le fond, sur deux côtés, des galeries de bois très anciennes, toutes déjetées de vieillesse.

Dans les pierres disjointes, dont étaient bâties les assises de ces murs, des anneaux de fer scellés, avec des bouts de cordes effilochées...

Dans le fond, l'abri lamentable des hommes : un toit de tuiles noircies et des vieux poteaux pour le soutenir – un lieu de misère et de pouillerie sauvage...

Et là, tout près, du côté de l'Occident, le mur à moitié éboulé s'ouvrait sur la campagne brûlée, puis, par d'autres vallées et d'autres collines, sur les lointains de brume liliâtre, sur les montagnes dentelées.

Et dans cette cour, sur les dalles souillées et sur la terre battue, un grouillement confus, une foule archaïque...

Burnous grisâtres, *gandoura,* bleues... ânes gris et dromadaires roux...

Les bêtes, attachées aux anneaux, s'ébrouaient, battant le sol sec et sonore de leurs pieds fatigués.

Les hommes, pieds nus ou traînant leurs *baboudj,* circulaient et criaient...

Et dans le grand silence recueilli, c'étaient des voix gutturales, des cris rauques et des braiments plaintifs...

Près de la crèche béante, un grand dromadaire pelé se tenait debout, son long cou tendu vers le couchant embrasé...

Comme une bête archaïque, anachronisme vivant, il se tenait, se détachant en lignes très nettes, presque en noir, sur le ciel illuminé.

Et soudain il poussa un long cri prolongé et plaintif... et cette voix étrange était inquiétante et triste, triste à l'infini.

Plus énorme et plus rouge, le soleil descendait... des ombres violettes s'allongeaient, démesurées, sur le sol pierreux.

Un silence se fit. C'était l'heure sainte du *Moghareb.*

Maintenant, séparés en groupes selon leurs rites, mais tournés tous vers la terre d'Orient – vers la terre lointaine d'où, treize siècles auparavant, leur foi triomphante était venue conquérir le monde –, les musulmans priaient, se prosternant devant la majesté éternelle d'Allah, répétant à voix basse et très vite les litanies séculaires, répétant les grands gestes pieux...

Et en ce même instant, sur toute la terre musulmane, dans tout l'immense *Dar el-Islam,* des millions d'hommes très dissemblables et très lointains priaient ainsi, comme depuis des siècles et des siècles, tournés vers la sainte Kaaba, les mains levées vers le ciel, graves et fervents pour la plupart...

Tout de suite, quand c'est fini, les cris recommencent.

Et peu à peu, tout sombre dans le crépuscule bleuâtre et vague...

Et alors, après la diane, c'est un calme immense qui règne sur cette ville qui va s'endormir.

C'est une mélancolie très douce qui pénètre tout et qui endort...

Le ciel devient plus sombre et les grandes étoiles claires commencent à scintiller.

Longtemps encore, longtemps, de cette cour monte une vague rumeur qui peu à peu s'assoupit et s'éteint...

Et alors, dans les palmiers nains et dans les lauriers-roses, les plaintes lugubres des chacals commencent, sombre concert de toutes les nuits, dans la sonorité claire de la vallée silencieuse...

Ils rôdent, les obscurs déterreurs de morts, et pleurent tout près, dans les taillis, tout près du caravansérail...

Des feux de broussailles sèches brûlent çà et là dans la cour et leurs longues flammes rouges s'élèvent dans l'air sec toutes droites vers le ciel... Les feux jettent des rayons ardents sur les hommes ressemblant à des fantômes et sur les choses déformées par la pénombre...

Et alors autour des feux les chants commencent, lents et tristes, interminables complaintes bédouines ou m'zabites... Les Bédouins et les Marakech chantent, et leurs chants sont gutturaux et rauques, se mêlant étrangement aux sons grêles des complaintes berbères, aux phrases mélancoliques psalmodiées en une langue qui ne ressemble à aucun autre idiome de la terre...

Parfois pourtant, ces voix profondes des Arabes s'élèvent, s'élèvent en *trémolos* infiniment tristes, en trilles argentines tout à fait...

Dans l'air chaud, ces chants de rêve retentissent longtemps et, d'assez près, les chacals leur répondent...

Et c'est en une *commune* mélopée triste et sauvage qu'ils continuent de chanter leur *commune* mélancolie née dans les mêmes déserts, sous le même ciel embrasé, dans la même immensité désolée... Et l'origine de cette grande tristesse de leurs voix est la même – elle est dans ces grands horizons vagues, dans cette stérilité éternelle du sol, dans cette éternelle sérénité du ciel...

Dans le coin de la cour, nous étions assis autour d'un feu de palmiers nains coupés à grand-peine là tout près, derrière le mur...

En face de moi, drapé comme un *cheikh* arabe dans son grand *burnous* blanc, l'*Aimé* était étendu par terre, très mélancolique à cette heure délicieusement triste...

Il rêvait sans doute, et, sans doute, ses rêves le ramenaient là-bas, vers le lointain pays natal, vers Istamboul...

Et, sans doute aussi, en son âme où sommeillaient les atavismes séculaires de l'Islam, cette grande désolation de la terre du Moghareb éveillait des échos lointains...

A droite, notre frère adoptif Mahmoud était assis, sa tête enveloppée d'un *haïk* rose appuyée sur les mains, la longue cordelière de laine brune de chameau retombant sur son épaule...

Lentement, avec des gestes indolents à lui, l'*Aimé* s'était levé, et sa haute silhouette svelte jetait une ombre très noire sur le mur vaguement blanchâtre, éclairé par notre feu mourant.

Enfin, de sa voix si douce, si singulièrement musicale, étendant la main vers l'ombre des galeries, il dit en arabe à Mahmoud :

— Halim ben Mansour bou Djeina est là ce soir! Je vais aller le chercher... Reste avec elle!...

Quand il eut disparu dans l'ombre, Mahmoud me dit, la voix très rauque en comparaison de celle de l'*Aimé* :

— Aurais-tu jamais pensé que tu serais une nuit seule dans un *fondouk* de Médiaya, avec deux hommes que tu ne connaissais pas il y a à peine huit mois, et dont l'un est devenu ton amant et l'autre ton frère? C'est la Destinée! Qui sait jamais où il sera demain et que valent nos calculs, nos prophéties?

Et il eut un grand geste large de pitié et de dédain suprêmes... Et à ces paroles prononcées par cet homme si étrange avec une mélancolie singulière, pour la première fois, tout ce qu'il y avait d'inouï, d'invraisemblable dans ma situation m'apparut avec une netteté étonnante...

Et plus que jamais avec une vague angoisse, je me demandais quelle mystérieuse fatalité pèse sur ma race et quelles attaches puissantes la relient aux races immobiles de l'Orient...!

— Tu es plus que jamais arabe, ce soir, Mahmoud!

— Oui... Question de milieu, sans doute. Celui que Sélah ed-Din est allé chercher est un grand *thaleb* de l'Islam, un savant et un saint... Et pourtant il est très jeune... Quand il sera mort, on bâtira une *mourabet* sur sa tombe... Mais tant qu'il vivra, il sera martyrisé et persécuté sans cesse... parce qu'il croit et parce qu'il n'est pas un traître, lui!

Mahmoud murmura cela avec un sourire d'amère ironie; mais dans ses longs cheveux noirs, une flamme très sauvage passa, accentuant sa beauté mâle et sombre de vrai fils du Désert.

Il resta silencieux, les yeux fixés sur les miens, immobiles et troublants.

L'*Aimé* revint, tenant par la main un homme en *burnous* de laine grise. De taille moyenne il semblait d'une gracilité presque féminine sous l'enveloppement de ses vêtements grossiers d'homme du peuple...

Il s'assit près du feu, en face de moi, et, à la lueur du feu ravivé, je vis son visage pâle, d'une beauté presque irréelle, avec des yeux sombres qui semblaient illuminés de l'intérieur par une flamme mystique, sous l'arc parfait de ses sourcils noirs.

Très silencieux, il écoutait l'*Aimé* qui, de sa douce voix dolente, lui parlait l'arabe, adoucissant à la manière des Orientaux les aspirations trop dures...

Avec son beau sourire sceptique à dents blanches, l'*Aimé* lui disait :

— Tu vois, Halim, à chacun sa joie... Tu me fais le reproche d'être incrédule, de ne chercher que la Volupté seule... Mais toi-même, que fais-tu donc? Ta Volupté, ton Idéal, c'est le martyre glorieux pour la noble cause que tu sers et à laquelle, par dilettantisme, nous nous dévouons, Mahmoud et moi... Et tu jouis! Crois-moi, l'ascète lui-même ne cherche pas autre chose que la Jouissance! La Volupté est seule souveraine, Halim!

Avec une conviction d'illuminé, le jeune *thaleb* répondit, faisant un grand geste de résignation fière...

— C'est Celui qui a créé tout ce qui est, Celui qui est le Maître absolu de tout ce qui était, est, et sera, Celui qui est souverain au jour du jugement, c'est Lui qui m'inspire... Moi, la *créature* aveugle et chancelante, j'obéis... Je ne cherche pas la Volupté... Je n'ai renoncé à rien et je ne désire rien pour moi. Dieu seul est grand, et *hors de son empire rien n'est éternel. Ou la yadoum illa melkouhou*!

Cinq mois après, au café concert maure de la rue de la Kazba, à Alger, au *dar el-ghanyal* de Si Mohand el-Amezian ou Naïtali...

La salle était presque pleine. Sur les divans bariolés, des *burnous*, des *gandouras*, des *haïks*, des uniformes et des robes de femmes *farenghi*...

A la lueur voilée des quinquets, c'étaient des attitudes singulières, des groupements d'ombres fantastiques... Des Maures très blancs et très efféminés, des Berbères avec des têtes singulières, archaïques, des vrais Arabes aux traits fins et réguliers, aux yeux énergiques, des nègres grotesques ou alors très beaux, d'une étrange beauté noire, des Arméniens, des Persans cauteleux, des matelots grecs dégingandés et insolents... des Maltais, des Baléares, des Espagnols, des Italiens — une Babel confuse et bruyante.

Sur l'estrade rouge, sous les œufs d'autruches suspendus au plafond, des Oulad-Nayl et des filles des Béni-Amour chantaient au susurrement doux des mandolines et des *derbouccas*.

Elles étaient vêtues de soies de couleurs chatoyantes avec des *boudjous* dans les cheveux et des colliers de fleurs naturelles autour du cou...

Elles chantaient, se balançant lentement de côté et d'autre, en un déhanchement rythmique, assises en demi-cercle sur des coussins brodés.

Dans un coin, à demi caché par une draperie rouge, un juif levantin jouait à contretemps sur un piano une valse criarde qui n'avait aucun rapport avec les choses tristes que chantaient les Oulad-Nayl...

Et ces beaux corps de femmes, drapés dans des étoffes soyeuses, allumaient les convoitises brutales de tous ces hommes jetés là, dans cette grande cité d'Amour, par les hasards de leur vie errante.

Ceux qui avaient un peu d'argent savaient que ces femmes seraient à eux, et cette idée enflammait leurs yeux, pâlissant leurs visages et alanguissant leurs sens...

C'était dans l'atmosphère chaude, un vague bruissement de respirations humaines, l'haleine puissante de ce monstre sans tête, de cette foule d'hommes en proie à la plus instinctive des passions.

Presque tous ils ressentaient en eux la brûlure délirante des désirs violents de la chair...

Parfois le vent frais de la nuit venait dissiper un peu le nuage de fumée et de senteurs âcres qui emplissait la salle.

Les voix aiguës des chanteuses et la plainte langoureuse des instruments se mêlaient aux bruits très assourdis du dehors...

Ici, dans ces quartiers morts pendant le jour, une vie cachée, une vie obscure s'était réveillée dès le coucher du soleil...

... Par la grande arcade mauresque de l'entrée, des chants montaient d'en bas, des échos lointains de fanfares militaires, et un infini bourdonnement de musique indigène...

Par une trouée de la rue, entre deux maisons, toute la féerie d'Alger et de sa baie merveilleuse apparaissait, toute ruisselante de lumières, toute constellée d'étoiles multicolores...

C'était une vision d'irréel, une ville-fantôme suspendue entre le ciel clair et la mer sombre, dans la tiédeur de la nuit...

Le phare d'abord, avec ses jets de lumière toute blanche, semblant bleuâtre dans la nuit, qui tremblait en lamelles d'argent livide sur le noir profond de l'eau, parmi les étincelles phosphorescentes des flots...

Puis, les feux de position, l'un vert et l'autre rouge, comme deux étoiles lointaines immobiles dans le vide de l'horizon invisible...

Et en bas, le port illuminé, les grands vapeurs ancrés, et les interminables guirlandes de lumière des quais et des rues de la ville des *Roumis*...

Puis, à droite, depuis Bab-Azoun, une quantité innombrable de feux disséminés en une gracieuse asymétrie, allant se perdre au loin, vers Mustapha et Husseyn-Dey lointain. Et tout cela chatoyait et scintillait sous la lumière incertaine des grandes étoiles du ciel méridional...

De cette ville ainsi illuminée montaient vers l'autre cité morne et sombre, en un chœur immense, toutes les voix confuses de la nature et celles des hommes, plus ténues, plus enfiévrées... bruissements sourds et infinis de la mer tranquille, souffles de vent ou chants lugubres d'oiseaux des nuits dans les quartiers hauts, vers El-Kasba-Bérani déchue et profanée, râles d'amour ou d'agonie, cris furieux de révolte ou de désespoir, appels angoissés à l'Inconnu, mélodies attristées ou sensuellement traînantes...

Nous étions assis près de la porte, tous trois, comme jadis dans la cour du caravansérail, là-bas, sur la route qui mène au Désert silencieux...

Et nous contemplions en silence l'ineffable beauté de cette nuit du *Dar el-Islam*. Tous trois nous nous perdions en des rêveries très doucement attristées...

Les pensées de l'*Aimé* devaient sans doute de nouveau l'emporter vers l'Istamboul des *khalifes* et des poètes, vers la douce *patrie* osmanlie...

Plus tristes et plus sauvages, les rêves de Mahmoud s'envolaient sans doute vers les grandes plaines mornes de l'extrême Sud, au pays désolé qui était le sien et que, à travers tous ses éloignements et toutes ses modifications profondes, il aimait à tout jamais...

Et mon âme nostalgique à moi retournait mélancoliquement vers la terre slave, vers la steppe sans bornes de Podolie...

Tous trois en silence, très loin, hélas! l'un de l'autre, et séparés par des abîmes infranchissables de passé mort et de souvenirs aimés, nous pensions aux choses mortes, aux êtres aimés jadis et déjà évanouis dans le sombre Néant final...

Mais pourtant l'*Aimé* souriait vaguement, et elle était sans amertume, très attendrie et très résignée déjà, notre rêverie silencieuse.

Le charme pénétrant de toutes ces choses de l'Islam me rappelait à la réalité, et je regardais de nouveau la sublime féerie d'Alger embrasée, inondée de lumières sous les étoiles perdues tout en haut, dans les profondeurs vertigineuses du ciel glauque...

Les Oulad-Nayl chantaient toujours... Les quinquets s'enflammaient déjà et éclairaient pendant quelques instants la voûte sombre, puis s'éteignaient, et l'ombre retombait sur les faïences peintes très anciennes et très enfumées des grands murs...

Quelques hommes s'étaient couchés sur les tapis crottés du plancher, d'autres causaient entre eux et riaient, les troisièmes provoquaient les chanteuses, leur lançant des oranges ou des pièces blanches...

Et ces femmes riaient aussi, continuant leur interminable complainte « sur la rupture du barrage de Saint-Denys du Sig ».

– Regarde, Sélahim, dit tout à coup Mahmoud, regarde! Voici Si Halim bou Mousour qui vient d'entrer! Mohammed lui aura dit que nous sommes ici!

Mahmoud se leva et alla à la rencontre du *thaleb*.

Celui-ci s'approcha, et, tout bas, donnant à Sélah ed-Din un baiser sur la joue, il lui dit :

– Sid Ibrahim ben Yahia est arrivé à Ouaregla... C'est pour bientôt, mon frère : je suis désigné! Et réjouis-toi! *Allah akbar!*

Sélah ed-Din eut un soupir et ses grands yeux noirs devinrent tristes infiniment, se fixant sur le *thaleb* fanatique.

– *Fakiri Halim!* Mon pauvre Halim! murmura-t-il.

– Fakir! Heureux! Dieu a enfin entendu mes prières...

– Sois heureux, et en vérité, si Celui en qui tu crois est, puisse-t-Il te bénir!... S'Il n'est pas, tu mourras au moins en une magnifique apothéose d'espérance... C'est égal!

– Tu es malheureux, Sélah ed-Din, de ne pas croire! Enfin, puisse Dieu te seconder pour ton dévouement à notre cause et te rendre à sa sainte religion! Sois heureux, mon frère, et moi, j'ai atteint mon Idéal... Si, avant une année, j'ai gagné le Ciel, ne m'oublie pas, et tâche de prier pour ma mémoire! Adieu! Je pars ce soir même avec Si Djéounder el-Hadj Ali pour le pays des Béni-Mézab. *Fi émane Allah lilazélyé!* Adieu pour l'éternité!

Sélah ed-Din et Mahmoud l'embrassèrent, très émus.

Il s'éloigna.

– Il est heureux! *Allah mahboum!* Dieu soit avec eux! mur-

mura Mahmoud, le regard perdu dans le lointain, avec un geste
vague de bénédiction...

> *Allah yemkesef à àmrech!*
> (Dieu te fasse mourir jeune!)
> PROVERBE ARABE.

Une année après, dans les plaines infinies de Habilat, dans
l'extrême Sud...

Un village de *gourbis* arabes en torchis, perdu dans l'immensité
rousse...

Alentour, le grand Désert morne resplendissait à l'implacable
soleil de midi.

Une brume sanglante traînait à l'horizon, et parfois d'imagi-
naires nappes d'eau lointaines apparaissaient, miroitantes...

Au-dessus des misérables *gourbis* et des petits murs bas en
terre battue, quelques dattiers desséchés laissaient pendre, raides
et inertes, leurs feuilles brûlées par le *khamsin*, dans l'atmosphère
accablante...

Le *douar* était investi par les troupes d'Afrique, légionnaires et
tirailleurs indigènes...

Tout autour du *douar* désolé et de la petite *kouba*, c'étaient des
cris furieux et une fusillade dont le crépitement continuel allait se
perdre dans les lointains *sans écho*...

... Le soleil se couchait sur la *hamada* immense, au milieu
d'une sinistre buée rougeâtre et terne...

Le *Bled el-Atèch* inondé de lueurs sanglantes avait un aspect
lugubre...

Pas un souffle de vent, pas un souffle de vie sur cette immensité morte...

Cette terre du Prophète, ce *Dar el-Islam* était bien désolé, ce
soir de carnage...

Les *gourbis* incendiés fumaient encore.

Et entre ces décombres noirâtres, des cadavres en *burnous* tout
maculés de sang gisaient, des cadavres musulmans, tranquilles à
jamais et attendant, la face tournée vers le Ciel, d'être ensevelis
dans cette terre musulmane pour laquelle ils étaient morts...

La petite mosquée brûlait, elle aussi, la dernière... Le minaret bâti en torchis, comme tout le reste, se crevassait sous l'action des flammes... Enfin les flammes commencèrent à l'envahir...

Le soleil était déjà descendu à l'horizon morne et ressemblait à un grand disque rouge et terne sans rayons, prêt à sombrer dans des vapeurs violacées...

Et alors, du haut du minaret, du milieu des flammes et de la fumée âcre, une voix d'homme s'éleva, une voix très pure et très jeune...

C'était la voix séculaire de l'Islam.

La voix psalmodiait, très haute et très claire, les éternelles paroles immuables, la gloire de Dieu unique, la victoire prochaine des Croyants – et la destruction de l'Infidèle...

La voix s'élevait, de plus en plus claire et vibrante, et ce chant inspiré de la foi musulmane allait se perdre dans l'infini silencieux du Désert muet.

Pour la dernière fois, le *thaleb* Halim ben Mousour ou bou Djeina psalmodiait l'appel solennel aux fidèles, remplaçant le *mueddin* défunt...

Et il allait mourir, et les frères auxquels il s'adressait dormaient, reposés à jamais, sur le sol natal...

Enfin, la voix du martyr faiblit, descendant peu à peu en une plainte douce et résignée, en une plainte d'enfant invoquant, à l'heure suprême de mourir, l'Inconnu problématique...

Le minaret s'effondra en un tourbillon d'étincelles... Il ne resta plus qu'un amas informe et fumant, sur lequel couraient encore quelques sinistres flammèches bleues...

Le Désert s'était plongé dans les ténèbres... Le *douar* des Béni-Ourbân n'existait plus et la voix des *mueddins* de l'Islam s'était tue à jamais sur cette solitude perdue dans le *Bled el-Atèch* immense...

Finie la courte odyssée glorieuse et mélancolique de cet enfant du Désert archaïque rencontré jadis, par une douce nuit d'été, dans la cour confuse et sauvage d'un *fondouk* de caravanes, à El-Médiya, à l'ombre morne et lointaine du grand *djebel* Ouaransénis...

Anéanti cet être éphémère, et retourné à la Terre, réservoir très mystérieux des indestructibles atomes...

Morte pour le temps et pour l'éternité, inutilement sans doute, et cruellement, cette jeune vie pure et intense, évanouie dans le gouffre insondable de l'inéluctable Mort...

« Oh! nos âmes humaines qui durez un seul jour, où serez-vous demain et où sera votre mémoire? »

NOTE

Un rêve d'Orient maghrébin, avec une foule de détails authentiques : signée N. Podo-linsky, *Vision du Moghreb* est publiée le 15 octobre 1895 – avec ce sous-titre « Fragment de *Bohème russe*, roman pour paraître sous peu » – dans *la Nouvelle Revue moderne*, alors qu'I.E. n'a jamais quitté Genève.

L'année précédente, son frère Augustin découvrait l'Algérie en s'engageant dans la Légion. Il a servi d'informateur. Mais c'est bien I.E. qui se cache et se dévoile dans cha-cun des personnages de ce texte.

La littérature et l'errance y sont déjà liées dans le désir de se fondre, jusqu'à l'anéan-tissement, dans le désert et dans le monde musulman. Le « frère inconnu » de Pierre Loti accomplira cette prophétie.

Vision du Moghreb n'a pas été rééditée depuis sa première publication.

Doctorat

Aujourd'hui, la soirée était tiède et de longs nuages blancs flottaient au-dessus des dentelures encore neigeuses du Jura. Il y avait pourtant dans l'air une grande langueur, une paix *d'attente*, avant la grande poussée de vie de mai.

Je sais bien qu'en passant les heures indéfiniment prolongées assise à ma fenêtre, à contempler, à travers le paysage familier de cette banlieue mélancolique, ma propre tristesse, je perds les fruits du labeur acharné, presque sincère de tout le semestre d'hiver... Mais l'ennui du présent et sa monotonie m'accablent et, comme toujours, je me plonge dans la vie contemplative.

... Tandis que je réfléchissais à toutes les inutilités morales s'accumulant de plus en plus autour de moi, on frappa.

C'était une jeune fille inconnue, petite et frêle, avec un pâle visage triste encadré de cheveux bruns et bouclés, coupés d'assez près.

Elle m'aborda en russe, avec un sourire doux : « Je viens de la part du Comité de secours des étudiants russes. Je viens d'arriver de Russie pour terminer mes études médicales et suis sans aucunes ressources. On m'a dit que, comme secrétaire du Comité, vous pourriez vous occuper de me trouver un logement. »

Dans ce petit monde très à part des étudiants russes, épris du rêve socialiste ou de celui, plus vaste, de l'anarchie, il est une grande sincérité de convictions : le devoir social de l'aide mutuelle est envisagé franchement et comme une nécessité absolue de la vie. La fausse et inique honte du pauvre est anéantie, remplacée par le sentiment du droit absolu à la vie.

Chouchina m'adressa donc sa demande sans gêne ni réticences, simplement.

Je lui offris une chambrette attenante à la mienne et elle y restera jusqu'à la fin de ses études.

Elle est sibérienne, fille de petits bourgeois d'Yénisseisk. Son but est de passer au plus vite son doctorat et de retourner là-bas secourir ses frères, dont elle parle avec attendrissement.

Elle se reconnaît un très humble, un très obscur soldat de la grande armée des précurseurs. Ce rôle la fait vivre et elle est heureuse.   -

Ah! ce bonheur des fanatiques qui passent leur existence dans un rêve d'absolu!

Dans l'univers, Chouchina ne voit que l'homme – la bête aussi – au second plan. Il y a tout un monde de sensations – les plus subtiles – qu'elle n'a jamais abordé et qui lui est indifférent.

Comme caractère, beaucoup de sérieux, de modestie et de douceur. En résumé, charmante petite camarade avec laquelle je ne serai jamais en conflit.

3 mai.

Chouchina est d'une discrétion, d'un tact parfait dans la vie commune. Elle respecte mes rêveries, supporte mes trop fréquentes sautes d'humeur qu'elle accueille en souriant, tâchant de m'adoucir les heures noires d'angoisse provenant tellement de causes diverses et ténues qu'elle semble ne pas en avoir du tout... ces heures lourdes que je traverse depuis quelque temps.

Sous notre familiarité discrète de langage, il n'y en a pas d'esprit, car nous sommes très différentes, mais Chouchina est l'une des rares natures dont la présence autour de moi ne m'irrite ni ne m'ennuie. Mon attachement pour elle est basé, certes, sur un sentiment très égoïste de bien-être personnel... Mais le sait-elle seulement?

Pour elle, cette médecine que nous étudions ensemble n'est ni un métier, ni un art : c'est un sacerdoce. Pour elle, Chouchina servira l'humanité. Parfois, elle s'étonne de me voir sourire de ses théories, quand elle sait que toute souffrance m'affecte profondément, quand elle voit que je souffre plus intensément qu'elle-même, peut-être, de voir souffrir.

... Elle est très frêle. Il semblerait que le moindre souffle devrait faire vaciller la petite flamme vive de son existence... Et cependant, elle est d'une activité menue et silencieuse de fourmi, d'un dévouement perpétuel et patient. Elle semble aussi inaccessible au découragement qu'à l'enthousiasme.

Juillet.

Chouchina m'inquiète. Sa santé est bien plus chancelante que je ne le croyais. Elle a depuis quelques jours des faiblesses. Son sommeil est troublé et elle se réveille baignée de sueur froide. Elle tousse...

Et, parfois, depuis que, plus attentivement, je l'observe, je surprends dans le regard jadis si calme de ses grands yeux gris lilas, une expression de crainte, presque d'angoisse. Mais elle ne se plaint pas, elle se soigne consciencieusement et continue son travail obstiné : en octobre, elle doit passer son doctorat.

A l'inquiétude réelle que j'éprouve, je vois que, peu à peu, inconsciemment, je me suis attachée à ce petit être, qui tient si peu de place et qui, sous des dehors de faiblesse et d'effacement, est vaillant et bon.

Je lui ai parlé de sa santé. Alors, avec un sourire très calme, elle m'a répondu :

— Mais oui : je suis phtisique... il y a longtemps. Quand j'étais infirmière au dépôt de Tioumène, où passent les émigrants russes s'en allant en Sibérie, j'ai ressenti les premiers symptômes. Seulement, depuis lors, je m'observe et je me soigne. Je voudrais passer mon doctorat avec succès et, après, avoir quelques années devant moi pour travailler.

A ces derniers mots, une ombre grise passa dans son regard... Elle ne veut pas approfondir cette question. Elle ne *veut* pas laisser son angoisse se formuler... Elle en a peur.

Il y a une douloureuse incompatibilité entre les exigences contraires de son état de santé, car elle traverse une crise dangereuse, et celles aussi tyranniques du travail assidu et complexe qui lui incombe.

Et moi, admirant ce courage tranquille et ce vouloir de vivre et d'être utile, je ne puis rien pour elle, car elle n'a besoin ni d'encouragement, ni de consolations.

Elle ne veut pas consulter un médecin, disant qu'elle sait très bien ce qu'elle a et ce qu'elle doit faire... Et là encore, je devine une secrète faiblesse : n'a-t-elle pas peur d'entendre un autre dire tout haut, avec des mots d'une désespérante netteté, ce qu'elle pense ?

Pendant ces trois mois qui viennent de s'écouler, son état a été stationnaire. Par des prodiges de soins et surtout d'énergie, malgré le prorata très restreint de nos ressources – une brouille passagère avec ma famille me laisse sans subsides pour le moment – Chouchina s'est maintenue sur pied et à l'œuvre. Seulement, l'inquiétude de son regard s'accentuait souvent et semblait presque de l'épouvante.

Cependant, la sérénité de son caractère ne diminuait point, ni son assiduité au travail.

Visiblement, elle maigrissait. La petite toux brève et sèche était devenue presque continuelle.

Il y a peu de jours, elle se décida à consulter notre amie, Marie Edouardowna, doctoresse experte et bienveillante...

– Soignez-vous bien. Pas de coups de froid. Mangez beaucoup et prenez des fortifiants. Prenez aussi de la créosote.

A moi, Marie Edouardowna dit avec une gravité attristée :

– La fin est très proche. Cette fille a une force de volonté peu commune et c'est ce qui enraye un peu les progrès du mal. Elle mourra presque à la peine. C'est navrant, cette mort juste au moment où elle touche à la fin de son dur labeur, où elle croit pouvoir commencer le *vrai* travail, celui qui était le but de sa vie !

– Croyez-vous qu'elle le passera, son doctorat ?

Marie Edouardowna hocha la tête dubitativement.

Quand je rejoignis Chouchina, elle était assise sur son lit, inactive par extraordinaire, m'attendant. Je fus frappée du regard anxieux, interrogateur, presque sévère qu'elle darda sur moi, me révélant la lutte atroce qui s'était engagée en elle entre la certitude dictée par son intelligence lucide, le savoir et le vouloir de vivre, obstiné, et l'espérance vivace.

J'eus de la peine à dominer l'émotion qui m'envahit sous ce regard et à lui dire :

– Marie Edouardowna vous trouve affaiblie. Mais, pour le moment, il n'y a d'après elle aucun danger si vous ne perdez pas courage et si vous vous soignez bien.

Pour la première fois devant moi, Chouchina eut un mouvement de révolte à la fois et de faiblesse.

Elle joignit convulsivement les mains :

– Oh ! encore, encore quelques années ! Tant de travail, tant d'efforts...

Elle se tut et, après un long silence, elle se leva, souriante de nouveau.

– Je suis de garde cette nuit à la maternité pour un accouchement qui s'annonce mal. Ne vous inquiétez pas.

– Mais faites-vous donc remplacer! J'irai, si vous voulez.

– Oh! non. Vous savez que je prépare ma thèse et je ne veux pas perdre des observations déjà assez rares sans cela.

Depuis lors, elle dure, toujours semblable, quoique d'heure en heure plus faible... Et je sens que le vide qu'elle laissera auprès de moi sera profond... bien plus profond que je ne l'aurais supposé avant la certitude de sa mort prochaine.

Mardi, 28 octobre.

Chouchina est morte vendredi à la nuit.

Elle est restée alitée huit jours. Le vendredi, très faible, oppressée et toussant beaucoup, elle avait voulu assister à un cours qui l'intéressait. Elle rentra assez tard et me dit :

– Je suis bien lasse. Je vais me coucher. Demain je vais commencer à récapituler tout ce dont j'aurai besoin pour l'examen... Plus que huit jours!

Je lisais.

Tout à coup, j'entendis un râle étouffé dans la chambre de Chouchina dont la porte restait entr'ouverte.

J'entrai.

Assise sur le lit, les mains crispées sur la couverture, les yeux brillants, elle regardait dans le vague. Elle me vit.

– Quand?... Quand?... Quelle date avons-nous?

Je fus effrayée du changement de sa voix, saccadée et fébrile.

– C'est le 6, aujourd'hui. Mais pourquoi? Couchez-vous, il fait si froid.

Mais son agitation croissait.

– Le 6! Le 6! Mais il n'y a plus que huit jours... et je n'ai rien fait, rien fait...

Elle avait le délire. Brusquement, elle retomba sur son oreiller, les yeux clos, tranquille... Profitant de cette accalmie, je montai chercher un camarade interne à l'hôpital cantonal et nous passâmes la nuit au chevet de Chouchina, tantôt agitée, tantôt plongée en un marasme qui nous effrayait.

Elle ne reprit plus connaissance que pour de courts instants, redevenant tout de suite la proie des hallucinations sombres qui crispaient d'effroi les muscles de son visage décoloré, tout semblable à une fleur fanée et qui voilaient le regard plus bleu, plus immatériel.

Toutes les fois qu'elle sortait de ce cauchemar pesant, elle manifestait une croissante angoisse, réclamant désespérément les journaux du jour pour voir la date, démêlant, à travers le brouillard qui troublait déjà son intelligence, notre supercherie.

– Mon Dieu! Mais vous me dites des mensonges! Voilà deux jours que vous me dites que nous sommes le 7!... Oh! donnez-moi les journaux! Ne me faites pas manquer mes examens...

Une fois qu'elle était plus calme, elle prit la main de l'interne Vlassof, et lui dit d'un ton suppliant, avec un regard d'une tristesse infinie : Vlassof! Cher ami... Dites-moi la vérité! Vous savez que je ne vivrai plus longtemps... Il ne faut pas me faire manquer cette session... L'autre est si loin. Prévenez-moi la veille, et je serai sur pied, je vous assure...

La volonté de durer, de parfaire son œuvre était si forte en elle qu'elle s'illusionnait sur son état, croyant en la toute-puissance de la volonté.

Mais ces accalmies étaient brèves, et le sombre délire de la fin la reprenait presque aussitôt.

Elle craignait surtout la solitude. Elle voulait être veillée, comme si elle eût redouté l'apparition d'un fantôme déjà entrevu, mais que notre présence éloignait...

Parfois, elle croyait être aux examens et, dans le silence des nuits angoissées, elle répétait des formules, s'efforçant de les expliquer, de tirer une à une, péniblement, ses idées du grand vague, où son esprit flottait déjà.

Chose étrange, pas un seul instant elle ne perdit la notion très nette de la nécessité de se soigner et elle se laissait faire avec une soumission absolue.

Le dernier jour, elle fut plus calme, silencieuse, son regard déjà atone et indifférent flottait au loin. Sans nous voir, elle fixait ses yeux sur nous, et semblait regarder à travers nos corps, très loin.

Son corps décharné, son visage devenu anguleux paraissaient à peine dans les draps blancs du grand vieux lit à deux places, sur l'oreiller où sa tête légère faisait une presque imperceptible dépression.

Marie Edouardowna nous dit :

– Il ne faut pas la quitter. C'est tout à fait la fin.

Et Vlassof et moi nous demeurions là, assis près d'elle, silencieux comme ceux qui veillent les morts.

La journée fut longue dans cette attente d'une chose redoutée, inexorable.

Depuis plusieurs jours, Chouchina n'avait plus parlé des examens, ni demandé les dates des jours qui s'écoulaient.

C'était le jour des examens, et nous nous réjouissions de cet oubli où Chouchina semblait être plongée.

Vers cinq heures, tandis que le crépuscule froid d'automne assombrissait la chambre, Chouchina commença à parler. Ce fut d'abord un murmure inintelligible, entrecoupé. Puis, rapprochés, attentifs, nous entendîmes :

– Dimanche, c'était, c'était le 8... le 8... oui. Lundi ? lundi, le 9...

Avec une lucidité surprenante, malgré nos supercheries, elle se souvint des jours et des dates... Plus elle approchait de cette date fatale du 15, et plus son agitation grandissait.

Tout à coup, elle se souleva, s'assit, étendant les bras devant elle... Ses yeux étaient grands ouverts, ses joues colorées, ses lèvres sèches tremblaient.

– Mais alors... alors... C'est le 15, aujourd'hui... le jour des examens. Et c'est le soir... Et vous ne me l'avez pas dit... Méchants, oh ! méchants... Mais je vais leur dire... Je vais... Donnez-moi mes vêtement...

Elle rejeta les couvertures et voulut se lever. Mais elle retomba sur le lit, d'une pâleur livide, les yeux clos.

Un hoquet bref et fréquent la secoua tout entière.

– Elle meurt..., dit Vlassof penché sur elle.

Puis Chouchina se calma. Elle rouvrit les yeux... nous regarda et, pour la première fois depuis qu'elle était alitée, son regard fut, comme jadis pleinement conscient et profond... d'une profondeur d'abîme.

Elle nous sourit, doucement, tristement.

– Voilà... c'est fini... Et moi qui aurais tant voulu vivre... travailler... C'est fini...

Après un long silence, elle ajouta avec une ironie d'une amertume affreuse :

– Le doctorat est passé maintenant...

Puis, sa main blanche, allongée, sa petite main de morte se tendit vers les livres que, sur ses instances, nous avions dû laisser près de son lit... Elle prit un mince traité et, d'un grand effort, l'attira sur sa poitrine... Elle ferma les yeux et garda le silence, serrant le livre comme une chose chère, contre sa poitrine oppressée.

Lentement, deux larmes, lourdes, des larmes d'enfant, coulèrent de dessous ses paupières closes, sur ses joues creuses... son visage exprimait une désolation sans bornes, mais sans révolte, douce et résignée...

Son corps se tendit un peu, ses mains se crispèrent sur le livre, puis devinrent inertes. Ses yeux s'ouvrirent à demi vides...

Un grand silence régna dans la chambre étroite où, silencieusement, Vlassof pleurait, dans la lueur rose de la lampe à abat-jour...

Dans la rue, des étudiants allemands passèrent en chantant un air alerte, fêtant leurs probables succès aux examens...

NOTE

Doctorat est la seule nouvelle où l'auteur romance sa vie à Genève, auprès des étudiants russes. Des souvenirs des années 1895 et 1896, elle tirera plus tard le héros de son roman *Trimardeur*.

Cette nouvelle fait partie des manuscrits publiés par René-Louis Doyon dans *Contes et Paysages*, en 1925 (La Connaissance), une édition de luxe à tirage limité et dont nous venons de retrouver l'un des cent trente-huit exemplaires. L'ensemble des textes de ce recueil a été réédité dans *Au pays des sables* (Sorlot, 1944).

A mon frère Augustin de Moerder.
Souvenir d'affection.

Per Fas et Nefas

Usant à l'envi leurs chaleurs dernières
Nos deux cœurs seront deux vastes flambeaux
Qui réfléchiront leurs doubles lumières
Dans nos deux esprits, ces miroirs jumeaux.

Un soir fait de rose et de bleu mystique,
Nous échangerons un éclair unique
Comme un long sanglot, tout chargé d'adieux...

BAUDELAIRE, *les Fleurs du Mal.*

Enseveli au milieu de toutes les blancheurs laiteuses de son lit et de sa chambre, Michel Lébédinsky se mourait lentement...

Par ce beau matin de mai radieux et ensoleillé, il semblait plus faible et plus près déjà de l'inéluctable fin.

Sa souveraine beauté mâle s'était, depuis ces derniers quinze jours, excessivement affinée, beaucoup adoucie surtout...

Seuls en son masque d'une blancheur singulière, les grands yeux sombres vivaient encore d'une vie intense de géant à l'agonie.

Parfois, à travers ses larges prunelles changeantes, passaient des éclairs de jadis, reflets mourants de sa force jeune, et de sa presque surhumaine énergie...

Mais d'ordinaire, cependant, ils semblaient plongés, vagues tout à fait, en une mélancolie de rêve amer.

Souvent ses lèvres livides, par un contraste singulier, souriaient d'un étrange sourire de *volupté* douloureuse – presque douce parfois.

Très silencieux, il semblait presque ne pas s'apercevoir de la fréquence de mes apparitions à son chevet.

Son indifférence à mon égard était extrême : ce ne fut que le cinquième jour qu'il me demanda mon nom... Jusque-là, il m'avait appelée simplement *docteur*, ou bien, avec une ironie voulue, presque méchante, mademoiselle Bas-Bleu.

Très patiemment je l'étudiais, suivant sa lente agonie avec un intérêt toujours croissant et aussi, très involontairement, avec une vague tristesse, un regret de ce grand artiste génial qui allait mourir à cette heure solennelle d'apothéose à laquelle tous aspirent – et que si peu atteignent...

Le *renégat* génial ne se plaignait jamais.

Pendant les longues heures des nuits sans sommeil, il restait couché sur le dos, immobile, les yeux clos.

Il ne parlait pas, et un lourd silence régnait dans cette chambre de petit hôtel propret au bord de la mer...

Par désœuvrement, et aussi par intérêt purement psychologique, je descendais chez Lébédinsky beaucoup plus souvent que ne m'y obligeait mon devoir professionnel...

Et ce matin-là, Lébédinsky regarda par la fenêtre ouverte le ciel clair et les mâts des navires là, tout près, se détachant en traits déliés sur le bleu profond, immaculé...

... Depuis longtemps, il savait que la phtisie l'emporterait au plus beau de sa jeunesse. Il avait voulu qu'au moins sa vie trop courte fût une apothéose d'art, de volupté, d'amour et de pensée... Et à présent, quand il avait senti la mort approcher, fatalement et sans rémission possible, il voulut mourir comme il avait vécu, en esthète et en épicurien.

Il avait choisi cette ville antique à la chevaleresque devise *Civitas Calvi semper fidelis*, pour y venir agoniser et mourir, en face de la grande mer bleue qu'il avait tant aimée en artiste et presque en amant, qui avait inspiré son génie et dont il voulait, jusqu'à son heure dernière, entendre encore la grande voix désolée pour le bercer en son assoupissement ultime...

Et elle était là, elle pleurait tout près, pendant les nuits des tumultes et des tempêtes, et sa plainte immense endormit l'agonisant...

Il la sentait proche, et il l'écoutait, sans se lasser jamais de sa grande mélodie d'épouvante...

J'étais venue m'asseoir près de l'autre fenêtre, et je regardais, moi aussi, le golfe étincelant au soleil du matin, et les montagnes lointaines perdues dans une brume lilacée...

Et, dans mon cœur malade d'incrédule et de sceptique du siècle, l'éternelle question sans réponse « Pourquoi ? » se dressait encore une fois, sans échos, dans la brume grise de l'impénétrable mystère...

Devant cette beauté absolue de l'Univers, devant cet enivrement de la terre amoureuse se pâmant sous le soleil fécondateur, des sou-

venirs tristes et étrangement doux envahissaient mon âme nostalgique de l'éternel *Ailleurs*, des souvenirs auréolés déjà du nimbe
mélancolique et lumineux des choses mortes, envolées pour jamais,
et déjà lointaines... Et aussi, par instants, je pensais à cet homme
étrange qui agonisait lentement, là tout près...

Quinze jours auparavant, il arrivait à Calvi et louait l'étage supérieur de cet hôtel...

Le lendemain, il ne se relevait plus.

Par un caprice étrange, soit nostalgie douloureuse, soit simplement fantaisie de mourant, il avait demandé expressément un médecin russe.

Et forcément, le choix était tombé sur moi, aucun autre médecin
russe ne se trouvant dans les environs.

Et j'avais accepté de le soigner pour connaître de près ce géant de
l'*Art*, ce grand *renégat* admiré et maudit tout à la fois, qui passait
pour avoir renié à jamais la patrie lointaine et *nous autres*, ses frères
de jadis et qui, volontairement, s'était exilé pour toujours.

Dès le début, j'avais vu qu'aucune ombre d'espoir ne restait plus...
Il pouvait encore traîner ainsi quelques semaines, trois, peut-être, ou
au plus, un mois. Après, c'était la fin, inexorablement.

Par devoir, je lui avais proposé de réunir en consultation quelques
distingués confrères corses.

Dédaigneusement, il avait répondu :

– *Inutile !*

Il semblait, à première vue, ignorer sa fin si proche et pourtant,
dès le premier instant, j'avais compris qu'il ne se faisait aucune illusion sur tout ce que son état avait de désespéré définitivement.

Jamais il ne me parlait de son mal, jusqu'à ce jour-là. Il ne semblait pas s'en inquiéter...

... Mais dans son regard plus fixe et plus sombre, dans la contrac-
tion plus douloureuse de ses sourcils noirs, j'avais saisi la genèse et le
développement d'une idée qui, visiblement, à travers des phrases
multiples de lutte cachée, montait en lui, de jour en jour plus envahissante déjà, presque unique souvent...

– Mademoiselle... Podolinsky !

Sa voix très affaiblie, mais vibrante encore parfois, m'appela pour
la première fois par ce nom.

Je m'approchai. Lébédinsky fixa sur moi un regard sombrement
interrogateur.

– Écoutez ! Oubliez toute la routine du métier, oubliez tout ça. Je
sais que je vais mourir mais je veux savoir *quand*, je veux que ce soit
vous qui me le disiez.

Je le regardai un instant, puis, sans hésiter, je lui dis :

— Oui, Lébédinsky, vous allez mourir.

— Bientôt, n'est-ce pas?

— Oui.

Dans ses yeux altiers passa un éclair d'*orgueil* farouche, une *lueur noire*, comme s'il embrassait déjà de son œil immatérialisé l'immensité sombre du Néant absolu d'outre-tombe.

Puis, avec sa grâce féline, il jeta ses mains jointes sous sa tête renversée, avec un sourire presque heureux, et un soupir voluptueux, à pleine poitrine...

— On dirait, Mikaïl Alexandrovitch, que cette certitude vous réjouit!

Il ne répondit rien.

Sciemment, je venais de commettre une cruauté, un acte contraire absolument à mon devoir professionnel, et je l'avais fait froidement, dans l'unique but d'étudier les replis secrets de cette organisation étrange de Lébédinsky... D'ailleurs, je voyais bien que c'était égal, et qu'il était perdu inexorablement.

Longtemps, les yeux vagues, il resta immobile.

Tout à coup, il demanda avec un sourire étrange :

— Avez-vous jamais aimé? Quel monde ignoré de tous et fermé que votre âme solitaire de bas-bleu! Quel âge avez-vous, que vous semblez si jeune?

— Je suis vieille, j'ai vingt-huit ans déjà...

— Tant que ça? Mais vous pouvez me le dire à moi, puisque je vais mourir... Avez-vous *aimé*?

— Oui.

— *Entièrement*?

— Comment, entièrement?

— Autrement que platoniquement? Tenez, cela se voit à vos yeux... et si ce n'était pas, vous ne sembleriez pas si jeune.

Il me regardait presque gaiement, avec un sourire bon enfant, un peu *entendu*, que je ne lui soupçonnais même pas.

— Oui, vous avez deviné juste.

De nouveau, il resta silencieux, très loin, probablement, de moi et de cet entretien à bâtons rompus.

— Pourquoi êtes-vous venue à Calvi?

Quand je lui eus dit la vérité, il eut un soupir et dit :

— Tenez, il y a près de Larnaka, à Chypre, un bois de châtaigniers, sur un rocher, non loin de la mer... L'endroit est admirable... Eh bien, j'aurais tant voulu y retourner encore une fois avant de mourir... J'y ai goûté la plus absolue ivresse d'amour qui puisse être donnée à un homme. Et pourtant, Dieu sait si j'ai usé et abusé de l'amour sous toutes ses formes! Oui, j'aurais voulu revoir encore cet endroit-là... seulement, c'est bien fini, et je vais mourir... Ah, ce beau rêve d'il y a trois ans!

... Longtemps, les yeux tristes intensément, il resta immobile, puis tout à coup, il dit :

– Écoutez... je voulais vous demander un...

Un accès de toux l'interrompit. Il étouffait. La garde rentra et vint soutenir sa tête, le soulevant. Rapidement, le linge que je lui donnai se teignit de sang...

– Lâchez-moi, Reparata! murmura faiblement Lébédinsky.

Pour la première fois, son regard trahissait sa souffrance cruelle.

La respiration plus pénible, il ne bougea plus... Ses lèvres décolorées se contractaient douloureusement.

Enfin, brutalement, le regard dur et soucieux, il dit à sa garde :

– Allez-vous-en, Reparata. Attendez que Mademoiselle vous appelle.

Puis, quand elle fut partie, à moi :

– Est-ce que je durerai encore.. une dizaine de jours?

– Oui, peut-être plus encore.

Je n'avais aucun scrupule à lui dire la très sombre vérité, sachant bien qu'il était absolument inutile d'essayer de lui donner le change.

– Alors... je vous prie... voulez-vous télégraphier à l'un de mes amis, à Athènes... de venir de suite ici, mais tout de suite, aussi!

– Certainement.

Avec une sombre ironie très amère, il dit :

– Ah oui, on ne refuse rien aux condamnés à mort!

Puis, avec un geste de défi méprisant :

– Du jugement des hommes et du vôtre, je m'en moque... Oh! que je méprise tous les Pharisiens! Hé bien oui, je l'aime, je l'aime! Envers et contre tous! En dépit de la Nature et de la Mort! Et tenez, j'en suis fier!

Je ne comprenais pas de qui il parlait, mais je l'observais, craignant un commencement de délire.

– Cessez de parler, Mikaïl Alexandrovitch! Dites seulement le nom et l'adresse de votre ami... Je vous laisserai Reparata et j'irai moi-même au télégraphe, pour que vous puissiez être certain...

– Merci!

Pour la première fois, il me tendit la main et me jeta un regard très doux, presque affectueux.

– Rue d'Homère, 7... Stélianos Synodinos, étudiant en droit. Signez *Michel*...

Soudain, il prit ma main et, pour la première fois, il me dit en russe :

– Merci, Podolinsky, merci... Et ne croyez pas que je suis le renégat cynique qu'on dit !... Écoutez : « Mais plus que tous les parfums et les autels étrangers, le poète des inspirations inquiètes aima, au milieu de ses pérégrinations, sa patrie malheureuse !... »

... Je sortis, sentant pour cet homme étrange une sorte de tendresse très attristée...

J'allais assez vite le long des rues inondées de lumière, réfléchissant au mystérieux monologue de Lébédinsky : « Je l'aime, en *dépit de la Nature* et de la *Mort* ». Qui ? le Synodinos ? Cette idée étrange me vint. Mais non, il est russe, pensais-je, étonnée de ma supposition, avec une sorte de malaise vague...

En rentrant à l'hôtel, je m'attardai un instant à regarder partir un grand bateau à vapeur français. Je le suivis des yeux... Et je pensais avec une étrange tristesse au jour très prochain sans doute où, pour ne plus jamais revenir, j'allais, moi aussi, quitter cette île que je commençais à comprendre et à aimer et où j'allais laisser dans une tombe silencieuse à jamais cet homme au génie puissant, aux passions intenses et tourmentées, si attirant et si jeune aussi, hélas !

... Je regardais les montagnes noyées maintenant dans un rayonnement d'or pâle, d'or byzantin de jadis, et le ciel lumineux au-dessus du golfe miroitant, en d'innombrables petits zigzags de feu mobiles roulant dans l'infini vivant, au-dessus des profondeurs sombres...

... Une semaine après, par une soirée transparente et tiède...

Après sa demi-confession de l'autre jour, Lébédinsky s'était replongé de nouveau dans son mutisme dédaigneux et froidement ironique.

Je voyais bien, cependant, avec quelle impatience fébrile il attendait l'arrivée de son ami... Se sentant faiblir d'heure en heure, et entrevoyant déjà avec cette netteté effrayante le sombre néant, il désespérait parfois.

Mais enfin, la veille, un télégramme de Marseille était venu annoncer l'arrivée de Synodinos.

Avec toutes les précautions possibles, je lui transmis le petit papier bleu.

Il eut un soupir profond, puis, se détournant, il ne remua plus. Inquiète, je regardais de plus près. Entre ses longs doigts blancs serrés sur sa figure, des larmes ruisselaient. Sa poitrine se soulevait douloureusement, déchirée de sanglots convulsifs.

Je m'en allai.

Larmes de joie... ou plutôt d'ultime désespoir?

Quel mystère y avait-il sous cette amitié étrange avec cet étudiant grec?

Et, de nouveau, la même idée troublante me vint.

— Nadéjda Nicolaïewna! (Quand je rentrai, sa voix plus faible retentit dans le silence alangui de la chambre.) Il doit bien y avoir des fleurs... seulement... est-ce que je n'abuse pas...

— Si vous voulez des fleurs, rien de plus facile. Lesquelles aimez-vous le mieux?

— Oh, les lys, les lilas, les roses, les jasmins... toutes les fleurs! Elles m'enchantent toutes également... elles sont si belles et si pleines de vie!

Je lui fis apporter toute une moisson odorante et sa chambre imprudemment remplie ressemblait déjà à une chapelle ardente.

Par une suprême coquetterie d'esthète mourant, il choisissait les plus belles fleurs et les éparpillait sur son lit, sur sa poitrine.

Je le regardais faire, étonnée un peu et inquiète, regrettant presque, et craignant que tous ces parfums ne nuisent.

Mais, en somme, tout cela était si égal, puisque, de toute façon, il était condamné! Je commençais à le comprendre et à le connaître, et je ne pouvais plus me résoudre à le traiter en malade ordinaire.

Comme je descendais, une des filles de service me dit:

— Il y a justement un monsieur qui demande M. Michel... Je l'ai mis au salon.

J'entrais. Près de la fenêtre, debout, je vis un grand jeune homme très brun, mais avec une recherche sévère, tout en noir, comme en grand deuil. Il avait une beauté sensuelle et pâle, tout à fait féminine.

Je remarquai la grâce exquise qui caractérisait le moindre de ses mouvements aisés et lents.

— Stélianos Synodinos, dit-il en s'inclinant... A qui ai-je l'honneur...

Il fixait sur moi ses grands yeux noirs enfiévrés et un peu rouges, en un regard de haine sincère et inquiète qui m'étonna d'abord.

Je déclinai mon nom et ma qualité de médecin, il eut un demi-sourire à la fois très dédaigneux et presque *amusé*, avec un haussement d'épaules à peine perceptible.

Je me retins à peine de sourire moi aussi, car j'avais compris sa première idée: il m'avait prise pour la *maîtresse* de Lébédinsky.

— Il faut que je le voie tout de suite! Comment va-t-il?

– Lébédinsky ? Il est très mal... Ménagez-le, dans tous les cas. Je vais aller le prévenir.

– Vite, vite !

Tandis que je sortais, je vis le jeune homme se tordre les mains en un atroce désespoir.

Avec beaucoup de ménagement, je dis la nouvelle à Lébédinsky. Il pâlit visiblement et se laissa retomber sur les coussins, portant la main à sa poitrine.

– Vite...

Quand il entra, Synodinos tremblait presque, les yeux angoissés.

Je voulus m'en aller, les laisser seuls, mais Lébédinsky me cria avec un de ces regards de défi farouche et méprisant qu'il avait souvent :

– Vous pouvez rester, s'il vous plaît ! Mais restez donc !

Par pur intérêt d'observateur, pour ne pas manquer cette phase capitale du drame que je devinais, je restais.

Lébédinsky s'était soulevé, brusquement, lui tendant ses deux mains presque diaphanes.

Dans ses yeux ardents il y eut, à ce moment, un rayonnement de bonheur suprême, une tendresse infinie, et ce regard d'extase sublime le rendit souverainement beau en sa pâleur de mourant.

Synodinos vint tomber à genoux près de ce lit chargé de fleurs, déjà semblable à un tombeau.

Ce fut un enlacement violent, une étreinte passionnée sans un cri, sans un mot.

Puis, dans le grand silence lourd du soir qui achevait de tomber, j'entendis les sanglots déchirants de Synodinos.

Très doucement, en grec, Lébédinsky lui disait, serrant sur sa poitrine la tête brune du jeune homme :

– Voyons, ne pleure pas, mon chéri... A quoi bon ? Je ne vais pas essayer de te consoler... Mais sois plus fort, mon pauvre chéri !

Ils parlèrent longtemps, très bas, toujours enlacés, Stélianos à genoux sur le tapis, sa tête cachée sur la poitrine de son ami... Ils m'avaient complètement oubliée... Je n'entendais depuis longtemps plus ce qu'ils disaient, parce qu'ils parlaient trop bas.

Peu à peu, accablé, Stélianos avait cessé de pleurer.

Je les laissai ainsi, malgré l'heure tardive.

Pour Lébédinsky, je continuais à ressentir ce même détachement absolu des choses de mon métier. Je ne voulais pas, et cela sciemment, le priver de cet ultime entretien avec cet homme dont je commençais à comprendre plus clairement le rôle.

A quoi bon? Bien des fois déjà, dans les cas désespérés, moi qui suis si loin de toute sensiblerie féminine, je me suis départie de mon devoir étroit de praticienne pour ne plus agir en guérisseuse coûte que coûte, mais en philosophe et surtout en psychologue expérimental... Et cette nuit-là, je voulais le faire.

En cette heure tranquille où quelque chose de solennel semblait planer sur la ville endormie, j'étais plus que jamais absolument maîtresse de tout mon être. Ma volonté dominait le moindre tressaillement de mes nerfs. Seul le cerveau travaillait, et les centres nerveux étaient ravalés au rôle propre d'appareils téléphoniques lui transmettant les impressions à chaque instant.

Je me trouvais en cette heure dans cet état spécial d'absolu calme nerveux et de cérébration intense qui me vient parfois aux heures de danger ou de travail intellectuel ardu, d'opérations chirurgicales très dangereuses, par exemple...

Et, cette nuit, une fois de plus, mon grand scepticisme slave triomphait en moi et je me croisais les bras, sans le moindre dégoût et sans révolte, devant cette antinomie criante envers la nature.

Après tout, me disais-je, tout au monde n'est que pure convention... En face de la Mort, toutes nos théories morales se réduisent à néant.

Je m'en allai errer le long des quais inondés de lumière pâle et phosphorescente. En moi, maintenant, c'était un grand calme qui semblait devoir être définitif, éternel. Avec une netteté jamais atteinte, peut-être, je voyais tout l'absolu néant qui est la Joie, la Douleur, l'Univers, la Vie et la Mort. L'universel Nihilisme triomphait à cette heure de toutes les aspirations jeunes.

Et cependant, je regardais avec une volupté singulière et calme l'admirable féerie de cette nuit méridionale, et, peu à peu, sans secousse, sans déchirement, je me replongeais dans le monde vague et doucement attristé des souvenirs... D'autres nuits de printemps me revinrent à la mémoire, plus languides et plus chaudes, très loin, sur cette terre d'Afrique où j'allais me rendre pour y accomplir un pèlerinage infiniment triste.

Et, comme en de vertigineuses transparences d'abîme, à travers toutes ces choses aimées et jadis si amèrement pleurées, le grand vide final m'apparaissait, seul existant, universel et éternel.

... Deux jours plus tard, à l'heure recueillie du crépuscule...

Lébédinsky était couché à la renverse, amaigri encore et plus faible.

Près de lui, Synodinos qui ne le quittait plus était assis dans le fauteuil de Reparata, tenant les mains du mourant dans les siennes.

Ils étaient tristes tous deux et très calmes, comme si, déjà, ils eussent senti planer sur eux le grand apaisement final du repos éternel.

Très bas toujours, Stélianos parlait. Lébédinsky, les yeux ouverts, avec un vague sourire, l'écoutait en silence.

Un dernier rayon du soleil couchant jeta un reflet rosé très pâle sur la tapisserie à fleurs bleues, sur la couverture immaculée, et sur les cheveux noirs de Synodinos.

Dehors, là-haut, de très petits nuages écarlates nageaient dans l'infini d'or rose en fusion du couchant, tandis que les montagnes s'estompaient en des teintes lilacées.

Les cloches de Calvi sonnaient, lentes et sonores, pour l'Angelus du soir, et leurs grandes voix de deuil allaient se perdre dans l'immensité, dans le ciel incandescent...

Stélianos parlait toujours. Il ne voyait plus, perdu dans le vague tristement trompeur du souvenir... La tête de Lébédinsky avait glissé peu à peu sur le coussin et son regard s'était fait immobile étrangement.

Stélianos parlait, et la musique de sa voix jeune se fondait, en un chant d'agonie désolée, en une plainte de désespoir suprême avec celles des cloches solennelles.

Lébédinsky ne bougeait plus...

Son regard s'était perdu dans le rayonnement d'apothéose du couchant, là-haut, dans le ciel illusoire où, depuis longtemps, il ne savait plus trouver les doux mirages qui ont bercé notre début dans la vie et que, parfois, aux heures de détresse, les faibles et les désespérés essayent en vain d'invoquer encore.

Et Stélianos était *seul*, tenant dans ses mains encore chaudes, encore avides des étreintes folles de jadis, les mains glacées à jamais de son maître, de son idole – de son *amant*.

La pénombre transparente de la nuit achevait de descendre sur la terre assoupie, sur la mer immense en son murmure éternel.

NOTE

Le 15 mai 1896, cette nouvelle, signée N. Podolinsky, porte la mention « à suivre ». Mais, en juin, *la Nouvelle Revue moderne* cesse sa parution et fusionnera, en décembre de la même année, avec une autre publication, *l'Athénée*.

A notre connaissance *Per fas et nefas* n'a jamais eu la suite annoncée, que, par ailleurs, le récit n'exige pas. Il pourrait paraître un peu étranger à l'œuvre d'I.E., au moins par le décor (elle ne connaissait à l'époque pas plus la Corse que l'Algérie), mais l'on y retrouve ses interrogations favorites sur l'amour, la mort, l'anéantissement de l'être... et le personnage du médecin qu'elle décide, cette fois, d'habiter.

Silhouettes d'Afrique
– LES OULEMAS –

C'était au temps jadis, au temps lointain déjà où j'étais étudiant à la *zéouïya* du bienheureux *cheikh* Abderrhamène, à Annéba, la vieille cité maghrébine assoupie sur son golfe d'azur, à l'ombre du grand Idou morose... De ce temps-là je me souviens comme d'un rêve de jeunesse, comme de quelque chose de doucement mélancolique qui se serait passé au matin ensoleillé de ma vie, il y a si longtemps, hélas.

Et c'est bien à cette époque de ma vie que l'Islam m'a jeté ce charme puissant et profond qui, par les fibres les plus mystérieuses de mon être, m'a attaché pour jamais à la terre étrange du *Dar el-Islam...*

Et c'est bien depuis lors que l'*Héritage du Prophète* est devenu ma patrie d'élection, aimée pour la vie, par-delà les années et les exils, et les éloignements prodigieux. En hiver et en été, de près et de loin, tant que je vivrai et au-delà !

En ce temps-là – j'avais vingt ans – j'aimais la vie pour ses leurres brillants, pour ses enchantements ineffables, sans souci de l'universelle douleur sans cesse triomphante... J'aimais la vie, mélancolique et sereine, implacable et mystérieuse – le grand sphinx souriant, infiniment charmeur et menaçant.

J'étais un errant – *car je n'eus point de patrie...* J'aimais *théoriquement*, d'un amour triste, un grand pays du Nord – parce qu'il avait vu naître ma mère bien-aimée et parce que, de là-bas, m'étaient parvenus les échos affaiblis, mais encore vibrants, de mélancolies étranges, d'essence identique à celle de mes mélancolies inexpliquées et précoces... le pays slave que je ne devais point connaître... Or, en ce *Dar el-Islam*, j'ai trouvé la patrie tant et si désespérément désirée... Et je l'ai aimée.

Avec une grande netteté de vision, je me souviens des êtres et des choses d'alors, de tout ce qui a disparu déjà, de tout ce qui est destiné à demeurer encore, de tout ce qui restera immuable à jamais à travers les durées infinies du Temps – quand moi aussi je serai depuis des siècles anéanti.

Et, parfois, aux heures de mélancolie, il me semble revoir, surgissant des amas de cendres mornes accumulées à travers les années, la silhouette de la très blanche Annaba, aux pieds de l'Idou austère, se reflétant dans l'azur vivant de son golfe, à l'heure préférée du Moghreb...

Il me semble revoir, comme alors, depuis la terrasse de ma maison mauresque, se profiler sur le bleu profond du ciel, vers l'Orient, l'amoncellement neigeux, vaguement bleuâtre, des vieilles maisons paisibles et immuables à travers tous les tumultes et tous les silences des siècles; farouchement closes à tous les effluves délétères du dehors...

Il me semble aussi revoir des ombres bien-aimées devant lesquelles, maintenant, je voudrais pouvoir me prosterner dans la poussière, en une adoration infinie...

Et je crois entendre, comme alors, la voix claire et mélancolique de Hassène le *mueddin* psalmodier, sur un mode archaïque, les litanies de l'islam, proclamer très haut, dans la grande lueur d'or rouge du couchant, la gloire de l'Éternel...

Maintenant que tout ce qui était debout alors et à mon âme juvénile semblait presque indestructible, presque éternel, – maintenant que les êtres et les choses ont disparu, retournés à l'originelle poussière, c'est avec une grande angoisse, avec un grand frisson glacé que je vais remuer ces cendres mortes de mes premières années, tout là-bas, au-delà de la Grande Azurée... Et c'est bien uniquement pour les frères inconnus et lointains, qui, comme moi, pensent parfois avec la même angoisse et le même inguérissable regret à des contrées chères entre toutes celles, de la terre, où, jeunes encore, à l'aurore enchantée de leurs vies, ils ont aimé, pensé et souffert et où, comme moi peut-être, ils ont laissé en des tombeaux silencieux ce qu'ils aimèrent le plus éperdument, ce qui, en somme, fut leur raison d'être et de se résigner à la douleur – où ils ont, en de déchirantes séparations, laissé les ultimes vestiges d'êtres adorés...

C'est bien uniquement pour les inquiets et les mélancoliques, pour les solitaires et les rêveurs, que je veux évoquer les ombres chères.

1

Aux abords d'un vieux quartier mort, endormi depuis des siècles à l'ombre protectrice de la sainte *zéouïya* des *Aïssaouas* [1], dans une petite rue étroite et très raide, il était une maison basse et fruste, un petit cube de maçonnerie centenaire passé chaque année à la chaux bleue et couronné au-dessus de son toit plat par un vieux figuier planté au milieu de la petite cour mauresque, jadis cimentée, devenue raboteuse et inégale... Sur la rue, rien, pas une fenêtre, pas une meurtrière. La porte ogivale et très basse, en planches épaisses bordées de fer, et ornée de vieux clous de cuivre, était toujours fermée, et ne s'entr'ouvrait que bien mystérieusement pour laisser entrer ou sortir l'un de nous, qui y habitions : Sidi Mohammed Djéridi le propriétaire, Sidi Abdel Qader, *taleb* nègre du Maroc et moi, connu dans le quartier et à la *djema* sous le nom de Si Mahmoud el Mouskouby, le Moscovite... Parfois seulement, cette porte farouche donnait passage à des ombres voilées sous la *ferrachia* blanche des riches ou sous la *mléya* bleue des femmes du peuple... cela, à la tombée de la nuit, très clandestinement, afin que personne ne pût mettre un nom sur ces fantômes impersonnels...

Il y avait quatre chambres dont les portes et les petites fenêtres ouvraient toutes sur la cour au milieu de laquelle, au pied du figuier centenaire, était le puits à margelle en forme de vase sculpté. Le tronc gris de l'arbre familial s'inclinait au-dessus de l'orifice étroit et allait s'appuyer sur le bord de la terrasse ombragée par ses rameaux encore très verts, ce qui avait valu à la maison le surnom de *dar el-Qarma*, maison du figuier.

Les murs étaient, à l'intérieur et à l'extérieur, soigneusement passés à la chaux bleuie, d'une teinte tendre d'azur, comme la plupart des maisons maghrébines. Les portes étaient fermées par de simples rideaux d'indienne à fleurettes. A droite de ma porte, dans une vieille caisse défoncée, habitaient des pigeons blancs, familiers au point de venir manger avec nous dans la chambre de Sidi Mohammed où celui-ci habitait avec son épouse Lella Fatima et sa petite nièce Yamouna.

Il y avait, sur le bord de la terrasse, l'inévitable pot de jasmin blanc et aussi un petit rosier à fleurs rouges, et les amphores antiques au fond pointu, où l'on tient l'huile. Il y avait dans les branches du figuier un pan de mur appartenant à la maison voisine et où

---

1. *Aïssaouas* : confrérie comptant dans l'Occident musulman une grande quantité de membres capables de très curieux phénomènes d'extase réelle. *(Note d'I.E.)*

s'ouvrait une petite fenêtre où venait parfois nous parler une impayable créature, Bou Bou, une jeune négresse du Soudan impudique et malicieuse, que Sidi Mohammed Djéridi avait en horreur.

Dans la rue raide et mal pavée, jamais aucun roulement de voitures. Seul parfois le bruit rythmique des *cab-cab* [1], en bois, de quelque négresse ou juive, ou le cri chantant des marchands ambulants et des laitiers matinaux... Puis, le silence retombait, lourd et berceur profondément. En ce quartier antique, l'horloge du temps semblait retarder de treize siècles, ou s'être arrêtée dans les dernières années des khalifats d'Occident... Les jours et les années, immuablement pareils, s'écoulaient avec une monotonie berceuse, comme avaient passé les siècles, illuminés toujours par la foi sereine et la tranquille résignation.

Dans la maison, une grande paix régnait, presque solennelle, et en cette paix profonde, il y avait quelque chose de suranné, de très archaïque... Et, quand quittant la ville banale et tumultueuse des *Naçaras* [2] l'on s'y plongeait, c'était comme un brusque recul dans l'abîme insondé des durées abolies...

Au-dessus de la porte de la chambre, Sidi Djéridi avait tracé à l'encre rouge cette maxime fataliste : « L'homme n'évite point l'heure de son destin. »

Aux aurores empourprées, quand, dans la lumière blonde, les coqs chantaient, secouant leur plumage multicolore et les pigeons s'élevaient et tournoyaient dans la fraîcheur parfumée, je m'éveillais sur mon matelas de laine étendu sur un tapis épais... Je m'éveillais avec une sensation délicieuse de force et d'insouciance presque joyeuse... tels les matins heureux de ma toute joyeuse enfance, jadis. Je sortais, vêtu de mes longs vêtements de *haïk* blanc, sous le *burnous* et le turban de soie jaune des Moghrébins *Beldi* (Maures).

Invariablement je trouvais Lella Fatima occupée à allumer son feu de charbon dans un *kanoun* enfumé. Accroupie et son petit éventail tressé en forme d'assiette à la main, elle était tout à sa besogne, soigneuse et digne. Grande et mince sous sa chemise à larges manches de mousseline, à dessins, retroussées et attachées dans le dos, formant fichu, sa longue *gandoura* d'indienne jaune serrée à la taille par un mouchoir de soie rouge, son petit diadème garni de velours et entouré d'un beau foulard noir, Lella Fatima avait été

---

1. *Cab-cab*, sorte de sandales en bois dur, retenues sur le cou-de-pied par une lanière de peau, à l'usage des Négresses et des Juives.
2. *Naçaras*, chrétiens, Nazaréens. On dit au singulier *Nousrani* ou vulgairement *Roumi. (Notes d'I.E.)*

jadis très belle. Maintenant sa figure fanée si honnête et si calme conservait un grand charme fait de paix naïve et de douceur. Cérémonieusement nous échangions de longues salutations, des baise-mains, avec de multiples questions touchant notre santé, nos rêves, et cela pendant cinq bonnes minutes, interrompant nos discours par de nombreux *hamdou-lillah* (louange à Dieu) convaincus.

Ensuite, je m'asseyais sur le tronc du figuier, au bord de la citerne profonde, et, familièrement, nous causions jusqu'au moment où Lella Fatima posait trois minuscules tasses sur la petite *meïda* basse et versait le café très doux. Au milieu, elle plaçait un pain sans levain, de sa fabrication, et un pot de verre bleu rempli de fraises confites dans du miel. Puis, de sa voix placide, elle appelait : *Ya Sidi Mohammed, Ya Yamouna !* « Ô Monsieur Mohammed »... Et, de la chambrette encore fermée, la voix avenante du vieux *taleb* répondait, aussi scrupuleusement polie :*A'nam, ya oumni Fatima !* (« Oui, ô mère, Fatima ») [*Mère* Fatima, formule de respect affectueux...] Et jamais, en aucune circonstance de la vie, l'un d'eux ne se départait de cette politesse bienveillante n'excluant certes ni l'amour, au temps de leur jeunesse, ni une amitié étroite, en leur vieillesse tranquille... Et cela avait un charme très touchant, très esthétique qui les faisait aimer et vénérer... Sidi Djéridi était un vieillard de soixante-cinq ans, grand et maigre. Son visage ovale, émacié, et un peu ascétique, portait l'empreinte d'une douceur et d'une simplicité tout enfantine, malgré l'intelligence claire et toujours en éveil de ses beaux yeux gris de fer. Sa barbe blanche et son habitude de porter son chapelet de bois noir enroulé autour de son cou lui avaient valu les surnoms irrévérencieux par lesquels, nous autres, jeunes *tolba* goguenards, avions l'accoutumance de le désigner : *Bou Léhia,* l'homme à la barbe, le père la barbe, et *Bou Sebha,* le père le chapelet... Il le savait, en riait de bon cœur. Un peu mélancolique et silencieux, fort modeste et très pauvre, vivant de quelques leçons peu rétribuées, Sidi Djéridi avait un charme extraordinaire, semblant se mouvoir en une atmosphère de paix et de sérénité presque supra-terrestre, vivre en un monde spécial de silence et de rêve.

La petite nièce de Lella Fatima, fille naturelle de son frère défunt et d'une riche Marseillaise, était d'une grande beauté et d'un type maure très pur, sauf ses yeux un peu petits et clairs qui trahissaient ses origines de demi-Roumia. Sa mère l'avait abandonnée et Sidi Djéridi l'élevait comme sa fille. Elle pouvait avoir huit ou neuf ans et était fort capricieuse et d'une incurable paresse.

Avec Sidi Djéridi, nous échangions de nouvelles salutations

encore plus longues, puis, autour de la table, nous nous placions sur de petits carrés de tapis ou des coussins. Chacun de nous disait à voix haute cette formule de sanctification : « Au nom de Dieu le Clément, le Miséricordieux » et, en silence selon l'usage, nous déjeunions. Quand nous avions fini, nous nous lavions les mains dans le petit bassin en étain que nous présentait Lella Fatima et nous nous levions, terminant notre repas comme nous l'avions commencé, par un acte de reconnnaissance « Louange à Dieu! ».

Alors, parfois, Sidi Mohammed et moi, nous descendions à la *djema* el-Bey, la mosquée d'Annaba, pour la prière du matin, la *cabéha*.

Graves et majestueusement drapés dans nos *burnous*, nous sortions dans la rue encore pleine d'ombre fraîche et de silence paisible, de plus en plus troublée à mesure que nous descendions vers la place d'Armes, ce centre de la vie maure... Nous parlions doctement avec le grand calme réfléchi des Musulmans, de choses très antiques, de la religion, de la poétique surtout, car Sidi Djéridi, comme tous les *tolba*, était passionné d'ancienne littérature et de poésie. En ces tranquilles et inoffensifs discours, nous arrivions à la ruelle étroite et silencieuse où s'ouvre la petite porte postérieure de la grande *djema*, au pied du minaret, au moment où Hassène commençait à chanter, pour la première fois : *Allahou Akbar!* « Dieu est le plus grand! »

Et, avec les *tolba*, après nos ablutions rituelles, nous entrions dans l'ombre recueillie de la mosquée...

Cette heure de la *cabéha*, celle aussi de l'avant-dernière prière, le *maghreb*, au coucher du soleil, furent les heures les plus délicieuses de ma vie, heures bénies où une paix infinie descendait en moi, et une sereine résignation aux arrêts inéluctables de la Destinée... Heures saintes dont le charme mélancolique m'est demeuré cher à travers les années et les distances vertigineuses – cher, à jamais.

Où sont les paroles assez subtiles et assez ténues, assez vaporeuses aussi et imprécises, qui pourraient traduire ces impressions si profondément individuelles et exclusives?...

... Et qui dira jamais l'ineffable beauté des matins et des soirs d'Afrique, en leurs lumières d'or et de pourpre, et les aurores d'apothéose au rouge soleil émergeant de la mer sanglante et incendiant les sommets âpres des montagnes, et les crépuscules enchantés sur les blanches cités de l'Orient voilant la terre de brumes légères à peine lilacées... et les nuits de lune inondées de lumière bleue, d'une limpidité incomparable... et la splendeur triste des litanies de l'islam, chantées par des voix d'hommes, ferventes et sonores, du haut des minarets et dans le silence solennel des mosquées... proclamant le triomphe de la Foi, et l'inéluctable Destin, et la gloire infinie de l'Éternel! Qui dira ces choses indicibles, au charme puissant... ces choses ineffables si distantes des choses banales de l'Europe enfiévrée et morbide... Il faudrait pour cela des mots tour à tour enflammés et paisibles, d'une délicatesse et d'une douceur inaccessibles au langage humain...

Dans la vaste *djema* solennelle, le murmure doux des prières assoupit toutes les tristesses, en une lente extase...

Cependant, pendant longtemps, en l'épouvantable lutte qui déchirait mon âme plongée dans les ténèbres, j'allais à la mosquée en dilettante, presque impie, en esthète avide de sensations délicates et rares... Et pourtant, dès les commencements extrêmes de ma vie arabe, la splendeur incomparable du Dieu de l'islam m'éblouit, m'attira en un ineffable désir de pénétrer mon être de la grande lumière douce issue de l'âpre et magnifique désert, afin d'échapper à l'effroyable solitude de l'incrédulité... afin de prendre mon essor, hors de l'abîme obscur du Doute, vers les altitudes azurées du Ciel...

Mais de tous les maux qui affligent l'âme humaine, le Doute est le plus lent et le plus ardu à guérir... Et l'homme qui pense n'est plus maître de croire ou de nier.

Ce fut donc en une grande tristesse, en une angoisse intense que je cherchai la félicité de la Foi.

Or, un soir limpide d'été, quand la grande chaleur lourde du jour se fut apaisée, je passai parmi la foule silencieuse des Musulmans, dans la petite ruelle blanche, dans l'ombre du vieux minaret doré d'une vague patine de soleil.

Là-haut, dans la lumière de pourpre et d'or irisé, Hassène le *mueddin* chantait de sa voix mélancolique aux douces modulations lentes l'éternel cantique du Dieu Unique... Cette voix de rêve traduisait d'une manière saisissante toute la grande sérénité de l'islam.

Et, soudain, comme touché d'une grâce divine, en une absolue sincérité, je sentis une exaltation, sans nom, emporter mon âme vers les régions ignorées de l'extase.

Sur le seuil de la mosquée un vieillard aveugle et loqueteux – image tragique en sa résignation de l'antique Sidna Syoub [1] – gémissait sur un air d'infinie tristesse, sa complainte traînante : « Pour Sidna Ibrahim et Sidna Abdelkader et Sidna Belkerim... Pour le Seigneur, donnez-moi un sou, ô croyants en Dieu! »

---

1. *Sidna Syoub* : Job, patriarche biblique. *(Note d'I.E.)*

En passant, chacun lui faisait l'aumône, en silence, et il les bénissait de cette parole d'espérance, toujours la même : « Dieu te le rendra ! »

Pour la première fois de ma vie j'entrai avec une joie inexpliquée, intense et douce, dans la fraîcheur parfumée de la *djema* emplie peu à peu de bruissements étouffés et de vagues échos...

Pour la première fois, en franchissant ce seuil pourtant familier, je murmurai avec leur foi inébranlable : *Allahou Akbar!*

En cette heure bénie les doutes étaient morts et oubliés. Je n'étais plus seul en face de la splendeur triste des Mondes...

En un frisson de mystère j'eus, en l'instant précis où se mourait, là-haut, l'appel triste de Hassène comme un pressentiment intime de l'éternité. Et j'allai, les yeux baignés de larmes extatiques me prosterner dans la poussière, devant la majesté de l'Éternel.

Certes, de telles extases ne sont que des météores lumineux qui ne font que fulgurer nos sphères ténébreuses, les illuminent d'un brusque et incomparable éclat aussitôt perdu dans la nuit plus mortellement noire...

Peut-être même, n'est-ce qu'un leurre divin, arraché à la douleur, une illusion salutaire au mal de l'âme... mais qu'importe! Dans le tourbillon vertigineux des vies et des morts, dans notre suprême détresse, pourquoi et au nom de qui repousser et dissiper les brumes enchantées du Rêve, ultime consolation du plus infortuné des êtres?

Qui me rendra jamais les heures bénies de foi et de douce félicité dans la pénombre bleue des mosquées africaines? Qui me les rendra, les ivresses bienheureuses d'alors, les inappréciables instants d'espérance, quand les réalités noires de la vie semblaient s'estomper et disparaître en un rayonnement doux, et m'ouvrir des horizons infinis de féerique lumière et d'ineffable joie?

Combien jeune et naïve – et plus pure – était mon âme d'alors, emportée vers les régions mystiques de l'extase, sur les ailes irisées de la Chimère...!

Quand, après l'oubli et la lente griserie de la prière, nous sortions de la mosquée, nous nous cherchions et nous appelions tous, les étudiants en théologie et en rhétorique de la *zaouïya*, pour remonter ensemble notre vieille rue de silence et de paix somnolente, sur laquelle s'ouvraient déjà les petites échoppes des boulangers et des cafetiers maures.

Parmi nous – une vingtaine environ –, il y en avait d'espiègles et de mystiques (ces derniers, en petit nombre, d'ailleurs), de nains (?)

et de silencieux, d'indolents et de voluptueux ; tous très préoccupés d'amour et de poésie, seuls goûts intenses et communs à tous.

Par petits groupes, selon les affinités de nos âmes, nous grimpions notre rue mal pavée, avec la lenteur grave des Musulmans, causant sans éclat de voix, presque sans gestes, très calmement, comme il convient à des *tolba* soucieux de leur dignité.

... Entretiens tantôt enjoués, tantôt très mélancoliques, aux groupes de poètes et de rêveurs, où l'Amour et la Mort revenaient souvent... entretiens de jeunes lettrés du Moyen Age, émaillés de citations des grands poètes philosophes de l'islam...

Mes deux amis intimes, Abdesselim ould Esseny et Essalah ben Zerrouk Elerarby, et moi, nous étions étroitement liés, malgré de grandes différences de caractère, par la communauté des pensées et le même goût pour le silence, la contemplation et le rêve indolent.

Fils d'illustres familles maures, issus de races austères et rigides, Abdesselim et Essalah étaient très beaux tous deux, de cette beauté à la fois mâle et très affinée des Maures... ils étaient très jeunes et très épris de liberté, quoique très respectueux des traditions familiales de respect et de soumission. Ils aimaient profondément leur vie arabe et sa berceuse immobilité ; très étrangers et surtout très dédaigneusement indifférents au « Mouvement » européen. Ni l'un ni l'autre ne savait un mot de français. Essalah parlait en perfection l'espagnol, appris au Maroc, sa patrie... Ni l'un ni l'autre n'avaient aucune curiosité pour les choses de l'Europe.

« Que l'on ne nous change point notre Afrique et l'antique patrie, là-bas, notre Yémen et notre Hadjaz, où sont nos saintes mosquées et les tombeaux de notre Prophète ! la paix soit avec lui ! de sa famille et de nos aïeux !... Que l'on ne change rien, que l'on ne relève point les ruines et que l'on ne cherche point à être sage et plus puissant que Dieu, en voulant relever ce que le temps a détruit ! Que l'on ne remplace point nos beaux chevaux par leurs chemins de fer imbéciles, fils de la hâte et de l'agitation insensée ! Que notre islam, au lieu de s'assimiler les mensonges et les fourberies impures de l'Occident, revienne à la pureté des premiers siècles de l'*Hedjira* à sa simplicité originelle surtout !... Ensuite, que rien ne soit plus ni changé ni modifié, à travers les siècles !... Quand le Sage a atteint ce qui peut échoir de bonheur aux fils d'Adam, il ne cherche point, comme un insensé, à changer sa condition et il n'abandonne pas le réel pour la Chimère... les insatiables sont les affamés et les ingrats envers Dieu sont les méchants. »

Tels étaient les discours d'Abdesselim, croyant enthousiaste, en dehors de toute superstition, et affilié à la très puissante confrérie des Sénoussya [1].

Abdesselim se consumait d'amour pour une belle Mauresque aperçue par hasard sur une terrasse. Il ne pouvait pas la revoir et employait ses loisirs à composer des *kacidés* mélancoliques, chantant en vers harmonieux son amour et la beauté de son aimée.

D'elle, d'après de nombreuses et ardentes recherches, il ne savait que son nom : Mannoubia, et le goût passionné de la jeune fille pour la musique, triste infiniment, des flûtes bédouines en roseau.

Tous les soirs, très tard, Abdesselim allait s'asseoir sur le seuil d'une vieille porte basse, toujours fermée, celle d'une antique *zéouïya* abandonnée depuis des années, et dont les *khouan* étaient tous morts ou partis au loin... C'était dans son vieux quartier, à elle. Là, il disait aux échos des ruelles mortes, dans le silence de nuit parfumée de vagues senteurs, ses rêves ardents et ses tristesses, par les sanglots et les soupirs de la petite flûte enchantée.

NOTE

Lorsqu'en mars 1898, *l'Athénée*, créée à Paris trois années auparavant par J. Bonneval, publie la première partie de *Silhouettes d'Afrique, les Oulemas,* Nicolas Podolinsky eut la surprise de voir son texte signé Paul Pionis, l'un des collaborateurs réguliers de la revue littéraire. Erreur rapidement rectifiée le mois suivant, pour la seconde partie. La publication se poursuit ensuite en juin et juillet de la même année.

Le rédacteur en chef, J. Bonneval, apprit beaucoup plus tard que Nicolas Podolinsky était en fait Isabelle Eberhardt.

Jeu des identités : l'oulema Mahmoud el Mouskouby, ce Russe hanté par ses souvenirs de jeunesse, a-t-il quelque chose à voir avec I.E., installée à Bône en mai 1897 avec sa mère, et qui préfère à celle des colons la fréquentation des musulmans de la mosquée voisine ? Lorsqu'en novembre 1897 la mort soudaine de sa mère la contraint à rentrer à Genève, I.E. garde au cœur une ardente nostalgie de la « terre d'Islam », qui deviendra très vite sa patrie d'adoption.

On peut supposer – sachant que sa mère est enterrée au cimetière musulman sous la double identité de Nathalie de Moerder et de Fatma Mannoubia – que les deux femmes avaient choisi l'islam comme religion, au cours de leur séjour de six mois à Bône. *Les Oulemas* pourraient alors évoquer les conditions dans lesquelles Isabelle Eberhardt a glissé du regard charmé par la beauté calme des mosquées à l'adhésion tout entière de son esprit pour une religion qui lui révélait la loi du destin.

1. *Sénoussya* : puissante confrérie comptant d'innombrables adeptes en Afrique, surtout, et qui a pour but de ramener l'islam à son unité et sa pureté primordiales. *(Note d'I.E.)*

Le Magicien

Si Abd-es-Sélèm habitait une petite maison caduque, en pierre brute grossièrement blanchie à la chaux, sur le toit de laquelle venait s'appuyer le tronc recourbé d'un vieux figuier aux larges feuilles épaisses.

Deux pièces de ce refuge étaient en ruine. Les deux autres, un peu surélevées, renfermaient la pauvreté fière et les étranges méditations de Si Abd-es-Sélèm, le Marocain.

[Dans l'une, il y avait plusieurs coffres renfermant des livres et des manuscrits du Maghreb et de l'Orient [1].

Dans l'autre, sur une natte blanche, un tapis marocain avec quelques coussins. Une petite table basse en bois blanc, un réchaud en terre cuite avec de la braise saupoudrée de benjoin, quelques tasses à café et autres humbles ustensiles d'un ménage de pauvre, et encore des livres, composaient tout l'ameublement.]

Dans la cour délabrée, autour du grand figuier abritant le puits et le dallage disjoint, il y avait quelques pieds de jasmin, seul luxe de cette singulière demeure.

Alentour c'était le prestigieux décor de collines et de vallons verdoyants sertissant, comme un joyau, la blanche Annéba. *[Autour de la maison de Si Abd-es-Sélèm, les* koubbas *bleuâtres et les blancs tombeaux du cimetière de Sid-el-Ouchouech se détachaient en nuances pâles sur le vert sombre des figuiers.]*

... Le soleil s'était couché derrière le grand Idou morose, et l'incendie pourpre de tous les soirs d'été s'était éteint sur la campagne alanguie.

Si Abd-es-Sélèm se leva.

C'était un homme d'une trentaine d'années, de haute taille, svelte,

1. Il existe deux versions de cette nouvelle (voir note de fin, p. 72).

sous ses vêtements larges dont la blancheur s'éteignait sous un *burnous* noir.

Un voile blanc encadrait son visage bronzé, émacié par les veilles, mais dont les traits et l'expression étaient d'une grande beauté. Le regard de ses longs yeux noirs était grave et triste.

Il sortit dans la cour pour les ablutions et la prière du *magh'reb*.

– La nuit sera sereine et belle, et j'irai réfléchir sous les eucalyptus de l'*oued* Dhebeb [1], pensa-t-il.

Quand il eut achevé la prière et le *dikr* du bienheureux *cheikh* Sidi Abd-el-Kader Djilani de Bagdad, Si Abd-es-Sélèm sortit de sa maison. La pleine lune se levait là-bas, au-dessus de la haute mer calme, à l'horizon à peine embruni de vapeurs légères d'un gris de lin.

Tout à coup, les féroces petits chiens des demeures bédouines proches du cimetière grondèrent, sourdement d'abord, puis coururent, hurlant, vers la route de Sidi-Brahim.

Alors, Si Abd-es-Sélèm perçut un appel effrayé, une voix de femme. Surpris, quoique sans hâte, le solitaire traversa la prairie et arrivant sur la route, il vit une femme, une Juive richement parée qui, tremblante, s'appuyait contre le tronc d'un arbre.

– Que fais-tu ici la nuit? dit-il.

– Je cherche le *sahâr* (sorcier) Si Abd-es-Sélèm le Marocain. J'ai peur des chiens et des tombeaux... Protège-moi.

– C'est donc moi que tu cherches... à cette heure tardive, et seule. Viens. Les chiens me connaissent et les esprits ne s'approchent pas de celui qui marche dans le sentier de Dieu.

La Juive le suivit en silence.

Si Abd-es-Sélèm entendait le claquement des dents de la jeune femme et se demandait comment cette créature jolie parée et timide avait pu venir là, seule après la tombée de la nuit.

Ils entrèrent dans la cour et Si Abd-es-Sélèm alluma une vieille petite lampe bédouine, fumeuse.

Alors, s'arrêtant, il considéra son étrange visiteuse. Svelte et élancée, la Juive, sous sa robe de brocart bleu pâle, avec sa gracieuse coiffure mauresque, était belle, d'une troublante et étrange beauté.

Elle était très jeune.

– Que veux-tu?

– On m'a dit que tu sais prédire l'avenir... J'ai du chagrin et je suis venue...

– Pourquoi n'es-tu pas venue de jour, comme les autres?

---

1. La rivière d'or. *(Note d'I.E.).*

– Que t'importe? Écoute-moi et dis-moi quel sera mon sort.
[– *Le feu de l'enfer, comme celui de ta race infidèle!*
Mais Si Abd-es-Sélèm dit cela sans dureté, presque souriant.
Cette apparition charmante rompait la monotonie de son existence
et secouait un peu le lourd ennui dont il souffrait en silence.]
– Assieds-toi, dit-il, [*l'ayant fait entrer dans sa chambre.*]
Alors la Juive parla.
– J'aime, dit-elle, un homme qui a été cruel envers moi et qui m'a
quittée. Je suis restée seule et je souffre. Dis-moi qu'il reviendra.
[– *C'est un juif?*
– *Non... un musulman.*]
– Donne-moi son nom et celui de sa mère et laisse-moi faire le cal-
cul que m'ont appris les sages du Mogh'reb, ma patrie.
– El Moustansar, fils de Fathima.
Sur une planchette Si Abd-es-Sélèm traça des chiffres et des
lettres, puis, avec un sourire, il dit :
– Jeune femme, cet homme qui s'est laissé prendre à ton charme
trompeur et qui a eu le courage louable de te fuir, reviendra.
La Juive eut une exclamation de joie.
– Oh, dit-elle, je te récompenserai généreusement.
– Toutes les richesses [*mal acquises de ta race*] ne récompense-
raient point dignement le trésor inestimable et amer que je t'ai
donné : la connaissance de l'avenir...
– A présent, Sidi, j'ai quelque chose encore à demander à ta
science. Je suis Rakhil, fille de Ben-Ami.
Et elle prit le roseau qui servait de plume au *taleb* et l'appuya
contre son cœur tandis que ses lèvres murmuraient des paroles
rapides, indistinctes.
– Il vaudrait mieux ne pas tenter de savoir plus entièrement ce
qui t'attend.
– Pourquoi? Oh, réponds, réponds!
– Soit.
Et Si Abd-es-Sélèm reprit son grimoire mystérieux. Tout à coup
un violent étonnement se peignit sur ses traits et il considéra attentivement la femme. Si Abd-es-Sélèm était poète et il se réjouissait
du hasard étrange qui mettait en contact avec son existence celle de
cette Juive qui, selon son calcul, devait être tourmentée et singulière, et finir tragiquement.
– Écoute, dit-il, et n'accuse que toi-même de ta curiosité. Tu as
causé l'infortune de celui que tu aimes. Il l'ignore, mais, d'instinct,
peut-être, il a fui. Mais il reviendra et il saura... O Rakhil, Rakhil!
En voilà-t-il assez, ou faut-il tout te dire?

Tremblante, livide, la jolie Rakhil fit un signe de tête affirmatif.

– Tu auras encore avec celui qui doit venir une heure de joie et d'espérance. Puis, tu périras dans le sang.

Ces paroles tombèrent dans le grand silence de la nuit, sans écho.

La Juive cacha son visage dans les coussins, anéantie.

– C'est donc vrai! Tout à l'heure, au *mogh'reb*, j'ai interrogé la vieille Tyrsa, la gitane de la porte du Jeudi... et je ne l'ai pas crue... Je l'ai insultée... Et toi, toi, tu me répètes plus horriblement encore sa sentence... Mourir? Pourquoi? Je suis jeune... Je veux vivre.

– Voilà... C'est ta faute! Tu étais le papillon éphémère dont les ailes reluisent des couleurs les plus brillantes et qui voltige sur les fleurs, ignorant de son heure... Tu as voulu savoir et te voilà devenue semblable au héron mélancolique qui rêve dans les marécages enfiévrés...

Rakhil, affalée sur le tapis, sanglotait.

Si Abd-es-Sélèm la regardait et réfléchissait avec la curiosité profonde de son esprit scrutateur, affiné dans la solitude. Il n'y avait pas de pitié dans son regard. Pourquoi plaindre cette Rakhil? Tout ce qui allait lui arriver n'était-il pas écrit, inéluctable? Et ne prouvait-elle pas la vulgarité et l'ignorance de son esprit, en se lamentant de ce que la Destinée lui avait donné en partage un sort moins banal que celui des autres... plus de passion, plus de vicissitudes en moins d'années, la sauvant du dégoût et de l'ennui?

– Rakhil, dit-il, Rakhil! Écoute... Je suis celui qui blesse et qui guérit, celui qui réveille et qui endort... Écoute, Rakhil.

Elle releva la tête. Sur ses joues pâlies, des larmes coulaient.

– Cesse de pleurer et attends-moi. Il est l'heure de la prière.

Si Abd-es-Sélèm prit dans une niche élevée un livre relié en soie brodée d'or, et l'ayant pieusement baisé, l'emporta dans une autre pièce. Puis dans la cour, il pria l'*âcha*.

Rakhil, seule, s'était relevée et, accroupie, elle songeait et sa pensée était lugubre... Elle regrettait amèrement d'avoir voulu tenter le sort et savoir ce qui devait lui arriver...

Si Abd-es-Sélèm rentra avec un sourire.

– Eh bien, dit-il, ne savais-tu pas que, tôt ou tard, tu allais mourir?

– J'espérais vivre, être heureuse encore et mourir en paix...

Si Abd-es-Sélèm haussa les épaules dédaigneusement.

Rakhil se leva.

– Que veux-tu comme salaire?

La voix de la Juive était devenue dure.

Il resta silencieux, la regardant. Puis, après un instant, il répondit :

– Me donneras-tu ce que je te demanderai?

– Oui, si ce n'est pas trop.

– Je prendrai comme salaire ce que je voudrai.

Il lui prit les poignets.

[*Elle fut insolente.*]

– Laisse-moi partir! [*Je ne suis pas pour toi. Lâche-moi.*]

– Tu es comme la grenade mûre tombée de l'arbre : pour celui qui la ramasse; le bien trouvé est le bien de Dieu.

– Non, laisse-moi partir...

Elle se dégagea.

[*Irrésistiblement, il l'inclinait vers le tapis.*]

NOTE

Après son premier séjour en Algérie, I. E., revenue vivre à Genève auprès de son tuteur Alexandre Trophimowsky, travaille à l'ébauche d'un roman : *Rakhil*, mélodrame tumultueux contant les amours interdites d'une juive avec un musulman. Malgré plusieurs tentatives de réécriture jusqu'en juin 1900 elle renoncera à son projet, qu'elle juge « un agglomérat infâme de documents de police mal rédigés ».

Le Magicien, où l'on retrouve le personnage de Rakhil, apporte une conclusion au roman inabouti, que l'auteur ne chercha jamais à faire publier. Il existe deux versions du *Magicien*.

La première a paru dans *les Nouvelles d'Alger* le 8 juillet 1902 puis fut reprise, après la mort de l'auteur, dans l'*Akhbar* du 15 novembre 1905, et dans *Pages d'Islam* (Fasquelle, 1920), avec quelques corrections de Victor Barrucand.

La seconde, édulcorée sans doute par son auteur, et signée Isabelle Ehnni (le nom de son mari), est l'une de ses rares publications dans un journal de la métropole. Elle figure dans le supplément illustré du *Petit Journal* du 2 novembre 1902, à côté d'un texte de Frédéric Mistral. Cette version a été reprise par R.-L. Doyon dans les recueils *Contes et Paysages (op. cit.)* et *Au pays des sables (ibid.)*.

Nous indiquons en italique entre crochets les variantes entre les deux versions.

Le Roman du Turco

A Tunis, dans l'ombre de la vieille *djemaâ* Zitouna, sous des voûtes emplies d'une pénombre bleuâtre où des ouvertures espacées jettent de brusques rayons de lumière nette et vivante, il est une cité privilégiée, où règne un silence discret, comme oppressé par le voisinage de la mosquée, grande à elle seule comme une petite ville.

De chaque côté de cette allée, dont les piliers verts et rouges sont les arbres immobiles, en des boutiques sans profondeur, tels des armoires ou des alvéoles, garnies de longs cierges de cire, de flacons ciselés, des hommes sont assis sur leur comptoir élevé. Ils portent des vêtements de soie ou de drap fin, aux nuances éteintes, d'une infinie délicatesse : vieux rose velouté, bleu-gris comme argenté, vert Nil, orange doré... Leurs visages, aux traits réguliers et fins, affinés par des siècles de vie discrète et indolente, ont un teint pâle, d'une pâleur de cire, et sont d'expression distinguée.

Plusieurs d'entre eux sont des fils de familles illustres et très riches, et qui sont là uniquement pour ne pas être des oisifs et pour avoir un lieu de réunion, loin des cafés où se délasse la plèbe.

C'est le marché aux parfums, le *souk-el-attarine*. La boutique de Si Allèla ben Hassène était l'une des mieux décorées, d'un goût sobre et de bon aloi.

Si Allèla est le fils d'un vieux docteur de la loi, *imam* de la *djemaâ* Zitouna, et issu d'une antique et considérable famille de Tlemcen, réfugiée en Tunisie depuis la conquête. Le jeune homme, ses études musulmanes terminées, avait été marié avec une fille d'aussi illustre lignée et son père lui avait donné cette boutique pour y passer les heures longues d'une vie aristocratique et monotone.

Si Allèla ne ressemblait pas cependant à ses anciens condisciples. Il évitait leur fréquentation, ne les initiait pas à ses plaisirs, auxquels son mariage n'avait apporté aucun changement. Il préférait la société spirituelle des vieux poètes arabes, ne côtoyant de leurs individualités abolies que les manifestations les plus pures et les plus belles.

Et les autres jeunes Maures le fuyaient, le jugeant plein d'orgueil et dédaigneux.

Si Allèla s'ennuyait, dans la monotonie des choses quotidiennes. Il savait penser, car son intelligence était vive et s'était aiguisée encore dans les études ardues et pénibles d'exégèse, de poétique et de jurisprudence. Et la conscience des choses augmentait son ennui. Rien de nouveau ne se présentait à la curiosité et à l'ardeur de ses vingt-cinq ans.

Un jour semblable à tant d'autres, Si Allèla était assis dans sa boutique, accoudé à un coussin et feuilletant distraitement un vieux livre jauni, œuvre d'un poète égyptien qui associa l'idée de la mort à celle de l'amour. Si Allèla, pour la centième fois peut-être, le relisait. Devant lui, dans un mince petit vase en verre peint de petites étoiles bleu et or, une grande fleur de magnolia, laiteuse entre quatre feuilles luisantes et sombres, exhalait la sensualité de son parfum, comme une âme de passion, et les yeux de Si Allèla, quittant les feuillets flétris du poème, se fixaient parfois sur cette blancheur chaude de chair pâmée.

... A la porte du *souk*, une voiture s'arrêta et deux femmes voilées à la mode algérienne en descendirent. Elles étaient enveloppées de *ferrachia* blanches, et leur voile, étant blanc aussi, laissait voir leurs yeux. Lentement, avec un balancement rythmique de leurs hanches, elles entrèrent dans l'ombre parfumée et suivirent l'allée. La première, que l'on devinait jeune et svelte, était grande. Elle portait la tête haute et regardait avec une hardiesse tranquille. Son regard était seul visible, lourd et fascinateur dans la splendeur des yeux magnifiés par toutes les environnantes blancheurs.

Celle qui suivait, presque respectueusement, était vieille et caduque.

Devant la boutique de Si Allèla, les étrangères s'arrêtèrent et commencèrent, avec un accent gazouillant, un marchandage malicieux, plein de sous-entendus et de traits acérés, dont la finesse plut à Si Allèla.

– D'où es-tu? demanda-t-il.

– De loin, dans l'ouest. Tunis est belle, les hommes en sont polis, surtout les parfumeurs du *souk*. Et je ne regrette pas d'être venue.

Puis avec un long regard devenu soudain sérieux et plein de promesses, elle fit un petit tas des objets choisis et dit :

— Apporte-moi cela ce soir près de la fontaine de Halfaouïne, chez Khadidja la Constantinoise.

Si Allèla sourit et, doucement, repoussa la main teinte au henné qui lui tendait une pièce d'or...

Les Algériennes partirent, et les autres marchands chuchotèrent et sourirent, malveillants.

Si Allèla compara le teint du front pur entrevu sous le voile à la carnation de la grande fleur peu à peu épanouie dans la chaleur. Et un trouble monta à son esprit, du fond de l'instinctivité de ses sens.

... Du minaret aux faïences vertes, la voix de rêve du crieur appela pour la prière de l'*asr* (l'après-midi) et de petits garçons vinrent remplacer les marchands, qui, en groupe silencieux, entrèrent dans la mosquée.

Si Allèla, croyant sincère, sentit son cœur inquiet et son esprit distrait. Il invoqua Dieu, mais le calme ne vint pas et ses pensées profanes le troublaient. Il ressortit, mécontent de lui-même et assombri. « Qui est-elle ? Est-elle seulement jolie ? Et pourquoi ce trouble ? Comme si je redevenais enfant, comme si je ne savais pas fort bien que c'est toujours la même chose ! »

Il se méprisait de cette faiblesse. Mais la joie de l'imprévu, quoique banal encore, fut plus forte que les raisonnements inspirés par une expérience précoce. Et il se surprit à attendre la tombée de la nuit avec impatience.

Dans un vieux mur blanc, croulant de vétusté et où des herbes pariétaires avaient poussé, une porte était entre-bâillée, et une petite négresse, assise sur le seuil, fixait l'entrée de l'impasse avec le sourire immuable de l'émail blanc de ses dents.

Si Allèla entra et la porte se referma lourdement. La cour était vaste. Une fontaine coulait au milieu, entre quatre orangers aux troncs tors. Un escalier de faïence bleue conduisait à la galerie à arcades aiguës du premier étage et le ciel rose jetait par-dessus tout cela un grand voile limpide.

En haut, sur des matelas recouverts de tapis, l'Algérienne était assise. Elle portait le costume de Bône, robe sans manches, en soie, ceinturée d'un foulard, chemise à larges manches pagodes brodées de métal, coiffure pointue drapée de mouchoirs à franges.

Son visage était d'un ovale parfait, d'une blancheur laiteuse, avec des traits fins, sans puérilité. Mais, pour Si Allèla, toute la beauté consistait dans les yeux, qui, tout à l'heure, avaient illuminé d'une splendeur inconnue l'ombre bleuâtre du *souk* alangui.

Affable et souriante, elle fit asseoir Si Allèla auprès d'elle, et l'autre femme, vieille momie ridée, servit le café parfumé à l'essence de rose.

Après des politesses minutieuses et quelques questions éventuelles sur leur vie, la Bônoise lui dit :

— C'est l'ennui qui m'a chassée de mon pays et poussée à voyager comme un homme. On m'a dit que les femmes de Tunis sont belles. Elles ressemblent à la poudre d'or répandue sur la soie. Est-ce vrai?

Si Allèla, souriant, se rapprocha d'elle et, dans un souffle, comme s'il eût craint d'être entendu, murmura :

— Quand la rose s'épanouit dans le jardin, les autres fleurs pâlissent. Quand la lune se lève, les étoiles s'effacent. Quand Melika paraît, les filles du sultan baissent les yeux et rougissent.

Si Allèla avait parlé en vers, en un arabe ancien et savant, et cependant Melika avait compris et son sourire disait sa joie.

Si Allèla lui savait gré de sa grâce et de sa réserve qui donnaient une saveur toute particulière à leur entretien prolongé, telle une délicieuse torture, dans le clair-obscur rosé du crépuscule tiède.

... Dans une chambre tapissée de faïence et dont un léger rideau fermait la porte, Si Allèla goûta une ivresse inconnue, en gamme ascendante dans l'intensité inouïe de la sensation allant jusqu'à l'apothéose.

Au réveil, quand la lumière joyeuse du matin pénétra dans l'ombre tiède, Si Allèla eut la conscience très nette d'être devenu autre. L'ennui avait disparu et il sentait son cœur empli d'une tiédeur ignorée qui remontait vers son esprit, en joie, sans cause apparente.

Il sortit. Dans les rues, des rayons encore obliques détachaient les saillies des vieilles maisons sur un fond d'ombre bleue. L'air était léger et une fraîcheur délicieuse soufflait un parfum indéfinissable, enivrant de vie jeune et de force.

Et Si Allèla regardait cette Tunis où il était né, avec l'émerveillement d'un étranger. Comment ne l'avait-il jamais vue si belle et si douce au regard? Pourquoi ce lendemain d'amour n'apportait-il pas la sombre rancœur, la fatigue ennuyée de tous les autres, et qui, souvent, l'avait fait hésiter sur le seuil des femmes?

Mais à la porte du *souk*, il se raidit. Un morne ennui, une sourde irritation l'envahissaient, une impatience en face de la nécessité de passer encore une journée dans cette boutique, loin de Melika. Et pourtant, il fallait se soumettre. La vie musulmane est ainsi faite, toute de discrétion, de mystère, de respect des vieilles coutumes, et surtout de soumission patriarcale.

Et Si Allèla, plus renfermé en lui-même, plus silencieux que toujours, passa les heures longues à revivre en esprit les gestes et les paroles de la nuit, avec, à certains souvenirs, des sursauts de rappel le faisant frissonner jusqu'au plus profond de sa chair.

Melika, fille d'une pauvre créature usée et flétrie, jetée depuis toute petite à la merci des tirailleurs et des portefaix, avait grandi dans la rue sordide, nourrie des reliefs de la caserne, par les hommes en vestes bleues qui, par les fenêtres, lui jetaient des morceaux de pain. Elle avait mendié, elle avait colporté de lourds plats de couscous qui courbaient son poignet faible, pour la pitance des ouvriers. Quand elle avait été nubile, un soldat, puis d'autres, avaient donné de sa beauté et de sa grâce les pauvres sous de misère péniblement gagnés sous le *berdha*.

Puis un *taleb* l'avait remarquée, qui, *bach adel* à la *mahakma*, rendait la justice musulmane.

Intelligent et sortant de la vulgarité par son caractère, Si Ziane avait cueilli la fleur souillée sur le bord de la fosse infecte et l'avait transplantée, pour la voir s'épanouir sous ses seuls yeux, dans le silence et le mystère d'une vieille petite maison, tout en haut, près des remparts génois. Il l'avait placée là, seule, sous la surveillance de Teboura, vieille retraitée de l'amour, très douce et très bonne, quoique d'une haute malice et duègne sévère, qui aima Melika parce qu'elle ressemblait à sa fille morte.

Melika avait subi patiemment cet internement de deux années, aux longues heures de solitude, car le juge ne venait que furtivement. Mais des discours de cet homme et de ses attitudes, Melika avait acquis la distinction et le parler recherché qui, en Orient, sont l'apanage de l'homme, instruit et formé au dehors.

Elle acceptait sans révolte la fidélité d'épouse que lui imposait Si Ziane, car elle était raisonnable. Elle avait une maison à elle, Teboura pour la servir et la distraire, des toilettes et des bijoux. Et elle avait échappé à la fange où sa mère avait sombré.

Mais très vite, tout cela avait été détruit, balayé : Si Ziane tomba malade et mourut.

Alors, la porte de la vieille petite maison s'était ouverte tous les soirs, mais ceux qui la franchissaient portaient tous le turban des *tolba*, et une ombre de mystère distingué abrita toujours la demeure de Melika, où Teboura, qu'elle avait gardée, se dévouait, vieille créature finie qui aimait raconter ses amours de jadis à celle qui les revivait, dans la succession des générations.

Melika regrettait Si Ziane, qu'elle n'avait cependant pas aimé d'amour, respectueuse devant lui et craintive. Il avait été bon pour elle. Elle s'était aussi accoutumée au silence, à la sécurité, loin de l'imprévu effrayant de l'homme, presque jamais le même, se glissant, tous les soirs, au crépuscule, dans sa vie.

Elle devint riche parmi ses pareilles, et, avec la satiété du vouloir assouvi, dans son âme vaguement affinée, l'ennui était né.

Un jour, elle avait ordonné à Teboura de mettre ses toilettes, ses tapis, avec ses bijoux, dans les grands coffres en bois peint, et elles étaient parties vers Tunis, légendaire parmi les cités de l'Ifrikya.

* *
*

Tous les soirs, après que le soleil avait disparu derrière les hauteurs de Bab el-Gorjani, et quand les portes du *souk* s'étaient fermées, Si Allèla s'en allait, mystérieux et hâtif, par de nombreux détours, vers le quartier de Halfaouïne.

Près de la fontaine, il s'assurait d'un regard circulaire de la solitude ambiante, et entrait dans l'impasse.

Puis, dès la cour, c'était le sourire de Melika, première station sur l'échelle des voluptés.

Ils montaient, se tenant par la main, comme des enfants bien sages, l'escalier bleu, puis, soulevant le mince rideau voilant leur porte comme d'une brume légère, ils retrouvaient l'ivresse interrompue la veille, les mille caresses, les mille jeux charmants.

Et les heures et les jours s'écoulaient, en une douceur, en une volupté sans cesse renaissante, qui les berçait et leur semblait devoir durer toujours.

Si Allèla, peu à peu, bravant son père et l'opinion qui commençait à s'occuper de lui, désertait de plus en plus le *souk* pour la demeure adorée de Melika.

Tout lui semblait nouveau. Chaque rayon de soleil accroché à un vieux pan de muraille, chaque note des petites *stitra*, des flûtes arabes, susurrée devant les cafés où l'on rêve, tout cela prenait pour lui un sens spécial, semblait se fondre avec l'harmonie de sa volupté, en être les accords.

Surpris et charmé, Si Allèla comprenait maintenant le monde enchanté de visions et d'ivresses évoqué par ses poètes favoris, et ce qui, auparavant, n'avait été pour lui qu'une habile musique, devenait l'expression plus parfaite de son âme.

Melika aimait.

Dans la langueur des journées, elle comptait les heures, et quand

Si Allèla tardait un peu, une angoisse douloureuse étreignait son cœur, une sourde jalousie montait, dans son âme plus fruste et plus sauvage.

L'ardeur inouïe et la passion de l'être très jeune qu'était Allèla étaient nouvelles pour Melika, et ne ressemblaient ni à la tranquille domination du *taleb* impassible, ni aux amours passagères des autres, orgiaques. C'était la vraie vie, intense jusqu'à la violence, qui se révélait à elle, cependant qu'à peine consciente.

Elle ne pensait pas, n'en sentant que plus intensément, et, sans doute, l'amour plus conscient d'Allèla était aussi moins intense, parce que plus loin de la nature.

Un soir, très étrangement, tandis qu'au clair de lune ils avaient par fantaisie transporté leurs extases sur la terrasse abritée des regards indiscrets par un mur, une grande tristesse leur vint, une tristesse d'abîme, sans raison apparente et, comme des enfants craintifs, pressés l'un contre l'autre, ils pleurèrent, désespérément... Puis, quand ce fut fini, ils se regardèrent, étonnés, et le souffle de l'épouvante passa, cette nuit-là, sur leur volupté.

... D'autres jours d'attente suivirent, préparant des nuits d'ivresse. Allèla avait perdu la notion du temps et de la réalité. Son amour s'était identifié avec sa vie elle-même, et il ne pouvait se représenter comme possible la continuation de son existence sans dette de ce qui lui semblait en être l'essence.

Si Hassène, le père d'Allèla, passait ses journées, sereines, à enseigner les dogmes de l'islam, dans les cours intérieures de la grande *djemaa* Zitouna, loin du bruit de la vie moderne.

Calme et impassible comme un sage, Si Hassène s'était retiré loin des hommes. Par une inconséquence naïve commune à tous les pères, Si Hassène voulait son fils semblable à lui-même et, par une sévérité austère, il voulait l'amener à une obéissance absolue aux règles de la morale islamique.

Bientôt, le vieillard s'aperçut de l'attitude de son fils et il le surveilla. Il sut le secret d'Allèla et la retraite de l'Algérienne. Ce jour-là, sans un mot à son fils, Si Hassène monta à l'*ouzara* et parla à son oncle, *Ministre de la Plume*.

Un soir, insouciant, le cœur ouvert aux impressions les plus joyeuses, avec l'inconcevable quiétude de celui sur qui la destinée s'est appesantie et qui ne sait pas, Allèla alla à Halfaouïne.

Il fut surpris et son cœur se serra inconsciemment quand il vit la porte fermée. Il frappa et il lui sembla que le bruit du marteau de fer était changé, devenu lugubre.

La vieille propriétaire ouvrit. Ses yeux étaient rouges et elle gémissait.

– Ah, ya sidi, ya sidi! Elle est partie. Ce matin, des hommes de l'*ouzara*, des agents de police, sont venus et les ont arrêtées. Ils les ont emmenées sans dire pourquoi et où. On a aussi pris leurs bagages. Oh! Seigneur, aie pitié de nous! Lella Melika est partie!...

Si Allèla avait bousculé la vieille et, accablé, incapable encore de réfléchir, il se laissa choir sur une pierre.

– Comment, des hommes de l'*ouzara*? Mais pourquoi, mon Dieu? Ah! c'est mon père! Il a dû me faire suivre. Oh! les pères, les pères qui croient être bons et qui sont cruels! disait-il, sentant une rage torturante s'emparer de lui.

Que pouvait-il, en effet, lui, jeune homme soumis à la puissance paternelle contre celle-ci, aidée de l'*ouzara* du *Bey*, de la Résidence; car Melika l'Algérienne, donc sujette française, n'avait pu être arrêtée qu'avec l'assentiment des autorités françaises. Et pourquoi? Qu'avait-elle fait; comment le vieux avait-il réussi à obtenir le concours des Roumis? Et que restait-il à faire, contre ces gens, pour qui son bonheur à lui, sa volonté, sa vie n'étaient rien et qui étaient tout-puissants?

Et il se demandait, avec l'égoïsme de ceux qui souffrent, ce qu'il deviendrait sans Melika. Un chaos douloureux avait envahi l'esprit de Si Allèla et, quittant brusquement cette maison dont l'aspect lui était déchirant, il s'élança dans le dédale silencieux des rues arabes, où il erra toute la nuit. Dès le matin, il commença à rechercher Melika, à interroger la police... Partout il se heurta à la même réponse: on n'avait pas de renseignements à lui donner sur une femme *qui ne lui était rien.*

Et ce furent des jours longs, pleins d'obscurité et d'angoisse, où les résolutions les plus contradictoires se succédaient dans l'esprit de Si Allèla.

Enfin, soupçonnant que Melika avait dû être expulsée de Tunisie, il résolut de partir, de fuir Tunis qui lui était devenue odieuse, et d'aller là-bas, dans l'Ouest, rechercher sa maîtresse. Cependant, sa raison lui suggérait une objection: pourquoi, si elle avait été expulsée, ne lui écrivait-elle pas?

Mais il voulut fuir quand même l'insupportable inaction qui brisait son énergie et énervait ses forces.

La boutique appartenait à son père et Si Allèla n'avait que les quelques centaines de francs de sa caisse. Mais, sans scrupules désormais, Si Allèla vendit tout ce qui garnissait la boutique à un juif du Hara.

Avec le produit de cette vente, il partit pour Bône où toutes ses recherches furent vaines : on n'avait pas revu les deux femmes depuis leur départ pour Tunis.

Si Allèla ne put que contempler avec une poignante tristesse la petite maison de Teboura, louée maintenant à des Kabyles, et où, jadis, Melika avait vécu, et tout ce cadre de ville, de mer et de montagnes où sa beauté s'était développée et magnifiée.

Puis, se souvenant que Melika lui avait parlé d'une vieille parente de Teboura établie à Constantine, Si Allèla s'y rendit.

Là, il acheva de dépenser le peu qui lui restait, et se trouvant sans ressources, il dut accepter d'aller enseigner la grammaire et le Coran dans une *zaouïa* du Sud.

Deux années se passèrent. Allèla, malgré quelques efforts où sa volonté s'était raidie contre le mal qui le minait, souffrait toujours, et l'image charmante de Melika ne s'effaçait pas de son souvenir.

Un jour, l'idée qu'elle pouvait être retournée à Bône lui vint et s'implanta dans son esprit, et il se confia au vénérable *marabout*, *cheikh* de la *zaouïa*, qui lui fournit les moyens de retourner à Bône.

Et Si Allèla, dès son arrivée, rencontra un Sfaxien, son ancien condisciple, engagé aux tirailleurs à la suite d'une première jeunesse orageuse. Si Abderrhamane avait été l'unique ami d'enfance de Si Allèla et le jeune homme lui confia sa peine, tandis qu'ils suivaient lentement la route de la Corniche, serpentant très haut au-dessus de la mer.

Le sergent était devenu pâle et son visage s'était assombri. Il sembla réfléchir, puis il dit :

— Allèla, mon frère... Tu souffres. C'est l'incertitude qui te torture. Si elle était morte, préférerais-tu en être certain que de souffrir ainsi ?

— Certes, la certitude du condamné à mort vaut mieux que l'angoisse de l'accusé.

— Eh bien, la destinée a voulu que ce soit moi qui te renseigne. Je te dirai toute la vérité.

Ils s'étaient arrêtés et Allèla, anxieux, avait saisi le sergent par la main.

— Melika est revenue à Bône peu de temps après ton départ. Aussi, pourquoi es-tu parti comme cela ? Si tu étais resté à Bône, elle t'aurait retrouvé, et vous eussiez été heureux.

— Mais parle, parle, où est-elle à présent ?

— Allèla, Melika est morte. Nous sommes en *doul'kâda*... eh bien, en *moharram*, dans deux mois, il y aura un an.

Allèla regardait le sergent. Cette idée ne lui était jamais venue qu'elle pouvait être morte, elle, si pleine de vie et de jeunesse. Il se raccrocha à une faible espérance.

— Es-tu bien sûr que c'est elle?

— Melika, l'ancienne maîtresse de Si Ziane, le *bach adel* qui habitait près des remparts, avec la vieille Teboura, et qui est partie à Tunis? C'est bien elle... Et ton récit me fait comprendre son genre de vie, ici, et sa fin...

— Raconte-moi tout sans ménagements. Puisqu'elle est morte, c'est fini. Qu'importe!

Un grand vide s'était fait dans l'âme d'Allèla; il n'avait plus de but, plus de raison d'être, plus aucun intérêt à vivre. Mais il voulait savoir. Il lui semblait qu'elle revivrait un peu dans le récit du sergent, dût-il lui dire des choses cruelles, qu'il pressentait vaguement.

— Écoute-moi, alors. A Tunis quelqu'un l'a dénoncée à l'*ouzara* et à la Résidence. Elle n'avait pas de permis de voyager et n'était pas inscrite à la police et on l'a enfermée. Teboura, pour complicité, a aussi été emprisonnée. Elles sont restées en prison plus de six mois, ce qui est monstrueux... Puis on les a expulsées. Elles sont revenues ici et Melika a dû t'écrire à Tunis, sois-en certain. Seulement, pendant ce temps tu étais à Constantine ou dans le Sud. C'est une fatalité!

« Tant qu'elles ont eu de l'argent, elles ont vécu dans la retraite et je sais de source certaine que Melika n'a reçu personne chez elle ni n'est sortie. Puis la misère est venue. Elles ont dû rouvrir leur porte, mais Melika a systématiquement éloigné d'elle tous les *tolba*, tous les hommes instruits et un peu au-dessus du vulgaire. Elle est venue habiter près de la caserne et nos hommes sont devenus ses clients habituels, avec des portefaix. Elle s'était mise à boire, affreusement : elle buvait de l'absinthe pure et quand elle était ivre, elle pleurait et insultait ses compagnons de hasard, leur crachant à la face une haine et un mépris qui semblaient inexplicables.

— Elle m'aimait toujours! murmura Allèla, dont les traits se contractèrent douloureusement.

— Certes, elle évitait de recevoir souvent le même homme et, quand attiré par sa beauté et son charme, on lui parlait d'amour, elle répondait par des injures.

Allèla attacha sur son ami un long regard pénétrant.

— Abderrhamane... naturellement, comme les autres, tu es allé chez elle.

– Oui, pardonne-moi, frère, de te dire tout cela. Mais tu voulais tout savoir !

– Qu'importe, à présent ! Elle est morte dans la douleur – car tu dis toi-même qu'elle souffrait. Et c'est fini... Jamais plus je ne pourrais la voir, lui demander pardon !

– Elle fut tienne jusqu'au dernier moment. Quand elle tomba malade, de la poitrine, elle entra à l'hôpital et les médecins décidèrent qu'elle mourrait, usée par l'alcool et prédisposée, déjà, à la phtisie. En trois ou quatre mois c'était fini. Je n'ai pas assisté à ses derniers moments. Mais je suis allé la voir à l'hôpital plusieurs fois.

Allèla, depuis le commencement de cet entretien, torturant et doux pourtant, parce qu'il évoquait Melika aimante jusqu'à la tombe, observait, presque inconsciemment son ami. Et il commençait à comprendre.

– Tu l'aimais, toi aussi ! dit-il tout à coup, sans colère, sans jalousie.

Le sergent courba la tête et avec un tremblement dans la voix, il murmura :

– Oui, je l'aimais. J'ai tout fait pour l'arracher à la rue. Je n'ai pu. Elle m'a toujours repoussé avec colère, ne voulant voir en moi qu'un client qui payait. Quand j'ai trop insisté, elle m'a supplié de ne plus revenir, et je ne l'ai revue qu'à l'hôpital, mourante. C'est moi qui l'ai enterrée. Viens, allons à sa tombe. Tu ne m'en veux certes pas ?

– Oh ! non, je t'aime davantage de l'avoir aimée, d'avoir distingué en elle la perle souillée, foulée aux pieds, mais belle toujours et précieuse. Je te l'ai dit déjà, tout m'est égal, à présent... Je n'ai plus rien à faire, plus rien à attendre...

Allèla éprouvait une lassitude immense, un dégoût profond des choses. Il semblait que le vouloir s'était brisé en lui, et que, lui aussi, allait mourir...

– Demain, Abderrhamane, montre-moi où l'on va pour s'engager.

Cette résolution lui était venue tout à coup : c'était, en effet, l'annihilation de son individualité. Il n'aurait plus à lutter pour vivre, plus rien à espérer ni à désirer. Il serait une machine indifférente, ignorée, quelconque.

Pendant près d'une année, tous les soirs, quand le soleil d'or descendait derrière les dentelures sombres du grand *djebel* Idou morose et que la vallée de Bône et ses collines sombraient dans les buées violettes du crépuscule, deux hommes, portant la veste bleue des tirailleurs, montaient vers les hauteurs des Caroubiers, suivant la route de la Corniche, avec, tout en bas, la mer qui gronde ou qui murmure, contre les rochers noirs...

De la grâce un peu langoureuse et de l'aristocratique pâleur d'Allèla le *taleb*, Ali le tirailleur n'avait gardé qu'une plus grande distinction de manières. Silencieux et renfermé, il fuyait toute société humaine, sauf celle du sergent Abderrhamane...

Ils montaient ainsi, les deux amants de Melika, au cimetière musulman, sur le coteau de Meneïda, qui domine le grand golfe mollement arrondi entre les collines vertes et les jardins.

Là, assis près d'une petite tombe de faïence bleue, ils gardaient le silence, en de très dissemblables ressouvenances.

Puis, leur détachement partit et personne ne vint plus visiter la tombe de Melika.

Seul le vent de la mer caresse les faïences bleues et murmure dans les herbes sauvages et dans le feuillage dur des grands cyprès noirs.

NOTE

Deuxième séjour d'I.E. au Maghreb, au début de l'été 1899. Alexandre Trophimowsky vient de mourir. Sa « pupille » est libre d'aller retrouver à Tunis son ami Ali Abdul Wahab pour tenter de poursuivre son « rêve de vieil Orient », comme elle l'écrit dans *Heures de Tunis* (cf. *Écrits sur le sable, Œuvres complètes,* tome I, Grasset, 1988).

Des hauts quartiers de la Médina, où elle habite, I.E. a ramené le sujet de cette longue nouvelle qui paraîtra trois ans plus tard en feuilleton dans *les Nouvelles d'Alger* (les 27, 28 et 29 août 1902).

Le Roman du turco n'a jamais été réédité car I.E. en avait écrit une autre version plus condensée. Victor Barrucand a choisi de la publier sous le titre *Bled el-Attar* (la cité des parfums), dans son édition de *Dans l'ombre chaude de l'Islam* (Fasquelle, 1906). Le texte en a été corrigé et coupé. Nous avons pu en rétablir la version originale grâce aux manuscrits du fonds I.E. aux Archives d'outre-mer (Aix-en-Provence). C'est cette version que nous publions comme variante.

Variante : Bled el-Attar

Il est, dans un des plus vieux quartiers de Tunis, tout près de la sainte mosquée de l'Olive – *djemâa* Zitouna – où tout respire l'antiquité sereine et l'inébranlable foi, une petite cité voluptueuse pleine d'ombre et d'où s'exhalent les parfums les plus suaves : le marché aux parfums. Quelques rues voûtées, à colonnades torses rouges et vertes, voies ombreuses pleines de mystère et d'évocation du passé mort.

A droite et à gauche s'ouvrent, comme de petites armoires, les échoppes des parfumeurs où sont assis les Maures au visage de cire d'une maladive blancheur, aux regards alanguis par les senteurs enivrantes.

Parmi eux, le plus jeune et le plus beau était Si Chedli ben Essahili, fils d'un pieux et docte jurisconsulte de la *djemâa* Zitouna.

Si Chedli aimait à se vêtir avec l'élégance discrète de Tunis : des soieries aux couleurs éteintes, d'une délicatesse de nuances infinie.

Accoudé nonchalamment sur un précieux coffret de nacre, Si Chedli lisait toute la journée durant de vieux livres arabes, romans ou poésie. Devant lui, sur une tablette, l'on voyait dès l'entrée une tasse de café à l'eau de rose, une pipe de *chira* et, dans un vase transparent en fine porcelaine bleue de Stamboul, une grande fleur candide de magnolia, entre ses quatre feuilles épaisses et luisantes.

— A quoi penses-tu, Si Chedli? lui disaient souvent ses amis du *souk*, auxquels il ne se mêlait guère et qu'il semblait dédaigner un peu.

— Je pense que toute joie humaine est fumée et que rien ne saurait me satisfaire.

Et Si Chedli, après cette réponse, toujours la même, gardait un silence déconcertant.

*

Un jour une voiture s'arrêta à l'entrée du *souk*, et des femmes voilées, l'une de blanc, l'autre de bleu sombre, en descendirent. Elles entrèrent dans l'ombre bleuâtre du *souk* et s'approchèrent de la boutique de Si Chedli.

Le jeune homme avait remarqué que c'étaient des étrangères car elles portaient, sous la *ferrochia*, le bonnet pointu des Constantinoises, posé de côté.

La plus jeune, la blanche, s'assit sur la banquette et commença à parler avec son accent gazouillant d'oiseau.

Après avoir, de ses doigts longs et menus, teints au henné, joué avec les flacons à facettes, les boîtes d'ivoire et les pastilles aromatiques, après avoir discuté les prix, elle se leva, et ayant fait un petit tas de ce qu'elle avait choisi, elle dit :

— Envoie-moi cela à la maison de Lella Haneni, à Halfaouïne.

— Pourquoi ne le prends-tu pas?

Les grands yeux noirs et peints de la Mauresque se fixèrent sur Si Chedli, et il sourit... il avait compris.

— Quand?

— Ce soir, après le *moghreb*.

Ce fut avec impatience que Si Chedli attendit l'heure d'entrer dans la mosquée d'où il sortit mécontent de lui-même car il était fervent : il avait prié en hâte, l'âme troublée de sensations profanes.

Le reflet rouge de l'occident éclairait encore le haut de la ville, du côté de Bab el-Gorjani, un grand calme alangui régnait sur Tunis.

Très vite, enveloppé de son *burnous*, Si Chedli descendit à Halfaouïne.

Il entra dans une impasse voûtée et s'arrêta devant une porte invraisemblablement basse. Le lourd marteau de fer résonna étrangement dans la vieille maison caduque, envahie déjà par les herbes folles.

– *Achkoun* (Qui est là)? cria une voix chevrotante et vieille.
– *Hall* (ouvre)!

Jamais l'Arabe, même devant sa propre maison, ne proférera son nom dans la rue.

La porte s'entr'ouvrit, et une vieille, vêtue de la *fouta* bleue des Tunisiennes pauvres, parut.

– Tu viens du *souk el-attarine*?
– Oui.

Elle le conduisit dans une grande cour plantée de trois orangers. Dans un coin, sur la galerie du premier étage, une draperie de soie écarlate était tendue.

– C'est là, monte!

Par un escalier pavé de faïence bleue, Si Chedli parvint sur la galerie. Il y avait là, caché par la draperie, un amas de matelas de laine, sur un épais tapis du Djerid, des couvertures de soie aux couleurs claires et des coussins recouverts de soie ancienne brodée de fleurs et d'oiseaux de rêve en or éteint. Sur ce lit, une femme était assise, vêtue d'une chemise de gaze blanche à larges manches lamées, d'un caftan de velours bleu et or et de plusieurs *gandoura* de soie dont la dernière était violette. Elle était coiffée de la *chechïya* pointue, couverte de mouchoirs frangés d'où pendaient deux chaînettes d'or qui venaient se rejoindre sous son menton, éclairant le visage mat de leur éclat.

– Sois le bienvenu... assieds-toi.

Elle était belle, d'une de ces beautés imprécises qui produisent une impression aiguë et voluptueuse jusqu'à l'angoisse.

Le Maure s'assit à côté d'elle, et une vieille Mauresque apporta le café obligé, sur un petit plateau de cuivre ciselé.

– Sont-elles aussi belles que Mannoubia, les femmes de ta Tunis? demanda la vieille avec le rire de sa bouche édentée.

– De par le monde il n'en est pas de plus belle... C'est la rose cachée dans le feuillage.

– Toi aussi tu es très beau.

Mannoubia jouait distraitement avec un éventail brodé, en faisant sonner à peine ses bracelets à chaque mouvement. Elle n'avait pas la hardiesse des courtisanes de Tunis. Si Chedli, malgré lui, ne pouvait pas parler comme il l'eût fait avec une autre. Il la craignait presque.

– Écoute, dit-elle, j'étais venue acheter des parfums, pour me distraire... mais quand je t'ai vu, mon cœur t'a souhaité. A présent j'ai honte de toi. Pourquoi?

– Mais qui es-tu et d'où es-tu venue troubler mon repos triste?

– Bône est ma patrie, mais j'ai grandi à Constantine, chez celle-ci qui est ma tante, sœur de ma mère. Je suis venue parce que je m'ennuyais.

S'enhardissant Chedli s'appuya sur les genoux de Mannoubia et se rapprochant un peu, il murmura :

– Non, tu es venue comme la colombe qui accourt à l'appel du ramier. Je t'appelais, tu es venue.

Un long frisson agita le corps tiède de la Mauresque, d'où s'exhalait un parfum étrange, qui achevait de troubler Chedli. Il se sentait défaillir, sa tête tournait et il se demandait avec surprise d'où lui venait cette angoisse inconnue, cette ivresse à la fois torturante et délicieuse.

La vieille avait disparu, et ils restaient là, dans le silence et l'ivresse de la nuit qui tombait, prolongeant indéfiniment l'agonie délicieuse du désir.

Elle se pressait contre la poitrine oppressée de Chedli et il l'étreignit peu à peu jusqu'à l'évanouissement final, loin du monde des réalités.

*

Depuis ce jour, Si Chedli déserta souvent sa boutique et oublia d'ouvrir ses vieux livres. Il vivait en plein rêve.

Si Chedli avait à peine vingt-cinq ans et il avait usé de toutes les voluptés, de toutes les ivresses, largement, jusqu'à satiété. Jamais il n'avait soupçonné que l'amour pût donner de pareilles extases, changer ainsi que dans un conte de fée tous les aspects de l'univers.

La nature lui donnait une fête quand il prenait le chemin de Halfaouïne, à la nuit tombante. Le matin, las et triste, il lui semblait, en allant vers le *hammam*, avant la prière, qu'un voile de deuil s'étendait sur les choses.

A personne il ne voulut confier son secret. Et tous se demandaient ce qui était arrivé au jeune homme.

— Il est fou, disait-on au *souk*.

— Il est devenu phtisique, disaient les autres.

Mais le vieux et rigide Mustapha Essahili s'était aperçu du changement prodigieux qui s'opérait en son fils et l'avait fait espionner adroitement. Un jour le secret de la retraite de Mannoubia fut connu du vieillard...

Le soir, quand Si Chedli vint frapper à la porte, la vieille Tunisienne vint lui ouvrir, éplorée, et lui dit :

— Sidi, aujourd'hui des hommes du bey l'ont prise, elle et la vieille Teboura, ils l'ont conduite à la gare pour la faire partir en Algérie.

Chedli demeurait immobile, comme plongé dans une rêverie profonde. Puis il entra dans la cour blanche et déserte, il monta : la chambre et la galerie étaient vides. Alors, en un brusque accès de rage et de douleur, il s'écria :

— Je le jure sur le Dieu unique et sur son Prophète! je le jure sur le bienheureux *cheikh* Sidi Mustapha ben Azzouz, mon maître en ce monde et dans l'autre... je la retrouverai.

*

Longtemps, patiemment, il chercha une trace, un indice. Enfin, par des amis, il apprit que Mannoubia était retournée à Bône, où elle vivait, disait-on, de la vie des courtisanes.

Le cœur de Si Chedli ne connut plus de repos : il avait juré de la retrouver et il irait la rejoindre coûte que coûte. Mais, son père vivant, Si Chedli ne possédait rien à lui. Il implora vainement l'autorisation de partir.

Alors, abandonnant sa boutique, il hanta les cimetières et les ruines de la banlieue.

Un jour, il ne revint plus. En vain son père le chercha partout; Si Chedli demeurait introuvable. Un ami d'enfance, par pitié, avait donné à Chedli de quoi aller à Constantine et à Bône et le jeune homme était parti.

Longtemps, dans les vieilles ruelles, dans les cafés maures de la blanche Annéba, Si Chedli chercha à savoir ce qu'était devenue Mannoubia.

Une année bientôt s'était écoulée depuis la disparition de la Mauresque. Un soir, dans un café de Bab el-Oued, Chedli rencontra un de ses anciens amis, devenu sergent aux tirailleurs après bien des déboires. A lui, las de souffrir et de se taire, Chedli ouvrit son cœur.

– Mannoubia bent el Kharrouby?... Je l'ai connue.

– Qu'est-elle devenue?

– Dieu lui accorde la paix!

Chedli resta accablé, anéanti. En cet instant, il avait senti se refermer sur lui la porte d'un cachot qu'il ne devait plus quitter.

Ainsi, abandonnant patrie, famille, richesse, il était devenu un vagabond, il avait cherché son amie pendant une année, haletant, fou... Et il venait là pour apprendre qu'elle était morte!

– Mais quand est-elle morte?

– A Bône, où elle venait de rentrer d'Alger depuis environ un mois. On dit qu'elle s'était mise à boire, après son retour de Tunis. Elle est morte de la poitrine.

– Aly, ne connais-tu pas sa tombe, là-bas?

– Non. Mais l'autre nièce de Teboura, Haounia te la montrera... Teboura aussi est morte.

*

Derrière les dentelures bleues du grand Idou morose, le noble soleil descend en embrasant les hauteurs environnantes et la colline sacrée, plantée de hauts cyprès noirs et de grands figuiers aux branches tordues et grêles.

Là, sous des pierres sculptées multicolores et gracieuses, les croyants de l'islam viennent dormir dans le sommeil inexprimable du tombeau.

Rien de lugubre et de triste dans ce cimetière plein de fleurs, de vignes et d'arbustes, où les tombes de faïence et de marbre blanc ont des teintes gaies. Tout y respire le grand calme auguste, la résignation, l'inébranlable foi en l'au-delà consolateur.

En face, sur les rayons rouges du couchant, s'étend le golfe immense, immobile, d'un rose opalin strié d'azur et d'or, reflétant le ciel inondé de clartés.

La Zaouïa

Tous les matins, à l'heure où le soleil se levait, je venais m'asseoir sous le porche de la *zaouïa* Sidi Abd er Rahman, à Alger.

J'entrais, mon déguisement aidant, dans la sainte *zaouïa* à l'heure de la prière...

Chose étrange! J'ai ressenti là, à l'ombre antique de cette mosquée sainte de l'islam, des émotions ineffables au son de la voix haute et forte de l'*imam* psalmodiant ces vieilles paroles de la foi musulmane en cette belle langue arabe, sonore et virile, musicale et puissante comme le vent du désert où elle est née, d'où elle est venue, sous l'impulsion d'une seule volonté humaine, conquérir la moitié de l'Univers...

J'écoutais ces paroles que je devais bientôt comprendre et aimer... Et je regardais l'*imam*. C'était un très vieux *cheïkh* et Iriquâ du Sud, un Arabe de pure et antique race sans mélange de sang berbère. Tout blanc déjà, avec de très grands yeux longs, atones, mais encore très noirs.

Ces yeux s'allumaient parfois d'une lueur intense, comme une étincelle ranimée par un souffle soudain, puis, ils reprenaient leur immobilité troublante et lourde.

Il n'y avait pas beaucoup de monde, généralement.

Parmi eux, il y avait de vrais croyants, des convaincus qui semblaient boire avec extase les paroles de l'*imam*...

Il y en avait un surtout qui devait être un fanatique. C'était un M'zabite d'une quarantaine d'années, au type berbère très prononcé. Il était maraîcher à Mustapha et s'appelait Youssef ben el-Arbi. Il arrivait tous les jours à la mosquée au même moment que moi, et à la fin, nous commençâmes à échanger un *salamhaleïk* très amical.

Cet homme avait, pendant toute la durée de la prière, une expression vraiment extatique... Il devenait pâle et ses yeux brillaient singulièrement, tandis qu'il répétait sans la précipitation de beaucoup d'autres les gestes consacrés.

Quand il sortait, après avoir remis ses mauvaises *papoudj*, il donnait toujours quelques *sourdis* aux enfants indigènes qui mendiaient...

Moi, je sortais, et je m'asseyais sur le pas de la porte, quand tout le monde était parti. J'allumais une cigarette « L'Orient », et les jambes croisées, j'attendais l'Aimé qui ne manquait jamais de venir me rejoindre à cet endroit de prédilection.

Pour arriver à la *zaouïa*, si j'avais passé la nuit à mon domicile officiel au quai de la Pêcherie, je devais d'abord aller rue de la Marine, chez une certaine blanchisseuse italienne, Rosina Menotti, qui habitait une seule cave où j'échangeais mes vêtements de femme contre l'accoutrement correspondant à mes plans pour le reste de la journée. Ensuite j'allais très lentement à la *zaouïa*.

Si au contraire j'avais passé ma nuit soit à rôder imprudemment dans des quartiers dangereux, soit dans l'un de mes autres logis de la ville haute ou de Bab Azoun, il me fallait prendre par des raccourcis fantastiques.

J'avais un pied-à-terre chez une chanteuse du quartier de Sid Abdallah. Un autre rue Si Rahmadan, chez des Juifs...

Le troisième, non loin de l'ancienne mosquée d'El Kasbah Beroui, aujourd'hui désaffectée et transformée en église chrétienne.

J'avais chez un charbonnier nègre soudanais de Bab Azoun le droit de demander l'hospitalité quand je trouvais bon de m'exiler si loin. Mais le plus souvent, je passais mes nuits en courses extra-ordinairement risquées ou dans les mauvais lieux où je contemplais des scènes invraisemblables dont plusieurs finirent dans le sang répandu en abondance.

Je connaissais un nombre infini d'individus tarés et louches, de filles et de repris de justice qui étaient pour moi autant de sujets d'observation et d'analyse psychologique. J'avais aussi plusieurs amis sûrs qui m'avaient initiée aux mystères de l'Alger voluptueuse et criminelle.

Quand j'avais passé ma nuit dans de telles observations, c'était parfois de très loin que je me rendais le matin à la *zaouïa*...

Le soleil éclairait en plein la place coquette et les arbres du jardin Marengo. Le ciel était toujours d'une pureté immatérielle, d'une transparence de rêve.

La mer scintillait à la lumière, opaline et claire, encore rosée des reflets du ciel matinal. Le port s'animait, et en bas, à Bab Azoun, sur le boulevard de la République et sur la jetée Kheïr Ed Dine, une foule bariolée se mouvait en deux torrents roulant en sens inverse.

Je me reposais à cette heure douce et étonnamment joyeuse. Mon âme semblait flotter dans le vide charmeur de ce ciel inondé de lumière et de vie.

Ce furent des heures bienheureuses, des heures de contemplation et de paix, de renouveau de tout mon être, d'extase et d'ivresse que celles que je passais assise sous ce déguisement, sur cette marche de pierre à l'ombre fraîche de cette belle *zaouïa* tranquille. Ce furent des heures de volupté réelle et intense, de jeunesse et de vie!

Je restais parfois longtemps à attendre assise, sans jamais m'impatienter, calme toujours. Je savais que j'arrivais toujours avant l'heure fixée, pour écouter la prière.

Enfin, de l'autre côté de la place, je voyais apparaître la haute silhouette élancée et mince d'Ahmed.

Lui aussi me voyait et me faisait un signe de la main droite. Il arrivait courant presque, toujours souriant, toujours gai. Ses beaux yeux se posaient sur les miens toujours avec une égale tendresse et il me disait avec son joli sourire :

– Bon musulman! Tu es là, toi, et moi j'ai encore tardé! *Sélam Haleïk, habiba, mahchouki*, bonjour ma bien-aimée!

Il s'asseyait à côté de moi et commençait par allumer à la mienne son éternelle cigarette. Après, c'était une causerie interminable, douce infiniment.

Je me grisais de sa voix mélodieuse en cette langue arabe qu'il parlait aussi bien que sa langue maternelle, le turc. Il développait d'ingénieuses et subtiles théories d'art et de philosophie, toujours empreintes de son souriant épicurisme voluptueux et indolent.

Il m'écoutait aussi lui dire mes pensées à moi, mes doutes et mes séductions, et il me disait parfois :

– Tu as une âme étrange et ton intelligence est puissante... mais il y a sur toi la fatalité de ta race et tu es pessimiste invinciblement.

J'aimais l'écouter me parler de toutes ces choses en français, puisqu'il ne pouvait les exprimer toutes au moyen de l'arabe...

Pourtant il préférait me parler cette langue qu'il aimait et que je commençai très vite à comprendre. Ensuite il me disait avec un gai sourire d'enfant :

– Je vais mourir de faim... Viens donc, nous irons déjeuner.

Nous allions dans une échoppe quelconque dans les vieilles rues arabes, et nous déjeunions gaîment. Mon déguisement et le titre de Sidi que me décernaient naïvement les Arabes faisaient beaucoup rire Ahmed.

Lui, le philosophe, sceptique et incrédule, étrange anomalie dans son peuple, en avait gardé toutes les qualités. Il avait une gaîté enfantine et communicative aux heures où il se départait de son flegme un peu dédaigneux, mais toujours doux et souvent très mélancolique.

En amour, il était voluptueux et raffiné, semblable à une sensitive que tout contact brutal fait souffrir. Son amour, pour calme et doux qu'il était, n'avait pas moins une intensité extrême...

Pour lui, le plaisir des sens n'était pas la volupté suprême. Il y ajoutait la volupté intellectuelle, infiniment supérieure. En lui le mâle était presque assoupi, presque tué par cet intellect puissant et délié d'essence purement transcendantale. Il me disait souvent :

– Combien ta nature est plus virile que la mienne et combien plus que moi tu es faite pour les luttes dures et impitoyables de la vie...

Il s'étonnait de ma violence. J'étais très jeune, alors, je n'avais pas vingt ans et le volcan qui depuis lors s'est couvert de cendres et qui ne fait plus éruption comme jadis bouillonnait alors avec une violence terrible, emportant dans les torrents de sa lave brûlante tout mon être vers les extrêmes...

Parfois notre frère Mahmoud venait se joindre à nous et nous apporter sa folle gaîté et son exubérance juvénile.

– Mahmoud est une nature masculine pure et il est à mille lieues de moi, et pourtant, je l'aime avec une tendresse infinie! disait Ahmed.

Nous flânions alors à trois dans la banlieue, à Si Abd er Rahman bou Koubria, le cimetière musulman sur la route de Hussein Dey.

Puis aussi venait l'étrange « seconde vie », la vie de la volupté, de l'amour. L'ivresse violente et terrible des sens, intense et délirante, contrastant singulièrement avec l'existence de tous les jours, calme et pensive qui était la mienne. Quelles ivresses! Quelles soûleries d'amour sous ce soleil ardent! Elle était ardente aussi ma nature à moi, et mon sang coulait avec une rapidité enfiévrée dans mes veines gonflées sous l'influence de la passion.

Je dépensais follement ma jeunesse et ma force vitale, sans le moindre regret. Je pensais parfois par expérience qu'un jour viendrait où le dégoût et la lassitude m'envahiraient et où tout cela serait fini, emporté par mon inconstance native...

Mais dans la griserie de l'heure présente, j'oubliais tout et surtout l'avenir. Ou plutôt cet avenir m'apparaissait comme une continuation indéfinie du présent... C'était une ivresse sans fin. Tantôt l'ivresse de mon âme dans ce pays merveilleux, sous ce soleil unique et les envolées sublimes de la pensée vers les régions calmes de la spéculation, tantôt les douces extases toujours mêlées à de la mélancolie, les extases de l'art, cette quintessencielle et mystérieuse jouissance des jouissances.

NOTE

Comme toujours, lorsqu'il s'agit de textes apparemment autobiographiques, I.E. brouille les pistes à plaisir. Dans *la Zaouïa* elle évoque des souvenirs de jeunesse, d'initiation : « ces paroles que je devais bientôt comprendre et aimer... », dit-elle à propos des prières. Or, à part un bref passage en prélude à son second voyage à El Oued en juillet 1900, elle n'a séjourné longuement à Alger que deux années plus tard, après l'attentat de Behima, l'exil à Marseille et son mariage avec Slimène Ehnni (voir repères chronologiques).

A cette époque, on le verra dans la suite des nouvelles, ses préoccupations étaient bien différentes. Il y a une part de fiction dans ce récit, mais l'on y retrouve le décor charmant de la mosquée d'Abderrahmane qui – avant elle – séduit Guy de Maupassant lors de ses voyages au Maghreb en 1881. Miraculeusement épargné au cours des ans, ce lieu est toujours le rendez-vous des femmes de la Casbah qui viennent prier près du tombeau du marabout et bavarder dans les jardins en terrasses.

La Zaouïa est l'un des rares textes d'Isabelle Eberhardt à être resté inédit. Nous l'avons découvert aux Archives d'Aix-en-Provence et publié pour la première fois en 1986 (*Yasmina et autres nouvelles algériennes*, Éd. Liana Levi).

Peut-être l'auteur le trouvait-il trop intime ou, plus vraisemblablement, son mentor et premier éditeur V. Barrucand le jugeait-il susceptible d'entacher la réputation de sa « protégée » ? C'est toujours quand I.E. évoque les lieux malfamés, les bordels, comme dans *Coin d'amour* (cf. *Œuvres complètes*, tome I, *op. cit.*), ou les abus d'autorité des militaires, ces choses de la vie coloniale dont on ne doit pas parler, que la censure de Victor Barrucand s'exerce avec le plus de zèle...

Yasmina

Elle avait été élevée dans un site funèbre où, au sein de la désolation environnante, flottait l'âme mystérieuse des millénaires abolis.

Son enfance s'était écoulée là, dans les ruines grises, parmi les décombres et la poussière d'un passé dont elle ignorait tout.

De la grandeur morne de ces lieux, elle avait pris comme une surcharge de fatalisme et de rêve. Étrange, mélancolique, entre toutes les filles de sa race : telle était Yasmina la Bédouine.

Les *gourbis* de son village s'élevaient auprès des ruines romaines de Timgad, au milieu d'une immense plaine pulvérulente, semée de pierres sans âge, anonymes, débris disséminés dans les champs de chardons épineux d'aspect méchant, seule végétation herbacée qui pût résister à la chaleur torride des étés embrasés. Il y en avait là de toutes les tailles, de toutes les couleurs, de ces chardons : d'énormes, à grosses fleurs bleues, soyeuses parmi les épines longues et aiguës, de plus petits, étoiles d'or... et tous rampants enfin, à petites fleurs rose pâle. Par-ci par-là, un maigre buisson de jujubier ou un lentisque roussi par le soleil.

Un arc de triomphe, debout encore, s'ouvrait en une courbe hardie sur l'horizon ardent. Des colonnes géantes, les unes couronnées de leurs chapiteaux, les autres brisées, une légion de colonnes dressées vers le ciel, comme en une rageuse et inutile révolte contre l'inéluctable Mort...

Un amphithéâtre aux gradins récemment déblayés, un forum silencieux, des voies désertes, tout un squelette de grande cité défunte, toute la gloire triomphante des Césars vaincue par le temps et résorbée par les entrailles jalouses de cette terre d'Afrique qui dévore lentement, mais sûrement, toutes les civilisations étrangères ou hostiles à son âme...

Dès l'aube quand, au loin le *djebel* Aurès s'irisait de lueurs dia-

phanes, Yasmina sortait de son humble *gourbi* et s'en allait doucement, par la plaine, poussant devant elle son maigre troupeau de
chèvres noires et de moutons grisâtres.

D'ordinaire, elle le menait dans la gorge tourmentée et sauvage
d'un *oued*, assez loin du *douar*.

Là se réunissaient les petits pâtres de la tribu. Cependant, Yasmina se tenait à l'écart, ne se mêlant point aux jeux des autres
enfants.

Elle passait toutes ses journées, dans le silence menaçant de la
plaine, sans soucis, sans pensées, poursuivant des rêveries vagues,
indéfinissables, intraduisibles en aucune langue humaine.

Parfois, pour se distraire, elle cueillait au fond de l'*oued* desséché
quelques fleurettes bizarres, épargnées du soleil, et chantait des
mélopées arabes.

Le père de Yasmina, El Hadj Salem, était déjà vieux et cassé. Sa
mère, Habiba, n'était plus, à trente-cinq ans, qu'une vieille momie
sans âge, adonnée aux durs travaux du *gourbi* et du petit champ
d'orge.

Yasmina avait deux frères aînés, engagés tous deux aux Spahis.
On les avait envoyés tous deux très loin, dans le désert. Sa sœur
aînée, Fathma, était mariée et habitait le *douar* principal des Ouled-
Mériem. Il n'y avait plus au *gourbi* que les jeunes enfants et Yasmina, l'aînée, qui avait environ quatorze ans.

Ainsi, d'aurore radieuse en crépuscule mélancolique, la petite
Yasmina avait vu s'écouler encore un printemps, très semblable aux
autres, qui se confondaient dans sa mémoire.

Or, un soir, au commencement de l'été, Yasmina rentrait avec ses
bêtes, remontant vers Timgad illuminée des derniers rayons du soleil
à son déclin. La plaine resplendissait, elle aussi, en une pulvérulence
rose d'une infinie délicatesse de teinte... Et Yasmina s'en revenait en
chantant une complainte saharienne, apprise de son frère Slimène
qui était venu en congé un an auparavant, et qu'elle aimait beaucoup :

> *Jeune fille de Constantine,*
> *qu'es-tu venue faire ici,*
> *toi qui n'es point de mon pays,*
> *toi qui n'es point faite pour vivre*
> *dans la dune aveuglante...*
> *Jeune fille de Constantine,*
> *tu es venue et tu as pris mon cœur,*
> *et tu l'emporteras dans ton pays...*

Tu as juré de revenir, par le Nom très haut...
Mais quand tu reviendras au pays des palmes,
quand tu reviendras à El Oued,
tu ne me retrouveras plus
dans la DEMEURE DES PLEURS...
Cherche-moi dans la DEMEURE DE L'ÉTERNITÉ...

Et doucement, la chanson plaintive s'envolait dans l'espace illimité... Et doucement, le prestigieux soleil s'éteignait dans la plaine...

Elle était bien calme, la petite âme solitaire et naïve de Yasmina... Calme et douce comme ces petits lacs purs que les pluies laissent au printemps pour un instant dans les éphémères prairies africaines, et où rien ne se reflète, sauf l'azur infini du ciel sans nuages...

Quand Yasmina rentra, sa mère lui annonça qu'on allait la marier à Mohammed Elaour, cafetier à Batna.

D'abord, Yasmina pleura, parce que Mohammed était borgne et très laid et parce que c'était si subit et si imprévu, ce mariage.

Puis, elle se calma et sourit, car c'était écrit. Les jours se passèrent. Yasmina n'allait plus au pâturage. Elle cousait, de ses petites mains maladroites, son humble trousseau de fiancée nomade.

Personne, parmi les femmes du *douar*, ne songea à lui demander si elle était contente de ce mariage. On la donnait à Elaour, comme on l'eût donnée à tout autre musulman. C'était dans l'ordre des choses, et il n'y avait là aucune raison d'être contente outre mesure, ni non plus de se désoler.

Yasmina savait même que son sort serait un peu meilleur que celui des autres femmes de sa tribu, puisqu'elle habiterait la ville et qu'elle n'aurait, comme les Mauresques, que son ménage à soigner et ses enfants à élever.

Seuls les enfants la taquinaient parfois, lui criant : *Marte-el-Aour!* – « La femme du borgne! » Aussi évitait-elle d'aller, à la tombée de la nuit, chercher de l'eau à l'*oued*, avec les autres femmes. Il y avait bien une fontaine dans la cour du *bordj* des fouilles, mais le gardien *roumi*, employé des Beaux-Arts, ne permettait point aux gens de la tribu de puiser l'eau pure et fraîche dans cette fontaine. Ils étaient donc réduits à se servir de l'eau saumâtre de l'*oued* où piétinaient, matin et soir, les troupeaux. De là, l'aspect maladif des gens de la tribu continuellement atteints de fièvre malignes.

Un jour, Elaour vint annoncer au père de Yasmina qu'il ne pourrait, avant l'automne, faire les frais de la noce et payer la dot de la jeune fille.

Yasmina avait achevé son trousseau et son petit frère Ahmed qui l'avait remplacée au pâturage, étant tombé malade, elle reprit ses fonctions de bergère et ses longues courses à travers la plaine.

Elle y poursuivait ses rêves imprécis de vierge primitive, que l'approche du mariage n'avait en rien modifiés.

Elle n'espérait ni même ne désirait rien. Elle était inconsciente, donc heureuse.

Il y avait alors à Batna un jeune lieutenant, détaché au Bureau arabe, nouvellement débarqué de France. Il avait demandé à venir en Algérie, car la vie de caserne qu'il avait menée pendant deux ans, au sortir de Saint-Cyr, l'avait profondément dégoûté. Il avait l'âme aventureuse et rêveuse.

A Batna, il était vite devenu chasseur, par besoin de longues courses à travers cette âpre campagne algérienne qui, dès le début, l'avait charmé singulièrement.

Tous les dimanches, seul, il s'en allait à l'aube, suivant au hasard des routes raboteuses de la plaine et parfois les sentiers ardus de la montagne.

Un jour, accablé par la chaleur de midi, il poussa son cheval dans le ravin sauvage où Yasmina gardait son troupeau.

Assise sur une pierre, à l'ombre d'un rocher rougeâtre où des genévriers odorants croissaient, Yasmina jouait distraitement avec des brindilles vertes et chantait une complainte bédouine où, comme dans la vie, l'amour et la mort se côtoient.

L'officier était las et la poésie sauvage du lieu lui plut.

Quand il eut trouvé la ligne d'ombre pour abriter son cheval, il s'avança vers Yasmina et, ne sachant pas un mot d'arabe, lui dit en français :

— Y a-t-il de l'eau, par ici?

Sans répondre, Yasmina se leva pour s'en aller, inquiète, presque farouche.

— Pourquoi as-tu peur de moi? Je ne te ferai pas de mal, dit-il, amusé déjà par cette rencontre.

Mais elle fuyait l'ennemi de sa race vaincue et elle partit.

Longtemps, l'officier la suivit des yeux.

Yasmina lui était apparue, svelte et fine sous ses haillons bleus, avec son visage bronzé, d'un pur ovale, où les grands yeux noirs de la race berbère scintillaient mystérieusement, avec leur expression sombre et triste, contredisant étrangement le contour sensuel à la fois et enfantin des lèvres sanguines, un peu épaisses. Passés dans le lobe des oreilles gracieuses, deux lourds anneaux de fer encadraient cette figure charmante. Sur le front, juste au milieu, la croix berbère était tracée en bleu, symbole inconnu, inexplicable chez ces peuplades autochtones qui ne furent jamais chrétiennes et que l'islam vint prendre toutes sauvages et fétichistes, pour sa grande floraison de foi et d'espérance.

Sur sa tête aux lourds cheveux laineux, très noirs, Yasmina portait un simple mouchoir rouge, roulé en forme de turban évasé et plat.

Tout en elle était empreint d'un charme presque mystique dont le lieutenant Jacques ne savait s'expliquer la nature.

Il resta longtemps là, assis sur la pierre que Yasmina avait quittée. Il songeait à la Bédouine et à sa race tout entière.

Cette Afrique où il était venu volontairement lui apparaissait encore comme un monde presque chimérique, inconnu profondément, et le peuple arabe, par toutes les manifestations extérieures de son caractère, le plongeait en un constant étonnement. Ne fréquentant presque pas ses camarades du Cercle, il n'avait point encore appris à répéter les clichés ayant cours en Algérie et si nettement hostiles, *a priori*, à tout ce qui est arabe et musulman.

Il était encore sous le coup du grand enchantement, de la griserie intense de l'arrivée, et il s'y abandonnait voluptueusement.

Jacques, issu d'une famille noble des Ardennes, élevé dans l'austérité d'un collège religieux de province, avait gardé, à travers ses années de saint-cyrien, une âme de montagnard, encore relativement très fermée à cet « esprit moderne », frondeur et sceptique de parti pris, qui mène rapidement à toutes les décrépitudes morales.

Il savait donc encore voir *par lui-même*, et s'abandonner sincèrement à ses propres impressions.

Sur l'Algérie, il ne savait que l'admirable épopée de la conquête et de la défense, l'héroïsme sans cesse déployé de part et d'autre pendant trente années.

Cependant, intelligent, peu expansif, il était déjà porté à analyser ses sensations, à classifier en quelque sorte ses pensées.

Ainsi, le dimanche suivant, quand il se vit reprendre le chemin de Timgad, eut-il la sensation très nette qu'il n'y allait que pour revoir la petite Bédouine.

Encore très pur et très noble, il n'essayait point de *truquer* avec sa conscience. Il s'avouait parfaitement qu'il n'avait pu résister à l'envie d'acheter des bonbons, dans l'intention de lier connaissance avec cette petite fille dont la grâce étrange le captivait si invinciblement et à laquelle, toute la semaine durant, il n'avait fait que penser.

... Et maintenant, parti dès l'aube par la belle route de Lambèse, il pressait son cheval, pris d'une impatience qui l'étonnait lui-même... Ce n'était en somme que le vide de son cœur à peine sorti des limbes enchantés de l'adolescence, sa vie solitaire loin du pays natal, la presque virginité de sa pensée que les débauches de Paris n'avaient point souillée, ce n'était que ce vide profond qui le poussait vers l'inconnu troublant qu'il commençait à entrevoir au-delà de cette ébauche d'aventure bédouine.

... Enfin, il s'enfonça dans l'étroite et profonde gorge de l'*oued* desséché.

Çà et là, sur les grisailles fauves des broussailles, un troupeau de chèvres jetait une tache noire à côté de celle, blanche, d'un troupeau de moutons.

Et Jacques chercha presque anxieusement celui de Yasmina.

– Comment se nomme-t-elle? Quelle âge a-t-elle? Voudra-t-elle me parler, cette fois, ou bien s'enfuira-t-elle comme l'autre jour?

Jacques se posait toutes ces questions avec une inquiétude croissante. D'ailleurs, comment allait-il lui parler, puisque, bien certainement, elle ne comprenait pas un mot de français et que lui ne savait même pas le *sabir*?...

Enfin, dans la partie la plus déserte de l'*oued*, il découvrit Yasmina, couchée à plat ventre parmi ses agneaux, et la tête soutenue par ses deux mains.

Dès qu'elle l'aperçut, elle se leva, hostile de nouveau.

Habituée à la brutalité et au dédain des employés et des ouvriers des ruines, elle haïssait tout ce qui était chrétien.

Mais Jacques souriait, et il n'avait pas l'air de lui vouloir du mal. D'ailleurs, elle voyait bien qu'il était tout jeune et très beau sous sa simple tenue de toile blanche.

Elle avait auprès d'elle une petite *guerba* suspendue entre trois piquets formant faisceau.

Jacques lui demanda à boire, par signes. Sans répondre, elle lui montra du doigt la *guerba*.

Il but. Puis il lui tendit une poignée de bonbons roses. Timidement, sans oser encore avancer la main, elle dit en arabe, avec un demi-sourire et levant pour la première fois ses yeux sur ceux du *roumi* :

– *Ouch-noua?* Qu'est-ce?

– C'est bon, dit-il, riant de son ignorance, mais heureux que la glace fût enfin rompue.

Elle croqua un bonbon, puis, soudain, avec un accent un peu rude, elle dit :

— Merci!

— Non, non, prends-les tous!

— Merci! Merci! *Msiou!* merci!

— Comment t'appelles-tu?

Longtemps, elle ne comprit pas. Enfin, comme il s'était mis à lui citer tous les noms de femmes arabes qu'il connaissait, elle sourit et dit : « Smina » (Yasmina).

Alors, il voulut la faire asseoir près de lui pour continuer la conversation. Mais, prise d'une frayeur subite, elle s'enfuit.

Toutes les semaines, quand approchait le dimanche, Jacques se disait qu'il agissait mal, que son devoir était de laisser en paix cette créature innocente dont tout le séparait et qu'il ne pourrait jamais que faire souffrir... Mais il n'était plus libre d'aller à Timgad ou de rester à Batna et il partait...

Bientôt, Yasmina n'eut plus peur de Jacques. Toutes les fois, elle vint d'elle-même s'asseoir près de l'officier, et elle essaya de lui faire comprendre des choses dont le sens lui échappait la plupart du temps, malgré tous les efforts de la jeune fille. Alors voyant qu'il ne parvenait pas à la comprendre, elle se mettait à rire... Et alors, ce rire de gorge qui lui renversait la tête en arrière, découvrait ses dents d'une blancheur laiteuse, donnait à Jacques une sensation de désir et une prescience de voluptés grisantes...

En ville, Jacques s'acharnait à l'étude de l'arabe algérien... Son ardeur faisait sourire ses camarades qui disaient, non sans ironie : « Il doit y avoir une *bicotte* là-dessous. »

Déjà, Jacques aimait Yasmina, follement, avec toute l'intensité débordante d'un premier amour chez un homme à la fois sensuel et très rêveur en qui l'amour de la chair se spiritualisait, revêtait la forme d'une tendresse vraie...

Cependant, ce que Jacques aimait en Yasmina, en son ignorance absolue de l'âme de la Bédouine, c'était un être purement imaginaire, issu de son imagination, et bien certainement fort peu semblable à la réalité...

Souriante, avec, cependant, une ombre de mélancolie dans le regard, Yasmina écoutait Jacques lui chanter, maladroitement encore, toute sa passion qu'il n'essayait même plus d'enchaîner.

— C'est impossible, disait-elle avec, dans la voix, une tristesse déjà douloureuse. Toi, tu es un *roumi*, un *kéfer*, et moi, je suis musulmane. Tu sais, c'est *haram* chez nous, qu'une musulmane prenne un chrétien ou un juif; et pourtant, tu es beau, tu es bon. Je t'aime...

Un jour, très naïvement, elle lui prit le bras et dit, avec un long regard tendre :

– Fais-toi musulman... C'est bien facile! Lève ta main droite, comme ça, et dis, avec moi : « *La illaha illa Allah, Mohammed raçoul Allah.* » (« Il n'est point d'autre divinité que Dieu, et Mohammed est l'envoyé de Dieu. »)

Lentement, par simple jeu, pour lui faire plaisir, il répéta les paroles chantantes et solennelles qui, prononcées *sincèrement*, suffisent à lier irrévocablement à l'islam... Mais Yasmina ne savait point que l'on peut dire de telles choses sans y croire, et elle pensait que *l'énonciation* seule de la profession de foi musulmane par son *roumi* en ferait un croyant... Et Jacques, ignorant des idées frustes et primitives que se fait de l'islam le peuple illettré, ne se rendait point compte de la portée de ce qu'il venait de faire.

*
*

Ce jour-là, au moment de la séparation, spontanément, avec un sourire heureux, Yasmina lui donna un baiser, le premier... Ce fut pour Jacques une ivresse sans nom, infinie...

Désormais, dès qu'il était libre, dès qu'il disposait de quelques heures, il partait au galop pour Timgad.

Pour Yasmina, Jacques n'était plus un *roumi*, un *kéfer*... Il avait attesté l'unité absolue de Dieu et la mission de son Prophète... Et un jour, simplement, avec toute la passion fougueuse de sa race, elle se donna...

Ils eurent un instant d'anéantissement ineffable, après lequel ils se réveillèrent, l'âme illuminée d'une lumière nouvelle, comme s'ils venaient de sortir des ténèbres.

... Maintenant, Jacques pouvait dire à Yasmina presque toutes les choses douces ou poignantes dont était remplie son âme, tant ses progrès en arabe avaient été rapides... Parfois, il la priait de chanter. Alors, couché près de Yasmina, il mettait sa tête sur ses genoux et, les yeux clos, il s'abandonnait à une rêverie imprécise, très douce.

Depuis quelque temps, une idée singulière venait le hanter et quoique la sachant bien enfantine, bien irréalisable, il s'y abandonnait, y trouvant une jouissance étrange... Tout quitter, à jamais, renoncer à sa famille, à la France, rester pour toujours en Afrique avec Yasmina... Même démissionner et s'en aller, avec elle toujours, sous le *burnous* et le turban, mener une existence insoucieuse et lente, dans quelque *ksar* du Sud... Quand Jacques était loin de Yasmina, il retrouvait toute sa lucidité et il souriait de ces enfantillages mélancoliques... Mais dès qu'il se retrouvait auprès d'elle, il se laissait aller à une sorte d'assoupissement intellectuel d'une douceur indicible. Il la prenait dans ses bras, et, plongeant son regard dans l'ombre du sien, il lui répétait à l'infini ce mot de tendresse arabe, si doux :

– *Aziza! Aziza! Aziza!*

Yasmina ne se demandait jamais quelle serait l'issue de ses amours avec Jacques. Elle savait que beaucoup d'entre les filles de sa race avaient des amants, qu'elles se cachaient soigneusement de leurs familles, mais que, généralement, cela finissait par un mariage.

Elle *vivait*. Elle était heureuse simplement, sans réflexion et sans autre désir que celui de voir son bonheur durer éternellement.

Quant à Jacques, il voyait bien clairement que leur amour ne pouvait durer ainsi, indéfiniment, car il concevait l'impossibilité d'un mariage entre lui qui avait une famille, là-bas, au pays, et cette petite Bédouine qu'il ne pouvait même pas songer à transporter dans un autre milieu, sur un sol lointain et étranger.

Elle lui avait bien dit que l'on devait la marier à un *cahouadji* de la ville, vers la fin de l'automne.

Mais c'était si loin, cette fin d'automne... Et lui aussi, Jacques s'abandonnait à la félicité de l'heure...

– Quand ils voudront me donner au borgne, tu me prendras et tu me cacheras quelque part dans la montagne, loin de la ville, pour qu'ils ne me retrouvent plus jamais. Moi, j'aimerais habiter la montagne, où il y a de grands arbres qui sont plus vieux que les plus anciens des vieillards, et où il y a de l'eau fraîche et pure qui coule à l'ombre... Et puis, il y a des oiseaux qui ont des plumes rouges, vertes et jaunes, et qui chantent...

« Je voudrais les entendre, et dormir à l'ombre, et boire de l'eau fraîche... Tu me cacheras dans la montagne et tu viendras me voir tous les jours... J'apprendrai à chanter comme les oiseaux et je chanterai pour toi. Après, je leur apprendrai ton nom pour qu'ils me le redisent quand tu seras absent. »

Yasmina lui parlait ainsi parfois, avec son étrange regard sérieux et ardent...

– Mais, disait-elle, les oiseaux de Djebel Touggour sont des oiseaux musulmans... Ils ne sauront pas chanter ton nom de *roumi*... Ils ne sauront te dire qu'un nom musulman.. et c'est moi qui dois te le donner, pour le leur apprendre... Tu t'appelleras *Mabrouk*, cela nous portera bonheur.

... Pour Jacques, cette langue arabe était devenue une musique suave, parce que c'était sa langue à elle, et que tout ce qui était elle l'enivrait. Jacques ne pensait plus, il vivait.

Et il était heureux.

***
***

Un jour, Jacques apprit qu'il était désigné pour un poste du Sud oranais.

Il lut et relut l'ordre implacable, sans autre sens pour lui que celui-ci, partir, quitter Yasmina, la laisser marier à ce cafetier borgne et ne plus jamais la revoir...

Pendant des jours et des jours, désespérément, il chercha un moyen quelconque de ne pas partir, une permutation avec un camarade... mais en vain.

Jusqu'au dernier moment, tant qu'il avait pu conserver la plus faible lueur d'espérance, il avait caché à Yasmina le malheur qui allait les frapper...

Pendant ses nuits d'insomnie et de fièvre, il en était arrivé à prendre des résolutions extrêmes : tantôt il se décidait à risquer le scandale retentissant d'un enlèvement et d'un mariage, tantôt il songeait à donner sa démission, à tout abandonner pour Yasmina, à devenir en réalité ce *Mabrouk* qu'elle rêvait de faire de lui... Mais toujours une pensée venait l'arrêter : il y a là-bas, dans les Ardennes, un vieux père et une mère aux cheveux blancs qui mourraient certainement de chagrin si leur fils, « le beau lieutenant Jacques », comme on l'appelait au pays, faisait toutes ces choses qui passaient par son cerveau embrasé, aux heures lentes des nuits mauvaises.

Yasmina avait bien remarqué la tristesse et l'inquiétude croissante de son *Mabrouk* et, n'osant encore lui avouer la vérité, il lui disait que sa vieille mère était bien malade, là-bas, *fil Fransa*...

Et Yasmina essayait de le consoler, de lui inculquer son tranquille fatalisme.

– *Mektoub*, disait-elle. Nous sommes tous sous la main de Dieu et tous nous mourrons, pour retourner à Lui... Ne pleure pas; *Ya Mabrouk*, c'est écrit.

« Oui, songeait-il amèrement, nous devons tous, un jour ou l'autre, être à jamais séparés de tout ce qui nous est cher... Pourquoi donc le sort, ce *mektoub* dont elle me parle, nous sépare-t-il donc prématurément, tant que nous sommes en vie tous deux ? »

Enfin, peu de jours avant celui fixé irrévocablement pour son

départ, Jacques partit pour Timgad... Il allait, plein de crainte et
d'angoisse, dire la vérité à Yasmina. Cependant, il ne voulait point
lui dire que leur séparation serait probablement, certainement
même, éternelle...

Il lui parla simplement d'une mission devant durer trois ou quatre
mois.

Jacques s'attendait à une explosion de désespoir déchirant...

Mais, debout devant lui, elle ne broncha pas. Elle continua de le
regarder bien en face, comme si elle eût voulu lire dans ses pensées
les plus secrètes... et ce regard lourd, sans expression compréhen-
sible pour lui, le troubla infiniment... Mon Dieu! allait-elle donc
croire qu'il l'abandonnait volontairement?

Comment lui expliquer la vérité, comment lui faire comprendre
qu'il n'était pas le maître de sa destinée? Pour elle, un officier français était un être presque tout-puissant, absolument libre de faire
tout ce qu'il voulait.

... Et Yasmina continuait de regarder Jacques bien en face, les
yeux dans les yeux. Elle gardait le silence...

Il ne put supporter plus longtemps ce regard qui semblait le
condamner.

Il la saisit dans ses bras :

— O *Aziza! Aziza!* dit-il. Tu te fâches contre moi! Ne vois-tu donc
pas que mon cœur se brise, que je ne m'en irais jamais, si seulement
je pouvais rester!

Elle fronça ses fins sourcils noirs.

— Tu mens! dit-elle. Tu mens! tu n'aimes plus Yasmina, ta maîtresse, ta femme, ta servante, celle à qui tu as pris la virginité. C'est
bien toi qui tiens à t'en aller!... Et tu mens encore quand tu me dis
que tu reviendras bientôt... Non, tu ne reviendras jamais, jamais,
jamais!

Et ce mot, obstinément répété sur un ton presque solennel, sembla
à Jacques le glas funèbre de sa jeunesse.

Abadane! Abadane! Il y avait, dans le *son* même de ce mot, quelque chose de *définitif*, d'inexorable et de fatal.

— Oui, tu t'en vas... Tu vas te marier avec une *roumia*, là-bas en
France...

Et une flamme sombre s'alluma dans les grands yeux roux de la
nomade. Elle s'était dégagée presque brusquement de l'étreinte de
Jacques, et elle cracha par terre, avec dédain, en un mouvement
d'indignation sauvage.

— Chiens et fils de chiens, tous les *roumis*!

— Oh! Yasmina, comme tu es injuste envers moi! Je te jure que j'ai supplié tous mes camarades l'un après l'autre de partir au lieu de moi... et ils n'ont pas voulu.

— Ah? tu vois bien toi-même que, quand un officier ne veut pas partir, il ne part pas!

— Mais mes camarades, *c'est moi* qui les ai priés de partir à ma place, et ils ne dépendent pas de moi... tandis que moi je dépends du général, du ministre de la Guerre...

Mais Yasmina, incrédule, demeurait hostile et fermée.

Et Jacques regrettait que l'explosion de désespoir qu'il avait tant redoutée en route n'eût pas eu lieu.

Ils restèrent longtemps ainsi, silencieux, séparés déjà par tout un abîme, par toutes ces choses européennes qui dominaient tyranniquement sa vie à lui et qu'elle, Yasmina, ne comprendrait jamais...

Enfin, le cœur débordant d'amertume, Jacques pleura, la tête abandonnée sur les genoux de Yasmina.

Quand elle le vit sangloter si désespérément, elle comprit qu'il était sincère... Elle serra la chère tête aimée contre sa poitrine, pleurant elle aussi, enfin.

— *Mabrouk!* Prunelle de mes yeux! Ma lumière! O petite tache noire de mon cœur! Ne pleure pas, mon seigneur! Ne t'en va pas, *Ya Sidi*. Si tu veux partir, je me coucherai en travers de ton chemin et je mourrai. Et alors, tu devras passer sur le cadavre de ta Yasmina. Ou bien, si tu dois absolument partir, emmène-moi avec toi. Je serai ton esclave. Je soignerai ta maison et ton cheval... Si tu es malade, je te donnerai le sang de mes veines pour te guérir... ou je mourrai pour toi. *Ya Mabrouk! Ya Sidi!* emmène-moi avec toi...

Et comme il gardait le silence, brisé devant l'impossibilité de ce qu'elle demandait, elle reprit :

— Alors, viens, mets des vêtements arabes. Sauvons-nous ensemble dans la montagne, ou bien, plus loin, dans le désert, au pays des Chaâmba et des Touareg... Tu deviendras tout à fait musulman, et tu oublieras la France...

— Je ne puis pas... Ne me demande pas l'impossible. J'ai de vieux parents, là-bas, en France, et ils mourront de chagrin... Oh! Dieu seul sait combien je voudrais pouvoir te garder auprès de moi, toujours.

Il sentait les lèvres chaudes de Yasmina lui caresser doucement les mains, dans le débordement de leurs larmes mêlées... Ce contact réveilla en lui d'autres pensées, et ils eurent encore un instant de joie si profonde, si absolue qu'ils n'en avaient jamais connu de semblable même aux jours de leur tranquille bonheur.

– Oh! comment nous quitter! bégayait Yasmina, dont les larmes continuaient de couler.

Deux fois encore, Jacques revint et ils retrouvèrent cette indicible extase qui semblait devoir les lier l'un à l'autre, indissolublement et à jamais.

Mais enfin, l'heure solennelle des adieux sonna... de ces adieux que l'un savait et que l'autre *pressentait* éternels....

Dans leur dernier baiser, ils mirent toute leur âme...

Longtemps, Yasmina écouta retentir au loin le galop cadencé du cheval de Jacques... Quand elle ne l'entendit plus, et que la plaine fut retombée au lourd silence accoutumé, la petite Bédouine se jeta la face contre terre et pleura...

* *

Un mois s'étant écoulé depuis le départ de Jacques, Yasmina vivait en une sorte de torpeur morne.

Toute la journée, seule désormais dans son *oued* sauvage, elle demeurait couchée à terre, immobile.

En elle, aucune révolte contre le *Mektoub* auquel, dès sa plus tendre enfance, elle était habituée à attribuer tout ce qui lui arrivait, en bien comme en mal... Simplement une douleur infinie, une souffrance continue, sans trêve ni repos, la souffrance cruelle et *injuste* des êtres inconscients, enfants ou animaux, qui n'ont même pas l'amère consolation de *comprendre* pourquoi et comment ils souffrent...

Comme tous les nomades, mélange confus où le sang asiatique s'est perdu au milieu des tribus autochtones, Chaouïya, Berbères, etc., Yasmina n'avait de l'islam qu'une idée très vague. Elle savait – sans toutefois se rendre compte de ce que cela signifiait – qu'il y a un Dieu, seul, unique, éternel, qui a tout créé et qui est *Rab-el-Alémine* – Souverain des Univers –, que Mohammed est son Prophète et que le Coran est l'expression écrite de la religion. Elle savait aussi réciter les deux ou trois courtes sourates du Coran qu'aucun musulman n'ignore.

Yasmina ne connaissait d'autres Français que ceux qui gardaient les ruines et travaillaient aux fouilles, et elle savait bien tout ce que sa tribu avait eu à en souffrir. De là, elle concluait que tous les *roumis* étaient les ennemis irréconciliables des Arabes. Jacques avait fait tout son possible pour lui expliquer qu'il y a des Français qui ne haïssent point les musulmans... Mais en lui-même, il savait bien qu'il suffit de quelques fonctionnaires ignorants et brutaux pour rendre la France haïssable aux yeux de pauvres villageois illettrés et obscurs.

Yasmina entendait tous les Arabes des environs se plaindre d'avoir à payer des impôts écrasants, d'être terrorisés par l'administration militaire, d'être spoliés de leurs biens... Et elle en concluait que probablement ces Français bons et humains dont lui parlait Jacques ne venaient pas dans son pays, qu'ils restaient quelque part au loin.

Tout cela, dans sa pauvre intelligence inculte, dont les forces vives dormaient profondément, était très vague et ne la préoccupait d'ailleurs nullement.

Elle n'avait commencé à penser, très vaguement, que du jour où elle avait aimé.

Jadis, quand Jacques la quittait pour rentrer à Batna, elle restait songeuse. Qu'y faisait-il? Où vivait-il? Voyait-il d'autres femmes, des *roumia* qui sortent sans voile et qui ont des robes de soie et des chapeaux comme celles qui venaient visiter les ruines? Et une vague jalousie s'allumait alors dans son cœur.

Mais, depuis que Jacques était parti pour l'Oranie lointaine, Yasmina avait beaucoup souffert et son intelligence commençait à s'affirmer.

Parfois, dans sa solitude désolée, elle se mettait à chanter les complaintes qu'il avait aimées, et alors elle pleurait, entrecoupant de sanglots déchirants les couplets mélancoliques, appelant son *Mabrouk* chéri par les plus doux noms qu'elle avait coutume de lui donner, le suppliant de revenir, comme s'il pouvait l'entendre.

Elle était illettrée, et Jacques ne pouvait lui écrire, car elle n'eût osé montrer à qui que ce soit les lettres de l'officier pour se les faire traduire.

Elle était donc restée sans nouvelles de lui.

Un dimanche, tandis qu'elle rêvait tristement, elle vit arriver du côté de Batna un cavalier indigène, monté sur un fougueux cheval gris. Le cavalier, qui portait la tenue des officiers indigènes de spahis, poussa son cheval dans le lit de l'*oued*. Il semblait chercher quelqu'un. Apercevant la petite fille, il l'interpella :

— N'es-tu point Smina bent Hadj Salem?

— Qui es-tu, et comment me connais-tu?

— Alors, c'est bien toi! Moi, je suis Chérif ben Aly Chaâmbi, sous-lieutenant de spahis, et ami de Jacques. C'est bien toi qui étais sa maîtresse?

Épouvantée de voir son secret en possession d'un musulman, Yasmina voulut fuir. Mais l'officier la saisit par le poignet et la retint de force.

— Où vas-tu, fille du péché? J'ai fait toute cette longue course pour voir ta figure et tu te sauves?

Elle faisait de vains efforts pour se dégager.

— Lâche-moi! Lâche-moi! Je ne connais personne, je n'étais la maîtresse de personne!

Chérif se mit à rire.

— Si, tu étais sa maîtresse, fille du péché! Et je devrais te couper la tête pour cela, bien que Jacques soit un frère pour moi. Viens là-bas, au fond de l'*oued*. Personne ne doit nous voir. J'ai une lettre de Jacques pour toi et je vais te la lire.

Joyeusement, elle battit des mains.

Jacques lui faisait savoir qu'elle pouvait avoir toute confiance en Chérif et que, s'il lui arrivait jamais malheur, elle devrait s'adresser à lui. Il lui disait qu'il ne pensait qu'à elle, qu'il lui était toujours resté fidèle. Il terminait en lui jurant de toujours l'aimer, de ne jamais l'oublier et de revenir un jour la reprendre.

... Beaux serments, jeunes résolutions *irrévocables*, et que le temps efface et anéantit bien vite, comme tout le reste!...

Yasmina pria Chérif de répondre à Jacques qu'elle aussi l'aimait toujours, qu'elle lui resterait fidèle tant qu'elle vivrait, qu'elle restait son esclave soumise et aimante, et qu'elle aimerait *être le sol sous ses pieds*.

Chérif sourit.

— Si tu avais aimé un musulman, dit-il, il t'aurait épousée selon la loi, et tu ne serais pas ici à pleurer...

— *Mektoub!*

Et l'officier remonta sur son étalon gris et repartit au galop, soulevant un nuage de poussière.

Jacques craignait d'attirer l'attention des gens du *douar* et il différa longtemps l'envoi de sa seconde lettre à Yasmina... si longtemps que quand il voulut lui écrire, il apprit que Chérif était parti pour un poste du Sahara.

Peu à peu, après le grand désespoir de la première heure, la paix s'est faite dans le cœur de Jacques.

Dans le *ksar* oranais où il vivait, il avait trouvé des camarades français très distingués, très lettrés, et dont l'un possédait une assez vaste bibliothèque. Jacques s'était mis à lire, à étudier des questions qui, jusque-là, lui étaient demeurées absolument étrangères... De nouveaux horizons s'ouvrirent à son esprit...

Plus tard, il changea de poste. A Géryville, il fit la connaissance d'une jeune Espagnole, très belle, dont il devint amoureux.

Et ainsi, l'image charmante de Yasmina se recula dans ces lointains vagues du souvenir, où tout s'embrume et finit de sombrer dans les ténèbres de l'oubli définitif...

Mohammed Elaour vint enfin annoncer qu'il pouvait subvenir aux frais de la noce.

L'on fixa pour celle-ci une date très rapprochée.

Yasmina, passive, s'abandonnait à son sort...

Par instinct d'amoureuse passionnée, elle avait bien senti que Jacques l'avait oubliée, et tout lui était désormais devenu égal.

Cependant, une angoisse étreignait son cœur à la pensée de ce mariage, car elle connaissait trop bien les mœurs de son peuple pour ne pas prévoir la colère de son mari quand il s'apercevrait qu'elle n'était plus intacte.

Elle était déjà certaine de devenir la femme du *cahouadji* borgne quand, brusquement, survint une querelle d'intérêts entre Hadj Salem et Elaour.

Peu de jours après, Yasmina apprit qu'on allait la donner à un homme qu'elle n'avait entrevu qu'une fois, un spahi, Abd-el-Kader ben Smaïl, tout jeune et très beau, qui passait pour un audacieux, un indomptable, mal noté au service pour sa conduite, mais estimé de ses chefs pour son courage et son intelligence.

Il prit Yasmina par amour, l'ayant trouvée très belle dans l'épanouissement de ses quinze ans... Il avait offert à Hadj Salem une rançon supérieure à celle que promettait Elaour. D'ailleurs, cela flattait l'amour-propre du vieillard de donner sa fille à ce garçon, issu d'une bonne famille de Guelma, quoique brouillé avec ses parents à la suite de son engagement.

Les fêtes de la noce durèrent trois jours, au *douar* d'abord, ensuite en ville.

Au *douar*, l'on avait tiré quelques coups de fusil, fait partir beaucoup de pétards, fait courir les faméliques chevaux, avec de grands cris qui enivraient hommes et bêtes.

A la ville, les femmes avaient dansé au son des *benadir* et de la *r'aïta* bédouine...

Yasmina, vêtue de plusieurs chemises en mousseline blanche à longues et larges manches pagode, d'un *kaftan* de velours bleu galonné d'or, d'une *gandoura* de soie rose, coiffée d'une petite *ché-chia* pointue, cerise et verte, parée de bijoux d'or et d'argent, trônait sur l'unique chaise de la pièce, au milieu des femmes, tandis que les hommes s'amusaient dans la rue et sur les bancs du café maure d'en face.

Par les femmes, Yasmina avait appris le départ de Chérif Chaâmbi, et la dernière lueur d'espoir qu'elle avait encore conservée s'éteignit : elle ne saurait donc plus jamais rien de son Jacques.

Le soir, quand elle fut seule avec Adb-el-Kader, Yasmina n'osa point lever ses yeux sur ceux de son mari. Tremblante, elle songeait à sa colère imminente et au scandale qui en résulterait s'il ne la tuait pas sur le coup.

Elle aimait toujours son *roumi*, et la substitution du spahi à Elaour ne lui causait aucune joie... Au contraire, elle savait qu'Elaour passait pour très bon enfant, tandis qu'Abd-el-Kader avait la réputation d'un homme violent et terrible...

... Quand il apprit ce que Yasmina ne put lui cacher, Abd-el-Kader entra dans une colère d'autant plus terrible qu'il était très amoureux d'elle. Il commença par la battre cruellement, ensuite il exigea qu'elle lui livrât le nom de son amant.

– C'était un officier... un musulman... il y a longtemps... et il est parti...

Épouvantée par les menaces de son mari, elle dit le nom du lieutenant Chaâmbi : puisqu'il n'y était plus, qu'importait? Elle n'avait pas voulu avouer la vérité, dire qu'elle avait été la maîtresse d'un *roumi*, ce qui eût encore aggravé sa faute aux yeux d'Abd-el-Kader...

Mais la passion du spahi avait été plus forte que sa colère... Après tout, le lieutenant n'avait certainement pas parlé, il était parti, et personne ne connaîtrait jamais ce secret.

Abd-el-Kader garda Yasmina, mais il devint la terreur du *douar* de Hadj Salem où il allait souvent réclamer de l'argent à ses beaux-parents qui le craignaient, regrettant déjà de n'avoir pas donné leur fille au tranquille Mohammed Elaour.

Yasmina, toujours triste et silencieuse, passait toutes ses journées à coudre de grossières chemises de toile que Doudja, la vieille tante du spahi, portait à un marchand m'zabi [mozabite].

Il y avait encore, dans la maison, la sœur d'Abd-el-Kader, qui devait sous peu épouser l'un des camarades de son frère.

Quand le spahi n'était pas ivre, il rapportait à sa femme des cadeaux, des chiffons pour sa toilette, voire même des bijoux, des fruits et des gâteaux... Toute sa solde y passait. Mais d'autres fois, Abd-el-Kader rentrait ivre, et alors il battait sa femme sans rime ni raison.

Yasmina restait aussi indifférente aux caresses qu'aux coups, et gardait le silence. Seulement, elle étouffait entre les quatre murs blancs de la cour mauresque où elle était enfermée, et elle regrettait amèrement l'immensité libre de sa plaine natale, et les grandes ruines menaçantes, et son *oued* sauvage.

Abd-el-Kader voyait bien que sa femme ne l'aimait point, et cela l'exaspérait.

Alors, il se mettait à la battre férocement.

Mais, dès qu'il voyait qu'elle pleurait, il la prenait dans ses bras et la couvrait de baisers pour la consoler.

Et Yasmina, obstinément, continuait à aimer son *roumi*, son *Mabrouk*... et sa pensée s'envolait sans cesse vers ce Sud oranais qu'elle ne connaissait point et où elle le croyait encore...

Elle se demandait avec angoisse si jamais son *Mabrouk* allait revenir et dès que personne ne l'observait, elle se mettait à pleurer, longuement, silencieusement.

Jacques avait oublié depuis longtemps le rêve d'amour qu'il avait fait, à l'aube de sa vie, dans la plaine désolée de Timgad, et qui n'avait duré qu'un été.

* *

A peine une année après son mariage, Abd-el-Kader se fit condamner à dix ans de travaux publics pour voies de fait envers un supérieur en dehors du service... Sa sœur avait suivi son mari dans le Sud, et la vieille tante était morte.

Yasmina resta seule et sans ressources.

Elle ne voulut point retourner dans sa tribu.

Elle avait gardé cet étrange caractère sombre et silencieux qui était devenu le sien depuis le départ de Jacques. Elle ne voulait pas qu'on la remariât encore, puisqu'elle était veuve... Elle voulait être libre pour attendre son *Mabrouk*.

Chez elle aussi, le temps eût dû adoucir la souffrance du cœur... mais elle n'avait rien trouvé, en échange de son amour, et elle continuait à aimer l'absent que, depuis longtemps, elle n'osait plus espérer revoir.

Quand les derniers sous que lui avait laissés Abd-el-Kader furent épuisés, Yasmina fit un paquet de ses hardes et rendit la clé au propriétaire de la maison.

A la tombée de la nuit, elle s'en alla vers le Village-Noir, distant de Batna d'à peine cinq cents mètres – un terrain vague où se trouve la mosquée.

Ce village est un amas confus de masures en bois ou en pisé, sales et délabrées, habitées par un peuple de prostituées négresses, bédouines, mauresques, juives et maltaises, vivant là, entassées pêle-mêle avec toutes sortes d'individus plus ou moins suspects, souteneurs et repris de justice pour la plupart.

Il y a là des cafés maures où les femmes dansent et chantent jusqu'à dix heures du soir, et où l'on fume le kif toute la nuit, portes closes. Tel est le lieu de divertissement des militaires de la garnison.

Yasmina, depuis qu'elle était restée seule, avait fait la connaissance d'une Mauresque qui vivait au Village-Noir, en compagnie d'une négresse de l'*oued* Rir'.

Zohra et Samra étaient employées dans un beuglant tenu par un certain Aly Frank qui se disait musulman et tunisien, mais le nom semblait indiquer une autre origine. C'était d'ailleurs un repris de justice surveillé par la police.

Les deux chanteuses avaient souvent conseillé à Yasmina de venir partager leur chambre, faisant miroiter à ses yeux les soi-disant avantages de leur condition.

Et quand elle se sentit définitivement seule et abandonnée, Yasmina se rendit chez ses deux amies qui l'accueillirent avec joie.

Ce soir-là, Yasmina dut paraître au café et chanter.

C'était dans une longue salle basse et enfumée dont le sol, hanté par les scorpions, était en terre battue, et dont les murs blanchis à la chaux étaient couverts d'inscriptions et de dessins, la plupart d'une obscénité brutale, œuvre des clients. Le long des deux murs parallèles, des tables et des bancs étaient alignés, laissant au milieu un espace assez large. Au fond, une table de bois servait de comptoir. Derrière, il y avait une sorte d'estrade en terre battue, recouverte de vieilles nattes usées.

Les chanteuses étaient accroupies là. Il y en avait sept : Yasmina, ses deux amies, une Bédouine nommée Hafsia, une Bônoise, Aïcha, et deux Juives, Stitra et Rahil. La dernière, originaire du Kef, portait le costume des danseuses de Tunis, vêtues à la mode d'Égypte : large pantalon blanc, petite veste en soie de couleur et les cheveux flottants, noués seulement par un large ruban rouge. Elle était chaussée de petits souliers de satin blanc, sans quartier, à talons très hauts.

Toutes avaient des bijoux en or et de lourds anneaux passés dans les oreilles. Cependant, la Bédouine et la négresse portaient le costume saharien, une sorte d'ample voile bleu sombre, agrafé sur les épaules et formant tunique. Sur leur tête, elles portaient une coiffure compliquée composée de grosses tresses en laine rouge tordues avec les cheveux sur les tempes, des mouchoirs superposés, des bijoux attachés par des chaînettes. Quand l'une d'elles se levait pour danser dans la salle, entre les spectateurs, les autres chantaient sur l'estrade, battant des mains et du tambour, tandis qu'un jeune garçon jouait de la flûte arabe et qu'un Juif grattait sur une espèce de mandoline...

Leurs chansons et les gestes de leur danse étaient d'une impudeur ardente qui enflammait peu à peu les spectateurs très nombreux ce soir-là.

Les plaisanteries et les compliments crus pleuvaient, en arabe, en français, plus ou moins mélangés de sabir.

— T'es tout d'même rien gironde, la môme! dit un joyeux [1], enfant de Belleville exilé en Afrique, qui semblait en admiration devant Yasmina, quand, à son tour, elle descendit dans la salle.

Sérieuse et triste comme toujours, enveloppée dans sa résignation et dans son rêve, elle dansait, pour ces hommes dont elle serait la proie dès la fermeture du bouge.

Un brigadier indigène des spahis, qui avait connu Abd-el-Kader ben Smaïl et qui avait vu Yasmina, la reconnut.

— Tiens! dit-il. Voilà la femme d'Abd-el-Kader. L'homme aux *Traves*, la femme en boîte... ça roule, tout de même!

Et ce fut lui qui, ce soir-là, rejoignit Yasmina dans le réduit noir qui lui servait de chambre.

*

La pleine lune montait, là-bas, à l'Orient, derrière les dentelures assombries des montagnes de l'Aurès...

Une lueur bleuâtre glissait sur les murs et les arbres, jetant des ombres profondes dans tous les renfoncements et les recoins qui semblaient des abîmes.

Au milieu du terrain vague et aride qui touche d'un côté à la muraille grise de la ville et à la porte de Lambèse, et de l'autre aux premières pentes de la montagne, la mosquée s'élevait solitaire... Sans style et sans grâce de jour, dans la lumière magique de la lune,

---

1. *Joyeux :* soldat d'une compagnie disciplinaire.

elle apparaissait diaphane et presque translucide, baignée d'un rayonnement imprécis.

Du côté du Village-Noir, des sons assourdis de *benadir* et de *gasba* retentissaient... Devant le café d'Aly Frank, une femme était assise sur le banc de bois, les coudes aux genoux, la tête entre les mains. Elle guettait les passants, mais avec un air d'indifférence profonde, presque de dégoût.

D'une maigreur extrême, les joues d'un rouge sombre, les yeux caves et étrangement étincelants, les lèvres amincies et douloureusement serrées, elle semblait vieillie de dix années, la charmante et fraîche petite Bédouine des ruines de Timgad...

Cependant, dans ce masque de douleur, presque d'agonie, déjà, l'existence qu'elle menait depuis trois années n'avait laissé qu'une ombre de tristesse plus profonde... Et, malgré tout, elle était belle encore, d'une beauté maladive et plus touchante...

Souvent, sa poitrine était douloureusement secouée par une toux prolongée et terrible qui teintait de rouge son mouchoir...

Le chagrin, l'alcool et les mille agents délétères au milieu desquels elle vivait avaient eu raison de sa robuste santé de petite nomade habituée à l'air pur de la plaine.

* * *

Cinq années après le départ de Jacques pour le Sud oranais, les fluctuations de la vie militaire l'avaient ramené à Batna.

Il y vint avec sa jeune femme, délicate et jolie Parisienne : ils s'étaient connus et aimés sur la Côte d'Azur, un printemps que Jacques, malade, était venu à Nice, en congé de convalescence.

Jacques s'était bien souvenu de ce qu'il appelait maintenant son « idylle bédouine » et en avait même parlé à sa femme... Mais tout cela était si loin et l'homme qu'il était devenu ressemblait si peu au jeune officier d'autrefois...

– J'étais alors un adolescent rêveur et enthousiaste. Si tu savais, ma chère, quelles idées ridicules étaient alors les miennes! Dire que j'ai failli tout abandonner pour cette petite sauvagesse... Si je m'étais laissé aller à cette folie, que serait-il advenu de moi? Dieu seul le sait!

Ah! comme il lui semblait ridicule, à présent, le petit lieutenant sincère et ardent des débuts!

Et il ne comprenait plus combien cette première forme de son *moi* conscient avait été meilleure et plus belle que la seconde, celle qu'il devait à l'esprit moderne vaniteux, égoïste et frondeur qui l'avait pénétré peu à peu.

Or, ce soir-là, comme il était sorti avec sa femme qui trouvait les quatre ou cinq rues rectilignes de la ville absolument dépourvues de charme, Jacques lui dit :

— Viens, je vais te montrer l'Éden des troupiers... Et surtout, beaucoup d'indulgence, car le spectacle te semblera parfois d'un naturalisme plutôt cru.

En route, ils rencontrèrent l'un des camarades de Jacques, également accompagné de sa femme. L'idée d'aller au Village-Noir leur plut, et ils se mirent en route. Soucieux, à juste raison, d'éclairer le chemin, Jacques avait un peu pris les devants, laissant sa femme au bras de son amie.

Mais, comme il passait devant le café d'Aly Frank, Yasmina bondit et s'écria :

— *Mabrouk! Mabrouk!* Toi!

Jacques avait, lui aussi, rien qu'à ce nom, reconnu Yasmina. Et un grand froid glacé avait envahi son cœur... Il ne trouvait pas un mot à lui dire, à celle que son retour réjouissait si follement.

Il se maudissait mentalement d'avoir eu la mauvaise idée d'amener là sa femme... Quel scandale ne ferait pas, en effet, cette créature perdue de débauche quand elle saurait qu'elle n'avait plus rien à espérer de lui!

— *Mabrouk! Mabrouk!* Tu ne me reconnais donc plus? Je suis ta Smina! Regarde-moi donc, embrasse-moi! Oh! je sais bien, j'ai changé... Mais cela passera, je guérirai pour toi, puisque tu es là!...

Il préféra en finir tout de suite, pour couper court à cette aventure désagréable. Maintenant, il possédait presque en perfection cette langue arabe dont elle lui avait appris, jadis, les premières syllabes, et lui dit :

— Écoute... Ne compte plus sur moi. Tout est fini entre nous. Je suis marié et j'aime ma femme. Laisse-moi et ne cherche plus à me revoir. Oublie-moi, cela vaudrait mieux pour nous deux.

Les yeux grands ouverts, stupéfaite, elle le regardait... Alors, c'était donc vrai! La dernière espérance qui la faisait vivre venait de s'éteindre.

Il l'avait oubliée, il était marié et il aimait la *roumia*, sa *femme!*... Et elle, elle qui l'avait adoré, il ne lui restait plus qu'à se coucher dans un coin et à y mourir comme un chien abandonné.

Dans son âme obscure, une révolte surgit contre l'injustice cruelle qui l'accablait.

Elle se redressa soudain, hardie, menaçante.

— Alors, pourquoi es-tu venu me chercher au fond de l'*oued*, dans mon *douar*, où je vivais paisiblement avec mes chèvres et mes moutons? Pourquoi m'y avoir poursuivie? Pourquoi as-tu usé de toutes les ruses, de tous les sortilèges pour me séduire, m'entraîner, me prendre ma virginité? Pourquoi avoir répété traîtreusement avec moi les paroles qui font musulman celui qui les prononce? Pourquoi m'avoir menti et promis de revenir un jour me reprendre pour toujours? Oh! j'ai toujours sur moi avec mes amulettes la lettre que m'avait apportée le lieutenant Chaâmbi!... (Et elle tira de son sein une vieille enveloppe toute jaunie et déchirée, qu'elle brandit comme une arme, comme un irréfutable témoignage...) Oui, pourquoi, *roumi*, chien, fils de chien, viens-tu encore à cette heure, avec ta femme trois fois maudite, me narguer jusque dans ce bouge où tu m'as jetée, en m'abandonnant pour que j'y meure?

Des sanglots et une toux rauque et caverneuse l'interrompirent et elle jeta à la figure de Jacques son mouchoir ensanglanté.

— Tiens, chacal, bois mon sang! Bois et sois content, assassin!

Jacques souffrait... Une honte et un regret lui étaient venus en face de tant de misère. Mais que pouvait-il faire, à présent? Entre la nomade et lui, l'abîme s'était creusé, plus profond que jamais.

Pour le combler et, en même temps, pour se débarrasser à jamais de la malheureuse créature, il crut qu'il suffisait d'un peu d'or... Il tendit sa bourse à Yasmina:

— Tiens, dit-il... Tu es pauvre et malade, il faut te soigner. Prends ce peu d'argent... et adieu.

Il balbutiait, honteux tout à coup de ce qu'il venait d'oser faire.

Yasmina, immobile, muette, le regarda pendant une minute, comme jadis, là-bas, dans l'*oued* desséché de Timgad, à l'heure déchirante des adieux. Puis, brusquement, elle le saisit au poignet, le tordant et dispersant dans la poussière les pièces jaunes.

— Chien! lâche! *Kéfer!*

Et Jacques, courbant la tête, s'en alla pour rejoindre le groupe qui attendait non loin de là, masqué par des masures...

Yasmina était alors retombée sur son banc, secouée par des sanglots convulsifs... Samra, la négresse, était accourue au bruit et avait soigneusement recueilli les pièces d'or de l'officier. Samra enlaça de ses bras noirs le cou de son amie.

— Smina, ma sœur, mon âme, ne pleure pas... Ils sont tous comme ça, les *roumis*, les chiens fils de chiens... Mais avec l'argent qu'il t'a donné, nous achèterons des robes, des bijoux et des remèdes pour ta poitrine. Seulement, il ne faut rien dire à Aly, qui nous prendrait l'argent.

Mais rien ne pouvait plus consoler Yasmina.

Elle avait cessé de pleurer et, sombre et muette, elle avait repris sa pose d'attente... Attente de qui, de quoi?

Yasmina n'attendait plus que la mort, résignée déjà à son sort.

C'était écrit, et il n'y avait point à se lamenter. Il fallait attendre la fin, tout simplement... Tout venait de s'écrouler en elle et autour d'elle, et rien n'avait plus le pouvoir de toucher son cœur, de le réjouir ou de l'attrister.

Sa douleur était cependant infinie... Elle souffrait surtout de savoir Jacques vivant et si près d'elle... si près, et en même temps si loin, si loin!...

Oh! comme elle eût préféré le savoir mort, et couché là-bas dans ce cimetière des *roumis*, derrière la porte de Constantine.

Elle eût pu – inconsciemment – revivre là les heures charmantes de jadis, les heures d'ivresse et d'amour vécues dans l'*oued* desséché.

Elle eût encore goûté là une joie douce et mélancolique, au lieu de ressentir les tourments effroyables de l'heure présente...

Et surtout, il n'eût point aimé une autre femme, une *roumia*!

Elle sentait bien qu'elle en mourrait de douleur atroce; jusque-là, seule l'espérance obstinée de revoir un jour Jacques, seule la volonté farouche de vivre encore pour le revoir lui avaient donné une force factice pour lutter contre la phtisie dévorante, rapide.

Maintenant, Yasmina n'était plus qu'une loque de chair abandonnée à la maladie et à la mort, sans résistance... D'un seul coup, le ressort de la vie s'était brisé en elle.

Mais aucune révolte ne subsistait plus en son âme presque éteinte.

C'était écrit, et il n'est point de remède contre ce qui est écrit.

Vers onze heures, un spahi permissionnaire passa. Il s'étonna de la voir encore là, le dos appuyé contre le mur, les bras ballants, la tête retombant, sur la poitrine.

– Hé, Smina! Que fais-tu là? Je monte?

Comme elle ne répondit pas, le beau soldat rouge revint sur ses pas.

– Eh bien! dit-il, surpris. A quoi penses-tu, ma fille... Ou bien tu es soûle?

Il prit la main de Yasmina et se pencha sur elle...

Le musulman se redressa aussitôt, un peu pâle.

– Il n'y a de force et de puissance qu'en Dieu! dit-il.

Yasmina la Bédouine n'était plus.

NOTE

Yasmina est la première nouvelle algérienne d'I.E. Celle où elle choisit de montrer la vie des musulmans au contact de la colonisation. Le décalage entre les sources d'inspiration, l'écriture et la publication est souvent de une ou deux années, pour les premières tentatives. Incubation, réécriture, et surtout difficulté à trouver un journal qui accepte ses textes.

I.E. a pu croiser Yasmina et Jacques en 1899, lors de son premier voyage dans le Sud algérien, qu'elle résume brièvement dans ses notes : « ... le 11 juillet, parti à trois heures du matin à mulet avec Salah pour Timgad. Fait fausse route... Déjeuner et sieste sous la porte de Trajan... » (*Œuvres complètes*, tome I, *op. cit.*) Voyage trépidant qui ne laisse aucun instant à l'écriture. Pourtant, la mention « Batna, juillet 1899 », figure en bas de la nouvelle dans sa réédition de *Contes et Paysages* et *Au pays des sables (op. cit.).*

L'auteur séjournera plus longtemps à Batna au printemps 1901. Chassée d'El Oued par le scandale que provoque l'attentat de Behima, elle vient y retrouver Slimène Ehnni, muté dans cette garnison. C'est sans doute le moment de l'écriture de ce texte, quand l'auteur décide de lier sa vie à celle du spahi rencontré à El Oued avant d'être expulsée d'Algérie. Mariée, I.E. peut y revenir avec la nationalité française et un début de notoriété.

En février 1902 elle est à Bône (Annaba). *Yasmina* (« conte algérien ») paraît à partir de ce mois (le 4) en feuilleton dans *le Progrès de l'Est*, modeste journal se définissant ainsi : « radical, socialiste, organe des intérêts algériens et régionaux, paraissant le mardi, le jeudi et le samedi ». Le thème de la rencontre Orient-Occident, à travers celle d'un couple amoureux, celui du destin des femmes contraintes à la prostitution... par amour, figurent dans bien d'autres nouvelles.

Oum-Zahar

Dans la vaste chambre basse aux murailles irrégulières en argile jaune, on avait couché la mère sur une natte. On l'avait recouverte d'un voile bleu sombre qui dessinait en des angles raides la forme immobile.

Elle était morte.

A côté, dans une petite lampe de terre de forme antique, une mèche brûlait, et la petite flamme falote, étrange, éclairait d'un jour douteux les murailles où oscillaient de grandes ombres funèbres.

Accroupies sur la natte, plusieurs femmes se lamentaient avec un balancement rythmique de leurs corps maigres.

C'était la veillée mortuaire.

Dans le grand silence mystique de l'oasis, seule cette voix lugubre retentissait, s'entendait de très loin et troublait les âmes superstitieuses et sombres des Rouaras. Parmi les femmes, il y avait Oum-Zahar et Messaouda, deux filles de la défunte.

Oum-Zahar était l'aînée. Elle avait douze ans et son père lui cherchait un mari.

Mais elle était triste. Grande et svelte sous ses voiles bleus, elle semblait l'incarnation de l'âme étrangement tourmentée et assombrie de cette race métis de l'*oued* Rir, mélange de Berbères et de nègres sahariens sur laquelle la tristesse immense et les effluves hallucinants et fiévreux de leur pays ont jeté à jamais une ombre morne.

Oum-Zahar avait un visage ovale et régulier d'une teinte bronzée très foncée. Ses yeux étaient trop grands et leur regard avait, à la fois, une fixité et une ardeur inquiétantes.

Depuis toute petite, elle ne se mêlait jamais aux jeux de ses compagnes et passait des journées entières à l'ombre chaude, dans l'humidité fiévreuse des jardins inondés d'eau salée où le salpêtre dessine des arabesques singulières sur la terre rouge isolée des canaux.

Messaouda plus blanche, plus douce, était dans sa onzième année. Rieuse et légère, seule la grande épouvante de la mort avait pu l'assombrir pour un temps, et elle se lamentait là, tremblante.

L'âme des Rouara n'est point semblable à l'âme arabe. La grande lumière de l'islam n'a pu dissiper les ténèbres de la superstition et de la terreur mystique dans ce pays où tout porte au rêve morne.

En présence de la mort, le Rir'i n'a pas la résignation sereine de l'Arabe, et, pour lui, le tombeau n'est point un lieu de repos que rien ne saurait plus troubler, un acheminement radieux vers l'avenir éternel.

De l'antiquité païenne, ces peuplades primitives ont conservé la peur des ténèbres et des fantômes, l'épouvante des choses de la nuit et de la mort.

Mais Oum-Zahar semblait sentir plus profondément cette terreur sombre et ses prunelles d'or bruni se dilatait étrangement.

Toutes les deux cependant sentaient bien qu'elles avaient perdu le seul être qui les avait aimées, qui s'était penché pitoyable et doux sur leur enfance de petites Bédouines pauvres, assujetties presque dès leur premier pas aux rudes travaux de la maison, sous l'autorité toute-puissante du père toujours sombre et impénétrable qu'elles voyaient rarement, car il travaillait au dehors dans les jardins, et devant qui, comme leur mère, elles avaient appris à trembler...

Et dans la nuit chaude, dans le silence lourd, Oum-Zahar et Messaouda pleuraient, inconscientes presque encore, le seul rayon de soleil, le seul semblant de bonheur qui soit donné à une femme bédouine : l'amour de la mère douloureuse et idolâtre, plus violent, plus immense que chez toutes les autres femmes...

Leur père était parti la veille pour les jardins, laissant aux femmes le soin de pleurer celle qui n'était plus.

L'avait-il aimée?

Peut-être El Hadj Saad lui-même n'eût-il pas su le dire. Quinze années durant, pourtant, elle avait été pour lui une esclave soumise.

Elle certainement l'avait aimé, avant son premier enfantement. Après, tout son amour s'était reporté sur sa fille, Oum-Zahar, la petite consolation, la compagne intelligente, si vite femme dans la tristesse ambiante. Puis Messaouda était venue jeter dans la vieille maison d'argile une lueur de joie – la joie naïve des petits oiseaux simplement heureux de vivre.

Maintenant Oum-Zahar et Messaouda serviraient leur père

seules. Puis, l'une après l'autre, il les donnerait à des hommes que lui-même aurait choisis et dont elles deviendraient les servantes... Puis, pour elles aussi, se lèverait le grand jour de la maternité.

Et ainsi toujours, de génération en génération.

Le jour se leva enfin limpide et des lueurs roses se glissèrent sur les cimes bleuâtres des dattiers, sur les murailles ocreuses, sur le sol salé, lépreux, de l'oasis d'Ourlana, dans l'*oued* Rir.

Alors laissant les femmes continuer leur plainte dans la chambre où la petite lampe de jadis finissait de mourir, Oum-Zahar et Messaouda sortirent dans la cour et, à la place traditionnelle où leur mère avait laissé un monceau de cendres grises, elles rallumèrent le feu du foyer : il fallait préparer le café, car le père allait rentrer.

Messaouda plissa soigneusement les *gandoura* blanches, le turban de mousseline et le *burnous* neuf de son père et les posa sur une natte propre dans une petite chambre haute où l'on accédait par quelques marches de terre : le père s'habillerait pour l'enterrement.

Après, elles attendirent, mornes.

El Hadj Saad entra. Il était grand et mince comme tous les Rouaras. Il pouvait avoir quarante ans et son visage allongé et sec avait une expression fermée et sombre. Il s'assit dans la cour sur une natte. Oum-Zahar lui présenta le café en silence.

Puis il monta s'habiller. Pas une parole ne fut échangée dans la demeure *où était entrée la Mort*.

Avant les heures accablantes du milieu du jour, les hommes emportèrent sur un brancard le corps raidi de la mère... Dès qu'ils furent devant la porte, El Hadj Saad ordonna à ses filles de se retirer dans la chambre haute et de baisser le rideau...

La mère partit, accompagnée par le chant cadencé des *tolba*, qui disaient sur elle, insensible, les paroles de promesse et d'éternité...

Après, tout rentra dans l'ordre monotone... Chaque matin, les deux jeunes filles se levaient à l'aube, et, après avoir fait le déjeuner modeste du père, elles s'accroupissaient devant le moulin à bras primitif qu'elles mettaient en branle au moyen d'un bâton... Et, pendant des heures, elles tournaient la pierre lourde avec un chant très bas monotone comme leur existence.

Depuis la mort de la mère, Oum-Zahar avait encore maigri, et le feu étrange de son regard s'était encore assombri...

Messaouda, après avoir beaucoup pleuré, avait semblé s'accoutumer au grand vide de la maison où, elle le savait, une marâtre viendrait bientôt sans doute...

Dans un coin écarté de l'oasis, sur la route de Sidi Amrane, il est une sorte de clairière entourée de jardins. Au milieu, une *koubba* en argile s'élève, irrégulière et étrange, un cube jaunâtre surmonté d'un dôme allongé et pointu en haut. Aux quatre coins des murs et au sommet du dôme, déformant ainsi cet édifice de l'islam, des figures barbares, grimaçantes, sont placées – formes léguées par l'antiquité fétichiste...

A l'entour, quelques tombeaux également en terre marqués par une branche tordue et noire de buisson saharien où des chiffons multicolores, ex-voto sauvages, s'effilochent au vent, déteignent au soleil.

Là, à l'ombre protectrice de la *koubba*, on avait mis Elloula, la mère d'Oum-Zahar et de Messaouda. Elles-mêmes avaient pétri en argile ocreuse une sorte de monument fruste, un tertre allongé, terminé à chaque bout par une tuile dressée.

Et tous les vendredis, elles venaient, se tenant par la main, visiter leur mère. Elles s'accroupissaient et regardaient en silence la terre d'Elloula. Où était-elle? Les voyait-elle?

Quand elles avaient du chagrin, quand leur père les avait battues, elles venaient là et, tout bas, contaient leur peine.

Un jour, quand elles vinrent, elles trouvèrent, assise près de la tombe, une femme inconnue, vêtue de haillons sombres, qui tenait sur ses genoux un enfant d'environ un an enveloppé dans des loques. Cette femme était d'une maigreur surprenante, très jeune encore, et elle eût été belle sans le regard fixe, comme enfiévré, de ses énormes yeux noirs et le désordre sauvage de ses cheveux très longs, à peine retenus sur sa tête par un chiffon noir.

Messaouda, effrayée, se serra contre sa sœur, mais Oum-Zahar fixa son regard sérieux sur l'étrangère et lui dit:

– Qui es-tu et que fais-tu là près de notre mère?

La femme ne répondit pas, mais élevant ses bras maigres au-dessus de sa tête, elle clama ce seul mot:

– Orpheline! Orpheline! Orpheline!

– Elle est folle; c'est une *maraboute*, murmura Messaouda qui tremblait de tous ses membres.

Dans le Sahara, les fous inoffensifs vivent et errent en liberté. Ils sont innombrables et ils jouissent de l'amour et de la vénération du peuple.

Cette femme n'avait ni le type ni l'accent de l'*oued* Rir.

– D'où es-tu? continua Oum-Zahar.

– Loin!

– Es-tu du Souf?

L'inconnue hocha la tête.

– De Biskra?

Elle répéta le même geste négatif.

– Elle ressemble à Saharia, la sage-femme, qui est des Ouled-Amor des Zibans, murmura Messaouda.

Oum-Zahar s'était rapprochée. Cette créature étrange, effrayante, l'attirait singulièrement. Attaché dans un coin du voile, Oum-Zahar avait un morceau de galette. Elle le tendit à l'étrangère et s'assit en face d'elle, tout près.

– Dieu est le plus grand! dit la femme, et elle commença à manger.

– Comment t'appelles-tu? demanda la jeune fille après un long silence.

La femme comprit :

– Keltoum!

Sa parole était brève et saccadée, sa respiration haletante. L'enfant semblait dormir, d'une effrayante maigreur... Puis elle se leva, et d'un pas rapide, mais mal assuré, elle s'en alla. Depuis ce jour, Oum-Zahar devint encore plus silencieuse et plus sombre. Parfois, la nuit en dormant, elle bondissait en poussant de grands cris.

– La femme t'a ensorcelée, disait Messaouda qui, maintenant, avait peur d'Oum-Zahar.

El Hadj Saad, remarquant enfin la maladie de sa fille, envoya Messaouda quérir la sorcière du village, Saharia. La vieille hocha la tête, et quand Messaouda lui eut dit leur étrange rencontre, elle dit :

– Elle a ensorcelé la jeune fille. A présent, elle est là-bas à Ayela, et elle a jeté le trouble et la frayeur dans l'oasis. On dit qu'elle erre la nuit dans les cimetières en poussant des hurlements lugubres. On dit aussi que l'enfant qu'elle porte est mort depuis longtemps et que c'est par ses sortilèges qu'elle empêche le corps de se corrompre... Elle est venue de l'ouest, du pays de Metlili, seule et à pied, derrière une caravane de Mozabites.

Saharia était une petite vieille très insinuante, très douce, bien raisonnable... Mais elle avait beau prodiguer à Oum-Zahar des caresses, la jeune fille éprouvait pour elle une violente répulsion et refusait même de lui adresser la parole.

De tout temps, El Hadj Saad, qui regrettait amèrement de ne pas avoir de fils – l'honneur et la gloire du foyer patriarcal –, avait préféré Oum-Zahar.

– Elle a l'intelligence et le courage d'un homme, disait-il.

Et il était très affligé de la voir malade.

Cependant, El Hadj Saad avait résolu de se remarier; peut-être cette fois, Dieu bénirait-Il son union et lui donnerait-Il un fils.

Depuis que Oum-Zahar avait appris qu'une étrangère allait entrer dans la famille, elle s'était encore assombrie.

En son cœur étrange, un amour infini pour la mère morte était né et la venue de l'étrangère lui semblait une injure. Elle porterait les robes de la défunte, elle prendrait sa place au métier à tisser les *burnous*, elle trairait la chèvre, elle sécherait les dattes et elle battrait Oum-Zahar et Messaouda, car elle serait leur marâtre.

A cette idée, le cœur d'Oum-Zahar se remplissait d'amertume et, très étrangement, elle se mettait à songer à Keltoum. Elle avait trouvé cette femme près du tombeau de sa mère; donc, *c'était elle qui l'avait envoyée...* Et la pensée de la folle ne quitta plus Oum-Zahar.

Un jour, Messaouda lui demanda timidement à quoi elle pensait durant ces journées de silence qui assombrissait la vieille maison caduque.

– Je pense à ma *mère Keltoum*, avait répondu Oum-Zahar.

Et Messaouda était restée interdite; à elle, la folle inspirait une terreur profonde.

El Hadj Saad demanda et obtint la fille d'un voisin, Saadia, et la noce fut fixée au *Mouled*, l'anniversaire de la naissance du prophète, en août. Il restait encore quinze jours jusqu'à cette date, mais Oum-Zahar ressentit une émotion douloureuse et, le soir, avant le coucher du soleil, elle s'en alla au tombeau.

Elle était grande et ne devait plus sortir; mais quand son père avait essayé de l'empêcher d'aller visiter la tombe de sa mère, elle était tombée à terre avec un grand cri et, pendant une demi-heure, elle s'était roulée avec des contorsions terribles. Alors Saharia avait dit à El Hadj Saad que sa fille était atteinte du mal sacré et qu'il ne fallait plus l'empêcher : elle était devenue *maraboute*.

Depuis le petit cimetière mélancolique, la vue s'étendait très loin dans la plaine désolée où les *sebkha* salées jetaient des taches blanches, livides sur le sol humide.

Sous les palmiers, la *séguia* salée, les canaux qui fertilisent l'oasis et qui engendrent la fièvre et les visions, murmurait doucement, dans l'ombre et le mystère de la futaie sombre, enclose de murs en argile...

Oum-Zahar s'était assise près du tertre et la joue appuyée sur sa main était demeurée immobile... Mais un balbutiement à peine distinct remuait ses lèvres.

– Mère, mère! Petite mère amie! Où es-tu allée? Pourquoi as-tu laissé orpheline ta petite fille Zaheïra?

Et par moments, entre ses sanglots et ses phrases sans suite, l'on eût pu entendre le nom de Keltoum.

Très étrangement, dans l'imagination de l'enfant, l'image de Keltoum s'était mêlée à celle de la morte, et en l'appelant Keltoum, Oum-Zahar croyait voir apparaître celle qui l'avait bercée et aimée!

Soudain, sortant de derrière la muraille en terre, Keltoum parut, portant son nourrisson lamentable : elle s'avança vers Oum-Zahar et la prit par la main. Comme en rêve, la jeune fille se leva et suivit la folle qui l'entraîna hors de l'oasis sur la route des grands *chotts* salés.

*

Sous un ciel presque noir d'hiver où traînent des nuées déchiquetées d'un gris trouble, s'étendent les dunes livides de l'*oued* Souf où coulent les sables morts ne participant plus que de la vie capricieuse des vents. Au milieu d'un chaos de montagnes aux formes arrondies comme les dos immenses de monstres accroupis, dans une petite vallée stérile et grise, une *koubba* étrange s'élève, caduque et penchée.

Étroite et haute, avec son dôme pointu, elle est presque noire déjà ; elle a pris la teinte sans âge des constructions du Souf. C'est le tombeau d'un saint oublié là, dans ce pays funèbre. C'est la *koubba* de Rezerzemoul-Guéblaouïa.

La nuit glaciale achève de tomber sur ce site figé et un grand silence règne là.

Cependant, contre la muraille, il y a Keltoum et Oum-Zahar, la première était accroupie près d'elle, Oum-Zahar était couchée de tout son long. Keltoum ne portait plus l'enfant mystérieux dont elle n'avait pas révélé le secret à sa compagne.

Maintenant, Keltoum, qui semble ne pas sentir le froid glacial et le vent qui pleure dans la dune, poursuit là son rêve noir.

Depuis des mois, elles errent ainsi toutes deux à travers le désert, vivant de la charité des croyants, mais silencieuses. Dans l'âme d'Oum-Zahar, très vite, les ténèbres s'étaient faites et dans les solitudes où elles erraient, des scènes effrayantes avaient eu lieu : elles avaient eu, ensemble, des accès terribles du mal dont Keltoum avait le pouvoir redoutable de semer les germes sur son chemin... Une nuit, dans le grand désert salé du *chott* Melriri, l'enfant *avait fini de mourir* et Keltoum a creusé une fosse avec ses ongles dans le sol salpêtré et mou.

Toutes ces dernières journées, une toux affreuse n'avait cessé d'agiter la poitrine desséchée d'Oum-Zahar et, à l'endroit où elle crachait, le sable se teignait en rouge.

Maintenant, elle ne toussait plus et sa respiration haletante et rauque ne s'entendait pas; elle reposait, paisible. Keltoum, qui semblait ne pas sentir la morsure cruelle du vent, poursuivait son rêve noir.

Soudain, par une de ces pensées incomplètes sans suite qui dirigeaient son existence à peine humaine, Keltoum se leva et appela :

– Oum-Zahar! Oum-Zahar!

La jeune fille garda le silence. Alors la folle se pencha sur elle et la toucha : Oum-Zahar était morte.

Keltoum s'agenouilla, et comme elle l'avait fait pour son petit, sans larmes et sans paroles, elle creusa avec acharnement, comme une bête, dans le sable... Quand la fosse fut assez profonde, elle se leva, prit Oum-Zahar et l'étendit au fond. D'un geste brusque, elle ramena un pan du voile bleu sur le mince visage douloureux, sur l'or brun des grands yeux étrangement adoucis, largement ouverts dans la nuit; puis elle rejeta le sable, très vite, sur le corps, et, de ses pieds nus, elle le tassa.

Puis, sans même se retourner, elle s'en alla, à travers le vent et la nuit, vers l'inconnu...

NOTE

La jeune fille, la mort et la mère... Nouveau trio macabre qui hante, sous des formes différentes, Isabelle Eberhardt. *Oum-Zahar* est la seule nouvelle où apparaît le thème aussi précisément.

Dans l'un de ses cahiers conservés aux Archives d'outre-mer, un brouillon intitulé « A la dérive » raconte plus précisément la mort de sa mère, à Bône, et l'enterrement musulman au cimetière marin.

Oum-Zahar, publiée d'abord par *les Nouvelles d'Alger* les 15 et 21 mai 1902 (reprise dans *Contes et Paysages* et *Au pays des sables, op. cit.*), est située dans l'*oued* Rir'h, le pays des fièvres et des sortilèges, près de Touggourt, traversé souvent par l'écrivain-nomade en 1899, lors du premier voyage à El Oued, puis en 1900 et 1901, lors du second.

L'Anarchiste

Le père, Térenti Antonoff, persécuté en Russie pour ses convictions libertaires, sur le point d'être exilé, avait fui en Algérie, cherchant une terre neuve, une patrie d'élection où, sous un ciel clément, les hommes seraient moins encroûtés de routine.

Presque riche encore, il avait fondé une ferme dans un coin riant du Tell, et là, entre ses champs et ses livres, avait poursuivi son rêve d'humanité meilleure. Cependant, il avait rencontré là des colons européens le même accueil hostile et, peu à peu, il avait dû se retirer, se replier sur lui-même.

L'esprit de son fils unique, Andreï, déjà grand, avait, de cette brusque transplantation, subi une perturbation profonde. Tout le vague, tout l'attirant mystère des horizons de feu étaient entrés, grisants, en son âme prédestinée d'homme du Nord.

Vivant à l'écart, ce n'étaient point les hommes, c'était la terre d'Afrique elle-même qui l'avait troublé, profondément.

– Tu es un poète de la nature, lui disait son père avec un sourire d'indulgence, comme j'ai été celui de l'humanité... Nous nous complétons.

Mais Andreï s'accommodait difficilement de la vie cloîtrée qui suffisait à la lassitude de vivre du vieillard. La hantise de l'inconnu, la nostalgie d'un ailleurs où il se fût senti vivre harmoniquement, sans aspirations jamais assouvies, l'étreignaient.

Parfois, des mois entiers durant, il n'ouvrait plus un livre, passant ses jours à errer dans les *douar* bédouins, à s'asseoir avec les primitifs et les infirmes qui lui rappelaient les moujiks de son pays, ceux que son père lui avait appris à aimer et à comprendre.

Le vieux philosophe ne condamnait pas ces erreurs, cette vie nomade dont il comprenait le charme et la salutaire influence, pour les avoir ressentis jadis.

— Tu as raison, va-t'en aérer ton esprit... Va manger le pain noir et participer à la misère et à l'obscurité fraternellement... Ça te fera du bien.

Et, peu à peu, Andreï se laissa prendre pour jamais par la terre âpre et par la vie bédouine. Son esprit s'alanguit, tout en restant subtil et curieux. Sa hâte de vivre se ralentit et il escompta avec dédain la vanité de tout effort violent, de toute activité dévorante.

Quand, ayant opté pour la nationalité française, il entra aux chasseurs d'Afrique, et fut envoyé dans un poste optique du Sud, son ennui et son dégoût d'être soldat firent place à la joie du voyage et de la révélation brusque, flamboyante du Sud.

Les splendeurs plus douces de la lumière tellienne lui semblèrent pâles, là-bas, au pays du silence et de l'aveuglant soleil.

Un *bordj* surmonté d'une haute tour carrée, sur une colline nue, au milieu d'un désert d'une aridité effrayante...

Pas une plante, pas un arbre faisant tache sur la terre ocreuse, tourmentée, calcinée... Et, tous les jours, inexorablement, le même soleil dévorateur, arrachant à la terre sa dernière humidité, lui interdisant, jaloux, de vivre en dehors de ses jeux à lui, capricieux, aux heures d'opale du matin et de pourpre dorée du soir.

Là, Andreï comprit le culte des humanités ancestrales pour les grands luminaires célestes, pour le feu tout-puissant, générateur et tueur.

Ce *bordj,* sur la porte duquel les Joyeux ironiques avaient inscrit le surnom de *Eden Purée,* Andreï l'aima.

Entouré de quelques camarades avides de retour et que, seule, l'absinthe consolait d'être là, Andreï s'était isolé, pour mieux goûter le processus de transformation heureuse qu'il sentait sourdre des profondeurs de son être.

L'inquiétude, la souffrance indéfinissable qui l'avaient torturé pendant les années de son adolescence faisaient peu à peu place à une mélancolie calme, douce, à un rêve continu.

Il ne lisait plus, se contentant de vivre... Il n'abandonnait pas sa résolution de devenir un jour le poète de la terre aimée, de refléter avec son âme plus sensitive de septentrional la tristesse, l'âpreté et la splendeur de l'Afrique.

Mais il se sentait incomplet encore, et voulait son œuvre parfaite... Et il regardait, avec des yeux d'amoureux, lentement, laissant les impressions s'accumuler tout naturellement, par petites couches ténues.

Et l'instinct inassouvi d'aimer voilait d'une tristesse non sans charme cette existence toute de silence et de rêverie.

*
* *

Andreï avait fini son année de service et il retourna, plein de la nostalgie du Sud, auprès de son père, juste à temps pour le voir tomber malade et mourir.

– Reste toujours sincère envers toi-même... Ne te plie pas à l'hypocrisie des conventions, continue à vivre parmi les pauvres et à les aimer.

Tel fut le testament moral que, dans une heure de lucidité que lui laissa la fièvre, lui laissa son père.

L'immense douleur de cette perte assombrit pour longtemps l'horizon souriant de la vie d'Andreï. Le vieil homme souriant et doux, le modeste savant ignoré qui lui avait appris à aimer ce qui était beau, à être pitoyable et fraternel à toute souffrance, l'éducateur qui avait veillé jalousement à ce qu'aucune souillure n'effleurât l'âme de l'enfant et de l'adolescent, qui n'avait point permis que l'hypocrisie sociale imprimât son sceau déprimant sur son cœur, Térenti n'était plus... Et Andreï se sentit tout seul et tout meurtri, au milieu des hommes qu'il sentait hostiles ou indifférents.

Mais l'obligation où il se trouva de mettre en ordre les affaires de son père fut pour lui une diversion salutaire.

Puis se posa ce problème troublant : que deviendrait-il? Alors, Andreï se souvint de sa vie dans le Sud et il la regretta. Et il songea : « Pourquoi ne pas retourner là-bas, libre, pour toujours? »

Il vendit la ferme, transporta les livres de son père chez une vieille amie, réfugiée polonaise exerçant l'humble profession de sage-femme à Oran, et, toutes dettes payées, il eut quelques dizaines de mille francs pour réaliser son projet.

Il retourna s'agenouiller pieusement sur la tombe sans croix du vieux philosophe, dans un petit cimetière, sur une petite colline dominant la baie de Mostaganem...

Et il partit.

Andreï songea qu'il suffisait de posséder le don précieux de tristesse pour être heureux...

Il était venu s'installer là, dans l'ombre chaude des dattiers de Tamerna Djedida, dans le lit salé de l'*oued* Rir' souterrain.

Il avait acheté quelques palmiers, une source salpêtrée qui vivifiait de ses ruisselets clairs le jardin et une petite maison cubique en *toub* rougeâtre.

Le bureau arabe dont dépend l'oasis avait bien cherché, par haine de l'élément civil, surtout indépendant, à détourner Andreï de son projet. On a usé envers lui de tous les procédés, de la persuasion rusée, de l'intimidation. Il s'était heurté à la morgue, à la suffisance des galonnés improvisés administrateurs, mais sa calme résolution avait vaincu leur résistance.

Il savait cependant que le climat de cette région est meurtrier, que la fièvre y règne et y tue même les indigènes. Mais n'avait-il pas séjourné de longs mois dans le bas de cette vallée de l'*oued* Rir', près de son embouchure, dans le *chott* Mel'riri? Il n'avait jamais été malade et il résisterait...

Il aimait ce pays mystérieux, hallucinant, où toute la chimie cachée de la matière s'étalait à fleur de terre, où l'eau iodée et salée dessinait de capricieuses arabesques blanches sur les herbes frêles des *séguia* murmurantes, ou teintait en rouge de rouille le bas de petits murs en *toub* qui faisaient des jardins un vrai labyrinthe obscur.

Partout, l'eau suintait, creusait des trous, des étangs profonds, à la surface immobile et attirante, où se reflétaient les frondaisons graciles des palmiers, les feuilles charnues des figuiers et les pommes rouges des grenades...

Puis, tout à coup, sans transition, le désert s'ouvrait, plat, immense, d'une blancheur aveuglante. Le sol spongieux se recouvrait d'une mince couche de sel, avec de larges lèpres d'humidité brune.

Tout cela flambait, scintillait à l'infini, avec, très loin à l'horizon. de minces taches noires qui étaient d'autres oasis.

Et, à midi en été, le mirage se jouait là, dans la plaine morte, d'où la bénédiction de Dieu s'était retirée...

En hiver, les *chott* et les *sebkha* s'emplissaient d'une eau claire, azurée ou laiteuse, et les aspérités du sol formaient dans ces mers perfides des archipels multicolores...

Vêtu comme les indigènes, Andreï vivait de leur vie, accepté d'eux et bientôt aimé, car il était sociable et doux, et les guérissait presque toujours quand, malades, ils venaient lui demander conseil.

— Il deviendra musulman, disaient-ils, l'ayant entendu répéter souvent que Mohamed était un prophète, comme Jésus et comme Moïse, venus tous pour indiquer aux hommes des voies meilleures.

Les habitants de Tamerna étaient des Rouara de race noire saharienne, une peuplade taciturne, d'aspect sombre et de piété ardente, mêlée de croyances fétichistes aux amulettes et aux morts.

La magie menaçante, le silence du désert contrastant avec le mystère et le murmure vivant des jardins inondés, avaient imprimé leur sceau sur l'esprit des habitants et assombrissaient chez eux la simplicité de l'Islam monothéiste.

Grands et maigres sous leurs vêtements flottants, encapuchonnés, portant au cou de longs chapelets de bois jaune, les Rouara se glissaient comme des fantômes dans l'enchevêtrement de leurs jardins.

Pour préserver leurs dattes des sortilèges, ils attachaient des os fétiches aux régimes mûrissants. Ils ornaient de grimaçantes figures les corniches et les coupoles ovoïdes de leurs *koubba* et de leurs mosquées pétries en *toub*. Aux coins de leurs maisons semblables à des ruches, ils piquaient des cornes noires de gazelles ou de chèvres... La nuit du jeudi au vendredi, nuit fatidique, ils allumaient de petites lampes à huile près des tombeaux disséminés dans la campagne.

Ils subissaient la hantise de l'au-delà, des choses de la nuit et de la mort.

Andreï ouvrait largement son âme à toutes les croyances, n'en choisissait aucune, et ces superstitions naïves ne le révoltaient point car, après tout, il y discernait ce besoin de communier avec l'inconnu que lui-même ressentait.

Les femmes au teint obscur étaient belles, les métis surtout, sous le costume compliqué des Sahariennes qui leur donne l'air d'idoles anciennes. Drapées de voiles rouges ou bleus, chargées d'or et d'argent, avec une coiffure large faite de tresses relevées au long des joues, recouvrant les oreilles de lourds anneaux, elles s'enveloppaient pour sortir d'une étoffe bleue sombre qui éteignait l'éclat des bijoux.

Leur charme étrange, le mystère de leur regard attiraient Andreï.

Voluptueux, mais recherchant les voluptés grisantes illuminées de la divine lueur de l'illusion d'aimer, sans brutalité d'appétits, Andreï n'avait jamais trouvé qu'une saveur très médiocre aux assouvissements dépouillés de tout nimbe de rêve. Ce qui l'en éloignait surtout, c'étaient leur banalité et la rancœur de l'inévitable et immédiat réveil.

Et il aimait à voir passer, dans l'incendie du soir, les jeunes filles porteuses d'amphores, s'en allant en longues théories au pas rythmé vers les fontaines d'eau plus douce, aux confins du désert où le soleil mourant allongeait leurs ombres sur le sol brûlé.

... La vie d'Andreï s'écoulait en une quiétude heureuse, monotone et sans ennui.

Il se levait à l'heure légère de l'aube pour goûter la vivifiante fraîcheur de la brise discrète qui feuilletait les palmes et les végétations aromatiques des jardins.

Sur son cheval qu'il aimait de sa tendresse apitoyée pour les animaux résignés et confiants, il s'en allait dans le désert, poussant parfois vers les oasis voisines, nombreuses dans la vallée, parées à cette heure première de lueurs d'or et de carmin.

Le grand espace libre le grisait, l'air vierge dilatait sa poitrine et une grande joie inconsciente rajeunissait son être, dissipant les langueurs de la nuit chaude, succédant à l'embrasement du jour.

Puis il rentrait et errait dans les jardins, regardant les *fellah* bronzés remuer la boue rouge des cultures, enlever les dépôts salés obstruant les *séguia*.

C'était l'été, et les palmeraies lui apparaissaient dans toute leur splendeur. Sous le dôme puissant des palmes, les régimes de dattes pendaient, gonflés de sève, richement colorés selon les espèces... Les uns, verts encore avec une poussière argentée veloutant les fruits, les autres, jaune paille, jaune d'or, orange, rouge vif ou pourprés, en une gamme chaude de tons mats ou luisants.

Longuement, Andreï se penchait sur le ruissellement de l'eau jaillissant des *dessous* mystérieux du fleuve invisible.

Puis il rentrait dans la fraîcheur de sa chambre fruste et s'étendait sur son lit en roseaux pour s'abandonner à la mortelle et ensorcelante langueur de la sieste.

Quand l'ombre des dattiers s'allongeait sur la terre excédée, Hadj Hafaïd, le serviteur d'Andreï, le réveillait doucement, le conviant à la volupté du bain.

Parfois, repris de la nostalgie du travail, Andreï écrivait et de temps en temps, à de longs intervalles, il rappelait son souvenir aux chercheurs de littérature subtile par des contes du pays de rêve où il mettait un peu *de son âme* et de sa vie.

Sur la route de Touggourt, non loin des grands cimetières enclôturés, deux femmes vivaient, la vieille, Mahennia, et sa fille, Saadia, que son mari avait répudiée, parce qu'on disait dans le pays qu'elle et sa mère étaient sorcières.

Elles vivaient pauvrement du gain de la vieille, sage-femme et herboriste, rebouteuse habile.

On les respectait dans le pays et on les craignait à cause des bruits qui avaient couru sur leurs sortilèges et de l'inexplicable mort du mari de Saadia peu après son divorce.

De race métis presque arabe, les deux femmes se souvenaient de leurs origines sémites et s'en faisaient gloire.

Saadia était belle et son visage ovale, d'une couleur ombrée et chaude, était tout empreint de la tristesse grave des yeux.

Elle vivait modestement, chez sa mère, et, malgré sa beauté, les Rouara superstitieux la fuyaient.

Andreï, au cours de ses promenades solitaires, la vit plusieurs fois et la vieille, inquiète du succès du *Roumi* comme guérisseur, tint à ne pas s'attirer son hostilité. Elle lui offrit le café de l'hospitalité, ne lui cacha pas sa fille.

Saadia fut attentive à le servir, et silencieuse.

Andreï savait les bruits mystérieux qui couraient sur ces femmes et l'étrangeté de leur existence l'avait attiré et charmé.

La beauté de Saadia et sa tristesse furent pour lui une délicieuse trouvaille et il revint désormais souvent chez la vieille.

Il désira Saadia et ne se défendit pas contre son désir.

Ne serait-ce pas un embellissement de sa vie trop solitaire que l'amour de cette fille de mystère, et une fusion plus entière de son âme avec celle de la terre élue, par l'entremise d'une créature de la race autochtone?

Voluptueusement, Andreï s'abandonna à la brûlure enivrante de son désir. Saadia, impénétrable, ne trahissait pas sa pensée que par le regard plus lourd par lequel elle achevait d'étreindre cet homme blond, aux yeux gris, au visage de douceur et de rêve.

Toute la révolte de sa jeunesse solitaire, tout son besoin d'être aimée, de ne pas rester comme une fleur épanouie dans le désert muet, Saadia les reporta sur ce seul homme qui ne la fuyait pas.

Moins timide, bientôt, elle lui parla, lui cita les noms des herbes séchées qui pendaient en gerbes sous le toit de leur maison et leurs vertus ou leurs poisons.

— Ça, c'est le *nanâ* odorant, dont le jus guérit les douleurs du ventre, et ça c'est le *chich* gris dont la fumée arrête la toux.

Sa voix de poitrine, vibrante, parfois saccadée, avait un accent étrange pour parler cette langue arabe qu'Andreï possédait maintenant.

D'autres fois, Saadia lui nommait les bijoux qui la paraient. Un jour, pour la mieux deviner, Andreï lui demanda de quoi était mort son mari.

— Quand l'heure est venue, nul ne saurait la retarder du temps qu'il faut pour cligner de l'œil... Et celui qui commet l'iniquité encourt la colère de Dieu.

Une ombre passa dans le regard de Saadia.

Un jour, il la trouva seule au logis. Leur maison était isolée et voilée par le rempart des palmiers. Elle lui sourit et l'invita à entrer quand même.

— Viendra-t-elle bientôt, la mère?

— Non, elle ne viendra pas... Mais viens-tu ici pour elle seule qui est vieille et dont les jours sont écoulés?

Et Andreï, dans la douloureuse ivresse d'aimer, la regarda.

Souriante, le regard adouci, elle était debout devant lui, accueillante.

Pour la première fois, Andreï connut toute la volupté des sens qu'il avait savamment préparée, l'embellissant de tout son rêve.

Quand la lune du soir emplit la chambre, Saadia le congédia, doucement, par prudence...

– Fais un détour... je ne sais si la vieille pardonnera. Il vaut mieux que je la sonde d'abord.

Et Andreï s'en alla.

Le désert tout rouge brûlait et une ombre bleue s'étendait comme un voile sous les palmiers dont les sommets s'allumaient d'aigrettes de feu.

Et Andreï s'arrêta, la poitrine oppressée, en un immense élan de reconnaissance envers la Terre si belle et la vie si bonne.

NOTE

Difficile de dater l'inspiration et l'écriture de cette nouvelle, si ce n'est en se référant au décor des grands lacs salés et de l'*oued* Rir'h, qu'I.E. parcourt en 1899, en 1900 et 1901.

Quant au thème, il est omniprésent dans l'œuvre et fournira la matière du roman *Trimardeur*. Le transfuge hanté par la nostalgie d'un « ailleurs », séduit par les « horizons de feu », le *heimatlos* (selon le vocabulaire de l'époque) trouve parfois en chemin un amour heureux, comme Andreï, poursuit sa métamorphose jusqu'à devenir un vieux musulman, comme le M'tourni, ou reprend son errance après un drame comme le Légionnaire.

Objet d'un tirage de la revue *les Amis d'Édouard*, avec *Amara le forçat*, en 1923, *l'Anarchiste* a été republié dans *Contes et Paysages* et *Au pays des sables, op. cit.*

L'Enlumineur Sacré

Sous les petites coupoles de plâtre que dore le soleil, les boutiques s'alignent, minuscules, inégales comme des alvéoles. Les comptoirs branlants sont de planches brutes.

Dans la lumière exaspérée, les mouches bourdonnent, alléchées, grisées par le suc fermenté des dattes.

Les ombres violettes, très brèves, coupent l'éblouissement des choses, et l'accablement de l'heure tait les bruits.

Le maître de l'une des boutiques, assis sur une caisse, accoudé sur le comptoir, le capuchon rabattu sur le front, sommeille, l'œil mi-clos, dans la pose assoupie, mais vivante, du félin au repos.

Dans le fond, sur une natte, Si El Hadj Hamouda s'applique au travail patient d'enluminure qui délaie en douceur la monotonie des heures : il copie, d'un *kalâm* expert, les paroles des Livres, ornant d'or et de cinabre les pages ambrées, après avoir pieusement inscrit sur la première la formule : « Ne le touchez, si vous n'êtes pur. »

Lentement, d'une main calme et agile, Hadj Hamouda enroule en volutes les caractères de rêve, les encadre d'arabesques déliées, où les rouges et les verts rehaussent les ors pâlissants, sépare les versets par de petites étoiles naïves, en guise de points.

La feuille de parchemin simplement posée sur son genou, ses encres en de petites tasses ébréchées, l'enlumineur travaille, malgré la lourdeur amollissante de l'air, malgré l'obstination des mouches.

Enveloppé de *burnous* blancs, encapuchonné, un long chapelet au cou, Hadj Hamouda, de visage émacié et brun, de traits réguliers, la barbe grisonnante à peine, poursuit son œuvre patiente. Son regard est calme, éteint, et l'ambition y paraît à peine. Parfois, une ombre de sourire passe sur sa lèvre, quand lui plaisent la bonne ordonnance d'une page, la grâce d'une vignette.

Il vit de ce travail charmant, en une insouciance heureuse, en cette boutique qui l'abrite, avec la piété hospitalière de l'Islam. Après des années, il y reste toujours l'hôte discret, ne se mêlant pas du mouvement journalier, presque pas même des conversations.

Parfois, quelque vieux *taleb*, distingué et poli, aux gestes graves, vient s'asseoir sur la natte du calligraphe après avoir baisé son front en signe de respect. De nombreux *salam*, sans hâte, puis des discours lents, où passent des choses très vieilles.

Les enfants eux-mêmes n'osent venir jouer devant la boutique, et la présence de Hadj Hamouda la sanctifie presque.

Aux heures où l'appel plaintif des *mouedden* plane sur El-Oued, l'enlumineur se lève, rejette ses *burnous* sur son épaule, d'un geste ample et beau, et s'en va à la mosquée des Messaâba.

Entre les dernières maisons du *ksar* et les premières dunes qui continuent les coupoles en teintes plus claires, un dôme gris s'élève, sur des murs bas et effrités, dans un enclos où de jeunes dattiers tamisent en bleu l'ardeur de la lumière.

Près du puits à *hottara*, dont l'armature grince, lourde et criarde, dans un bassin de plâtre, les fidèles font les ablutions rituelles.

Puis, dans l'intérieur fruste et nu, sur les nattes desséchées, jaunies, ils se prosternent ensemble en attestant l'unité absolue de Dieu.

Hadj Hamouda, au premier rang, récite à voix haute les versets chantants : le plus savant parmi les assistants, il est l'*imam*.

Après, du même pas lent, il regagne sa boutique où il reprend, son *kalâm* et son travail suranné.

Le soir, à l'heure rouge où le soleil embrase le *ksar*, Hadj Hamouda, toujours seul, promène son rêve restreint, doux, sa mélancolie sans motifs extérieurs, au sommet des dunes, sur les pistes grises, entre les tombeaux disséminés.

Parfois, il s'arrête, les mains levées et ouvertes devant lui comme un livre, et il dit une *fatiha* devant quelque tombeau anonyme ou quelque *koubba* blanche, esseulée dans le désert.

Après la prière de l'*acha*, il rentre dans la boutique et reprend sur sa natte la prière commencée à la mosquée. Assis, la tête penchée, il égrène son chapelet, l'œil voilé d'un rêve plus lointain.

Puis, sur l'humble couche, toujours solitaire, il s'endort, sans regrets et sans désirs.

Exempt de colère et de passion, sans famille, sans soucis, Hadj Hamouda vit, attendant en paix l'heure inconnue...

NOTE

El Oued ne fut en août 1899, pour I. E., qu'une apparition furtive et magique. Un an après, très exactement, elle y revient avec l'intention d'y vivre. Là, dans l'oasis perdue au milieu des sables pâles, elle va vivre le rythme lent des gens du désert. Là, elle rencontre le sous-officier de spahis Slimène Ehnni, là elle est admise dans la puissante confrérie des Qadriya.

A El Oued, les autorités se méfient de cette « détraquée » qui aime un indigène, pourtant citoyen français. Les militaires la font suivre et finalement l'expulseront, après qu'un fanatique musulman eut tenté de l'assassiner.

A El Oued, au cours de l'hiver 1900-1901, I. E. confie qu'elle n'écrit pas. Elle en rapportera pourtant des « choses vues » et des nouvelles, rédigées plus tard, en exil à Marseille, puis à Alger.

L'Enlumineur sacré sera publié le 1ᵉʳ avril 1903 dans *la Dépêche algérienne*. Nouvelle ou portrait, c'est l'un des premiers textes acceptés par le grand quotidien d'Alger. Il sera repris dans *Pages d'islam, op. cit.*

Ilotes du Sud

En dehors de la ville, au pied des dunes grises, un carré de maçonnerie sans toit, aux murs percés d'ouvertures en forme de trèfles, se dresse, projetant une courte ombre transparente sous les rayons presque perpendiculaires du soleil, au milieu du flamboiement inouï de tout ce sable blanc qui, vaste fournaise, s'étend à l'infini, des petites maisons à coupoles de la ville aux dos monstrueux de l'*erg*.

Un chant lent et triste monte de cette singulière construction, avec le grincement continu, obsédant, d'une roue et de chaînes mal graissées.

Dans la petite bande d'ombre bleue, un homme vêtu de blanc, coiffé du haut turban à cordelettes noires, est à demi couché, un bâton à la main. Il fume et il rêve. De temps en temps, quand le grincement se fait plus sourd et plus lent, l'homme crie :

– Pompez! Pompez!

A l'intérieur, trois ou quatre hommes maigres et bronzés, vêtus de laine blanche, tournent péniblement un treuil rouillé, et la chaîne fait remonter l'eau qui coule avec un bruissement frais dans les petites *séguia* de plâtre.

Ils tournent, ils tournent, accablés, ruisselants de sueur. Si le spahi de garde est un brave garçon, conservant sous la livrée du métier de dureté la reconnaissance d'une commune origine, les pauvres diables peuvent s'arrêter parfois, éponger leur front en sueur... Sinon, pompez, pompez toujours!

Et ainsi toute la longue journée, avec au cœur, l'angoisse de se demander si leurs parents leur apporteront un peu de pain ou de couscous, car l'État ne leur donne rien, sauf l'écrasant travail sous le ciel de plomb, sur le sable calciné... Ceux qui viennent de loin. attendent, plus mornes, la dérisoire pitance que leur accorde la

« commune » par l'intermédiaire du *dar ed-diaf*, et qui suffit à peine à entretenir leur existence.

– Pourquoi es-tu en prison? demande le spahi à un nouveau venu, grand garçon mince, au profil d'oiseau de proie.

– Hier, je sommeillais devant le café de Hama Ali. Le lieutenant de tirailleurs a passé et je ne l'ai pas salué... Alors, il m'a donné des coups de canne et s'est plaint au bureau arabe. Le capitaine m'a mis quinze jours de prison et quinze francs d'amende.

Le spahi, récemment arrivé des territoires civils, s'étonne :

– Alors, ici, les Arabes sont tenus de saluer les officiers, comme nous autres, les militaires?

– Oui, tous les officiers... sinon, on est battu et emprisonné... Nous avons eu un lieutenant qui obligeait même les femmes à le saluer... Oh, le régime militaire est serré, terrible!

Le spahi, indifférent, continue son interrogatoire.

– Et toi, le vieux?

La question s'adresse à un petit vieux timide et silencieux.

– Moi... je suis des Ouled-Saoud. Alors, comme la maîtresse du lieutenant Durand est partie, et qu'elle avait beaucoup de bagages, le lieutenant a donné des ordres aux *caïds*. Le mien m'avait ordonné d'amener ma chamelle, mais comme elle est blessée au dos, je n'ai pas voulu la prêter. Je suis en prison depuis huit jours. Le lieutenant, en m'interrogeant, m'a donné une gifle quand j'ai dit que ma cha-melle était malade et on ne m'a pas dit combien de prison j'ai à faire... Dieu m'est témoin que ma chamelle est blessée...

Lancé sur le chapitre des doléances, le vieux qu'on n'écoute plus continue à larmoyer sa détresse prolixe.

– Moi, dit un troisième, je suis venu au marché où j'ai vendu un pot de beurre. Le lendemain, je devais en toucher le prix, mais il y avait une lettre pressée pour le *cheikh* de Debila... Alors, on me l'a remise en m'ordonnant de repartir tout de suite... J'ai eu beau sup-plier, j'ai été menacé de la prison. Alors, pour ne pas perdre le prix de mon beurre, j'ai fait semblant de partir, restant jusqu'au matin. Ça s'est su, Dieu sait comment, et je suis en prison pour quinze jours, avec quinze francs d'amende.

– Tu aurais mieux fait de perdre le prix du beurre, alors, remarque judicieusement le spahi.

Mais tout ça « c'est des histoires! » Et il retourne se coucher à l'ombre, criant aux prisonniers :

– Pompez!

Et le grincement monotone reprend, en même temps que le chant long, plaintif, des prisonniers qui semblent dévider indéfiniment leurs tristesses, leurs timides récriminations contre cette puissance redoutable, qui broie et écrase toute leur race : l'Indigénat discrétionnaire.

NOTE

Ilotes du Sud est, sous forme de récit, le premier témoignage sur le sort des indigènes placés sous l'autorité militaire des territoires du Sud.

Il a été publié dans l'*Akhbar* du 22 mars 1903, puis repris dans *Pages d'islam (op. cit.)*. L'*Akhbar*, dirigé par Victor Barrucand à partir de 1902, devint bilingue et arabophile, chose extrêmement rare à l'époque, en Algérie. La collaboration régulière d'Isabelle Eberhardt à cette publication « libérale » lui vaudra une haine acharnée de la part des colons « ultras » qui chercheront par tous les moyens à noircir sa réputation.

La Main

Une réminiscence, vieille déjà de quatre années, du Souf âpre et flamboyant, de la terre fanatique et splendide que j'aimais et qui a failli me garder pour toujours, en quelqu'une de ses nécropoles sans clôtures et sans tristesse.

C'était la nuit, au nord d'El-Oued, sur la route de Béhima.

Nous rentrions, un spahi et moi, d'une course à une *zaouïya* lointaine, et nous gardions le silence.

Oh! ces nuits de lune sur le désert de sable, ces nuits incomparables de splendeur et de mystère!

Le chaos des dunes, les tombeaux, la silhouette du grand minaret blanc de Sidi Salem, dominant la ville, tout s'estompait, se fondait, prenait des aspects vaporeux et irréels.

Le désert où coulaient des lueurs roses, des lueurs glauques, des lueurs bleues, des reflets argentés, se peuplait de fantômes.

Aucun contour net et précis, aucune forme distincte, dans le scintillement immense du sable.

Les dunes lointaines semblaient des vapeurs amoncelées à l'horizon et les plus proches s'évanouissaient dans la clarté infinie d'en haut.

Nous passions sur un sentier étroit, au-dessus d'une petite vallée grise, semée de pierres dressées : le cimetière de Sidi-Abdallah.

Dans le sable sec et mouvant, nos chevaux las avançaient sans bruit.

Tout à coup, nous vîmes une forme noire qui descendait l'autre versant de la vallée, se dirigeant vers le cimetière.

C'était une femme, et elle était vêtue de la *mlahfa* sombre des Soufiat, en draperie hellénique.

Surpris, vaguement inquiets, nous nous arrêtâmes et nous la suivîmes des yeux. Deux palmes fraîches dressées sur un tertre indiquaient une sépulture toute récente. La femme, dont la lune éclairait maintenant le visage ratatiné et ridé de vieille, s'agenouilla, après avoir enlevé les palmes.

Puis, elle creusa dans le sable avec ses mains, très vite, comme les bêtes fouisseuses du désert.

Elle mettait une sorte d'acharnement à cette besogne.

Le trou noir se rouvrait rapidement sur le sommeil et la putréfaction anonymes qu'il recelait.

Enfin, la femme se pencha sur la tombe béante. Quand elle se redressa, elle tenait une des mains du mort, coupée au poignet, une pauvre main roide et livide.

En hâte, la vieille remblaya le trou et replanta les palmes vertes. Puis, cachant la main dans sa *mlahfa*, elle reprit le chemin de la ville.

Alors, pâle, haletant, le spahi prit son fusil, l'arma, l'épaula. Je l'arrêtai :

– Pour quoi faire? Est-ce que cela nous regarde? Dieu est son juge!

– Oh, Seigneur, Seigneur, répétait le spahi épouvanté. Laisse-moi tuer l'ennemie de Dieu et de ses créatures!

– Dis-moi plutôt ce qu'elle peut bien vouloir faire de cette main!

– Ah, tu ne sais pas! C'est une sorcière maudite. Avec la main du mort, elle va pétrir du pain. Puis elle le fera manger à quelque malheureux. Et celui qui a mangé du pain pétri avec une main de mort prise une nuit de vendredi par la pleine lune, son cœur se dessèche et meurt lentement. Il devient indifférent à tout et un *rétrécissement de l'âme* affreux s'empare de lui. Il dépérit et trépasse. Dieu nous préserve de ce maléfice!

Dans le rayonnement doux de la nuit, la vieille avait disparu, allant à son œuvre obscure.

Nous reprîmes en silence le chemin de la ville aux mille coupoles, petites et rondes, que semblaient prolonger, d'un horizon à l'autre, les dos monstrueux de l'*Erg*, en une gigantesque cité translucide des Mille et une Nuits, peuplée de génies et d'enchanteurs.

NOTE

La superstition et la crainte des *djenoun*, des génies, ne sont pas l'apanage de l'*oued* Rir'h. Les peuples nomades et semi-sédentaires que sont encore les gens du Souf, malgré l'islam, conservent secrètement des traditions païennes.

Ce texte est paru le 20 avril 1904 dans *la Dépêche algérienne*, avec deux autres, abordant le même thème, réunis sous le titre « Obscurité », *le Mage* et *le Moghrébin*. Victor Barrucand les rassembla de nouveau dans *Pages d'islam* (*op. cit.*), sous la même tête de chapitre.

« Une réminiscence, vieille déjà de quatre années... », commence I.E. Cela permet de situer l'écriture de la nouvelle au début du printemps 1904, dont elle passe une partie à Alger, entre deux longs séjours dans le Sud oranais.

Dans la Dune

C'était sur la fin de l'automne 1900, presque en hiver déjà. Je campais alors, avec quelques bergers de la tribu des Rebaïa, dans une région déserte entre toutes, au sud de Taïbeth-Guéblia, sur la route d'Eloued à Ouargla.

Nous avions un troupeau de chèvres assez nombreux, et quelques malheureux chameaux, maigres et épuisés, – épave de l'expédition d'In-Salah, qui a dépeuplé de chameaux le Sahara pour des années, car la plupart ne sont pas revenus des convois lointains d'El-Goléa et d'Igli.

Nous étions alors huit, en nous comptant, mon serviteur Aly et moi. Nous vivions sous une grande tente basse en poil de chèvre, que nous avions dressée dans une petite vallée entre les dunes. Après les premières petites pluies de novembre, l'étrange végétation saharienne commençait à renaître. Nous passions nos journées à chasser les innombrables lièvres sahariens, et surtout à rêver, en face des horizons moutonnants.

Le calme et la monotonie, jamais ennuyeuse cependant, de cette existence au grand air provoquaient en moi une sorte d'assoupissement intellectuel et moral très doux, un apaisement bienfaisant.

Mes compagnons étaient des hommes simples et rudes, sans grossièreté pourtant, qui respectaient mon rêve et mes silences – très silencieux eux-mêmes d'ailleurs.

Les jours s'écoulaient, paisibles, en une grande quiétude, sans aventures et sans accidents...

Cependant, une nuit que nous dormions sous notre tente, roulés dans nos *burnous*, un vent du Sud violent s'éleva et souffla bientôt en tempête, soulevant des nuages de sable.

Le troupeau bêlant et rusé réussit à se tasser si près de la tente que nous entendions la respiration des chèvres. Il y en eut même quelques-unes qui pénétrèrent dans notre logis et qui s'y installèrent malgré nous, avec l'effronterie drôle propre à leur espèce.

La nuit était froide, et je dus accueillir, sans trop de mécontentement, un petit chevreau qui s'obstinait à se glisser sous mon *burnous* et se couchait contre ma poitrine, répondant par des bourrades de son front têtu à toutes mes tentatives d'expulsion.

Fatigués d'avoir beaucoup erré dans la journée, nous nous endormîmes bientôt, malgré les hurlements lugubres du vent dans le dédale des dunes et le petit bruit continu, marin, du sable qui pleuvait sur notre tente.

Tout à coup, nous fûmes à nouveau réveillés en sursaut, sans pouvoir, au premier moment, nous rendre compte de ce qui arrivait, mais écrasés, étouffés sous un poids très lourd : une rafale plus violente avait chaviré notre tente, nous ensevelissant sous ses ruines. Il fallut sortir, ramper à plat ventre, péniblement, dans la nuit noire où le vent froid faisait fureur, sous un ciel d'encre.

Impossible ni de remonter la tente dans l'obscurité, ni d'allumer notre petite lanterne. Il pouvait être trois heures déjà, et nous préférâmes nous coucher, maussades, à la belle étoile, en attendant le jour. Aly dut encore extraire à grand-peine quelques couvertures et quelques *burnous* de dessous la tente, et il fallut aussi sauver les chèvres qui gémissaient et se débattaient furieusement.

Étouffant dans mon *burnous* sur lequel le sable continuait de tomber en pluie, tenue éveillée par les hennissements de frayeur et les ruades de mon pauvre cheval attaché à un piquet et bousculé par les chèvres inquiètes, je ne parvins plus à me rendormir.

Le vent avait cessé presque tout à fait. Aly était occupé à allumer un grand feu de broussailles. Nous nous assîmes tous autour du bienfaisant brasier, transis et courbaturés. Seul Aly conservait sa bonne humeur habituelle, nous plaisantant sur nos airs de déterrés.

Le jour se leva, limpide et calme, sur le désert où la tourmente de la nuit avait laissé une infinité de petits sillons gris, comme les rides d'une tempête sur le sable.

L'idée me vint d'aller faire un temps de galop dans la plaine qui s'étendait au-delà de la ceinture de dunes fermant notre vallée.

Aly resta pour reconstruire la tente et mettre en ordre notre petit ménage ensablé et dispersé durant la nuit. Il me recommanda cependant de ne pas trop m'éloigner du camp.

Mais bah! dès que je fus dans la plaine, je lâchai la bride à mon fidèle Souf qui partit à toute vitesse, énervé, lui aussi, par la mauvaise nuit qu'il avait passée.

Longtemps nous courûmes ainsi, à une vitesse vertigineuse, ivres d'espace, dans le calme serein du jour naissant.

Enfin, mettant à grand-peine mon cheval au pas, je me retournai et je vis que j'étais très loin déjà des dunes...

Sans aucune hâte de rentrer au campement, l'idée me vint de passer par les collines qui ferment la plaine. Je m'engageai donc dans un dédale de monticules de plus en plus élevés, en prenant le chemin de l'Ouest.

Il y avait là des vallées semblables à la nôtre et, pour ne pas perdre de temps, je laissais trotter Souf dans ces endroits plus hauts.

Peu à peu, le ciel s'était de nouveau couvert de nuages, et le vent commençait à tomber. Sans la bourrasque de la nuit qui avait séché et déplacé toute la couche superficielle du sable, un vent aussi faible n'eût pu provoquer aucun mouvement à la surface du sol. Mais la terre était réduite à l'état de poussière presque impalpable, et le sable continuait doucement à couler des dunes escarpées. Je remarquai bientôt que mes traces disparaissaient très vite.

Après une heure je commençais à être étonnée de ne pas encore être arrivée au camp. Il était déjà assez tard, et la chaleur devenait lourde. Pourtant, je remontais bien vers l'ouest?...

Enfin, je finis par m'arrêter, comprenant que j'avais fait fausse route et que j'avais dû dépasser le campement.

Mais je demeurais perplexe... Où fallait-il me diriger? En effet, je ne pouvais pas savoir si je me trouvais au-dessus ou au-dessous de la route, c'est-à-dire si j'avais passé au nord ou au sud du camp. Je risquais donc de m'égarer définitivement. Cependant, je me décidai à prendre résolument la direction du nord, la moins dangereuse dans tous les cas.

Mais, là encore, je n'aboutis à rien, après avoir marché pendant une heure; alors, je redescendis vers le sud.

Il était trois heures après midi, déjà, et ma mésaventure ne m'amusait plus : je n'avais qu'un pain arabe dans le capuchon de mon *burnous* et une bouteille de café froid. Je commençais à me demander ce que j'allais devenir, si je ne retrouvais pas mon chemin avant la nuit.

Laissant mon Souf dans une vallée, je grimpai sur la dune la plus élevée de la région; autour de moi, de tous côtés, je ne vis que la houle grise des monticules de sable, et je ne parvenais pas à comprendre comment j'avais pu, en si peu de temps, m'égarer à ce point.

Enfin, ne voulant plus continuer à errer sans but, craignant d'être prise par la nuit dans un endroit stérile où mon cheval, déjà privé d'eau, ne trouverait même pas d'herbe, je me mis à la recherche d'une vallée commode pour passer la nuit.

« Demain, dès l'aube, je me mettrai en route vers le nord, pensai-je, et je gagnerai la route de Taïbeth... »

Je découvris un vallon profond et allongé, où une végétation plus touffue avait poussé, étonnamment verte. Je débarrassai Souf de son harnachement, et je le lâchai, allant moi-même explorer mon « île de Robinson ».

Au milieu d'un espace découvert, je trouvai un tas de cendres à peine mêlées de sable, et quelques os de lièvre : des chasseurs avaient dû passer la nuit là. Peut-être reviendraient-ils?

Ces chasseurs du Sahara sont des hommes rudes et primitifs, vivant à ciel ouvert, sans résidence fixe. Quelques-uns laissent leurs familles très loin, dans les *ksour*, d'autres sont de véritables enfants des sables, errant avec femmes et enfants – mais ceux-là sont rares. Leur vie à tous est aussi libre et aussi peu compliquée que celle des gazelles du désert.

Parmi ces chasseurs, il y a bien quelques « irréguliers » fuyant dans les solitudes la justice des hommes. Cependant, dans ces régions encore assez voisines des villes et des villages, les dissidents, comme on les appelle en langage administratif, sont rares, et je souhaitais de voir apparaître les chasseurs dont j'avais retrouvé les traces, afin de sortir au plus vite de la situation ridicule où je m'étais mise. Dans quelles transes devaient être mes compagnons, surtout le fidèle Aly?

Un hennissement joyeux me tira de ces réflexions : mon cheval s'était approché d'un fourré très épais et très vert et, la tête enfoncée dans les branches, semblait flairer quelque chose d'insolite.

... Entre les buissons, il y avait un de ces *hassi* nombreux du Sahara, perdus souvent en dehors de toutes les routes, puits étroits et profonds, que seuls les guides connaissent.

La végétation presque luxuriante de la vallée s'expliquait par la présence de cette eau à une faible profondeur.

Je me mis en devoir de puiser, au moyen de ma bouteille attachée au bout de ma ceinture.

Soudain j'entendis une voix qui disait, tout près derrière moi :
– Que fais-tu là, toi?

Je me retournai : devant moi se tenaient trois hommes bronzés, presque noirs, en loques, portant leur maigre bagage dans des sacs de toile et armés de longs fusils à pierre.

– J'ai soif.

– Tu t'es égaré?

– Je campe non loin d'ici avec des Rebaïa, des Souafa, des bergers...

– Tu es musulman?

– Oui, grâce à Dieu!

Celui qui m'avait adressé la parole était presque un vieillard. Il étendit la main et toucha mon chapelet.

– Tu es de Sidi Abd-el-Kader Djilani... Alors, nous sommes frères... Nous aussi nous sommes Kadriya.

– Dieu soit loué! dis-je.

J'éprouvai une joie intense à trouver en ces nomades des confrères : entre adeptes de la même confrérie l'aide mutuelle et la solidarité sont de règle. Eux aussi portaient en effet le chapelet des Kadriya.

– Attends, nous avons une corde et un bidon; nous ferons boire ton cheval et tu passeras la nuit avec nous; demain matin, nous te ramènerons à ton camp. Tu t'es beaucoup éloigné vers le sud, tu as passé le camp des Rebaïa et, maintenant, en prenant par les raccourcis, il faut au moins trois heures pour y arriver.

Le plus jeune d'entre eux se mit encore à rire :

– Tu es dégourdi, toi!

– De quelles tribus êtes-vous?

– Moi et mon frère, nous sommes des Ouled-Seïh de Taïbeth-Guéblia et celui-là, Ahmed Bou-Djema, est Chaambi des environs de Berressof. Son père avait un jardin à El Oued, dans la colonie des Chaamba qui est au village d'Elakbab. Il s'est sauvé, le pauvre...

– Pourquoi?

– A cause des impôts. Il est parti à In-Salah avec notre *cheikh*, Sidi Mohammed Taïeb; quand il est revenu, il a trouvé sa femme morte, emportée par l'épidémie de typhus, et son jardin privé de toute culture; alors, il a gagné le désert – à cause des impôts.

Le jeune Seïhi qui parlait ainsi avait attiré mon attention par la primitivité de ses traits et l'éclat sournois de ses grands yeux fauves. Il eût pu servir de type accompli de la race nomade, fortement métissée d'Arabe asiatique, qui est la plus caractéristique du Sahara.

Ahmed Bou-Djema, maigre et souple, semblait être son aîné, autant qu'on en put juger, car la moitié de sa face était voilée de noir, à la façon des Touareg.

Quant au plus âgé, il avait une belle tête de vieux coupeur de routes, aquiline et sombre.

Ahmed Bou-Djema portait, pendus à sa ceinture, deux superbes lièvres. Il s'écarta un peu du puits et, après avoir dit « *Bismillah!* » il se mit à vider son gibier.

**
***

Le soleil avait disparu derrière les dunes, et les derniers rayons roses du jour glissaient au ras du sol, entre les buissons aux feuilles pointues et les jujubiers. Les touffes de *drinn* semblaient d'or, dans la grande lueur rouge du soir.

Sélem, l'aîné des deux frères, s'écarta de notre groupe et, étendant son *burnous* loqueteux sur le sable, il commença à prier, grave et comme grandi.

— Vous n'avez point de famille? demandai-je à Hama Srir, pendant que nous creusions un trou dans le sable pour la cuisson des lièvres.

— Sélem a sa femme et ses enfants à Taïbeth. Moi, ma femme est dans les jardins de Remirma, dans l'*oued* Rir, chez sa tante.

— Ne t'ennuies-tu pas, loin de ta famille?

— Le sort est le sort de Dieu. Bientôt j'irai chercher ma femme. Quand les enfants de Sélem seront grands ils chasseront comme leur père.

— *In châ Allah!*

— *Amine.*

Tout me charmait et m'attirait, dans la vie libre et sans souci de ces enfants du grand Sahara splendide et morne.

Après avoir lié en boule les lièvres, nous les mîmes, avec leur fourrure, au fond du trou, sous une mince couche de sable. Puis nous allumâmes par-dessus un grand feu de broussailles.

— Alors, tu t'es marié chez les Rouara?

Hama Srir fit un geste vague :

— C'est toute une histoire! Tu sais que nous autres, Arabes du désert, nous ne nous marions guère en dehors de notre tribu...

Le roman de Hama Srir piquait ma curiosité. Voudrait-il seulement me le conter? Cette histoire devait être simple, mais empreinte du grand charme mélancolique de tout ce qui touche au désert.

Après le souper, Sélem et Bou-Djema s'endormirent bientôt. Hama Srir, à demi couché près de moi, tira son *matoui* (petit sac en *filali* pour le kif) et sa petite pipe. Je portais, moi aussi, dans la poche de ma *gandoura*, ces insignes du véritable Soufi. Nous commençâmes à fumer.

— Hama, raconte-moi ton histoire.

— Pourquoi? Pourquoi t'intéresses-tu à ce qu'ont fait des gens que tu ne connais pas?

— Je t'adopte pour frère, au nom d'Abd-el-Kader Djilani.

— Moi aussi.

Et il me serra la main.

— Comment t'appelles-tu?

— Mahmoud ben Abdallah Saâdi.

— Écoute, Mahmoud, si je ne t'adoptais pas, moi aussi, pour frère, si nous ne l'étions pas déjà par notre *cheikh* et notre chapelet, et si je ne voyais pas que tu es un *taleb*, je me serais mis fort en colère au sujet de ta demande, car il n'est pas d'usage, tu le sais, de parler de sa famille. Mais écoute, et tu verras que le *mektoub* de Dieu est tout-puissant, que rien ne saurait le détourner.

* *

Deux années auparavant, Hama Srir chassait avec Sélem dans les environs du *bordj* de Stah-el-Hamraïa, dans la région des grands *chotts* sur la route de Biskra à El Oued.

C'était en été. Un matin, Hama Srir fut piqué par une *lefaâ* (vipère à corne) et courut au *bordj* : la vieille belle-mère du gardien, une Riria (originaire de l'*oued* Rir), savait guérir toutes les maladies — celles du moins que Dieu permet de guérir.

Le gardien était parti pour El Oued avec son fils, et le *bordj* était resté à la garde de la vieille Mansoura et de sa belle-fille déjà âgée, Tébberr. Vers le soir, Hama Srir ne souffrait presque plus et il quitta le *bordj*, pour aller rejoindre son frère dans le *chott* Bou Dje-loud. Mais il avait un peu de fièvre et il voulut boire. Il descendit à la fontaine, située au bas de la colline rougeâtre et dénudée de Stah el Hamraïa.

Là, il trouva l'aînée des filles du gardien, Saâdia, qui avait treize ans et qui, femme, déjà, était belle sous ses haillons bleus. Et Saâdia sourit au nomade, et longuement ses grands yeux roux le fixèrent.

— Dans quinze jours, je reviendrai te demander à ton père, dit-il.

Elle hocha la tête.

— Il ne voudra jamais. Tu es trop pauvre, tu es un chasseur.

— Je t'aurai quand même, si Dieu en a décidé ainsi. Maintenant remonte au *bordj*, et garde-toi pour Hamra Srir, pour celui que Dieu t'a promis.

— *Amine!*

Et lentement, courbée sous la lourde *guerba* en peau de bouc pleine d'eau, elle reprit le chemin escarpé de son *bordj* solitaire.

Hama Srir ne parla point à Sélem de cette rencontre mais il devint songeur.

— Il ne faut jamais dire ses projets d'amour, cela porte malheur, précisa-t-il.

Tous les soirs, quand le soleil embrasait le désert ensanglanté et déclinait vers l'*oued* Rir salé, Saâdia descendait à la fontaine pour attendre « celui que Dieu lui avait promis ».

Un jour qu'elle était sortie à l'heure ardente de midi, pour abriter son troupeau de chèvres, elle crut défaillir : un homme, vêtu d'une longue *gandoura* et d'un *burnous* blancs, armé d'un long fusil à pierre, montait vers le *bordj*.

En hâte elle se retira dans un coin de la cour où était leur humble logis et là, tremblante, elle invoqua tout bas Djilani « l'Émir des Saints » car, elle aussi, était de ses enfants.

L'homme entra dans la cour et appela le vieux gardien :

— Abdallah ben Hadj Saâd, dit-il, mon père était chasseur, il appartenait à la tribu des Chorfa Ouled Seïh, de la ville de Taïbeth-Gueblia. Je suis un homme sans tare et dont la conscience est pure — Dieu le sait. Je viens te demander d'entrer dans ta maison, je viens te demander ta fille.

Le vieillard fronça les sourcils.

— Où l'as-tu vue ?

— Je ne l'ai pas vue. Des vieilles femmes d'El Oued m'en ont parlé... Telle est la destinée.

— Par la vérité du Koran auguste, tant que je vivrai jamais un vagabond n'aura ma fille !

Longuement Hama Srir regarda le vieillard.

— Ne jure pas les choses que tu ignores... Ne joue pas avec le faucon : il vole dans les nuages et regarde en face le soleil. Évite les larmes à tes yeux que Dieu fermera bientôt !

— J'ai juré.

— *Chouf Rabbi !* (Dieu verra) dit Hama Srir.

Et sans ajouter un mot, il partit.

Si Abdallah, indigné, entra dans sa maison et, s'adressant à Saâdia et à Embarka, il dit :

— Laquelle de vous deux, chiennes, a laissé voir son visage au vagabond ?

Les deux jeunes filles gardèrent le silence.

— Si Abdallah, répondit pour elles l'aïeule vénérée, le vagabond est venu le mois dernier se faire panser pour une morsure de *lefaâ*. Ma fille Tébberr, qui est âgée, m'a aidée. Le vagabond n'a vu aucune des filles de Tébberr. Nous sommes vieilles, le temps du *hedjeb* (retraite des femmes arabes) est passé pour nous. Nous avons soigné le vagabond dans le sentier de Dieu.

– Garde-les, et qu'elles ne sortent plus.

Saâdia, l'âme en deuil, continua pourtant à attendre, obstinément, le retour de Hama Srir, car elle savait que, si vraiment Dieu le lui avait destiné, personne ne pouvait les empêcher de s'unir.

Elle aimait Hama Srir, et elle avait confiance.

*

Près d'un mois s'était écoulé depuis que le chasseur était monté au *bordj* pour demander Saâdia, et il ne reparaissait pas. Il était bien près, cependant, attardé dans la région des *chott*, et, chaque nuit, les chiens féroces de Stah-el-Hamraïa aboyaient...

Lui aussi, il avait juré.

Un soir, se relâchant un peu de sa surveillance farouche, comme Tébberr était malade, Si Abdallah ordonna à Saâdia de descendre à la fontaine, sans s'attarder.

Il était déjà tard, et la jeune fille descendit, le cœur palpitant.

La pleine lune se levait au-dessus du désert, baigné d'une transparence aussi bleue que peut l'être la nuit. Dans le silence absolu, les chiens avaient des rauquements furieux.

Pendant qu'elle remplissait sa *guerba*, les bras dans l'eau du bassin, Saâdia vit passer une ombre entre les figuiers du jardin.

– Saâdia!

– Louange à Dieu!

Hama Srir l'avait saisie par le poignet et l'entraînait.

– J'ai peur! J'ai peur!

Elle posa sa main tremblante dans la main forte du nomade et ils se mirent à courir à travers le *chott* Bou Djeloud, dans la direction de l'*oued* Rir... et quand elle disait « J'ai peur, arrête-toi! » il la soulevait irrésistiblement dans ses bras, car il savait que cette heure lui appartenait et que toute la vie était contre lui.

Ils fuyaient, et déjà les aboiements des chiens s'étaient lassés.

Le vieillard, surpris et irrité du retard de sa fille, sortit du *bordj* et l'appela à plusieurs reprises. Mais sa voix, sans réponse, se perdit dans le silence lourd de la nuit. Un frisson glaça les membres du vieillard. En hâte, il alla chercher son fusil et descendit.

La gamelle flottait sur l'eau et la *guerba* vide traînait à terre.

— Chienne! elle s'est enfuie avec le vagabond. La malédiction de Dieu soit sur eux!

Et il rentra, le cœur irrité, sans une larme, sans une plainte.

— Celui qui engendre une fille devrait l'étrangler aussitôt après sa naissance, pour que la honte ne forçât pas un jour la porte de sa maison, dit-il en rentrant chez lui. Femme, tu n'as plus qu'une seule fille... et celle-ci est même de trop!... Tu n'as pas su garder ta fille.

Les deux vieilles et Embarka commencèrent à pleurer et à se lamenter comme sur le cadavre d'une morte, mais Si Abdallah leur imposa silence.

*

... Cependant, les deux amants avaient fui longtemps à travers la plaine stérile.

— Arrête-toi, supplia Saâdia, mon cœur est fort mais mes jambes sont brisées... Mon père est vieux et il est fier. Il ne nous poursuivra pas.

Ils s'assirent sur la terre salée et Hama Srir se mit à réfléchir. Il avait tenu parole, Saâdia était à lui, mais pour combien de temps?

Il résolut enfin, pour échapper aux poursuites, de la mener à Taïbeth, et, là, de l'épouser devant la *djemaâ* de sa tribu, sans acte de mariage.

Saâdia, lasse et apeurée s'était couchée près de son maître. Il se pencha sur elle et calma d'un baiser son cœur encore bondissant...

Quatre nuits durant ils marchèrent, mangeant les dattes et la *mella* de Hama Srir. Pendant la journée, par crainte des *deïra* et des spahis d'El Oued, ils se tenaient cachés dans les dunes.

Enfin, vers l'aube du cinquième jour, ils virent se profiler au loin les murailles grises et les coupoles basses de Taïbeth-Guéblia.

Hama Srir mena Saâdia dans la maison de ses parents et leur dit :

— Celle-ci est ma femme. Gardez-la et aimez-la à l'égal de Fathma Zohra votre fille.

Quand ils furent devant l'assemblée de la tribu, Hama Srir dit à Saâdia :

— Pour que Dieu bénisse notre mariage, il faut que ton père nous pardonne. Sans cela, lui, ta mère et ton aïeule qui m'a été secourable, pourraient mourir avec le cœur fermé sur nous. Je te mènerai dans ton pays, chez ta tante Oum el Aâz. Quant à moi, je sais ce que j'ai à faire.

Le lendemain, dès l'aube, il fit monter Saâdia, strictement voilée, sur la mule de la maison, et ils descendirent vers l'*oued* Rir.

Ils passèrent par Mezgarine Kedina pour éviter Touggourth, et furent bientôt rendus dans les jardins humides de Remirma.

Oum el Aâz était vieille. Elle exerçait la profession de sage-femme et de guérisseuse. On la vénérait et même certains hommes parmi les Rouara superstitieux la craignaient.

C'était une Riria bronzée avec un visage de momie dans le scintillement de ses bijoux d'or, maigre et de haute taille, sous ses longs voiles d'un rouge sombre. Ses yeux noirs, où le *khôl* jetait une ombre inquiétante, avaient conservé leur regard. Sévère et silencieuse, elle écouta Hama Srir et lui ordonna d'écrire en son nom une lettre au père de Saâdia.

– Si Abdallah pardonnera, dit-elle avec une assurance étrange. D'ailleurs, il ne durera plus longtemps.

Hama Srir entra dans l'oasis et découvrit un *taleb* qui, pour quelques sous, écrivit la lettre.

> Louange à Dieu seul! Le salut et la paix soient sur l'Élu de Dieu!
> Au vénérable, à celui qui suit le sentier droit et fait le bien dans la voie de Dieu, le très pieux, le très sûr, le père et l'ami, Si Abdallah bel Hadj Saäd, au *bordj* de Stah el Hamraïa, dans le Souf, le salut soit sur toi, et la miséricorde de Dieu, et sa bénédiction pour toujours! Ensuite, sache que ta fille Saâdia est vivante, et en bonne santé, Dieu soit loué! – et qu'elle n'a d'autre désir que celui de se trouver avec toi et sa mère et son aïeule et sa sœur et son frère Si Mohammed en une heure proche et bénie. Sache encore que je t'écris ces lignes sur l'ordre de ta belle-sœur, lella Oum el Aâz bent Makoub Rir'i, et que c'est dans la maison de celle-ci qu'habite ta fille. Apprends que j'ai épousé, selon la loi de Dieu, ta fille Saâdia et que je viens te demander ta bénédiction, car tout ce qui arrive arrive par la volonté de Dieu. Après cela, il n'y a que la réponse prompte et propice et le souhait de tout le bien. Et le salut soit sur toi et ta famille de la part de celui qui a écrit cette lettre, ton fils et le pauvre serviteur de Dieu :
>
> Hama Srir Ben Abderrahman Cherif.

Quand cette lettre parvint au vieil Abdallah, illettré, il se rendit à Guémar, à la *zaouïya* de Sidi Abd-el-Kader. Un *mokaddem* lui lut la lettre, puis, le voyant fort perplexe, lui dit :

– Celui qui est près d'une fontaine ne s'en va pas sans boire. Tu es près de notre *cheikh* et tu ne sais que faire : va-t'en lui demander conseil.

Abdallah consulta donc le *cheikh* qui lui dit :

– Tu es vieux. D'un jour à l'autre Dieu peut te rappeler à lui, car nul ne connaît l'heure de son destin. Il vaut mieux laisser comme héritage un jardin prospère qu'un monceau de ruines.

Alors, obéissant au descendant de Djilani et son représentant sur la terre, Si Abdallah ploya sous sa doctrine et pria le *mokaddem* de composer une lettre de pardon pour le ravisseur.

> ... Et nous t'informons par la présente que nous avons pardonné notre fille Saâdia! Dieu lui accorde la raison, et que nous appelons la bénédiction du Seigneur sur elle, pour toujours. Amin! Et le salut soit sur toi de la part du pauvre, du faible serviteur de Dieu :
>
> Abdallah bel Hadj.

La lettre partit.

Oum-el-Aâz, silencieuse et sévère, parlait peu à Saâdia. Elle passait son temps à composer des breuvages et à deviner le sort par des moyens étranges, se servant d'omoplates de moutons tués à la fête du printemps, de marc de café, de petites pierres et des entrailles des bêtes fraîchement saignées.

— Abdallah pardonne, avait-elle dit à Hama Srir, après avoir consulté ses petites pierres, mais il ne durera plus longtemps... son heure est proche.

Saâdia était devenue songeuse. Un jour, elle dit à son époux :

— Mène-moi dans le Souf. Je dois revoir mon père avant qu'il meure.

— Attends sa réponse.

La réponse arriva. Hama Srir fit de nouveau monter Saâdia sur la mule de la maison, et ils prirent la route du nord-est, traversant le *chott* Mérouan desséché.

Au *bordj* de Stah-el-Hamraïa, la *diffa* fut servie et l'on fit grande fête, et il ne fut parlé de rien puisque l'heure des explications était passée.

Le cinquième jour, Hama Srir ramena sa femme à Remirma...

Le mois suivant, en *redjeb,* une lettre de Stah-el-Hamraïa annonçait à la vieille Oum-el-Aâz que son beau-frère venait d'entrer dans la miséricorde de Dieu.

— Tous les mois je descends à Remirma, pour voir ma femme, me dit Hama Srir en terminant son récit. Dieu ne nous a pas donné d'enfants.

Un instant, très pensif, il garda le silence, puis il ajouta plus bas, avec un peu de crainte :

— Peut-être est-ce parce que nous avons commencé dans le *haram* (le péché, l'illicite). Oum el-Aâz le dit... Elle sait.

* * *

... Il était très tard déjà, et les constellations d'automne avaient décliné sur l'horizon. Un grand silence solennel régnait au désert. Nous nous étions roulés dans nos *burnous*, près du feu éteint, et nous rêvions – lui, le nomade dont l'âme ardente et vague était partagée entre la jouissance de sa passion triomphante et la crainte des sorts, la peur des ténèbres, et moi, la solitaire, que son idylle avait bercée. – Et je songeais au tout-puissant amour qui domine toutes les âmes, à travers le mystère des destinées !

NOTE

L'une des rares nouvelles où l'auteur est au centre de son récit, *Dans la dune* permet de comprendre comment I.E. vivait à El Oued auprès des nomades. Moments de bonheur intense où se réalise son intrépide désir de « vivre libre au désert ».

Ce genre de chevauchées où Mahmoud échappe à la surveillance des militaires ne peut que renforcer leur suspicion. Une lettre anonyme vient de la dénoncer au bureau arabe comme une aventurière « capable de menées anti-françaises ». On sait qu'à cette époque I.E. a enquêté autour d'El Oued sur les causes de la mort, quatre ans auparavant, d'un explorateur français, le marquis de Morès, dont les agissements au Sahara avaient vivement contrarié le gouvernement.

A notre connaissance *Dans la dune* n'a été publiée qu'à titre posthume dans un ensemble intitulé *Choses du Sahara* (*Akhbar*, 7 mai 1905) puis reprise pour *Dans l'ombre chaude de l'islam*, *op. cit.*

Le Major

Tout, dans cette Algérie, avait été une révélation pour lui... une cause de trouble – presque d'angoisse. Le ciel trop doux, le soleil trop resplendissant, l'air où traînait comme un souffle de langueur, qui invitait à l'indolence et à la volupté très lente, la gravité du peuple vêtu de blanc, dont il ne pouvait pénétrer l'âme, la végétation d'un vert puissant, contrastant avec le sol pierreux, gris ou rougeâtre, d'une morne sécheresse, d'une apparente aridité... et puis quelque chose d'indéfinissable, mais de troublant et d'enivrant, qui émanait il ne savait d'où, tout cela l'avait bouleversé, avait fait jaillir en lui des sources d'émotion dont il n'eût jamais soupçonné l'existence.

En venant ici, par devoir, comme il avait étudié cette médecine qui devait faire vivre sa mère aveugle, ses deux sœurs et son petit frère frêle, comme il avait vécu et pensé jusqu'alors, il s'était soumis à la nécessité, simplement, sans entraînement, sans attirance pour ce pays qu'il ignorait.

Cependant, depuis qu'il avait été désigné, il n'avait voulu rien lire, sans savoir de ce pays où il devait transporter sa vie silencieuse et calme, et son rêve triste et restreint, sans tentatives d'expression, jamais.

Il verrait, indépendant, seul, sans subir aucune influence.

Dès son arrivée, il avait dû écouter les avertissements de ses nouveaux camarades qui le fêtaient et qu'il devinait ironiques, protecteurs, dédaigneux de sa jeunesse inexpérimentée, soucieux surtout de leurs effets et de l'épater... Indifférent, il écouta leurs plaintes et leurs critiques : pas de société, rien à faire, un morne ennui. Un pays sans charme, les Algériens brutaux et uniquement préoccupés du gain, les indigènes répugnants, faux, sauvages, au-dessous de toute critique, ridicules...

Tout cela lui fut indifférent et il n'en acquit qu'une connaissance de ces mêmes camarades avec lesquels il devait vivre...

Puis, un jour, brusquement, enfant des Alpes boisées et verdoyantes, des horizons bornés et nets, il était entré dans la grande plaine, vague et indéfiniment semblable, sans premiers plans, presque sans rien qui retînt le regard.

Ce lui fut d'abord un malaise, une gêne. Il sentait tout l'infini, tout l'imprécis de cet horizon entrer en lui, le pénétrer, alanguir son âme et comme l'embrumer, elle aussi, de vague et d'indicible. Puis, il sentit tout à coup combien son rêve s'élargissait, s'étendait, s'adoucissait en un calme immense, comme le silence environnant. Et il vit la splendeur de ce pays, la lumière seule, triomphante vivifiant la plaine, le sol lépreux, en détruisant à chaque instant la monotonie... La lumière, âme de cette terre âpre, était ensorcelante. Il fut près de l'adorer, car en la variété prodigieuse de ses jeux, elle lui sembla consciente.

Il connut la légèreté gaie, l'insouciance calme dans les ors et les lilas diaphanes des matins... L'inquiétude, le sortilège prenant et pesant, jusqu'à l'angoisse, des midis aveuglants, où la terre, ivre, semblait gémir sous la caresse meurtrissante de la lumière exaspérée... La tristesse indéfinissable, douce comme le renoncement définitif, des soirs d'or et de carmin, préparant au mystère menaçant des nuits obscures et pleines d'inconnu, ou claires comme une aube imprécise, noyant les choses de brume bleue.

Et il aima la plaine.

Des dunes incolores, accumulées, pressées, houleuses, changeant de teintes à toutes les heures, subissant toutes les modifications de la lumière, mais immobiles et comme endormies en un rêve éternel, enserraient le *ksar* incolore, dont les innombrables petites coupoles continuaient leur moutonnement innombrable.

De petites rues tortueuses, bordées de maisons de plâtre caduques, coupées de ruines, avec parfois l'ombre grêle d'un dattier cheminant sur les choses, obéissant elles aussi à la lumière, de petites places aboutissant à des voies silencieuses qui s'ouvraient brusquement, décevantes, sur l'immensité incandescente du désert... Un *bordj* tout blanc, isolé dans le sable et de la terrasse duquel on voyait la houle infinie des dunes, avec, dans les creux profonds, le velours noir des dattiers... Çà et là, une armature de puits primitif, une grande poutre dressée vers le ciel, inclinée, terminée par une corde, comme une ligne de pêcheur géante... Dominant tout, au sommet de la colline, une grande tour carrée, d'une blancheur tranchant sur les transparences ambiantes et qui scintillait au milieu du jour, aveuglante, gardant le soir les derniers rayons rouges du couchant : le minaret de la *zaouïya* de Sidi Salem.

Alentour, cachés dans les dunes, les villages esseulés, tristes et caducs, dont les noms avaient pour Jacques une musique étrange : El-Bayada, Foum-Sahheuïme, Oued-Allenda, Bir-Araïr...

La première sensation, poignante jusqu'à l'angoisse, fut pour Jacques celle de l'emprisonnement dans tout ce sable, derrière toutes ces solitudes que, pendant huit jours, il avait traversées, qu'il avait cru comprendre et qu'il avait commencé à aimer...

Voilà que, maintenant, tout cet espace qui le séparait de Biskra, où il avait quitté les derniers aspects un peu connus, un peu familiers, tout cela lui semblait prenant, tyrannique, hostile jusqu'à la désespérance presque...

Un capitaine, deux lieutenants des affaires indigènes, un officier de tirailleurs et le sous-lieutenant de spahis, vieil Arabe, momie usée sous le harnais, tels étaient ses nouveaux compagnons... Dès son arrivée auprès d'eux, un grand froid avait serré son cœur. Ils étaient courtois, ennuyés et loin de lui, si loin... Et il s'était trouvé seul, lamentablement, dans l'angoisse de ce pays qui, maintenant, l'effrayait. Silencieux, obéissant toujours dans ses rapports avec les hommes à la première impression instinctive qu'il sentait juste, il se renferma en lui-même. On le jugea maussade et insignifiant, ce pâle blond aux yeux bleus, dont le regard semblait tourné en dedans. Ce qui acheva de les séparer, ce fut que tout de suite il se sentit leur supérieur grâce à son intellectualité développée, tout en profondeur, avec son éducation soignée, délicate.

Il étudia, consciencieusement, la langue rauque et chantante dont, tout de suite, il avait aimé l'accent, dont il avait saisi l'harmonie avec les horizons de feu et de terre pétrifiée...

Comme cela, il leur parlerait, à ces hommes qui, les yeux baissés, le cœur fermé farouchement, se levaient soumis, et le saluaient au passage.

— Les indigènes, quels qu'ils soient, sont tenus de saluer tout officier, avait dit le capitaine Malet, aussi raide et aussi résorbé par le métier de dureté que Rezki le *turco*.

— Je vous engage à ne jamais rapprocher ces gens de vous, à les tenir à leur juste place. De la sévérité, toujours sans défaillance... C'est le seul moyen de les dompter.

Dur, froid, soumis aveuglément aux ordres venant de ses chefs, sans jamais un mouvement spontané ni de bonté, ni de cruauté, impersonnel, le capitaine Malet vivait depuis quinze ans parmi les indigènes, ignoré d'eux et les ignorant, rouage parfait dans la grande machine à dominer. De ses aides, il exigeait la même impersonnalité, le même froid glacial...

Jacques, dès les premiers jours, s'insurgea, voulant être lui-même et agir selon sa conscience qui, méticuleuse, lui prépara des mécomptes, des désillusions et une incertitude perpétuelle.

Le capitaine haussa les épaules.

– Voilà, dit-il à son adjoint, une nouvelle source d'ennuis. L'autre (son prédécesseur) se pochardait et nous rendait ridicules... Celui-là vient faire des innovations, tout bouleverser, juger, critiquer... Je parie qu'il est imbu d'idées *humanitaires*, sociales et autres... du même genre. Heureusement qu'il n'est que médecin et qu'il n'a pas à se mêler de l'administration... Mais c'est embêtant quand même... A tout prendre, l'autre valait mieux... Moins encombrant. Aussi pourquoi nous envoie-t-on des gosses! Si au moins c'étaient des Algériens...

Et le capitaine s'attacha dès lors à montrer franchement, froidement au docteur sa désapprobation absolue. Cela attrista Jacques. S'il ne se soumettait plus au jugement des hommes, il souffrait encore de leur haine, sinon de leur mépris.

De plus en plus ce qui, dans ses rapports avec les hommes, lui répugnait le plus, c'était leur vulgarité, leur souci d'être, de penser et d'agir comme tout le monde, de ressembler aux autres et d'imposer à chacun leur manière de voir, impersonnelle et étroite.

Cette mainmise sur la liberté d'autrui, cette ingérence dans ses pensées et ses actions l'étonnaient désagréablement... Non contents d'être inexistants eux-mêmes, les gens voulaient encore annihiler sa personnalité à lui, réglementer ses idées, enrayer l'indépendance de ses actes... Et, peu à peu, de la douceur primordiale, un peu timide et avide de tendresse de son caractère, montaient une sourde irritation, une rancœur et une révolte. Pourquoi admettait-il, lui, la différence des êtres, pourquoi eût-il voulu pouvoir prêcher la libre et féconde éclosion des individualités, en favoriser le développement intégral, pourquoi n'avait-il aucun désir de façonner les caractères à son image, d'emprisonner les énergies dans les sentiers qu'il lui plaisait de suivre et pourquoi, chez les autres, cette intolérance, ce prosélytisme tyrannique de la médiocrité?

Très vite, l'éducation de son esprit et de son caractère se faisait, dans ce milieu si restreint où il voyait, comme en raccourci, toutes les laideurs qui, ailleurs, lui eussent échappé, éparpillées dans la foule bigarrée et mobile.

Pourtant, le grand trouble qu'avait introduit dans son âme la révélation, sans transition, de ce pays si dissemblable au sien, se calmait
lentement, mais sensiblement. Là où il avait d'abord éprouvé un
trouble intense, douloureux, il commençait à apercevoir des trésors
de paix bienfaisante et de féconde mélancolie.

Tout d'abord, il n'avait pas voulu *visiter* le pays où pour dix-huit
mois au moins, il était isolé. Du touriste, il n'avait ni la curiosité ni la
hâte. Il préférait découvrir les détails lentement, peu à peu, au
hasard de la vie et des promenades quotidiennes, sans but et sans
intention. Puis de cette accumulation progressive d'impressions,
l'ensemble se formerait en son esprit, surgirait tout seul, tout naturellement.

Ainsi, il avait organisé sa vie, pour moins souffrir et plus penser...

Au lendemain de son arrivée, il avait dû aller, le matin, au bureau
arabe pour visiter les malades civils, les indigènes. Un jeune tirailleur, d'une beauté féminine, aux longs yeux d'ombre et de langueur,
lui servait d'interprète. Un caporal infirmier, face rubiconde et
réjouie, un peu goguenarde, l'assistait.

Dans une cour étroite et longue, une vingtaine d'indigènes attendaient, accroupis, en des poses patientes, sans hâte.

Quand Jacques parut, les malades se levèrent, quelques-uns péniblement, et saluèrent militairement gauches.

Les femmes, cinq ou six, élevèrent leurs deux mains ouvertes dis-
gracieusement au-dessus de leur tête courbée comme pour demander grâce.

Dans le regard de ces gens, il discerna clairement de la crainte,
presque de la méfiance.

Le groupe des hommes en *burnous* terreux, faces brunes, aux
traits énergiques, aux yeux ardents abrités de voiles sales et
déchirés... Celui des femmes, plus sombre. Faces ridées, édentées de
vieilles, avec un lourd édifice de tresses de cheveux blancs rougis au
henné, de tresses de laine rouge, d'anneaux et de mouchoirs... Faces
sensuelles et fermées de jeunes filles, aux traits un peu forts, mais
nets et harmonieux, au teint obscur, yeux très grands étonnés et
craintifs... Le tout, enveloppé de *mlhafa* d'un bleu sombre, presque
noir, drapé à l'antique.

Attentivement, corrigeant par la douceur de son regard, par la
bonhomie affectueuse et rassurante de ses manières la brusquerie
que donnait à ses interrogations le tirailleur interprète, Jacques exa-
mina ses malades, pitoyable devant toute cette misère, toute cette
souffrance qu'il devait adoucir. La visite fut longue... Il remarqua
l'étonnement ironique du caporal... Le tirailleur était impassible.

Cependant, malgré l'attitude nouvelle pour eux de ce docteur, les indigènes ne s'ouvrirent pas, n'allèrent pas au-devant de lui. Des siècles de méfiance et d'asservissement étaient entre eux.

Et en s'en allant, Jacques sentit bien que la besogne dont il voulait être l'humble ouvrier était immense, écrasante... Mais il ne se laissa pas décourager : si tous les bras retombaient impuissants devant l'œuvre à accomplir, si personne ne donnait le bon exemple, le mal triompherait toujours, incurable. Et puis Jacques croyait en la force vive de la vérité, en la bonne vertu rédemptrice du travail.

Au quartier, à l'hôpital, il rencontra les mêmes faces fermées et dures, semblables à celle de son ordonnance, raidie, sortie de l'humanité. La pauvreté de leur vie, sans même une façade, le frappa : le service machinal, un petit nombre de mouvements et de gestes toujours les mêmes à répéter indéfiniment, par crainte d'abord, puis par habitude. En dehors de cela, de la vie réelle, personnelle, on leur avait laissé deux choses : l'abrutissement de l'alcool et la jouissance immédiate, à bon marché, à la maison publique. Là, dans ce cercle étroit, se passaient les années actives de leur vie...

... Huit créatures pâlies, fanées, assises sur des banquettes de pierre, devant une sorte de cabaret... Des vêtements clairs, tachés, déchirés, salis, mais violemment parfumés. Des chairs flasques, couturées, usées à force d'être pétries par des mains brutales, aux vermineux matelas de laine, et, pour quelques sous, une étreinte souvent lasse subie par nécessité, sans aucun écho, sans une vibration de chair amie... Des bouteilles de liquides violents, procurant une chaleur d'emprunt, une fausse joie qu'ils ne trouvaient pas en eux, tel était le coin de vie personnelle où se réfugiaient ces hommes qui, pour la sécurité du pain et de la paillasse, vendaient leur liberté, la dernière des libertés humaines : aller où l'on veut, choisir le fossé où l'on subira les affres de la faim, la morsure du froid...

Jacques, naïvement, crut compatir à leur souffrance, leur attribuant les sensations que lui donnait, à lui, leur vie... Il crut que leurs récriminations constantes contre leur sort étaient le résultat de la conscience de leur misérable situation... Puis il fut étonné et troublé de voir qu'ils ne souffraient pas de vivre ainsi... « Chien de métier », « Vie trois fois maudite ! » disaient-ils... « Encore tant de jours à tirer... » Ils comptaient les jours de misère... Puis, rendus à la liberté à la fin de leur « congé », ils rengageaient, sans broncher... Si, par hasard, ils s'en allaient au bout de six mois, gênés, errant dans la vie, ils revenaient, remettaient leur nuque docile sous le joug... Et Jacques les plaignit d'être ainsi, de ne pas souffrir de leur déchéance et de leur servitude.

Jacques avait rêvé du rôle civilisateur de la France, il avait cru qu'il trouverait dans le *ksar* des hommes conscients de leurs missions, préoccupés d'améliorer ceux que, entièrement, ils administraient... Mais, au contraire, il s'aperçut vite que le système en vigueur avait pour but le maintien du *statu quo*.

Ne provoquer aucune pensée chez l'indigène, ne lui inspirer aucun désir, aucune espérance surtout d'un sort meilleur. Non seulement ne pas chercher à les rapprocher de nous, mais, au contraire, les éloigner, les maintenir dans l'ombre, tout en bas... Rester leurs gardiens et non pas devenir leurs éducateurs.

Et n'était-ce pas naturel? Puisque dans leur élément naturel, à la caserne, ces gens ne cherchaient jamais à s'élever un peu vers eux, à rapprocher d'un type un peu humain la masse d'en bas, la foule impersonnelle, puisqu'ils étaient habitués à être là pour empêcher toute manifestation d'indépendance, toute innovation, comment, appelés par un hasard qu'ils pouvaient qualifier de bien-heureux, car il servait à la fois tous leurs intérêts et leur ambition, à *gouverner* des civils, doublement étrangers à leur vie, comme *pékins* [1] d'abord, comme indigènes ensuite, comment n'eussent-ils pas été fidèles à leur critérium du devoir militaire : niveler les individualités, les réduire à la subordination la plus stricte, enrayer un développement qui les amènerait certainement à une moindre docilité?

Et il concluait : Non, ce n'est pas leur métier de gouverner des civils... Non, ils ne seront jamais des éducateurs... Chacun d'entre eux, en s'en allant, laissera les choses dans l'état où il les avait trouvées à son arrivée, sans aucune amélioration, en mettant les choses au mieux. C'est le règne de la stagnation, et ces territoires militaires sont séparés du restant du monde, de la France vivante et vibrante, de la vraie Algérie elle-même, par une muraille de Chine que l'on entretient, que l'on voudrait exhausser encore, rendre impénétrable à jamais, fief de l'armée, fermé à tout ce qui n'est pas elle.

Et une grande tristesse l'envahissait à la pensée de cette besogne qui eût pu être si féconde et qui était gâchée.

Ce qui augmentait encore l'amertume de son mécontentement, c'était son impuissance personnelle à rien améliorer dans cet état de choses dont il voyait clairement le danger social et national.

Occupant une situation infime dans la hiérarchie qui dominait tout, qui était la base de tout, placé *à côté* de ce bureau arabe omnipotent, n'ayant aucune autorité, il devait rester dans son rôle de spectateur inactif.

1. *Pékins* : civils en argot militaire. *(Note d'I.E.)*

Au début, il avait bien essayé de parler, à la popote, mais il s'était heurté au parti pris inébranlable, à la conviction sincère et obstinée de ces gens et aussi, ce qui le fit taire, à leur ironie.

« Vous êtes jeune, docteur, et vous ignorez tout de ce pays, de ces indigènes... Quand vous les connaîtrez, vous direz comment nous. » Le capitaine Malet avait prononcé ces paroles sur un ton de condescendance ironique qui avait glacé Jacques.

*
**

Depuis qu'il commençait à comprendre l'arabe, à savoir s'exprimer un peu, il aimait à aller s'étendre sur une natte, devant les cafés maures, à écouter ces gens, leurs chants libres comme leur désert et comme lui, insondablement tristes, leurs discours simples. Peu à peu, les Souafas commençaient à s'habituer à ce *roumi*, à cet officier qui n'était pas dur, pas hautain, qui leur parlait avec un si franc sourire, qui s'asseyait parmi eux, qui, d'un geste les arrêtait quand ils voulaient se lever à son approche pour le saluer...

Pourquoi était-il comme ça? Ils ne le savaient pas, ne le comprenaient pas. Mais ils le voyaient secourable à toutes leurs misères, combattant patiemment, pas à pas, leur méfiance, leur ignorance. Les malades, rassurés par la réputation de bonté du docteur, affluaient au bureau arabe, s'adressaient à lui au cours de ses promenades, troublaient sa rêverie sur les nattes des cafés... Au lieu de s'impatienter, il constatait ce qu'il y avait là de progrès et se réjouissait. La difficulté de sa tâche ne le rebutait pas, ni l'ingratitude de beaucoup.

Son heure de repos délicieux, de rêve doucement mélancolique était celle du soir, au coucher du soleil. Il s'en allait dans un petit café maure, presque en face du bureau arabe, et là, étendu, il regardait la féerie chaque jour renaissante, jamais semblable, de l'heure pourpre.

En face de lui, les bâtiments laiteux du *bordj* se coloraient d'abord de rose, puis, peu à peu, ils devenaient tout à fait rouges, d'une teinte de braise, inouïe, aveuglante... Toutes les lignes, droites ou courbes, qui se profilaient sur la pourpre du ciel, semblaient serties d'or... Derrière, les coupoles embrasées de la ville, les grandes dunes flambaient... Puis, tout pâlissait graduellement, revenait aux teintes roses, irisées... Une brume pâle, d'une couleur de chamois argenté, glissait sur les saillies des bâtiments, sur le sommet des dunes. Des renfoncements profonds, des couloirs étroits entre les dunes, les ombres violettes de la nuit rampaient, remontaient vers les sommets flamboyants, éteignaient l'incendie... Puis, tout sombrait dans une pénombre bleu marine, profonde.

Alors, du grand minaret de Sidi Salem et de petites terrasses des autres mosquées délabrées, la voix des *mueddine* montait, bien rauque et bien sauvage déjà, traînante. Avec cette voix de rêve, les dernières rumeurs humaines de la ville sans pavés, sans voitures, se taisaient et, tous les soirs, une petite flûte bédouine se mettait à susurrer une tristesse infinie, *définitive*, là-bas, dans les ruelles en ruines des Messaaba, dans l'ouest d'El Oued.

Jacques rêvait.

Il aimait ce pays maintenant. A son besoin jeune d'activité, sa tâche journalière suffisait... Et toute l'immense tristesse, tout le mystère qui est le charme de ce pays contentaient son besoin de rêve...

Jacques était resté, par goût d'une certaine esthétique morale, et par timidité aussi, très chaste. Mais ici, bien plus que là-bas, en France, dans l'alanguissement de cette vie monotone, dans sa solitude d'âme, il éprouvait le grand trouble de ses sens avides. Il n'avait pas prévu cela... Cependant, d'abord, le désir qui, chez lui, exacerbait l'intensité de toutes les sensations, lui fut doux, quoique inassouvi. Il entretenait son âme ouverte à toutes les extases, à tous les frissons.

Mais, bientôt, ses nerfs surexcités se lassèrent de cette tension anormale, épuisante, et Jacques sentit une irritation sans cause, un énervement invincible l'envahir, troubler sa douce quiétude.

Il se fâcha contre lui-même, lutta contre cette excitation dont il ne se dissimulait pas la nature, presque toute matérielle.

Puis, un soir, il errait, lentement et sans but, dans une ruelle des Achèche, dans le nord d'El Oued, où toutes les maisons étaient en ruine et semblaient inhabitées. Il aimait ce coin de silence et d'abandon. Les habitants étaient morts sans laisser d'héritiers ou étaient partis au désert, à Ghadamès, à Bar-es-Sof ou plus loin... La nuit tombait et Jacques, assis sur une pierre, rêvait.

Soudain, il aperçut dans l'une de ces ruines une petite lumière falote... Une voix monta, cadencée, accompagnée d'un cliquetis de bracelets... Une voix de femme qui, doucement, chantait... Cela semblait une incantation, tellement il y avait de mystérieuse tristesse dans le rythme de ce chant... Le vent éternel du Souf bruissait dans les décombres et, dans son souffle tiède, une senteur de benjoin glissa.

Le chant se tut et une femme parut sur le seuil d'une maison un peu moins caduque que les autres. Grande et mince sous sa *mlhafa* noire, elle s'accouda au mur, gracieuse. A la pâle lueur encore vaguement violacée, Jacques la vit. Un peu flétrie, comme lasse, elle était très belle, d'une beauté d'idole.

Elle le vit et tressaillit. Mais elle ne rentra pas... Longtemps, ils se regardèrent, et Jacques sentit un trouble indicible l'envahir.

– *Arouah!*... dit-elle, très bas. (Viens!)

Et il s'approcha, sans une hésitation.

Elle le prit par la main et le guida dans l'obscurité des ruines, vers la petite lumière suspendue à un crochet de fer fiché dans un mur; une petite lampe de forme très ancienne brûlait, vacillante : une sorte de petite cassolette carrée en fer où nageait dans l'huile une mèche grossière. Sur une petite cour intérieure, deux pièces encore habitables s'ouvraient. Dans un coin, sur un feu de braise, une marmite d'eau bouillait. Un grand chat noir, frileusement roulé en boule, rêvait dans la lueur rouge du feu, avec un petit ronron de béatitude.

La femme avait fait asseoir Jacques sur le seuil de la chambre et restait debout devant lui, silencieuse. Jacques lui prit les mains. Les siennes tremblaient et il sentait sa tête tourner, délicieusement. De sa poitrine oppressée une douce chaleur remontait à sa gorge, presque étouffante... Jamais il n'avait éprouvé une ivresse de volupté aussi aiguë et il eût voulu prolonger indéfiniment cette délicieuse torture. Mais, sans savoir, il balbutia :

– Mais... qui es-tu donc? Et comment es-tu ici?

Elle s'appelait Embarka, *la Bénie*. Son mari, pauvre cultivateur de la tribu des Achèche, était mort... Elle, orpheline, n'avait plus qu'un frère, porteur d'eau dans les grandes villes du Tell, elle ne savait plus au juste où. Elle, restée seule, s'était laissée aller avec des tirailleurs et des spahis; elle était sortie et avait bu avec eux. Alors, comme personne ne voulait plus d'elle pour épouse, elle s'était réfugiée là, dans la vieille maison de son frère et y vivait avec sa tante aveugle. Pour leur nourriture, elle se prostituait. Maintenant, elle craignait le Bureau arabe... Ça dépendait de lui, le *toubib*, et elle le supplia de ne pas la faire entrer à la maison publique, de garder son secret. Jacques la rassura... Embarka parlait peu. Son récit avait été simple et bref... Elle semblait inquiète.

Elle quitta Jacques pour aller boucher l'entrée avec des planches et des pierres : parfois, les soldats venaient, la nuit...

Puis, elle revint, et transporta la petite lampe dans la chambre vide et nue : sur la table, une natte et quelques chiffons composaient tout le mobilier. Là, tout à coup, le bonheur, presque celui dont il avait rêvé... Et la vie lui semblait très simple et très bonne.

***

Embarka, dans l'intimité, était restée silencieuse, discrète, d'une soumission absolue, sans s'ouvrir pourtant. Et cette ombre de mystère dont elle s'enveloppait inconsciemment, loin d'inquiéter Jacques, le charmait. Quand elle le voyait rêver, elle gardait le silence, accroupie dans la petite cour ou vaquant aux travaux de son ménage. Ou bien, elle chantait, et cette voix lente, lente, douce et un peu nasillarde était comme la cadence de son rêve, à lui.

Il venait là, tous les soirs, désertant l'ennuyeuse popote, et la demeure de cette prostituée arabe était devenue son foyer. Lui était-elle fidèle ? Il n'en doutait pas.

Dès le premier jour, elle avait accepté ce nouveau genre de vie, sans une surprise, sans une hésitation. Elle ne manquait de rien. Le soir, les soldats ivres ne venaient plus acheter son amour et le droit de la battre, de la faire souffrir pour quelques sous. Embarka était heureuse.

Au quartier et au bureau arabe, Jacques constatait beaucoup de progrès. Plus de sombre méfiance dans les regards, plus de crainte mêlée de haine farouche. Et il croyait sincèrement avoir gagné tous ces hommes.

Il y avait bien un peu de négligence, chez eux, à son égard. Ils étaient moins empressés à le servir, moins dociles, désobéissant souvent à ses ordres, et l'avouant sans peur, car il ne voulait pas user du droit de punir.

Jacques était trop clairvoyant pour ne pas distinguer tout cela. Mais n'était-ce pas naturel ? Si ces hommes étaient soumis à ses camarades, jusqu'à l'abdication complète de toute volonté humaine, c'était la peur qui les y contraignait. On était plus empressé à les servir qu'à lui obéir, à lui... Mais on le faisait aussi à contrecœur. Tandis qu'envers lui, même les services de Rezki, si raide, si figé, ressemblaient à des *prévenances*. Même dans la lutte constante qu'il avait à soutenir contre la mauvaise volonté des indigènes qui ne voulaient pas suivre ses prescriptions, ni surtout améliorer leur hygiène,

Jacques avait remporté quelques victoires. Il avait acquis l'amitié des plus intelligents d'entre eux, les *marabouts* et les *taleb*. Par son respect de leur foi, par son visible désir de les connaître, de pénétrer leur manière de voir et de penser, il avait gagné leur estime qui lui ouvrit beaucoup d'autres cœurs, plus simples et plus obscurs.

Pourquoi régner par la terreur? Pourquoi inspirer de la crainte qui n'est qu'une forme de répugnance, de l'horreur? Pourquoi tenir absolument à l'obéissance aveugle, passive? Jacques se posait ces questions et, sincèrement, tout ce système d'écrasement le révoltait. Il ne voulut pas l'adopter.

Un jour, le capitaine fit appeler le docteur dans son bureau.

– Écoutez, mon cher docteur! Vous êtes très jeune, tout nouveau dans le métier... Vous avez besoin d'être conseillé... Eh bien! je regrette beaucoup d'avoir à vous le dire, mais vous ne savez pas encore très bien vous orienter ici. Vous êtes d'une indulgence excessive avec les hommes... Vous comprenez, comme commandant d'armes, je dois veiller au maintien de la discipline...

« Mais c'est encore moins grave que votre attitude vis-à-vis des indigènes civils. Vous êtes beaucoup trop familier avec eux; vous n'avez pas le souci constant et nécessaire d'affirmer votre supériorité, votre autorité sur eux. Croyez-moi, ils sont tous les mêmes, ils ont besoin dêtre dirigés par une main de fer. Votre attitude pourra avoir dans la suite les plus fâcheuses conséquences... Elle pourrait même jeter le trouble dans ces âmes sauvages et fanatiques. Vous croyez à leurs protestations de dévouement, à la prétendue amitié de leurs chefs religieux... Mais tout cela n'est que fourberie... Méfiez-vous... Méfiez-vous! Moi, c'est d'abord dans votre intérêt que je vous dis cela. Ensuite, je dois prévoir les conséquences de votre attitude... Vous comprenez, j'ai ici toute la responsabilité! »

Blessé profondément, ennuyé surtout, Jacques eut un mouvement de colère et il exprima au capitaine, ahuri d'abord, assombri ensuite, ses idées, tout ce qui résultait de ses observations.

Le capitaine Malet fronça les sourcils.

– Docteur, avec ces idées, il vous est impossible de faire votre service ici. Abandonnez-les, je vous en prie. Tout cela, c'est de la littérature, de la pure littérature. Ici, avec de pareilles idées, on aurait tôt fait de provoquer une insurrection!

Devant cette morne incompréhension, Jacques se sentit pris de rage et de désespoir.

– Pensez ce que vous voudrez, docteur, mais je vous en prie, ne mettez pas en pratique ici de pareilles doctrines. Je ne puis le tolérer, d'ailleurs. Nous sommes ici si peu de Français, il semble qu'au lieu de provoquer de telles dissensions parmi nous, nous devrions nous entendre...

– Oui, pour une action utile, humaine et française! s'écria Jacques.

Hautain, le capitaine répliqua :

– Nous sommes ici pour maintenir haut et ferme le drapeau français. Et je crois que nous le faisons loyalement, ce devoir de soldats et de patriotes... On ne peut pas faire autrement sans manquer à son devoir. Nous sommes des soldats, rien que des soldats. Enfin, j'ai tenu à vous prévenir...

Jacques, troublé dans son heureuse quiétude, ennuyé et agacé, quitta le capitaine. Ils se séparèrent froidement.

Mais, fort de sa conscience, Jacques ne modifia en rien son attitude.

De jour en jour, il sentait croître l'hostilité de ses camarades. Ses rapports avec eux restaient courtois, mais ils se réduisaient au strict nécessaire. Il était de trop, il gênait.

*
* *

Alors Jacques se replia encore plus sur lui-même et la petite maison en ruine lui devint plus chère. Là, il se reposait, dans ce décor qu'il aimait; là, il était loin de tout ce qui, au *bordj*, lui rendait désormais la vie intolérable. Embarka ne le questionnait pas sur les causes de sa tristesse, mais, assise à ses pieds, elle lui chantait ses complaintes favorites ou lui souriait...

L'aimait-elle? Jacques n'eût pu le définir. Mais il ne souffrait pas de cette incertitude, parce que, d'elle, ce qui l'attirait et le charmait le plus, c'était le mystère qui planait sur tout son être. Elle était pour lui un peu l'incarnation de son pays et de sa race, avec sa tristesse, son silence, son absolue inaptitude à la gaieté et au rire... Car Embarka ne riait jamais.

Dans son sourire, Jacques découvrait des trésors de tristesse et de volupté. D'ailleurs, il l'aimait ainsi inexpliquée, inconnue, car il avait ainsi l'enivrante possibilité d'aimer en elle son propre rêve...

Dans d'autres conditions, avec une plus grande habitude du pays et de la race arabe, et surtout si leur étrange amour avait commencé plus simplement, Jacques eût peut-être vu Embarka sous un autre jour...

Peu à peu, Jacques redevint calme et vaillant, oubliant l'avertissement du capitaine, dont il n'avait pas même soupçonné la menace.

Et, voluptueusement, il se laissa vivre.

Il y avait cinq mois déjà qu'il était là. Il savait maintenant parler la langue du désert, il connaissait ces hommes qui, au début, lui avaient semblé si mystérieux et qui, après tout, n'étaient que des hommes comme tous les autres, ni pires, ni meilleurs, *autres* seulement. Et justement, ce qui faisait que Jacques les aimait, c'était qu'ils étaient *autres*, qu'ils n'avaient pas la forme de vulgarité lourde qu'il avait tant détestée en Europe.

Et l'horizon de sable gris enserrant la ville grise n'angoissait plus Jacques : son âme communiait avec l'infini.

* *
*

A l'aube claire et gaie, dans la délicieuse fraîcheur du vent léger, Jacques quittait les ruines. Une joie infinie dilatait sa poitrine. Il marchait allégrement, ivre de vie et de jeunesse, dans les rues qui s'éveillaient. Ce pays qu'il aimait lui semblait tout nouveau, comme si un voile, qui l'eût recouvert jusqu'ici, eût été brusquement retiré. El Oued, dans son cadre immuable de dunes, apparut à Jacques d'une splendeur insoupçonnée encore.

Oh! rester là, toujours, ne plus s'en aller jamais, accomplir la bonne besogne pénible à la fois et captivante de son apostolat; puis, à d'autres heures, s'abandonner à toutes les délicates douceurs de la contemplation. Enfin, dans la tiédeur de cet amour qu'il n'avait pas cherché... Jacques n'eût pu dire ce qu'il pensait de cette aventure, de cette femme, de ce qui résulterait de tout ce rêve à peine ébauché; il ne voulait pas analyser ses sensations. Quand, par hasard, il songeait à mettre un peu d'ordre dans ces impressions nouvelles, ses idées se pressaient, touffues, rapides jusqu'à l'incohérence, et il préférait se laisser vivre de sa tristesse, de son grand calme que rien ne venait troubler jamais...

Il lui semblait que, dans ce pays, les jours et les mois s'écoulaient plus doucement, plus harmonieusement qu'ailleurs. Sa nervosité s'était calmée et son âme s'exhalait dans le silence des choses, tout en douceur, sans souffrance. Il voyait bien qu'il devenait peu à peu, insensiblement, enclin à une moindre activité, mais il s'abandonnait voluptueusement...

Il avait résolu de demander à rester là, toujours, car il n'éprouvait plus aucun désir de revoir des villes, des hommes d'Europe, ni même de la terre ferme et humide et de la verdure.

Il aimait son Souf ardent et mélancolique et eût voulu finir là sa vie, tout en douceur, tout en beauté calme.

*   *
*

Jacques éprouva une singulière appréhension quand, vers le milieu de janvier, le capitaine lui demanda de nouveau à s'entretenir avec lui. Le chef d'annexe fut, cette fois, froid et cassant.

— Je vous ai déjà averti plusieurs fois, docteur, que votre attitude n'est pas celle qui convient à votre rang et à vos fonctions. Non seulement, dans vos rapports avec les hommes et avec votre clientèle indigène, vous n'avez tenu aucun compte de mes conseils, mais encore vous avez contracté une liaison avec une femme indigène de très mauvaise réputation. Vous en avez fait votre maîtresse, vous vivez chez elle. Actuellement, vous affichez votre liaison au point de vous promener, le soir, avec elle. Vous avouerez qu'une telle conduite est impossible. Je vous prie donc de rompre cette liaison aussi ridicule que préjudiciable à votre prestige, au nôtre à tous... Je vous en prie, rompez là. C'est un enfantillage, et il faut que cela finisse au plus vite, sinon, nous serions profondément ridicules. Vous concevez facilement combien il m'est désagréable de devoir vous parler ainsi... Mais excusez ma rudesse. Je ne puis tolérer un état de choses pareil... Songez donc ! Vous vous installez au café maure, à côté des pouilleux que vous avez déjà déshabitués de vous saluer... Vous avez des amitiés compromettantes avec des *marabouts*... Et cette liaison, cette malheureuse liaison !

Jacques protesta. Il n'était donc même plus le maître de sa vie privée, de ses actes en dehors du service ! Pourquoi d'autres officiers avaient-ils *chez eux*, dans le *bordj*, des négresses, cadeaux de chefs indigènes... Pourquoi d'autres amenaient-ils là des Européennes, d'affreuses garces sorties des mauvais lieux d'Alger ou de Constantine, qui trônaient insolemment à la poste, au cercle, même au bureau arabe, et qui exigeaient que les indigènes les plus respectables les saluassent et que les hommes de troupe leur obéissent !

— Tout cela n'entache en rien l'honorabilité de ces officiers... Les négresses, ce ne sont que des servantes, des ménagères, voilà tout. Il ne faut pas prendre les choses au tragique. Quant aux Européennes, une liaison avec l'une d'elles n'a rien de répréhensible, et il est tout naturel que les indigènes, civils ou militaires, soient astreints vis-à-vis de Françaises au plus grand respect. Vous devez voir vous-même la différence qu'il y a entre les liaisons anodines de ces officiers et la vôtre, si excentrique, si préjudiciable à votre prestige.

— La mienne est assurément plus morale et plus humaine, mon capitaine.

— Enfin, je renonce à cette pénible discussion et puisque vous voulez m'y forcer, je dois vous prévenir que si vous ne modifiez pas entièrement votre manière de vivre et d'agir, si vous ne vous conformez pas aux usages dictés par la raison et par les besoins de l'occupation, je me verrai dans l'obligation, très désagréable pour moi, de demander à mes chefs que vous soyez relevé du poste.

Jacques connaissait le caractère sec et dur du capitaine, mais il n'eût jamais songé à cette éventualité, terrible maintenant. Il rentra dans sa chambre, et resta longtemps immobile, atterré. Changer de vie, devenir comme les autres, abdiquer sa personnalité, ses convictions, devenir un automate, renoncer à la bonne œuvre commencée... chasser Embarka de sa vie... Enfin s'annihiler... Alors, à quoi bon, après, rester ici, dans cette ville qui deviendrait une prison.

Et la nécessité, cruelle comme un arrachement d'une partie de son âme et de sa chair, de s'en aller lui apparut.

Non, il ne se soumettrait pas. Il resterait lui-même...

Un morne ennui envahit son cœur. Mais, courageusement, il ne changea rien à son genre de vie.

*

Une nouvelle douleur l'attendait. Il remarqua que ses amis les *marabouts* et les chefs indigènes étaient gênés en sa présence, qu'ils ne se réjouissaient plus comme avant de ses visites, qu'ils ne cherchaient plus à le retenir, à l'attirer vers eux. Ils étaient redevenus froids et respectueux. Au café, malgré ses protestations, on se levait, on le saluait et les groupes se dispersaient à son approche.

Le charme de sa vie était rompu... De nouveau, il était un étranger... Quelque chose d'occulte et de méchant avait réveillé toutes les méfiances, toutes les craintes. Son œuvre croulait, lamentablement, encore inachevée, jetée à terre, brusquement, cruellement...

Les infirmiers étaient devenus nettement ironiques et dans leur attitude, au lieu de la bonhomie ragaillardie qu'il avait su leur laisser prendre, il y eut parfois de l'insolence, presque du mépris.

Ses amis et ses compagnons de promenades lointaines, les spahis du bureau arabe, s'étaient de nouveau retranchés dans un mutisme lourd, dans la soumission froide des premiers jours.

Restait Embarka.

Mais la certitude que tout ce rêve dont il s'était grisé depuis une demi-année prenait fin, que tout s'éboulait, que c'était l'agonie de son bonheur, avait troublé pour lui le calme de sa demeure en ruine et charmante...

Jacques y passa des heures très amères à songer à ces jours heureux, à jamais abolis, et aux causes de sa défaite.

Il comprenait qu'il avait suffi au capitaine et à ses adjoints de dire devant les chefs indigènes combien ils condamnaient l'attitude du docteur et combien sa fréquentation était peu désirable pour ses chefs pour qu'ils fussent obligés, dans leur subordination absolue, de l'abandonner...

Et une tristesse infinie serrait le cœur de Jacques. Un événement fortuit hâta l'écroulement définitif de tout ce qu'il avait édifié pour y vivre et pour y penser.

Embarka allait parfois rendre visite à une amie, mariée dans les Messaaba. Par insouciance de déclassée, elle ne se couvrait pas le visage.

Un soir qu'elle revenait de ce quartier éloigné du sien, elle fut insultée par Amor-Ben-Dif-Allah, le tenancier de la maison publique... Violente et point craintive, Embarka répondit... Les femmes de la maison se mêlèrent de la querelle et l'agent de police emmena Embarka en prison.

Convaincue de prostitution clandestine, elle fut emprisonnée pour quinze jours et inscrite sur le registre. Violemment, Jacques protesta, navré de voir son rêve finir ainsi dans la boue.

— Ah! sapristi, c'était votre maîtresse? Je n'ai pas su que c'était celle-là!... Oh! que c'est ennuyeux! s'écria le capitaine. Mais vous voyez combien j'avais raison de vous avertir! Quel scandale... A présent, tout le monde parlera de la maîtresse du docteur. Que faire en de pareilles circonstances?

« Je ne puis vous la rendre car, après une telle histoire, si vous vous remettiez avec elle, ce serait un scandale épouvantable. Ah! que ne m'aviez-vous écouté!... »

Jacques, tremblant d'émotion et de colère, répondit :

— Alors, vous allez la laisser en prison... jusqu'à quand?

— Vous savez que la prostitution est très sévèrement réglementée... Cette femme ne peut sortir de prison que pour entrer à la maison de tolérance...

— Ce n'était pas une prostituée puisqu'elle vivait maritalement avec moi!

— On l'a trouvée près de la maison publique, le visage découvert, en train de causer du scandale... Elle a été arrêtée... Les renseignements que nous avons sur elle nous prouvent qu'elle n'a jamais cessé de faire son vilain métier... entendez-vous, docteur. Cette femme ne peut vous être rendue, dans votre propre intérêt... Je vois que vous êtes excessivement romanesque... Que puis-je faire, voyons!

Le capitaine s'énervait, mais voulait garder un ton courtois et conciliant.

Tout à coup, Jacques, à qui cette discussion était affreusement pénible, prit une résolution, la seule qui lui restât.

— Alors, mon capitaine, je vais demander aujourd'hui même, par dépêche, mon changement... pour cause de santé...

Une lueur de joie passa dans le regard impénétrable du capitaine.

— Vous avez peut-être raison. Je comprends combien le séjour d'El Oued vous est pénible avec vos idées qui, je n'en doute pas, se modifieront avant peu... Nous vous regretterons certainement beaucoup, mais, pour vous, il vaut mieux vous en aller.

— Oui, enfin, je pars avec la conviction très nette et désormais inébranlable de la fausseté absolue et du danger croissant que fait courir à la cause française votre système d'administration.

Le capitaine haussa les épaules :

— Chacun a ses idées, docteur... *Après tout*, vous êtes libre.

— Oui, je veux être libre!

Et Jacques partit.

Il attendit maintenant avec impatience l'ordre de quitter ce pays qu'il aimait tant, où il eût voulu rester toujours.

Et, chose étrange, depuis qu'il savait qu'il allait partir, il semblait à Jacques qu'il avait déjà quitté le Souf, que cette ville et ce pays qui s'étendaient là, autour de lui, étaient une ville et un pays quelconques, n'importe lesquels, mais certes pas son Souf resplendissant et morne... Il regardait ce paysage familier avec la même sensation d'indifférence songeuse que l'on éprouve en regardant un port inconnu, où on n'est jamais allé, où on n'ira jamais, du pont d'un navire, lors d'une courte escale.

***
***

Au moyen d'un cadeau au *chaouch*, il put pénétrer pour un instant dans la cellule d'Embarka... Ce lui fut une nouvelle désillusion, une nouvelle rancœur : elle l'accueillit par un torrent de reproches amers, de larmes et de sanglots. Il ne l'aimait pas, lui, un officier qui pouvait tout, il l'avait laissé emprisonner, inscrire sur le registre... Et elle l'injuria, fermée, hostile, elle aussi, pour toujours.

Jacques la quitta.

*
* *

Tout était bien fini...

Il voulut revoir au moins la petite maison en ruine où il avait été si heureux.

Comme il était seul, maintenant, et comme tout ce qu'il avait cru si solide, si durable, ressemblait maintenant à ces ruines confuses, inutiles et grises!

Jacques souffrait. Résigné, il s'en allait, car il se sentait bien incapable de recommencer ici une autre vie, banale et vide de sens.

*
* *

Sous le grand ciel du printemps, limpide encore et lumineux, sous l'accablement lourd de l'été, les dunes du Souf s'étendaient, moutonnantes, azurées dans les lointains vagues... Jacques avait voulu quitter le pays aimé à l'heure aimée, au coucher du soleil. Et, pour la dernière fois, il regardait tout ce décor qu'il ne reverrait jamais et son cœur se serrait.

Pour la dernière fois, sous ses yeux nostalgiques, se déroulait la grande féerie des soirs clairs...

Quand il eut dépassé la grande dune de Si Omar et qu'El Oued eut disparu derrière la haute muraille de sable pourpré, Jacques sentit une grande résignation triste apaiser son cœur... Il était calme maintenant et il regarda défiler devant lui les petits hameaux tristes, les petites *zeribas* en branches de palmiers, les maisons à coupoles, s'allonger démesurément les ombres violacées de leurs chevaux de ces deux spahis tout rouges dans la lumière rouge du soir.

Et l'idée lui vint tout à coup que, sans doute, il était ainsi fait, que toutes ses entreprises avorteraient comme celle-là, que tous ses rêves finiraient ainsi, qu'il s'en irait exilé, presque chassé de tous les coins de la terre où il irait vivre et aimer.

En effet, il ne ressemblait pas aux *autres*, et ne voulait pas courber la tête sous le joug de leur tyrannique médiocrité.

NOTE

Dans cette longue nouvelle, où l'on trouve toute la matière d'un roman colonial, I.E. choisit de privilégier, à l'inverse de *Yasmina*, le point de vue de l'officier français. Mais il y a bien des similitudes entre les deux récits des amours tragiques d'une femme indigène avec un jeune militaire.

Lors de ses premiers voyages au Sahara, I.E. se sent proche de ces lieutenants frais émoulus des écoles, pénétrés de la mystique du désert et venus dans le bled pour contribuer à la « mission civilisatrice » de la France. Déjà, depuis Genève, elle correspondait avec l'un d'eux, Eugène Letord. Il a pu lui faire partager ses doutes et ses désillusions devant les exigences de la hiérarchie, uniquement préoccupée à maintenir l'ordre colonial.

Comme le Major, I.E. a transgressé cet ordre. Comme lui, elle a vécu à El Oued un amour clandestin, scandaleux aux yeux des Européens, avant d'en être chassée.

Le Major est l'un des textes inédits publiés dans *Contes et Paysages*, repris dans *Au pays des sables, op. cit.*

Sous le Joug

Sidi Mrarni, une gorge entre deux grandes dunes grises, une étroite vallée plantée de palmiers, où se cachent quelques pauvres maisons délabrées, en pierre brute et plâtre gris, de la couleur du désert, avec, au lieu de toits, les étranges petites coupoles qui, dans le Souf, mêlent les perspectives de villes à celles des dunes.

Ce hameau est habité par une tribu berbère, venue du Nord et qui a conservé les mœurs et le langage des Chaouiya.

Du haut des dunes un horizon s'ouvre, très vaste et très bleu. Vers l'est, une mer houleuse et immobilisée, des dunes et des dunes, à perte de vue, des dunes pointues comme des pics de rochers et des dunes rondes comme des tumuli. Par-ci par-là, dans les grisailles pâles du sable, des taches noires qui sont des jardins. Vers l'ouest, une grande plaine livide où il y a encore des coupoles disséminées et, dans le vague des sentiers, des tombeaux innombrables, sépultures essaimées au hasard, sans murs, sans ornement et sans épouvante.

Tessaadith était née là, dans la vallée, à l'ombre des dattiers, et son enfance pauvre s'était passée dans le silence des sables, que les quelques bruits du hameau ne parvenaient pas à troubler, immense et éternel.

Elle jouait avec les petits chevaux et les petits chiens, autres enfants plus sauvages et velus. Parfois, couchée à terre et pétrissant le sable pur de ses petites mains inhabiles, elle construisait des dunes où, avec des brindilles, elle plantait des jardins.

Elle aimait aussi, les soirs précédant les nuits fatidiques des vendredis, monter au coucher du soleil sur la plus grande dune, sur l'*Ereg* géant, et regarder s'allumer les *messabih*, les flambeaux à huile que la piété des Souafa allume près des tombeaux.

Ces flammes falotes, veilleuses de la mort, dans l'embrasement rouge du couchant, lui semblaient autant d'âmes éveillées, d'êtres vivants aux yeux de feu, qui la regardaient et clignaient des paupières. Puis, quand la nuit venait, elle se souvenait qu'il y avait là des tombeaux hantés par les esprits, et, très vite, elle s'enfuyait.

A onze ans elle fut nubile. Grande et mince, elle avait une grâce un peu âpre, dans l'enveloppement sculptural de sa *melhfa* bleu sombre. Son visage rond, très brun, aux traits fins et affirmés, devint sérieux et farouche, adouci par la seule sensualité du sourire, dans les yeux roux, allongés et ombrés de longs cils recourbés et sur les lèvres arquées et un peu fortes.

Dans les durs travaux du ménage bédouin au murmure ininterrompu et berceur du lourd moulin à grain, Tessaadith attendit, en une passivité atavique, l'heure de son mariage.

Avec des réjouissances sans écho dans son cœur effrayé, on donna Tessaadith à un marchand d'Eloued, un vieux qu'elle ne connaissait pas. Le soir, parée, les femmes la menèrent dans une chambre et la laissèrent seule, pour le viol légal, en face d'un inconnu caduc et laid.

Dans l'âme obscure de Tessaadith, un ressentiment, inconscient d'abord, naquit de la frayeur et du dégoût physique de cet accouplement forcé, sa révolte étouffée dans le battement continu des tambourins au dehors, durant la brève nuit de noces.

Des jours et des mois s'écoulèrent. Tessaadith, transportée en ville, dans une grande maison dont une partie tombait en ruine, avait pour seule compagne sa belle-mère, vieille créature sourde et gâteuse, presque inexistante déjà. Par devant, la maison s'ouvrait sur la place, et, par derrière, les pièces en ruine touchaient à tout un quartier abandonné, de décombres et de silence. Le vieux partait le matin, s'absentant même quelquefois pour la nuit, pour les marchés.

Et Tessaadith regrettait les jardins et les dunes où murmure le vent éternel du Souf.

Elle haïssait son mari, la vieille Ranoudja, la maison et la ville, coalisés contre elle, et hostiles. Sa haine éveillait son intelligence et elle arriva à un relatif degré de conscience, puisqu'elle se demanda pourquoi d'autres filles, moins belles, avaient des maris jeunes et beaux, des hommes vigoureux au sourire à dents blanches et des amies, et des parures, tandis qu'elle était là, mal vêtue, seule toujours, avec une vieille folle, et pour mari, un aïeul édenté et courbé.

Elle avait entendu parler du péché et des châtiments du Jour de la Rétribution, mais, mise par la dégénérescence de son peuple hors la loi islamique par un mariage non conforme, elle était seule contre tous les souffles de sa sensualité éveillée et non assouvie, magnifiée dans la solitude et la colère. Sa jeunesse robuste se révoltait contre les étreintes parcimonieuses et séniles et, souvent, à l'heure tiède du soir, elle sentait une oppression étrange s'appesantir sur sa poitrine.

Un soir, tandis que, triste comme une bête captive, elle regardait des silhouettes de dromadaires chargés passer, déformées, agrandies démesurément, sur la dune basse des fours à plâtre et se profiler en noir serti d'or pourpré sur les dunes d'Alenda, en recul, fondues en une teinte de chamois argenté d'une infinie délicatesse, les destinées obscures de sa vie de chrysalide se précisèrent.

Un homme passa tout près, un spahi monté sur un grand cheval noir qui bondissait. Tessaadith, cachée derrière une coupole, était invisible et le spahi ne tourna même pas la tête. L'homme était jeune, d'une beauté mâle qui enchanta le regard de Tessaadith. Il semblait fait pour des épousailles comme celles qu'elle rêvait depuis son mariage. La veste rouge et le voile blanc aux cordelettes noires donnaient grand air à l'inconnu qui, désormais, occupa la pensée de Tessaadith.

Avec la décision de sa nature et la ruse des reclus, elle résolut de le revoir et d'en faire son amant. Tout de suite, par une enfant voisine, elle sut le nom du soldat et quelques détails. Il s'appelait Abdelkader, de la tribu des Ouled Darradj du Hodna. Brigadier cassé, forte tête, d'une audace en train de devenir légendaire dans le Souf, il était détaché au bureau arabe. Il était souvent puni pour des équipées de femmes et d'ivresse. Ces détails ravirent Tessaadith; un tel homme était le mâle rêvé, et il n'hésiterait certes pas à venir.

Seule, car son mari était absent et la vieille dormait, Tessaadith hésita pourtant. Elle avait honte et la peur étreignait sa gorge. Enfin, elle dit à l'enfant :

— Va, dis à cet Abdelkader qu'il vienne dans une heure derrière la maison, dans les ruines. Fais bien attention de ne rien dire à personne et de lui parler à lui tout seul.

Puis, elle essaya de vaquer aux soins de son ménage, mais elle tremblait de son audace et l'impatience la torturait. Enfin, elle grimpa sur le mur en ruine et s'étendit près de la coupole éventrée, béante sur le noir d'une chambre abandonnée. Là, elle se blottit en une pose d'attente féline. Les minutes lui parurent d'une longueur éternelle.

Enfin, elle perçut des pas mous dans le sable et une voix appela, très bas :

— Hé, femme!

Elle eut un sursaut de tout son être.

— Monte par ici...

— Tu es seule? Tu sais, pas de trahison. J'ai mon couteau, et si c'est un guet-apens, tu seras la première.

— Non... Grimpe.

Ils entrèrent dans une sorte de soupente obscure et poussèrent la porte. Ils restèrent dans les ténèbres et écoutèrent. Puis, Abdelkader frotta une allumette.

— Je veux voir si tu es belle, dit-il, très calme.

Elle était debout, tremblante, encore inhabituée, et rouge de honte.

L'allumette s'éteignit et un bruissement dans les coins fit tressaillir Tessaadith.

— Les scorpions! murmura-t-elle.

Dans un coin, Abdelkader avait aperçu un vieux *tellis* [1] étendu à terre. Il prit Tessaadith par les poignets. Elle le fuyait, se renversant en arrière. Mais leurs lèvres se rencontrèrent. Elle tressaillit. Les mains du spahi tremblaient, elles aussi, et Tessaadith entendait le battement accéléré de son cœur. Il l'étreignit, sur le vieux *tellis*, en une rage superbe, ressemblant à la lutte des bêtes du désert, au printemps fécondant. Tessaadith râla et un flot de larmes inonda son visage tant l'initiation longtemps attendue avait été enivrante. Elle demeura à terre, dans l'abandon de sa défaite.

Ils passèrent hasardeusement la nuit dans la joie de leur chair, douloureuse et triomphante.

***

Le soldat mercenaire et la femme adultère s'aimaient. Ils poussaient l'audace jusqu'à affirmer leur droit à la vie, tout proche du sommeil lourd du vieux, inutile.

Mais Tessaadith, violente et profonde, ne voulut pas supporter les entraves que lui imposait son mariage. Elle voulait jouir de son amour, librement. Pour elle, le mari était un intrus, un insupportable tyran. Il était de trop, gênant et ennuyeux. Pour obtenir sa liberté, elle s'insurgea brusquement, devint insolente, refusa de se livrer aux travaux domestiques et persécuta la vieille. Ni les coups, ni les menaces ne purent la réduire. Son mari la battait et appelait à son aide le père et les frères de Tessaadith. Mais, farouche, elle ne se

1. *Tellis* : grand sac qui sert à charger les mulets et les chameaux. Tissé en poil de chèvre rayé noir et blanc. *(Note d'I.E.)*

soumettait pas et, la nuit, elle donnait sa chair meurtrie au spahi. Tous deux, insouciants, jouaient leurs vies.

Un jour, le vieux, lassé, jeta Tessaadith à la porte et, le jour même, la répudia. Libérée par son mariage de l'autorité paternelle, Tessaadith se retira à l'extrémité occidentale de la ville, dans les Messaaba, chez une vieille nommé Fatma, dont la réputation était louche. Là, librement, Tessaadith et Abdelkader s'aimèrent. Les spahis, au Souf, ne sont pas casernés et vivent en civils, si même ils sont célibataires, et la solde d'Abdelkader suffisait à les faire vivre tous deux.

Dans leur amour il n'y avait pas de mièvrerie, aucune ombre de raffinement. C'était tout simplement l'accouplement, en saine animalité, de deux êtres jeunes et forts, instruments aveugles de vie. Dans leurs âmes frustes une poésie était née peu à peu et ils cherchaient à fuir la ville, enfants du désert tous deux, pour se retremper dans le silence et le vide des horizons monotones.

C'était l'été et, parfois, furtivement, ils se glissaient hors de la ville, dans les nuits lunaires, descendant la colline de sable sur laquelle est bâtie Eloued, vers le labyrinthe des dunes qui cachent dans leurs plis grisâtres les jardins profonds pompant la fraîcheur des eaux souterraines, au fond de grandes excavations semblables à des entonnoirs géants. Ils choisissaient les palmeraies désertes, presque ensablées, qui avoisinent la route de Debila et, couchés à terre sur le *burnous* rouge d'Abdelkader qui leur faisait un lit royal de pourpre, ils regardaient se jouer sur le sable blanc les ombres fines et déliées des grands dattiers agités par le vent frais, le vent éternel du Souf, et les rayons lunaires glisser entre les troncs gracieux, entre les branches dentelées et les régimes jaunissants. Ils écoutaient le murmure marin des *djerid* durs et, quelquefois, le chant profus et lointain des Souafa, remontant péniblement, dans des couffins, le sable envahissant chaque jour leurs cultures, disputées pas à pas, avec une patience de fourmis, au désert jaloux... Une voix immense et douce, disant la résignation à l'inéluctable labeur voulu par le *Rab-el-Alémina,* le Seigneur des Univers, dans l'enchaînement ininterrompu des vies.

Avant l'aube, ils remontaient lentement et traversaient les rues silencieuses, Tessaadith rendue méconnaissable sous un *burnous* blanc. Ils passaient par la place du marché, où des hommes et des chameaux dormaient en tas obscurs autour de la grande armature immobile du puits à *hottara.*

*
* *

Le lieutenant de Lavaux venait d'être nommé au bureau arabe d'Eloued. C'était un vieux saharien, sorti jadis de Saint-Cyr, mais transformé par dix années d'administration dans le Sud.

C'était un grand homme de trente-huit ans, sec, au profil anguleux, aux gestes et au verbe cassants. Le regard de ses yeux était vague, presque trouble, sans méchanceté. Homme du monde, un peu en retard sur son époque, pourtant, quand il se trouvait dans un salon, il était convaincu intimement de l'absolue nécessité d'être tout autre dans ses rapports avec ses inférieurs et surtout avec ses administrés, qu'il considérait sincèrement comme des sujets. Jamais, depuis que ses prédécesseurs lui avaient passé la consigne, il n'avait cherché à savoir ce qu'il y avait d'humain dans la plèbe courbée devant lui et qu'il gouvernait la matraque à la main. Arabophobe par métier, dédaigneux du pékin placé sous ses ordres et livré à sa discrétion, il était la terreur du bicot, du porteur de *burnous* en loques, dur à la détente quand il s'agit de donner des douros où la sueur colle le sable de la terre ingrate. Quant à l'Arabe un peu éclairé, au *taleb* et au *marabout*, c'étaient l'ennemi, les fâcheux qui se mêlent de comprendre là où il ne faut qu'obéir aveuglément.

Le capitaine chef d'annexe était un homme insignifiant et faible, adonné à des études de botanique et d'archéologie. Il eût été bon et honnête s'il avait eu un peu de volonté et s'il ne s'était pas désintéressé une fois pour toutes de son commandement. De Lavaux était resté le seul chef réel, le *hakem el kebir* (grand chef) craint jusqu'à la panique, trompé autant que possible et, en dessous, honni et que, si Dieu le voulait, une balle guetterait un jour dans une dune lointaine.

La chaleur de l'été fut torride, et le capitaine partit en France. De Lavaux s'installa dans la grande maison blanche du capitaine et régna sur Eloued et le Souf.

*
* *

Le siroco soufflait, un grand silence morne régnait sur le Souf ensommeillé. Dans le ciel vague une brume grise était suspendue et, dans les dunes blafardes, une poussière coulait, coulait, infinie, comme les vagues légères d'une mer à peine caressée par le vent. Et de petits sillons s'alignaient sur les grands dos des bêtes endormies, colosses patients en un sommeil d'attente millénaire.

Dans le bureau presque luxueux du capitaine, orné des tapis et des armes récoltés un peu partout et offerts par les chefs dociles, le lieutenant était étendu dans un fauteuil, les pieds sur une chaise. Pour tout vêtement il portait une large *gandoura* de coton, laissant voir sa peau tannée et sa poitrine velue. Sur la table, avec des rapports, deux bouteilles entourées de drap humide contenaient les éléments de la boisson hygiénique du Sud : l'eau et l'absinthe.

Un grand éventail en toile se balançait régulièrement, chassant les mouches et déplaçant de vagues fraîcheurs. Une corde traversant le mur extérieur mettait en mouvement l'éventail.

Dehors, accroupi sur une dalle surchauffée, sous un ciel de fournaise, un homme tirait la ficelle. Il tirait, tirait comme un automate, dans l'abrutissement de la chaleur. Loqueteux et décharné, il avait les attitudes humbles et peureuses d'une bête battue et enchaînée. C'était un prisonnier, interné et employé à un travail forcé, sans jugement, par « mesure disciplinaire », pour une faute minime contre le fantôme menaçant de l'*Indigénat* et sans terme fixe.

Avec d'autres, il habitait la lourde bâtisse sans air et sans lumière qui forme le coin oriental des maisons blanches du bureau arabe.

Un *deïra* en *burnous* bleu, plat visage de Kabyle, entra dans la cour. Comme le prisonnier, affalé, avait ralenti le mouvement de son bras, le *deïra* le réveilla d'un coup de pied.

— Tire, chien! Sidi le lieutenant a chaud et tu auras affaire à lui; si tu dors, gare à ta peau!

Discrètement, le *deïra* entra dans le bureau. C'était l'homme de confiance du lieutenant, son ancien valet, nommé *deïra* par faveur, et qui détestait les hommes du Sud.

— Mon lieutenant, il y en a Ahmed, le prisonnier, qu'il dit toujours pas où qu'il a mis les légumes qu'il a volés au jardin du bureau arabe.

— Bon, tu lui foutras une raclée ce soir. Et ce que je t'avais dit pour les moukères? As-tu trouvé?

— Oui, mon lieutenant. Il y en a la femme d'Abdelkader ben Darradj, le spahi, qu'il est très belle.

— Et elle consent à venir?

— Non... Mais Abdelkader il a pas marié la femme, c'est seulement sa maîtresse et elle vit chez Fatma, qu'elle est une *kaoueda*. Alors, comme elle a pas la permission de monsieur le docteur, on peut la foutre dedans.

— Ah! oui! prostitution clandestine... Je comprends ça. Seulement faut pas en parler au docteur: il vient de France et il ferait du pétard. Mais c'est-il au moins vrai qu'elle est si belle que ça? Vous autres, les bicots, vous aimez que les grosses moukères molles comme du suif. Moi, ça fait pas mon compte.

L'entremetteur se récria sur la beauté de cette fille de sa race qu'il vendait au chef *roumi*.

— Faudra d'abord me la faire voir. Est-ce qu'elle sort?

— Le soir, quand la *sope* elle est sonnée, elle est tout le temps sur sa porte qu'elle attend Abdelkader.

— Alors, on verra ça ce soir. Tu me feras passer devant. N'oublie pas de flanquer une bonne raclée au type des légumes. A propos, qui c'est qui l'a vu?

— On l'a pas vu, mais j'ai trouvé des feuilles de salade dans sa maison.

L'homme, congédié, sortit, muni d'une pièce de quarante sous, acompte sur son maquignonnage de remonte.

Et il alla trouver le père d'Ahmed, le type aux légumes.

— Le lieutenant m'a dit de flanquer encore une raclée à ton fils. Si tu tiens à sa vie, donne-moi cent sous. Il est déjà à moitié crevé.

— Je n'ai pas cent sous.

— Tu lui achèteras son linceul pour plus cher.

— Tu ne crois pas en Dieu. Bénis le prophète et écoute-moi...

— Maudit soit le prophète! Donne-moi cent sous ou je te crève ton fils. Tu es déjà à moitié aveugle. Qui te nourrira?

Alors le vieux, geignant et se lamentant, rentra dans sa maison et rapporta le douro, qu'il lâcha à regret...

***

Le soir, tandis que Tessaadith, debout sur le seuil de sa porte, le visage découvert, car elle était désormais une déclassée, attendait son amant, le lieutenant, guidé par le *deïra*, passa. Sur son chemin, les indigènes se levaient et, conformément aux exigences de tous les bureaux arabes, saluaient militairement, de peur de la prison et des coups. Tessaadith, elle aussi, éleva ses deux mains au-dessus de sa tête, en signe de soumission. Elle rentra aussitôt. Mais la grâce de son corps cambré et de ses bras relevés avaient décidé le lieutenant... Le matin, dès que le spahi fut parti, le *deïra* entra dans la maison de Fatma et lui ordonna de se voiler strictement et le suivre.

Devant le gendarme, tremblante de frayeur, elle obéit. Par des chemins détournés, le Kabyle la conduisit au bureau arabe. C'était un vendredi et les quelques prostituées de la maison de Ben Dif

Allah se rendaient à la visite. Parmi ces femmes, Tessaadith passa inaperçue...

Quand elle fut devant le lieutenant, elle dut se découvrir le visage.

– Alors, il paraît que tu fais concurrence aux femmes de chez Ben Dif? demanda l'officier, étendu sur un divan, la cigarette à la bouche.

Il parlait l'arabe passablement.

– Non, sidi le lieutenant, non. Je te jure que je suis honnête. Je suis divorcée et je suis libre de vivre avec qui je veux. Mais je connais qu'un homme, Abdelkader, le spahi.

– Vous êtes mariés légitimement devant le *cadi*, au moins à la *djemaa*?

– Non...

– Non? Eh bien, tu te livres à la prostitution clandestine. Tu iras en prison.

Tessaadith protesta de son innocence, superbe d'énergie et de colère. Ses yeux sombres étincelaient et ses narines mobiles se dilataient.

– Tais-toi. Même pour faire la putain, il faut demander la permission. Allez, emmène-la en prison. Je l'interrogerai ce soir.

Comme elle se débattait, le *deïra* l'attacha par le poignet, avec son mouchoir tordu, et l'emmena, lui ayant durement ramené son voile sur la figure.

Seule dans un cachot obscur, elle s'affala à terre. Dans son ignorance, tantôt elle se croyait perdue, redoutant presque la mort, tantôt elle concevait un espoir exagéré en l'intervention d'Abdelkader... Les heures furent longues.

Le soir, après l'extinction des feux, Tessaadith fut amenée au logement particulier du lieutenant.

– Ah! te voilà! Assieds-toi, la belle, que je te regarde. Tu es jolie.

En une défense farouche, elle recula, le visage sombre, l'œil mauvais, s'enroulant plus étroitement dans ses voiles. Elle avait compris, vaguement, mais elle ne voulait pas. Et elle était belle, d'une beauté mystérieuse de divinité courroucée. A coups de dents, à coups d'ongles, elle se défendit. A minuit, le lieutenant, furieux, la fit ramener en prison.

*_**

Abdelkader, envoyé en tournée, rentra. Quand il sut, il eut la rage du fauve hurlant sur le cadavre de sa femelle, compagne de ses agapes nocturnes dans les solitudes. Il était doublement impuissant : indigène et soldat, courbé sous un double joug, devenu écrasant.

Et il dut se soumettre. Du *deïra*, il n'obtint aucun renseignement. C'était un ordre du lieutenant, parce que la Chaouïya avait été accusée de prostitution clandestine et, avec un sourire cynique, le Kabyle ajouta :

— Ce n'était pas ta femme, après tout. Est-ce que tu sais ce qu'elle faisait, toi absent ? D'autres savent peut-être mieux que toi.

Et le valet avait ainsi ajouté la torture du doute à celle de la jalousie — car il comprenait — dans l'âme du spahi.

... Et Tessaadith, abrutie et brisée par le cachot, affaiblie, avait subi les caresses du lieutenant, comme jadis celles du marchand...

Parmi les officiers de la garnison, il n'y eut pas d'étonnement. Tous trois connaissaient de Lavaux. Par discipline, les deux adjoints du bureau se turent et gardèrent pour eux leur pensée, sans doute de mépris, car ils étaient fraîchement débarqués de France. Le lieutenant des tirailleurs haussa les épaules.

— Pas besoin de tant d'affaires pour avoir une femme. Moi, je vais tout bonnement chez Ben Dif. C'est plus propre.

Seul le docteur, débutant à deux galons, rêveur blond et pâle, s'indigna. Il prit le lieutenant à part, pour ne pas sembler complice moral des infamies, qui, sur son âme neuve, faisaient passer une ombre d'épouvante.

— C'est mal, lieutenant, cette histoire de femme de spahi. C'est bas et sans charme !

— Oh ! je ne vous en veux pas de ce que vous me dites là. Vous êtes novice, vous ne connaissez pas les bicots !

Depuis un mois qu'il était là, toutes les fois qu'il avait essayé de protester contre des choses qui n'étonnaient que lui, on lui avait toujours fait cette réponse : « On voit bien que vous ne connaissez pas les bicots ! » Et il restait dans l'incertitude. Pouvait-il y avoir toute une race, nombreuse et prolifique, de réprouvés, pour lesquels il ne fallait que cachot, chaînes et matraque, envers qui on était en droit d'abdiquer tous les principes élaborés par l'humanité à travers les siècles de souffrance ? Puis, tout à coup, il se souvenait d'autres discours entendus d'officiers aussi, bien plus intelligents et plus ouverts à la pensée et qui affirmaient les droits de la race vaincue à un sort meilleur. Et souvent une frayeur lui venait : était-il possible que, s'il restait dans ce Sud qui le grisait d'une singulière ivresse, il s'abrutirait comme les autres, verrait sa sensibilité s'émousser, son sens moral devenir obtus ? Et alors il désirait partir, s'enfuir loin de ce danger effroyable.

*
* *

Les jours s'écoulaient.

Tessaadith, sombre et morne, était rigoureusement cloîtrée dans le logement particulier du lieutenant, qu'elle subissait, passive, mais pleine de haine cachée.

Abdelkader, raidi dans sa rage, sous le joug qu'il avait appris à haïr depuis qu'il l'avait blessé dans sa chair, gardait le silence. Devant le lieutenant, il baissait les yeux, refoulant sa révolte et méditant sa vengeance. Il savait que Tessaadith n'était plus en prison. Des paroles du *deïra* qui avaient troublé son cœur, il avait fait justice par une enquête minutieuse : Tessaadith lui avait été fidèle tant qu'elle était restée chez Fatma. Et il ne pouvait frôler le lieutenant sans des pensées homicides torturantes.

Il n'avait plus qu'un mois à souffrir, à voir son ennnemi, à subir sa domination devenue goguenarde et méprisante : son engagement de quatre ans, le premier, finissait en novembre et, pour fuir la géhenne, il avait résolu de ne pas rengager.

Enfin, le jour heureux arriva et, le cœur plus léger, Abdelkader échangea le *burnous* rouge des mercenaires contre celui, blanc, des bédouins. Il resta à Eloued, travaillant de ses mains, sans cesser de penser à la vengeance. Mais c'était le sacrifice de sa vie, cela, et il était jeune... Le mépris des hommes s'affirmait. On lui avait pris sa femme, et il se taisait, même libéré de la servitude militaire. Il devait se venger. C'était en lui et chez les autres hommes de sa race le cri des atavismes séculaires, le talion ancestral, la *dia* sanglante...

Un jour, Abdelkader apprit que le lieutenant, nommé capitaine, partait pour le département d'Alger. Ses frères bédouins et les hommes en veste rouge regardèrent Abdelkader et sourirent. Alors il se décida.

*
* *

La nuit d'hiver tombait, et des ombres funèbres descendaient du ciel en deuil sur le chaos des dunes que mordait le vent, effritant les collines, modifiant les formes, en un jeu capricieux, changeant à travers les siècles.

Le capitaine de Lavaux s'avançait, à cheval. Derrière lui, des spahis et le fidèle *deïra* surveillaient des Arabes nombreux qui poussaient devant eux quinze chameaux portant les bagages du *hakem*. Et de Lavaux songeait à son arrivée à Mecheria, son premier poste, avec deux chemises au fond d'une cantine.

Depuis Guémar, derrière les dunes, un bédouin avait suivi le convoi, de loin, son fusil au poing.

Comme le capitaine allait sortir d'un défilé étroit entre deux dunes, Abdelkader mit un genou à terre et épaula. Dans le silence crépusculaire, la détonation retentit, un bruit mat, suivi du sifflement de la balle. Le capitaine se dressa sur les étriers. Le cheval, cabré, bondit.

Puis, par deux ou trois oscillations, le capitaine roula à terre. Pendant une minute, il crispa ses ongles dans le sable, hoqueta, puis resta immobile.

Ennuyés des interrogatoires à venir, mais soulagés, les indigènes jetèrent le cadavre dans un *tellis*, en murmurant le nom d'Abdelkader, avec des hochements de tête approbatifs.

Abdelkader fut arrêté cinq jours après, mourant de faim dans les dunes. En cellule, il attendit pendant cinq mois, assis à terre, les poignets ramenés derrière le dos, attachés avec une chaîne à un piquet.

Tous les soirs, une femme en haillons, hâve et maigre, venait à la porte du quartier apporter un pain azyme ou quelque maigre pitance bédouine. Quand le caporal Robah, craignant Dieu et compatissant à tous les musulmans, était chef de poste, la nourriture était portée à la cellule d'Abdelkader, avec les phrases d'amour de Tessaadith. Les autres jours, les tirailleurs se régalaient en riant.

Les journaux firent grand bruit autour de cette affaire. De graves journalistes, connaissant l'Algérie pour avoir fait leur service aux zouaves, publièrent des articles *étudiant* le fanatisme musulman et l'esprit de révolte. Ils parlèrent de sénoussisme et de Mahdi et demandèrent des mesures très rigoureuses contre les indigènes, accusant les bureaux arabes de faiblesse. D'autres, métropolitains, confondirent le Souf avec le Zaccar et trouvèrent une corrélation directe entre le crime d'Abdelkader et la révolte de Margueritte. Sous ce titre : « Mort au champ d'honneur », un journal publia une biographie du colonel de Lavaux, l'un des pionniers de la civilisation française dans le Sud algérien, martyr du devoir, tombé sous les coups du fanatisme. On cita même des versets du Coran et Mahomet fut rendu responsable du « drame d'Eloued ».

Quelques officiers ayant conservé des âmes d'hommes sous la tunique sombre des hors-cadre, eurent honte. Dans le Sud, l'histoire de De Lavaux était connue et ces officiers songèrent au discrédit et à la honte infligés à l'armée, si pareilles choses étaient sues du public. D'ailleurs, la discipline était là, et ils gardèrent le silence, résignés à vivre au milieu des rancœurs. L'homme est moutonnier et s'accoutume à n'être qu'un rouage muet.

Au conseil de guerre de Constantine dont il était resté justiciable, comme indigène du territoire de commandement, Abdelkader fut accablé par le commissaire du gouvernement. Le réquisitoire fut brillant.

— Il faut un exemple, dit-il en terminant. Il faut montrer à nos sujets que nous ne ferons pas quartier à leur fanatisme sauvage. Il faut que le Conseil se montre impitoyable envers le scélérat qui a osé lever une main sacrilège contre le drapeau tricolore, en tuant un officier que nous pleurons tous.

A l'unanimité le conseil condamna Abdelkader à mort.

Il n'eut pas un sursaut quand l'interprète lui lut le verdict. Il le savait d'avance. Il ne protesta pas, il n'eut pas un mot. Sa main droite seule esquissa le geste résigné du musulman annihilant son vouloir devant le *mektoub* inéluctable.

Contre toute espérance, le président de la République, ennemi des tueries légales, commua la peine d'Abdelkader qui avait signé son pourvoi avec la même indifférence que quand il avait apposé, au bas des interrogatoires, les quelques signes qui, en arabe, signifient Abdelkader.

Il s'en alla très loin, de l'autre côté de la terre, pour vivre cette *perpétuité* terrestre de souffrances dans la servitude que, dans leur orgueil, les hommes se sont arrogé le droit d'infliger à d'autres hommes si semblables.

... Tessaadith, tombée à la maison de Ben Dif Allah, boit l'absinthe avec les tirailleurs et les spahis. Vieillie et flétrie, elle conserve quand même de la tendresse pour les mercenaires au *burnous* rouge, parce qu'ils lui rappellent celui qu'elle pleure encore parfois, quand elle est saoule — le beau mâle qui l'avait arrachée aux lubricités séniles du vieux, pour de superbes étreintes.

NOTE

... Un capitaine cynique et corrompu, un *deïra* lamentablement aux ordres, un conseil de guerre aveuglément répressif, une presse métropolitaine flagorneuse... Autant d'éléments qui rappellent des personnages rencontrés par I.E. au moment du procès de son agresseur de Behima, en juin 1901 à Constantine.

Sous le joug est la plus « politique » et la plus grinçante des nouvelles écrites par I.E. Probablement pour cette raison elle n'est pas parue en Algérie, mais dans *la Grande France*, et n'a jamais été rééditée depuis octobre 1902.

Cette année-là, I.E. a rencontré l'écrivain Robert Randau, collaborateur régulier de cette revue littéraire, sise rue des Feuillantines à Paris. Elle publiait volontiers les écrivains « algériens », mais l'on y trouve aussi les signatures de Guillaume Apollinaire ou de Jean Rodes, l'envoyé spécial du *Matin* aux quatre coins du monde, qu'en 1903 Isabelle Eberhardt rencontra dans le Sud oranais. « *La Grande France* est l'âme purement désintéressée des futurs États-Unis d'Europe [...] elle soutient les intérêts des petits peuples et leurs revendications... », proclamait le premier numéro.

Lorsque *Sous le joug* paraît en octobre 1902, avec une présentation flatteuse de Robert Randau, l'affaire de Margueritte venait de relancer la polémique sur la colonisation, en Algérie et en métropole. Une révolte indigène durement réprimée aboutit à un procès fleuve (plus de cent soixante accusés) à l'issue duquel la quasi-totalité des inculpés fut acquittée. I.E. a exprimé son désir d'écrire sur l'affaire, elle ne l'a pas fait directement. Mais *Sous le joug* dénonce à coups de plume acerbe une réalité que, par expérience, elle savait analyser.

L'Ami

Ordonnances tous deux, Louis Lombard, le tringlot, et Dahmane Bou Saïd, le tirailleur, étaient voisins.

Ils étaient arrivés à El-Oued presque en même temps et avaient éprouvé le même dépaysement au milieu de tout ce sable à l'horizon flamboyant, Lombard surtout, montagnard du Jura... Depuis qu'il avait quitté le pays pour faire son « service », il était en proie à une sorte de cauchemar qui allait en s'assombrissant, à mesure que l'aspect des choses environnantes changeait, devenant plus étrange. Dans le décor figé des dunes, dans la ville singulière aux mille coupoles grises, le malaise qui étreignait l'âme fruste du paysan atteignit un degré d'intensité proche du désespoir. C'était si loin, ce pays perdu, et l'œil ne trouvait rien de connu, rien de familier sur quoi se reposer de tout cet éblouissement morne. Et le tringlot *errait* dans cette vie nouvelle, accablé, le cœur en détresse. Il lui arrivait même de pleurer, la nuit, en pensant à la ferme de ses parents et aux chers vieux.

Bou Saïd était né sur le bord de la mer, à Bône. Lui aussi était habitué à l'ombre des jardins verts au pied de la montagne... Son père, propriétaire aisé, lui avait fait donner une instruction primaire à l'école arabe-française et à la *zaouïya*. Mais, devenu homme, de caractère aventureux, Dahmane avait quitté la maison paternelle et s'était engagé. Pour lui, comme pour le tringlot, l'exil au pays de sable avait été douloureux. Lui aussi avait senti l'emprise angoissante du désert... quoique musulman; les hommes du Sud étaient bien différents des Arabes du Nord, et ils fuyaient les tirailleurs, qu'ils dédaignaient. Bou Saïd s'isolait, ne voulant pas descendre à la brutalité de ses camarades, dont il avait connu plusieurs, cireurs de bottes à Bône ou portefaix. Et le hasard le rapprocha du tringlot.

Les deux ordonnances ne s'étaient d'abord pas parlé, indifférents.

Mais un soir, comme Lombard conduisait le cheval du major à l'abreuvoir, la bête s'emballa et jeta à terre le tringlot. Bou Saïd s'élança à son secours et arrêta l'animal furieux.

Lombard, un grand blond, encore presque imberbe, avait l'habitude de regarder les gens un peu de côté et en dessous, malgré l'honnêteté foncière de son cœur. Il dévisagea le tirailleur, et cette fine figure aquiline, bronzée par le soleil du Sud, lui plut.

– Merci... Donne-moi voir la main pour rentrer cette sale bête à l'écurie...

Pour la première fois, Lombard avait adressé la parole à un Arabe : ces hommes d'un type inconnu, à l'incompréhensible langage, au costume étrange, l'effrayaient presque.

– Tu viens de France, demanda Bou Saïd, comme ils cheminaient côte à côte.

– Bien sûr... Et toi, t'es de par ici?

– Oh non! Je suis de Bône, un beau pays où il y a des arbres, de l'eau et des montagnes... Pas comme ici.

– Oh oui, pour un fichu pays, c'est un fichu pays.

Sans savoir, Lombard avait éprouvé du plaisir en apprenant que Bou Saïd n'était pas de ce « fichu pays ». Ça l'encourageait à lui parler. Depuis ce jour, toutes les fois qu'ils se rencontraient, ils se parlaient et, malgré l'abîme qui les séparait, ils devinrent bientôt amis. Lombard, lui aussi, était esseulé parmi ses camarades français, les infirmiers et les joyeux.

Les premiers, des Algériens, se moquaient de lui, parce qu'il était tringlot, « *royal-cambouis* », comme ils disaient. Quant aux joyeux, leur argot cynique lui déplaisait. Il préféra la société de ce garçon sérieux et réfléchi comme lui qu'était Bou Saïd.

Quand ils n'avaient rien à faire, ils se réunissaient dans la petite chambre de Lombard et recousaient leur linge en s'interrogeant mutuellement sur leur pays.

Ils tâchaient de se représenter, d'après leurs récits, ces lieux que, probablement, ni l'un ni l'autre ne verraient jamais. Et ils se consolaient d'être des exilés, des captifs, en parlant des êtres et des choses qu'ils avaient aimés.

Pendant plus d'un mois, Lombard n'avait pas osé sortir du *bordj*; les ruelles enchevêtrées et étroites où circulaient des Arabes ne lui semblaient pas bien sûres. D'ailleurs, où serait-il allé?

Un soir pourtant, Bou Saïd, qui s'ennuyait de cet emprisonnement, lui proposa de lui montrer la ville, et ils sortirent. Presque craintif, Lombard suivait le tirailleur, et ses pieds inaccoutumés enfonçaient dans le sable blanc, si fin qu'on l'eût dit tamisé. Maintenant qu'il commençait à s'habituer à ce pays et qu'il avait quelqu'un à qui confier ses impressions, une curiosité lui venait de tout cet inconnu environnant. Il savait tout juste lire et écrire, mais son esprit ensommeillé était capable d'un réveil.

Dans les rues, à la tombée de la nuit, les Arabes, graves, encapuchonnés et portant de longs chapelets au cou, passaient, regagnant leurs mystérieuses demeures à coupoles ou s'installant devant les cafés maures, sur des nattes. Quelques-uns échangeaient un salut bref avec Bou Saïd.

– Qu'est-ce qu'il t'a dit? demandait Lombard intrigué.

– Il m'a salué.

– C'est que tu le connais, alors?

– Non, dans notre religion, c'est l'habitude de se saluer, sans se connaître.

– Ça, c'est bien. Faut être poli. Mais, dis voir, pourquoi que les femmes elles se cachent la figure et qu'il y en a si peu dans la ville?

– Ce n'est pas l'habitude pour nos femmes de sortir... Mais si tu veux en voir, des Mauresques, je vais t'en faire voir. Viens! Ah, si on pouvait, quand on sera relevés, être envoyés dans le Tell, c'est là que tu verrais de belles femmes!

– Où c'est-y encore ça, le Tell?

– C'est le Nord, le pays que tu as vu en débarquant.

– Ça serait chic...

La nuit était tout à fait tombée et la ville se faisait déserte. Lombard et Bou Saïd sortirent sur la « route » de Touggourth – une piste dans le sable – et montèrent vers une maison qui dominait le désert, finissant la ville, au sud-ouest. Les portes de ce lieu étaient ouvertes, et on y faisait beaucoup de tapage. Sur des bancs, des tirailleurs étaient assis, qui buvaient ou se disputaient. Mais les regards du tringlot furent surtout captivés par une dizaine de créatures étranges, vêtues comme des fantômes et qui portaient sur leur visage bronzé des signes tatoués en bleu. Quelques-unes buvaient avec les tirailleurs, tandis que les autres dansaient en se trémoussant drôlement.

L'une d'elles, assise à la manière des tailleurs, battait du tambourin et chantait, d'une voix de fausset, une complainte monotone, dont la tristesse jurait étrangement avec le lieu et l'assistance.

– Elles ne sont pas bien jolies, dit Bou Saïd, mais que veux-tu? Y en a pas d'autres par là, pour ceux qui n'ont pas d'amies en ville.

L'une des danseuses, roulant ses hanches drapées de rouge, vint s'asseoir près de Lombard et lui prit la main. Elle parlait sabir et Lombard la comprenait à peu près. Un fort parfum se dégageait des vêtements de cette femme, quelque chose comme la senteur de la cannelle et du musc mélangés. Lombard examinait curieusement sa voisine et il éprouvait pour elle à la fois une sorte de crainte, comme devant un être d'une autre espèce, et une attraction sensuelle... Lombard et Bou Saïd burent beaucoup ce soir-là, et ils finirent par s'attarder très longtemps là, dans la « taverne » de Ben Dif Allah.

Quelquefois, Lombard et Bou Saïd allaient s'étendre sur le sable pur et moelleux comme un tapis, au sommet d'une grande dune grise qui dominait El-Oued, le moutonnement infini de l'*Erg* et les tristes petites villes essaimées autour d'El-Oued : Gara, Sidi-Abdallah, Teksebeth, où, parmi des amas de ruines, les chèvres noires erraient sous les coupoles caduques des maisons.

De là-haut, ils regardaient les jeux splendides, les jeux capricieux de la lumière vespérale sur le sable versicolore et les théories de femmes qui rentraient des puits, courbées sous les peaux de bouc pleines ou portant sur leur tête, en un geste gracieux, de grandes amphores ruisselantes...

Peu à peu, ils s'habituaient à ce pays de lumière et de silence, et il ne leur faisait plus peur. Mais ils en sentaient pourtant toujours d'instinct l'immense, l'irrémédiable tristesse...

– ... Lombard ! Il y a une lettre pour moi ! dit Bou Saïd en rentrant après la distribution du vaguemestre.

– Moi aussi, j'en ai une !

Serrant précieusement leurs chères lettres dans leurs bourgerons, les ordonnances allèrent d'abord porter le courrier à leurs officiers, puis, congédiés pour la nuit, ils coururent s'enfermer dans la chambre de Lombard. Là, assis sur le lit, ils décachetèrent vite leurs lettres. Alors, avec une joie d'enfants, ils se communiquèrent les nouvelles de leurs pays, et les vieux noms de France s'entrecroisaient avec ceux de l'Islam.

– Tiens ! Ma cousine Jeanne qui se marie avec le fils Besson, celui qui tient le jeu de boules à Copponex.

– Mon frère Ali s'est marié avec la fille de Si Hadj Tahar, le maquignon de Morris.

– Et le frère qui a acheté à la foire de Gaillard deux vaches de Suisse, une rousse et une noire, qu'elles vont bientôt vêler... Les affaires marchent, cette année, et les vieux sont contents. Ah ! le fichu sort d'être paresseux... Moi, je voudrais bien les voir, leurs nouvelles vaches...

A la fin, Lombard, baissant la voix, ajouta une confidence :
— Et la Françoise, la fille à Mouchet, un qui en a, du bien, celle que je lui *parlais*, elle me fait donner le bonjour et elle me fait dire comme ça que c'est toujours entendu pour quand je finirai mon *service*.

Comme Bou Saïd lisait toujours, Lombard se pencha par-dessus son épaule. Il resta stupéfait en voyant les minces petites arabesques qui couvraient la moitié d'une grande feuille de papier pliée par le milieu.

— Alors, c'est ça ta lettre? Et tu y comprends quelque chose, toi? Ah ben, ma foi!

Les soirs de courrier étaient des heures de joie pour les deux soldats et ils les passaient à relire leurs lettres, à les commenter indéfiniment, à se donner des explications.

A la fin, ils connaissaient mutuellement leurs familles, s'en demandaient des nouvelles, sachant jusqu'à la disposition des lieux où chacun d'eux avait passé son enfance. Dans leurs réponses, qu'ils *faisaient* ensemble, ils parlaient l'un de l'autre, disant leur amitié. Ils en vinrent à se dire :
— N'oublie pas surtout de bien leur donner le bonjour de ma part à tes vieux!

... L'hiver était venu, un étrange hiver, triste et inquiétant. Sous le grand ciel noir, les dunes semblaient livides et le vent hurlait lugubrement, accumulant les sables gris contre les murs du *bordj*. Il faisait froid et les deux amis ne se promenaient plus que rarement. Ils avaient choisi, pour passer les longues veillées, la chambre de Lombard, mieux exposée et plus grande. Dans un coin, il y avait le lit, puis la table et le banc de bois. Au mur, sur une planche, le sac du tringlot, et, à côté, le fusil et le sabre-baïonnette. Les frusques étaient pendues à des clous. Bou Saïd, vieux soldat rengagé, avait une sollicitude paternelle pour son ami le *bleu*. Il lui faisait « son truc », lui lavait son linge. Il avait blanchi les murs, cloué des images de journaux illustrés et un miroir arabe.

Puis, au-dessus de la table, il avait fixé des cornes de gazelle volées à la popote des officiers. Il apporta des amulettes en cuir et des flèches touaregs en pierres multicolores. Il avait orné avec tout cela *leur* chambre : désertant la sienne, il apportait tous les soirs son matelas chez Lombard.

— C'est beau, tu sais, par chez nous! disait avec fierté Lombard, en considérant leur logis.

Peu à peu, dans leur étroite amitié, guéris de l'angoisse de leur

exil, ils s'étaient sentis heureux. Les mois qu'ils avaient encore à passer là ne les effrayaient plus. Ils n'aimaient même pas à parler de ce
changement de détachement qui les séparerait probablement pour
jamais.

***

Les camarades européens de Lombard accentuèrent leur mépris
pour le tringlot : il était devenu l'ami d'un bicot. Quand ils se
moquaient de lui, il les regardait de travers et, enfonçant sa tête
blonde entre ses épaules de colosse, il répondait :
— Ben quoi? Et pis? Et si ça me plaît de marcher avec l'Arabe,
qu'est-ce que ça vous fiche, à vous autres?
Depuis que, d'un coup de poing, il avait abattu un « joyeux » qui
l'insultait, on n'aimait guère se disputer avec Lombard, et ses camarades finirent par lui laisser la paix, se contentant de sourire quand il
passait avec le tirailleur.
Bou Saïd, lui aussi, savait se faire craindre : il dégainait très vite,
à la moindre altercation, et avait déjà eu quelques disputes chez Ben
Dif Allah. Les autres tirailleurs n'osèrent donc pas critiquer ouvertement son amitié avec le *roumi*, qui leur semblait déplacée chez un
taleb comme Bou Saïd.

***

Maintenant qu'ils connaissaient la ville, ils eurent quelques
ébauches de romans avec de jolies Soufia aux chairs ambrées et aux
yeux de velours. Très simples tous deux et très primitifs, ils avaient
un peu la même manière de s'amuser. Mais Bou Saïd apportait dans
ses aventures d'amour une passion et un sérieux qui étonnaient Lombard : pour lui, tout cela n'était que de la « rigolade », d'abord parce
qu'on était jeune, ensuite, histoire de passer le temps. Pour lui, il ne
pouvait être question d'amour que quand c'était pour le *sérieux*,
comme il disait, c'est-à-dire pour le mariage. Et il s'étonnait que Bou
Saïd pût être si souvent amoureux de créatures vénales. Ce qui le
surprenait surtout, c'était qu'après des coups de passion et de jalousie, qui eussent pu aboutir au crime, ces amours de Bou Saïd pas-
sassent si vite pour faire place à d'autres. Mais Lombard, raisonnable, disait que le bon Dieu n'avait pas créé tout le monde la même
chose et que « chaque pays a sa mode ».

*
* *

... Pendant des mois, la vie commune des deux ordonnances s'écoula, d'une monotonie berceuse et, tous deux, inconsciemment, en désiraient la durée indéfinie.

Mais, vers la fin de l'hiver, Bou Saïd, déjà faible de poitrine, tomba malade. Il avait pris un mauvais coup de froid et n'avait pas voulu se faire porter malade. Mais une fièvre intense le prit et il dut entrer à l'hôpital... Dès le premier jour, le major le déclara perdu.

Lombard, désolé, passa tous ses instants de liberté auprès du malade, s'ingéniant à le soigner. Une angoisse horrible s'était emparée du tringlot à la pensée que Bou Saïd allait mourir. Le bon Dieu ne l'aimait donc pas, lui, qu'il lui prenait ainsi son seul ami!

... Pendant plusieurs jours, Bou Saïd, en proie au délire, fut privé de connaissance. Enfin, un soir, vers la tombée de la nuit, il reprit conscience.

L'infirmier venait d'allumer la veilleuse et sa petite flamme falote répandait une clarté rosée dans la chambre garnie de quatre lits hauts et étroits, tous vides, à l'exception de celui de Bou Saïd. Lombard tenait son ami par la main, et il fut tout joyeux quand il vit que le malade le reconnaissait.

– Lombard... Lombard...

Bou Saïd était d'une faiblesse extrême. Décharné, ses larges yeux noirs béants dans sa face décomposée, ses lèvres collées sur les dents blanches, le beau garçon qu'il avait été était méconnaissable. Ce qui était affreux surtout, c'était le râle et le sifflement de sa respiration.

– Faut pas te faire de mauvais sang, disait Lombard, à qui le silence faisait peur. A présent que t'as ta raison, c'est fini, t'es sauvé.

Mais Bou Saïd hocha la tête.

– Lombard... les papiers... les lettres... mes effets... garde-les... c'est pour toi...

– Mais non! Qu'est-ce que tu chantes-là? Faut pas te faire des idées comme ça, que ça me rompt le cœur!

Il disait cela, mais il voyait bien que c'était la fin, et il avait peur de se mettre à pleurer. Pendant un long instant, Bou Saïd resta immobile, les yeux clos. Lombard, le croyant endormi, garda le silence... Mais le râle du malade devint plus rauque et il roula sa tête sur l'oreiller... Il dégagea sa main de celle de Lombard et il leva l'index... Par trois fois, ses lèvres murmurèrent quelque chose que le tringlot ne comprit pas... Puis, après deux ou trois sursauts accompagnés d'un hoquet affreux, Bou Saïd se laissa aller dans les bras de son ami qui s'était levé, épouvanté.

— Bou Saïd! Bou Saïd! C'est, bon Dieu, pas possible, ça... c'est trop affreux! répétait en sanglotant le tringlot.

Morne, la tête entre ses mains crispées, il veilla jusqu'au matin, le corps que les infirmiers avaient couvert d'un drap blanc.

Le matin, des hommes vêtus de blanc et d'aspect grave vinrent laver le corps de Bou Saïd, dans la salle des autopsiés. Après, ils l'enroulèrent dans un grand linceul blanc et lui couvrirent le visage, pour toujours. Puis ils récitèrent des oraisons, sur un ton solennel et monotone. Dans un coin, Lombard, son képi à la main, écoutait, priant en lui-même le bon Dieu : chacun avait sa religion, mais il n'y avait qu'un seul bon Dieu, se disait le tringlot.

On emporta Bou Saïd sur un brancard recouvert d'un drap blanc. Lombard suivit le cortège qui sortit de la ville et descendit vers la vallée grise où est le cimetière des Ouled-Ahmed. En demi-cercle devant le cadavre posé à terre, les Arabes prièrent, sans se prosterner. Puis, ils le descendirent dans la fosse large et profonde, le recouvrirent de palmes vertes et, très vite, rejetèrent le sable sec... Lombard, toujours en tête, debout, suivait des yeux les mouvements des Arabes. Une douloureuse torpeur l'avait envahi et il regardait avec angoisse le point de la terre d'exil où son ami avait disparu pour l'éternité. Le caporal de tirailleurs disposa, sur un mouchoir de troupe, quelques galettes azymes et des figues sèches que les *tolba* et les mendiants emportèrent.

Puis, tous regagnèrent la ville. Lombard, seul, suivait ces hommes d'une autre race. Son chagrin était immense, accablant.

Quand il rentra dans *leur* chambre, il pleura désespérément à la vue de tous ces objets qu'*il* avait si bien disposés... La nuit tombante, quand il sortit pour aller chercher le courrier du sous-officier, il songea que plus jamais Bou Saïd ne lirait ses lettres avec lui...

Alors, en rentrant, Lombard comprit qu'il ne lui restait plus rien à faire dans ce pays, sinon à compter les jours qui le séparaient encore de sa libération...

Il se jeta sur son lit et pleura longtemps, tandis que le vent glacé de l'hiver nivelait, au cimetière musulman, le petit tertre de sable qui était la tombe de Dahmane Bou Saïd.

NOTE

L'amour ou l'amitié pouvaient unir Arabes et Français. Cette vérité devait paraître invraisemblable et scandaleuse à la plupart des lecteurs européens de l'époque.

C'était la conviction d'I. E., et dans *l'Ami*, sorte de court mélodrame ordinaire, inspiré à El

Oued sans doute par les histoires des compagnons d'armes de Slimène Ehnni, elle prend (par les sentiments) la défense de ceux qu'elle appelait ses frères, les musulmans.

Nous n'avons pas trouvé trace de *l'Ami* dans la presse, avant le 7 août 1905, date à laquelle l'*Akhbar* le publie, soit dix mois après la mort de son auteur. *L'Ami* sera ensuite repris dans *Pages d'Islam, op. cit.*

Nostalgies

Tout le grand charme poignant de la vie vient peut-être de la certitude absolue de la mort. Si les choses devaient durer, elles nous sembleraient indignes d'attachement.

Il y a de grandes nuances dans le ciel de la durée : le Passé est rose, le Présent gris, l'Avenir bleu. Au delà de ce bleu qui tremble, s'ouvre le gouffre sans limite et sans nom, le gouffre des transformations pour l'éternelle vie.

Oui, la notion utile d'un départ forcé et définitif suffit, en certaines âmes, pour donner aux choses de la vie un charme déchirant.

Les lieux où l'on a aimé et où l'on a souffert, où l'on a pensé et rêvé, surtout, les pays quittés sans espoir de jamais les revoir, nous apparaissent plus beaux par le souvenir qu'ils le furent en réalité.

Dans l'espace et dans le temps, le Regret est le grand charmeur qui pénètre toutes les ombres.

*
* *

Ainsi, en son âme élue, lors de ses lointains et successifs exils, il lui suffisait d'une parole aux consonances arabes, d'une musique d'Orient, même d'une simple sonnerie de clairon derrière le mur d'une caserne quelconque, d'un parfum, pour évoquer, avec une netteté voluptueuse, si intense qu'elle touchait à la douleur, tout un monde de souvenirs de la terre d'Afrique, assoupis, point défunts, demeurés cachés en la silencieuse nécropole de son âme, telle une funèbre et inutile momie au fond d'un sarcophage qui, soudain, sous l'influence de quelque fluide inconnu, se soulèverait et sourirait comme la « Prêtresse de Carthage ».

Chaque heure de sa vie ne lui était chère que par cette angoisse grisante des anéantissements passés et imminents. En mettant, pour la première fois, le pied sur une terre étrangère, il escomptait déjà d'avance toutes les sensations, toutes les voluptés dont elle lui serait le théâtre, et surtout celle, attristée, du départ certain et de la nostalgie à venir.

C'est qu'il n'arrêtait pas le contour des choses et la forme des êtres au présent, au visible. Il aimait à les prolonger et à les colorer. Son imagination s'associait à son cœur...

Assis sur une barrique vide, parmi les choses chaotiques du grand quai de la Joliette, il contemplait la splendeur naissante du pâle soleil hivernal, et il se souvenait d'un matin d'automne, très lointain, antérieur aux grands anéantissements qui avaient fait de lui un nomade et un errant...

C'était à Annèba (Bône), sur cette côte barbaresque qu'il adorait – pour l'avoir tant de fois quittée – et qu'il n'osait plus espérer.

Il était sorti, très tôt, pour se rendre à la gare, et il longeait la mer, en cette campagne suburbaine si vaste et si mélancolique. Derrière le cap Rosa, le soleil se levait, inondant tout le beau golfe de lueurs sanglantes et dorées. Les grands eucalyptus, roussis par les vents d'automne, se balançaient doucement dans la fraîcheur matinale. Quelques frileux oiseaux s'éveillaient et chantaient, timidement.

Ce matin-là, il s'était souvenu, avec un intime frisson, des levers de soleil de son adolescence et de ses premières années d'enfant précocement sensible et rêveur – des années qu'il n'avait bien comprises qu'à distance.

Maintenant, sur le quai de Marseille, à l'ombre de la grande cathédrale qui ne jetait en lui aucune douceur d'espérance, l'aurore aussi n'était belle que d'un autre jour. Il se revoyait ailleurs :

Monté sur son cheval saharien, marchant au pas, très loin devant ses guides, il gravissait une colline nue et pelée, dans l'immensité vide du désert africain. Derrière lui, les solitudes salées et inhospitalières de l'*oued* Rir'; devant lui, les petites murailles en terre rougeâtre, enchevêtrées, les dattiers ombreux et légers d'El-Moggar, l'oasis où il devait passer la journée, après toute une nuit de marche. Vers sa gauche, au-dessus du lac desséché par la fournaise de l'été saharien, le soleil se levait.

Le *chott* s'étendait à perte de vue, route solide et sûre pendant l'été, que traversent sans cesse les longues *quafila* de chameaux, où galopent les rapides *méhara* des Chaamba – abîme de boue et de fange dès les premières pluies hivernales – route meurtrière pour l'imprudent qui s'y aventurerait.

« Le Grand *Chott* l'a bu », lui avait dit un guide Chaambi, en lui parlant de son frère. Et, avec un frisson d'angoisse, il se souvint de cette phrase dite dans une nuit funèbre de tempête et de détresse, au milieu même des solitudes maudites de ce grand *chott* Melghir, perfide et homicide.

Or, ce matin-là, le soleil paisible se levait au-dessus de la plaine morte, d'où la bénédiction de Dieu devait s'être retirée dès les origines lointaines, car aucun vestige de vie n'y apparaissait, rien, sauf la mystérieuse végétation minérale des cristaux.

Quelle paix radieuse et souriante!

Sur le fond gris rougeâtre du *chott* d'une platitude absolue, seules des efflorescences laiteuses de sel cristallisé se montraient, tristes poussées qui répandaient d'âpres et nauséeuses senteurs marines, effluves de fièvre et de mort.

Et le *chott*, ennemi de la vie, souriait pourtant de toutes ces blancheurs comme aucune aurore n'avait souri...

Nostalgies! nostalgies éparses dans Marseille, égarées comme de grands oiseaux qui vont repartir, qui se posent seulement!

Une autre fois, par un soir triste, la pluie battait furieusement les vitres de sa fenêtre, il était resté seul jusqu'au soir, sans bouger de sa chambre, à revoir une chose impressionnante qui « revenait ».

Autour de lui, l'immensité moutonnante des grandes dunes de l'Ouady-Souf, les mêmes dos de bêtes monstrueuses, d'un beige décoloré par trop de lumière à l'infini, singulier océan figé en pleine tempête, solidifié, et dont seule la surface, participant de la vie des vents, coule sans cesse dans le silence des siècles monotones. Parfois, de petites vallées. Là, sur le sable tout blanc, d'une finesse presque impalpable, des arbustes rabougris, comme rampants, sèment une étrange glanure de rameaux morts, d'un noir d'ébène. Puis, de loin en loin, bornes milliaires de cette route mouvante du Souf, les *gmira* grises, petites pyramides de pierre bâties sur la crête des grandes dunes, pour indiquer la route à suivre.

Dans le ciel sans un nuage, d'une infinie transparence azurée, le soleil à son déclin s'abaissait vers l'horizon, et l'on voyait encore, dans l'immensité rosée des sables, poindre les maisons grises et les dattiers sombres de Ksar-Kouïnine.

... Soudain, d'un brusque effort, d'un galop haletant, son cheval atteignit le sommet de la grande dune qui sépare Kouïnine d'Eloued.

Devant ses yeux émerveillés, il vit passer alors un spectacle unique, inoubliable, une vision du vieil Orient fabuleux.

Au milieu d'une plaine immense, d'un blanc qui passait au mauve, une grande ville blanche se dressait parmi les végétations obscures des jardins. Et la ville immaculée, au sein de cette plaine achromatique, semblait immatérielle et translucide, dans l'immensité fluidique de la terre et du ciel. Sans un toit gris, sans une cheminée fumeuse, Eloued lui apparut pour la première fois, telle une ville enchantée des siècles envolés de l'Islam primitif, comme une perle laiteuse, enchâssée dans cet écrin de satin vaguement nacré qu'était le désert...

Aucunes paroles ne lui eussent suffi pour exprimer la splendeur enivrante de ce spectacle – enivrante parce qu'éphémère et d'une infinie mélancolie en son essence.

Doucement il approchait, longeant maintenant une vague étendue où une infinité de petites dalles grises, caduques et penchées dans le sable, attestaient le lieu de repos éternel des Croyants.

Et voilà que, dans l'immense silence de cette cité qui semblait morte et inhabitée, des voix descendirent, comme du haut des montagnes, pensives et solennelles, des voix qui, en ce même instant, sur ce même air de tristesse supra-terrestre, retentissaient des confins du Soudan noir aux immensités du Pacifique, à travers tant de continents et de mers, pour rappeler un immortel souvenir sacré à tant d'hommes de races si opposées, si dissemblables...

Mais une autre voix, plus lente et plus cadencée, monta d'une rue tortueuse et ensablée. Là-bas, visible, une longue théorie d'hommes en *burnous* blancs ou noirs, en rouges manteaux de spahis, sortit, très doucement, recueillie et triste, de l'enceinte. D'abord, des vieillards vénérables, de vieilles têtes enturbannées où jamais une seule pensée de doute ou de révolte contre la volonté divine n'avait germé...

Puis, porté sur les épaules robustes de six Souafa bronzés, presque noirs, une chose allongée apparut, sur la civière voilée d'un drap blanc, immobilisée dans la rigidité froide de la mort. Puis, encore et encore, des formes blanches et noires.

Du groupe des vieillards, une psalmodie lente s'élevait, proclamant l'inéluctable Destinée, la vanité des biens éphémères de ce monde et l'excellence de la mort, qui est l'entrée triomphante de l'Éternité :

– Voici, Seigneur, ton serviteur, fils de tes serviteurs, qui a quitté en ce jour la face de ce monde, où il laisse ceux qui l'aimèrent, pour les ténèbres du tombeau... Et il attestait qu'il n'est pas d'autre Dieu que toi et que Mohammed est ton prophète... Or tu es le Dispensateur du pardon et le Miséricordieux...

Dans la vallée funéraire, deux hommes creusaient une fosse profonde dans le sable desséché.

Et, quand le corps fut déposé dans la terre, la face tournée vers la plage de la terre où est la sainte Mekka, et recouvert de palmes vertes, le sable blanc coula doucement, recouvrant pour l'éternité ce qui avait enfermé une âme musulmane, l'âme de quelque humble cultivateur soufi, homme de peu de savoir et de beaucoup de foi.

Puis, paisiblement, remportant le brancard vide, la blanche théorie reprit le chemin de la ville, dans l'attente absolument résignée en chacun de revenir, à l'heure fixée par le *mektoub*, sur ce même brancard, accompagné par les mêmes gestes millénaires et les mêmes litanies d'inébranlable certitude.

Et ce passage d'un enterrement, dont aucune ombre lugubre n'entachait la douceur ineffable, avait fait descendre en son cœur étranger une paix profonde.

D'autres ombres, drapées de vêtements bleu sombre, s'avançaient vers un puits, dont l'armature primitive – un tronc de palmier attaché sur une traverse supportée par deux montants – faisait jouer une *oumara*, grande corbeille en cuir équilibrée d'une pierre. C'étaient les femmes d'Eloued qui allaient à l'aiguade, portant, d'un geste antique, une amphore sur l'épaule droite.

Sur la muraille en terre battue d'une maison soufi, compliquée et chaotique, encombrée de petites terrasses, de petites voûtes, un jeune homme était venu s'asseoir et s'était mis à jouer d'une petite flûte en roseau aux trous enchantés.

Oh, alors, quel n'avait pas été pour lui le charme sans bornes de cette arrivée, sa douceur intensément mélancolique, inoubliable à jamais...

Une rafale glacée vint secouer le châssis et les vitres de sa fenêtre de Marseille. Il tressaillit, comme sortant d'un rêve. La nuit froide et obscure était descendue sur cette ville, où il se sentait plus seul et plus étranger. Il alluma une lampe, voulut travailler.

Ses regards tombèrent par hasard sur la quatrième page d'un journal, portant un horaire maritime. Alors, brusquement, il éprouva un désir intense, presque douloureux, de repartir, d'aller revivre son rêve d'un été de grande liberté jeune. Mais, après un instant de réflexion, il se dégagea :

« A quoi bon ?... Ce charme passé, je ne le retrouverais pas... Il n'est point de plus irréalisable chimère que d'aller, en des lieux jadis aimés, à la recherche des sensations mortes. Non! au hasard de la vie mystérieuse, cherchons plutôt, sur d'autres terres, d'autres joies, d'autres tristesses et d'autres nostalgies. »

Le lendemain, il partait enfiévré, ardent de voir et de sentir, pour une autre région de cette Afrique qui l'attirait invinciblement et qui devait être son tombeau prématuré!

Et le chercheur de voluptés nostalgiques n'est jamais revenu...

NOTE

Volupté légère de la nostalgie. Mise en perspective des souvenirs. La narratrice prend ses distances pour écrire à nouveau la découverte d'El Oued. Parfois, très rarement, devant un paysage le voyageur a l'impression violente d'une révélation et croit toucher au but.

Ce texte, vraisemblablement rédigé pendant l'exil à Marseille en 1901, est à rapprocher de *Au pays des sables* (*Œuvres complètes*, tome I, *op. cit.*), où I.E. raconte à la première personne son arrivée dans « la ville aux mille coupoles ».

Sans doute trop littéraire pour paraître dans la presse, *Nostalgies* fait partie des écrits d'I.E. publiés seulement après sa mort par V. Barrucand, d'abord dans l'*Akhbar* (le 28 mai 1905) puis pour constituer *Dans l'ombre chaude de l'Islam*, *op. cit.*

Nostalgies, dans la chronologie de l'inspiration, clôt la période d'El Oued.

Le Portrait de l'Ouled-Naïl

Exposé aux regards curieux des étrangers, dans toutes les vitrines de photographes, il est un portrait de femme du Sud au costume bizarre, au visage impressionnant d'idole du vieil Orient ou d'apparition... Visage d'oiseau de proie aux yeux de mystère. Combien de rêveries singulières et peut-être, chez quelques âmes affinées, de presciences de ce Sud morne et resplendissant, a évoquées ce portrait d' « Ouled-Naïl » chez les passants qui l'ont contemplé, que son effigie a troublés ?

Mais qui connaît son histoire, qui pourrait supposer que, dans la vie ignorée de cette femme, d'ailleurs à la fois si proche et si lointain, s'est déroulé un vrai drame humain, que ces yeux d'ombre, ces lèvres arquées ont souri au fantôme du bonheur !

Tout d'abord, cette appellation d' « Ouled-Naïl » appliquée au portrait d'Achoura ben Saïd est fallacieuse : Achoura, qui existe encore sans doute au fond de quelque *gourbi* bédouin, est issue de la race farouche des Chaouïya de l'Aurès.

Son histoire, mouvementée et triste, est l'une de ces épopées de l'amour arabe, qui se déroulent dans le vieux décor séculaire des mœurs figées et qui n'ont d'autres rapsodes que les bergers et les chameliers, improvisant, avec un art tout intuitif et sans artifices, des complaintes longues et monotones comme les routes du désert, sur les amours de leur race, sur les dévouements, les vengeances, les *nefra* et les *rezzou*.

Fille de bûcheron, Achoura avait longtemps poursuivi l'indicible rêve de l'inconscience en face des grands horizons bleus de la montagne et de ses sombres forêts de cèdres. Puis, mariée trop jeune, elle avait été emmenée par son mari dans la triste et banale Batna, ville de casernes et de masures, sans passé et sans histoire. Cloîtrée, en proie à l'ennui lourd d'une existence pour laquelle elle n'était pas née, Achoura avait connu toutes les affres du besoin inassouvi de la liberté. Répudiée bientôt, elle s'était fixée dans l'une des cahutes croulantes du Village-Nègre, complément obligé des casernes de la garnison.

Là, sa nature étrange s'était affirmée. Sombre et hautaine envers ses semblables et les clients en vestes ou en pantalons rouges, elle était secourable pour les pauvres et les infirmes.

Comme les autres pourtant, elle s'enivrait d'absinthe et passait de longues heures d'attente assise sur le pas de sa porte, la cigarette à la bouche, les mains jointes sur son genou relevé. Mais elle conservait toujours cet air triste et grave qui allait si bien à sa beauté sombre, et, dans ses yeux au regard lointain, à défaut de pensée, brûlait la flamme de la passion.

Un jour, un fils de grande tente, Si Mohammed el Arbi, dont le père était titulaire d'un *aghalik* du Sud, remarqua Achoura et l'aima. Audacieux et beau, capable de passions violentes, le jeune chérif fit le bonheur de la Chaouïya, le seul bonheur qui lui fut accessible : âpre et mêlé de souffrance. Jaloux, blessé dans son orgueil par de basses promiscuités, Si Mohammed el Arbi souffrit de voir Achoura au Village-Nègre, à la merci des soldats. Mais l'en retirer eût été un scandale, et le jeune chérif craignait la colère paternelle...

Comme il arrive pour toutes les créatures d'amour, Achoura se sentit naître à une vie nouvelle. Il lui sembla n'avoir jamais vu le soleil dorer la crête azurée des montagnes et la lumière se jouer capricieusement dans les arbres touffus de la montagne. Parce que la joie était en elle, elle sentit une joie monter de la terre, comme elle alanguie en un éternel amour.

Achoura, comme toutes les filles de sa race, regardait le trafic de son corps comme le seul gage d'affranchissement accessible à la femme. Elle ne voulait plus de la claustration domestique, elle voulait vivre au grand jour et elle n'avait point honte d'être ce qu'elle était. Cela lui semblait légitime et ne gênait pas son amour pour l'élu, car l'idée ne lui vint même jamais d'assimiler leurs ineffables ivresses à ce qu'elle appelait du mot sabir et cynique de « coummerce »...

Achoura aima Si Mohammed el Arbi. Pour lui, elle sut trouver des trésors de délicatesse d'une saveur un peu sauvage.

Jamais personne ne dormit sur le matelas de laine blanche réservé au chérif et aucun autre ne reposa sa tête sur le coussin brodé où Si Mohammed el Arbi reposa la sienne... Quand il devait venir, elle achetait chez les jardiniers *roumi* une moisson de fleurs odorantes et les semait sur les nattes, sur le lit, dans toute son humble chambre où, du décor habituel des orgies obligées, rien ne restait... Le taudis qui abritait d'ordinaire tant de brutales ivresses et de banales débauches devenait un délicieux, un mystérieux réduit d'amour.

Impérieuse, fantasque et dure envers les hommes, Achoura était, pour le chérif, douce et soumise sans passivité. Elle était heureuse de le servir, de s'humilier devant lui, et ses façons de maître très despotique lui plaisaient. Seule, la jalousie de l'aimé la faisait parfois cruellement souffrir. Les exigences de la condition d'Achoura blessaient bien un peu la délicatesse innée du chérif, mais il voulait bien, se faisant violence, les accepter, pour ne pas s'insurger ouvertement contre les coutumes, en affichant une liaison presque maritale. Mais ce qu'il craignait et ce dont le soupçon provoquait chez lui des colères d'une violence terrible, c'était *l'amour* des autres, c'était de la *sincérité* dans les relations d'Achoura avec les inconnus qui venaient quand le maître était absent. Il avait la méfiance de sa race et le soupçon le tourmentait.

Un jour, sur de vagues indices, il crut à une trahison. Sa colère, avivée encore par une sincère douleur, fut terrible. Il frappa Achoura et partit, sans un mot d'adieu ni de pardon.

Si Mohammed el Arbi habitait un *bordj* solitaire dans la montagne, loin de la ville. A pied, seule dans la nuit glaciale d'hiver, Achoura alla implorer son pardon. Le matin, on la trouva devant la porte du *bordj* affalée dans la neige. Touché, Si Mohammed el Arbi pardonna.

Apre au gain et cupide avec les autres, Achoura était très désintéressée envers le chérif; elle préférait sa présence à tous les dons.

Un jour, le père du jeune homme apprit qu'on parlait de la liaison de son fils avec une femme du village.

Il vint à Batna, et sans dire un mot à Si Mohammed el Arbi, obtint l'expulsion immédiate d'Achoura.

Éplorée, elle se réfugia dans l'une des petites boutiques de la rue des Ouled-Naïl, dans la tiédeur chaude et odorante de Biskra.

Malgré son père, Si Mohammed el Arbi profita de toutes les occasions pour courir revoir celle qu'il aimait. Et, comme ils avaient souffert l'un pour l'autre, leur amour devint meilleur et plus humain.

... Aux heures accablantes de la sieste, accoudée sur son matelas, Achoura se perdait en une longue contemplation des traits adorés, reproduits par une photographie fanée qu'elle couvrait de baisers... Ainsi, elle attendait les instants bénis où il venait auprès d'elle et où ils oubliaient la douloureuse séparation.

Mais, le bonheur d'Achoura ne fut pas de longue durée. Si Mohammed el Arbi fut appelé à un caïdat opulent du Sud, et partit, jurant à Achoura de la faire venir à Touggourt, où elle serait plus près de lui.

Patiemment, Achoura attendit. Les lettres du *caïd* étaient sa seule consolation, mais bientôt elles se firent plus rares. Si Mohammed el Arbi, dans ce pays nouveau, dans cette vie nouvelle si différente de l'ancienne toute d'inaction et de rêve, s'était laissé griser par d'autres ivresses et captiver par d'autres yeux. Et le jour vint où le *caïd* cessa d'écrire... Pour lui, la vie venait à peine de commencer. Mais, pour Achoura, elle venait de finir.

Quelque chose s'était éteint en elle, du jour où elle avait acquis la certitude que Si Mohammed el Arbi ne l'aimait plus. Et, avec cette lumière qui était morte, l'âme d'Achoura avait été plongée dans les ténèbres. Indifférente désormais et morne, Achoura s'était mise à boire, pour oublier. Puis elle revint à Batna, attirée sans doute par de chers souvenirs. Là, dans les bouges du village, elle connut un spahi qui l'aima et qu'elle subjugua sans qu'il lui fût cher. Alors, comme le spahi avait été libéré, elle vendit une partie de ses bijoux, ne gardant que ceux qui lui avaient été donnés par le chérif. Elle donna une partie de son argent à des pèlerins pauvres partant pour La Mecque et épousa El Abadi qui, joueur et ivrogne, ne put se maintenir dans la vie civile et rengagea.

Achoura rentra dans l'ombre et la retraite du foyer musulman, où elle mène désormais une vie exemplaire et silencieuse.

Elle s'est réfugiée là pour songer en toute liberté à Si Mohammed el Arbi, le beau chérif qui l'a oubliée depuis longtemps et qu'elle aime toujours.

NOTE

Qui n'a jamais vu ces portraits de femmes parées et nues dans un décor oriental propre à faire rêver les amateurs d'exotisme ? Isabelle Eberhardt, femme malgré le costume masculin, s'intéresse surtout à celles que l'amour de la liberté conduit sur les chemins de traverse. Mais elle veut gommer l'effet de cliché et s'attache à conter les douleurs, les solitudes, qui se cachent derrière les visages figés, artificiellement séducteurs.

Danseuses, prostituées et Ouled-Naïl, ces filles du *djebel* Amour à qui la prostitution était permise pour réunir l'argent de leurs noces, presque toutes ont, sous la plume d'I.E., la même histoire tragique.

Le Portrait de l'Ouled-Naïl est la deuxième nouvelle que fit publier (le 27 janvier 1903) V. Barrucand dans *la Dépêche algérienne*. Elle fut reprise dans l'*Akhbar* le 28 août 1905 et figure dans l'ensemble « Femmes » de *Pages d'Islam, op. cit.*

Rédacteur en chef des *Nouvelles* puis de l'*Akhbar*, Victor Barrucand est le journaliste le plus influent d'Alger. Il a pris la défense d'I.E. au moment de son expulsion en 1901. Elle le rencontre dès son retour, et avec son aide, s'imposera comme journaliste et écrivain.

Tessaadith

Quelques maisons bâties en briques de terre sèche, couvertes en *diss*; quelques *gourbis* défendus par des branchages épineux sur un plateau incliné; des landes de pins et de thuyas odoriférants alternant avec de maigres champs d'orge ou de blé. Décor sauvage et triste, village fruste et misérable, tel était le *douar* des Ouled Mokrane où avait grandi Tessaadith.

Elle était la fille du vieux Rezgui, le *cheikh* de la tribu, dont la maison, un peu plus grande que les autres, était – luxe inouï – couverte en tuiles rouges.

Rezgui était un grand vieillard maigre et bronzé, calme et sévère. En dehors de ses fonctions, il aimait s'en aller, sur son petit cheval gris, indocile, à travers la montagne, son long fusil attaché à l'arçon. Il chassait ou il rêvait – personne ne le savait, car Rezgui était silencieux. Sa vieille femme Mabrouka lui avait donné un seul enfant, une fille, et la joie ne régnait point dans la demeure du *cheikh*.

Tessaadith, depuis qu'elle avait commencé à trotter toute seule dans les ruelles du *douar*, avait aidé sa mère dans l'humble ménage de montagnards. Elle avait atteint l'âge nubile – onze ans – sans jamais être descendue à Batna, la grande ville où il y a les *roumis*, et que l'on apercevait du haut de la montagne où la jeune fille faisait paître les vaches et les chèvres de son père.

Un jour glacial d'hiver, quand le vent du nord faisait fureur dans les pinèdes ensevelies sous la neige, Tessaadith avait appris qu'elle serait bientôt mariée à un Saharien, marchand de céréales de sa tribu.

Il lui plaisait d'entendre parler de cette terre du Sud, lointaine, presque chimérique, terre de soleil où, disait-on, il faisait toujours chaud et d'où venaient les dattes qu'elle ne connaissait que pressées dans des *mezzouidh*, peaux tannées de mouton.

Et l'imagination fruste de l'enfant sauvage essayait vainement de se représenter ce que serait la vie là-bas dans ce pays inconnu, où on parlait arabe (Tessaadith ne comprenait que le chaouï, l'idiome berbère de l'Aurès), et où les femmes ne sortaient que rarement et voilées, tandis que dans son *douar*, les Chaouïyas circulaient presque librement, le visage découvert.

Les Chaouïyas, ceux de l'Aurès surtout, sont une race pauvre, fruste, au caractère sombre et obstiné, ils n'aiment point leurs voisins de la plaine, les Arabes et, quoique musulmans, ils ont conservé les usages et les mœurs de leurs ancêtres.

Moins bien doués, moins industrieux et plus sauvages que les Kabyles et les Mozabites, quoique de même origine qu'eux, les Chaouïyas sont pasteurs, chasseurs et cultivateurs, mais d'une façon très primitive. Leur caractère est ombrageux et violent et la sécurité est loin de régner dans leur pays.

La femme chaouï, à l'encontre de la femme arabe douce et soumise, a une nature tourmentée, vindicative et même, chose étrange, despotique, surtout en amour.

Tout cela sommeillait déjà dans l'âme de Tessaadith. Mais, avec ses compagnes, elle était déjà autoritaire, dure, et exigeait d'elles une obéissance passive. Elle était crainte et point aimée.

Cependant, Tessaadith était la plus belle d'entre les filles des Ouled Mokrane. Ses yeux, surtout, d'un noir velouté, larges et bien fendus comme ceux des gazelles, avaient un charme particulier malgré le regard sauvage et presque farouche qui y brillait souvent. Elle portait avec grâce les voiles bleus, la coiffure compliquée recouverte d'un mouchoir noir et la *taaba*, pièce de mousseline qui descend de la tête jusqu'au bas de la robe, couvrant le dos, et que l'on attache sous le menton au moyen d'une agrafe d'argent. Comme son père était riche, elle avait beaucoup de beaux bracelets d'argent aux poignets et aux chevilles de ses pieds nus et, à chacun de ses mouvements, tout cela sonnait en cadence.

Rezgui aimait son unique enfant, mais ne lui prodiguait jamais de caresses. Elle le vénérait et le craignait tout comme sa mère, qui avait toute sa vie été la servante soumise de son *cheikh*. Mabrouka ne ressemblait point aux autres femmes de sa race : c'était un être insignifiant, doux et effacé.

Tessaadith n'avait, ni au physique ni au moral, rien de sa mère et celle-ci hochait la tête, prédisant à sa fille bien des malheurs si elle ne changeait pas de caractère...

Du jour où Tessaadith avait quitté son *douar* solitaire pour suivre son mari, les sujets d'étonnement et d'admiration n'avaient cessé d'être semés à chaque pas. Batna, d'abord, dont elle n'avait presque rien vu, tenue cachée chez une parente du fiancé, puis le chemin de fer... Dans le coin du compartiment des femmes seules où on l'avait installée, elle était d'abord demeurée craintive, presque tremblante. Tout cela était si nouveau, si inouï!

On lui avait recommandé de ne pas relever les rideaux, de ne pas ôter son voile.

Ainsi, de la route, elle ne vit rien... Mais, presque tout de suite le froid glacial de Batna avait fait place à une chaleur douce et pénétrante...

Enfin le train s'arrêta pour la dernière fois, la portière s'ouvrit et Tessaadith aperçut le vieillard auquel on l'avait donnée et avec qui elle n'avait pas échangé dix paroles depuis quatre jours qu'elle était son épouse.

Vite, elle s'engouffra dans une voiture dont son mari, Si Larbi, baissa les stores en crin...

Tandis que la voiture roulait, Tessaadith, qui eût voulu soulever un coin du rideau, mais qui n'osait, sentait une langueur singulière l'envahir, comme une lassitude très douce. Un parfum suave et pénétrant montait vers elle des invisibles jardins.

Puis, après quelques cahots, la voiture s'arrêta et Tessaadith entra dans une sorte de corridor étroit au-dessus duquel se rejoignaient les frondaisons bleues des palmiers... au-dessus des murs en *toub* ocreux... Plus haut encore, c'était un ciel d'un bleu profond et un soleil éblouissant. Un grand silence régnait là, que troublait seul le bourdonnement innombrable des mouches.

Tessaadith, son voile relevé, se trouva dans une cour aux murs irréguliers percés de portes et de fenêtres simplement fermées par des rideaux et où poussait un grand figuier et encore un arbre tout étoilé de fleurs violettes, odorantes, que Tessaadith ne connaissait pas.

Des jeunes femmes en costume mauresque entourèrent la nouvelle venue avec des cris de joie, des éclats de rire. Elles s'embrassèrent, lui souhaitant la bienvenue en arabe. Elle, farouche et apeurée, ne comprenant pas, rougissait, répondait à peine, en chaouï, ce qui redoublait la gaîté des jeunes femmes.

Les musulmans peu fortunés, qui n'ont point de maison pour eux seuls, logent plusieurs familles ensemble. Les femmes vivent en sœurs, quoique les disputes soient fréquentes, travaillent en commun et s'entraident mutuellement. Entre voisins, on ne cache pas les femmes, à la longue. Les premiers temps, en entrant les hommes crient : *Trik!* (chemin) et toutes les voisines s'enfuient comme un vol d'oiseaux légers. Si Larbi, le mari de Tessaadith, propriétaire de la maison, dont il louait les pièces sauf deux, où il vivait, était âgé et respecté. Cependant, il n'adressait la parole aux jeunes femmes que rarement, et seulement pour leur parler des choses de la vie courante, quand les circonstances l'y obligeaient.

Et Tessaadith était là, dans ce milieu nouveau, telle une fleur sauvage de la montagne transplantée tout à coup dans le sol plus fertile, parmi la végétation plus luxuriante de la vallée.

Tels furent les débuts de Tessaadith dans la vie réelle, après le rêve vaguement mélancolique de son enfance.

Deux années s'étaient écoulées.

Tessaadith n'avait point eu d'enfants, mais, là encore, parmi toutes ces Mauresques craintives et accoutumées à la sujétion, elle avait pris une place à part, les dominant, les conseillant, à présent qu'elle savait l'arabe, comme une personne âgée et d'expérience.

Elle n'avait jamais éprouvé aucun sentiment affectueux, non seulement amoureux, pour son époux, qui était resté pour elle un étranger, obéi et redouté jusqu'à un certain point, car elle n'avait jamais annihilé sa personnalité, mais elle gardait pour elle ses réflexions, et aussi, comme on dut le voir dans la suite, ses résolutions.

Son mari, Chaouï typique, l'estimait pour son caractère sérieux et silencieux, pour la manière dont elle savait en imposer aux voisines et faire régner la paix et l'accord parmi elles. Si Larbi ne regrettait que la stérilité de sa jeune femme. Il était vieux et eût voulu avoir un fils.

La fleurette sauvage et parfumée des Ouled Abdi s'était épanouie, superbe. Sa beauté était plus expressive que douce et son visage avait une expression de fierté insolite chez une femme aussi strictement cloîtrée. Cette femme eût pu impressionner même l'homme le plus raffiné, le plus intellectuel, car elle n'était pas que chair à volupté. Il y avait une pensée dans sa tête voilée et tout un monde de passion dans son âme.

Certes, Tessaadith, illettrée et ignorante, n'avait point une conscience nette de sa propre nature. Seulement, d'instinct, elle sentait qu'elle n'était point faite pour la vie qu'elle menait. Elle se soumettait à la destinée, gravement, sans plainte. De ce qu'elle sentait, de ce qu'elle pensait vaguement, elle ne révélait jamais rien à personne.

Son père, puis sa mère, étaient morts. Elle les avait revus et ne les oubliait point et quand, l'un après l'autre, très vite, ils étaient morts, Tessaadith les avait pleurés. A travers tout ce qu'il y avait de nouveau dans son âme, les souvenirs, les sensations de jadis lui étaient revenus et elle avait de nouveau souffert, comme aux premiers jours de la nostalgie de la montagne, de la vie libre au grand air.

Plus que jamais, elle s'était renfermée en elle-même... Vers le milieu de la troisième année, après une courte maladie, Si Larbi mourut et Tessaadith resta seule, à seize ans.

Si Larbi avait des frères et Tessaadith n'eut qu'une faible part de la fortune, d'ailleurs peu considérable de Si Larbi. Pendant quelques jours elle resta chez l'une de ses voisines, point attristée mais songeuse.

Parfois, une vieille femme de l'oasis lointaine de Bou Saada, couverte de bijoux, venait visiter l'amie chez laquelle Tessaadith demeurait. Cette femme, ancienne courtisane, très riche, avait une boutique dans la rue des Ouled-Naïl, dans le Biskra des *roumis*.

Gaie, bonne à sa façon, facétieuse et rusée, elle ne jouissait pas de l'affection de Tessaadith, mais bientôt la jeune veuve lui témoigna plus d'égards.

— Viens vivre chez moi, disait Embarka. Tu seras bien, tu auras ta chambre, personne ne te verra, je te chercherai un nouveau mari.

Tessaadith hocha la tête.

— Non, dit-elle, avec son dur accent chaouï, je ne veux pas me marier... Soit, j'irai chez toi et je réfléchirai.

Brusquement, en son âme, la résolution de se faire courtisane était née. C'était la liberté, l'amour et la richesse.

Des influences honnêtes de son enfance, Tessaadith faisait table rase. Elle savait que mariée, elle ne serait jamais heureuse... Et c'est bien ce qu'elle voulait, être heureuse.

Elle s'installa chez Embarka. La vieille ne la pressa pas, sembla n'influencer en rien la jeune femme, car elle avait compris pourquoi Tessaadith avait accepté de venir loger chez elle. Un jour, avec son grand sérieux, la Chaouïya dit à Embarka :

— Amène-moi quelqu'un. Mais prends garde à ton choix. Je ne veux qu'un Chaouï jeune. N'amène pas de pauvre et pas de vieux.

— Alors, viens, sortons. Nous nous mettrons sur le banc du café d'en face. Les jeunes hommes de Biskra passeront... tu choisiras.

Embarka, rapace, craignait de fâcher Tessaadith par un choix maladroit et de la perdre, car elle attendait beaucoup de la jeune femme.

Timide encore mais parée avec goût – elle avait conservé le cos-

tume chaouï – elle s'assit sur le banc parmi les femmes qui peuplent
cette rue. Elles l'accueillirent comme une sœur, avec joie, avec des
compliments. Elle, grave toujours, répondait à peine, honteuse au
fond.

Avec dédain elle repoussa les offres de plusieurs soldats. Tout à
coup un officier français qui errait désœuvré et curieux sans doute,
car il était très jeune, passa. Il regardait les femmes, échangeait
avec elles quelques plaisanteries crues, en sabir et en arabe, qu'il
parlait passablement. Devant Tessaadith, il s'arrêta, tant la beauté
de la Chaouïya l'avait frappé. D'ailleurs dans son attitude, dans son
regard, il y avait quelque chose de très dissemblable des autres mais
qui attirait.

Il lui parla, lui demandant son nom et de quel pays elle était. Puis,
prenant place auprès d'elle, il lui offrit le café. A peine souriante,
elle semblait pourtant favorable au jeune homme. Cependant un
scrupule obscur l'arrêtait : c'était un *roumi*.

En son français impayablement guttural, la vieille Embarka parla
à l'officier et acheva de le charmer en lui contant le passé d'honnêteté de Tessaadith, dont c'était la « première sortie ». Cependant
le sous-lieutenant ne put s'empêcher de reprocher vertement à la
vieille le rôle infâme qu'elle jouait auprès de la jeune Chaouïya. Puis
il se dit : « Que je suis naïf ! Est-ce qu'elle ne fait pas tout bonnement
l'article de sa marchandise ! Est-ce qu'elle m'a raconté la vérité ?
Allons donc ! »

Le sous-lieutenant Clair venait de passer aux spahis par permutation, venant d'un régiment de dragons. Il avait une âme virile et
sérieuse, mais enthousiaste et jeune. A vingt-six ans il conservait
beaucoup d'illusions et le savait. Toute cette Algérie le grisait, le
charmait, et au grand scandale de ses camarades et de ses chefs, il
était ce qu'on appelle là-bas un « arabophile »... Cependant, perspi-
cace et sincère, il ne se dissimulait pas les défauts et les vices de la
race, mais au lieu de souhaiter comme tant d'autres son assujettisse-
ment complet ou même sa destruction progressive – car il en est
beaucoup qui préconisent le refoulement des indigènes vers les
régions désertiques, l'expropriation en masse, et beaucoup d'autres
mesures aussi oppressives et peu françaises qu'elles sont, heureusement, impraticables –, le lieutenant Clair souhaitait ardemment le
relèvement moral et intellectuel de la race vaincue dans l'islam – ce
qui était encore une originalité. Martial Clair était incapable d'envi-
sager les choses de la vie à la légère, avec l'esprit de blague et de
persiflage moderne qui déforme, et disons le mot, salit tout ce qu'il

touche. Ainsi la personne de Tessaadith l'intéressait-elle vivement.
Dès son arrivée – quatre mois auparavant –, il s'était ardemment
mis à étudier l'arabe pour passer ensuite dans l'administration des
affaires indigènes, son rêve. Aussi il eut le désir de parler à Tessaadith mais pas là, pas dans cette cohue où il se sentait d'ailleurs
déplacé, en tout autre rôle qu'en celui de simple spectateur.

– Montre-moi ta maison, dit-il tout bas à Embarka.

– Tourne le coin de la rue. C'est le numéro..., murmura la vieille.
Sa maison avait deux entrées.

Martial entra dans la chambre de Tessaadith où il n'y avait que
son lit arabe, un matelas sur une natte très blanche, deux coffres
peints en vert, des fleurs naïves d'un cinabre vif et une petite table
ronde, basse.

Tessaadith, toute pâle, était assise sur son lit. Malgré ses scrupules religieux – les Berbères sont bien moins observants que les
Arabes – elle avait permis à Embarka de recevoir l'officier. Il lui
avait plu, par sa beauté d'abord, et ensuite par le sérieux de son attitude.

– Tessaadith, dit-il, ne crains rien. J'ai voulu te parler... La vieille
m'a raconté que tu es veuve depuis peu, que tu n'as encore jamais
fait ce vilain métier... Pourquoi veux-tu le faire? « Je suis ridicule,
pensait-il. Mes camarades, s'ils me voyaient et m'entendaient, se tor-
draient les côtes de rire! »

– Je ne veux plus me remarier. Je veux faire tout ce qui me plaît,
voir qui je veux, aller où je veux.

– Pourquoi? N'as-tu pas été élevée comme toutes les autres
musulmanes?

– J'ai été élevée au sommet de la montagne, où l'horizon est large
et où l'on va où l'on veut... Je courais, libre comme mes chèvres. Je
ne veux plus vivre enfermée dans une chambre étroite et filer de la
laine. Je veux être aimée, je veux de l'argent!

Elle parlait avec une résolution étrangement farouche, mais que
Martial sentit inébranlable. Il avait un peu de peine à la comprendre
mais il saisissait cependant le sens de ce qu'elle lui disait et cela renversait toutes ses idées sur la femme algérienne, assez rudimentaires
d'ailleurs, faute d'expérience.

– Veux-tu que je te loue une chambre dans l'oasis? Tu seras libre,
à condition de ne pas me trahir.

Elle hocha la tête.

– Libre? Non. Je resterai ici. Viens me voir. Si un jour je t'aime-
rai je te suivrai. Tu es riche?

– Non, mais ce que j'ai je le dépense volontiers.

– Tu m'apporteras des bijoux et de l'argent? Je veux beaucoup d'argent.

Comment celle qui parlait tout à l'heure des vastes horizons de l'Aurès et de la vie primitive, pouvait-elle, avec le même sérieux faire cet étalage naïf et brutal de sa rapacité?

– Sais-tu, demanda-t-il tout à coup, que c'est un grand péché ce que tu veux faire?

Elle eut un geste résigné.

– Dieu est clément et pardonne!

Non, décidément, elle ne renoncerait pas à son projet de devenir courtisane. D'ailleurs toute son histoire était-elle vraie? Mais Martial voyait bien qu'avec une nature comme celle de Tessaadith cette histoire était au moins vraisemblable.

Elle l'attirait étrangement et il se consola en se disant : « Peut-être s'attachera-t-elle à moi? Alors je la sauverai. »

L'avenir? Mais c'était si loin... Et Tessaadith était si belle!

Non, certes, elle n'avait rien d'une prostituée et Martial, plus attentivement il l'observait, plus il se sentait sûr de la véracité de ce que la vieille lui avait confié.

En amour, quoique sensuelle à l'excès, elle restait comme étrangement pensive, et elle n'avait point d'impudeur. Cela acheva de griser Martial et, depuis ce jour, il passa chez elle toutes ses heures libres, de plus en plus épris de l'étrange créature.

Elle aussi commençait à l'aimer, mais l'amour de Tessaadith était comme tout en elle, singulier.

Peu à peu elle voulut prendre Martial entièrement, le dominer et, parfois, le faire souffrir. Elle était surtout d'une jalousie atroce, soupçonneuse, tout en gardant elle-même une liberté d'allure excessive.

Quelquefois, sans raison, elle concevait des doutes sur la fidélité de Martial... Un soir, au lendemain d'une nuit délicieuse où elle lui avait semblé tout autre, adoucie et bonne, Martial fut douloureusement surpris en la trouvant assise sur le banc du café, en train de *boire l'absinthe avec un spahi* musulman. Elle fit semblant de ne pas le voir et lui, qui était obligé de cacher soigneusement sa liaison, compromettante au plus haut degré pour un officier, dut attendre, seul, dans sa chambrette blanche, que Tessaadith voulût bien venir...

Il s'était couché sur le lit, l'âme en deuil, avec un amer dégoût... Il se maudissait et se méprisait profondément de ne pas se lever et s'en aller pour toujours. Cependant, instinctivement, il se refusait à croire à une trahison réelle.

La vieille vint, voulant s'excuser, le consoler.

– Elle est folle, dit-elle. Sidi! je vais aller l'appeler.

Il la chassa avec colère :

– Si tu oses lui dire un mot, je te tuerai! dit-il.

Enfin, Tessaadith rentra, après avoir congédié brusquement le spahi ahuri.

– Bonsoir, ami! dit-elle, comme si rien d'insolite ne s'était passé.

Alors, en un flot amer de paroles incohérentes, il lui reprocha son inutile cruauté.

– Est-ce que je sais, moi, où tu vas, quand tu me quittes? dit-elle, assombrie tout à coup.

Alors, sans souci de sa dignité, il la supplia, lui jurant qu'il l'aimait et lui était fidèle.

Pour la première fois peut-être Tessaadith sentit quelle puissance elle avait acquise sur son amant.

Elle l'aimait, mais, irrésistiblement, elle éprouvait un obscur besoin de le torturer, pour mieux le dominer.

Et, de jour en jour, sa conduite devenait plus incohérente. Elle s'ennuyait, dès qu'elle jouissait du paisible bonheur de l'amour partagé.

D'ailleurs, la rue, qui l'effrayait avant, avait commencé à l'attirer par sa diversité bariolée, changeante.

Elle se plaisait maintenant sur le banc du *cahouadji*, à parler au hasard avec les passants.

Elle n'avait cependant point encore le *ton* de la rue, le jargon éhonté et dégradé des autres. Elle gardait son grand sérieux un peu sauvage.

Jusque-là, elle était cependant matériellement fidèle à Martial, en grande partie parce que, réellement, elle l'aimait, mais aussi un peu parce qu'aucun autre ne l'avait encore attirée.

A l'égard des autres filles, elle se montrait hautaine, quoique les fréquentant, mais elles craignaient la Chaouïya.

En somme, tant qu'elle aima Martial, Tessaadith ne tomba point complètement. Cet amour la retenait jusqu'à un certain point, et elle ne voulait pas trop le salir. D'ailleurs, de sa liaison avec l'officier, elle n'avait soufflé mot et ses apparitions dans la rue étaient assez rares. Pour expliquer ses refus, elle disait bien qu'elle avait un amant, mais sans jamais le nommer, et Martial était prudent dans ses allées et venues.

Par lui, Tessaadith avait connu les ivresses de l'amour dont elle ne s'était pas même doutée durant son mariage. Mais, cette initiation ne l'avait point faite sienne entièrement comme il arrive presque toujours. Tout l'inconnu, toute l'obscurité de son âme étaient demeurées intactes et, au contraire, se développaient, l'envahissant progressivement.

Martial voyait tout cela et le comprenait mieux qu'elle ne se comprenait elle-même : c'était bien la désagrégation lente, mais sûre de cette âme qu'il eût voulu si ardemment sienne. De plus en plus elle lui échappait. Il en souffrait et tâchait de la retenir, effrayé de voir quelle attirance étrange la fange exerçait maintenant sur Tessaadith. Mais il voyait bien que cette attraction mauvaise triompherait bientôt de son influence à lui.

« Elle ne m'aime pas comme elle pourrait aimer, car, avec cette nature, si elle aimait réellement, profondément, elle se donnerait toute et n'agirait point ainsi. »

Il avait même des heures de morne désespérance, où la vie lui apparaissait désormais décolorée, insipide, indigne d'être vécue. C'était son premier amour qui s'en allait ainsi à la dérive, et, comme tous les amoureux très jeunes, il croyait sincèrement que, du jour où tout espoir aurait sombré, il ne pourrait plus vivre. Il songea même au suicide. Puis, la pensée de sa vieille mère, veuve d'un officier tué au Tonkin, si digne et si triste, qui n'avait plus que lui au monde, vint lui rendre un peu courage.

Mais il renoncerait pour toujours à l'amour, il ferait son métier de soldat, il tâcherait de se faire envoyer dans l'Extrême-Sud, dans les solitudes silencieuses où, pour sa mère seule, il travaillerait... Et si elle venait à partir un jour, alors, il irait où l'on se battrait et il se ferait tuer, comme son père, pour la France.

Tessaadith le voyait souffrir, et cependant, elle n'en avait pas pitié.

Pourtant, Tessaadith était bonne et secourable envers les malheureux, et une grande partie de ce que lui donnait Martial passait en aumônes...

Plus la vie des courtisanes l'attirait, plus elle se détachait de Martial, plus elle se montrait dure envers lui. Il avait bien des heures de révolte et de colère, mais cela passait vite et, longtemps, il pardonna.

Un jour, brutalement, leur roman finit...

C'était le soir. Dans la foule bariolée des femmes assises devant leurs portes et devant les cafés, des hommes circulaient, des Bédouins, des tirailleurs, des joyeux, des spahis.

Tout cela, en arabe, en français, plaisantait, riait, disait des énormités...

Tessaadith était sur son banc, devant le *cahouadji* Ahmed. A côté d'elle, il y avait un tirailleur, grand Bédouin presque géant... Tessaadith s'était renversée sur les genoux du soldat qui, très ivre déjà, lui versait de l'absinthe, entre ses lèvres entrouvertes dans la griserie croissante. Parfois, le *turco* se penchait sur elle et mettait un baiser sur ses lèvres mouillées d'alcool. Alentour, les femmes et les soldats riaient. Embarka, qui tremblait que l'officier ne vînt, jurait et appelait Tessaadith...

Martial, accoutumé depuis quelques jours aux sorties de Tessaadith, passa...

Il avait vu, et il avait senti comme un grand déchirement se produire en lui, très profond dans son âme... Et il comprit que c'était fini.

Il repassa encore, par un besoin morbide de retourner le fer aigu dans sa plaie... Tessaadith, ivre tout à fait, entraînait maintenant le *turco* vers sa maison.

Alors, Martial partit.

Il demanda à être envoyé dans le Sud et quitta bientôt Biskra.

De peur de la voir, de peur de retourner là-bas, malgré le deuil de son cœur, il s'était enfermé chez lui.

Quand son père était mort, il avait à peine douze ans, et son chagrin, immense il est vrai, avait été celui d'un enfant. Maintenant, c'était sa première douleur d'*homme*.

Les plus sombres idées le hantaient et seule la lettre que sa mère lui envoyait chaque semaine le réconfortait.

Il avait pris en haine ce pays qu'il aimait, et les décors arabes, les chants des Bédouins et l'edden des *mueddine* avivaient sa torture. L'odieuse vision le visitait souvent, la nuit...

Mais, là-bas, dans l'infini des *chott* et de l'*oued* Igharghar où l'on avait envoyé, dans un bureau arabe, dans le silence solennel du désert resplendissant, sa douleur s'était peu à peu calmée. Et il voyait bien qu'il vivrait encore, et qu'il aimerait.

* ***
*

Tessaadith avait passé une nuit vague, dans les brumes de son ivresse. Le *turco*, parti à minuit, l'avait laissée vautrée sur son lit défait, sans conscience de rien.

Elle se réveilla, la tête lourde et endolorie.

Embarka, furieuse, qui n'avait pas remarqué le passage furtif de l'officier, exultait cependant : par bonheur, il n'était pas venu, il

n'avait rien vu!... Ainsi pensait-elle dans son incompréhension profonde de ce caractère d'homme.

Tessaadith, s'étirant avec langueur, demanda :

– Le *roumi* n'est pas venu?

– Non, et c'est Dieu qui nous a sauvées!

Et elle commença à faire des reproches... Mais Tessaadith, que la
vieille craignait, lui imposa silence.

Il n'était pas venu? Pourquoi? Et s'il ne revenait plus? se disait-
elle... Et, tout à coup, elle sentit que ce serait, pour elle, une délivrance, et elle se mit à désirer qu'il ne revînt plus...

Le soir, comme le tirailleur de la veille n'était pas là, ce fut un
spahi qui accompagna Tessaadith, un grand garçon brun, d'une
grande beauté de traits, avec de longs yeux langoureux et une moustache en croc. Il se savait beau et portait le *burnous* rouge et le turban blanc autour duquel un cordon en poil de chèvre noir était symé-
triquement roulé.

C'était un Bédouin d'Aïn-Guettar, près de Souk-Ahras.

Il avait vu Tessaadith et elle lui avait plu. Mohammed Tahar
venait de rengager et il était en train de dépenser sa *prime*.

– Tiens! avait-il dit en jetant une pièce d'or sur les genoux de Tessaadith. J'en ai encore beaucoup comme ça. Ça sera tout pour toi, si
tu veux m'aimer... D'ailleurs, viens, tu verras.

Tessaadith l'avait emmené. Elle connaissait Mohammed Tahar de
réputation : il passait pour une forte tête en dehors du service... Mais
celui-là encore, elle le devina très vite.

Elle commençait à devenir habile et rusée dans son métier, et ce
soir-là, elle usa pour le spahi de tous les raffinements, de toutes les
chatteries que lui avait enseignés le *roumi* déjà oublié...

Jamais Mohammed Tahar n'avait rien vu ni éprouvé de pareil, et
il resta ébloui, ensorcelé.

Le lendemain, bon soldat d'ordinaire, il manqua se faire punir par
l'officier dont il était l'ordonnance. Le soir, dès qu'il fut libre, il courut chez Tessaadith...

Quelles ne furent pas sa stupeur et sa rage, quand la porte de la
Chaouïya resta obstinément, inexorablement close!

Alors, il voulut briser la porte, causa un scandale épouvantable...
Mais il n'avait pas bu et il s'enfuit au moment où la garde arrivait.

Le lendemain, il trouva Tessaadith chez le *cahouadji* Ahmed.
Mohammed Tahar avait juré de se venger, de la frapper cruellement. Mais, quand il la vit, il ne sut que la supplier de le recevoir.
D'instinct, il avait senti que, s'il se montrait impérieux ou brutal,
elle était à jamais perdue pour lui.

Elle l'accueillit. La Chaouïya n'avait pas, la première fois, épuisé tous ses sortilèges et elle ensorcela encore plus le spahi, l'altérant pour toujours de la soif dévorante d'elle.

Mais, pas un jour, pas une heure, elle ne le traita en amant attitré. Elle le reçut quand elle voulut, le renvoyant souvent pour d'autres.

Embarka, en cachette de Tessaadith, avait tenté une démarche chez le lieutenant Clair, mais sa porte lui en resta rigoureusement interdite.

Alors, elle pensa que l'on pouvait soutirer au spahi l'argent qui lui restait. Mais Tessaadith veillait et, avec la rapacité de sa race, elle thésaurisait aussi, ce qui gênait beaucoup Embarka.

Le Chaouï, comme le Kabyle et le Mozabite, est âpre au gain et avare.

Comme toutes les courtisanes musulmanes, Tessaadith ne gardait pas d'argent en monnaie ou en billets : elle convertissait son gain en bijoux, en chaînettes pour la coiffure, en agrafes, en bracelets, en *halhal* (bracelets pour les chevilles), en gorgerins d'argent, en colliers de pièces d'or...

Bientôt Tessaadith commença à être riche, car elle était très appréciée... Elle avait beaucoup changé, au moral surtout. Maintenant, elle vivait dans la rue, dans le ruisseau puant, plus hardie et plus violente que les autres.

Un soir, elle eut une querelle avec une autre femme, une robuste Bédouine du Sud... Elles en vinrent aux mains.

Et Mouça, l'agent de police, – amant de toutes les deux – n'ayant pu les séparer à coups de cravache, avait voulu les emmener toutes les deux. Mohammed Tahar s'était trouvé là et il avait eu la présence d'esprit de fourrer une pièce de vingt sous dans la main de l'agent, en disant tout bas :

– Pour la grande, la Chaouïya !

Et Tessaadith avait été relâchée, tandis que Kadoudja avait passé la nuit à la geôle, à la merci des agents.

Mais toutes les querelles que suscitaient à chaque pas le despotisme, la jalousie et la violence de Tessaadith n'avaient pas fini aussi bénignement.

Elle avait été arrêtée plusieurs fois pour scandale, frappée par les agents, internée à la geôle, au dispensaire et même, une fois, condamnée à de la prison...

Malgré tout, cette vie de désordre plaisait à Tessaadith. Elle se sentait *chez elle*, dans ces rues où elle pouvait boire, chanter, danser et choisir l'homme qui lui plaisait... Surtout, n'obéir à personne, ne pas travailler, ne pas avoir de devoir à remplir. C'était la liberté tant désirée.

Parfois, cependant, quand se dissipaient les fumées de l'ivresse, quand elle était seule, loin du bruit et de l'agitation auxquels elle s'était habituée, Tessaadith s'ennuyait. Le grand vide de son existence lui apparaissait

Que fallait-il faire, pour éviter ces heures de morne tristesse ? Elle sentait bien que quelque chose lui manquait. Mais quoi ?

Incapable d'analyser ce qui se passait en elle, Tessaadith ignorait qu'elle s'ennuyait, parce que tout ses plaisirs étaient purement extérieurs, et que le vide régnait dans son cœur, au milieu de tout le bruit, de toutes les ivresses...

Elle ne regrettait pas Martial, car il exigeait un genre de vie un peu plus rangé, plus monotone et surtout plus retiré... Or, elle ne l'avait pas aimé assez profondément pour qu'il lui remplaçât tout ce à quoi il voulait qu'elle renonçât, pour qu'il remplît son âme et lui suffît.

Et Tessaadith, en somme, n'était pas heureuse.

Les jours s'écoulaient, toujours les mêmes et Tessaadith finit par en sentir la monotonie.

Alors, elle quitta Biskra et s'en vint à Batna, au « Village-Nègre ».

Sept années s'étaient écoulées depuis qu'elle n'avait plus revu les montagnes natales, et elle éprouva une émotion étrange en voyant se dresser la silhouette bleue des Ouled-Abdi, dominant vers l'est la vallée fertile au fond de laquelle s'élève la petite ville, toute moderne, toute militaire.

Le « Village » est situé presque au pied des Ouled-Abdi et de la maisonnette en planches où elle s'était logée, Tessaadith pouvait voir jusqu'aux bergers bédouins gravissant les pentes boisées. Son *douar* était loin, de l'autre côté de la chaîne de montagnes. Parfois, elle eût voulu retourner là-bas, revoir le hameau où elle était née... Mais dans sa condition présente, c'était impossible...

A Biskra, elle regardait souvent, avec une tristesse nostalgique, les dentelures bleues de l'Aurès qui fermaient l'horizon septentrional... Maintenant qu'elle était revenue en pays chaouï, elle se sentait encore plus excitée, parce que l'accès de la montagne lui était interdit.

Tessaadith vivait avec une autre fille de son pays, Taalith, qu'elle était en peu de jours parvenue à s'assujettir entièrement, la transformant en esclave.

Taalith, toute jeune, était restée orpheline et elle était venue de son hameau au « Village », directement, sans jamais avoir été mariée. Elle avait à peine quinze ans.

Tessaadith reprit au « Village » son genre de vie de Biskra.

En face de sa porte, il y avait un café maure où se réunissaient les femmes, le soir. Tessaadith y avait d'abord été fêtée. Puis, en peu de jours, une inimitié sourde était née chez les autres contre cette nouvelle venue, si hautaine et si belle, qui leur prenait leurs amants et semblait les dédaigner.

Parmi les clients du « Village », l'apparition de Tessaadith avait été un événement. Elle était plus belle que toutes les autres, et l'argent afflua bientôt chez elle. Par la même occasion, Taalith, dont la jeunesse plaisait, gagnait aussi et achevait de s'attacher à sa compagne qu'elle servait docilement.

Un jour, le fils du *caïd* de Biskra, Si Dahmane, vint à Batna. Parfaitement beau, très riche et d'aristocratiques manières, Si Dahmane ne dédaignait cependant point les plaisirs faciles et souvent capiteux des cités d'amour telle que le « Village ». Entre toutes les femmes, le jeune homme distingua Tessaadith... Elle aussi, dès la première fois, éprouva pour lui un sentiment tout nouveau.

En quelques heures, cette emprise dissipa l'ennui et la tristesse de la Chaouïya et elle se donna fougueusement à cet amour qui, enfin, l'avait prise tout entière, la régénérant en quelque sorte – sans la purifier, cependant, car Si Dahmane, dès le début, ne la considéra que comme un instrument superbe de volupté et ne fit rien pour lui inspirer le désir d'une autre vie, plus relevée et plus calme.

Si Dahmane était intermittent et volage et, en son absence – douleur cruelle pour Tessaadith –, cette dernière cherchait une consolation périlleuse dans l'ivresse. Ces heures de solitude lui étaient, en effet, insupportables.

Mais ce n'était plus le vide de l'âme et l'ennui, c'était une souffrance réelle, intense, animée par les tortures de la jalousie... Mais Tessaadith, d'instinct, préférait cette douleur à son état d'âme passé et n'en cherchait pas l'oubli dans l'ivresse.

L'absinthe ne faisait que magnifier son mal et lui faire verser des larmes. Elle se délectait alors dans sa désespérance.

Dès que Si Dahmane venait, Tessaadith était tout à sa joie, tout aux prodigieuses ivresses de sa passion.

Si Dahmane subvenait généreusement aux besoins de la Chaouïya et Tessaadith avait, pour lui, renoncé à ses autres amants – simplement parce que tout ce qui n'était pas son Dahmane était sans charme.

Si Dahmane habitait une riche propriété de son père près de Ras-el-Ma, sur la route de Biskra, et venait tous les jours à Batna et au « Village », monté sur son superbe étalon noir de Sétif dont le harnachement tout doré faisait encore ressortir la grâce et la beauté.

Lui aussi, il aimait Tessaadith, de toute l'ardeur de sa jeunesse. Mais il aimait la liberté et sa jalousie était féroce, à lui aussi. Tous deux connurent des jouissances inouïes, d'inexprimables ivresses, mais aussi, les heures troubles où la jalousie souillait leur amour. Les scènes violentes ne manquèrent pas.

Si Dahmane sentait qu'il ne pouvait quitter Tessaadith, et cependant, il n'avait point confiance en elle, il la soupçonnait et la faisait épier.

Issu d'une des plus nobles et des plus pieuses familles du Hodna, Si Dahmane, livré à lui-même, ne reculait devant aucun des plaisirs prohibés... Il s'enivrait parfois en compagnie de sa maîtresse, qu'il affichait sans scrupule.

Le spahi Mohammed Tahar, rentré à Batna, s'était souvenu de Tessaadith et des ivresses inconnues qu'elle lui donnait jadis, à Biskra, et sa passion s'était réveillée.

Mais, tout à son Dahmane, Tessaadith avait repoussé dédaigneusement le spahi, et Mohammed Tahar lui gardait une sombre rancune.

Certes, il craignait son rival, riche et puissant, mais il voulait se venger et il avait juré, devant des camarades, qu'un jour Tessaadith lui appartiendrait, à lui seul, et qu'il saurait bien évincer ce Dahmane abhorré. Ni les promesses ni les menaces du spahi ne fléchirent Tessaadith, mais Si Dahmane eut bientôt connaissance des propos du spahi, et sa jalousie n'en devint que plus féroce.

Au « Village », il y avait une autre fille, une Bishrim Fatoum qui avait été favorisée jadis par Si Dahmane. C'était une grande fille mince, aux traits durs, quoique non réguliers, au teint bronzé. Elle passait à la fois pour un peu folle et pour sorcière. Les autres femmes craignaient non seulement ses colères brutales, mais encore et plus, ses sortilèges.

Elle aussi aimait Dahmane et, du jour où Tessaadith le lui avait pris, Fatoum avait voué à la Chaouïya une haine irréconciliable.

– Attends, voleuse de cœurs, lui avait-elle dit. Il m'a aimée avant toi et tu me l'as pris... Je serai ton malheur et ta ruine!

Tessaadith avait répondu par des coups, et il avait fallu l'influence de Si Dahmane pour éviter à Tessaadith la prison où le

jeune homme laissa froidement mener son ancienne maîtresse éplorée.

Fatoum, dès qu'elle revint au « Village », se mit à aviver sournoisement les haines et les jalousies de toutes les femmes. Sauf Taalith toujours fidèle, toutes les autres haïssaient la Chaouïya.

Ce fut une guerre constante, cruelle et cachée, car elles savaient
que Si Dahmane protégeait Tessaadith. La vie désordonnée que la
Chaouïya avait menée depuis son veuvage et surtout l'alcool avaient
miné sa santé... Maigrie et pâlie, Tessaadith toussait.

Et la peur de la mort la hanta désormais.

Elle aussi eut recours aux sorcières de la montagne, aux philtres
et aux breuvages, espérant conjurer son mal qu'elle attribuait aux
sortilèges de Fatoum et des autres femmes.

Ce qu'elle craignait le plus, c'était de voir sa beauté se flétrir, car
alors, elle prévoyait bien l'abandon irrémédiable de Si Dahmane.

L'hiver était revenu, l'âpre hiver des hautes montagnes. La terre
d'Afrique, sous la neige, dans la lueur blafarde du ciel embrumé,
semblait toute changée, assombrie et plus lugubre que n'importe
quelle contrée du Nord.

Si Dahmane tomba malade.

Sa mère et l'une de ses sœurs étaient venues le soigner et Tessaadith eut l'amère douleur de ne pas même pouvoir lui parler.

Par un domestique, elle sut bientôt qu'il était en danger. C'était
un soir gris, livide. Un vent glacial soufflait, courbant les grands
arbres dénudés et gémissant dans la vallée.

Tessaadith n'avait point d'argent, et Ras-el-Ma est loin.

Alors, en proie au délire de son désespoir, elle partit à pied, dans
la neige, roulée dans son châle de laine, mais tremblante.

Longtemps, elle courut, puis harassée, elle tomba sur le bord du
chemin. Là, ramassée sur elle-même, comme une bête errante, elle
demeura longtemps, claquant des dents, le cerveau en feu. Elle allait
mourir, elle ne le reverrait jamais, elle serait seule, pour toujours!
Cette pensée la fit lever et courir de nouveau. Où allait-elle? Comment obtiendrait-elle de sa mère et de sa sœur de le voir? Tout cela
elle n'y pensait même pas. Il fallait courir, courir le plus vite possible, pour arriver tant qu'il vivait. Et elle courut, toute la nuit. Puis
elle tomba pour la dernière fois sur la piste saharienne avant d'avoir
atteint son but pendant que le ciel s'éclairait des premières teintes
de l'aurore.

NOTE

L'un de ces textes inachevés que, sans doute, I.E. ne songeait plus à faire publier, mais qu'elle gardait toujours parmi ses papiers. Nous l'avons retrouvé aux Archives d'outre-mer sous la forme de trois coupures de presse, avec la mention *Akhbar*, n° 13912, et la date de 1915, et cette précision « la suite manque ». Mais le manuscrit a disparu.

Plus de dix ans après la mort d'Isabelle, V. Barrucand exhumait encore les derniers inédits en sa possession.

Sous une forme mélodramatique, *Tessaadith* montre la vie quotidienne des recluses, les femmes musulmanes maintenues sous tutelle par la tradition. Nous avons republié ce texte dans *Yasmina et autres nouvelles algériennes, op. cit.*

Libéré

Le soleil rouge descendait derrière la *Bonne-Mère* dorée qui resplendissait tout en haut, sur sa colline blanche.

Le temps était calme, ce soir de partance. Sur le quai de la Joliette, au pied des maisons noires, la vie coulait, bruyante, active, dans la richesse des marchandises entassées, exhalant une haleine ardente d'exotisme.

Le *Félix-Touache* allait partir pour l'Afrique et les portefaix musclés montaient un à un, en courant, les sacs gris de la poste.

Puis un serviteur arpenta lentement les ponts, agitant la sonnette des adieux... Ce fut l'heure des irrémédiables départs, des recommencements pleins d'espoir aux lendemains inconnus.

Dans la mer d'argent où de petits serpents d'or rose se jouaient, les amarres tombèrent lourdement, et la sirène jeta, dans la solennité du soir, son grand cri sourd de monstre songeur.

Sur le pont, dans la plèbe fraternelle, les soldats, les ouvriers, les Arabes convoyeurs de bestiaux, les émigrants, tous se rapprochaient déjà, se mêlaient.

Podolinsky, le journaliste russe, sous sa défroque de toile bleue et sa *chechiya* kabyle, poursuivait là son étude tranquille des simples, indolent comme eux, aimant leur vie rude, leur sociabilité sans hypocrisie.

Dans la *joie du départ*, il sentait un amour lui venir pour les êtres et il sourit à leur gaîté.

Seul accoudé à tribord, sur le bastingage, un homme auquel, comme à Podolinsky, personne n'avait dit adieu, regarda la terre s'éloigner et, dans son œil cave et farouche, une lueur de joie passa.

Jeune, bronzé, à l'anguleux visage mal rasé, il portait un costume européen qui lui allait étrangement mal : un pantalon bleu trop court, une blouse, un chapeau de paille. Ses pieds nus étaient chaussés d'espadrilles et un tatouage bleu pointillait sa main droite.

Longtemps, l'homme se tint à l'écart, promenant sur les passagers un regard furtif, soupçonneux. Puis, cédant à un irrésistible besoin de parler, il vint s'asseoir près de Podolinsky, dont la solitude le rassurait. Et tout de suite, spontanément, il lui conta son histoire.

Libéré conditionnel de trois mois, il sortait du pénitencier de Chiavari, en Corse. Il avait été condamné, tout jeune, à sept années de bagne, pour meurtre. Ammara ben M'hammed était fils de pauvres *fellah* des Ouled-Ali, entre Sétif et Bordj-Bou-Arréridj.

Son père cultivait quelques petits champs pierreux, sur le versant d'un coteau nu, où seuls les lentisques et les palmiers nains poussaient.

L'enfant gardait le maigre troupeau de chèvres et de moutons sur les hauteurs. Il vivait ainsi, solitaire, dans le silence morne de la campagne aux horizons vagues où flambait le soleil dévorateur.

Au long des journées où il ne se passait rien, il taillait des flageolets de roseau et jouait des airs monotones qu'il inventait, assis sur une pierre, à l'ombre grêle de quelque buisson de lentisque ou de thuya *ar'ar*.

Il chassait les gerboises et les oiseaux pour les faire cuire dans la terre et les manger avec la galette azyme noire que sa mère lui donnait tous les matins.

Au foyer c'était l'éternelle misère bédouine, le *gourbi* obscur, la couche dure, la nourriture parcimonieuse, la lassitude de la mère parmi les enfants nombreux et la dure autorité du père qui n'avait que de rares caresses pour les tout-petits et qui, son champ ensemencé, sa masure réparée, s'en remettait pour le reste à Dieu, et passait ses jours étendu sur une natte au café maure, avec les autres hommes de la tribu.

Ammara préférait la solitude de la campagne, où il se figeait en son silence sauvage.

Il n'avait qu'une joie, quand, à l'heure rouge du soir, il rentrait au *douar* : son père, ancien garde champêtre, n'avait jamais voulu se séparer de son cheval gris. Et c'était Ammara qui, le soir, montait Messaoud, sans selle, au galop, pour le conduire à l'abreuvoir.

Ammara aimait *son* cheval. C'était le seul objet de sa tendresse.

*
* *

Le petit berger grandit, et très vite, fut homme. Alors il vit la beauté des filles canéphores qui descendaient, le soir, à la fontaine, et les désira. Toujours silencieux et sombre, il se lança seul dans les aventures dangereuses de l'amour au *douar*. Il arriva qu'Ammara obtint les grâces de Lakri, la maîtresse de son cousin Ali. Le délaissé chercha dès lors l'occasion de se venger.

Un matin Ammara trouva la place de son cheval vide, sous l'olivier sauvage qui abritait le *gourbi*... Tout de suite il soupçonna son cousin. Tandis que son père allait se plaindre au *caïd*, Ammara fouilla tous les recoins familiers de la campagne, et, dans un fourré épais, au-dessus duquel planaient des vautours fauves, il découvrit Messaoud mort, la gorge béante... Il eut un cri de douleur et de rage. Il se jeta à terre et pleura. Puis, il se leva et jura de se venger.

Par une nuit obscure et un grand vent glapissant qui courbait la brousse, Ammara rampa jusqu'à la *mechta* de son cousin. Dans l'enclos d'épines des *gourbis*, Ali dormait sur son *burnous*. Ammara n'avait pas d'armes. Doucement, lentement, il retira le fusil d'Ali de dessous sa tête et le déchargea à bout portant sur le dormeur. Puis il jeta l'arme et s'enfuit, droit devant lui, au hasard.

Avant le meurtre il pensait retourner simplement à son *gourbi* et feindre d'ignorer le crime. C'eût peut-être été son salut, mais une peur irraisonnée l'envahit soudain, le domina et il s'éloigna de son *douar*, courant toujours.

Quand il retrouva un peu de calme, dans le silence de la campagne indifférente, il espéra trouver un refuge là-bas, dans les hautes montagnes de Kabylie qui fermaient l'horizon vers le nord.

Alors commença pour lui un sombre martyre. Se cachant le jour dans les *oueds*, au fond des taillis griffus, il marchait la nuit, tressaillant au moindre bruit, évitant toute rencontre humaine. Il mâchait des racines amères.

La faim et la fièvre s'emparèrent de lui et il vécut désormais en une sorte de délire constant, hanté par l'épouvante. Il n'avait pas de remords, pourtant : il s'était simplement vengé, il n'était pas un brigand... La hantise de la poursuite, seule, le faisait trembler...

Bientôt il souffrit tellement de la faim qu'il s'enhardit jusqu'à demander du pain aux abords des *mechta*, à la brune... Mais, dans le pays stérile et funèbre des Portes de Fer, chez les *fellah* kabyles, le vagabond arabe ne rencontra qu'un accueil soupçonneux, presque hostile. Alors il comprit que ces gens le livreraient et il alla se terrer dans une fissure de rochers, comme une bête traquée, pour mourir.

Il perdit conscience des choses. Combien de temps resta-t-il dans la crevasse? Il n'en savait rien. Ce fut là que le trouvèrent les gardes forestiers qui lui attachèrent les poignets et l'emmenèrent. Que leur avait-il dit? Avait-il avoué? Il n'avait gardé aucun souvenir des premiers jours qui suivirent son arrestation.

On avait jugé Ammara. Il avait toujours nié, obstinément, car, disait-il, il ne faut jamais avouer : tant qu'on nie, on peut encore conserver de l'espoir. Mais quand on a avoué, n'est-ce pas irrémédiablement fini?

Seule sa jeunesse l'avait sauvé d'une condamnation impitoyable. D'ailleurs il n'avait même pas essayé de se défendre, et des circonstances de son procès, il ne se souvenait que vaguement.

Durant sa captivité, soumis et passif, détenu exemplaire, il n'avait pourtant jamais eu de repentir. Du bagne, Ammara avait gardé un souvenir de presque indifférence. Ces sept ans passés là-bas lui apparaissaient comme une simple interruption dans le cours normal de sa vie.

De ce que l'avaient fait les années silencieuses de son enfance, le châtiment n'avait rien changé...

Ammara se tut...

*
* *

Un joyeux s'approcha, les mains dans les poches de son pantalon, bâillant, l'ennui goguenard.

— C'est ton frangin, ça? dit-il au journaliste en désignant Ammara d'un mouvement de menton.

— ... Oui, répondit Podolinsky songeur.

Était-ce bien seulement par besoin de silence qu'il avait dit cela?

La nuit vint, calme, douce. A côté du meurtrier, sous la même couverture grise, Podolinsky s'étendit sur les planches tièdes. Au-dessus de leurs têtes, les yeux sanglants des fanaux fixaient la nuit, et la mâture du navire à peine bercé passait et repassait doucement sur le ciel profond, sur le regard innombrable des étoiles.

NOTE

Utilisant son premier pseudonyme, l'auteur invente le personnage du journaliste russe, Podolinsky, pour se représenter dans la fiction.

Mais elle signe Isabelle Eberhardt cette chronique parue le 12 mai 1903 dans *la Dépêche algérienne* et jamais rééditée depuis sous cette forme.

Dans ses Journaliers (*Œuvres complètes*, tome I, p. 400), on retrouve la mention précise de cette traversée : « Quitté Marseille le jeudi 13 juin 1901, midi. Nuit du 13 au 14 en mer. Arrivé à Philippeville le vendredi à 10 heures du soir. Passé la nuit à bord avec Ammara, des Ouled-Ali, condamné du pénitencier de Chiavari. »

Exilée à Marseille après l'attentat de Behima, I.E. revient à Constantine pour assister au procès de son agresseur et se voir confirmer... son arrêté d'expulsion !

Ces circonstances dramatiques semblent la rendre encore plus proche du malheur des autres. L'histoire du jeune bagnard lui a inspiré un second récit, *Amara le forçat* (publié par R.-L. Doyon dans le tirage des *Amis d'Édouard, op. cit.*) puis dans *Contes et Paysages* et *Au pays des sables* (*ibid.*). Variante où, remplacé par le « je », Podolinsky disparaît.

Variante : Amara le forçat

Un peu par nécessité, un peu par goût, j'étudiais alors les mœurs des populations maritimes des ports du midi de l'Algérie.

Un jour, je m'embarquai à bord du *Félix-Touache*, en partance pour Philippeville.

Humble passager du pont, vêtu de toile bleue et coiffé d'une casquette, je n'attirais l'attention de personne. Mes compagnons de voyage, sans méfiance, ne changeaient rien à leur manière d'être ordinaire.

C'est une grave erreur, en effet, que de croire que l'on peut faire des études de mœurs populaires sans se mêler aux milieux que l'on étudie, sans vivre de leur vie...

C'était par une claire après-midi de mai, ce départ, joyeux pour moi, comme tous les départs pour la terre aimée d'Afrique.

On terminait le chargement du *Touache* et, une fois de plus, j'assistais au grand va-et-vient des heures d'embarquement.

Sur le pont, quelques passagers attendaient déjà le départ, ceux qui, comme moi, n'avaient point d'adieux à faire, point de parents à embrasser...

Quelques soldats, en groupe indifférents... Un jeune caporal de zouaves, ivre mort, qui, aussitôt embarqué, était tombé de tout son long sur les planches humides et qui restait là, sans mouvement, comme sans vie...

A l'écart, assis sur des cordages, je remarquai un tout jeune homme qui attira mon attention par l'étrangeté de toute sa personne.

Très maigre, au visage bronzé, imberbe, aux traits anguleux, il portait un pantalon de toile trop court, des espadrilles, une sorte de gilet de chasse rayé s'ouvrant sur sa poitrine osseuse, et un mauvais chapeau de paille. Ses yeux caves, d'une teinte fauve changeante, avaient un regard étrange : un mélange de crainte et de méfiance farouche s'y lisait.

M'ayant entendu parler arabe avec un maquignon bônois, l'homme au chapeau de paille, après de longues hésitations, vint s'asseoir à côté de moi.

– D'où viens-tu ? me dit-il, avec un accent qui ne me laissa plus aucun doute sur ses origines.

Je lui racontai une histoire quelconque, lui disant que je revenais d'avoir travaillé en France.

— Loue Dieu, si tu as travaillé en liberté et non en prison, me dit-il.

— Et toi, tu sors de prison?

— Oui. J'ai fait huit ans à Chiavari, en Corse.

— Et qu'avais-tu fait?

— J'ai tué une créature, entre Sétif et Bou-Arréridj.

— Mais quel âge as-tu donc?

— Vingt-six ans... Je suis libéré conditionnel de trois mois... C'est beaucoup trois mois.

Pendant le restant de la traversée, nous n'eûmes plus le loisir de parler, le forçat de Chiavari et moi.

... La mer démontée s'était un peu calmée. La nuit tombait et à l'approche de la côte d'Afrique l'air était devenu plus doux... Une tiédeur enivrante flottait dans la pénombre du crépuscule.

A l'horizon méridional, une bande un peu plus sombre et un monde de vapeurs troubles indiquaient la terre.

Bientôt, quand il fut nuit tout à fait, les feux de Stora apparurent.

Le forçat, appuyé contre le bastingage, regardait fixement ces lumières encore lointaines et ses mains se crispaient sur le bois glissant.

— C'est bien Philippeville, là-bas? me demanda-t-il à plusieurs reprises, la voix tremblante d'émotion...

... Dans le port désert, près du quai, où quelques portefaix dormaient sur les dalles, après le débarquement, le *Félix-Touache* immobile semblait, lui aussi, dormir, dans la lumière vaguement rosée de la lune décroissante.

Il faisait tiède. Un parfum indéfinissable venait de la terre, grisant.

Oh! ces heures joyeuses, ces heures enivrantes des *retours* en Afrique, après les exils lointains et mornes!

J'avais résolu d'attendre à bord le lever du jour, pour poursuivre mon voyage sur Constantine, où je devais, pour la forme, assister au jugement de l'homme qui, six mois auparavant, avait tenté de m'assassiner, là-bas, dans le Souf lointain.

... Et j'avais étendu mes couvertures sur le pont, à bâbord, du côté de l'eau qui bruissait à peine.

Je m'étais étendue, en un bien-être profond, presque voluptueux. Mais le sommeil ne venait pas.

Le libéré conditionnel qui, lui aussi, passait la nuit à bord, vint me rejoindre. Il s'assit près de moi.

— Dieu te garde et te protège de la prison, toi et tous les musulmans, me dit-il, après un long silence.

— Raconte-moi ton histoire.

— Dieu soit loué, car je pensais que je mourrais là-bas... Il y a un cimetière où l'on met les nôtres et plusieurs qui sont venus devant moi y sont morts... Ils n'ont pas même un tombeau en terre musulmane.

— Mais comment, si jeune, as-tu pu tuer, et pourquoi?

— Écoute, dit-il. Tu as été élevé dans les villes et tu ne sais pas... Moi, je suis du *douar* des Ouled-Ali, dépendant de Sétif. Nous sommes tous bergers, chez nous. Nous avons beaucoup de troupeaux, et aussi des chevaux. A part ça, nous avons des champs que nous ensemençons d'orge et de blé.

Mon père est vieux et je suis son fils unique. Parmi notre troupeau, il y avait une belle jument grise, qui n'avait pas encore les dents de la quatrième année. Mon père me disait toujours : « Amara, cette jument est pour toi. » Je l'avais appelée Mabrouka et je la montais souvent. Elle était rapide comme le vent et méchante comme une panthère. Quand on la montait, elle bondissait et hennissait, entraînant tous les étalons du pays. Un jour, ma jument disparut. Je la cherchai pendant une semaine et je finis par apprendre que c'était un berger des Ouled-Hassène, nos voisins du nord, qui me l'avait prise. Je me plaignis à notre *cheikh* et je lui portai en présent un *mézouïd* de beurre pour qu'il me fasse justice.

« Apprenant que les gens du *makhzen* allaient venir chercher la jument, Ahmed, le voleur, ne pouvant la vendre, car elle était connue, la mena dans un ravin et l'égorgea. Quand j'appris la mort de ma jument, je pleurai. Puis, je jurai de me venger.

« Une nuit obscure, je quittai furtivement notre douar et j'allai chez les Ouled-Hassène. Le *gourbi* d'Ahmed, mon ennemi, était un peu isolé et entouré d'une petite clôture en épines. J'attendis le lever de la lune, puis, je m'avançai. Pour apaiser les chiens, j'avais apporté les entrailles d'un mouton qu'on avait tué dans la journée. A la lueur de la lune, j'aperçus Ahmed, couché devant son *gourbi*, pour garder ses moutons. Son fusil était posé sous sa tête. Son sommeil était profond. Je ceignis ma *gandoura* de mon mouchoir, pour n'accrocher à rien. J'entrai dans l'enclos. Mes jambes étaient faibles et une chaleur terrible brûlait mon corps. J'hésitais, songeant au danger. Mais c'était écrit, et les chiens, repus, grondèrent. Alors je saisis le fusil d'Ahmed, le retirai brusquement de dessous sa tête et le lui déchargeai à bout portant dans la poitrine. Puis, je m'enfuis. Les hommes et les chiens du *douar* me poursuivirent, mais ne m'atteignirent pas. Alors, je commis une faute : personne ne m'avait vu et j'eusse dû rentrer chez mon père. Mais la crainte de la justice des chrétiens me fit fuir dans le maquis, sur les coteaux. Pendant trois jours et trois nuits, je me cachai dans les ravins, me nourrissant de figues de Barbarie. J'avais peur. La nuit, je n'osais dormir. Le moindre bruit, le souffle du vent dans les buissons me faisaient trembler. Le troisième jour, les gendarmes m'arrêtèrent. L'histoire de la jument et mon départ avaient tout révélé et, malgré que je n'aie jamais avoué, je fus condamné.

« Les juges m'ont fait grâce de la vie, parce que j'étais jeune. Pendant trois mois, je suis resté dans les prisons à Sétif, à Constantine, ici à Philippeville. Puis, on m'a embarqué sur un navire, et on m'a mené en Corse. Au pénitencier où nous étions presque tous musulmans, on n'est pas trop malheureux, avec l'aide de Dieu et si on se conduit bien. Mais c'est toujours la prison, et loin de la famille, en pays infidèle. Grâce à Dieu, on m'a libéré.

« C'est beaucoup, *trois mois!*

— Tu regrettes, maintenant, d'avoir tué cet homme?

— Pourquoi? J'étais dans mon droit, puisqu'il m'avait tué ma jument, à moi qui ne lui avais jamais fait de mal! Seulement, je n'aurais pas dû m'enfuir.

— Alors, ton cœur ne se repent pas de ce que tu as fait, Amara?

— Si je l'avais tué sans raison, ce serait un grand péché.

Et je vis que, sincèrement, le bédouin ne concevait pas, malgré toutes les souffrances endurées jusque-là, que son acte avait été un crime.

– Que feras-tu, maintenant?

– Je resterai chez mon père et je travaillerai. Je ferai paître notre troupeau. Mais si jamais, la nuit, dans le maquis, je rencontre l'un de ceux des Ouled-Ali qui m'ont fait prendre, je le tuerai.

A tous mes raisonnements, Amara répondait :

– Je n'étais pas leur ennemi. Ce sont eux qui ont semé l'inimitié. Celui qui sème des épines ne peut récolter une moisson de blé.

Le matin, dans le train de Constantine.

Les prunelles élargies par la joie et une sorte d'étonnement, Amara regardait le pays qui défilait lentement sous nos yeux.

– Regarde, me dit-il tout à coup, regarde : voilà du blé... Et ça, là-bas, c'est un champ d'orge... Oh! regarde, frère, les femmes musulmanes qui ramassent les pierres de ce champ!

Il était en proie à une émotion intense. Ses membres tremblaient et, à la vue de ces céréales si aimées, si vénérées par le bédouin et de ces femmes de sa race, Amara se mit à pleurer comme un enfant.

– Vis en paix comme tes ancêtres, lui dis-je. Tu auras la paix du cœur. Laisse les vengeances à Dieu.

– Si l'on ne peut se venger, on étoufe, on souffre. Il faut que je me venge de ceux qui m'ont fait tant de mal!

... A la gare de Constantine, nous nous séparâmes en frères. Amara prit le chemin de Sétif pour regagner son *douar*.

Je ne l'ai plus revu.

Le Sorcier

Un vieux cep de vigne se tord contre la chaux roussie de la muraille et retombe sur les faïences vertes encore brillantes de la fontaine turque, en une étreinte lasse et fraternelle.

La rue au pavé noir monte étroite, capricieuse, étranglée entre l'affaissement sénile des maisons centenaires, penchées sur elle par leurs étages en surplomb.

Un jour discret, verdâtre, glisse à travers le fouillis des porte-à-faux dorés par le temps. De mystérieuses petites meurtrières s'ouvrent dans l'épaisseur des murs, trous noirs ne révélant rien. Les portes cloutées sont basses, renfoncées, énigmatiques.

Vers le haut, la ruelle s'engouffre sous une voûte sombre surbaissée.

Tout est mort, tout est silencieux, dans ce coin du vieil Alger barbaresque.

Seule, une boutique de fruitier arabe jette sa note gaie dans tout cet assombrissement des choses. Une échoppe étroite où s'entassent, en des mannes et des couffins, les pommes dorées, les poissons luisants, les légumes plantureux, les roses carottes, les raisins blancs, les noirs, lourds et gonflés de suc miellé, les citrons verts et les tomates surtout, la gloire écarlate des tomates qui saignent sous les rares rayons obliques du soleil intrus...

A côté, dans une niche encore plus petite, en contre-bas de la rue, habite le *taleb* marocain El Hadj Abdelhadi El Mogh'rebi, sorcier et médecin empirique.

El Mogh'rebi peut avoir cinquante ans. Long, très mince sous sa *djellaba* brune, il porte un turban volumineux, contrastant étrangement avec la maigreur osseuse de son visage bronzé, aux yeux pénétrants et vifs. Il ne sourit jamais.

Son mobilier est fruste : une natte, deux coussins couverts

d'indienne jaune, une couverture *djeridi* rouge et verte pour toute literie, deux ou trois petites étagères marocaines anxieusement fouillées et peinturlurées, chargées de vieux livres jaunis, de fioles de drogues et d'encre, quelques petites marmites et un réchaud arabe en terre cuite, un mortier en cuivre et une *meïda*, basse petite table ronde.

El Mogh'rebi, accroupi sur sa natte, attend avec une indifférence songeuse ses clients.

Depuis vingt ans, les habitants du quartier sont habitués à voir le *taleb* ouvrir sa boutique avant le jour, aller faire ses ablutions à la fontaine et rentrer pour prier et préparer lui-même son café.

Parfois, un passant s'arrête, souhaite au *taleb* la paix et la miséricorde divine, puis, retirant ses souliers, entre et s'accroupit en face d'El Mogh'rebi.

Tantôt, c'est quelque vieux Maure en costume aux nuances claires, tantôt un notable de l'intérieur, amplement drapé de laine et de soie blanches, coiffé du haut *guennour* à cordelettes en poil de chameau, tantôt quelque humble *fellah* enveloppé de loques fauves, ou une vieille dolente, émissaire des belles dames d'honnête lignée, ne sortant pas, ou une libre hétaïre de la haute ville...

Pour tous les hommes, El Mogh'rebi garde la même politesse grave et bienveillante. Pour les femmes, il est plus négligent, plus familier aussi parfois.

La plupart des clients viennent consulter le *taleb* sur l'avenir, avec la soif étonnante et déraisonnable qu'ont tous les humains de dissiper la brume bienfaisante des lendemains ignorés...

Le procédé, très vieux, employé par El Mogh'rebi, est l'*Écriture du sable*. Il remet au client un *kalám* en lui recommandant de s'en appuyer la pointe à la place du cœur, en formulant *en lui-même* sa question.

Puis, il lui demande son nom et celui de sa mère et, sur une planchette de bois jaune polie, il trace un grimoire inintelligible, un carré composé de lettres arabes, finissant vers le bas en triangle. Il se livre à un calcul à lui connu, puis, *presque toujours sans se tromper*, il dit au client la *nature* de son souhait : argent, honneurs, amour, vengeance. Jamais il ne précise l'objet lui-même, en indiquant seulement l'espèce. Il prédit alors si l'impétrant obtiendra ou non l'objet de ses souhaits. Les clients habituels d'El Mogh'rebi affirment qu'il ne se trompe jamais...

Le refrain de ses prédictions est toujours le même, qu'elles soient bonnes ou mauvaises : « Mon fils, patiente, car la patience est bonne. Elle est la clé de la consolation. »

Le *taleb* accepte sans murmurer la rétribution qu'on lui offre.

D'autres fois, ce sont à ses lumières de *khakim*, médecin, que l'on vient s'adresser. Il a, suspendues aux solives blanchies de son échoppe, des bottes de simples desséchées. Il manie ces herbes avec une science accomplie de leurs différentes propriétés. Par contre, en chirurgie, son savoir est très limité et ne dépasse guère celui d'un rebouteux des campagnes de France.

Il compose également des élixirs et des philtres, il prépare des amulettes, avec une conviction absolue en leur efficacité.

A l'inverse des charlatans européens, El Mogh'rebi fuit les foules et le tumulte et ne se donne pas la peine de débiter des boniments. Pour quelques pièces blanches, il rend les services qu'on lui demande, sans jamais se déranger, sans rien faire pour attirer les clients.

Cette monotonie des choses quotidiennes est comme la condition indispensable de sa vie. Il envisagerait sans doute tout changement comme un désagrément, peut-être même comme une infortune.

Sur ses origines, son passé, sa famille, El Mogh'rebi est muet. L'on sait seulement qu'il est originaire d'Oudjda et habite Alger depuis son retour de La Mecque, il y a vingt ans... vingt ans d'immobilité et de silence sur tout ce qui n'est pas son art.

Ses habitudes, comme le décor de sa ruelle, sont immuables, et ses jours tombent au néant, comme des gouttes d'eau dans le sable.

La soif du merveilleux et de l'inconnu, qui brûle les cœurs simples et angoisse les âmes encore proches de la mystérieuse nature, durera bien autant que la vie d'El Mogh'rebi et de ses émules, et que leur vieille science surannée réfugiée dans les trous d'ombre et de paix des cités de jadis.

NOTE

« Alger. 4 mai 1902, vers 10 heures soir. Aujourd'hui visite à un sorcier logé dans une minuscule boutique d'une rue haute, par des escaliers obscurs de la rue du Diable... », écrit I.E. dans ses Journaliers (*Œuvres complètes*, tome I, *op. cit.*). Cette notation brève permet de situer exactement l'inspiration de ce portrait.

Le Sorcier a été publié le 15 septembre 1903 dans une série intitulée « Types algériens », par *la Dépêche algérienne*, et figure dans *Pages d'Islam* sous le titre « L'Écriture de sable » au chapitre « Obscurité ».

Le Moghrébin

Dans un quartier écarté de la Casbah, dans une impasse blanche et déserte, El Hadj Zoubir El Tazi gîtait en une échoppe grande comme une armoire.

Une natte, un coussin en indienne à fleurs passées, une petite étagère chargée de vieux livres et de fioles, un coffre vert à coins de cuivre poli, un réchaud en terre, quelques humbles ustensiles de cuisine – c'était tout. El Hadj Zoubir était vieux et bronzé, de constitution frêle, avec un fin profil d'oiseau, l'œil cave et expressif, sous d'épais sourcils grisonnants.

Il portait le costume de son pays, la *djellaba* de drap bleu et le petit turban blanc autour de la *chéchiya* rouge.

Calme, poli, accueillant, El Hadj Zoubir était à son ordinaire fort silencieux, avec des attitudes pensives et de longs regards scrutateurs.

Né dans la sombre Taza, capitale des Guébala pillards, il avait appris là-bas les sciences musulmanes et aussi un art qui se conserve depuis des siècles dans l'isolement farouche et l'obscurité marocaine : la sorcellerie.

A pied, avec des bandes de lettrés pillards et coupeurs de routes, il avait parcouru tout le Maroc, de Mélilla au Tafilalet, de Tétouan à Figuig, d'Oudjda à Mogador. Puis, à travers l'Algérie, la Tunisie et la Tripolitaine, il était allé étudier dans une inaccessible *zaouïya* de la Cyrénaïque. Enfin, par l'Égypte où il avait écouté pieusement les docteurs d'El-Azhar, il avait gagné La Mecque, d'où il était revenu par la Syrie et Stamboul.

Quand le Marocain fut devenu mon ami, il aima me raconter, avec des images ingénieuses et des détails curieux, ces longues pérégrinations accomplies en mendiant au nom de Dieu, et qui avaient occupé trente années de sa vie.

Devant ses clients, gens de la ville, Mauresques aux gestes dolents, Arabes de l'intérieur, le Tazi prenait un air fermé et mystérieux.

On le consultait sur la bonne aventure, sur des amulettes pour conjurer ou jeter des sorts.

Et, souvent, le Tazi forçait mon admiration.

– Tiens, disait-il au client, prends ce *kalàm* de roseau, invoque le nom de Dieu le Très Haut, appuie la pointe contre ton cœur et formule *en toi-même* le souhait qui t'amène.

Pendant ce temps, le sorcier fixait son regard ardent sur celui du client. Après, il reprenait la plume et, sur une planchette d'écolier arabe, il traçait en carré des lettres et des chiffres correspondant au nom du client et *de sa mère*. Puis, rapidement, il se livrait à un calcul inconnu dont il inscrivait le résultat au bas du carré, de façon à rétrécir les lignes dont la dernière n'avait plus qu'une seule lettre.

Alors, avec une aisance et une sérénité parfaites, sans jamais se tromper, il disait le souhait qui avait été formulé en silence. Puis, il supputait les chances de succès.

Pourtant, quand le calcul magique révélait des éventualités trop noires, le Tazi les atténuait, les enveloppant de paroles d'encouragement et d'espoir.

Une fois, quand une Mauresque sortit de l'échoppe, laissant une pièce blanche, le Tazi soupira.

– Voilà, Si Mahmoud, une femme qui est jeune et qui est belle. Elle vient me consulter sur l'issue de ses amours... Au lieu des étreintes rêvées, c'est le sang et le linceul qui l'attendent. La vie et la mort sont entre les mains de Dieu !

El Hadj Zoubir vivait ainsi seul, sans famille, sans autre logis que sa boutique et sans autre fortune que sa science millénaire.

Il était calme et serein, et ses jours s'écoulaient sans bruit et sans souci, comme un ruisseau de plaine, dans ce coin oublié d'Alger déchu.

*
* *

Après une longue absence, je suis montée à l'impasse blanche. J'ai trouvé la boutique fermée. Un vieux marchand de kif du voisinage m'a appris qu'au mois de *redjeb* de l'an dernier, El Hadj Zoubir El Tazi s'est éteint doucement, au milieu de ses grimoires et de ses fioles.

NOTE

Où, ailleurs qu'à la Casbah I.E. aurait-elle pu s'arrêter lorsqu'elle vécut à Alger? La Casbah, sorte de ville dans la ville, aux vieilles maisons turques closes comme des coffrets à secrets... Tournant le dos au tumulte et aux artifices des quartiers européens, elle choisit d'habiter d'abord rue de la Marine puis rue du Soudan.

Le Moghrébin, autre version du *Sorcier,* est sorti pour la première fois dans *la Dépêche algérienne* le 20 avril 1904, en même temps que *le Mage,* qui va suivre.

Le Mage

Pour arriver chez moi, il fallait monter des rues et des rues mauresques, tortueuses, coupées de couloirs sombres sous la forêt des porte-à-faux moisis.

Devant les boutiques inégales, on côtoyait des tas de légumes aux couleurs tendres, des mannes d'oranges éclatantes, de pâles citrons et de tomates sanglantes. On passait dans la senteur des guirlandes légères de fleurs d'oranger ou de jasmin d'Arabie lavé de rose avec, au bout, des petits bouquets de fleurs rouges.

Il y avait des cafés maures avec des pots de romarin et des poissons rouges flottant dans des bocaux ronds sous des lanternes en papier, des gargoulettes où trempaient des bottes de lentisque.

A côté, c'étaient des gargotes saures avec des salades humides et des olives luisantes, des étalages de confiseurs arabes avec des sucres d'orge et des pâtisseries poivrées, des fumeries de kif où on jouait du flageolet.

On frôlait des Mauresques en pantalons lâches et en foulards gorge-de-pigeon ou vert Nil, des Espagnoles avec des roses de papier piquées dans leurs crinières noires.

On pouvait acheter de tout, on entendait tous les langages, tous les cris de la vie méditerranéenne, bruyante, toute en dehors, mêlée aux réticences et aux chuchotements de la vie maure.

Enfin, au fond d'une impasse, par une porte branlante, on entrait dans un patio frais, plein d'une ombre séculaire.

Un escalier de faïence usée, une autre porte : on était sur ma terrasse, étroite, dallée en damier noir et blanc, qui dominait toutes les terrasses et toutes les cours d'Alger, dévalant doucement vers le miroir moiré du port, où les grands navires à l'ancre me parlaient de voyages lointains, en cette fin d'été sereine.

Ma chambre était petite, voûtée, peinte en bleu pâle, avec des niches dans les murailles, et les solives du plafond s'assemblaient avec un art suranné, peintes en brun sombre.

Là, les bruits n'arrivaient qu'atténués, vagues, et rien n'indiquait le cours du temps, sauf les rayons obliques du soleil qui cheminaient, à travers les heures somnolentes, sur les murs anonymes d'en face.

Il faisait bon, dans ce vieux réduit barbaresque, rêver et s'alanguir en de longues inactions, dans le désir d'anéantissement lent, sans secousses, d'une âme lasse.

Le soir surtout, un silence de cloître pesait sur mon logis où personne ne venait et où on ne parlait jamais.

Pourtant, j'avais un voisin, sur une autre terrasse, en contre-bas.

Il finit par m'intriguer : il rentrait très tard, jamais avant onze heures. Au bout d'un instant, un murmure montait de sa chambre, une sorte de psalmodie basse, qui durait parfois jusqu'au jour.

Un soir de lune, comme le sommeil ne venait pas, j'allai m'accouder au vieux parapet moussu.

Alors, mon regard plongea dans la chambre de mon voisin, par la croisée ouverte : une chambre banale d'hôtel meublé, avec des meubles impersonnels et trébuchants et des poussières anciennes sur des tapisseries fanées.

Au milieu, un homme d'une cinquantaine d'années, un Européen, était debout, le front ceint d'une bandelette blanche, avec, par-dessus une chemise empesée et une cravate, une sorte de long surplis noir portant sur la poitrine un grand zodiaque brodé en fils d'argent.

Devant l'homme, sur un trépied, dans un petit fourneau arabe en argile plein de braise, des épices et du benjoin se consumaient. A la lueur incertaine d'un mince cierge de cire jaune, une fumée bleuâtre montait, toute droite, du réchaud, et sur un tabouret un livre était ouvert que le nécromant consultait parfois.

Puis il reprenait sa pose, les bras étendus au-dessus du brûle-parfums, psalmodiant des paroles hébraïques.

Peu à peu, son visage pâlit, ses yeux aux prunelles verdâtres s'élargirent et un tremblement le secoua tout entier.

Ses cheveux et sa barbe se hérissèrent, sa voix se fit saccadée et rauque.

Enfin il tomba sur le vieux divan dont les ressorts grincèrent, et il resta là longtemps, longtemps les yeux clos.

... La petite fumée bleue devint plus ténue, s'évanouit. Le cierge jaune coula, s'éteignit.

L'homme en extase, en proie aux rêves inconnus, demeura immobile et muet dans les ténèbres chaudes.

**

Le lendemain, je m'enquis de mon voisin. Je n'appris rien que de très banal : l'homme au zodiaque et aux incantations était d'origine allemande et exerçait la profession d'accordeur de piano. C'est tout ce que j'ai jamais su de lui.

Taalith

Elle se souvenait, comme d'un rêve très beau, de jours plus gais sur des coteaux riants que dorait le soleil, au pied des montagnes puissantes que des gorges profondes déchiraient, ouvraient sur la tiédeur bleue de l'horizon... Il y avait là-bas de grandes forêts de pins et de chênes-lièges, silencieuses et menaçantes, et des taillis touffus d'où montait une haleine chaude dans la transparence des automnes, dans l'ivresse brutale des printemps...

Il y avait des myrtes verts et des lauriers-roses étoilés au bord des *oueds* paisibles, à travers les jardins de figuiers et les oliveraies grises... Les fougères diaphanes jetaient leur brume légère sur les coulées de sang des rochers éventrés, près des cascades de perles, et les torrents roulaient, joyeux au soleil, ou hurlaient dans l'effroi des nuits d'hiver.

Petite bergère libre et rieuse, elle avait joué là, dans le bain continuel de la bonne lumière vivifiante, les membres robustes, presque nus, au soleil...

Puis elle songeait avec un frisson retrouvé aux épousailles magnifiques, quand on l'avait donnée à Rezki ou Saïd, le beau chasseur qu'elle aimait.

Et il lui semblait, dans le recul du souvenir, que ces jours révolus avaient tous été sans trouble et sans tristesse, que tout s'enivrait alors de son ivresse.

Puis, les heures noires étaient venues...

Brusquement, tout avait été brisé, rasé, dissipé, comme le vent disperse un tourbillon courant sur la route ensoleillée. Une nuit, des voleurs de chevaux avaient tué Rezki d'un coup de fusil... Ç'avait été le deuil affreux de toute sa chair arrachée, la folie des vêtements déchirés, des joues griffées, sanglantes sous les cheveux épars. Elle avait hurlé, comme les femelles sauvages de la montagne, sous la morsure du plomb... Après, son père s'était éteint, durant un hiver glacé, de misère et d'épouvante, comme la tempête amoncelait les lourdeurs de la neige sur le *gourbi* chancelant... Quelques mois après, Zouïna, la mère de Taalith, épousait un marchand qui les emmenait toutes deux à Alger.

Et maintenant, Taalith était captive là, dans cette cour mauresque fermée comme une prison de hautes murailles peintes en bleu pâle, entourées de colonnades de cloître, au milieu de toute l'oppression inquiétante du vieil Alger turc et maure, tout d'obscurité et de méfiance farouche... Elle étouffait là, dans cette ombre délétère, parmi des femmes qui parlaient une autre langue et qui l'appelaient dédaigneusement la Kabyle.

Là, une nouvelle torture avait commencé : son beau-père voulait la remarier, la donner à son associé, vieux et laid.

La chair d'amoureuse de Taalith se révolta contre l'union sénile, et elle refusa, farouche.

— J'aime Rezki ! répondait-elle à sa mère quand elle lui parlait de sa jeunesse et de sa beauté, pour la décider.

Et c'était vrai. Elle aimait l'époux amant mort, celui dont sa chair gardait le souvenir douloureusement doux.

Mais, devant l'insistance énervante de sa mère et la brutalité de son beau-père qui la battait cruellement, Taalith sentit l'inutilité de la lutte sans issue. Et puis, n'aimait-elle pas le mort, ne lui était-elle pas fidèle, ne se sentait-elle pas seule et incapable d'un nouvel amour ?

Son visage brun aux longs yeux de caresse triste, au front tatoué et à la bouche tendre se raidit, se tira en une maigreur maladive. Une flamme étrange s'alluma dans son regard assombri.

Un jour, elle dit à son beau-père :

— Puisque c'est écrit, j'obéirai...

Puis, toujours plus silencieuse et plus pâle, elle attendit.

* * *

C'était la veille du jour où devaient commencer les fêtes nuptiales. La nuit avait peu à peu assoupi les bruits des nichées pauvres de la maison. Taalith et Zouïna étaient seules.

— Mère, dit Taalith avec un étrange sourire, je veux que tu m'habilles et que tu me pares, comme je serai demain, pour voir si je serai au moins belle, moi dont les yeux sont morts à force de pleurer !

Zouïna, heureuse de ce qu'elle croyait un renouveau de joie enfantine, se hâta de passer à Taalith les fines chemises de gaze lamée, les *gandouras* de soie claire, les foulards chatoyants... puis elle la chargea de tous ses bijoux kabyles : sur sa tête aux longs cheveux teints, elle attacha le diadème d'argent orné de corail. Au cou nu et pur, elle enroula les colliers de verre, de pièces d'or et de corail, par-dessus le lourd gorgerin ciselé. Elle serra la taille souple dans la large ceinture d'argent et chargea les poignets ronds de bracelets, les chevilles frêles de *khalkhal* chantants. Un collier de pâte odorante et durcie enveloppa le corps de Taalith d'une senteur chaude.

Puis, Zouïna, accroupie à terre, admira Taalith.

– Tu es belle, œil de gazelle! répétait-elle.

Taalith avait pris son miroir. Elle se regarda longtemps, comme en extase, si longtemps que Zouïna s'endormit.

Alors, retirant ses *khalkhal* sonores, Taalith sortit dans la cour toute blanche dans la lueur oblique de la lune, glissant sur le dallage, laissant les colonnades dans l'ombre bleue.

Comme en rêve, Taalith murmura :

– Il doit être tard!

Enfiévrée, tremblante, elle appuya son front brûlant contre le marbre froid d'une colonne... Une insupportable douleur serrait sa gorge, un sanglot muet qui la secouait toute, sans une larme. Les ornements de corail de son diadème eurent un faible cliquetis contre la pierre... Alors Taalith tressaillit, se redressa, très pâle.

Dans un coin, le vieux puits maure sommeillait, abîme étroit et sans fond.

Elle se pencha un instant, elle apparut ainsi, toute droite dans la gloire lunaire, comme une idole argentée.

Elle ferma les yeux, un murmure pieux d'Islam remua ses lèvres, et elle se laissa tomber, dans l'ombre d'en dessous, avec un frôlement de soie, un cliquetis de bijoux. Un choc mat, un clapotis lointain : l'eau noire, le monstre, léchait les parois gluantes... Puis, tout se tut.

Taalith, parée en épousée, avait disparu. Tous l'accusèrent de s'être enfuie pour aller se prostituer dans les bouges de la Casbah.

Mais Zouïna, hagarde, vieillie, devina la vérité et supplia qu'on la descendît dans le puits au bout d'une corde. Devant cette incessante prière qui semblait de la folie, l'autorité fit murer le puits. Alors, Zouïna s'arracha les ongles et la chair des mains contre la pierre, hurlant pendant des jours le nom chéri : Taalith!

On chercha au dehors, en vain. Alors, on rouvrit le gouffre, un homme descendit, trouva Taalith qui flottait...

On ramena le cadavre sur les dalles blanches, et le soleil discret du soir ralluma les lueurs roses sur les bijoux enserrant encore les chairs boursouflées, verdâtres, toute l'immonde pourriture qui avait été Taalith...

NOTE

« Malgré la tourbe introduite ici par la " civilisation " prostituée et prostituante, Alger est encore un pays gracieux, et il fait très doux à y vivre.

« Cependant, pour de longs jours, la rencontre du cadavre de Zeheïra la Kabyle qui se jeta naguère dans un puits de l'impasse Médée pour fuir un mariage odieux avait mis comme un voile de deuil lourd et obscur, indéfinissable, sur la lumineuse Alger... A présent, c'est passé... Seuls les abords gardent quelque chose de cette ombre-là, et je n'aime plus y passer. »Alger 4 mai 1902 (Journaliers, *Œuvres complètes*, p. 443, tome I, *op. cit.*).

La nouvelle paraît un an plus tard (le 1er juin 1903) dans *la Dépêche algérienne*. Zeheïra est devenue Taalith. I.E. s'est délivrée de son lourd souvenir en racontant l'histoire de la jeune Kabyle qui refusait le sort commun des femmes musulmanes.

En 1902 à Alger l'auteur ne fait pas que de mauvaises rencontres. Elle rend visite à V. Barrucand, « esprit moderne, fin et subtil, mais soumis aux idées du siècle [...] dilettante de la pensée et surtout de la sensation, nihiliste moral, [...] dans la vie un être positif, sachant vivre... »

Désormais I.E. sera régulièrement publiée par la presse « libérale » d'Alger.

L'Arrivée du colon

Jules Bérard, fils d'un petit propriétaire jurassien, affiné par un séjour à la ville, ouvrier jardinier, imbu d'idées libertaires, avait voulu apporter sur un sol nouveau le petit avoir que lui avait laissé son père. De loin, Bérard s'était fait une idée des groupements français d'Algérie, qui l'avait séduit. Ces groupements devaient être comme de fortes familles françaises essaimées sur la terre vierge, y apportant leur énergie, leur solidarité florissante loin du cadre étroit et routinier de la vie métropolitaine.

Certes, il y aurait là-bas beaucoup de difficulté : le climat parfois meurtrier, le sol inconnu, la sécheresse, le sirocco, les sauterelles, les indigènes... Les manuels qu'avait lus Bérard parlaient de tout cela. Mais il trouverait là-bas d'autres colons, expérimentés déjà, qui le mettraient sur la voie, qui le conseilleraient, le protégeraient.

Et, après de longues et coûteuses formalités, Bérard avait obtenu une concession au « centre » de Moreau qu'on agrandissait et qui dépendait de la petite ville de *** dans le Tell constantinois.

Bérard arriva à Moreau un soir d'automne triste et nuageux. Il faisait noir, il faisait froid et un vent âpre courbait les eucalyptus grêles de la grand'rue.

– Vous êtes le *Français* de la concession de l'*oued* Khamsa?

L'aubergiste, une grosse Italienne en caraco lâche, accueillit Bérard par ces mots.

Bérard avait hâte de prendre contact avec ses nouveaux concitoyens, et il entra dans la salle de l'auberge.

Un vacarme assourdissant y régnait, et le « Bonjour, tout le monde ! » de Bérard s'y perdit. Il distingua quelques bribes de phrases, jetées à pleine voix, avec un accent qui lui sembla étranger.

– Quand je te dis qu'il est avec Santos, le patron du b...!

– Alors, comme ça, on aurait un *caoued* pour maire?

... Et un troisième reprenait avec rage :

– Tous des vendus, des crapules, des voleurs!

Le tumulte augmentait.

Un homme d'une trentaine d'années, brun et de gestes exubérants, vint s'attabler en face de Bérard, et tout de suite, entama la conversation :

– Alors, vous venez de débarquer? Ça se voit..., seulement, comme on est français, faut pas s'y tromper... Nous savons qu'*ils* vont tout de suite chercher à vous embrouiller, les hommes à l'adjoint... Veillez-vous... C'est tous des canailles, des sans-patrie... C'est eux qui mangent la colonie. Pensez voir : aux élections sénatoriales, ils ont voté pour Machin, celui-là qu'il est pour les bicots contre les colons. Nous, nous sommes avec le maire. Faudra pas vous laisser embrouiller, vous comprenez.

– Mais je ne suis pas venu ici pour faire de la politique... Ça m'est égal. Je veux me rendre compte, travailler.

Le colon le regarda avec un air de surprise hostile.

– Ah, voilà... ça, on le sait. Le gouvernement donne des concessions à des gens de France qui se fichent pas mal des intérêts de la colonie, qui ne veulent pas marcher avec les colons, tandis que nos fils sont obligés de travailler comme ouvriers, côte à côte avec les pouilleux...

Et le colon se leva...

Un autre le remplaça. Celui-là encore parla longuement à Bérard des mérites du maire, un philanthrope qui... un homme de bien, quoi! qui était au moins avec les colons, celui-là. En même temps, l'interlocuteur de Bérard ne tarisssait pas d'invectives et de menaces contre les vendus, les francs-maçons, les voleurs, les *types de l'adjoint Molinat*. Bérard écoutait, ennuyé. Il eût voulu demander quelques renseignements utiles sur le climat, la qualité de la terre, les ouvriers. Mais, à toutes ses questions, le colon répondait, agacé :

– Vous verrez... le climat? Bien, il est pas mauvais... Vous vous arrangerez... Vous ferez comme nous...

Et, tout de suite, il retombait dans son rabâchage « politique », avec une faconde extraordinaire.

Bérard manœuvra pour se débarrasser de cet orateur intarissable et sortit.

La rue était déserte et noire. Après une courte promenade, Bérard entra dans un autre débit. Là, aussi on criait, on discutait.

Bérard avisa un groupe de colons un peu calmes qui jouaient aux cartes, et s'assit à leur table, dans un coin.

— Eh bien, messieurs, est-ce que ça marche à votre convenance, par là? Moi, je viens faire comme vous... me mettre colon.

Tout de suite, Bérard remarqua une certaine gêne dans l'attitude des joueurs.

— Où êtes-vous descendu?

— Mais dans la première auberge à droite sur la route de ***.

Les joueurs s'entre-regardèrent, comme si Bérard avait dit une énormité.

— Ah, mince alors? Alors à présent, ils recrutent leur monde comme ça, de force? Mais vous ne savez pas chez qui vous êtes descendu, monsieur? C'est un repaire de voleurs, de bandits... C'est la réunion de la bande au maire, à l'usurier Girot!

— Mais ça m'est égal. Je suis descendu là en attendant de m'établir, d'avoir bâti!

— Mais vous ne comprenez pas que vous serez déshonoré, si vous restez avec ces gens-là. Et puis, ils vous entortilleront. Vous ne connaissez pas Girot, ça se voit.

Encore une fois, Bérard affirma son indépendance politique, mais il fut interrompu.

— Ce n'est pas admissible. Ici nous sommes pour les situations franches : faut être avec les honnêtes gens, ou bien faut être avec les voleurs... Y a pas à faire de manières... C'est comme ça.

— Je serai toujours avec les honnêtes gens, dit Bérard, évasivement.

Un autre colon, à qui Bérard s'adressa pour avoir quelques éclaircissements, lui tint un tout autre langage. Nettement hostile, celui-là, il se contenta de répondre aux questions du nouvel arrivant.

— Nous autres, fils de colons, nous trimons, nous nous débrouillons comme nous pouvons. Eh bien, faites comme nous, puisqu'on vous donne des concessions... Seulement, si vous êtes venu par ici, c'est que vous n'avez pas pu vous arranger chez vous... C'est ce que le gouvernement ne veut pas comprendre, quand il s'obstine à nous envoyer un tas de gens qui ne connaissent rien du pays et qui veulent faire les malins. Quand on vous aura vu à l'œuvre, on parlera... A présent, c'est pas la peine.

Bérard sortit.

Un instant encore il erra dans la nuit. Comme il passait devant une échoppe ouverte, éclairée par une lampe fumeuse, il s'arrêta : des Arabes étaient là, qui buvaient du café. Alors pour voir, il entra et commanda une tasse.

Assis dans un coin, il observa ces hommes d'une autre race qu'on lui avait dite ennemie de la sienne.

Dépenaillés, vêtus de loques européennes, ils avaient l'air misérable et sombre.

A son entrée, quelques-uns s'étaient chuchoté des mots en le regardant... Et ce regard était fermé et hostile...

Bérard eut l'idée de parler au cafetier qui comprenait le français.

– Ils n'ont pas l'air heureux... Je crois qu'ils ne nous aiment pas...

– Non, pourquoi? Kif-kif... seulement il y en a par là qui en avaient de la terre et du blé, avant l'agrandissement. A présent, ils n'ont rien... Alors ils en sont pas contents, tu comprends. Mais ça fait rien.

Bérard, sa tasse de café bue, s'en alla. Et il comprit qu'il était un intrus. De son arrivée, tout le monde se plaignait : les fils de colons, car ils eussent voulu sa concession pour eux..., les Arabes, parce qu'on leur avait pris leur terre...

Et ceux qui l'avaient accueilli moins froidement n'avaient eu d'autre désir que de l'embrigader dans tel ou tel parti... Une grande tristesse lui vint au cœur, de cette désillusion, de ce village hostile et noir qui dormait maintenant dans la nuit froide.

NOTE

La désillusion du colon Bérard fait penser à celle que dut connaître I.E. en débarquant, en juillet 1902, à l'hôtel des Arts, à Ténès, avec son mari Slimène Ehnni. Un témoin rapporte qu'il observa les deux « indigènes » avec attention et estima que l'un d'eux avait les mains bien fines...

Ténès, où elle demeura quelques mois, resta un très mauvais souvenir pour I.E. Elle s'y trouva dans le piège d'une mauvaise campagne de calomnies, nourrie par ses prises de position arabophiles, le mystère de son personnage et sa liberté de ton. Robert Randau, son ami de Ténès, a raconté par le menu les circonstances de cette cabale (*Isabelle Eberhardt, notes et souvenirs*, E. Charlot, 1945, réédité en 1989 à La Boîte à Documents).

Rien d'étonnant à ce que *l'Arrivée du colon* fût publiée dans l'*Akhbar*, le 1er janvier 1903. A cette époque, à Ténès, la bataille politique faisait rage.

Cette nouvelle figure dans *Pages d'Islam, op. cit.*

Fellah

La vie du *fellah* est monotone et triste, comme les routes poudreuses de son pays, serpentant à l'infini entre les collines arides, rougeâtres, sous le soleil. Elle est faite d'une succession ininterrompue de petites misères, de petites souffrances, de petites injustices. Le drame est rare, et quand, par hasard, il vient rompre la monotonie des jours, il est, lui aussi, réduit à des proportions très nettes et très minimes, dans la résignation quotidienne et prête à tout.

Dans mon récit vrai il n'y aura donc rien de ce que l'on est habitué à trouver des histoires arabes, ni fantasias, ni intrigues, ni aventures. Rien que de la misère, tombant goutte à goutte.

***

Sous la morsure du vent de mer âpre et glacé, malgré le soleil, Mohammed Aïchouba poussait sa charrue primitive, attelée de deux petites juments maigres, de race abâtardie, à la robe d'un jaune sale. Mohammed faisait de grands efforts pour enfoncer le soc obtus dans la terre rouge, caillouteuse. Par habitude, et aussi faute d'outils et de courage, Mohammed se contentait de contourner les touffes de lentisque et les pierres trop grosses, sans jamais essayer d'en débarrasser son pauvre champ, le *melk* héréditaire et indivis des Aïchouba.

Le petit Mammar, le fils de Mohammed, cramponné à la *gandoura* terreuse de son père, s'obstinait à suivre le sillon où, un jour, il pousserait probablement à son tour la vieille charrue.

Mohammed approchait de la cinquantaine. Grand et sec, de forte ossature, il avait un visage allongé, tourné, encadré d'une courte barbe noire. Ses yeux d'un brun roux avaient une expression à la fois rusée, méfiante et fermée. Cependant, quand le petit Mammar s'approchait trop de la charrue, le père le repoussait doucement, et ses yeux changeaient. Un sourire passait dans son regard plein d'une obscurité accumulée par des siècles de servitude.

Un voile déchiré, simplement passé sur la tête, achevait de donner à Mohammed, sous ses haillons, l'air d'un laboureur de la Bible...

Le champ était situé sur le versant d'un coteau aride, au milieu du chaos des collines que dominait de toutes parts une muraille bleuissante de montagnes aux circuits compliqués.

En face, sur l'autre bord d'un ravin, on voyait les *gourbis* de la fraction des Rabta, de la tribu des Maïne.

Celui des Aïchouba se trouvait un peu à l'écart, au pied de la falaise rouge qui coupait brusquement la montagne. Quatre murs en pierre sèche, aux trous bouchés avec de la terre et de l'herbe, un toit en *diss*. Comme unique ouverture, la porte très basse, telle l'entrée d'une tanière. Une haie d'épines et de branches de lentisque servant le jour à cacher les femmes et la nuit à abriter le troupeau.

Mohammed était l'aîné, le chef de famille. Ses deux frères, plus jeunes, habitaient sous son toit. Le premier, Mahdjoub, était marié. Se désintéressant du travail au champ, il élevait des brebis et des chèvres, et fréquentait les marchés. Benalia, le cadet, ne ressemblait pas à ses frères. Il avait dix-huit ans, et refusait de se marier.

Il gardait le troupeau et braconnait dans la montagne. Voleur à l'occasion, mauvais sujet irréductible, malgré les corrections fraternelles, il passait ses journées assis sur quelque rocher, en face du grand horizon doré, à jouer de la flûte bédouine ou à improviser des complaintes. Lui seul, peut-être, dans sa tribu, voyait la splendeur des décors environnants, la menace des nuages sur la crête des montagnes obscures et le sourire du soleil dans les vallées.

Au *gourbi*, Benalia gardait un silence presque dédaigneux. Il ne se mêlait ni aux querelles d'intérêt entre les deux grands frères ni aux interminables discussions des femmes.

Celles-ci étaient nombreuses, dans la demi-obscurité du grand *gourbi*. Mohammed en avait deux et Mahdjoub une. Il y avait encore là les sœurs non nubiles ou divorcées, les vieilles tantes et la mère Aïchouba, l'aïeule décrépite des petits qui pullulaient portés sur le dos des femmes courbées avant l'âge. Et c'était toute une smala exigeante et rusée, quoique craintive.

Pendant que les hommes étaient au-dehors, les femmes écrasaient le blé dur dans le vieux petit moulin lourd et faisaient cuire les galettes azymes dans un four en terre ressemblant à une taupinière géante et qu'on fermait au moyen d'une marmite à moitié remplie d'eau.

Quand les travaux rudimentaires du champ et du troupeau ne réclamaient pas leur effort, Mohammed et Mahdjoub allaient, comme les autres hommes de la fraction, s'asseoir sur de vieilles nattes, près d'une hutte où un homme en blouse et en turban vendait du café et du thé.

Là, on parlait lentement, interminablement, des questions d'intérêt, avec la préoccupation des paysans toujours attentifs à la vie de la glèbe. On supputait la récolte; on rappelait le dernier marché; on comparait les années.

Le marché joue un grand rôle dans la vie bédouine. Il exerce une sorte de fascination sur les *fellah*, très fiers du marché de leur tribu. « Il va déjà au marché », se dit du jeune homme parvenu à l'âge de la virilité.

Parfois, quelqu'un racontait une histoire naïve et fruste, la révélation des trésors cachés dans la montagne et surveillés par des génies, des légendes du vieux temps ou bien des histoires merveilleuses sur les panthères, encore nombreuses aujourd'hui, et les lions.

La piété de ces tribus berbères de la montagne dont beaucoup parlent leur idiome, le *chelha*, est tiède, et leur ignorance de l'Islam est profonde. Les vieillards seuls s'acquittent des prières traditionnellement. Par contre, les *marabouts* sont très vénérés, et il est une infinité de *koubba* ou simplement de lieux saints où l'on va en pèlerinage, en mémoire de quelque pieux solitaire.

Chez les Aïchouba, seul, Mohammed priait et portait à son cou le chapelet de la confrérie des Chadoulia...

Et les jours s'écoulaient dans la torpeur résignée, dans la monotonie de la misère, endurée depuis longtemps.

... L'année s'annonçait mal. Au moment des semailles d'hiver, la pluie avait détrempé la terre et transformé les chemins arabes, sentiers ardus et sinueux, en torrents. En effet, malgré le poids si lourd des impôts arabes, les *douar* sont encore dépourvus de voies de communication et rien n'est fait pour leur commodité, leur développement ou leur salubrité. Le *fellah* déshérité paye et se tait.

Les terres de la fraction des Rabta sont pauvres, épuisées encore par la mauvaise culture sans engrais, jamais. La brousse voisine les envahit.

Le pain noir et le *maâch*, le gros couscous grossier, menaçaient de manquer cette année; l'impôt serait bien difficile à payer; et une plainte sourde, un cri d'angoisse commençait à monter des collines et des vallées.

Il n'y avait cependant pas de révolte dans les attitudes et les discours des *fellah*. Ils avaient toujours été pauvres. Leur terre avait toujours été dure et pierreuse, et il y avait toujours eu un *beylik* auquel il fallait payer l'impôt. D'un âge d'or les Bédouins ne gardaient aucune souvenance.

Ils vivaient de brèves espérances, en des attentes d'événements prochains, devant apporter un peu de bien-être au *gourbi* : si Dieu le voulait, la récolte serait bonne... ou bien les veaux et les agneaux se vendraient, et un peu d'argent rentrerait. Tout cela, même en mettant les choses au mieux, ne changerait rien au cours éternellement semblable de la vie du *douar*. Mais l'espoir fait passer le temps et supporter la misère.

... Le Bédouin est chicanier et processif de sa nature. Il considère comme une nécessité de la vie, presque comme un honneur, d'avoir des procès en cours, de mêler les autorités à ses affaires, même privées. Mohammed Aïchouba et son frère Mahdjoub avaient plusieurs fois soumis leurs différends au *caïd*, et même à l'administrateur, tout en continuant cependant à vivre ensemble.

Au *gourbi*, c'était Aouda, l'aînée des deux femmes de Mohammed, qui suscitait les querelles. Verbeuse et acariâtre, elle éprouvait le besoin incessant de se disputer et de crier, de rapporter des uns aux autres les propos entendus, habilement surpris. Quand les disputes dépassaient un peu le degré ordinaire, Mohammed prenait une matraque et frappait sa femme à tour de bras, mettant fin aux querelles pour quelques heures. Mais la ruse et la méchanceté d'Aouda n'avaient pas de bornes. Elle en voulait surtout à Lalia, la jeune femme de son mari, douce créature, jolie et à peine nubile, qui se taisait, supportant toutes les vexations d'Aouda et allant jusqu'à l'appeler Lella (madame).

Mohammed, sans tendresse apparente, avait pourtant un faible pour Lalia, et il ne revenait jamais du marché sans rapporter un cadeau quelconque à sa nouvelle épouse, augmentant ainsi la haine et la jalousie d'Aouda. Celle-ci avait deux enfants, deux filles, et elle comptait sur cette maternité pour empêcher son mari de la répudier. Mais les filles étaient déjà assez grandes, et Mammar, le favori de Mohammed, était le fils de Khadidja, la première femme de Mohammed, qui était morte. Les liens qui attachaient Mohammed à Aouda étaient donc bien faibles.

Comme il est d'usage chez les Berbères de la montagne, les parents d'Aouda l'excitaient encore contre son mari pour provoquer un divorce venant de lui, car alors il perdait le *sedak*, la rançon de sa femme, que les parents remariaient ensuite, touchant une autre somme d'argent.

***

... Mohammed, son labourage fini, mesura le grain, et son cœur se serra en voyant qu'il n'en avait pas assez pour ensemencer. Il en manquait pour une quinzaine de francs. Où prendre cet argent? Irait-il, comme les années précédentes, s'adresser à M. Faguet, ou aux Kabyles habitant les « centres » de Montenotte et de Cavaignac? A l'un comme aux autres il devait déjà plusieurs centaines de francs. Son champ et le troupeau de Mahdjoub servaient de garantie.

Il avait déjà vu vendre aux enchères un champ d'orge et trois beaux figuiers, que M. Faguet avait fait acheter par l'un de ses *khammès*.

Les usuriers! Seuls, ils pouvaient le tirer d'affaire. Il fallait bien semer. Et Mohammed calculait, se demandant s'il s'adresserait au *roumi* de Ténès ou aux Kabyles des villages. M. Faguet lui prêterait le grain en nature au double du prix courant; les Kabyles, pour un prêt de quinze francs, lui feraient signer un billet de trente...

Mohammed, lentement, marchait le long de son champ, en songeant aux usuriers. Le vent froid s'engouffrait dans le vieux *burnous* déchiré, dans la *gandoura* en loques, et pleurait sa tristesse immense autour de cette tristesse humaine.

***

... Le « centre » des Trois-Palmiers, en arabe Bouzraïa, est un village de création officielle. Les terrains de colonisation ont été prélevés sur les meilleures parcelles des tribus de Hemis et de Baghadoura, par expropriation; malgré cela le village européen ne doit sa prospérité relative qu'au grand marché arabe du vendredi.

Sous les eucalyptus au feuillage rougi par l'hiver, sur une côte pulvérulente, une foule compacte se meut : *burnous* grisâtres, *burnous* bruns, voiles blancs. Dans les cris des hommes et des bêtes, les Bédouins vont et viennent. Les uns arrivent; les autres s'installent. Et une grande clameur s'élève, cri rapace de cette humanité dont la pensée unique est le gain. Vendre le plus cher possible, tromper au besoin, acheter à vil prix : tel est le but de cette foule disparate, mélange confus d'Européens, d'Arabes, de Kabyles et de Juifs, tous semblables par leur soif de lucre.

... Mohammed et Mahdjoub étaient descendus au marché dès l'aube. Le long de la route, ils avaient marché ensemble, accompagnés de leur jeune frère Benalia, qui poussait devant lui trois chèvres que Mahdjoub voulait vendre. Mohammed était monté sur sa petite jument, avec Mahdjoub en croupe, tandis que Benalia marchait à pied. Il chantait : « Le berger était sur la montagne. Il était petit ; il était orphelin. Il jouait de la flûte. Il gardait les moutons et les chèvres de Belkassem. La panthère est venue, à la tombée de la nuit, à l'orée des bois : elle a dévoré le petit berger et le troupeau... Les enfants de Belkassem ont pleuré le beau troupeau, les belles chèvres... Personne n'a pleuré le petit berger, parce qu'il n'avait pas de père... »

Benalia improvisait, et sa voix jeune et forte s'en allait aux échos de la forêt, dans la montagne pleine d'épouvantement. Poète inconscient, il disait la vérité de sa race et chantait les réalités de la vie des *douars*... Mais, voleur et mauvais sujet, il n'obtenait pas d'attention et n'avait pas l'estime des hommes de sa tribu.

... Arrivés au marché, les trois frères se séparèrent, selon l'usage arabe. Mohammed n'avait qu'une petite jarre de beurre à vendre, et se mit aussitôt en quête du Kabyle prêteur d'argent, Kaci ou Saïd.

En blouse bleue et turban jaune, grand et maigre, le *zouaouï* déballait un grand paquet de mouchoirs et de cotonnades claires. En voyant Mohammed Aïchouba, il sourit.

— Te voilà encore ? Ça ne va donc pas ? Qu'y a-t-il ?

— Louange à Dieu dans tous les cas ! Il n'y a que le bien.

— Tu as besoin d'argent ?

— Oui, viens à l'écart ; nous parlerons.

— Tu me dois déjà deux cents francs. Tu en dois à d'autres, et même à M. Faguet.

— Je paye les intérêts. Je ne travaille plus que pour vous et les impôts.

— Je ne te prêterai plus au même intérêt. C'est trop peu, puisqu'il faut tant attendre.

— Tu n'es pas un musulman ! Dieu t'a défendu de prêter même à un centime d'intérêt.

— Nous partageons le péché : nous prêtons, mais vous autres Arabes, vous empruntez. Sans votre rapacité, à qui prêterions-nous ?

— Ce sont les Juifs qui vous ont appris ce métier-là.

— Assez. Veux-tu de l'argent, ou non ? Et combien te faut-il ?

— Au cours du blé dur et de l'orge, il me faut seize francs.

— Seize francs... Tu me feras un billet de trente-deux francs.

— Voilà un trafic de Juif ! Avec quoi payerai-je un intérêt pareil ?

— Arrange-toi.

Le marchandage fut long et âpre. Mohammed se défendait, dans l'espoir de gagner quelques sous. Kaci ou Saïd voyait qu'il tenait sa proie et goguenardait, tranquille. Enfin, sans que l'usurier eût cédé un centime, le marché fut conclu. Le lendemain matin, on irait chez l'interprète, on signerait le billet, et, pour se mettre d'accord avec la loi, on y porterait la mention bénigne « Valeur reçue en grain », écartant l'idée d'usure. Mohammed Aïchouba aurait seize francs pour compléter ses semences et, après la moisson, il rendrait le double.

Il passa la nuit, roulé dans son *burnous*, près du café maure. Une inquiétude lui venait bien : avec la faible récolte qu'il y aurait sûrement, puisque l'année commençait par un froid excessif et trop de pluie, comment payerait-il toutes les échéances tombant, inexorables, après la moisson, en août ? Mais il se consola en disant : « Dieu y pourvoira. » Et il s'endormit.

... Pendant l'absence des hommes, une vieille femme ridée, au nez crochu, aux petits yeux sans cils, vifs et perçants comme des vrilles, était venue au *gourbi* des Aïchouba. C'était la mère d'Aouda, femme de Mohammed.

Elle avait pris sa fille à part, dans un coin, et lui parlant à voix basse, avec véhémence, elle faisait sonner ses bracelets d'argent sur ses poignets décharnés, à chaque geste brusque.

— Tu es une ânesse. Pourquoi restes-tu chez ton mari ? Tu sais bien que les autres femmes de ton âge sont bien habillées, choyées par leurs maris. Tu vois bien comment il traite cette chienne de Lalia qu'il te préfère. Pourquoi restes-tu ? Réfugie-toi chez ton père. Si ton mari veut te reprendre de force, va chez l'administrateur. Après cela, Aïchouba te répudiera, car il tient aux usages, et quand tu auras découvert ton visage devant les *roumis*, il ne voudra plus de toi... Alors nous te trouverons un autre mari bien meilleur.

— J'ai peur.

— Bête, va ! N'es-tu pas mon foie ? Te ferai-je du mal ? Et de quoi as-tu peur ? N'as-tu pas ton père, et tes frères ne sont-ils pas deux lions ?

Aouda, la joue appuyée dans le creux de sa main, réfléchissait. Elle n'avait aucune affection pour son mari et elle le craignait. Si elle était jalouse de Lalia, ce n'était nullement le sentiment de la femme blessée dans son amour et sa dignité. Seulement Mohammed prodiguait à Lalia les cadeaux et les parures, et Aouda était envieuse.

Aouda se décida.

— Lundi, ils seront au marché de Montenotte. Dis à mon père et à mes frères de venir me chercher avec la mule grise.

— D'abord fais une scène à ton mari. Dis-lui de te donner les mêmes objets qu'à Lalia et de te laisser venir passer quelques jours chez nous. Il refusera, et toi, insiste. Il te battra, et, dès mardi, nous irons nous plaindre à l'administrateur, s'il ne te répudie pas.

Une femme entra, éplorée. C'était Aïcha, une voisine. Elle s'accroupit dans un coin et se mit à se lamenter. Jeune encore, elle eût eu un visage agréable sans les tatouages qui couvraient son front, ses joues et son menton.

— Qu'as-tu, ma fille? demanda la vieille. Tes enfants sont-ils malades?

— Oh! mère, mère! L'autre jour, comme mon mari labourait chez le *caïd*, des Zouaoua ont passé. Ils m'ont montré de beaux mouchoirs en soie rose, à quatre francs. J'en ai acheté deux, parce que le Kabyle me promettait d'attendre jusqu'à la fin du mois. Ma mère m'aurait donné l'argent. A présent le Kabyle prétend que je lui dois douze francs, et il m'assigne en justice. Mon mari m'a battue et il veut me répudier. Je ne sais pas s'il aura assez pour payer... Dieu, aie pitié!

— Moi, dit Aouda, je n'achète jamais à crédit. J'ai gardé de la laine pour plus de trois francs, et quand je fais le beurre, j'en cache un peu que je fais vendre par des enfants. Le grain aussi, j'en vends en cachette... comme ça j'ai de l'argent pour m'acheter ce que je veux.

Mais la sœur de Mohammed, Fathma, se rapprochait, et les femmes s'apitoyèrent sur le sort d'Aïcha, la voisine.

— Brûle un peu de corne de bélier de la grande fête et mets la cendre dans le manger de ton mari; il ne pourra plus te répudier. Garde-toi d'en goûter, ça empêche les femmes de devenir enceintes.

La vieille connaissait les sortilèges.

Aïcha joignit les mains, puis elle embrassa le pan crasseux de la *mlahfa* de la rusée :

— Mère, je t'en supplie, viens chez moi. Mon mari est parti; prépare-moi la corne toi-même. J'en ai justement deux.

— Après avoir fait cela, il faut que je parfume mon *gourbi* au benjoin pendant quatre jours et que je brûle deux bougies de cire vierge pour Sidi-Merouan. Donne-moi six sous; j'irai.

Des plis de la coiffure d'Aïcha, les six sous passèrent dans un coin de la *mlahfa* de la vieille, qui se leva alors et prit son *haïk* et son bâton.

— Lundi, à midi. N'oublie pas la laine, surtout... souffla-t-elle à l'oreille de sa fille.

Mohammed, harassé, trempé par la pluie, rentra le lendemain, à la nuit, avec l'argent du Kabyle touché dans l'antichambre de l'interprète, le billet signé.

Il trouva son petit Mammar brûlant de fièvre, sur les genoux de Lalia qui le berçait.

Aouda, vaquant aux soins du ménage, maugréait :

– Toujours c'est moi qui travaille! L'autre, jamais. On lui a apporté des cadeaux, je parie. Moi, jamais rien!

Mohammed, douloureusement frappé par la maladie subite du petit, se retourna vers Aouda.

– Qu'as-tu à grogner comme une chienne?

– Je demande à Dieu d'avoir pitié de moi...

Et elle égrena le chapelet de ses récriminations, mais avec une insolence inaccoutumée.

– Tais-toi, disait Lalia conciliante. Tu ne vois pas... le petit est malade, l'homme est fatigué.

– Toi, fille de serpent, tu n'as rien à me dire. Tu es fière, parce que tu es bien habillée, vipère!

Mahdjoud haussait les épaules, impatienté.

– Si tu étais à moi, dit-il, je te mettrais à la porte à coups de pied. Celui-là est trop patient.

Au fond, Mohammed avait bien envie de répudier Aouda, mais il regrettait l'argent de sa rançon, et il se contenta, comme toujours, de la faire taire en la battant.

Le lendemain, l'état de l'enfant empira. Mohammed, désolé, le veillait, morne. Les remèdes des vieilles ne soulagèrent pas le petit et, dans la nuit, il mourut. Quand les menottes convulsées retombèrent inertes, Mohammed crispa ses mains calleuses sur le petit cadavre et resta là, pleurant à gros sanglots, avec des gémissements, comme un enfant.

Autour du tas de chiffons qui avait servi de lit au petit Mammar, les femmes, accroupies, poussaient de longs hurlements lugubres, en se griffant le visage. Aouda, par nécessité et par habitude, imitait les autres, mais, dans ses yeux noirs, une joie mauvaise brillait.

Et Mohammed pleurait là sa dernière misère, la mort de son fils unique, ce petit Mammar si joli, si plein de vie, qui le suivait partout, qui le caressait, qui était sa seule joie.

Peu à peu le *fellah* cessa de pleurer et resta là, accroupi, immobile, à regarder le cadavre de son enfant... Puis il souleva les petites mains crispées qui semblaient s'abandonner encore, la petite tête aux yeux clos... Et, avec un long cri de bête blessée, il retomba sur les chiffons et pleura, pleura jusqu'au jour, quand les femmes lui prirent le petit pour le laver et le rouler dans le linceul blanc, étroit comme une serviette.

Mammar fut enterré sur la colline, dans la terre pierreuse. Mohammed, sombre et muet, ramassa des pierres et des branches et bâtit une cahute au pied du figuier où il jouait, tous les jours, avec son fils. Il porta là quelques loques, sur une vieille natte, et s'étendit. Mais une autre semaine commença. L'argent manquait ; il fallait vendre encore du beurre et du miel, et acheter avec l'argent du Kabyle le grain. Puis il faudrait ensemencer. Mahdjoub appela son frère aîné.

– Frère, pour qui travaillerai-je à présent que mon fils est mort ? dit Mohammed en se levant tristement, sans force et sans courage, pour la besogne obligée.

– C'est la volonté de Dieu. Il te donnera sans doute un autre fils...

Pendant l'absence de Mohammed, le père et les frères d'Aouda vinrent la chercher et elle partit, les yeux secs, emportant ses hardes, sans un adieu pour toutes ces femmes qui essayaient de la retenir.

Quand elle fut partie, les autres dirent, soulagées pourtant : « Que la mer la noie ! Elle est trop méchante ! »

Mohammed dut aller se plaindre au *caïd*, réclamant sa femme. Mais le vieux chef lui conseilla de la répudier, lui prédisant de nombreux ennuis s'il la réintégrait au domicile conjugal. Et Mohammed répudia Aouda, instaurant un peu de paix au *gourbi* en deuil du petit Mammar.

Puis Mohammed ensemença son champ. Il marchait, le long des sillons, en jetant la semence, et il lui était douloureux de regarder cette terre rouge si dure à travailler, et qu'il avait arrosée de tant de sueur... Voilà que, maintenant, elle lui avait pris son fils unique, son petit Mammar, qui, naguère encore, courait comme un joyeux agneau dans ces mêmes sillons.

Tout à coup Mohammed s'arrêta : sur l'argile rouge, une trace, presque effacée, persistait : la trace d'un petit pied nu.

Le *fellah* s'accroupit là, laissant son travail, et il eut une nouvelle explosion de douleur, la dernière, car, ensuite, il se résigna à la destinée. Il prit soigneusement l'argile portant l'empreinte du petit pied, la pétrit dans ses doigts, la noua dans un coin de son voile. Le soir, il mit la motte de terre dans un coin de son *gourbi*, comme un talisman. Puis il courba la tête sous le jong du *mektoub* inéluctable, et il travailla pour le pain bis de sa famille.

... Le vent et la grêle achevèrent de rendre la moisson presque nulle, et le grand cri, la plainte des *fellah* qui, au printemps, avait retenti dans les vallées et sur les collines roula d'un horizon à l'autre, de la plaine du Chélif à la mer, comme une clameur d'épouvante devant la famine prochaine.

Les créanciers furent impitoyables. Le champ fut vendu et le produit partagé entre M. Faguet, les Kabyles et le *beylik* pour les impôts.

Sans labour, sans blé, les Aïchouba en furent réduits à leur petit jardin de melons et de pastèques. Mohammed, sans terre, se trouva tout à coup désœuvré, inutile comme un enfant ou un vieillard impotent. Sombre, il erra le long des routes. Mahdjoub, pour faire vivre la famille, dut vendre peu à peu ses bêtes. Silencieux, lui aussi, courbé sous le joug de la destinée, il devint le chef de la famille, car Mohammed désertait de plus en plus le *gourbi* pour errer.

Un jour, Benalia vit son frère qui marchait, la tête courbée, dans le champ qui leur avait appartenu. Il cherchait quelque chose.

Timidement, pris de peur, Benalia s'en alla prévenir Mahdjoub, qui s'en vint au champ.

— Si Mohammed, que fais-tu là ? La terre n'est plus à nous, telle est la volonté de Dieu. Viens, il ne faut pas qu'on te voie là.

— Laisse-moi.

— Mais que cherches-tu là ?

— Je cherche la trace des pas de mon fils.

Et Mahdjoub connut que son frère était devenu *derrouich*.

Peu de jours après, comme Mohammed était assis, silencieux comme toujours désormais, devant sa cahute, et que Mahdjoud menait les bêtes à l'abreuvoir, Benalia, assis devant le *gourbi*, jouait de la flûte. Tout à coup, Mahdjoub revint en courant.

— Si Mohammed ! les gendarmes viennent vers le *gourbi* !

Par habitude, il demandait aide et protection à l'aîné, mais Mohammed répondit :

— Que nous prendraient-ils encore, puisque mon fils est mort et que le champ est vendu ?

Devant le *gourbi*, guidés par le garde champêtre à *burnous* bleu, les gendarmes mirent pied à terre. Ils entrèrent tous deux. L'un portait des papiers à la main.

— Où est Aïchouba Benalia ben Ahmed ?

Benalia avait pâli.

— C'est moi... murmura-t-il.

Le gendarme s'approcha et lui passa les menottes. Alors, comme Mohammed, les yeux grands ouverts, se taisait, Mahdjoub s'avança tremblant.

— Si Ali, dit-il au garde champêtre, pourquoi arrête-t-on mon frère ?

— Il était absent, cette nuit ?

— Oui...

— Eh bien, il est allé à Timezratine, et il a volé un fusil chez M. Gonzalès, le colon. Comme le colon l'a surpris, ton frère lui a tiré dessus. M. Gonzalès est blessé, et on l'a porté à l'hôpital. Il a reconnu ton frère.

Et on emmena Benalia, tandis que les femmes se lamentaient comme sur le cadavre d'un mort.

Mohammed ne proféra pas une parole.

Mahdjoub, après un instant, ramassa le bidon et reprit la longe des chevaux, qu'il mena à l'abreuvoir.

De caractère morose et dur, âpre au gain, sans jamais un mot affectueux pour les siens, Mahdjoub avait au fond l'amour du foyer et de la famille, un amour jaloux de ceux de son sang, et le malheur de son frère l'accablait. Il n'éprouvait pas de honte, le brigandage étant considéré comme un acte de courage, illicite, certes, mais point honteux. Il souffrait seulement de la souffrance de son frère, car ils étaient sortis du même ventre et avaient tété la même mamelle.

Pourquoi Benalia avait-il si mal tourné, quand tous les Aïchouba étaient des laboureurs paisibles? Et comment en était-il arrivé à une audace semblable?

Et la ruine de la famille apparaissait à Mahdjoub consommée maintenant.

Et quelle année! L'enfant mort, le champ vendu, l'aîné devenu fou, le cadet enchaîné et certainement condamné! La colère de Dieu s'appesantissait sur leur race, et il n'y avait qu'à s'incliner : « Louange à Dieu, dans tous les cas! »

Mohammed semblait devenu muet. Il prenait la nourriture qu'on lui présentait sans rien dire.

Lalia, dans les coins obscurs, pleurait son malheur. Ses belles-sœurs lui reprochaient d'avoir apporté avec elle le malheur et les calamités. Mais elle attendait patiemment, ne voulant pas s'en aller. Dans son cœur d'enfant, une sorte d'attachement était né pour Mohammed, qui avait été bon pour elle et qui souffrait.

Après plusieurs mois de silence, quand Mahdjoub rapporta la nouvelle de la condamnation de Benalia à cinq ans de réclusion, Mohammed ne dit rien; mais, le lendemain, quand Lalia lui porta son écuelle, elle ne le trouva plus dans sa cahute : dès l'aube, Mohammed était parti, avec son bâton d'olivier, droit devant lui, vers l'ouest, mendiant son pain dans le sentier de Dieu.

Ce jour-là, Lalia, devenue veuve, rassembla ses hardes. Dans le coffre de bois vert, avec les *gandoura* et les *melhfa*, il y avait deux robes et une paire de souliers qui avaient appartenu au petit Mammar. Lalia les regarda et puis, avec des larmes dans les yeux, elle les serra sous son linge, en murmurant : « Petit agneau, depuis ta mort, le malheur est entré dans cette maison... » Et elle partit chez ses parents.

... De jour en jour la misère augmentait, car il est difficile à l'homme faible de remonter la pente du malheur, et un jour, dégoûté, Mahdjoub vendit ses dernières bêtes et le jardin.

Puis il répudia sa femme restée sans enfants, et il partit pour la ville, où il s'engagea comme garçon d'écurie chez un marchand de vin en gros.

... Un jour, assis devant la porte de son écurie, Mahdjoub travaillait, avec son couteau, le manche de sa canne. L'hiver touchait à sa fin, et une année s'était écoulée depuis la dispersion des Aïchouba. Mahdjoub avait beaucoup changé. Il savait maintenant un peu parler le français. Il s'habillait proprement en citadin, risquant même le costume européen avec une simple *chéchia*, et il buvait de l'absinthe tout comme un autre dans les cafés d'Orléansville.

... Un mendiant passait, les cheveux longs et gris, sous un vieux voile en lambeaux, le corps couvert de loques, un haut bâton à la main.

– Au nom de Dieu et de son Prophète, faites l'aumône!

Mahdjoub tressaillit, se leva, laissant son travail.

– Si Mohammed! Si Mohammed! Je suis ton frère... Mahdjoub... Où vas-tu?

Mais le vieillard passait. Aucune lueur d'intelligence ne brilla dans ses yeux ternes. Alors Mahdjoub lui mit tout ce qu'il avait de monnaie dans la main, le baisa au front et rentra dans l'écurie. Là, appuyé contre un pilier, il se mit à pleurer.

Et le vieillard passa, s'en allant plus loin, dans la nuit de son intelligence éteinte, demander au nom d'Allah, le Clément et le Miséricordieux, le pain que la terre rouge et caillouteuse de son pays lui avait refusé.

NOTE

Faire comprendre de l'intérieur la vie des Arabes... Aller au-delà des idées reçues et remonter aux origines... Seul Mahmoud Saadi pouvait observer, recueillir les « récits vrais », grâce en partie à ce costume qui ne la distingue pas des hommes des *douar*.

Son séjour à Ténès lui permet de partager le désarroi des *fellah* confrontés à la mainmise des nouveaux arrivants sur leurs terres. Ce thème lui a inspiré quelques nouvelles, éclairant d'une lumière plus crue les origines de la révolte de Margueritte, un bourg de colonisation situé au sud de Ténès, dans le Tell.

Fellah a été publié les 24, 25 et 26 sept. 1902 dans *les Nouvelles*, puis dans *Notes de route* (Fasquelle, 1908).

Nuits de Ramadhan
- AU DOUAR -

Toute la journée, l'œil morne, la tête courbée, les *fellah* ont poussé leur petit grattoir, leur charrue en bois, encourageant d'un cri rauque leur attelage famélique.

Mais le soir s'approche. Le soleil rose descend vers les collines d'argile qui enserrent la vallée. Les buissons d'*ar'ar* étendent de longues ombres noires, serties de rouge, sur le sol irisé. Et les laboureurs, ragaillardis, s'en reviennent vers leurs *mechta* grises d'où s'élèvent de hautes colonnes, minces et à peine ondulées, de fumée bleue. Pieds nus, ils sont vêtus de *gandoura* terreuses, retenues à la taille par une ceinture de cuir ou de corde, et haut troussées sur leur jambes musculeuses et velues. Sur leurs têtes rasées, abritant le visage bronzé au profil aquilin, ils portent un voile, un lambeau d'étoffe blanche, fixée par les cordelettes fauves. Ils sont pâles et leurs yeux sont cernés.

– Louange à Dieu, disent-ils, l'heure est proche!

Groupés sur la terre battue, entre leurs *gourbis* au *diss* noirci par les hivers, ils attendent debout, dans le rayonnement d'or rose du couchant.

Mais le soleil a disparu, tout s'éteint, les choses prennent des teintes sévères, les lointains se voilent de brume, et le *fil noir* [1] de la nuit s'étend à l'orient.

Alors, de tous les points de l'horizon, sur la terre bédouine, une voix monte, lente, plaintive... Les *burnous* terreux ont un frémissement, et les larges poitrines se dilatent. Après un bref silence, la voix profuse, la voix immense reprend son rappel de l'unité divine.

---

1. C'est une erreur de croire que le jeûne doit être rompu quand on ne peut distinguer un fil noir d'un fil blanc. Le fil noir dont parlent les musulmans est la ligne d'ombre s'étendant à l'est au commencement de la nuit. *(Note d'I.E.)*

Alors, très vite, les hommes rentrent sous le toit surbaissé de leur *gourbi*. Là, autour des feux de bois vert qui irritent leurs beaux yeux d'ombre, les jeunes femmes en haillons servent ce repas tant attendu depuis l'aube, dans la fatigue du travail ingrat, les reins cassés, les pieds embourbés sur la terre détrempée.

Ils fument, ils boivent un peu de café et ils mangent, les laboureurs et les bergers bédouins; et une lueur de joie adoucit leurs faces rudes. Une espérance renaît dans leur cœur habitué à redouter l'infortune sans cesse renaissante pour eux, les plus déshérités des hommes : peut-être Dieu aura-t-il pitié d'eux, cette année, peut-être la récolte sera-t-elle bonne, et les charges moins lourdes... *In châ Allah!*

Après le repas du *magh'reb*, les hommes ressortent et vont se réunir dans un grand *gourbi* croulant qui sert de café maure. Là, les plus jeunes chantent, debout, par groupes se faisant face, aux sons cadencés et sourds des *guellal*... Par-ci par-là, le susurrement discret d'un flageolet de roseau vient ajouter sa note fluette d'immatérielle tristesse, plainte ou appel libre vers la vie errante, qui est le chant des bédouins.

Vers le milieu de la nuit, la gaîté tombe, et la lueur pâle des étoiles d'hiver éclaire vaguement les groupes grisâtres, assoupis. Puis, lentement, ils se lèvent et regagnent en silence leurs demeures, où les attendent les bédouines tatouées, aux attitudes d'idoles de jadis, qui leur servent le dernier repas, le *sehour*... Quelques cigarettes alanguissent encore la demi-somnolence de l'heure. Tout s'endort. Seuls la lamentation sauvage du chacal dans la montagne, le rauquement féroce des chiens vigilants et, par intervalles, le chant enroué du coq, viennent troubler le grand silence de la nuit plus froide et plus noire.

Et demain, dès l'aube maussade, sans boire, sans manger, sans même fumer, il faudra reprendre le dur labeur, la tête à la pluie transperçant les haillons, les pieds dans la boue gluante et glacée.

Nuits de Ramadhan

– LA DEROUICHA –

Sous le ciel noir, des nuages en lambeaux fuient, chassés par le vent qui hurle. Au loin, derrière les montagnes où une obscurité sinistre semble ouvrir les portes des ténèbres infinies, la mer déferle et gronde, tandis que mugissent les *oued* boueux qui roulent des arbres déracinés et des rochers arrachés au flanc déchiqueté des hautes collines rouges. Le pays est raviné, hérissé de chaînes de montagnes enchevêtrées, boursouflé d'un chaos de collines où la brousse jette des taches lépreuses.

Il fait froid, il fait désolé, il pleut...

Sur les cailloux aigus, dans les flaques d'eau glacée de la piste sans nom qui est la *route* du *douar* de Dahra, une femme avance péniblement, ses loques grisâtres arrachées, enflées comme des voiles par le vent. Maigre et voûtée comme le sont vite les bédouines porteuses d'enfants, elle s'appuie sur un bâton de *zebboudj*. Son visage sans âge est osseux. Les yeux, grands et fixes, ont la couleur terne des eaux dormantes et croupies. Des cheveux noirs retombent sur son front, ses joues et ses lèvres bleuies par le froid se retroussent et se collent sur des dents aiguës, jaunâtres.

Elle va droit devant elle, comme les nuages qui s'en vont sous la poussée du vent... Elle va sans savoir, peut-être.

Quand elle croise les rares *fellah* se rendant à l'ouvrage ou les bergers, elle passe indifférente et muette.

Après des heures longues, dans le froid atroce, elle arrive à la porte d'un *bordj*, au fond d'un ravin que surplombent de hautes montagnes d'un noir d'encre, et où flottent des nuées livides.

Les chiens fauves, au poil hérissé, aux petits yeux louches, éclairant d'une lueur féroce le museau aigu, fait pour fouiller les chairs saignantes, s'acharnent sur la mendiante avec leur rauquement sourd qui n'a rien de l'aboiement joyeux des bons gardiens d'Europe. De son bâton, elle protège ses jambes maigres.

Sans appeler, sans frapper, elle entre dans la cour, puis, par la porte basse, dans un *gourbi* d'où s'échappe une fumée âcre et où bourdonnent des voix de femmes.

Autour d'un foyer de bois humide, allumé entre quatre pierres, des femmes en *mlahfa* blanches s'activent, préparant le premier repas de la longue journée de jeûne.

– Sois la bienvenue, mère Kheïra! disent les femmes avec une nuance de respect dans la voix. Et elles font à l'étrangère une place près du feu.

Mère Kheïra répond pas monosyllabes, et ses traits gardent leur inquiétante immobilité. L'eau trouble de ses yeux ne s'allume d'aucune lueur dans le bien-être soudain du *gourbi* tiède.

Le groupe devient plus compact. Elles sont cinq ou six qui entourent une femme d'une trentaine d'années, au profil dur sous la *chechiya* pointue des Oranaises. Chargée de bijoux, elle est vêtue plus proprement que les autres. Sa voix et ses manières sont impérieuses. C'est Bahtha, la femme du *caïd*, vieux *marabout* bédouin, débonnaire et souriant.

Par des ordres brefs, l'épouse du *caïd* dirige les mouvements des femmes autour du foyer et des marmites.

Cependant pour la *derouïcha* Kheïra, la dame hautaine se fait plus avenante et plus douce. Ses lèvres arquées en un pli méchant se détendent en un sourire.

– Comment es-tu venue, par un temps aussi affreux, mère Kheïra, et d'où viens-tu?

– De loin... Hier, j'ai lavé et habillé du linceul la fille d'El-Hadj ben Halima, dans le Maine... Puis, à la nuit, je suis partie... Il fait froid... Louange à Dieu!

– Louange à Dieu! répètent en un soupir les femmes en regardant la *derouïcha* avec admiration; depuis la veille, cette créature frêle et usée marche dans le froid et la tempête et elle est venue, poussée par sa mystérieuse destinée, chercher son pain à quatre-vingts kilomètres de l'endroit où, hier, elle exerçait sa lugubre profession de laveuse de morts.

– Et tu n'as pas peur, mère Kheïra? demandent les femmes.

– Dieu fait marcher ses serviteurs. Les hyènes et les goules fuient quand passe celui qui prie. Louange à Dieu!

Dans ce cerveau éteint, seule la foi en Dieu demeure vivace.

D'humain, mère Kheïra n'a plus que ce besoin de recours suprême qui attendrit les cœurs les plus durs, et qui, chez les simples, résume toute la poésie de l'âme.

La nuit tombe brusquement, et les hommes rentrent, annonçant que l'heure de rompre le jeûne est venue; à la mère Kheïra, femme d'entre les femmes, ils ne prennent pas garde et se font servir, parlant entre eux... Et comme je demande à l'un d'eux l'histoire de la *derouïcha*, il me la conte brièvement.

— Quand elle était très jeune, elle était belle. Son père était un *khammès* très pauvre, et elle aimait garder les troupeaux dans la montagne. Elle se faisait des colliers de fleurs sauvages et parfumait ses loques avec du myrte et du *timzrit* écrasés entre deux pierres. Quand elle grandit, elle connut l'amour illicite et changeant des jeunes hommes qui vont, la nuit, guetter aux abords des *douar* les jeunes filles et les épouses, et qui, pour les joies prohibées, risquent leur vie.

Elle fut aimée par plusieurs, et deux jeunes hommes, tous deux fils de grande tente et semblables à des lions, échangèrent pour elle, une nuit, des coups de couteau... L'un mourut, l'autre alla s'engager aux spahis, pour fuir la vengeance des parents de sa victime.

Puis, honteux de sa fille, le père de Kheïra, homme honnête et naïf, qui craignait Dieu, la donna en mariage à un *khammès* aussi pauvre que lui et qui avait déjà deux jeunes épouses. Tous les plus durs travaux furent imposés à Kheïra. Étroitement surveillée, accablée de besogne et de coups, elle vieillit vite. Son mari mourut et elle se réfugia chez son père qui eut pitié d'elle et qui la garda.

Un jour, elle prit un bâton et s'en alla le long des routes en demandant l'aumône au nom de Dieu. Elle est devenue *derouïcha* et elle prie le Seigneur. Depuis cinq ans qu'elle erre ainsi, elle est inoffensive et sa vie est devenue pure. Elle lave les mortes et mendie. Quand on lui donne, elle partage avec tous les pauvres qu'elle rencontre et, souvent, ne garde rien pour elle. Elle est devenue aussi douce que l'agneau qui joue près de sa mère et l'innocence de sa vie la met à l'abri de tous les maux — Dieu pardonne nos péchés et ceux de tous les musulmans!

Le vieil homme se tut, mais le regard pensif de ses yeux d'ombre fixé sur la *derouïcha* disait peut-être ce qu'avaient tu ses lèvres...

Quand elle eut mangé et loué Dieu, malgré les instances des femmes, mère Kheïra se leva, reprit son bâton et sortit dans la nuit d'épouvante et de tempête, l'âme éteinte, insensible désormais aux agitations et aux passions humaines, comme à la morsure du vent et à la menace des ténèbres.

NOTE

Pour la première fois il y a presque simultanéité entre l'inspiration, l'écriture et la publication d'un texte. *Nuits de Ramadhan*, composé de deux récits, est la première contribution d'I.E. à l'*Akhbar*. *Au douar* paraît le 14 décembre 1902 dans le n° 3 du journal (nouvelle série) et sera suivi de *la Derouïcha* le 28.

Le 1er décembre elle écrit dans ses Journaliers : « Aujourd'hui a commencé le *Ramadhan* [...] C'est le troisième depuis le jour où nos deux destinées, à Ouïha [Slimène Ehnni] et à moi, se sont unies et nous sommes plus heureux d'être ensemble et de nous aimer. [...] Pour le moment notre vie est calme et sans inquiétude immédiate. » (*Œuvres complètes*, tome I, p. 457, *op. cit.*)

Devenant une journaliste connue, avec les publications de l'*Akhbar* et bientôt celles de *la Dépêche algérienne*, I.E. partage son temps entre la capitale et la bourgade coloniale. Dans l'une et l'autre elle impose, malgré les calomnies, le personnage de Mahmoud Saadi. En chemin, en train, en diligence ou à cheval, la rencontre d'un vagabond ou d'un *fellah* l'arrête parfois. Barrucand, soucieux du « bouclage » de son journal, l'attend en relisant des morasses. Quand Mahmoud réapparaît, c'est souvent en apportant un texte pris sur le vif... et bientôt publié.

Dans *Pages d'Islam (op. cit.)*, *Au douar* figure sous le titre *Veillée de Ramadhan*. *La Derouïcha* a gardé son titre original.

Les Enjôlés

Le soleil clair d'automne effleurait d'une tiédeur attendrie les platanes jaunis et les feuilles éparses sur le sable herbu de la place du Rocher, la plus belle de la croulante Ténès. Dans la limpidité sonore de l'air, les sons gais et excitants des clairons retentissent, alternant avec les accents plus mélancoliques et plus africains de la *nouba* arabe... Déployant toute la fausse pompe militaire, revêtus de leurs vestes les moins usées, de leur *chéchias* les moins déteintes, les tirailleurs passèrent... Il leur était permis de parler aux jeunes hommes de leur race qui, curieux ou attirés instinctivement par ce tableau coloré, suivaient le défilé.

Et les mercenaires, par obéissance et aussi par un malin plaisir, faisaient miroiter aux yeux des *fellah* les avantages merveilleux de l'état militaire, donnant sur leur vie des détails fantastiques.

Parmi ceux qui suivaient, attentifs aux propos des soldats, Ziani Djilali ben Kaddour, bûcheron de la tribu de Chârir, se distinguait par sa haute taille, son fin profil aquilin et son allure fière.

Ce qui l'avait le plus frappé dans les discours des tirailleurs, c'était leur affirmation qu'ils ne payaient pas d'impôts. D'abord, il avait été incrédule : de tous temps, les Arabes avaient payé l'impôt au *beylik*... Mais Mustapha le cafetier lui avait certifié que les *askar* avaient dit vrai... Et Djilali réfléchissait.

Son père se faisait vieux. Ses frères étaient encore jeunes et, bientôt, ce serait sur lui que retomberait tout le labeur de la *mechta*, et l'entretien de sa famille, et l'impôt, et le payement des sommes empruntées au riche usurier Faguet et aux Zouaoua...

Comment ferait-il? Leur champ était trop petit et mal exposé, mangé de toutes parts par les éboulements de rochers et la brousse envahissante... Pour achever de lui rendre le séjour de son *gourbi* insupportable, sa jeune femme venait de mourir en couches...

Vivre sans s'inquiéter de rien, être bien vêtu, bien nourri, ne pas payer d'impôts et avoir des armes, tout cela séduisit Djilali, et il s'engagea avec d'autres jeunes gens, comme lui crédules, avides d'inconnu et d'apparat...

Le vieux Kaddour, brisé par l'âge et la douleur, le vieux père en haillons accompagna en pleurant les jeunes recrues qui partaient pour le dépôt des tirailleurs, à Blida... Puis, il rentra, plus cassé et plus abattu, sous le toit de *diss* de son *gourbi*, pour y mourir, résigné, car telle était la volonté de Dieu.

A la caserne, ce fut, pour Djilali, une désillusion rapide. Tout ce qu'on lui avait montré de la vie militaire avant son engagement n'était que parade et leurre. Il s'était laissé prendre comme un oiseau dans les filets. Il eut des heures de révolte, mais on le soumit par la peur de la souffrance et de la mort... Peu à peu, il se fit à l'obéissance passive, au travail sans intérêt et sans utilité réelle, à la routine à la fois dure et facile du soldat où la responsabilité matérielle de la vie réelle est remplacée par une autre, factice.

La boisson et la débauche dans les bouges crapuleux remplacèrent pour lui les libres et périlleuses amours de la brousse, où il fallait de l'audace et du courage pour être aimé des bédouines aux yeux d'ombre et au visage tatoué.

Le cœur du *fellah* s'endurcit et s'assoupit. Il cessa de penser à la *mechta* natale, à son vieux père et à ses jeunes frères : il devint soldat.

Trois années s'écoulèrent.

L'automne revint, l'incomparable automne d'Afrique avec son pâle renouveau, ses herbes vertes et ses fleurs odorantes cachées dans le maquis sauvage. A l'ombre des montagnes, les coteaux de Chârir reverdissaient, dominant la route de Mostaganem et l'échancrure harmonieuse du grand golfe bleu, très calme et très uni, avec à peine quelques stries roses.

Sur la route détrempée par les premières pluies vivifiantes, les tirailleurs en manœuvres passent, maussades et crottés. Sur leurs visages bronzés et durs, la sueur et la boue se mêlent et, souvent, en un geste exaspéré, une manche de grosse toile blanche essuie un front en moiteur... Avec un juron, blasphème ou obscénité, les épaules lasses déplacent la morsure lancinante des bretelles de la lourde *berdha*.

Depuis que, au hasard des « opérations », sa compagnie est venue là, dans la région montagneuse et ravinée de Ténès, « Ziani » Djilali éprouve un malaise étrange, de la honte et du remords...

Mais la compagnie passe au pied des collines de Chârir et Djilali regarde le coteau où était sa *mechta*, près de la *koubba* et du cimetière où dort son vieux père qu'il a abandonné... Les frères, dispersés, sont devenus ouvriers chez des colons ; vêtus de haillons européens, méconnaissables, ils errent de ferme en ferme. Le *gourbi* a été vendu et Djilali regarde d'un regard singulier un *fellah* quelconque qui coupe des épines sur le champ qui était à lui, jadis, sur l'ancien champ des « Ziani ». Dans ce regard, il y a le désespoir affreux de la bête prise au piège, et la haine instinctive du paysan à qui on a pris *sa terre* et la tristesse de l'exilé...

Oh ! elle a beau retentir maintenant, la musique menteuse, elle ne trompe plus le *fellah* et elle ne l'entraîne plus, il se sent un poids dans le cœur, il voit bien qu'il a conclu un marché de dupes, que sa place n'est sous ce costume de mascarade mais bien sur la terre nourricière, sous les haillons du laboureur, dans la vie pauvre, mais libre de ses ancêtres !

Et, d'un geste rageur, du revers de sa manche il essuie la sueur et la poussière de son front, et les larmes de ses yeux... Puis, il courbe la tête et continue sa route, car nul ne peut lutter contre le *mektoub* de Dieu.

NOTE

De la même inspiration que *Fellah, les Enjôlés* offrent un regard différent sur le recrutement des soldats indigènes et ses conséquences pour ces hommes habitués à la misère, mais aussi à la liberté.

Cette veine de nouvelles plus politiques, en ce sens où elles s'attachent à mettre en lumière les misères dissimulées par le colonisateur, se rattache au séjour d'I.E. dans la Mitidja et le Tell, là où s'exerce le plus durement la loi des « occupants ».

Ce texte a été publié dans *l'Akhbar* le 4 janvier 1903, puis dans *Pages d'Islam (op. cit.)*.

Légionnaire

Se créer un monde personnel et fermé et s'entourer d'une atmosphère de rêve, écarter toute atteinte hostile du dehors, ne voir et ne sentir des êtres et des choses que ce qui lui plaisait, telle était la formule morale à laquelle avaient abouti les errements, les anxiétés et les recherches de Dmitri Orschanoff. Pendant ces cinq ans de Légion étrangère, dans un milieu restreint et monotone, à l'abri des luttes pour la satisfaction des besoins matériels, Orschanoff était parvenu à réaliser en grande partie ce programme d'égoïsme esthétique.

Mais son engagement touchait à sa fin et la question troublante de l'avenir immédiat se posait, mettant l'esprit d'Orschanoff en contact direct et douloureux avec les réalités qu'il voulait fuir.

Assagi cependant, il s'astreignit à raisonner presque froidement, à se méfier surtout des résolutions hâtives. Il ne se souvenait que trop du chaos d'idées, de sensations, de tentatives d'action qu'avait traversé son esprit de théoricien.

Enfant du peuple, orphelin très tôt, élevé par son oncle, pauvre diacre du village presque illettré, Dmitri avait pourtant pu, grâce aux sacrifices inouïs de son oncle, suivre les cours du gymnase. Puis, la mort l'ayant privé de tout soutien, il avait gagné sa vie comme répétiteur, en faisant sa médecine à Moscou. Mais, bientôt, ses études ne le satisfirent plus et, en un fougueux élan, il se mêla au mouvement révolutionnaire russe. Il dut fuir à l'étranger.

A Genève, il avait été accueilli par la Société de prévoyance des étudiants russes et avait pu entrer à la Faculté. Mais, au lieu de continuer ses études, il s'était mis à « chercher sa voie ». Orateur de club, littérateur, peintre, musicien, Dmitri avait essayé de tout et n'avait persévéré en rien. Il sentait en lui des sources fécondes d'énergie, d'activité, et tous les champs sur lesquels il avait débuté lui semblaient trop étroits.

Dmitri Orschanoff avait la faculté rare de *pouvoir* réussir dans toutes ses tentatives, et cela presque sans peine. Avec une volonté ferme et de l'ordre dans les idées, cette faculté eût été précieuse, mais dans le désarroi moral et intellectuel où se débattait Dmitri, elle lui fut funeste, lui permettant de se pardonner ses défaillances et de se promettre de regagner le temps perdu, *après*...

Ainsi passèrent trois années. Les camarades de Dmitri se lassèrent de cette versatilité incurable et pensèrent qu'ils avaient peut-être tort de soutenir matériellement ce caractère désordonné quand tant de modestes travailleurs peinaient, dans la gêne et même la misère. Aux premières allusions de la part de ses camarades, Dmitri se crut incompris, se révolta. Il se sentit de trop et s'en alla.

Sans ressources, et *pour se consoler*, il songea aux doctrines tolstoïennes sur l'excellence du travail manuel. Délibérément, il se fit ouvrier. Tour à tour manœuvre, ouvrier agricole, forgeron et étameur ambulant, il erra en Suisse, en Alsace et en Savoie.

L'hiver fut rude, la deuxième année de son vagabondage. Il parcourait les villages misérables de la Savoie montagneuse, avec un autre étameur, Jules Perrin.

La neige couvrait les routes désertes. La bise soufflait en tempête, gelant les pieds des chemineaux. Le travail et le pain manquaient. Et une grande désolation leur montait au cœur, des sommets blancs, de la vallée blanche, morte. Un jour, après une conversation avec un autre vagabond, au café, Perrin déclara à Dmitri qu'il allait, avec le copain, s'engager à la Légion étrangère pour manger à sa suffisance et pour avoir la paix.

Aller très loin, en Afrique, commencer une autre vie, cela sourit à l'esprit aventureux d'Orschanoff. D'ailleurs, depuis quelque temps, il sentait qu'un travail spontané, obscur encore, se faisait en lui. Il éprouvait un besoin de plus en plus intense de se recueillir et de penser. Or, là-bas, avec le pain et le toit assurés, il pourrait se renfermer en lui-même, s'analyser et suivre son âme qui, comme il disait, traversait « une période d'incubation ». Et Orschanoff suivit les deux vagabonds à Saint-Jean-de-Maurienne, au bureau de recrutement.

Sans savoir, sur le conseil d'un *ancien* qui les poussa du coude, ils optèrent pour « le deuxième Étranger ».

*
* *

Dmitri se souvenait du voyage rapide et de l'étonnement presque voluptueux qu'il avait éprouvé en trouvant un printemps parfumé à son arrivée à Oran.

Puis, on l'avait habillé en soldat, affublé d'un matricule, formé à la routine du métier. Il avait bien eu des moments de révolte, de dégoût... Mais il s'était empressé de se renfermer en lui-même, de s'insensibiliser en quelque sorte, et ce « processus » s'était terminé par un singulier apaisement dans ses idées et dans ses sentiments.

L'angoisse que, durant des années, avait provoqué en lui son besoin excessif d'action, d'extériorisation, et l'impossibilité de satisfaire ce besoin démesuré avec ses forces, cette douloureuse angoisse avait fait place à un grand calme, à une tournure d'esprit toute contemplative. S'isolant complètement, cet homme qui, matériellement, était perpétuellement entouré d'individualités encombrantes, tapageuses, à l'esprit frondeur et méchant qui naît des contacts fortuits dans une foule, cet homme presque jamais seul, était parvenu à vivre comme un véritable anachorète et sa vie ne fut bientôt plus qu'un rêve.

... Presque tous les soirs, il sortait après la soupe, et s'en allait, en dehors de la ville, errer le long des routes pulvérulentes. Puis, il s'asseyait au sommet de quelque colline rougeâtre, plantée de lentisques et de palmiers nains. Il regardait le jour mourir, illuminant de sang et d'or Saïda, la vallée, les montagnes... Pendant un court instant, tout cela semblait embrasé. Puis, de grandes ombres bleues montaient d'en bas vers les sommets, tout s'éteignait et, presque aussitôt les étoiles pâles s'allumaient dans le ciel pur, encore vaguement mauve.

Et Dmitri sentait toute la tristesse de cette terre d'Afrique le pénétrer, immense, mais d'une douceur infinie.

Et c'était sa vie, cette contemplation calme, depuis qu'il avait cru comprendre que nous portons notre bonheur en nous-mêmes et que ce que nous cherchons dans le miroir mobile des choses, c'est notre propre image.

... Maintenant il avait à résoudre cette question urgente : resterait-il, prolongerait-il cette vie lente qu'il aimait, pour cinq années encore, après lesquelles sa jeunesse serait à son déclin, car il aurait trente-six ans – ou bien, s'en irait-il libre, régénéré, délivré de son ancienne folie?

Sa raison lui disait qu'il n'avait plus besoin de rester là. Il avait obtenu sa naturalisation, car on s'était intéressé à lui. Il pouvait donc demeurer dans cette Algérie qu'il aimait, l'élire pour patrie adoptive.

Son âme était sortie victorieuse et fortifiée de toutes les luttes qu'il avait traversées. Il avait pénétré le secret précieux d'être heureux. Et il se sentait pris d'un immense besoin de liberté, de vie errante.

*
* *

... Au café du Drapeau, après la soupe du soir, des Allemands ivres tapaient à coups de poing sur le marbre gluant des tables. Ils chantaient à tue-tête, s'interrompant parfois pour se disputer.

Deux étudiants tchèques, échoués là comme élèves caporaux et qui avaient obligé Dmitri à les suivre dans ce débit, discutaient des théories socialistes. Orschanoff, accoudé sur la table, ne les écoutait pas. Il souffrait. S'il voulait rengager, un seul jour lui restait et il ne parvenait pas à prendre une résolution. La chaleur et le tapage du débit lui devinrent intolérable. Les Allemands se levèrent et bousculèrent Dmitri et les Tchèques sous prétexte de trinquer avec eux... Pour la première fois peut-être depuis plusieurs années, Dmitri sentit toute la laideur environnante... Et il sortit.

Au dehors de la ville, dans le rayonnement de feu du couchant, sur la route blanche, des bédouins en loques, sur lesquels le soleil accrochait des lambeaux de pourpre, s'en allaient, poussant des chameaux chargés et chantant lentement, tristement. Devant eux, au haut d'une longue côte basse, la route semblait finir et l'horizon s'ouvrait, immense, tout en or.

La liberté était bonne et la vie était accueillante, tout en beauté, pour qui savait la comprendre et l'aimer...

Dmitri, apaisé enfin, résolut de s'en aller, d'élargir son rêve, de posséder, en amant et en esthète, la vie qui s'offrait si belle.

*
* *

— Adieu, sergent Schmütz!
— Adieu, *der Russe*! et le sous-officier de garde accompagna d'un regard pensif, envieux peut-être, le soldat qui s'en allait pour toujours libre.

Le temps était clair. Les vilains jours de l'hiver étaient passés et, dans le ciel pâle, le soleil déjà ardent souriait. Une grande joie montait au cœur de Dmitri, de tout ce renouveau des choses et de la liberté enfin conquise.

Et il s'éloigna avec bonheur, quoique sans haine, de la grande caserne où il avait tant souffert et où son âme s'était régénérée.

Dmitri Orschanoff alla de ferme en ferme, travaillant chez les colons... Il les trouva bien différents des paysans de France et, souvent, regretta le temps où il partageait la rude vie des braves Savoyards. Mais il aimait ce pays âpre et splendide et ne voulut point le quitter.

Depuis la fin des derniers labours d'hiver, Dmitri était resté comme ouvrier permanent chez M. Moret, qui était satisfait de ce serviteur probe et silencieux, travailleur adroit et se contentant d'un salaire très modique, presque celui d'un indigène.

La ferme de M. Moret, très grande, était située entre des eucalyptus et des faux-poivriers diaphanes, sur une colline basse qui dominait la plaine de la Mitidja. Au loin bleuissait le grand massif de l'Ouarsenis, et Orléansville dominait, de ses remparts débordés de jardins, le cours sinueux et raviné du Chéliff.

Dmitri s'était construit un *gourbi* à l'écart, sur le bord d'un *oued* envahi par les lauriers-roses. Il avait planté quelques eucalyptus, pour s'isoler. Les grandes meules de paille, brunies par l'hiver, masquaient les bâtiments de la ferme, et la chaumière primitive devint pour Dmitri un véritable logis où il installa sa vie nouvelle, si paisible et si peu compliquée, malgré tout ce qu'il y avait en elle d'artificiel et d'ingénieux.

Ce dénuement matériel semblait à Dmitri une des conditions de la liberté et il avait même depuis longtemps cessé d'acheter des livres et des journaux, se contentant, selon son expression, de lire de la beauté dans le grand livre de l'univers, largement ouvert devant lui...

Ainsi, Dmitri Orschanoff était parvenu à vivre selon sa formule, à se dominer et à dominer les circonstances... Et il ne comprenait pas encore que, s'il était parvenu à cette victoire, ce n'était que parce que, jusque-là, les circonstances ne lui avaient point été hostiles et que sa puissance sur elles n'était qu'un leurre...

* * *

Tatani, la servante de Mme Moret, était une jeune fille, svelte et brune, avec de grands yeux un peu éloignés l'un de l'autre, mais d'une forme parfaite. Elle avait une petite bouche au sourire gracieux et doux. Elle portait le costume des Mauresques citadines, un mouchoir noué en arrière sur les cheveux séparés par une raie, une *gandoura* serrée à la taille par un foulard, une chemise blanche à larges manches bouffantes. Elle ne se voilait pas, quoiqu'elle eût déjà seize ans. Ce costume, qui ressemblait tant à celui des paysannes de son pays, fut peut-être le point de départ, chez Dmitri, du sentiment qui se développa dans la suite d'une façon imprévue.

Plus Dmitri se familiarisait avec les bergers et les laboureurs arabes, plus il leur trouvait de ressemblance avec les obscurs et pauvres moujiks de son pays. Ils avaient la même ignorance profonde, éclairée seulement par une foi naïve et inébranlable en un bon Dieu et en un au-delà où devait régner la justice absente de ce monde... Ils étaient aussi pauvres, aussi misérables, et ils avaient la même soumission passive à l'autorité presque toute-puissante de l'administration qui, ici comme là-bas, était la maîtresse de leur sort. Devant l'injustice, ils courbaient la tête avec la même résignation fataliste... Dans leurs chants, plaintes assourdies et monotones ou longs cris parfois désolés, Dmitri reconnut l'insondable tristesse des mélopées qui avaient bercé son enfance. Et, enfant du peuple, il aima les bédouins, pardonnant leurs défauts, car il en connaissait les causes... Tatani, la servante orpheline, lui apparut comme une incarnation charmante de cette race et il éprouva d'abord un simple plaisir esthétique à la voir aller et venir dans la cour ou la maison, si gracieuse, si alerte.

Mais Tatani souriait à Dmitri toutes les fois qu'elle le voyait. Ce beau garçon d'un type inconnu, aux cheveux châtains un peu longs et ondulés, aux larges yeux gris, très doux et très pensifs, avait attiré la petite servante. Elle venait de perdre sa vieille tante, qui l'avait étroitement surveillée et gardée sage. Aussi, Tatani n'était-elle pas effrontée comme le sont généralement les servantes mauresques. Sans aucune complication de sentiments, toute proche de la nature, elle aimait Dmitri. Instruite très tôt des choses de l'amour, elle éprouvait en sa présence un trouble délicieux et, quand il n'était pas là, elle pensait, sans chercher à combattre ce désir, combien il serait bon d'être à lui. Mais elle n'osait pas lui faire d'avances, se contentant de chercher à le voir le plus souvent possible.

La grosse Mme Moret, pas méchante, mais considérant sincèrement les indigènes comme une race inférieure, était exigeante envers Tatani et la rudoyait souvent, la battant même. Dmitri éprouva pour la petite servante une sorte de pitié douce, de plus en plus attendrie. Bientôt, il lui parla, la questionna sur sa famille. Tatani n'avait plus qu'un frère, ouvrier à Ténès, qui ne s'occupait pas d'elle et auquel elle ne pensait jamais. Dmitri était chaste par conviction, et, long-temps, il ne songea pas même à la possibilité d'aimer Tatani d'amour. Tranquille vis-à-vis de sa conscience, Dmitri rechercha la société de la servante... Mais un jour vint où il sentit bien qu'elle avait cessé d'être pour lui seulement une vision gracieuse embellis-sant sa vie : il partagea le trouble qu'éprouvait Tatani quand ils étaient seuls.

Mais, là encore, comme il n'y avait rien de laid ni de pervers dans le sentiment nouveau qu'il se découvrait pour elle, et que ce senti-ment lui était délicieux, Dmitri s'y abandonna. Moins timide déjà, Tatani l'interrogeait à son tour. Elle parlait un peu français et l'arabe devenait familier à Dmitri. Tatani écoutait ses récits, éton-née, pensive.

– Regarde la destinée de Dieu, lui dit-elle un jour. Tu es né si loin, si loin, que je ne sais pas même où cela peut être, car cela me semble un autre monde, ce pays dont tu me parles... et puis, Dieu t'a amené ici, près de moi qui ne sais rien, qui ne suis jamais allée plus loin qu'Elasnam ou Ténès !

Tatani avait ainsi des moments d'une mélancolie pensive qui ravissait Dmitri. Pour lui, malgré toute la simplicité enfantine de ce caractère de femme, un voile de mystère enveloppait cette fille d'une autre race, en augmentant l'attrait.

Comme il se sentait sincère, Dmitri ne se reprocha pas la pensée qui lui était venue, qui le grisait : faire de Tatani son amie, sa maî-tresse. N'étaient-ils pas libres de s'aimer par-dessus toutes les bar-rières humaines, toutes les morales artificielles et hypocrites ?

* *

... Le soleil rouge se couchait derrière les montagnes dentelées qui dominent la Méditerranée, de Ténès à Mostaganem. Ses rayons obliques roulaient à travers la Medjadja une onde de feu. Les quel-ques arbres, grands eucalyptus grêles, faux-poivriers onduleux comme des saules pleureurs, les quelques bâtiments de la ferme Moret, tout cela semblait grandi, magnifié, auréolé d'un nimbe pourpre. Dans la campagne où le travail des hommes avait cessé, un grand silence régnait.

Dmitri et Tatani étaient assis derrière les meules protectrices et, la main dans la main, ils se taisaient, car les paroles eussent troublé inutilement le charme profond, la douceur indicible de l'heure.

Enfin, avant de partir pour la ferme, Tatani, tout bas, promit à Dmitri de venir le rejoindre la nuit, dans son *gourbi*.

Et Dmitri, resté seul, s'étonna que le bonheur vînt à lui comme cela, tout seul, dans la vie qui, à ses débuts déjà lointains, lui avait semblé si hostile, si dure à vivre. Le calme, la contemplation et l'ivresse charmante de l'amour, tout cela lui était donné généreusement, et il songeait avec reconnaissance à ces cinq années de labeur moral, là-bas, dans la triste Saïda... Saïda! *la Bienheureuse...* Certes, elle était bénie, cette petite ville perdue où, parmi les « heimatlohs » assombris par l'inclémence des choses, il avait appris à être heureux!

* *

Désormais, la vie de Dmitri Orschanoff ne fut plus qu'un rêve très doux, auprès de la petite servante bédouine. Presque toutes les nuits, elle le rejoignait dans l'ombre de son *gourbi* et, comme une épouse, elle rangeait les hardes et l'humble ménage de l'ouvrier. Puis, dans la sécurité de leur amour, dans le silence complet de la nuit, ils se redisaient les mots puérils, les mots éternellement berceurs de l'amour.

Quel était leur avenir? Ils n'y songeaient que pour se le représenter comme la continuation indéfinie de leur bonheur qui leur semblait devoir durer autant qu'eux-mêmes.

Cependant entre leurs deux âmes si dissemblables subsistait un abîme de mystère. Dmitri *la* voyait toute simple, à peine plus compliquée que les oiseaux de la plaine... Mais ce petit oiseau, tantôt rieur et sautillant, tantôt triste tout à coup, ne ressemblait pas aux oiseaux du lointain pays septentrional où était né Dmitri : il y avait en elle toutes les hérédités séculaires de la race sémitique, immobilisée encore dans le décor propice de l'Afrique, dans l'ombre mélancolique de l'Islam. Pour Tatani, Dmitri était une énigme : elle l'aimait aussi intensément qu'elle pouvait aimer, quoique regrettant qu'il fût un *kefer*, un infidèle. Cependant, d'instinct, elle le devinait très savant. Il répondait à toutes ses questions. Un jour elle lui dit avec admiration :

— Toi, tu es très savant. Tu sais tout...

Puis, après un court silence, elle ajouta tristement :

— Oui, tu sais tout. Sauf une chose que même moi, si ignorante, je n'ignore pas...

— Laquelle?

— Qu'il n'y a qu'un seul Dieu et que Mahomet est l'envoyé de Dieu.

Après avoir proféré le nom vénéré du *Nabi*, elle ajouta pieusement :

– Le salut et la paix soient sur lui!

Dmitri lui prit les mains.

– Tatani chérie, dit-il, c'est vrai, je ne suis pas musulman... Mais je ne suis pas non plus chrétien, car, si j'avais le bonheur de croire en Dieu, j'y croirais certainement à la façon des musulmans...

Tatani demeura étonnée. Elle ne comprenait pas pourquoi, puisqu'il n'était pas *roumi,* Dmitri ne se faisait pas musulman... Car Tatani ne pouvait pas concevoir qu'une créature pût ne pas croire en Dieu...

Tout l'été et deux mois d'automne leur bonheur dura, sans que rien vînt le troubler.

Mais un jour, ce frère qui avait abandonné Tatani et qu'elle avait oublié, vint à la ferme réclamer sa sœur qu'il avait promise en mariage.

Elle essaya de protester, mais la loi était contre elle et elle dut obéir. Sans même avoir pu revoir Dmitri, elle dut voiler pour la première fois de sa vie son visage éploré et, montée sur une mule lente, suivre son frère dans un *douar* voisin où étaient les parents de sa femme.

Elle fut reçue presque avec dédain.

– Tu devrais encore être bien heureuse qu'un honnête homme veuille t'épouser, toi, une déclassée, une servante de *roumi,* que tout le monde a vue se débaucher avec des ouvriers.

Tel était le langage que lui tint son frère.

Tatani fut donnée à Ben-Ziane, un *khammès* de M. Moret. Elle revint donc habiter sur les terres de la ferme, près de Dmitri.

Orschanoff, quand il avait appris le départ de Tatani, avait éprouvé un sentiment de révolte voisin de la rage. Sa souffrance avait été aiguë, intolérable. Mais, devant le fait accompli, sanctionné par la loi, Dmitri était impuissant.

Toute démarche de sa part eût aggravé le sort de Tatani.

Alors, Dmitri résolut de la revoir.

Après le dur labeur de la journée, Orschanoff passa toutes ses nuits à rôder autour du *gourbi* isolé de Ben-Ziane.

Cet homme, un peu aisé, étranger à la tribu, avait épousé Tatani parce qu'elle lui avait plu, sans se soucier de l'opinion. Il la gardait jalousement.

Mais, parfois, Ben-Ziane était obligé de se rendre aux marchés éloignés et d'y passer la nuit. Il laissait Tatani à la garde d'une vieille parente qui s'endormait dès la tombée du jour et à qui tout était égal, pourvu qu'on ne la dérangeât pas.

Dès que Tatani apprit que Dmitri la guettait, la nuit, elle s'enhardit et sortit. Dans les ténèbres, ils s'appelèrent doucement.

Dmitri la serra convulsivement dans ses bras et ils pleurèrent ensemble toute la détresse de leur séparation.

Depuis cette nuit-là, commença pour Dmitri une torture sans nom. Il ne vivait plus que du désir exaspéré et de l'espoir de revoir Tatani. Mais les occasions étaient rares et Dmitri s'épuisait à passer toutes les nuits aux aguets, dormait quelques heures dans l'herbe mouillée, sous la pluie, sous le vent déjà froid. Il attendait là, obstinément, tressaillant au moindre bruit, appelant parfois à voix basse. Tout ce qui n'était pas Tatani lui était devenu indifférent.

Il s'acquittait de sa besogne d'ouvrier par habitude, presque inconsciemment. Son *gourbi* tombait en ruine et il ne le réparait pas. Il négligeait sa mise et tout le monde avait pu deviner, rien qu'à ce brusque changement, le secret de ses amours avec Tatani. Quelquefois, après les nuits d'angoisse, les horribles nuits où elle ne venait pas, des idées troubles inquiétaient Dmitri... Il sentait la brute qui dort en chaque homme se réveiller en lui... Il eût voulu chercher l'apaisement dans le meurtre : tuer ce Ben-Ziane, cet usurpateur, et la reprendre, puisqu'elle était à lui !

Parfois, Ben-Ziane passait devant la ferme. Il était grand et fort, avec un profil d'aigle et de longs yeux fauves au dur regard de cruauté et d'audace...

... Ainsi, d'un seul coup, à la première poussée brutale de la réalité, tout le bel édifice artificiel de ce que Dmitri appelait son hygiène morale, s'était effondré, misérablement. Il commençait à voir son erreur, à comprendre que personne, pas plus lui qu'un autre, ne peut s'affranchir des lois inconnues, des lois tyranniques, qui dirigent nos destinées terrestres. Mais un tel désarroi régnait en lui qu'il ne pouvait se raisonner.

... Ils eurent encore quelques entrevues furtives... Comme la souffrance commune les avait rapprochés l'un de l'autre ! Comme ils se comprenaient et s'aimaient mieux et plus noblement depuis que leur tranquille bonheur de jadis avait été anéanti !

***

... Le soleil se couchait. Dmitri rentra des champs. La nuit allait tomber, et il reverrait Tatani. En dehors de cela rien n'existait plus pour lui. Comme il conduisait les bœufs à l'abreuvoir, il entendit de loin deux coups de fusil successifs... Quelques instants après, des hommes qui couraient sur la route en criant passèrent. Salah, le garde champêtre indigène, entra dans la cour au grand trot, réclamant M. Moret, adjoint.

– Il y a Ben-Ziane qui a tué sa femme, Tatani bent Kaddour, de deux coups de fusil...

L'Arabe, sans achever, partit.

Dmitri était demeuré immobile, plongé en une stupeur trouble, en une sombre épouvante. Puis, il sentit une douleur aiguë en pensant que c'était lui l'assassin, que, sous prétexte d'aimer Tatani, en réalité pour la satisfaction de son égoïste passion, il l'avait conduite à la mort!

Dmitri, comme en rêve, suivit les gens de la ferme, qui, à travers champs, couraient vers le gourbi. Dehors, assis sur une pierre, les poignets enchaînés, le beau Ben-Ziane était gardé par le garde champêtre et deux bédouins. Le *caïd* écrivait à la hâte son rapport. Dans le *gourbi* où la foule avait pénétré, les femmes se lamentaient autour du cadavre étendu à terre. Mme Moret découvrit Tatani. Pâle, les yeux clos, la bouche entr'ouverte, la jeune femme semblait dormir. Sur sa *gandoura* rose, des taches brunes indiquaient les deux blessures en pleine poitrine. La parente racontait la scène rapide. Ben-Ziane était subitement rentré du marché de Cavaignac avant le jour indiqué. Un autre *khammès* l'avait averti que, la veille, dans la nuit il avait vu sa femme sortir et rejoindre un homme dans les champs. Cet homme, c'était sans doute l'ancien amant de Tatani, l'ouvrier russe. En rentrant, Ben-Ziane avait examiné les vêtements et les souliers de sa femme : le tout portait des taches de boue. Alors, il l'avait poussée contre le mur du *gourbi* et avait déchargé sur elle son fusil à bout portant.

Les yeux de Ben-Ziane restaient obstinément fixés droit devant lui et un sombre orgueil y luisait. Et Dmitri songea que son devoir était de dire la vérité aux assises pour que cet homme ne fût pas condamné impitoyablement... Il n'eut pas la force de rester là plus longtemps, et il s'en alla, sentant que, désormais, tout lui était indifférent, qu'il ne désirait plus rien... Tout s'était effondré, l'écrasant, et il ne lui restait plus rien, sauf sa douleur aiguë et son remords.

... La route serpente entre les collines rougeâtres, lépreuses, où poussent les lentisques noirâtres et les palmiers nains coriaces.

Dmitri Orschanoff, sous la grande capote bleue, erre lentement, lentement, sur la route grise et il regarde, apaisé maintenant pour toujours, le soleil rouge se coucher et la terre s'assombrir.

Après l'écroulement de sa dernière tentative de vie libre, Dmitri avait compris que sa place n'était pas parmi les hommes, qu'il serait toujours ou leur victime, ou leur bourreau, et il était revenu là, à la Légion, avec le seul désir désormais d'y rester pour jamais et de dormir un jour dans le coin des « heimatlohs », au cimetière de Saïda...

NOTE

Revoilà le thème de « bohème russe » de « A la dérive », devenu *Trimardeur*, le roman inachevé à la mort de son auteur. Ici le schéma est presque identique (à deux lettres près le héros porte le même nom, Orschanow dans *Trimardeur*), mais l'histoire va plus loin ; dans le roman Dmitri n'aura pas le temps de goûter aux délices de la vie civile en Algérie.

I.E. a rédigé cette nouvelle en novembre 1902 à Ténès, près des décors de la Mitidja et de l'Ouarsenis, qu'elle a choisis pour situer la tentative d'intégration de son héros.

Il y a dans Dmitri un reflet d'elle-même, un peu de son frère Augustin, deux fois engagé dans la Légion – et bien sûr le souvenir des étudiants russes connus à Genève.

Légionnaire est la première « chronique » publiée dans *la Dépêche algérienne*, le 12 janvier 1903. Republiée dans l'*Akhbar* du 10 septembre 1905, *Légionnaire* figure sous le titre *le Russe* dans *Pages d'Islam (op. cit.).*

Criminel

Dans le bas-fond humide, entouré de hautes montagnes nues et de falaises rouges, on venait de créer le « centre » de Robespierre.

Les terrains de colonisation avaient été prélevés sur le territoire des Ouled-Bou-Naga, des champs pierreux et roux, pauvres d'ailleurs... Mais les « directeurs », les « inspecteurs » et autres fonctionnaires d'Alger, chargés de « peupler » l'Algérie et de toucher des appointements proconsulaires n'y étaient jamais venus.

Pendant un mois, les paperasses s'étaient accumulées, coûteuses et inutiles, pour donner un semblant de légalité à ce qui, en fait, n'était que la ruine d'une grande tribu et une entreprise aléatoire pour les futurs colons.

Qu'importait? Ni de la tribu, ni des colons, personne ne se souciait dans les bureaux d'Alger...

Sur le versant ouest de la montagne, la fraction des Bou-Achour occupait depuis un temps immémorial les meilleures terres de la région. Unis par une étroite consanguinité, ils vivaient sur leurs terrains sans procéder à aucun partage.

Mais l'expropriation était venue, et on avait procédé à une enquête longue et embrouillée sur les droits *légaux* de chacun des *fellah* au terrain occupé. Pour cela, on avait fouillé dans les vieux actes jaunis et écornés des *cadi* de jadis, on avait établi le degré de parenté des Bou-Achour entre eux..

Ensuite, se basant sur ces découvertes, on fit le partage des indemnités à distribuer. Là, encore, la triste comédie bureaucratique porta ses fruits malsains...

***

Le soleil de l'automne, presque sans ardeur, patinait d'or pâle les bâtiments administratifs, laids et délabrés. Alentour, les maisons en plâtras tombaient en ruine et l'herbe poussait sur les tuiles ternies, délavées.

En face des bureaux, la troupe grise des Ouled-Bou-Naga s'entassait. Accroupis à terre, enveloppés dans leurs *burnous* d'une teinte uniformément terreuse, ils attendaient, résignés, passifs.

Il y avait là toutes les variétés du type tellien : profils berbères aux traits minces, aux yeux roux d'oiseau de proie; faces alourdies de sang noir, lippues, glabres; visages arabes, aquilins et sévères.

Les voiles roulés de cordelettes fauves et les vêtements flottants, ondoyants au gré des attitudes et des gestes, donnaient aux Africains une nuance d'archaïsme, et sans les laides constructions « européennes » d'en face, la vision eût été sans âge.

Mohammed Achouri, un grand vieillard maigre au visage ascétique, aux traits durs, à l'œil soucieux, attendait un peu à l'écart, roulant entre ses doigts osseux les grains jaunes de son chapelet. Son regard se perdait dans les lointains où une poussière d'or terne flottait.

Les *fellah*, soucieux sous leur apparence résignée et fermée, parlaient peu.

On allait leur payer leurs terres, justifier les avantages qu'on avait, avant la pression définitive, fait miroiter à leurs yeux avides, à leurs yeux de pauvres et de simples.

Et une angoisse leur venait d'attendre aussi longtemps... On les avait convoqués pour le mardi, mais on était déjà au matin du vendredi et on ne leur avait encore rien donné.

Tous les matins, ils venaient là, et, patiemment, attendaient. Puis, ils se dispersaient par groupes dans les cafés maures de C..., mangeaient un morceau de galette noire, apporté du *douar* et durcie, et buvaient une tasse de café d'un sou... Puis, à une heure, ils retournaient s'asseoir le long du mur et attendre... Au *magh'reb,* ils s'en allaient, tristes, découragés, disant tout bas des paroles de résignation... et la houle d'or rouge du soleil couchant magnifiait leurs loques, parait leur lente souffrance.

A la fin, beaucoup d'entre eux n'avaient plus ni pain ni argent pour rester à la ville. Quelques-uns couchaient au pied d'un mur, roulés dans leurs haillons...

Devant les bureaux, un groupe d'hommes discutaient et riaient :

cavaliers et gardes champêtres se drapaient dans leur grand *burnous* bleu et parlaient de leurs aventures de femmes, voire même de boisson.

Parfois, un *fellah*, timidement, venait les consulter... Alors, avec le geste évasif de la main, familier aux musulmans, les *makhzenia* et les *chenâbeth* [1] qui ne savaient pas, eux aussi, répondaient :

– *Osbor*!... Patiente...

Le *fellah* courbait la tête, retournait à sa place, murmurant :

– Il n'est d'aide et de force qu'en Dieu le Très Haut!

Mohammed Achouri réfléchissait et, maintenant, il doutait, il regrettait d'avoir cédé ses terres. Son cœur de paysan saignait à la pensée qu'il n'avait plus de terre...

De l'argent?

D'abord, combien lui en donnerait-on?... puis, qu'en ferait-il? où irait-il acheter un autre champ, à présent qu'il avait vendu le lopin de terre nourricière?...

Enfin, vers neuf heures, le *caïd* des Ouled-Bou-Naga, un grand jeune homme bronzé, au regard dur et fermé, vint procéder à l'appel nominatif des gens de sa tribu... Un papier à la main, il était debout sur le seuil des bureaux. Les *fellah* s'étaient levés avec une ondulation marine de leurs *burnous* déployés... Ils voulurent saluer leur *caïd*... Les uns baisèrent son turban, les autres son épaule. Mais il les écarta du geste et commença l'appel. Son garde champêtre, petit vieillard chenu et fureteur, poussait vers la droite ceux qui avaient répondu à l'appel de leur nom, soit par le « *naâm* » traditionnel soit par : « C'est moi... » Quelques-uns risquèrent même un militaire « brésent! » (présent).

Après, le *caïd* les conduisit devant les bureaux qu'ils désignent du nom générique de « Domaine » (recette, contributions, domaines, etc.).

Le *caïd* entra. On lui offrit une chaise.

Un cavalier, sur le seuil, appelait les Ouled-Bou-Naga et les introduisait un à un.

Parmi les derniers, Mohammed Achouri fut introduit.

Devant un bureau noir tailladé au canif, un fonctionnaire européen, en complet rapé, siégeait. Le *khodja*, jeune et myope, avec un pince-nez, traduisait debout.

– Achouri Mohammed ben Hamza... Tu es l'arrière-petit-cousin d'Ahmed Djilali ben Djilali, qui possédait les terrains du lieu dit

---

1. *Chenâbeth,* pluriel, par formation arabe, du mot sabir *chambith* : garde champêtre. *(Note d'I.E.)*

« Oued-Nouar », fraction des Bou-Achour. Tu as donc des droits légaux de propriété sur les champs dit Zebboudja et Nafra... Tous comptes faits, tous frais payés, tu as à toucher, pour indemnité de vente, la somme de *onze centimes et demi*... Comme il n'y a pas de centimes, voilà.

Et le fonctionnaire posa deux sous dans la main tendue du fellah. Mohammed Achouri demeura immobile, attendant toujours.

– Allez, *roh! balek!*

– Mais j'ai vendu ma terre, une charrue et demie de champs et plusieurs hectares de forêts (broussailles)... Donne-moi mon argent!

– Mais tu l'as touché... C'est tout! Allez, à un autre! Abdallah ben Taïb Djellouli!

– Mais ce n'est pas un paiement, deux sous!... Dieu est témoin...

– Nom de Dieu d'imbécile! *Balek fissaâ!*

Le cavalier poussa dehors le *fellah* qui, aussitôt dans la rue, courba la tête, sachant combien il était inutile de discuter.

En un groupe compact, les Ouled-Bou-Naga restaient là, comme si une lueur d'espoir leur restait dans l'inclémence des choses. Ils avaient le regard effaré et tristement stupide des moutons à l'abattoir.

– Il faut aller réclamer à l'administrateur, suggéra Mohammed Achouri.

Et ils se rendirent en petit nombre vers les bureaux de la commune mixte, au milieu de la ville.

L'administrateur, brave homme, eut un geste évasif des mains...

– Je n'y peux rien... Je leur ai bien dit, à Alger, que c'était la ruine pour la tribu... Ils n'ont rien voulu savoir, ils commandent, nous obéissons... Il n'y a rien à faire.

Et il avait honte en disant cela, honte de l'œuvre mauvaise qu'on l'obligeait à faire.

Alors, puisque le *hakem* qui ne leur avait personnellement jamais fait de mal, leur disait qu'il n'y avait rien à faire, ils acceptèrent en silence leur ruine et s'en allèrent, vers la vallée natale, où ils n'étaient que des pauvres désormais.

Ils ne parvenaient surtout pas à comprendre, et cela leur semblait injuste, que quelques-uns d'entre eux avaient touché des sommes relativement fortes, quoique ayant toujours labouré une étendue bien inférieure à celle qu'occupaient d'autres qui n'avaient touché que des centimes, comme Mohammed Achouri.

Un cavalier, fils de *fellah*, voulut bien leur expliquer la cause de cette inégalité de traitement.

— Mais qu'importe la parenté avec des gens qui sont morts et que Dieu a en sa miséricorde? dit Achouri. Puisque nous vivions en commun, il fallait donner le plus d'argent à celui qui labourait le plus de terre!...

— Que veux-tu? Ce sont les *hokkam*... Ils savent mieux que nous... Dieu l'a voulu ainsi...

Mohammed Achouri, ne trouvant plus de quoi vivre, quand le produit de la vente de ses bêtes fut épuisé, s'engagea comme valet de ferme chez M. Gaillard, le colon qui avait eu la plus grande partie des terres des Bou-Achour.

M. Gaillard était un brave homme, un peu rude d'ailleurs, énergique et, au fond, bon et honnête.

Il avait remarqué l'attitude nettement fermée, sournoise, de son valet. Les autres domestiques issus de la tribu étaient, eux aussi, hostiles, mais Mohammed Achouri manifestait un éloignement plus résolu, plus franc, pour le colon, aux rondeurs bon enfant duquel il ne répondait jamais.

Au lendemain de la moisson, comme le cœur des *fellah* saignait de voir s'entasser toute cette belle richesse née de leur terre, les meules de M. Gaillard et sa grange à peine terminée flambèrent par une belle nuit obscure et chaude.

Des preuves écrasantes furent réunies contre Achouri. Il nia, tranquillement, obstinément, comme dernier argument de défense... Et il fut condamné.

Son esprit obtus d'homme simple, son cœur de pauvre dépouillé et trompé au nom de lois qu'il ne pouvait comprendre, avaient, dans l'impossibilité où il était de se venger du *beylik*, dirigé toute sa haine et sa rancune contre le colon, l'usurpateur. C'était celui-là, probablement, qui s'était moqué des *fellah* et qui lui avait donné à lui, Achouri, les dérisoires *deux sous* d'indemnité pour toute cette terre qu'il lui avait prise! Lui, au moins, il était à la portée de la vengeance...

Et, l'attentat consommé, cet attentat que Mohammed Achouri continuait à considérer comme une œuvre de justice, le colon se demandait avec une stupeur douloureuse ce qu'il avait fait à cet Arabe à qui il donnait du travail, pour en être haï à ce point... Ils ne se doutaient guère, l'un et l'autre, qu'ils étaient maintenant les solidaires victimes d'une même iniquité grotesquement triste!

Le colon, proche et accessible, avait payé pour les fonctionnaires lointains, bien tranquilles dans leurs palais d'Alger... Et le *fellah* ruiné avait frappé, car le crime est souvent, surtout chez les humiliés, un dernier geste de liberté.

NOTE

« Rigoureusement authentique », précise l'auteur à propos de l'indemnité de onze centimes et demi versée à Achouri pour la « vente » de sa terre. Autre « récit vrai » inspiré du séjour à Ténès, et peut-être directement par le *khodja* Slimène Ehnni, qui, à n'en pas douter, a dû assister à ces drames paysans.

Il est facile d'imaginer la réaction des politiciens acharnés de la commune mixte lorsqu'ils lurent dans l'*Akhbar* du 8 février 1903, sous la plume d'Isabelle Eberhardt, cette nouvelle d'apparence anodine, mais néanmoins accusatrice.

La violence de la riposte fut plus brutale que celle de l'attaque. Une lettre signée « pour un groupe de colons, Otto Mobyl » et publiée par *l'Union républicaine* du 2 avril de la même année traînera I. E. dans la boue. Ce qui obligera Slimène, diffamé par ricochet, à donner sa démission (cf. *Isabelle Eberhardt, notes et souvenirs,* Robert Randau, *op. cit.*).

Criminel fut republiée dans *Pages d'Islam, op. cit.*

Exploits indigènes

La grande Pélagie, servante chez M. Pérez, colon à « Alfred de Musset », s'entendit avec Joseph, le valet de ferme, pour faire une balade le lendemain dimanche. Mais il fallait du « positif », et l'argent manquait... Mariquita, sournoisement, couvrit d'un sac une magnifique oie de la basse-cour du colon et lui tordit le cou. Le boulanger, copain de Joseph, la ferait bien cuire au four, le soir. Ce serait délicieux, et jamais les Pérez ne soupçonneraient le personnel européen.

Quand Mme Pérez s'aperçut de la disparition de sa plus belle oie, elle se répandit en lamentations, et courut avertir son mari, occupé à surveiller les Marocains qui défonçaient une pièce de terre, près de l'*oued*.

– José, on a volé cette nuit la grosse oie, tu sais, la grise et noire.

– Ah, nom de Dieu de Dieu! C'est encore les bicots, pour sûr.

Grand, anguleux et robuste, Pérez portait un complet en velours à côtes, et un grand chapeau rond en liège blanc. Ses gestes étaient violents et son verbe haut. Prompt à la colère, soupçonneux, trouvant toujours que les affaires ne marchaient pas, quoique riche, Pérez, dur au pauvre monde, surtout aux indigènes, était conseiller municipal et passait pour un orateur, parce qu'il criait plus fort que les autres au café et qu'il émettait toujours les opinions les plus violentes.

A l'heure de l'absinthe, Pérez, au milieu d'un groupe attentif aux poses pittoresques, racontait le vol de l'oie, le deuxième depuis six mois. Si cela allait de ce train, la colonisation était fichue, il n'y avait plus qu'à s'en aller. Le banditisme indigène augmentait tous les jours... il y avait là de quoi décourager les plus braves.

– Oui, dit Durand, un camarade du conseiller, mais là-bas, en France, ils s'en foutent bien! Y en a plus que pour les bicots. Les assassins de Margueritte, ils les ont acquittés, ils veulent nous prendre les tribunaux répressifs, permettre aux indigènes de nous écraser...

– Oui, et nous, on peut crever. Qu'ils nous volent, qu'ils nous pillent, qu'ils ne nous respectent même plus, comme ils font à présent, ça, ça fait rien. Il y a des salauds pour leur dire qu'ils ont des droits...

– Oh, mais nous ne nous laisserons pas faire, nous autres, cria Pérez en assenant un coup de poing sur la table, nous veillerons, nous nous défendrons, et nous flanquerons du plomb dans la peau au premier qui bougera. Ça ne se passera plus comme à Margueritte. Ah, ce verdict, on le leur fera payer cher, aux bicots. Qu'ils n'essaient pas de se mettre à avoir l'air trop contents, sinon on leur en fera passer de rudes.

...

– Moi, dit Pérez, puisqu'on me vole, je vais faire ma police moi-même avec mon fusil.

Mais Dupont, le cafetier, qui s'était rapproché, eut une idée :

– Faut pas penser rien qu'à soi. Toi, Pérez, tu devrais relater le fait et l'envoyer aux journaux, pour bien faire voir que nous sommes les victimes des indigènes.

– Oui, oui, approuva Durand. Il faut faire ça, et puis, ça fera plaisir à notre député. Je me suis laissé dire qu'il rassemblait des documents comme ça, pour répondre à ceux qui insultent les colons. Notre oie peut avoir de l'importance.

– Oui, mais je ne suis pas bien fort sur l'écriture, dit Pérez, hésitant.

– Ça ne fait rien, nous allons « ranger » ça. Dupont, de quoi écrire !...

Et Durand mit ses lunettes et commença à « rédiger ». Plusieurs feuilles de papier furent déchirées ; enfin, le texte définitif fut établi, envoyé sous pli cacheté aux journaux politiques de l'Afrique du Nord, avec « prière d'insérer dans l'intérêt de la colonisation et pour la défense des honnêtes gens ».

La lettre avait été signée par les assistants et par plusieurs copains du village. Le *caïd* des Beni-Mkhaoufine, ancien garde champêtre sans cesse tremblant pour son emploi, signa sans comprendre.

Quelques colons cependant refusèrent de se mêler à ces « histoires ». Le Savoyard Jacquet répondit aux instances de Durand :

– Qu'est-ce que vous voulez que ça me fiche, à moi ? Y a toujours eu des voleurs, c'est à chacun de se veiller ; il y a des gendarmes pour ça... Et puis, moi, je m'occupe à faire pousser mon blé et ma vigne, et je me fous pas mal de vos journaux et de votre politique. Je les lis jamais, vos journaux, parce que c'est tout des menteries qu'il y a dedans... Et puis, ça me casse la tête.

Après avoir lu et relu avec admiration leur lettre collective, les zélés du parti Durand se séparèrent en se serrant la main avec des airs entendus. Dupont, le cafetier, résuma la situation :

– Comme ça, au moins, on pourrra se compter aux élections.

Jacquet haussa les épaules.

Cependant l'affaire commençait à devenir sérieuse.

Pérez, après la soupe, alla s'installer sur un escabeau dans un coin obscur de la cour, près du poulailler, son fusil entre les jambes, l'œil vigilant, l'oreille aux aguets ; Pérez évita même d'abord de fumer, pour ne pas être vu. Puis, l'ennui et le sommeil l'envahissant, il pensa qu'il pouvait bien fumer dans son chapeau, que ça ne se verrait pas.

Au cours de leur promenade, les deux domestiques avaient mangé l'oie rôtie et, à la nuit, ils étaient rentrés. Quand tout le monde fut couché, Joseph rejoignit Pélagie dans sa soupente.

– Tu sais, dit-elle en souriant, y a le patron qu'il a pris son fusil pour veiller ses poules.

– Il peut veiller, ça lui fera du bien, l'air frais...

Et les domestiques se tordirent à la pensée du patron se morfondant au dehors.

Le surlendemain, Claudignon, le facteur, arriva au café très ému.

– Vous savez, cria-t-il, ils ont mis la lettre ! Tenez, dans les deux journaux, encore ! vous avez de la veine, monsieur Durand, et toi, Pérez, il y a votre nom sur les papiers !

Et le facteur déplia triomphalement la plus grande feuille d'abord, par respect pour le format. En gros caractères, le titre se détachait :

Exploits indigènes

On nous écrit d'Alfred de Musset :

« Messieurs les Arabes vont bien. Depuis le monstrueux verdict de Montpellier, et depuis les attaques indignes contre les tribunaux répressifs si bienfaisants, mais encore trop faibles à notre sens, le banditisme indigène augmente rapidement, ainsi que l'insolence des indigènes envers les colons. Ils ont l'air d'oublier qu'ils sont leurs obligés. Les malheureux colons tremblent pour leurs biens et pour leur vie, mais il ne faut pas les pousser à bout, car leur colère pourrait bien faire repentir la Métropole de ses odieuses attaques contre l'Algérie.

« Qu'on juge de la situation, dans notre centre, d'après ce fait qui a mis en émoi toute la population européenne. Dans la nuit de vendredi à samedi dernier, des malfaiteurs restés inconnus ont volé à M. Pérez, colon à " Alfred de Musset ", une magnifique oie. L'audace elle-même de ce vol prouve que le ou les auteurs sont les tristes représentants de cette race d'une mentalité essentiellement mauvaise.

« Avis aux amis et défenseurs de Yacoub et de ses congénères. »

Le style de cette élucubration avait bien été corrigé un peu par les rédacteurs des feuilles arabophobes, mais la vanité des auteurs n'en fut pas moins flattée et leur prestige s'en accrut.

– Que voulez-vous? On ne peut pas se laisser assassiner...

Et pour conclure, Durand, qui sentait grandir son prestige, eut un mot profond que tout le monde comprit :

– Il n'y a pas de petites choses en politique.

NOTE

L'ombre de la révolte de Margueritte plane encore, mais cette fois l'auteur s'intéresse au point de vue des colons. Le verdict d'acquittement prononcé à Montpellier (les autorités judiciaires avaient désiré cette « distanciation ») à l'égard des insurgés arabes accentua un sentiment d'incompréhension dans le milieu européen. En France métropolitaine un courant d'opinion important accusait les colons de brutalité et de maladresse. Cela ne fit qu'aviver les polémiques et les rancœurs.

Ce texte parut dans l'*Akhbar* du 17 mai 1903, peu après qu'Isabelle Eberhardt eut quitté Ténès, écœurée par l'atmosphère irrespirable.

Exploits indigènes a été republié dans *Pages d'Islam, op. cit.*

Veste bleue

Lentement, dans la tiédeur de la nuit, le clairon égrena les notes tristes de l'extinction des feux. La dernière phrase se prolongea en une plainte, mourut.

Au quartier des tirailleurs, tout s'endormit. Les corps las se vautraient dans l'accablement du sommeil.

Kaddour Chénouï ne dormit pas cette nuit-là. Couché sur le dos, les bras nus sous sa tête brûlante, il rêva, dans le vague de son esprit d'illettré. Il était libérable le lendemain. En quatre ans, bien souvent, il avait furieusement désiré ce jour béni. Et voilà que maintenant, ce dernier soir au quartier, il ne savait pas si c'était de la joie ou de l'angoisse qui faisait battre son cœur si fort.

De quinze à vingt ans, au Dahra, son *douar* natal, Kaddour avait déserté la *mechta* et le champ paternel, pour courir la brousse profonde avec le vieux fusil de son oncle, le jour à la chasse, la nuit à la poursuite des belles au front tatoué. Il gardait avec orgueil sur sa poitrine bombée, sur les muscles saillants de ses bras, les traces des coups de couteau, de pierre, voire même de feu reçus pour des maîtresses auxquelles il ne songeait plus.

La dure autorité du père, pauvre *fellah*, n'avait pu soumettre Kaddour. Parfois, il allait vendre des charges de bois ou de charbon à Orléansville ou à Ténès. Il regardait alors avec envie les tirailleurs. Il les admirait ces hommes si crânes qui ne craignaient plus rien, pas même Dieu, et qui allaient en riant jusqu'aux pires débauches, jusqu'aux excès sanglants. Il crut que la liberté était sous la veste bleue.

Un jour son père le frappa. Kaddour s'enfuit à Ténès et s'engagea.

La prison, voire même les coups, réprimèrent vite les révoltes de sa désillusion. Il apprit plus tard que le soldat, esclave à la caserne, peut être le maître au dehors, terroriser les civils, boire, jouer, courir les filles. Et il se fit à cette vie, pas mauvais soldat, plutôt doux au quartier, chenapan terrible au dehors, d'ivresse mauvaise.

Pourtant il n'avait pas eu le courage de rengager au corps. Une nostalgie lui était venue, du *douar*, des grandes montagnes sombres, avec, pour l'horizon, la mer qui semblait remonter plus haut que les sommets... Et maintenant qu'il allait être libre, une angoisse lui venait, presque de la peur.

*
* *

– Va en paix et pardonne-nous!

Les tirailleurs, sans émotion, embrassèrent celui qui s'en allait. Il sortit. Sa tête tournait, il était comme ivre.

Tout de suite, il quitta Ténès, où il avait fait ses derniers six mois, au retour de Laghouat. Sous la porte d'Orléansville, il se retourna pour regarder encore une fois le grand quartier, dominant, par-dessus le rempart gris, la vallée profonde de l'*oued* Allala... Et Kaddour se souvint des heures nocturnes, haletantes, passées sous cette porte, à attendre les femmes, servantes mauresques ou espagnoles, que tentaient sa large carrure, son masque régulier de statue de bronze et l'éclat ardent de ses longs yeux dorés... C'était fini.

Il continua sa route.

Dans les gorges, des aigles planaient, fauves, avec un impercep-tible battement des ailes. Ils ressemblaient à des clous d'or fichés dans le ciel incandescent. Puis, ce fut la vraie campagne, les dos arrondis des collines arides, dominant la plaine nue où le village français de Montenotte, serti d'eucalyptus, jetait sa tache noire.

On était en juillet. Il n'y avait plus une note verte dans la gamme exaspérée des couleurs. Les pins, les lentisques, les palmiers nains étaient d'un noir roux, sur le sol rouge.

Les *oued* desséchés, avec leurs parois de sanguines, semblaient de longues plaies béantes avec, au fond, l'ossature grise des pierres et les lauriers-roses étoilés qui agonisaient. Les champs moissonnés jetaient leurs reflets fauves sur le versant des collines. Sous le ciel terne, tout brûlait. A l'horizon menaçant, des flammèches sem-blaient courir, sous des fumées rousses.

Kaddour avait coupé un bâton d'olivier sauvage. Il le portait sur sa nuque, les deux mains aux bouts, la poitrine en avant. C'était bon : marcher seul et libre, sans sac ni fusil, retourner chez soi...

Au loin, une promenade militaire passa. Ce furent d'abord les clairons sonores et insouciants, puis, la déchirante, la griserie sombre de la *nouba* africaine.

C'était fini cela encore : il n'obéirait plus à la cadence! Pour un instant encore, son cœur se serra.

* *

Les grands caroubiers de la *djemaâ*, sur un plateau dénudé, les gourbis en *diss* noirâtre, enclos d'épines grises.

C'était la *forka* des Ouled-bou-Medine.

Le tirailleur s'avança vers leur *gourbi*, timidement presque; des chiens s'élancèrent hurlant leur menace sauvage. Une jeune femme s'enfuit, se couvrant le visage.

Quand le père grand, osseux, au profil d'aigle, vit Kaddour, il loua Dieu, gravement, sans joie. Les deux frères, plus jeunes étaient devenus des hommes élancés et fiers, avec une fine barbe naissante et une audace farouche dans leurs beaux yeux roux.

Mohammed et Aly restèrent indifférents, fermés. Seule la vieille Kheïra, la mère, pleura de joie sur la tête rasée de son fils aîné.

Elle obtint pour lui une vieille *gandoura*, un *burnous* et un turban du père. Kaddour avait honte maintenant de sa défroque militaire.

Dans un coin, le tirailleur apercevait Fathma, la femme de son frère Mohammed. Elle se tenait dans l'ombre, se voilant le visage.

Mohammed, méfiant, rôdait autour des deux *gourbis* de la famille. Il n'osait cacher sa femme à son frère, c'était contraire aux usages, mais une sourde haine lui venait, pour cet homme qu'il ne reconnaissait plus, qui avait fait le pire des métiers, mangé la soupe immonde, bu du vin en blasphémant Dieu et le Prophète.

Ainsi s'ouvrait la *mechta*, d'accueil rude, comme à regret.

Au café maure, les *fellah*, dès la fin des travaux strictement nécessaires, coulaient de longues journées d'inaction. Quand Kaddour entra, on eut pour lui un vague regard de mépris. Peut-être que s'il fût sorti de prison on eût été plus indulgent; on allait en prison de force, tandis qu'on s'engageait volontairement.

Alors, toute la joie du retour tomba en lui. Il sentit bien qu'il serait presque toujours pour eux, l'*askri*, presque un *m'tourni*, un renégat.

Au *gourbi*, la vie lui sembla dure. Il couchait à terre, mangeant de la galette noire. Il fallait couper du bois dans la brousse épineuse, le descendre en ville, très loin, brûler du charbon dans la montagne, réparer les huttes.

Kaddour essaya de reprendre les courses aventureuses, nocturnes, qui occupent la jeunesse des *douar*. Mais seules les déchues, celles pour lesquelles on ne se cachait même pas, voulaient de l'amour d'un tirailleur...

Et au *gourbi*, il y avait Fathma, la femme de Mohammed, belle, langoureuse, avec des yeux de soumission et de tendresse.

Kaddour avait été repris par la foi et les scrupules de sa race. L'inceste lui sembla d'abord un crime si monstrueux qu'un musulman ne pouvait le commettre.

Mais l'hostilité du milieu, la haine croissante de Mohammed et la violence du désir de Kaddour brisèrent sa résistance.

Marié, Mohammed courait toujours les *mechta* voisines, abandonnant souvent Fathma... Et elle avait remarqué l'amour de son beau-frère, le tirailleur, qui lui semblait une sorte de héros, parce qu'il avait beaucoup péché.

Une nuit, Mohammed poursuivit une hyène qui rôdait autour du troupeau.

Et Kaddour, son couteau à la main, se glissa dans le *gourbi* de son frère. Tout de suite, sans résistance, Fathma céda.

Dès lors, presque toutes les nuits, avec une audace inouïe, Kaddour alla la rejoindre, profitant des moindres absences de son frère.

***

L'hiver passa. A la *mechta* des Chénouï, Kaddour était resté un étranger. Il était devenu un laboureur déplorable, passant des heures à fumer, vautré dans la brousse, tandis que les bœufs sommeillaient dans le sillon interrompu. Aly s'était marié, et, comme Mohammed, il se méfiait de Kaddour, lui témoignant ouvertement son inimitié. Le père Chénouï, silencieux et raide, manifestait sa désapprobation, n'adressant jamais la parole à Kaddour.

Dans la *forka* d'ailleurs, on méprisait le tirailleur, on lui reprochait de jurer et de blasphémer parfois.

Et il se sentait gênant, détesté, stigmatisé pour toujours, comme si sa chair avait gardé l'empreinte indélébile de la veste bleue.

***

Le soleil déjà chaud du printemps brûlait les collines. Depuis quarante jours, pas une goutte de pluie n'était tombée. Dans les champs pâles, de larges taches livides se formaient, comme des lèpres, des brûlures mauvaises.

De tous les *douar* éparpillés dans la campagne, un grand cri montait vers l'ironie du ciel souriant. Encore la sécheresse, qui décimait les *fellah* depuis deux ans!

Chez les Chénouï, la misère aigrissait les cœurs. La vieille Kheïra était morte. Le tirailleur était de trop.

Un jour, la haine, latente depuis des mois, qu'il y avait entre Kaddour et Mohammed, les jeta l'un contre l'autre, le couteau à la main. Séparés par le vieux Chénouï, à coups de matraque, ils restèrent tremblants de rage.

Et, malgré les larmes secrètes de Fathma, Kaddour s'en alla, un matin, sans dire adieu aux siens, le cœur durci et fermé à jamais.

... Le long de la route, Kaddour marchait. Le vent sec, achevant de crevasser la terre, fouettait les jambes musclées du bédouin, sous sa *gandoura* en loques et son *burnous* fauve. Maigre, les yeux ardents, il retournait là-bas, à la ville, reprendre la veste bleue et la *chéchia* écarlate.

Sur le flanc des collines brûlées, à travers l'agonie des récoltes, une troupe d'enfants venait. Les garçons, déjà enturbannés, fiers de leur *burnous*, les petites filles en *mlahfa*, le front tatoué, l'œil farouche, marchaient, promenant une grande poupée, une longue perche affublée d'une *gandoura* rouge et d'un foulard noir. Sur un air lent et triste, ils chantaient une invocation pour demander la pluie.

Les petits bédouins passèrent, dans la gloire du soleil dévorateur, accomplissant leur rite millénaire, conservé à travers des siècles d'Islam.

Ils passèrent, et le réprouvé, sur la route poudreuse, haussa les épaules.

– Que tout brûle ici! Là-bas, au quartier, il y aura toujours de la soupe.

NOTE

« Isabelle Eberhardt, frappée des difficultés de la réadaptation du soldat de métier à la vie de sa tribu, aurait voulu écrire un roman de mœurs telliennes sur le même sujet », note V. Barrucand à propos de *Veste bleue* dans son édition de *Pages d'Islam* (*op. cit.*).

Cette nouvelle, visiblement inspirée des chevauchées autour de Ténès, a été publiée le 1er août 1903 dans *la Dépêche algérienne*.

Aïn Djaboub

Les concitoyens de Si Abderrahmane ben Bourenane, de Tlemcen, le vénéraient, malgré son jeune âge, pour sa science et sa vie austère et pure. Cependant, il voyageait modestement, monté sur sa mule blanche et accompagné d'un seul serviteur. Le savant allait ainsi de ville en ville, pour s'instruire.

Un jour, à l'aube, il parvint dans les gorges sauvages de l'*oued* Allala, près de Ténès.

A un brusque tournant de la route, Si Abderrahmane arrêta sa mule et loua Dieu, tout haut, tant le spectacle qui s'offrait à ses regards était beau.

Les montagnes s'écartaient, s'ouvrant en une vallée de contours harmonieux. Au fond, l'*oued* Allala coulait, sinueux vers la mer, qui fermait l'horizon.

Vers la droite, le mont de Sidi-Merouane s'avançait, en pleine mer, en un promontoire élevé et hardi.

Au pied de la montagne, dans une boucle de l'*oued*, la Ténès des musulmans apparaissait en amphithéâtre, toute blanche dans le brun chaud des terres et le vert puissant des figuiers.

Une légère brume violette enveloppait la montagne et la vallée, tandis que des lueurs orangées et rouges embrasaient lentement l'horizon oriental, derrière le *djebel* Sidi-Merouane.

Bientôt, les premiers rayons du soleil glissèrent sur les tuiles fauves des toits, sur le minaret et les murs blancs de la ville.

Et tout fut rose, dans la vallée et sur la montagne. Ténès apparut à Si Abderrahmane, à la plus gracieuse des heures, sous des couleurs virginales.

Près des vieux remparts noircis et minés par le temps, entre les maisons caduques, délabrées sous leur suaire de chaux immaculée, s'ouvre une petite place qu'anime seul un café maure fruste et enfumé, précédé d'un berceau fait de perches brutes où s'enroulent les pampres d'une vigne centenaire. Un large divan en plâtre, recouvert de nattes usées, sert de siège.

De là, on voit l'entrée des gorges, les forêts de pins, le *djebel* Sidi-Abdelkader et sa *koubba* blanche, les ruines de la vieille citadelle qu'on appelle la *smala*. Tout en bas, parmi les roches éboulées et les lauriers-roses, l'*oued* Allala roule ses eaux claires.

Dans le jour, Si Abderrahmane professait le Coran et la Loi à la mosquée. On avait deviné en lui un grand savant et on l'importunait par des marques de respect qu'il fuyait.

Aussi, venait-il tous les soirs, avant l'heure rouge du soleil couchant, s'étendre à demi sous le berceau de pampres.

Là, seul, dans un décor simple et tranquille, il goûtait des instants délicieux.

Loin de la demeure conjugale il évitait soigneusement toutes les pensées et surtout tous les spectacles qui parlent aux sens et les réveillent.

Cependant, un soir, il se laissa aller à regarder un groupe de jeunes filles puisant de l'eau à la fontaine.

Leurs attitudes et leurs gestes étaient gracieux. Comme elles étaient presque enfants encore, elles jouaient à se jeter de l'eau en poussant de grands éclats de rire.

L'une d'elles pourtant semblait grave.

Plus grande que ses compagnes, elle voilait à demi la beauté de son visage et la splendeur de ses yeux, sous un vieux *haïk* de laine blanche qu'elle retenait de la main. Sa grande amphore de terre cuite à la main, elle était montée sur un tas de décombres et elle semblait regarder, songeuse, l'incendie crépusculaire qui l'empourprait toute et qui mettait comme un nimbe léger autour de sa silhouette svelte.

Depuis cet instant, Si Abderrahmane connut les joies et les affres de l'amour.

Tout son empire sur lui-même, toute sa ferme raison l'abandonnèrent. Il se sentit plus faible qu'un enfant.

Désormais, il attendit fébrilement le soir pour revoir Lalia : il avait surpris son nom.

Enfin, un jour, il ne put résister au désir de lui parler, et il lui demanda à boire, presque humblement.

Gravement, détournant la tête, Lalia tendit sa cruche au *taleb*.

Puis, comme Si Abderrahmane était beau, et que, tous les soirs, il adressait la parole à la jeune fille, celle-ci s'enhardit, lui souriant dès qu'elle l'apercevait.

Il sut qu'elle était la fille de pauvres *khammès*, qu'elle était promise à un cordonnier de la ville et qu'elle ne viendrait bientôt plus à l'aiguade, parce que sa plus jeune sœur, Aïcha, serait guérie d'une plaie qui la retenait au lit et que ce serait à elle, non encore nubile, de sortir.

Un soir, comme les regards et les rires de ses compagnes faisaient rougir Lalia, elle dit tout bas à Si Abderrahmane :

– Viens quand la nuit sera tombée, dans le Sahel, sur la route de Sidi-Merouane.

Malgré tous les efforts de sa volonté et les reproches de sa conscience, Si Abderrahmane descendit dans la vallée, dès que la nuit fut.

Et Lalia, tremblante, vint, pour se réfugier dans les bras du *taleb*.

*

Toutes les nuits, comme sa mère dormait profondément, Lalia pouvait s'échapper. Enveloppée du *burnous* de son frère absent, elle venait furtivement rejoindre Si Abderrahmane au Sahel, parmi les touffes épaisses des lauriers-roses et les tamaris légers.

D'autres fois, les nuits de lune surtout, ils s'en allaient sur les coteaux de Chârir, dormir dans les *liazir* et le *klyl* parfumés, les grandes lavandes grises et les romarins sauvages... Ils éprouvaient, à se serrer l'un contre l'autre, dans l'insécurité et la fragilité de leur union, une joie mélancolique, une volupté presque amère qui leur arrachait parfois des larmes.

*

Pendant quelque temps, les deux amants jouirent de ce bonheur caché.

Puis, brutalement, la destinée y mit fin ; le père de Si Abderrahmane étant à l'agonie, le *taleb* dut rentrer en toute hâte à Tlemcen.

Le soir des adieux, Lalia eut d'abord une crise de désespoir et de sanglots. Puis, résignée, elle se calma. Mais elle mena son amant à une vieille petite fontaine tapissée de mousse, sous le rempart.

– Bois, dit-elle, et sa voix de gorge prit un accent solennel. Bois, car c'est l'eau miraculeuse d'Aïn-Djaboub, qui a pour vertu d'obliger au retour celui qui en a goûté. Maintenant, va, ô chéri, va, en paix. Mais celui qui a bu à l'Aïn Djaboub reviendra, et les larmes de ta Lalia sécheront ce jour-là.

– S'il plaît à Dieu je reviendrai. N'est-il pas dit : c'est le cœur qui guide nos pas ?

Et le *taleb* partit.

Lui que les voyages passionnaient jadis, que la variété des sites charmait, Si Abderrahmane sentit que, depuis qu'il avait quitté Ténès, tout lui semblait morne et décoloré. Le voyage l'ennuyait et les lieux qui lui plaisaient auparavant lui parurent laids et sans grâce.

« Hélas, pensa-t-il, ce ne sont pas les choses qui sont changées, mais bien mon âme en deuil. »

**

Le père de Si Abderrahmane mourut et les gens de Tlemcen obligèrent en quelque sorte Si Abderrahmane à occuper le poste du défunt, grand *mouderrès*.

Il fut entouré des honneurs dus à sa science et à sa vie dont la pureté approchait de la sainteté. Il avait pour épouse une femme jeune et charmante, il jouissait de l'opulence la plus large.

Et cependant, Si Abderrahmane demeurait sombre et soucieux. Sa pensée nostalgique habitait Ténès, auprès de Lalia.

Cependant, il eut le courage de demeurer cinq ans dans ses fonctions de *mouderrès*. Quand son jeune frère Si Ali l'eut égalé on science et en mérites de toutes sortes, Si Abderrahmane se désista en sa faveur de sa charge. Il répudia sa femme et partit.

Il retrouverait Lalia et l'épouserait...

Ainsi, Si Abderrahmane raisonnait comme un petit enfant, oubliant que l'homme ne jouit jamais deux fois du même bonheur.

**

Et à Ténès, où il était arrivé comme en une patrie, le cœur bondissant de joie, Si Abderrahmane ne trouva de Lalia qu'une petite tombe grise, sous l'ombre grêle d'un eucalyptus, dans la vallée.

Lalia était morte, après avoir attendu le *taleb* dans les larmes plus de deux années.

Alors, Si Abderrahmane se vit sur le bord de l'abîme sans bornes, qui est le néant de toutes choses.

Il comprit l'inanité de notre vouloir et la folie funeste de notre cœur avide qui nous fait chercher la plus impossible des choses : le recommencement des heures mortes.

Si Abderrahmane quitta ses vêtements de soie de citadin et s'enveloppa de laine grossière. Il laissa pousser ses cheveux et s'en alla nu-pieds dans la montagne, où, de ses mains inhabiles, il bâtit un *gourbi*. Il s'y retira, vivant désormais de la charité des croyants qui vénèrent les solitaires et les pauvres.

Sa gloire maraboutique se répandit au loin. Il vivait dans la prière et la contemplation, si doux et si pacifique que les bêtes craintives des bois se couchaient à ses pieds, confiantes.

Et cependant, l'anachorète revoyait, des yeux de la mémoire, Ténès baignée d'or pourpre et la silhouette auréolée de Lalia l'inoubliée, et l'ombre complice des figuiers du Sahel, et les nuits de lune sur les coteaux de Chârir, sur les lavandes d'argent et sur la mer, tout en bas, assoupie en son murmure éternel.

NOTE

Chevauchant sur la jument Ziza de son ami Robert Randau, deuxième adjoint à la commune mixte, I.E. fuit les mesquineries des petites gens de Ténès.

Dans les *douar* avoisinants, elle recueille les confidences de simples *fellah* ou de leur *caïd*. Les premiers considèrent Mahmoud Saadi comme un *taleb*, les autres connaissent parfois sa vraie identité. I.E. explique dans ses Journaliers : « Chose étrange et en contradiction apparente au moins avec tout leur caractère : les indigènes instruits prennent facilement une femme comme moi pour confidente et parlent avec elle comme certainement ils ne parlent à aucun homme. » (*Œuvres complètes*, tome I.)

Des nouvelles comme *Aïn Djaboub* ou *le Marabout* montrent l'avancée de leur auteur dans la connaissance de la vie musulmane. Elle en a tiré cet enseignement : « Malgré les défauts et l'obscurité où ils vivent, les plus infimes bédouins sont bien supérieurs et surtout bien plus supportables que les imbéciles européens qui empoisonnent le pays de leur présence. » Douar Maïn, le 22 septembre 1902 (Journaliers, *Œuvres complètes*, tome I).

Aïn Djaboub a paru dans *la Dépêche algérienne* le 28 octobre 1903 (avec le surtitre « conte ») et figure dans *Pages d'Islam* (*op. cit.*) sous le titre *le Taleb*.

Le Marabout, qui va suivre, nouvelle plus « politique » où il est fait allusion à l'affaire de Margueritte, a été publié par *l'Akhbar* le 11 janvier 1903 et reprise dans *Pages d'Islam*.

Le Marabout

Les parois rouges de la montagne enserraient la vallée profonde et la brousse sombre tapissait les gorges et les fissures déchiquetées que les *oued* tumultueux de l'hiver creusent dans le roc. Des oliviers sauvages tordus et d'aspect maussade, de grands lentisques à ramure raide et immobile, au feuillage métallique, jetaient leur ombre bleue sur la terre raboteuse et dure. Au fond de la vallée, l'Ansar-ed-Dêm (la Source de Sang) jaillissait d'un creux d'obscurité, dans un fouillis de roches brisées, de stalactites dorées où, entre les mousses noires et les fougères graciles, l'eau souterraine laissait des coulées de rouille. Parfois, à l'aube, les bergers trouvaient dans l'herbe foulée et sur la rive humide du ruisseau les traces puissantes des *nefra* nocturnes; les panthères et les hyènes venaient boire là et des querelles éclataient terribles et sournoises, entre les grands rôdeurs de l'ombre.

Sur le versant occidental des montagnes qui ferment la vallée, une *forka* gîtait, vivant pauvrement de quelques maigres petits champs conquis sur la montagne hostile.

Les habitants de la région parlaient arabe, mais la vallée portait le nom berbère de Taourirt et sa *forka* celui, plus étrange, d'*Ouled-Fakroun* (les Fils de la Tortue).

Même les plus vieux d'entre les *fellah* ignoraient l'origine de ce surnom bizarre... Peu leur importait d'ailleurs : ils étaient bien trop occupés à labourer leurs champs ingrats, à faire paître leurs maigres troupeaux, à fabriquer du charbon et, à l'occasion, à braconner un peu.

Dominant les chaumières de la fraction, au sommet d'une colline nue et rocheuse, s'élevait le *gourbi*, plus vaste et mieux bâti, de Sidi Bou Chakour, vieux *marabout* très vénéré dans la région. Près du *gourbi*, un palmier *doum* arborescent poussait, et son étrange parasol de feuilles en éventails abritait la natte où le pieux vieillard aimait à s'asseoir, pour méditer, dire son chapelet ou recevoir les pèlerins.

Cependant, Sidi Bou Chakour ne dédaignait pas l'humble et dur labeur du *fellah*. Il labourait et ensemençait lui-même son champ et surveillait son troupeau que des enfants faisaient paître dans la montagne.

Le bédouin appelle son bétail d'un nom caractéristique : *el mêl* (la fortune)... Vieille tradition de la vie pastorale nomade, déjà lointaine.

Sidi Bou Chakour était un grand vieillard mince, quoique robuste. Son visage ovale, d'une beauté vraiment arabe, était bronzé et éclairé par la flamme toujours vive de son regard : sous les sourcils blancs, l'œil noir du *marabout* brillait comme aux jours de sa jeunesse.

Quand Sidi Bou Chakour avait senti l'approche de la vieillesse, il avait congédié, sans querelles et sans dureté, ses deux plus jeunes femmes, gardant Aouda, sage et calme.

— L'homme vieux est comme le tronc d'un jeune arbre arrivant à la force de l'âge : il ne se courbe plus.

« Le courant de la rivière que Dieu nous fait descendre, nous ne le remonterons plus jamais, et il ne sied pas à la créature vieillie d'essayer de se rajeunir. L'heure est venue pour moi, avait-il dit, de laisser de ce monde tout ce qui n'est pas strictement indispensable à la vie, et de me consacrer uniquement à l'adoration de Dieu le Très Haut, et à son service dans le bien et le sentier droit. »

Mais les *fellah* des Ouled Fakroun obligèrent leur *marabout* à ne pas abandonner tout à fait les affaires temporelles. Ils avaient en lui une grande confiance et, dans toutes les circonstances difficiles, allaient le consulter.

En effet, le vieillard n'était servile envers personne, pas même envers les *hokkam*. Quand une cause lui semblait juste, il prenait courageusement la parole pour la défendre et, bien des fois, il avait souffert de cet esprit d'indépendance qui, s'il eût eu des émules nombreux, eût été pour sa race un gage sûr de renaissance.

Sidi Bou Chakour avait eu souvent des dissentiments avec les différents *caïds* qui s'étaient succédé depuis trente ans aux Beni-Bou-Abdallah, tribu dont dépendaient les Ouled-Fakroun. Mais ces hommes, bédouins eux-mêmes, avaient au fond le respect du *marabout*, en même temps que la crainte de sa clairvoyance et de sa liberté de langage, et ils préférèrent entretenir des rapports courtois avec Sidi Bou Chakour.

Un jour on envoya comme *caïd* aux Beni-Bou-Abdallah un jeune fils de famille, devant sa nomination à la longue domesticité des siens. Cet homme, d'une platitude servile devant l'autorité, se montra d'autant plus dur envers les *fellah* sans défense qu'il administrait.

Fils de père naturalisé, élevé au lycée d'Oran où d'ailleurs ses études furent déplorables, nommé *caïd* très jeune grâce à ses hautes protections, le *caïd* Salah était un ambitieux, très dédaigneux au fond de sa race et sans scrupules.

Ces bédouins loqueteux, durs à la détente quand il s'agissait de donner des *douros*, loquaces quand ils se défendaient, irrésolus mais entêtés, le *caïd* ne voyait en eux qu'un vil bétail bon à mener durement et à exploiter autant que possible. Pour eux, il ne sentait aucun sentiment fraternel et il avait la naïveté étonnante et quelque peu ridicule de les considérer comme des sauvages, des êtres d'une *tout autre race...*

D'une servilité plate vis-à-vis des autorités, le *caïd* Salah était hautain envers les pauvres, ses administrés. Par cette dureté envers ceux qu'il appelait dédaigneusement et avec une belle inconscience, les « Arabes », et par sa servilité, il espérait obtenir ce qu'on a le tort d'appeler les *honneurs :* les décorations et, qui sait, peut-être un jour un *aghalik* quelconque.

Dès son entrée en fonction, dès sa première rencontre avec Sidi Bou Chakour, le *caïd* sentit que le *marabout* serait son adversaire acharné. Selon son habitude, il s'empressa de dénoncer à son administrateur et même à Alger le *marabout* comme « animé d'un très mauvais esprit à l'égard de *notre* domination ».

Mais on savait à quoi s'en tenir sur les aptitudes policières du *caïd,* et le *marabout* fut laissé en paix.

Toutes les fois que le *caïd* essayait d'intervenir dans les affaires de la *forka* des Ouled Fakroun, il se heurtait au bon sens et à l'énergie du *marabout* qui ne le laissait pas circonvenir les *fellah* apeurés et naïfs.

Un jour même, le *marabout* dit en pleine *djemaà* au *caïd* qui, par des paroles cauteleuses recélant des menaces, poussait les *fellah* à céder leurs terres pour la colonisation : « Dépouille-nous, mais ne dis pas que tu es notre bienfaiteur. »

La haine du *caïd* Salah pour le *marabout* s'envenima de tous ces échecs. Malgré tout le faux « parisianisme » du *caïd,* la lutte qui, dès le premier jour, se poursuivait entre lui et Sidi Bou Chakour était bien bédouine, sombre et pleine d'embûches.

Mais l'ordre le plus parfait régnait dans la *forka*, l'attitude du *marabout* était irréprochable et l'administration, malgré toutes les insinuations et les délations venimeuses du *caïd*, n'avait aucune raison de sévir. D'ailleurs, le *caïd* Salah se méprenait singulièrement sur l'effet produit par ses manières et ses procédés, il se croyait estimé tandis qu'en réalité il était méprisé. On se servait simplement de lui pour les besognes qu'il eût peut-être été imprudent de confier à d'autres, mais on ne voulait pas se créer des ennemis inutiles pour lui complaire.

Malheureusement, la triste et sombre affaire de Margueritte vint jeter la panique et la désorganisation dans tous les esprits. Le *caïd*, heureux de l'occasion, dénonça Sidi Bou Chakour comme fanatique et dangereux. Et un jour le vieillard partit, menottes aux mains, pour la lointaine Taâdmit dont le nom seul fait frémir les Arabes d'Algérie.

Fier et résigné, le *marabout* répondit aux accusations perfides du *caïd* par un réquisitoire précis et impitoyable contre son accusateur, contre celui que la France avait envoyé parmi eux pour la faire aimer et respecter et qui, au contraire, la faisait haïr en commettant des iniquités en son nom.

Dans le tumulte provoqué par l'affaire de Margueritte, la voix du *marabout* se perdit et il accepta son sort avec la résignation simple et sans faiblesse du vrai musulman.

Là-bas, dans les montagnes qui dominent les Hauts-Plateaux, avec tant d'autres internés, Sidi Bou Chakour, qu'aucun tribunal n'avait jugé ni condamné, travailla comme un forçat, coucha à terre par un froid glacial, sans même un couvre-pied, mangeant pour toute nourriture un demi-pain d'une livre et demie par jour...

Quand son mari fut parti pour le douloureux exil, la vieille Aouda, accablée de chagrin, fut cruellement traquée par le *caïd* moderne au bagout parisien, aux manières si singulièrement distinguées. Spoliée de son petit avoir sous prétexte que Sidi Bou Chakour n'avait point de titre régulier de propriété, Aouda dut se réfugier avec l'infirme chez des *fellah*. Les Ouled-Fakroun et toute la tribu murmurèrent, mais, craignant la vengeance du *caïd roumi*, ils se turent et courbèrent la tête.

Les mois passèrent. La vieille femme pieuse s'éteignit bientôt, inconsolée. Quand, relâché sur l'intervention d'un fonctionnaire d'Alger, brave homme de sens droit, Sidi Bou Chakour revint à Taourirt, c'était un vieillard caduc à l'incertaine démarche, au regard perdu. Il trouva sa petite terre passée en d'autres mains, son *gourbi* délabré, sa vieille compagne morte, et son palmier-*doum* à l'ombre duquel il aimait jadis s'asseoir, abattu.

Serein et résigné, sans une révolte, le vieux *marabout* s'accroupit sous le lentisque de la *djemâa* et attendit, en priant Dieu et en demandant l'aumône en son nom, que l'heure prédestinée sonnât.

Sidi Bou Chakour mourut peu de temps après son retour de Taâd-mit, entouré de la vénération des *fellah* pauvres et naïfs de la *forka* des Ouled-Fakroun. On l'enterra près de l'Ansard-ed-Dêm; sa sépulture devint un lieu de pèlerinage pour les bédouins des environs, car le saint homme, sans orgueil, les avait aimés et conseillés.

En marge

A perte de vue, des ondulations basses de Taourira aux montagnes bleues des Beni-Haoua, la forêt de chênes-lièges moutonnait, sombre, marine, sous la caresse du vent.

Sur les dos arrondis des collines, dominant la houle verte d'en bas, c'était le maquis épais, la puissante brousse africaine : l'argent des lavandes et des absinthes amères dans le velours profond, presque noir, des lentisques nains, l'or pâle des jujubiers épineux sur le gris terne des oliviers sauvages, l'émeraude des myrtes dans le brun obscur des romarins, les éventails mordorés, tachés de rouille, des palmiers *doum* au milieu des chevelures grisonnantes de l'alfa... et çà et là, des espaces nus, des lèpres crayeuses, coupées d'âpres falaises rouges, d'*oued* desséchés, envahis de lauriers-roses, sur les galets blanchissant comme des ossements.

Sous l'ardente caresse du soleil, une senteur forte de vie et de fécondité montait de cette terre haletante de chaleur...

Au milieu d'une grande clairière, des *gourbis*, des baraques en troncs à peine équarris, des tentes blanches, une petite enceinte en terre : le camp des travaux publics, le détachement envoyé de l'atelier d'Orléansville aux chantiers de chêne-liège de Bissa.

Ils vivaient là, ragaillardis par le grand air, par le bon soleil déjà chaud du printemps qui effaçait leur pâleur morne de reclus. Des chants montaient de la forêt, aux heures de travail, même des éclats de rire... Et pourtant, les hommes à l'impassible visage de bronze, en veste bleue, ceinturés et coiffés d'écarlate qui circulaient alentour, inexorables, le fusil chargé sur l'épaule, et le revolver des *chaouch* hargneux, demeuraient une double menace perpétuelle.

*
* *

Jean Hausser, la forte tête du détachement, avait encore treize ans à tirer. Un soir de *fièvre tafiatique,* à Bel-Abbès, légionnaire, il avait insulté et menacé le sergent de sa section... Grand, les muscles saillants sur sa robuste charpente, l'œil gris et vif sous la longue visière, Hausser était très fier des tatouages qui illustraient son corps : scènes de l'histoire de France, portraits de personnages illustres, inscriptions patriotiques.

Après s'être, selon son expression, fait *bouillir le cuir* pendant deux ans dans l'ardente plaine du Chélif, il avait été envoyé à Bissa. Malgré la déveine qui l'avait fait passer au tourniquet, il était donc quand même né sous une heureuse étoile. En effet, si on trimait toujours ferme, et si les *chaouch* n'étaient pas devenus meilleurs, il y avait au moins de l'air et aussi, dans tous les cœurs, un espoir plus vivace d'évasion possible. Et puis, pour le détenu, tout changement, parfois même aggravant son sort, est une chance.

Hausser dédaignait ses camarades. Il n'avait trouvé, parmi eux, aucun qui fût digne de devenir son *frangin.* Il trimait en silence, tout seul, et tout seul aussi, s'enivrait.

... C'était décidé, cela, dès l'arrivée du détachement au chantier. Hausser avait tout calculé d'avance, tout pesé. Et, après, calme, sans hâte, il attendait l'occasion.

Elle vint. Un soir, le sergent l'envoya remplir des bidons à la source d'Aïn-Taïba, en dehors du camp. Un seul homme l'accompagnait, un bleu. Hausser causa au soldat, plaisanta.

L'autre, tout jeune, naïf encore et indécis en son redoutable métier de geôlier en plein air, répondit, souriant. Hausser fit mine de se pencher sur le réservoir où coulait l'eau de la source.

– Tiens, dit-il, qu'est-ce qu'il y a là au fond ?

Le tirailleur se pencha à son tour... Il fut saisi à la gorge, terrassé, bâillonné avec un chiffon mouillé, préparé d'avance.

Ligoté avec sa propre ceinture, le soldat resta couché près de son fusil inutile. Hausser le fouilla, lui prenant monnaie et tabac, puis, il fila dans la forêt, changea de direction, gagnant la brousse; il n'avait pas voulu faire son affaire au tirailleur. On ne savait jamais, on risquait d'être repris, et, alors, ça faisait une sale affaire.

Hausser, étendu dans la brousse, à quelques kilomètres du camp, attendait la tombée de la nuit : il avait son idée, qui le faisait sourire d'aise.

Quand il fut presque nuit, il descendit dans un *oued*, à l'orée de la chênaie. Il entassa des feuilles sèches de palmier-nain contre la broussaille résineuse. Il y mit le feu : comme cela, ça couverait longtemps, car le *doum* est comme de l'amadou, et il aurait le temps de s'éloigner. « V'là de l'ouvrage pour les hirondelles de potence ! Plus souvent qu'y vont me courir après... à présent ! »

Et il s'en alla vers l'est, alerte et dispos, tandis que, derrière lui, une aube rouge montait, envahissant bientôt la moitié du ciel. Le vent fraîchissant roulait une houle de flammes sur la forêt et sur la brousse...

**

Après des jours de fringale, au fond des *oued*, et des nuits de marche, Hausser, épuisé, arriva dans les environs de Cherchell.

Enfin, une lessive hasardeusement étendue sur une haie vive lui fournit une blouse, un pantalon, une chemise.

Une casquette hors d'usage ramassée sur un tas d'ordures compléta sa « tenue civile ». Quant aux vêtements de *trave*, il les jeta au fond d'un *oued* embroussaillé de ronces : ni vu, ni connu !

Alors, joyeux, Hausser gagna Cherchell : maintenant, il était libre, définitivement.

**

Pendant des mois, Hausser travailla chez des colons, en une quiétude parfaite. Il en arriva peu à peu à oublier presque ses treize années de bagne qui lui restaient à subir, et qui le guettaient à chaque instant. Barbu, redevenu fort et souple, se faisant appeler Pierre Godard, qui le reconnaîtrait ?

Hausser s'enhardit même jusqu'à accepter une place de charretier à Duperré... bien, près, pourtant, d'Orléansville.

Et là, très vite, un de ces hasards bêtes et meurtriers, qui brisent tout à coup les vies, perdit Hausser.

C'était à l'époque du tapage et des beuveries, à l'occasion des élections municipales. Le patron de Hausser se présentait comme conseiller. Il paya à boire, largement.

Et Hausser, qui ne pouvait même pas voter, vivant sous un faux nom, se mêla aveuglément à ces choses, il but ; il se mêla à des groupes, il pérora... Le soir, dans l'ivresse plus ardente, il y eut une bagarre. Hausser avec ses poings de géant, tapa, blessant du monde... Puis, comme une masse, ivre et à moitié assommé, on le porta à la geôle.

Le réveil fut sombre. Maintenant, s'il s'en tirait, ce serait bien par un miracle !

Devant le commissaire, Hausser voulut lutter jusqu'à la fin. Il s'appelait Godard, il avait perdu ses papiers, il était honorablement connu en ville... Oui, mais où avait-il fait son service militaire ? Il répondit, sans se troubler, qu'il avait été réformé ayant les poumons malades... Alors, une autre question vint, plus redoutable ; où avait-il passé son conseil de révision ? Hausser pâlit un peu. A Lorient...

C'était loin... Pourtant, il y avait le télégraphe, on pourrait savoir... Que faire ?

Depuis un instant dans le jour gris et terne tamisé par les croisées sales, le commissaire feuilletait les vieux signalements des individus recherchés. Un silence lourd régnait dans la laideur pauvre du bureau de police. Dehors, un enfant arabe chantait.

Le commissaire releva la tête, considéra Hausser. Puis, tout à coup, il se tourna vers le planton.

— Défrusque-moi cet homme-là.

Et le commissaire sourit... C'était fini.

Alors, crânement, Hausser se déshabilla lui-même.

— Mon garçon, lui dit le commissaire, quand on a treize ans à tirer aux travaux et surtout quand on est ornementé dans votre style, on ne fait pas de politique... C'est malsain !

Hausser resta calme. Il se consolait, songeant qu'il avait quand même su s'évader et vivre en liberté pendant près d'un an. Et puis, on ne le renverrait plus à Orléansville : évasion avec violence sur le factionnaire, incendie, c'étaient les travaux forcés, cette fois.

Il se dressa, goguenard :

— Ben quoi, m'sieu le commissaire ? Oui, c'est vrai, c'est moi que je suis Hausser. Et pis ? C'est y qu'y en a beaucoup de comme moi ? Pt'ête ben que vous-même, que vous êtes galonné et tout, et que vous vous f..... du public, à c'te heure, vous seriez pas fichu d'faire ce que j'ai fait. Pis, dites-le-vous bien, si ç'avait pas été qu'on s'a soûlé, c'est pas encore vous, ben sûr, que vous m'auriez pigé !

— Taisez-vous ! Allez avec l'agent, qui vous mènera à la gendarmerie. En avant !

— C'est bon... c'est bon ! On y va. Comme c'est pour longtemps, pas b'soin d'se presser.

NOTE

Avec cet attrait de la différence, du regard autre et des vies parallèles, le personnage de Jean Hausser ne pouvait pas échapper à I.E. Ce « trave » l'obséda suffisamment pour qu'elle en travaille plusieurs versions. *En marge* fut publiée, sous ce titre, par *la Dépêche algérienne* le 5 avril 1904. La variante qui suit, intitulée *Hausser le trave*, fut introduite par V. Barrucand, avec la première version, dans *Pages d'Islam* (*op. cit.*).

Variante : Hausser le Trave

... Un jour, dans un cabaret d'El-Affroun, un homme avec qui il avait lié conversation, lui paya un demi-litre de blanc et lui proposa de l'embaucher comme charretier, puisqu'il savait soigner les bêtes et conduire. Lui, il avait l'entreprise du camionnage à Duperré.

Hausser resta songeur. Bien sûr, on crevait la faim et c'était pas une vie. Mais aussi, Duperré, c'était trop près d'Orléansville. Si on allait le reconnaître.

Il hésita longtemps. Puis, tout à coup, un orgueil lui vint : est-ce qu'il était aussi bête que les autres, là-bas ? Est-ce qu'il ne saurait pas se cacher, *se masquer*, faire voir du bleu à tout le monde ? Et il accepta...

*

Après deux ans, bronzé et barbu, le charretier Godard se souvenait lui-même à peine de Hausser le *trave,* dit « Pied-de-bœuf ».

Qui pouvait le reconnaître ?

Un soir d'élections municipales, comme on avait beaucoup bu, Hausser, quoique ne pouvant naturellement pas voter, s'était mêlé aux groupes, dans les cafés. Et, vers 9 heures, une dispute éclata. On parlait du maire réélu.

– Quand je vous dis que c'est un escroc, un bandit, un usurier...

– Dites pas ça, que je vous lève la peau !

On était soûl, on se battit, et Hausser, avec un entêtement stupide à se mêler à ces choses qui ne le regardaient pas, fut le plus violent... Quand le garde champêtre et les gendarmes arrivèrent il protesta, il insulta la force publique... Puis, tout à coup, quand il fut devant le commissaire de police, il se sentit pris, tout simplement, bien plus bêtement que les autres.

– Vos papiers ?

– Je les ai perdus...

Alors, on l'accabla de questions : où il était né, où il avait fait son service militaire... Il eut encore la présence d'esprit de dire qu'il avait été réformé. Mais le commissaire le coupa tout de suite : où avait-il passé au conseil de révision, et quand ? Alors, tout se brouilla dans la tête de Hausser et il devint muet.

Le commissaire, qui feuilletait depuis quelques instants un registre où il y avait de vieux signalements, dit tout à coup à l'agent de service :

– Déshabille-moi cet homme-là.

Hausser ne comprit pas d'abord... Puis, quand il vit le commissaire sourire, il eut un frisson : ses sacrés tatouages l'avaient vendu, on avait retrouvé son signalement.

Le commissaire lut tout haut :

– Hausser, Jean, trente-trois ans, engagé au 1er étranger le..., condamné à 15 ans de travaux publics le..., s'est évadé le 15 mars 19... de l'atelier d'Orléansville, détachement de Bissa, ayant incendié la forêt de ce nom. Allez, frusquez-vous, mon garçon. Faut pas faire de la politique quand on a encore treize ans à tirer aux travaux! Ça vous apprendra. Allez, oust!

Hausser se redressa.

– Ben oui, c'est vrai. Et pis quoi, c'est pas tout le monde qui saurait se barrer comme que j'ai fait, moi. Pas besoin de faire les malins... Si on n'avait pas bu, c'est pas encore vous autres que vous m'auriez chopé.

– Taisez-vous!

– Ta g...

Et Hausser suivit docilement l'agent qui le mena à la gendarmerie.

Chemineau

La route serpente, longue, blanche, vers les lointains bleus, vers les horizons attirants.

Sous le soleil, elle flambe, la route pulvérulente, entre l'or mat des moissons, le rouge des collines que voile une brume incandescente, et le vert sombre de la brousse.

Au loin, fermes opulentes, *bordj* délabrés, *gourbi* pauvres, dans l'accablement du jour, tout dort.

De la plaine monte un chant, long comme la route sans abri, comme la pauvreté sans lendemain de joie, comme une plainte inentendue : le chant des moissonneurs kabyles.

Le blé pâle, l'orge fauve, s'entassent sur la terre épuisée de son labeur d'enfantement.

Mais tout cet or tiède étalé au soleil n'allume pas une lueur dans l'œil vague du chemineau.

Ses loques sont grises... Elles semblent couvertes de la même poussière terne qui adoucit la terre battue au pied nu de l'errant.

Grand, émacié, le profil aigu abrité par l'auvent du voile en loques, la barbe grise et inculte, l'œil terne, les lèvres fendillées par la soif, il va.

Et, quand il passe devant une ferme ou une *mechta*, il s'arrête et frappe le sol de son long bâton d'olivier sauvage.

Sa voix rauque perce le silence de la campagne et il demande le *pain de Dieu*.

Il a raison, le chemineau à la silhouette tragique, le pain sacré qu'il demande sans implorer lui est dû, et l'aumône n'est qu'une faible restitution, comme un aveu d'iniquité.

Le chemineau n'a pas de logis, pas de famille. Libre, il erre et son regard vague fait sien tout ce grand paysage d'Afrique dont, selon son gré, il écarte les bornes, à l'infini.

Quand, las d'avancer, accablé de chaleur, il veut se reposer, les grands lentisques des coteaux et les eucalyptus en pleurs des routes lui offrent leur ombre et la sécurité d'un sommeil sans rêves.

Peut-être, jadis, le chemineau a-t-il souffert d'être un sans-foyer, de ne rien avoir, et aussi, sans doute, de *demander* ce que, d'instinct, il savait dû.

Mais maintenant, après des années longues, toujours pareilles, il n'a plus de désirs, et subit la vie, indifférent.

Souvent, les gendarmes l'ont arrêté et il a été emprisonné... Mais il n'a jamais compris – on ne lui a d'ailleurs pas expliqué – pourquoi il pouvait être défendu à un homme de marcher sous la caresse de la bonne lumière féconde, de traverser ce coin de l'univers qui lui semble sien. Il n'a pas compris pourquoi ces gens qui ne lui avaient pas donné d'abri et de pain lui *interdisaient de ne pas en avoir*.

A l'accusation d'être un vagabond, il a toujours répondu : « Je n'ai pas volé, je n'ai pas fait de mal... » Mais on lui a dit que cela ne suffisait pas, et sa défense simple est restée inentendue...

Et cela lui a semblé injuste, ainsi que beaucoup d'autres choses qui sont écrites pour les illettrés sur le ruban de la grand'route.

*
* *

Mais, la haute taille du chemineau s'est cassée et sa démarche est devenue incertaine : la vieillesse et son usure sont venues prématurées, dans l'abandon.

Un jour, malade d'une de ces tristes maladies de vieillards dont la brève guérison ne console plus, le chemineau tomba sur le bord de la route.

Des musulmans pieux le trouvèrent là et l'emportèrent à l'hôpital. Silencieux, il accepta.

Mais là-bas, le vieil homme des horizons larges souffrit de l'oppression des murs blancs, de l'espace limité...

Et, ce lit trop moelleux lui sembla moins doux et moins sûr que la terre, la bonne terre dont il avait l'accoutumance.

L'ennui le prit, avec la nostalgie de la route libre. Il sentit que, s'il restait là, il mourrait tristement, sans même la consolation des choses dont son œil avait l'habitude.

Avec dédain, on lui rendit ses loques sordides... Mais il ne put marcher longtemps et resta affalé, en ville.

Un agent de police l'aborda, lui offrant son aide. Le chemineau répondit :

— Si tu es musulman, laisse-moi, de grâce... Je veux mourir dehors... dehors! Laisse-moi.

Et, avec le respect de sa race pour les pauvres et pour les fous, l'agent s'éloigna.

Alors, dans la nuit tiède, le chemineau se traîna hors de la ville hostile et s'endormit sur l'herbe douce, au bord d'un *oued* qui murmurait à peine.

Sous l'obscurité amie, dans le grand vide d'alentour, le chemineau goûta l'adoucissement du repos non troublé.

Puis, comme il se sentait plus fort, il repartit de nouveau droit devant lui à travers les champs et la brousse.

*
* *

La nuit finissait. Une lueur pâle montait, profilant en noir les montagnes lointaines de Kabylie. Dans les fermes, le cri enroué des coqs appelait la lumière.

Le chemineau avait dormi sur un talus de gazon que les premières pluies d'automne avaient fait germer.

Une fraîcheur pénétrante flottait dans la brise avec de subtiles senteurs de lis et de cyclamens invisibles.

Le chemineau était bien faible. Une grande langueur envahissait ses membres, mais la toux qui l'avait secoué depuis les premières fraîcheurs s'était calmée.

Il fit jour. Derrière les montagnes, une aube rouge resplendissait, jetant des traînées sanglantes sur le golfe calme où à peine quelques frissons vagues couraient, teintant l'eau de hachures dorées.

La brume infuse voilait à peine d'une haleine éparse les coteaux de Mustapha, et le paysage s'ouvrait, grand, doux, serein. Pas de lignes heurtées, pas d'oppositions de couleurs. Un sourire un peu sensuel et triste aussi planait dans l'assoupissement mal dissipé des choses. Et les membres du chemineau s'engourdissaient.

Il ne songeait à rien, sans désirs ni regrets et, doucement, dans la solitude de la route, la vie sans complications, et pourtant mystérieuse qui l'avait mû pendant tant d'années, s'endormait en lui; et c'était sans exhortations ni tisanes, la félicité ineffable de mourir.

Les premiers rayons du soleil tiède, filtrant à travers les voiles humides des eucalyptus, parèrent d'or et de pourpre le profil immobile, les yeux clos, les loques tendues, les pieds nus et poudreux et le long bâton d'olivier; tout ce qui avait été le chemineau, dont l'âme insoupçonnée s'était exhalée en un murmure de vieil Islam résigné, en une harmonie simple avec la mélancolie des choses.

NOTE

Fin 1902, début 1903 le « droit au vagabondage » est un thème insistant dans les écrits d'I.E. (voir texte d'ouverture des *Œuvres complètes*, tome I). Il traduit la nostalgie de l'ailleurs de l'écrivain nomade, sédentarisé depuis plusieurs mois dans l'Algérie du Nord.

Un nouveau départ vers les « horizons attirants » est proche. *Chemineau* a été publié le 25 janvier 1903 dans l'*Akhbar*. Le lendemain I.E. partait pour Bou-Saâda. La nouvelle figure dans *Pages d'Islam* (*op. cit.*).

A Maxime Noiré, le peintre des horizons
en feu et des amandiers en pleurs.

Pleurs d'amandiers

Bou-Saâda, la reine fauve, vêtue de ses jardins obscurs et gardée par ses collines violettes, dort, voluptueuse, au bord escarpé de l'*oued* où l'eau bruisse sur les cailloux blancs et roses. Penchés comme en une nonchalance sur les petits murs terreux, les amandiers pleurent leurs larmes blanches sous la caresse du vent, et leur parfum doux plane dans la tiédeur molle de l'air, évoquant une mélancolie charmante...

C'est le printemps : sous ces apparences de langueur, de fin attendrie des choses, la vie couve, violente, pleine d'amour et d'ardeur, la sève puissante monte des réservoirs mystérieux de la terre.

Le silence des cités du Sud règne sur Bou-Saâda et dans la ville arabe, les passants sont rares. Dans l'*oued* pourtant circulent parfois des théories de femmes et de fillettes en costumes éclatants.

Mlahfa violettes, vert émeraude, rose vif, jaune citron, grenat, bleu de ciel, orangé, rouges ou blanches, brodées de fleurs et d'étoiles multicolores; têtes coiffées du lourd édifice de la coiffure saharienne, faite de tresses, de mains d'or ou d'argent, de chaînettes, de petits miroirs et d'amulettes, ou couronnées de diadèmes ornés de plumes noires... tout cela passe, chatoie au soleil; les groupes se forment et se déforment en un arc-en-ciel sans cesse changeant, comme des essaims de papillons charmants. Et ce sont encore des troupes d'hommes vêtus et encapuchonnés de blanc, aux visages graves et bronzés, qui débouchent en silence des ruelles ocreuses...

Depuis des années, devant une masure en boue séchée au soleil ami, deux vieilles femmes sont assises du matin au soir. Elles se drapent dans des *mlahfa* rouge sombre, dont la laine épaisse forme des plis lourds autour de leurs corps de momies. Coiffées selon l'usage du pays, avec des tresses de laine rouge et des tresses de cheveux gris teints au *henna* en orangé vif, elles portent à leurs oreilles fatiguées des anneaux lourds que soutiennent des chaînettes d'argent agrafées dans les mouchoirs de soie de la coiffure. Des colliers de pièces d'or et de pâte aromatique durcie, de fortes plaques d'argent ciselé couvrent leur poitrine affaissée; à chacun de leurs mouvements rares et lents, tintent toutes ces parures et les bracelets à clous de leurs chevilles et de leurs poignets osseux.

Immobiles comme de vieilles idoles oubliées, elles regardent passer, à travers la fumée bleue de leurs cigarettes, les hommes qui n'ont plus un regard pour elles, les cavaliers, les cortèges de noces, les caravanes de chameaux ou de mulets, les vieillards caducs qui ont été leurs amants, jadis, tout ce mouvement de vie qui ne les touche plus.

Leurs yeux ternes, démesurément agrandis par le *khôl*, leurs joues fardées quand même, malgré les rides, leurs lèvres rougies, tout cet apparat jette comme une ombre sinistre sur ces vieux visages émaciés et édentés.

... Quand elles étaient jeunes, Saâdia, à la fine figure aquiline et bronzée, et Habiba, blanche et frêle, charmaient les loisirs des Bou-Saâdi et des nomades.

Maintenant, riches, parées du produit de leur rapacité d'autrefois, elles contemplent en paix le décor chatoyant de la grande cité où le Tell se rencontre avec le Sahara, où les races d'Afrique viennent se mêler. Et elles sourient à la vie qui continue – immuable et sans elles – ou à leurs souvenirs... qui sait?

Aux heures où la voix lente et plaintive des *moueddhen* appelle les croyants, les deux amies se lèvent et se prosternent sur une natte insouillée, avec un grand cliquetis de bijoux. Puis elles reprennent leur place et leur songerie, comme si elles attendaient quelqu'un qui ne vient pas.

Rarement elles échangent quelques paroles.

– Regarde, ô Saâdia, là-bas, Si Châlal, le *cadi*... Te souvient-il du temps où il était mon amant? Quel fringant cavalier c'était alors! Comme il enlevait adroitement sa jument noire! Et comme il était généreux, quoique simple *adel* encore. A présent, le voilà vieux... Il lui faut deux serviteurs pour le faire monter sur sa mule aussi sage que lui, et les femmes n'osent plus le regarder en face... lui dont je mangeais les yeux de baisers!

– Oui... Et Si Ali, le lieutenant, qui, simple spahi, était venu avec Si Châlal, et que j'ai tant aimé? Qu'il t'en souvienne! Lui aussi était un cavalier hardi et un joli garçon... Comme j'ai pleuré, quand il partit pour Médéah! Lui, il riait, il était heureux, on venait de le nommer brigadier... il m'oubliait déjà... Les hommes sont ainsi... Il est mort l'an dernier... Dieu lui accorde sa miséricorde!

Parfois elles chantent des couplets d'amour qui sonnent étrangement dans leurs bouches à la voix chevrotante, presque éteinte. Et
elles vivent ainsi, insouciantes, parmi les fantômes des jours passés,
attendant que l'heure sonne.

... Le soleil rouge monte lentement derrière les montagnes drapées
de brume légère. Une lueur pourpre passe à la face des choses,
comme un voile de pudeur. Les rayons naissants accrochent des
aigrettes de feu à la cime des dattiers, et les coupoles d'argile des
marabouts semblent en or massif. Pendant un instant toute la vieille
ville fauve flambe, comme calcinée par une flamme intérieure, tandis que les dessous des jardins, le lit de l'*oued*, les sentiers étroits,
demeurent dans l'ombre, vagues, comme emplis d'une fumée bleue
qui délaye les formes, adoucit les angles, ouvre des lointains de mystère entre les petits murs bas et les troncs ciselés des dattiers... Sur
le bord de la rivière, la lueur du jour incarnadin teinte en rose les
larmes éparses, figées en neige candide, des amandiers pensifs.

Devant la demeure des deux vieilles amies, le vent frais achève de
disperser la cendre du foyer éteint, qu'elle emporte en un petit tourbillon. Mais Saâdia et Habiba ne sont pas à leur place accoutumée.

A l'intérieur, une plainte tantôt rauque, tantôt stridente, monte.
Autour de la natte sur laquelle Habiba est couchée, tel un informe
paquet d'étoffe rouge, sur l'immobilité raide duquel les bijoux scin-
tillent étrangement, Saâdia et d'autres amoureuses anciennes se
lamentent, en se déchirant le visage à grands coups d'ongles. Et le
cliquetis des bijoux accompagne en cadence la plainte des pleu-
reuses.

A l'aube, Habiba, trop vieille et trop usée, est morte sans agonie,
bien doucement, parce que le ressort de la vie s'était peu à peu brisé
en elle.

On lave le corps à grande eau, on l'entoure de linges blancs sur
lesquels on verse des aromates, puis on le couche, le visage tourné à
l'orient. Vers midi, des hommes viennent qui emportent Habiba vers
l'un des cimetières sans clôture où le sable du désert roule librement
sa vague éternelle contre les petites pierres grises, innombrables.

C'est fini... Et Saâdia, seule désormais, a repris sa place. Avec la
fumée bleue de son éternelle cigarette achève de s'exhaler le peu de
vie qui reste encore en elle, tandis que, sur les rives de l'*oued* ensoleillé et dans l'ombre des jardins, les amandiers ne cessent de pleurer
leurs larmes blanches, en un sourire de tristesse printanière...

NOTE

L'auteur date elle-même l'écriture de cette nouvelle à Bou-Saâda, le 3 février 1903. A environ deux cent cinquante kilomètres au sud d'Alger, la ville est une sorte d'avant-poste du désert, au caractère déjà saharien. Les sables y font leur première apparition. Un décor hautement apprécié du peintre Etienne Dinet, dont la *koubba* blanche domine toujours les pierres du cimetière arabe.

I.E. dédie sa nouvelle à un autre peintre de l'Algérie, un métropolitain envoyé par le gouvernement français, Maxime Noiré. Quelques mois plus tard elle partagera avec lui, faute de place, sa chambre d'hôtel à Beni Ounif dans le Sud oranais.

Publiée le 15 février 1903 dans l'*Akhbar*, la nouvelle sera reprise dans *Notes de route* (*op. cit.*).

Le Meddah

Dans les compartiments de troisième classe, étroits et délabrés, la foule, en *burnous* terreux, s'entasse bruyamment. Le train est déjà parti et roule, indolent, sur les rails surchauffés, que les bédouins ne sont pas encore installés. C'est un grand brouhaha joyeux... Ils passent et repassent par-dessus les cloisons basses, ils calent leurs sacs et leurs baluchons en loques, s'organisant comme pour un très long voyage... Habitués aux grands espaces libres, ils s'interpellent très haut, rient, plaisantent, échangent des bourrades amicales.

Enfin, tout le monde est casé, dans l'étouffement croissant des petites cages envahies à chaque instant par des tourbillons de fumée lourde, chargée de suie noire et gluante.

Un silence relatif se fait.

Des baluchons informes, des sacs, émergent les *djouak*, les *gasba*, les *benadir* et une *rhaïta*, tout l'orchestre obligé des pèlerinages arabes.

Alors, dans le compartiment du centre, un homme se lève, jeune, grand, robuste, fièrement drapé dans son *burnous* dont la propreté blanche contraste avec le ton terreux des autres... Son visage plus régulier, plus beau, d'homme du Sud est bronzé, tanné par le soleil et le vent. Ses yeux, longs et très noirs, brillent d'un singulier éclat sous ses sourcils bien arqués.

De sa main effilée d'oisif, il impose silence.

C'est El Hadj Abdelkader, le *meddah*. Il va chanter et tous les autres, à genoux sur les banquettes, se penchent sur les cloisons pour l'écouter.

Alors, tout doucement, en sourdine, les *djouak* et les *gasba* commencent à distiller une tristesse lente, douce, infinie, tandis que, discrètement encore, les *benadir* battent la mesure monotone.

Les roseaux magiques se taisent et le *meddah* commence, sur un

air étrange, une mélopée sur le sultan des saints, Sidi Abdelkader
Djilani de Bagdad.

> *Guéris-moi, ô Djilani, flambeau des ténèbres!*
> *Guéris-moi, ô la meilleure des créatures!*
> *Mon cœur est en proie à la crainte.*
> *Mais je fais de toi mon rempart.*

Sa voix, rapide sur les premiers mots de chaque vers, termine en
traînant, comme sur une plainte. Enfin, il s'arrête sur un long cri
triste, repris aussitôt par la *rh'aïta* criarde, qui sanglote et qui fait
rage, éperdue, comme en désespoir... Et c'est de nouveau le bruissement d'eau sur les cailloux ou de brise dans les roseaux des *djouak*
et des *gasba* qui reprend, quand se tait la *rh'aïta* aux accents sauvages... puis la voix sonore et plaintive du rapsode arabe.

Les auditeurs enthousiastes soulignent certains passages par des
Allah! Allah! admiratifs.

Et le train, serpent noir, s'en va à travers la campagne calcinée,
emportant les *ziar*, leur musique et leur gaîté naïve vers quelque
blanche *koubba* de la terre africaine.

*
* *

Vers le nord, les hautes montagnes fermant la Medjoua murent
l'horizon. De crête en crête, vers le sud, elles s'abaissent peu à peu
jusqu'à la plaine immense du Hodna.

Au sommet d'une colline élevée, sur une sorte de terrasse crevas-
sée et rouge, sans un arbre, sans un brin d'herbe, s'élève une petite
koubba, toute laiteuse, esseulée dans toute la désolation du chaos de
coteaux arides et âpres où la lumière incandescente de l'été jette des
reflets d'incendie.

En plein soleil, une foule se meut, houleuse, aux groupes sans
cesse changeants et d'une teinte uniforme d'un fauve très clair... Les
bédouins vont et viennent, avec de grands appels chantants autour
du *makam* élevé là en l'honneur de Sidi Abdelkader, le seigneur des
Hauts-Lieux.

Sous des tentes en toile bise déchirées, des Kabyles en blouse et
turban débitent du café mal moulu dans des tasses ébréchées. Atti-
rées par le liquide sucré, sur les visages en moiteur, sur les mains,
dans les yeux des consommateurs, les mouches s'acharnent, exaspérées par la chaleur.

Les mouches bourdonnent et les bédouins discutent, rient, se querellent, sans se lasser, comme si leur gosier était d'airain. Ils parlent des affaires de leur tribu, des marchés de la région, du prix des denrées, de la récolte, des petits trafics rusés sur les bestiaux, des impôts à payer bientôt.

A l'écart, sous une grande tente rayée et basse, les femmes gazouillent, invisibles, mais attirantes toujours, fascinantes par leur seul voisinage pour les jeunes hommes de la tribu.

Ils rôdent le plus près possible de la bienheureuse *bith-ech-châr*, et quelquefois un regard chargé de haine échangé avec une sourde menace de la voix ou du geste révèlent tout un mystérieux roman, qui se changera peut-être bientôt en drame sanglant.

... A demi couché sur une natte, les yeux mi-clos, le *meddah* se repose.

Très apprécié pour sa belle voix et son inépuisable répertoire, El Hadj Abdelkader ne se laisse pas mener par l'auditoire. Indolent et de manières douces, il sait devenir terrible quand on le bouscule. Il se considère lui-même comme un personnage d'importance et ne chante que quand cela lui plaît.

Originaire de la tribu – héréditairement viciée par les séculaires prostitutions – des Ouled-Naïl, vagabond dès l'enfance, accompagnant des *meddah* qui lui avaient enseigné leur art, El Hadj Abdelkader avait réussi à aller au pèlerinage des villes saintes, dans la suite d'un grand *marabout* pieux. Adroit et égoïste, mais d'esprit curieux, il avait, pour revenir, pris le chemin des écoliers : il avait parcouru la Syrie, l'Asie Mineure, l'Égypte, la Tripolitaine et la Tunisie, recueillant, par-ci par-là, les histoires merveilleuses, les chants pieux, voire même les cantilènes d'amour et de *nefra* affectionnés des bédouins... Il sait dire ces histoires et ses propres souvenirs avec un art inconscient. Illettré, il jouit parmi les *tolba* eux-mêmes d'un respect général rendant hommage à son expérience et à son intelligence. Indolent, satisfait de peu, aimant par-dessus tout ses aises, le *meddah* ne voulut jamais tremper dans les louches histoires de vol qu'il a côtoyées parfois et n'a à se reprocher que les aventures, souvent périlleuses, que lui fait poursuivre sa nature de jouisseur, d'amoureux dont la réputation oblige.

En tribu, le coq parfait, l'homme à femmes risquant sa tête pour les belles difficilement accessibles, jouit d'une notoriété flatteuse et, malgré les mœurs, malgré la jalousie farouche, ce genre d'exploits jouit d'une indulgence relative, à condition d'éviter les conflits avec les intéressés et surtout le flagrant délit, presque toujours fatal. Pour l'étranger, cette quasi-tolérance est bien moindre et l'auréole de courage du *meddah* se magnifie encore de ce surcroît de danger et d'audace.

Aussi, durant toute la fête, les yeux du nomade cherchent-ils passionnément à découvrir, sous le voile de mystère de la tente des femmes, quelque signe à peine perceptible, prometteur de conquête.

... Après les danses, les luttes, la longue station autour du *meddah*, dont la robuste poitrine ne se lasse pas, après les quelques sous de la *ziara* donnés à l'*oukil*, qui répond par des bénédictions, les bédouins, las, s'endorment très tard, roulés dans leurs *burnous*, à même la bonne terre familière refuge de leur confiante misère. Peu à peu, un grand silence se fait, et la lune promène seule sa clarté rose sur les groupes endormis sur la terre nue...

C'est l'heure où l'on peut voir un fantôme fugitif descendre dans le lit desséché de l'*oued*, où, assis sur une pierre, le *meddah* attend, dans la grisante incertitude... Comment sera-t-elle, l'inconnue qui, dessous l'étoffe lourde de la tente, lui fit, au soleil couchant, un signe de la main?

*
* *

... Sur des chariots, sur des mulets, à pied ou poussant devant eux de petits ânes chargés, les *ziar* de Sidi Abdelkader s'en vont, et, arrivés au pied de la colline, se dispersent pour regagner leurs *douars*, cachés par là-bas dans le flamboiement morne de la campagne.

Et le *meddah*, lui, prend au hasard une piste quelconque, son maigre paquet de hardes en sautoir, attaché d'une ficelle. Droit, la tête haute, le pas lent, il s'en va vers d'autres *koubba*, vers d'autres troupes de *ziar*, qu'il charmera du son de sa voix et dont les filles l'aimeront, dans les nuits complices...

Insouciant, couchant dans les cafés maures où on l'héberge et où on le nourrit pour quelques couplets ou quelques histoires, El Hadj Abdelkader s'en va à travers les tribus bédouines ou kabyles, sédentaires ou nomades, remontant en été vers le nord, franchissant en hiver les Hauts-Plateaux glacés pour aller dans les *ports* souriants du Sahara : Biskra, Bou-Saâda, Tiaret...

De marché en marché, de *taâm* en *taâm*, il erre ainsi, heureux, en somme, du bonheur fugitif, peu compliqué des vagabonds-nés...

Mais un jour vient, insidieux, inexorable, où toute cette progression, à travers des petites joies successives, faisant oublier les revers, s'arrête.

La taille d'El Hadj Abdelkader s'est cassée, sa démarche est devenue incertaine, l'éclat de ses yeux de flamme s'est éteint : le beau *meddah* est devenu vieux.

Alors, mendiant aveugle, il continue d'errer, plus lentement, conduit par un petit garçon quelconque, recruté dans l'armée nombreuse essaimée sur les grandes routes... Le vieux demande l'aumône et le petit tend la main.

Parfois, pris d'une tristesse sans nom, le vieux vagabond se met à chanter, d'une voix chevrotante, des lambeaux de couplets, ou à ânonner des bribes des belles histoires de jadis, confuses, brouillées dans son cerveau finissant...

... Un jour, des bédouins qui s'en vont au marché trouvent, sur le bord de leur chemin, le corps raidi du mendiant, endormi dans le soleil, souriant, en une suprême indifférence... *Allah iarhemou* [1], disent les musulmans qui passent, sans un frisson...

Et le corps achève de se raidir, sous la dernière caresse du jour naissant, souriant avec la même joie mystérieuse à l'éternelle Vie et à l'éternelle Mort, aux fleurs du sentier et au cadavre du *meddah*...

NOTE

En route, c'est ainsi que naît le mieux l'inspiration. I.E. a probablement croisé la silhouette du *meddah*, autre vagabond, sur le chemin de Bou-Saâda, où elle date l'écriture de sa nouvelle, « février 1903 ».

Le 29 janvier elle écrit dans ses Journaliers : « Il semblerait que dans ma vie je ne vais que deux fois au même endroit : Tunis, le Sahel, Genève, Paris, le Souf... qui sait si ce n'est pas mon dernier voyage à Bou-Saâda. » (*Œuvres complètes*, tome I, *op. cit.*)

Elle ne reviendra jamais dans la « cité du bonheur », mais en rapporte une série de nouvelles où chacun des personnages est placé dans la perspective de sa mort. Les élans mystiques de l'auteur transparaissent dans ces textes, nourris peut-être des rencontres avec la *maraboute* de la *zaouïya* d'El Hamel, Leila Zeyneb.

Le Meddah a été publié le 13 mars 1903 dans *la Dépêche algérienne*, repris dans l'*Akhbar* du 18 septembre 1905 puis dans *Pages d'Islam* (*op. cit.*).

---

1. « Dieu lui accorde sa miséricorde. » Se dit des morts. *(Note d'I.E.)*

A l'aube

Sous la caresse du soleil dissipant lentement la buée violette de la nuit, la plaine s'étend, immense, toute rose, tachetée de noir, comme une peau de panthère étalée : elle est couverte de petits arbrisseaux gris, coriaces, rampants, qui sont des *chih* et des *timzrith* et qui, lavés de rosée, embaument.

Heure bénie, heure légère de l'aube dans la plaine libre où la lumière vivifiante roule sa vague de feu, sans obstacle, d'une plage du ciel à l'autre... Heure où l'on oublie la fatigue et la morne somnolence de la route nocturne, longue, monotone, dans le froid qui, avec l'invincible sommeil, engourdit hommes et chevaux... heure où la gaîté des choses réveillées pénètre les âmes...

Là-bas, vers le sud, la plaine s'ouvre, infinie, attirante... L'horizon est encore voilé de brume légère... Ce sont les *chott* limpides et bleus, les *sebkha* perfides, les sables blonds, les montagnes étranges de la chaîne saharienne aux sommets en terrasses, puis, le désert avec toute sa lumière resplendissante et morne..., son éternel et décevant printemps, sa vie libre et errante et son bienfaisant silence.

Au nord, de hautes montagnes barrent l'horizon, azurées, aux crêtes neigeuses, précédées de collines pâles, blanchâtres où glissent les lueurs roses du soleil... Et là est le Tell, avec les villes, les chemins de fer, les haines, les hypocrisies, le bruit agaçant, l'ennui lourd et exaspérant de la vie « civilisée ».

Elle est déserte, cette route de Boghari à Laghouat... Rarement, on croise quelques lourds chariots attelés de six ou sept mulets au pesant collier surchargé de sonnailles. Les cochers, en blouses et turbans, sommeillent assis de côté sur l'avant-train, leur fouet au cou... Quelques-uns, conservant des âmes de bédouins à travers les vicissitudes du *trabadjar* européen, chantent ou tirent d'un petit *djouak* en roseau des sons d'une immatérielle tristesse lente, exprimée en un souffle ou en un murmure d'eau courante.

Mais, vers le nord, un petit tourbillon de poussière fauve monte, comme une fumée rousse. Cela se rapproche, et bientôt on distingue une troupe noirâtre de piétons qui avancent entre des cavaliers rouges.

Un convoi de prisonniers...

Soldats en uniformes râpés et souillés, chargés pesamment de sacs, beaucoup portent deux fusils qui leur battent dans le dos; d'autres, les épaules serrées dans un carcan fait de deux bûches attachées au-dessus des bras. Arabes enchaînés, pieds nus, obligés de marcher au milieu de la route, sur les cailloux aigus.

Les militaires s'en vont aux compagnies de discipline, à Laghouat sans doute. Les indigènes, à Taadmith, le bagne administratif, mystérieusement caché dans les hauteurs les plus glacées et les plus inhospitalières des Hauts Plateaux et dont le nom seul fait frémir.

Et tous ces hommes que, civils comme militaires, aucune juridiction régulière n'a jugés, qui sont livrés au bon plaisir de chefs hiérarchiques et d'administrateurs qui les condamnent sans appel, en dehors de toutes les formes élaborées par les codes, s'en vont mornes, l'œil sombre, le visage poussiéreux et ruisselant de sueur vers les géhennes obscures du Sud, où leurs souffrances sont sans témoins, et leurs plaintes sans écho. Démenti flagrant jeté à la vantardise et à l'orgueil de l'hypocrite civilisation!

Les musulmans échangent avec les passants le salut de paix... Quelques-uns se retournent vers ces inconnus qui s'en vont, libres, et les regardent, comme cherchant auprès d'eux un appui.

Mais la troupe douloureuse passe, s'éloigne, et bientôt, dans le rayonnement rouge du matin, elle n'apparaît plus, de nouveau, que comme un petit tourbillon de fumée fauve qui se dissipe et disparaît.

Vision de mauvais rêve!

NOTE

On suit l'auteur sur la route du retour vers le nord. La nouvelle, réintitulée plus tard par V. Barrucand *Prisonniers sur la route*, est datée de Boghari, février 1903. *L'Akhbar* la publie le 1er mars de la même année. On la retrouve également dans *Pages d'Islam (op. cit.).*

Zoh'r et Yasmina

I

Le soleil brûle le pavé pâle des rues. L'ombre bleuâtre, vaincue, se tapit sous les arcades, derrière les piliers.

Zoh'r et Yasmina, se tenant par la main, vont dans la gloire du soleil, promenant leur grâce de jeunes chats câlins.

Bab Azzoun, le boulevard, la grande nappe de lumière de la place du Gouvernement sont leur domaine. Elles y vivent, même le soir, dans la clarté alternée des lunes électriques blanches et des becs de gaz rouges.

Zoh'r, six ans, très brune, petit visage fin aux traits déliés, auréolé d'une chevelure bouclée et inculte, très noire, drape son corps frêle en une loque rose pâle. Elle est coquette et sait déjà cacher les déchirures de sa robe par des plis savants. C'est en souriant de ses lèvres charnues, de ses larges yeux de caresse, qu'elle tend sa menotte de couleur d'ambre, gazouillant à la cantonnade :

– *Athini sourdi!* M'siou, madame, *sourdi!*

Elle poursuit les promeneurs, sautillant devant eux comme un moineau de ville, familier et rusé.

Yasmina, plus grande, d'une pâleur de cire, voile son épaisse toison brune à reflets fauves, et son corps maigre dans une vaste *mlahfa* verte.

Yasmina est triste, sans savoir, et elle mendie en silence, se contentant d'un geste implorant.

Elles se sont rencontrées un soir, au coin d'une rue. La mère de Zoh'r, fille de la Casbah, était en prison, et la petite fille avait fui vers la ville des *roumis*. C'était l'hiver et un grand vent froid balayait le dur pavé, la rue déserte... Yasmina l'orpheline et Zoh'r l'abandonnée se blottirent l'une contre l'autre dans le renfoncement d'une porte, pour avoir plus chaud et pour y dormir.

Mais dans le jour limpide, le soleil pare la misère de couleurs splendides, en Alger, et jette des paillettes d'or, des reflets de pourpre sur la pouillerie des haillons. Les tristesses et les angoisses de la misère du Nord sont inconnues ici, où le soleil est le souverain, le grand consolateur...

Zoh'r et Yasmina, très tôt, ont appris les jeux pervers, avec les *ciradjou* impudents, la moisson dangereuse qui pousse dans la rue, sous la floraison rouge des *chéchiya* graisseuses.

Quand la recette est bonne, Zoh'r et Yasmina vont s'attabler dans quelque gargote arabe, rue de la Marine, et savourent des plats épicés, des rouges *chorba* bien grasses. Les autres jours elles grignotent du pain sec sous les arcades. Et elles poussent ainsi, très vite, dans la rue indifférente, petites fleurs charmantes nées de la fermentation chaude du ruisseau.

II

Dans la façade lézardée d'une maison très vieille, sous un porche en marbre délicieusement sculpté, une porte basse et massive garde encore son dessin compliqué, ses mosaïques de clous en cuivre.

Dès qu'il fait nuit, un judas grillé grince et une gerbe de lumière glisse dans la rue obscure, coule sur le pavé noir enchevêtré d'ombres capricieuses, le fouillis des porte-à-faux dorés par le temps.

Zoh'r et Yasmina apparaissent derrière le grillage. Bien étranges ces deux têtes sans corps, dans la lumière d'une lampe invisible.

Zoh'r, coiffée d'un foulard de soie rouge brodé de paons vert émeraude, le cou enroulé de couronnes de jasmin, de larges anneaux d'or aux oreilles, a gardé son sourire d'antan, sur ses lèvres voluptueuses, dans ses yeux d'ombre tiède...

Derrière elle, Yasmina semble rêver, enveloppée d'un voile bleu pâle, retenu sur la tête par un diadème d'argent massif, avec des ornements de corail qui retombent sur le front pâle, comme des gouttelettes de sang...

L'azur des yeux de Yasmina recèle toujours le même mystère de tristesse et de silence. Ses lèvres pâles, que le rouge avive à peine, ne sourient jamais.

Des hommes passent, *roumis*, juifs, bédouins enturbannés, bandes tapageuses de zouaves, de chass-d'afs, de matelots, de spahis en vestes rouges. Et Zoh'r les appelle, câline, enjôleuse comme jadis, quand elle était petite mendiante.

Elle fait cliqueter ses bijoux, elle rit, de son rire de gorge, qu'elle sait troublant et qui soulève voluptueusement le satin paille de son casaquin plissé.

Parfois, on se laisse prendre, on entre, et le tumulte de la rue envahit le vieux logis où les siècles ont jeté une moire de mystère et de silence.

Dans l'étroit escalier de pierre, aux marches très hautes, c'est un cliquetis d'éperons, de sabres, un grand bruit de lourds souliers ferrés.

Indifférente au gazouillis continu de Zoh'r, aux plaisanteries, aux injures, aux caresses et aux bourrades des envahisseurs, Yasmina les suit, lentement, mollement.

Elles demandent des sous, Zoh'r et Yasmina, à tous ces hommes, comme elles en mendiaient jadis aux hiverneurs amusés. Maintenant, personne ne leur en donnerait plus par charité : elles sont trop belles.

Les deux fleurs charmantes s'épanouissent dans la fermentation plus ardente des ruelles saures et des bouges odorants.

III

Dans la poussière rousse de la route, pieds nus, courbées sous de lourds sacs d'herbe humide, Zoh'r et Yasmina s'en viennent vers Alger, dans la gloire rouge du soleil couchant. Cassées par l'âge, sous leurs haillons fauves, le visage ridé, l'œil cave et sanglant, la bouche édentée, elles traînent leurs pauvres jambes desséchées, déjà raidies...

En passant devant les villas fleuries, Zoh'r crie leur herbe pour les lapins, leur mouron. Sa voix est devenue chevrotante et rauque.

Yasmina passe, indifférente, silencieuse. Quand les sacs sont vides, les deux vieilles remontent vers la Casbah. Elles se tiennent dans une boutique abandonnée, au fond d'une impasse obscure où les masures se tassent et se fendent, s'étayant mutuellement, dans leur vétusté fraternelle.

Elles font bouillir sur des brindilles sèches les débris de légumes soigneusement choisis le matin dans les caisses à ordures. Puis elles s'étendent sur des tas de chiffons et elles s'endorment en geignant.

Elles sont silencieuses, car elles commencent à oublier, tombant peu à peu à la résignation morne de l'animalité finissante... Parfois pourtant, Zoh'r parle, essayant d'évoquer les souvenirs de la Casbah, les nuits ardentes de soûlerie d'amour.

Mais Yasmina, l'œil éteint, garde ce silence éternel qui, toute sa vie, la retrancha des êtres et des choses.

Elles s'endorment dès qu'il fait nuit, faute de lumière, et parce qu'elles devront se lever et redescendre, avec leurs sacs de chiffonnières, vers les rues animées, dès que le soleil se lèvera là-bas, audelà de Matifou baigné de brume lilâtre, sur le grand golfe voluptueux et rose.

NOTE

Ce regard posé sur des vies de femmes rappelle *Pleurs d'amandiers*. Mais cette fois cela se passe à Alger où I.E. s'installe auprès de son ami et collaborateur V. Barrucand, après ses mésaventures de Ténès, tandis que Slimène est nommé *khodja* à Sétif, dans le Constantinois.

Depuis la publication dans *la Dépêche algérienne* le 25 août 1903, avec le surtitre « Types algériens », cette nouvelle avait disparu. Ni Barrucand ni Doyon ne l'ont reprise pour leurs volumes respectifs, sans que l'on sache pourquoi. Voilà donc presque un inédit.

Dans le Sentier de Dieu

Les champs crevassés agonisaient sous le soleil. Les collines fauves, nues, coupées de falaises qu'ensanglantaient les ocres et les rouilles, fermaient l'horizon où des vapeurs troubles traînaient.

Çà et là, quelque immobile silhouette de caroubier noirâtre ou le squelette contourné et rabougri d'un olivier sauvage.

Vers le sud, au-delà des coteaux bas et des ravins desséchés, s'étendait une ligne d'un bleu sombre, presque marin : la grande plaine du Hodna, barrée, très loin et très haut dans le ciel morne, par la muraille azurée, toute vaporeuse, du *djebel* Ouled-Naïl.

L'immense campagne calcinée dormait d'un lourd sommeil. Quelques broussailles de jujubiers et de lentisques nains avaient poussé à l'ombre grêle d'un bouquet d'oliviers grisâtres. Les menues herbes du printemps, desséchées, tombaient en poussière parmi l'envahissement épineux des chardons.

Enveloppé de loques terreuses, un vieillard était couché là, seul dans tout ce vide et ce silence. Décharné, le visage osseux, de la teinte brun rougeâtre de la terre alentour, avec une longue barbe grise, l'œil clos, il semblait mort, tellement son souffle était faible et son attitude raidie.

Près de lui, dans un tesson de terre cuite, quelques débris de galette azyme attestaient la charité des croyants de quelque *douar* voisin, caché dans les ravins profonds.

Un essaim de mouches exaspérées couvrait le visage et les mains noueuses du vieux, dont le soleil brûlait les pieds nus. Insensible, il dormait béatement.

Sur la piste qui serpentait au pied des collines, trois cavaliers parurent : un Européen, portant le képi brodé des administrateurs et deux indigènes drapés dans le *burnous* bleu du *makhzen*.

Ils passèrent près du vieux qui ne s'éveilla pas. Peut-être le crurent-ils mort. Le *Roumi* arrêta son cheval et fit interroger le vieux. Indifférent, il répondait de sa voix sourde et presque éteinte.

– Je suis Abd-el-Qader ben Maammar, des Ouled-Darradj de Barika. Je ne fais point de mal, et comme je n'ai rien, sauf la crainte de Dieu, c'est Dieu qui pourvoit à la vie qu'Il m'a donnée, jusqu'à ce que l'heure soit sonnée.

Mais le *hakem roumi*, ému de ce dénuement absolu, voulut adoucir les vieux jours du vieux chemineau. Un *mokhazni* courut au *douar* pour ramener un mulet et deux hommes.

On le rassurait, lui disant qu'on le mènerait à Bordj-bou-Arréridj, à l'hôpital, où il serait bien nourri et où il aurait un bon lit.

Le vagabond garda le silence.

Couché sur l'étroit lit blanc, lavé de ses souillures et revêtu de linges immaculés, le vieux vagabond reprenait des forces.

Pourtant, il gardait son silence farouche. Obstinément il tournait le vague de son regard terne vers la large baie ouverte sur le vide du ciel incandescent. Dans le bien-être inusité, lui, le nomade, fils de nomades, regrettait la misère pouilleuse et les longues marches pénibles sous le soleil de feu, à la recherche des maigres offrandes dans le sentier de Dieu...

Et bientôt cette longue salle blanche et sévère, ce lit trop doux, ce calme et cette abondance lui devinrent intolérables...

Il se dit guéri, supplia en pleurant les médecins de le laisser partir. On l'accusa d'ingratitude, on lui dit qu'il n'était qu'un sauvage, et, pour s'en débarrasser, on le laissa sortir.

Un matin limpide dans la grande joie du jour commençant, il reprit ses haillons et son long bâton d'olivier. Sans un regret, presque allégrement, il se hâta vers la porte de la ville et s'en alla, sordide et superbe dans le soleil levant.

Sur la croupe d'une colline aride, en face du Hodna bleuâtre, immense et monotone comme la mer, une *koubba* blanche dressait la silhouette neigeuse de ses murs rectilignes, de sa coupole ovoïde.

Alentour, pas un arbre, pas une ombre sur la terre brûlée d'un rouge sombre qui flambait au soleil.

Vers le nord, les coteaux s'étageaient comme les vagues figées d'un océan tourmenté. Ils allaient, montant insensiblement, jusqu'à la montagne géante des monts de Kabylie.

Une famille grise de petites tombes en pierre brute se pressait sous la protection de Sidi Abd-el-Qader de Bagdad, maître de la *koubba* et Seigneur des Hauts Lieux...

Accroupi contre le mur lézardé, près de la petite porte basse, le vieux chemineau rêvait, l'œil mi-clos, son bâton entre ses genoux maigres.

Depuis qu'il avait quitté l'asile abhorré où il s'était senti prisonnier, le vieillard avait erré de *douar* en *douar*.

Maintenant, sa vie vacillante s'éteignait. Une grande langueur engourdissait ses membres et un froid lui semblait monter de la terre qui l'appelait.

Il était venu échouer là, près de la *koubba* sainte. Une vieille femme au visage parcheminé, drapée d'une *mlahfa* de laine en loques, gardait seule le lieu vénéré, gîtant dans un vieux *gourbi* en pierres sèches. Elle aussi était avare de paroles et usée, bien près du silence éternel.

Tous les matins et tous les soirs, la pieuse veuve déposait devant le vagabond, hôte de Dieu, une galette d'orge et un vase d'eau fraîche. Puis elle rentrait dans l'ombre de la *koubba* pour y brûler du benjoin et marmotter des litanies.

Tous deux, sans se parler, avaient associé leurs décrépitudes, attendant l'heure sans hâte ni effroi. Quand, par hasard, quelques Bédouins, venaient prier sous les voûtes basses de la *koubba* miraculeuse, le vieillard, par accoutumance, élevait sa voix chevrotante en une psalmodie monotone.

– Dans le sentier de Dieu pour Sidi Abd-el-Qader Djilani, seigneur de Bagdad, sultan des saints, faites l'aumône, ô croyants!

Et, gravement, les musulmans tiraient de leurs capuchons de laine un peu de galette noire ou quelques figues sèches.

Les jours s'écoulaient, monotones, dans la somnolence de l'été finissant...

Aux premières fraîcheurs de l'automne, le vent du nord balaya les brumes troubles de l'horizon, et la lumière terne des journées accablantes devint dorée sur la terre reposée et dans le ciel serein.

Le vieillard s'était encore desséché, son corps s'était comme replié sur lui-même, comme rapetissé, son œil cave s'était voilé des premières ombres de la nuit définitive et sa voix s'était éteinte dans sa poitrine décharnée.

Il finissait, lentement, sans secousses ni angoisses, avec les dernières ardeurs de l'été.

Le chant éclatant de coqs perchés sur le toit du *gourbi* réveilla la petite gardienne sur sa vieille natte mitée. Elle se leva péniblement puis elle prit une petite amphore d'argile pleine d'eau et fit des ablutions rituelles. Puis en silence, selon les rites des femmes, elle pria, se prosternant devant la majesté de Dieu, Seigneur de l'aube.

Elle pria longuement, accroupie, ses doigts osseux et gourds égrenant son chapelet. Son visage de momie, raccourci et noir, sous le turban de laine rouge et de linges sombres des nomades, n'exprimait rien, comme celui d'une morte. Elle redressa sa taille cassée avec un gémissement, prit sous un grand plat en bois une galette froide, emplit un petit vase rouge à la peau de bouc, et sortit.

Le jour se levait, lilas et rose, sur le moutonnement infini des collines, sur le vide marin de la plaine.

De grandes ombres violettes obscurcissaient encore le fond des ravins, entre les dos éclairés des coteaux, tandis que la *koubba* solitaire flambait déjà, toute rouge.

La gardienne caduque s'en alla à pas lents vers la porte du sanctuaire, portant l'offrande quotidienne au vieil hôte de Dieu.

Depuis la veille, tassé, affalé à sa place coutumière, sans quitter le bâton symbolique, le vagabond n'avait pas bougé.

Ses traits s'étaient comme adoucis et la vieille crut voir une singulière clarté glisser sur le visage sans vie. Sans un sursaut d'agonie, sans plaintes, le vieux était retourné à la poussière, durant les heures calmes de la nuit. Sans frayeur, la gardienne étendit le corps déjà glacé, lui tournant le visage vers le soleil rouge qui montait à l'horizon. Puis, elle le recouvrit des pans rabattus de son *burnous* en invoquant Dieu.

Sans hâte, comme tous les jours, elle nettoya le sol plâtré de la *koubba*, elle secoua la poussière des draperies de vieille soie rouge et verte couvrant le *makam*. Quand elle eut terminé ces soins pieux, elle rentra dans son *gourbi* et s'enveloppa de son *haïk* noir, et, son bâton à la main, elle s'en vint au *douar* voisin.

Des hommes graves, *hachem* en *burnous* fauves, le front ceint de cordelettes noires, vinrent laver le corps du vagabond et l'envelopper du linceul blanc. Debout, superbes dans la gloire du soleil d'automne, ils prièrent, tandis que deux autres creusaient la fosse avec de petites pioches primitives. Ils couchèrent le vieux dans le trou béant, ils le recouvrirent de branches de myrte odorant, puis ils rejetèrent sur lui la terre rouge.

La vieille femme apporta, sur un lambeau de laine, des galettes et des figues sèches qu'elle distribua aux quelques mendiants habitués des enterrements.

Graves et indifférents devant la mort nécessaire sans laideur ni épouvante, les Bédouins s'en allèrent et la vieille resta seule, près de la tombe récente, pour attendre avec résignation l'heure proche où elle aussi descendrait dans l'obscurité éternelle.

NOTE

« Un matin de dimanche, peu avant l'aube, je quittai Ténès en compagnie d'Isabelle, de Raymond Marival, de plusieurs dames et de deux ou trois lettrés... », écrit Robert Randau dans *Isabelle Eberhardt, notes et souvenirs* (*op. cit.*). La petite troupe aborde une cahute où Isabelle découvre un vieillard agonisant, rongé de vermine. Apitoyée, elle n'a de cesse de convaincre Randau de faire conduire le vieil homme à l'hôpital. Elle pleure avec lui, sur la route du retour, admirant son détachement de tout, et lui couvre les épaules de son propre *burnous*. « Dans la nuit le vieillard disparut, poursuit Randau. Quand je m'enquis de lui, un muletier m'informa qu'il avait, avec l'argent des aumônes, loué une monture pour s'en retourner dans son *bled* le plus sauvage... »

L'histoire vécue devint une nouvelle, écrite à Beni Ounif, comme le précise l'auteur, petite ville de garnison située à la frontière marocaine. Elle fut publiée le 5 janvier 1904 dans *la Dépêche algérienne*. V. Barrucand l'a introduite dans *Pages d'Islam* mais sa version diffère légèrement de celle qui parut dans *la Dépêche*. Ajout d'adjectifs, de rares détails. Peut-être I.E. en écrivit-elle plusieurs variantes ?

M'Tourni

Une masure en pierres disjointes, un champs maigre et caillouteux dans l'âpre montagne piémontaise, et la misère au foyer où ils étaient douze enfants... Puis, le dur apprentisssage de maçon, chez un patron brutal.

Un peu aussi, plus vaguement, à peine ébauchés dans sa mémoire d'illettré, quelques échappées de soleil sur les cimes bleues, quelques coins tranquilles dans les bois obscurs où poussent les fougères gracieuses au bord des torrents.

A cela se bornaient les souvenirs de Roberto Fraugi, quand, ouvrier errant, il s'était embarqué pour Alger avec quelques camarades.

Là-bas, en Afrique, il travaillerait pour son propre compte, il amasserait un peu d'argent puis quand approcheraient les vieux jours, il rentrerait à Santa-Reparata, il achèterait un bon champ et il finirait ses jours, cultivant le maïs et le seigle nécessaires à sa nourriture.

Sur la terre ardente, aux grands horizons mornes, il se sentit dépaysé, presque effrayé : tout y était si différent des choses familières !

Il passa quelques années dans les villes du littoral, où il y avait des compatriotes, où il retrouvait encore des aspects connus qui le rassuraient.

Les hommes en *burnous*, aux allures lentes, au langage incompréhensible, lui inspiraient de l'éloignement, de la méfiance, et il les coudoya dans les rues, sans les connaître.

Puis, un jour, comme le travail manquait à Alger, un chef indigène des confins du Sahara lui offrit de grands travaux à exécuter dans son *bordj*. Les conditions étaient avantageuses, et Roberto finit par accepter, après de longues hésitations : l'idée d'aller si loin, au désert, de vivre des mois avec les Arabes l'épouvantait.

Il partit, plein d'inquiétude.

Après de pénibles heures nocturnes dans une diligence grinçante, Fraugi se trouva à M'sila.

C'était l'été. Une chaleur étrange, qui semblait monter de terre, enveloppa Roberto. Une senteur indéfinissable traînait dans l'air, et Fraugi éprouva une sorte de malaise singulier, à se sentir là, de nuit, tout seul au milieu de la place vaguement éclairée par les grandes étoiles pâles.

Au loin dans la campagne, les cigales chantaient, et leur crépitement immense emplissait le silence à peine troublé, en ville, par le glou-glou mystérieux des crapauds tapis dans les *séguia* chaudes.

Des silhouettes de jeunes palmiers se profilaient en noir sur l'horizon glauque.

A terre, des formes blanches s'allongeaient, confuses : des Arabes endormis fuyant au dehors la chaleur et les scorpions.

Le lendemain, dans la clarté rosée de l'aube, un grand bédouin bronzé, aux yeux d'ombre, réveilla Fraugi dans sa petite chambre d'hôtel.

— Viens avec moi, je suis le garçon du *caïd*.

Dehors, la fraîcheur était délicieuse. Un vague parfum frais montait de la terre rafraîchie et un silence paisible planait sur la ville encore endormie.

Fraugi, juché sur un mulet, suivit le bédouin monté sur un petit cheval gris, à long poil hérissé, qui bondissait joyeusement à chaque pas.

Ils franchirent l'*oued*, dans son lit profond. Le jour naissant irisait les vieilles maisons en *toub*, les *koubba* sahariennes, aux formes étranges.

Ils traversèrent les délicieux jardins arabes de Guerfala et entrèrent dans la plaine qui s'étendait, toute rose, vide, infinie.

Très loin, vers le sud, les monts des Ouled-Naïl bleuissaient à peine, diaphanes.

— La plaine, ici, c'est le Hodna... Et là-bas, sous la montagne, c'est Bou-Saâda, expliqua le bédouin.

Très loin, dans la plaine, au fond d'une dépression salée, quelques masures grisâtres se groupaient autour d'une *koubba* fruste, à haute coupole étroite.

Au-dessus, sur un renflement pierreux du sol, il y avait le *bordj* du *caïd*, une sorte de fortin carré, aux murailles lézardées, jadis blanchies à la chaux. Quelques figuiers rabougris poussaient dans le bas-fond, autour d'une fontaine tiède dont l'eau saumâtre s'écoulait dans la *seguia* où s'amassaient le sel rougeâtre et le salpêtre blanc en amas capricieux.

On donna au maçon une chambrette nue, toute blanche, avec, pour mobilier, une natte, un coffre et une *matara* en peau suspendue à un clou.

Là, Fraugi vécut près d'une demi-année, loin de tout contact euro-péen, parmi les Ouled-Madbi bronzés, aux visages et aux yeux d'aigle, coiffés du haut *guennour* à cordelettes noires.

Seddik, le garçon qui avait amené Fraugi, était le chef d'une équipe de manœuvres qui aidaient le maçon accompagnant leur lent travail de longues mélopées tristes.

Dans le *bordj* solitaire, le silence était à peine troublé par quel-ques bruits rares, le galop d'un cheval, le grincement du puits, le rauquement sauvage des chameaux venant s'agenouiller devant la porte cochère.

Le soir, à l'heure rouge où tout se taisait, on priait, sur la hauteur, avec de grands gestes et des invocations solennelles. Puis, quand le *caïd* s'était retiré, les *khammès* et les domestiques, accroupis, à terre, causaient ou chantaient, tandis qu'un *djouak* murmurait ses tristesses inconnues.

Au *bordj*, on était affable et bon pour Fraugi, et surtout peu exi-geant. Peu à peu, dans la monotonie douce des choses, il cessa de désirer le retour au pays, il s'accoutumait à cette vie lente, sans sou-cis et sans hâte, et, depuis qu'il commençait à comprendre l'arabe, il trouvait les indigènes sociables et simples, et il se plaisait parmi eux.

Il s'asseyait maintenant avec eux sur la colline, le soir, et il les questionnait ou leur contait des histoires de son pays.

Depuis sa première communion, Fraugi n'avait plus guère prati-qué, par indifférence. Comme il voyait ces hommes si calmement croyants, il les interrogea sur leur foi. Elle lui sembla bien plus simple et plus humaine que celle qu'on lui avait enseignée et dont les mystères lui cassaient la tête, disait-il...

* *
*

En hiver comme les travaux au *bordj* étaient terminés et que le départ s'approchait, Fraugi éprouva de l'ennui et un sincère regret.

Les *khammès* et les manœuvres eux aussi le regrettaient : le *roumi* n'avait aucune fierté, aucun dédain pour eux. C'était un *Oulid-bab-Allah*, un bon enfant.

Et un soir, tandis que, couchés côte à côte dans la cour, près du feu, ils écoutaient un *meddah* aveugle, chanteur pieux venu des Ouled-Naïl, Seddik dit au maçon :

– Pourquoi t'en aller? Tu as un peu d'argent. Le *caïd* t'estime. Loue la maison d'Abdelkader ben Hamoud, celui qui est parti à La Mecque. Il y a des figuiers et un champ. Les gens de la tribu s'entendent pour construire une mosquée et pour préparer la *koubba* de Sidi Berrabir. Ces travaux te feront manger du pain, et tout sera comme par le passé.

Et « pour que tout fût comme par le passé », Fraugi accepta.

Au printemps, quand on apprit la mort à Djeddah d'Abdelkader, Fraugi racheta l'humble propriété, sans même songer que c'était la fin de ses rêves de jadis, un pacte éternel signé avec la terre âpre et resplendissante qui ne l'effrayait plus.

Fraugi se laissait si voluptueusement aller à la langueur des choses qu'il ne se rendait même plus à M'sila, se confinant à Aïn-Menedia.

Ses vêtements européens tombèrent en loques et, un jour, Seddik, devenu son ami, le costuma en Arabe. Cela lui sembla d'abord un déguisement, puis il trouva cela commode, et il s'y habitua.

Les jours et les années passèrent, monotones, dans la paix somnolente du *douar*. Au cœur de Fraugi, aucune nostalgie du Piémont natal ne restait plus. Pourquoi aller ailleurs, quand il était si bien à Aïn-Menedia?

Il parlait arabe maintenant, sachant même quelques mélopées qui scandaient au travail ses gestes de plus en plus lents.

Un jour, en causant, il prit à témoin le *Dieu en dehors de qui il n'est pas de divinité*. Seddik s'écria :

– *Ya Roubert*! Pourquoi ne te fais-tu pas musulman? Nous sommes déjà amis, nous serions frères. Je te donnerais ma sœur, et nous resterions ensemble, en louant Dieu!

Fraugi resta silencieux. Il ne savait pas analyser ses sensations, mais il sentit bien qu'il l'était déjà, musulman, puisqu'il trouvait l'Islam meilleur que la foi de ses pères... Et il resta songeur.

Quelques jours plus tard, devant des vieillards et Seddik, Fraugi attesta spontanément qu'il n'y a *d'autre dieu que Dieu et que Mohammed est l'Envoyé de Dieu*.

Les vieillards louèrent l'Éternel, et Seddik, très ému sous ses dehors graves, embrassa le maçon.

Roberto Fraugi devint Mohammed Kasdallah.

La sœur de Seddik, Fathima Zohra, devint l'épouse du *m'tourni*. Sans exaltation religieuse, simplement, Mohammed Kasdallah s'acquitta de la prière et du jeûne.

*
* *

Roberto Fraugi ne revint jamais à Santa Reparata de Novarre, où on l'attendit en vain...

Après trente années, Mohammed Kasdallah, devenu un grand vieillard pieux et doux, louait souvent Dieu et la toute-puissance de son *mektoub*, car il était écrit que la maisonnette et le champ qu'il avait rêvé jadis d'acheter un jour à Santa Reparata, il devait les trouver sous un autre ciel, sur une autre terre, dans le Hodna musulman, aux grands horizons mornes...

NOTE

L'intégration est-elle possible sur la terre d'Afrique qui « absorbe toutes les civilisations étrangères » ? L'histoire du *M'tourni* répond par l'affirmative. Là où Dmitri, le légionnaire, avait échoué, « l'ouvrier errant » Roberto Fraugi réussit et devient Mohammed Kasdallah, *fellah* près de M'sila.

Avec le surtitre « chronique », *M'tourni* est publié par *la Dépêche algérienne* le 30 septembre 1903, repris dans l'*Akhbar* du 6 août 1905 puis dans *Pages d'Islam* (*op. cit.*).

La Nuit

Hâtif, le soir d'automne descendait sur la plaine ocreuse que fermaient les chaînes de collines arides.

La grande terrasse rectiligne et puissante du *djebel* Antar se profilait tout en or, sur l'horizon rouge.

Pendant un court instant, une houle pourpre roula à travers le désert nu, et les dunes fauves de la Zousfana flambèrent, toutes roses.

Au loin, le siroco, qui s'apaisait, promenait encore quelques petits tourbillons de poussière blonde. Ils s'en allaient, solitaires, vers l'incendie du couchant.

Dans toute cette gloire quotidienne de lumière, la redoute, le camp et les vieux casernements en *toub* de Djenan-ed-Dar paraissaient petits et chétifs, timide essai de vie et de sécurité.

En l'immense stérilité d'alentour, seuls les quelques dattiers du cercle, en groupe serré, fraternel, dressaient leurs têtes échevelées, toutes noires, où les reflets du jour finissant jetaient des aigrettes d'or.

Stolz, seul, errait derrière les masures frustes et branlantes des mercantis. La grande capote des légionnaires alourdissait sa taille frêle, et la visière de son képi jetait une ombre bleue sur son visage jeune, desséché et bronzé, que coupait une moustache blonde.

Comme tous ses camarades de la Légion, Stolz avait une histoire, dont le drame l'avait amené là.

Fils naturel d'un industriel riche de Düsseldorf et d'une institutrice, Stolz avait, depuis son enfance, assisté à la douleur et à ce que tous deux croyaient être la honte de sa mère.

A l'école, il avait souffert du dédain méchant et de l'inconsciente cruauté de ses condisciples. Plus tard, devenu répétiteur dans un collège, il demeura timide et farouche. Son cœur endolori croyait découvrir du mépris ou une pitié insultante dans l'attitude de tous ceux qui l'approchaient.

Faible et doux, tout de tendresse, Stolz n'était pas devenu le révolté que, fort, il eût dû être, sous l'injustice imbécile des hommes.

Son père ne l'avait pas abandonné matériellement. C'était lui qui avait pourvu aux frais de son instruction. Quand sa mère mourut, Stolz, de cette attitude quasi paternelle, conçut l'espoir de se faire adopter un jour pour avoir un nom honoré.

Aux avances passionnées de son fils, le vieillard demeura silencieux, impénétrable.

Alors Stolz pensa que s'il commettait un acte désespéré, son père serait ému et, pour le sauver de la déchéance définitive, lui accorderait la grâce tant souhaitée.

Il gagna la France et s'engagea à la Légion étrangère. Dès son arrivée à Saïda, il avait écrit à son père, lui disant qu'il ne pouvait plus vivre en Allemagne, objet de dédain et d'éloignement pour tous.

C'étaient cinq ans de sa vie que Stolz sacrifiait ainsi. Il accepta avec courage son dur métier nouveau; soldat modèle, d'un entrain et d'une patience rares, il vivait de toute l'ardeur de son espérance.

On envoya sa compagnie dans le Sud. Il s'en réjouit : on se battait, là-bas. Son père le saurait en danger... Il aurait pitié.

Et ainsi, pendant des mois, Stolz avait écrit des lettres où il avait mis tout son cœur, implorant cet homme qui, si loin, lui semblait disposer de sa vie.

Il avait eu quelques heures de découragement en ne voyant rien venir... ces heures étaient aussi les plus lucides; mais Stolz s'obstinait dans son attente.

Et voilà que ce soir, le vaguemestre lui avait remis une lettre de son père, et tout s'était brusquement effondré : c'était un refus définitif, irrévocable. On lui défendait même d'écrire.

D'abord, une sorte de torpeur lourde avait envahi l'esprit de Stolz. Il avait erré, sans but, dans la cour de la vieille redoute. Puis, pris d'un immense besoin de solitude, il était sorti.

Toute la lucidité de son esprit lui était revenue. De par son éducation et ses convictions, son malheur était irréparable. Il le comprit.

Puisque le retour là-bas, au pays, était devenu inutile, puisqu'il ne serait jamais qu'un exclu de la société, un paria, autant valait rester là, disparaître pour toujours parmi les *heimatlos*[1] de la Légion.

Mais alors, c'était un pacte conclu avec cette vie de soldat, avec

---

1. *Heimatlos* (sans-patrie), terme allemand usité à la Légion. *(Note d'I.E.)*

cette terre âpre qu'il ne pouvait aimer, parce que sa nature trop faible et trop tendre n'en percevait pas la superbe mélancolie, la splendeur inouïe.

Et, tout à coup, comme le soir achevait de tomber, noyant le désert d'obscurité et de silence, il sentit pour la première fois le malaise lourd que causait ce pays à son âme d'homme du Nord. Il perçut la menace qui planait dans ces horizons vides, sur la terre sans eau où aucune vie ne germerait jamais.

Sa détresse fut immense. Le voile des lendemains ignorés, qui, seul bienfaisant, nous fait vivre, s'était déchiré devant ses yeux. Il lui sembla embrasser d'un regard tout ce que serait sa vie : une morne succession de jours, d'années monotones, d'actes sans but ni intérêt !

La nuit tomba, lourde, obscure, sous le ciel violet. Les grandes étoiles claires versaient une lueur vague sur le désert noir, assoupi dans le silence menaçant.

Le rauquement sauvage des chameaux agenouillés devant les masures grises du bureau arabe se tut.

Stolz, son fusil sur l'épaule, déambulait lentement le long du mur ouest de la vieille redoute. Il se traînait péniblement. Une lassitude infinie brisait ses membres. Un dégoût immense des choses paralysait sa pensée.

... Les clairons égrenèrent dans la nuit la plainte lente, très douce, de l'extinction des feux. La sonnerie dernière sembla planer dans le silence, puis mourut...

Stolz s'arrêta.

Il était calme, maintenant, se résignant devant l'irréparable, courbant la tête.

Pas une seule fois, dans toute sa vie, il n'avait songé que ce qu'il croyait être un malheur immense n'était qu'une illusion, une convention stupidement cruelle et surannée. Pour toujours, l'idée qu'il était, de par sa naissance, un paria avait subjugué son esprit.

Maintenant, tout effort lui apparaissait inutile et il sentait qu'il ne saurait où puiser le courage de vivre dans l'obscurité noire où il était tombé.

Alors, une idée lui vint, tout à coup, très mélancolique et très douce : il y avait une issue, simple, immédiate, la fin de toute souffrance...

Stolz ne s'attendrit pas sur lui-même. Il ne se pencha pas, pitoyable, sur sa vie gâchée.

Un grand calme s'était fait en lui. Dans la tristesse infinie de cette heure solitaire, il se sentit fort.

Tout de suite, sans hésitation, sans crainte, sa résolution devint inébranlable.

Alors, comme il n'avait pas de hâte, comme il ne redoutait aucun revirement de sa volonté, il s'intéressa à des choses menues ; le reflet rouge d'une lanterne balancée qui suivait le mur de la nouvelle redoute, une flamme très haute et très blanche qui s'était allumée au loin, dans la dune.

Il songea : la nuit est belle... *Demain,* il n'y aura plus de vent... Puis il sourit... Pour lui, demain ne viendrait jamais.

Méthodiquement, en bon soldat soigneux, il posa la crosse de son fusil à terre, appuyant le canon sur sa poitrine : c'était le moment, on allait venir le relever.

Avec la pointe de sa baïonnette, il appuya sur la détente. La détonation, sèche, brève, roula dans le silence, se tut.

Lentement, Stolz s'affaissa au pied du mur.

En groupe silencieux, les légionnaires, le visage assombri, les yeux secs, revenaient du petit cimetière perdu dans l'immensité pulvérulente. Ils rapportaient le brancard des morts.

Et le jour d'automne acheva de se lever, clair, radieux sur les montagnes lointaines aux arêtes arides, sur le désert noyé de limpidités roses et sur la petite tombe toute fraîche de Stolz, parmi les autres sépultures mélancoliques, esseulées dans le vide de la terre déshéritée.

NOTE

« Paria par sa naissance », comme celle qui ne porte que le nom de sa mère : Eberhardt, Stolz vit le drame d'une destinée de déclassé. Il ressemble comme un frère à ce frère d'I. E., Augustin, légionnaire raté, noyant son spleen dans la médiocrité d'une vie de petit-bourgeois à Marseille et finissant par se suicider seize ans après la mort de sa sœur. C'était un être plein de talent mais il n'eut pas, comme elle, l'énergie de s'inventer un destin.

Lors de sa première parution (13 décembre 1903) dans *la Dépêche algérienne*, l'écriture de la nouvelle était datée de Beni Ounif, le 3 novembre 1903. Envoyée spéciale du quotidien, I. E. recueille les témoignages des blessés d'un convoi militaire tombé dans une embuscade. Puis elle séjourne autour de cette garnison, poste clé à la frontière algéro-marocaine. I. E. suit l'avancée des troupes coloniales vers le sud. Malgré les vicissitudes de la vie nomade au sein des *goums* de *mokhaznis*, elle alterne l'écriture de nouvelles et de reportages. (« Choses du Sud oranais » in *Œuvres complètes*, tome I, *op. cit.*)

La Nuit a été reprise dans *Pages d'Islam* sous le titre *Cœur faible*. En annexe, Victor Barrucand publie une autre version de la nouvelle, avec le même titre. Nous la reproduisons en variante.

Variante : Cœur faible

Depuis la veille, le vent d'ouest avait soufflé en tempête, roulant à travers la plaine des vagues de poussière fauves. Maintenant le jour finissait et le vent s'était calmé. Seuls quelques petits tourbillons se jouaient encore, isolés, dans le rougeoiement du soir. Au nord, les monts de Figuig se voilaient d'ombre violette.

Vers l'ouest, au-delà de la plaine nue, la silhouette rectiligne, puissante, du *djebel* Antar se profilait, tout en or, sur la pourpre de l'horizon.

Et Djenan-ed-Dar, essai timide de vie, se tassait là, tout petit, dans la désolation et l'immense stérilité d'alentour.

A gauche, sur la hauteur, la nouvelle redoute, grise, morose, solitaire. Puis, les cônes blancs, rosés par le soleil couchant, des tentes où gîtent les tirailleurs et la Légion étrangère... Plus bas, les bâtiments blanchis du cercle des officiers, accaparant la seule tache de verdure, quelques dattiers échevelés, groupés en une famille verte tranchant sur le fond rougeâtre du sol.

A droite, vers l'ouest, la vieille redoute et le « village », masures basses et frustes en foule participant de la teinte ocreuse du décor.

Des chevaux, têtes basses, s'en allaient à l'abreuvoir, et quelques légionnaires, déjà ivres, tombaient, s'appelant de loin.

Pendant un instant, deux chameaux passèrent sur le feu de l'horizon, silhouettes noires et anguleuses.

Müller errait seul, désœuvré derrière les baraquements des mercantis, et l'odeur des alcools ne l'attirait pas. Sous la grande capote bleue, son corps maigre se voûtait. Visage mince, aux yeux caves, très bleus, sous l'auvent de la visière, il eût semblé jeune, sans la lassitude infinie qu'exprimait son regard.

Parfois, il crispait sa main rude et bronzée sur la poche de sa capote et y froissait une lettre; il goûtait l'amertume de l'heure, quand tout espoir s'éteignait, avec le jour rouge.

Ses yeux d'homme du Nord s'étaient ouverts sur les prairies grasses et les forêts noyées de brumes du Palatinat, et sa mémoire nostalgique évoquait des images d'abondance.

Parce qu'il souffrait, pour la première fois, depuis huit mois qu'il était dans le Sud, il venait d'apercevoir toute l'âpreté sauvage, toute l'irrémédiable désolation de ce pays stérile depuis toujours et où aucune vie ne germerait jamais.

Pour la première fois, il percevait le mystère sombre planant sur les étendues vides.

Là-bas, dans les gorges déchiquetées des collines s'avançant en promontoires arides sur la plaine, les nomades en loques fauves, à profils de gerfaut, erraient, dès la tombée de la nuit, rampant, se glissant comme des ombres jusqu'aux sentinelles isolées, puis, d'un coup de fusil qui sonnait, lugubre, dans le silence écrasant, les abattaient.

Plusieurs fois, Müller avait accompagné des camarades tués ainsi au petit cimetière désolé.

Cela l'avait laissé froid et sans peur, lui qu'une autre idée absorbait.

Maintenant, il sentait la menace de la nuit qui tombait et la proximité de la mort qui, dès les premières heures des ténèbres, venait rôder autour d'eux.

Son cœur se serra, dans la détresse immense de sa solitude.

Près de lui, assis à terre au pied d'un mur en *toub* lézardé, un tirailleur et un légionnaire causaient en français.

Le tirailleur, qui revenait du sud, disait, avec son accent rauque :

– J'ai passé devant le champ d'El-Moungar, tu sais bien, où ils se sont battus le mois dernier. Eh bien, les cadavres des Arabes, ils y sont encore, couchés tout nus, sur les pierres... Il y en a qu'ils ont encore de la *viande* après leurs os, et les autres, ils sont tout blancs, comme les carcasses des chameaux qu'on trouve sur la route. Dans le jour, les aigles ils se posent sur les pierres, et ils claquent du bec quand on passe. Et la nuit, c'est les chacals et les hyènes qu'elles hurlent... Va, c'est pas encore fini, pour les bêtes, de manger des hommes morts, dans ce pays.

Et Müller, silencieux, évoquait le lieu funèbre et les bêtes mangeuses de morts fouillant la sanie, entre les os blanchissants.

Et ce pays lui fit horreur.

Il se rappela qu'il en avait encore pour quatre ans, à la Légion, et qu'il les ferait peut-être dans le Sud. Alors une rage lui vint contre lui-même...

Puis, tout à coup, avec un sursaut douloureux de tout son être, sa main se crispa de nouveau sur la lettre, dans la poche de sa capote.

Après cela, n'était-ce pas fini, irrémédiablement fini ? A la Légion, dans ce pays de mort ou ailleurs, n'était-ce pas égal, à présent que sa vie était détruite et qu'il ne lui restait plus rien à attendre ?

C'était son père, un riche industriel de Berlin, qui l'avait écrite, cette lettre.

Enfant naturel, né d'une longue liaison entre l'industriel et une pauvre institutrice, Marie Müller, le jeune homme avait, toute son enfance durant, eu sous les yeux la honte et les remords de sa mère. Par une maladresse de l'institutrice, l'enfant avait été placé, aux frais de son père, dans une école fréquentée par de petits-bourgeois qui l'avaient accablé de leurs sarcasmes et de leur dédain. Avec une volonté forte et un tempérament de lutteur, Müller fût devenu un révolté. Faible et doux, Müller se pénétra, peu à peu, de la conviction douloureuse jusqu'au désespoir qu'il était un paria, un *exclu* de la société.

Devenu répétiteur dans l'école où il avait fait ses études, il continua de souffrir. Sa sensibilité exaspérée lui faisait croire à du mépris ou tout au moins à une condescendance insultante de la part des élèves eux-mêmes.

Alors, comme sa mère était morte, il entreprit de se faire reconnaître par son père, pour avoir un nom, pour dissiper enfin le cauchemar où il vivait depuis qu'il pensait.

Comme l'industriel refusait, Müller crut le toucher en commettant un acte de désespoir : il s'enfuit, quitta l'Allemagne et vint s'engager à la Légion.

De Saïda, il écrivit plusieurs lettres à son père, le suppliant de lui accorder la réparation qui changerait tout le cours de sa vie, qui le ferait entrer dans la société, la tête haute : après cinq ans, il retournerait au pays, avec un nom honoré, et il pourrait vivre, oubliant toutes ses souffrances passées.

Pendant des mois, Müller s'était grisé de cet espoir, soldat exemplaire, plein d'entrain et de courage dans la monotonie du métier.

La réponse tant attendue était enfin arrivée. Avec quelle angoisse délirante il avait déchiré l'enveloppe.

Et voilà que tout s'était brusquement écroulé : c'était un refus, définitif, inexorable. On lui défendait même d'écrire d'autres lettres...

Que faire, maintenant ? A quoi bon travailler, puisqu'il n'y avait plus rien à attendre, puisque le retour au pays était désormais inutile ?

C'était un pacte signé avec la Légion, pour les années de jeunesse qui lui restaient, un pacte avec cette terre d'Afrique âpre et menaçante qu'il ne comprenait pas, qui l'effrayait.

*

La nuit sans lune était obscure et le désert dormait dans la lueur indécise des grandes étoiles.

Un silence absolu pesait sur le hameau et sur la plaine et, au loin, les montagnes s'estompaient dans l'ombre.

Müller, son fusil sur l'épaule, marchait par habitude, le long de la muraille.

Il songeait.

Depuis qu'il n'espérait plus, il avait conscience de toute la monotonie et de l'inutilité de son métier de mercenaire. Pourtant il rejetait avec horreur l'idée de rentrer dans la vie civile. Il lui semblait que c'était se replonger dans la honte et la constante humiliation des années écoulées...

Et, peu à peu, Müller sentit le vide se faire en lui et autour de lui. Il perçut que tout lui était devenu égal, qu'il ne désirait plus rien.

Seul un immense besoin d'oubli et de repos lui restait.

Dans l'ombre et le silence, ce besoin s'exalta dès lors.

Et une idée lui vint, très simple, très claire : puisque sa vie était gâchée, puisque, dès les premiers pas, il s'était senti écrasé, puisque les hommes le reniaient, à quoi bon s'obstiner ?

Mourir. Il répéta le mot, tout bas, et il lui fut d'une infinie douceur.

Il s'arrêta, s'appuyant contre le mur. Un grand calme s'était fait en lui. Il ne s'attendrit pas sur lui-même, très simple et très sincère, comme il avait toujours été, dans sa détresse et dans son fol espoir des derniers mois.

Cela valait mieux ainsi. Il devait faire cela.

Tout doucement, il posa la crosse de son fusil à terre, le canon contre sa poitrine. Puis, calmement, soigneusement, il chercha, de la pointe de sa baïonnette, la détente.

Le coup résonna, sec, froid, sans écho, dans le désert vide.

Müller, lentement, glissa le long du mur, s'affaissant.

*

Le jour se levait. Tournant le dos aux quelques petites tombes perdues dans le sable rose, les légionnaires rentraient à la redoute, rapportant le brancard des morts.

Sérieux, leurs visages bronzés et maigres, coupés de moustaches blondes, celaient toutes les tristesses cachées, toutes les tares et tous les deuils qui les avaient amenés là et qu'avait évoqués la mort du petit Müller.

Le groupe silencieux des mercenaires en tenue sombre s'éloigna dans la gloire dorée du matin, tournant le coin des remparts lépreux, et le jour limpide d'automne acheva de se lever sur le désert pierreux et sur le tertre rouge qui marquait la place du légionnaire.

La Foggara

Après quelques mois passés à Saïda, où il avait fait son école de soldat, Weiss avait été versé dans une compagnie qui partait pour le Sud oranais.

On se battait là-bas, c'était la guerre, la vie de camps, tout l'imprévu de ce pays lointain qui l'attirait, et Weiss était parti, joyeux.

Pourtant, dans les masures grises de la redoute de Béni-Ounif où sa compagnie s'était immobilisée pour des mois, dans ce décor dont il n'avait d'abord perçu que l'immense désolation, Weiss, l'enfant des prairies vertes et des bois de l'Alsace, s'était senti dépaysé, oppressé.

Les premiers temps, ç'avait été une sorte de cauchemar lourd, et il avait cru à une désillusion.

Il s'était même laissé entraîner par les camarades à de longues beuveries dans les salles tumultueuses des « cantines », au village.

Sous une gaîté d'emprunt, il cherchait à oublier son morne ennui et passait ses soirées au « Retour de Béchar », à « l'Étoile du Sud », à la « Mère du Soldat », avec des tablées de légionnaires ivres...

Puis, un immense dégoût l'avait isolé. Il préférait errer, seul, dans le *bled* désert.

Peu à peu, il avait discerné la splendeur des horizons de feu, les caprices sans cesse changeants de la lumière sur le sol pierreux et rougeâtre, sur les montagnes arides.

Il avait senti l'ineffable silence, la paix mélancolique et profonde de cette terre immuable, et cela lui avait suffi.

Weiss aimait maintenant ce Sud oranais où il avait tant souffert, aux premiers jours de dépaysement et de détresse...

Le légionnaire suivit le lit de l'*oued* desséché, contournant les murailles caduques du *ksar*.

Des lueurs roses glissaient entre les troncs fuselés des dattiers, magnifiant les vieilles ruines en terre, accumulées en un désordre charmant.

Dans un bas-fond ombreux, sous les frondaisons bleuâtres, s'ouvrait une *foggara*, une de ces étranges fontaines souterraines des *ksour* du Sud-Ouest. On y descendait par quelques hautes marches en *toub*. En bas, c'était un ruisseau clair sortant du sol spongieux et qui, serti de fougères graciles, se perdait dans l'ombre éternelle et le mystère d'une galerie étroite.

Weiss s'assit sur une roche éboulée, et ralluma sa vieille pipe d'écume.

Il était calme. Cette sérénité des choses, dans la gloire du jour finissant, suffisait à son bonheur.

Une silhouette de femme surgit, furtive, de l'ombre de la *foggara*. Grande, svelte, superbement drapée dans ses haillons bleus, elle montait, courbée sous le poids d'une peau de bouc ruisselante.

Elle n'avait pas aperçu Weiss et, pendant un instant, il put contempler son visage presque enfantin encore, d'un ovale parfait. De longs yeux roux éclairaient sa carnation bronzée et le pli voluptueux de ses lèvres adoucissait ce que ce masque obscur eût pu avoir de trop farouche.

Mais elle vit le *roumi* et, avec un sursaut de frayeur, ramena vivement son voile, cachant ses traits. Elle s'enfuit presque.

Weiss, que sa culture antérieure avait élevé au-dessus de tous les barbares préjugés de race, recherchait la société des indigènes. Leur simplicité grave, leur sociabilité rapidement affectueuse, lui plaisaient, et il aimait passer les veillées d'été, à demi couché sur les nattes des cafés maures, s'essayant à parler arabe en écoutant les longues mélopées traînantes et mélancoliques des nomades. Ses camarades préférés étaient des tirailleurs, des spahis ou des *mokhazni*, cavaliers irréguliers au service du bureau arabe.

Pour ramener la jeune femme, Weiss lui cria doucement, dans son arabe imparfait :

– N'aie pas peur, ma sœur, je ne te ferai pas de mal.

Mais elle ne se retourna pas.

Les jours suivants, Weiss retourna à la *foggara*, évitant, discret, d'effrayer par trop d'insistance la bédouine qui se voilait à son approche.

Dans sa grande solitude, le légionnaire se grisa bientôt de cette idylle à peine ébauchée.

Un soir, les attaches en fibres de palmier de la peau de bouc cassèrent et elle tomba.

La bédouine essayait vainement de couper les nœuds, avec une pierre tranchante, pour réparer son outre.

En silence, sans qu'elle s'en défendît, Weiss l'aida. Debout, voilée, elle attendit sans un mot que le soldat eût fini. Quand il souleva l'outre, elle tendit les épaules, reprit son lourd fardeau, et partit, avec ce seul mot de gratitude : *sahha!* (merci).

Le lendemain, il la salua, et elle lui répondit, se découvrant un peu le visage qu'éclaira un demi-sourire discret.

Peu à peu, elle s'accoutuma à retrouver, tous les soirs, près de la *foggara*, le soldat *roumi*, si jeune et si doux, avec son visage régulier et pâle sous le hâle et ses grands yeux gris, qui ne l'effrayaient plus.

Ils se parlèrent.

Elle s'appelait Emmbarka (la bénie) et était mariée à un *mokhazni* qu'on avait envoyé en détachement à Ben-Zireg, dans le Sud-Ouest.

Elle gardait la tente au *douar* du *makhzen*, seule avec sa vieille mère.

Weiss lui dit qu'il aimait les musulmans, qu'il en faisait sa société, de préférence aux Européens et qu'il ne leur voulait pas de mal.

Emmbarka lui conta les tristesses de sa dure vie errante.

Elle était des *Amour*, une tribu nomade du cercle d'Aïn-Sefra et, quand son mari s'était engagé au *makhzen* de Djenan-ed-Dar, elle avait dû suivre, dans le dénuement et l'insécurité des camps, *en plein pays de poudre*, sillonné de *djiouch* pillards.

Il y avait à peine quelques mois qu'on l'avait mariée et, depuis lors, elle avait à peine vu Abdelkader ould Hamza, son mari, un tout jeune *mokhazni* que la guerre lui prenait sans cesse. Elle le connaissait à peine et ne pouvait l'aimer...

**

Les jours s'écoulaient, monotones et berceurs.

Weiss attendait avec impatience les quelques heures de liberté du soir, et l'entrevue furtive de l'Amourienne, dans l'ombre fraîche de la palmeraie.

Il aimait Emmbarka et la désirait avec toute l'ardeur de sa jeunesse. Les débauches obligées de la vie d'étudiant l'avaient à peine effleuré. Puis, très vite, il avait été jeté là, dans la dure et complète abstinence, pour des mois.

Pour lui, cette femme, en harmonie parfaite avec ce décor saha-

rien qu'il aimait, était presque une vision irréelle, une sorte d'incarnation de ce charme puissant du désert qui l'avait pris à jamais...

. . . .

NOTE

On ne saura jamais la suite des amours du soldat Weiss, puisque *la Foggara* s'interrompt
soudain. Le dépositaire des manuscrits, V. Barrucand, l'a publiée avec quelques fragments et
variantes dans *Pages d'Islam* (*op. cit.*).

Campement

Le jour d'hiver se levait, pâle, grisâtre sur la *hammada* pierreuse. A l'horizon oriental, au-dessus des dunes fauves de la Zousfana, une lueur sulfureuse pâlissait les lourdes buées grises. Les arêtes sèches, les murailles abruptes des montagnes se détachaient en teintes neutres sur l'opacité du ciel morne.

La palmeraie de Beni-Ounif, transie, aux têtes échevelées, s'emplissait de poussière blafarde, et les vieilles maisons en *toub* du *ksar* émergeaient, jaunâtres, de l'ombre lourde de la vallée, au-delà des grands cimetières désolés.

Une tristesse immense planait sur le désert, terne, dépouillé de sa parure splendide de lumière.

Dans la vallée, autour des chevaux entravés couverts de vieilles couvertures en loques, des chameaux couchés, *goumiers* et *sokhar* s'éveillaient. Un murmure montait des tas de *burnous* terreux, roulés sur le sol, parmi les bissacs noirs et blancs, les *tellis* en laine et toute la confusion des pauvres bagages nomades. Le rauquement plaintif des chameaux bousculés couvrait ces voix humaines, au réveil maussade.

En silence, sans entrain, des hommes se levaient pour allumer les feux. Dans l'humidité froide, les *djerid* secs fumaient, sans la gaîté des flammes.

Depuis des mois, abandonnant leurs *douars*, les nomades marchaient ainsi dans le désert, avec les convois et les colonnes, poussant leurs chameaux maigres dans la continuelle insécurité du pays, sillonné de *djiouch* affamés, de bandes faméliques de coupeurs de routes, terrés comme des chacals guetteurs dans les défilés arides de la montagne.

Depuis des mois, ils avaient oublié la somnolente quiétude de leur existence de jadis, sans autre souci que leur maigre pitance, et les éternelles querelles de tribu à tribu, que vidaient quelques coups de fusil, sans écho...

Maintenant, c'était l'hiver, le froid glacial, les nuits sans abri, près des brasiers fumeux, dans l'attente et l'incertitude d'un nouveau départ.

Avec la grande résignation de leur race, ils s'étaient faits à cette vie, la subissaient, parce que, comme tout ici-bas, elle venait de Dieu.

Des voisinages de hasard, des amitiés étaient nées, de ces rapides fraternités d'armes, écloses un jour, et sans lendemain.

Et c'étaient des petits groupes d'hommes qui attachaient leurs chevaux ensemble, ou qui poussaient leurs chameaux vers le même coin du camp, qui mangeaient dans la même grande écuelle de bois, et mettaient en commun les intérêts peu compliqués de leur vie : achats de denrées, soins des bêtes – leur seule fortune – et, le soir, longues veillées autour du feu, passées à chanter les cantilènes monotones du *bled* natal, souvent lointain, et à jouer du petit *djouak* en roseau. Les uns étaient des *Amour* d'Aïn-Sefra, d'autres des *Hamyan* de Méchéria, des *Trafi* de Géryville. Quelques-uns, poètes instinctifs et illettrés, improvisaient des mélopées sur les événements récents, disant la tristesse de l'exil, les dangers sans cesse renaissants, l'âpreté du *pays de la poudre*, les escarmouches si nombreuses qu'elles ne surprenaient ni n'inquiétaient plus personne, devenant chose accoutumée...

Et il y avait, au fond de tous ces chants, l'immense insouciance de tout, qui était latente en leurs cœurs simples, et qui les rendait braves.

Parfois, des *nefra* éclataient entre gens de tribus ou même de tentes différentes... Alors, souvent, le sang coulait.

... Le vent glacé balaya brusquement le camp des « Trafi », soulevant des tourbillons de poussière et de fumée, faisant claquer la toile tendue du *marabout* blanc du chef de *goum*, ornée d'un fanion tricolore.

La silhouette de l'officier français passa... Placide, les mains fourrées dans les poches de son pantalon de toile bleue, la pipe à la bouche, il inspectait hommes et bêtes, distraitement.

Autour d'un feu, trois *goumiers* et un *sokhar* Hamyani parlaient avec véhémence, quoique bas. Leurs visages de gerfaut aux yeux d'ombre et aux dents de nacre se penchaient, attentivement, et la colère agitait leurs bras maigres : la veille au soir, l'un d'eux, Abdallah ben Cheikh s'était pris de querelle avec un chamelier marocain des « Doui-Ménïa » campés sur la hauteur, près du village.

Hammou Hassine, un très vieux dont une barbe neigeuse couvrait le masque brûlé et maigre, murmura :

– Abdallah... les nuits sont noires et sans lune. De nos jours la poudre parle souvent toute seule... On ne sait jamais.

Tout de suite, l'excitation des nomades tomba. Des sourires à dents blanches illuminèrent l'obscurité de leurs visages.

Ils achevèrent de boire le café, puis ils se levèrent, secouant la terre qui alourdissait leurs *burnous*. Lentement, paresseusement, ils vaquèrent aux menus soins du camp; ils suspendirent les vieilles musettes de laine rouge au cou des chevaux, ils étendirent de la menue paille fraîche devant leurs bêtes, firent un pansage sommaire au cheval gris de l'officier. Quelques-uns commencèrent des reprises aux harnachements, à leurs *burnous*. D'autres montèrent au village, pour d'interminables marchandages chez les juifs, et de longues beuveries de thé marocain dans les salles frustes des cafés maures.

Ils n'éprouvaient pas d'ennui, dans leur inaction forcée. Des chameaux grognèrent et se mordirent, un cheval se détacha et galopa furieusement à travers le camp. Deux hommes se disputèrent pour quelques brassées de paille...

Et ce fut tout, comme tous les jours, dans la monotonie des heures vides.

Abdallah ben Cheikh et le *sokhar* Abdeldjebbar ould Hada s'en allèrent lentement, la main dans la main, vers le lit desséché de l'*oued*.

Assis derrière une touffe de lauriers-roses, ils parlèrent bas, s'entendant pour la vengeance. Abdallah et Abdeldjebbar étaient devenus des amis inséparables. Très jeunes tous deux, très audacieux, ils avaient déjà poursuivi ensemble des aventures périlleuses d'amour, au *douar* du *Makhzen*, ou chez les belles *Amouriat* de Zenaga.

Ils demeurèrent ensemble le restant de la journée, inspectant soigneusement, sans en avoir l'air, le camp des « Doui-Ménia ».

Après un crépuscule de sang trouble, sous la voûte tout de suite noire des nuages, la nuit tomba, lourde, opaque. Le vent s'était calmé et ce fut bientôt le silence dans l'immensité vide d'alentour.

Dans les camps, on chantait encore, autour des feux qui s'éteignaient, jetant parfois leurs dernières lueurs roses sur les nomades couchés, roulés dans leurs *burnous* noirs ou blancs.

Puis, tout se tut. Les chiens seuls grognaient de temps en temps, comme pour se tenir éveillés.

Un coup de feu déchira le silence. Ce fut un grand tumulte, des *djerid* qui s'enflammaient, agités à bras tendus : on trouva le « Méniaï », près de ses chameaux, roulé à terre, la poitrine traversée.

Au camp des « Trafi », Abdallah ben Cheikh joignait ses questions à celles de ses camarades, tandis que, dans l'ombre, Abdeldjebbar regagnait les chameaux de son père, entassés les uns près des autres, autour du brasier éteint.

L'enquête n'aboutit à rien. On enterra le « Méniaï » dans le sable roux, et on amoncela quelques pierres noires sur le tertre bas, que le vent rasa en quelques jours.

Le siroco avait cessé de souffler et, dans les jardins, la fraîcheur humide des nuits faisait naître comme un pâle printemps, des herbes très vertes sous les dattiers dépouillés de leur moire de poussière grise.

Un grand mouvement régnait dans les camps et au village : l'ordre de partir était arrivé. Les *goumiers* « Trafi » et les « Amour » s'en allaient à Béchar, avec une colonne. Les *sokhar* descendaient vers le sud, avec le convoi de Beni-Abbès.

Accroupis en cercle dans les rues du village, parmi les matériaux de construction et les plâtras, les *mokhazni* en *burnous* bleus, les spahis rouges et les nomades aux voiles fauves partageaient tumultueusement des vivres et de l'argent avant de se séparer : ils liquidaient les vies communes, provisoires.

Les *sokhar* et leurs *bach-hammar* poussaient les chameaux dans l'espace nu qui sépare la gare du chemin de fer des murailles grises de la redoute et du bureau arabe.

Parfois, un cavalier passait au galop, jetant l'épouvante et le désordre dans le groupe compact de chameaux dont la grande voix rauque et sauvage dominait tous les bruits.

Les nomades s'appelaient, se parlant de très loin, par longs cris chantants, par gestes échevelés.

Et c'était un chaos de chameaux, de chevaux sellés, d'*arabas* grinçantes, de sacs, de caisses, de *burnous* claquant au vent, dans la poussière d'or tourbillonnant au soleil radieux...

Puis, le *goum* des « Trafi », avec ses petits fanions tricolores flottant au-dessus des cavaliers, tourna la redoute et s'en alla vers l'ouest.

Pendant un instant, on le vit, baigné de lumière, sur le fond sombre de la montagne... Puis, il disparut.

Lentement les chameaux chargés descendirent dans la plaine, en longue file noire, poussés par les *sokhar*.

Une compagnie de tirailleurs fila sur la gauche avec un piétinement confus, piquant le rouge des *chechya* et des ceintures sur la teinte bise de la tenue de campagne.

Les derniers chameaux disparurent dans la brume rose, sur la route de Djenan-ed-Dar, vers le sud. Dans sa vallée aride, Beni-Ounif retomba au silence somnolent.

Les Nomades étaient partis, sans un regard de regret pour ce coin de pays où ils avaient vécu quelques semaines.

Sur l'emplacement désert des campements, des tas de cendre grise et des monceaux d'ordures attestaient seuls le séjour de tous ces hommes qui, après avoir dormi, mangé, aimé, ri et tué ensemble, s'étaient séparés, le cœur léger peut-être pour toujours.

NOTE

Campement a été écrit en novembre 1903 à Beni Ounif. A cette époque I.E. franchissait parfois, seule, les lignes d'une frontière mal définie entre le Maroc et l'Algérie pour témoigner d'une autre réalité : celle des rebelles. Au cours de cet automne 1903, elle fait la connaissance de Lyautey, qui vient juste d'être nommé général à la tête de la région militaire d'Aïn-Sefra. Le gradé, paradoxe plaisant, apprécie particulièrement la liberté forcenée de « Mahmoud », son mépris des « mandarins, des notaires et des caporaux de tout poil... » Cette amitié fit par la suite couler beaucoup d'encre, certains accusèrent l'écrivain d'avoir espionné au Maroc pour le compte de Lyautey. On sait maintenant qu'il s'agit d'une malveillance.

Cette nouvelle a été publiée le 21 décembre 1903 dans *la Vigie algérienne*. Il s'agit, à notre connaissance, avec « Djich » (cf. *Œuvres complètes*, tome I, *op. cit.*) des seules contributions de l'auteur à ce journal d'Oran. *Campement* a été repris dans *Pages d'Islam*.

Mériéma

Mériéma était venue planter sa tente noire à larges raies rouges dans le camp des « Amouriat », filles de sa tribu, aux pieds des hautes murailles fauves d'Oudarh'ir [1].

Elle avait seize ans. Grande, mince sous sa *mlahfa* bleu sombre, sa chair ambrée était encore souple et ferme. Son visage, encadré de nattes brunes, était obscur et beau. L'arc des sourcils magnifiait l'éclat des grands yeux roux, aux paupières teintes et, dans l'immobilité grave des traits, le sourire enfantin des lèvres sensuelles s'entr'ouvrait sur des dents larges et nacrées. Des cercles d'or étaient passés dans les lobes délicats de ses oreilles et, à ses poignets frêles, de larges anneaux d'argent brillaient d'un éclat terne, rehaussé par les larmes de sang des incrustations de corail.

Sous sa tente, il y avait un vieux coffre vert, à lourdes ferrures frustes, d'humbles ustensiles de ménage nomade et le lit – un grand tapis d'Aflou plié et quelques vieux coussins en laine.

Dans la grande pouillerie sauvage de ce quartier des prostituées de Figuig, Mériéma l'« Amouria » était l'unique, enviée de toutes.

De ses mains lentes, elle vaquait chaque jour aux soins de sa tente, puis, longuement, elle se parait, drapant ses loques de pauvresse sur son corps de reine.

Sous l'ombre bleuâtre de la tente, Mériéma s'asseyait, les jambes croisées, les mains abandonnées sur ses genoux.

Et, pendant des heures, elle attendait ainsi.

En face d'elle, un champ nu et poudreux, fauve, s'étendait jusqu'aux murs ocreux de la palmeraie humide de Zenaga. Là-bas, sous les dattiers sveltes, c'étaient les *séguia* murmurantes, les étangs obscurs où se reflétaient les troncs torses, les grandes frondaisons

1. Un des sept *ksour* de l'agglomération de Figuig. (*Note d'I.E.*)

bleuâtres, et les régimes d'or, superbe fécondité de la terre âpre, la poussière blonde qui reparaissait, plus près, brûlée par le soleil dévorateur.

Et les chameaux lents passaient...

NOTE

Juste un regard en passant, mais quelle justesse de regard... Ce court tableau n'a, à notre connaissance, été publié que dans *Pages d'Islam* (*op. cit.*). *Mériema* est aussi le titre d'un récit de *Sud oranais*, 1ʳᵉ partie (*Œuvres complètes*, tome I).

Deuil

Un long voile de gaze mauve, transparente, pailletée d'argent, jeté sur un foulard de soie vert tendre, encadrant un visage pâle, ovale, et ombrant la peau veloutée, l'éclat des longs yeux sombres. Dans le lobe délicat des oreilles, deux grands cercles d'or ornés d'une perle tremblante, d'un brillant humide de goutte de rosée. Sur la sveltesse juvénile du corps souple, une lourde robe de velours violet, aux chauds reflets pourpres et, pour en tamiser et en adoucir le luxe pompeux, une mince tunique de mousseline blanche brochée. La finesse des poignets, chargés de bracelets, où saignaient des incrustations de corail. Des attitudes graves, sourires discrets, beaucoup de tristesse inconsciente souvent, gestes lents et rythmés, balancement voluptueux des hanches, voix de gorge pure et modulée : Fatima-Zohra, danseuse du *djebel* Amour.

Dans une ruelle européenne d'Aflou, près du grand minaret fuselé de la nouvelle mosquée, Fatima-Zohra habitait une boutique étroite, châsse hétéroclite et délabrée de sa beauté ; un lit de France à boules polies, réhabilité par l'écroulement soyeux d'un *ferach* de haute laine aux couleurs ardentes, laide armoire à glace voilée d'étoffes chatoyantes, coffres du Maroc peints en vert et ornés de ciselures en cuivre massif, petite table basse, historiée en fleurs naïves, superbe aiguière au col élancé, fine, gracile, allumant des feux fauves dans la pénombre violette... Le rideau blanc de la fenêtre brodant de ramages légers le fond bleu du ciel entrevu.

Touhami ould Mohammed, fils du *caïd* des Ouled-Smaïl, avait transplanté là Fatima-Zohra, fruit savoureux des collines de pierre rose du *djebel* Amour.

Dans la brousse, thuyas sombres et genévriers argentés, dans le parfum pénétrant et frais des thyms et des lavandes, sous une tente noire et rouge, Fatima-Zohra était née, avait grandi, bergère insouciante, fleur hâtive, épanouie au soleil dévorateur.

Un jour d'été, près du *r'dir* rougeâtre où elle emplissait sa peau de bouc, le fils des *djouad* l'avait vue et aimée. Il chassait dans la région, avec les *khammès* de son père et les minces *sloughis* fauves. Touhami revint; il posséda Fatima-Zohra, parce qu'il était parfaitement beau, très jeune, malgré la fine barbe noire qui virilisait sa face régulière aux lignes sobres, parce qu'aussi il était très généreux, parant la beauté de la vierge primitive. D'ailleurs, c'était écrit.

Elle l'avait suivi dans la corruption de la petite cité prostituée. Elle était sans regret, ne laissant sous la tente paternelle qu'une marâtre hostile et l'éternelle misère bédouine.

Passive, d'abord, héréditairement, Fatima-Zohra était devenue une amoureuse ardente, à l'éveil de ses sens harmonieux, faits pour les voluptés.

Pour elle, Touhami laissa sa femme, jeune et belle, languir seule dans la *smala* du *caïd* Mohammed. Il brava la colère de son père, de ses oncles, la réprobation de tous les musulmans pieux. Il passait des jours et des semaines d'assoupissement voluptueux, dans le refuge de Fatima-Zohra, indifférent à tout, tout entier à l'emprise de leur sensualité inassouvie, exaspérée dans l'inaction et la solitude à deux. Il vécut ainsi, avec la grande insouciance de sa race, d'une prodigalité folle, s'endettant chez les Juifs, comptant sur son père, malgré tout.

Puis un jour, tout fut anéanti, brisé, balayé : on se battait dans le Sud-Ouest, le *beylik* avait besoin de *goums* de toutes les tribus nomades de la région. Le *caïd* Mohammed saisit cette occasion : il prétexta sa vieillesse et fit désigner son fils aîné pour commander les *goums* des Ouled-Smaïl.

Fatima-Zohra se lamenta. Touhami devint sombre, partagé entre le regret des griseries perdues et la joie orgueilleuse de partir pour la guerre.

La guerre! Dans l'esprit de Touhami, ce devait être quelque chose comme une grande fantasia très dangereuse, où on pouvait mourir, mais d'où on revenait parfois couvert de gloire et de décorations. Lui comptait sur sa chance.

Il fallait partir tout de suite, et les amants se résignèrent à l'inévitable. Leur dernière nuit fut ineffable : extases douloureuses finissant dans les larmes, serments très jeunes, très naïfs, très irréalisables...

Le large disque carminé du soleil nageait, sans rayons dans l'océan pourpre de l'aube. De petits nuages légers fuyaient, tout frangés d'or, sous le vent frais des premiers matins d'automne, et de grandes ondes de lumière opaline roulaient dans la plaine, sur l'alfa houleuse.

Les *goumiers*, en *burnous* blancs ou noirs, encapuchonnés, silhouettes archaïques, traversèrent le village, sur leurs petits chevaux maigres, nerveux, que les longs éperons de fer excitaient à plaisir. En tête, Touhami faisait cabrer son étalon noir. Il avait grand air, avec ses *burnous* et son *haïk* de soie blanche, sa veste bleue toute chamarrée d'or et sa selle en peau de panthère brodée d'argent. Il était heureux maintenant, et son visage rayonnait : il commandait des hommes, il les menait au combat.

Les belles filles ouvraient leurs portes pour dire adieu aux cavaliers qui passaient, amants anciens, amants de la veille, qui leur souriaient, très fiers eux aussi.

Parée et immobile comme une idole, les joues pâles et les paupières gonflées de larmes, Fatima-Zohra attendait sur son seuil, depuis une heure, depuis que la destinée de Dieu avait arraché Touhami à sa dernière étreinte.

Ils échangèrent un adieu discret, rapide, poignant... Les yeux de Touhami se voilèrent. Il enleva furieusement son cheval. Tout le *goum* le suivit, galopade échevelée, animée de grands cris joyeux, accompagnés des you-you déjà lointains des femmes.

Les mois s'écoulèrent, monotones, mornes pour Fatima-Zohra esseulée, pleins de désillusion pour Touhami.

Au lieu de la guerre telle qu'il l'avait rêvée, telle que la comprennent tous ceux de sa race, au lieu de mêlées audacieuses, de grandes batailles, au lieu d'escarmouches hardies, de longues marches à travers les *hamada* désolées, sur les pistes de pierre du Sud oranais.

Tantôt les *goums* escortaient les lents convois de chameaux, ravitaillant les postes du Sud, tantôt ils se lançaient à la poursuite de *djich* insaisissables, de *harka* qu'on ne joignait jamais... quelques rares fusillades, avec les bandits faméliques qui se cachaient, quelques captures faciles de tentes en loques, pouilleuses, hantées de vieillards impotents, d'enfants affamés, de femmes qui hurlaient, qui embrassaient les genoux des *goumiers* et de leurs officiers français, demandant du pain. Pas une bataille, pas même une rencontre un peu sérieuse. Une fatigue écrasante et pas de gloire.

Touhami s'ennuyait, il s'impatientait, souhaitant le retour aux étreintes de Fatima-Zohra.

Un défilé aride sous un ciel gris, entre des montagnes en entablements rectilignes de roches noirâtres, luisantes. Quelques rares buissons de thuyas, de chevelures grises d'alfa. Un grand vent lugubre glapissait, dans le silence et la solitude. La nuit était prochaine, et le *goum* se hâtait, maussade, sous la pluie fine ; c'était la dure abstinence du *Ramadhan*, en route et par un froid glacial.

Tout à coup, une détonation retentit, sèche, nette, toute proche. Une balle siffla, l'officier cria : « Au trot ! » Le *goum* fila pour occuper une colline et se défendre. Une autre détonation, puis un crépitement continu, derrière les dentelures d'une petite arête commandant le défilé. Un cheval tomba. L'homme galopa à pied. Un autre roula à terre. Un cri rauque et un bras brisé lâcha les rênes d'un cheval qui s'emballa.

L'œuvre de mort était rapide, sans entrain encore, puisque sans action de la part des *goumiers*. Quand ils eurent abrité leurs chevaux derrière les rochers, les Ouled-Smaïl vinrent se coucher dans l'alfa : enfin, ils ripostaient. Et ils tirèrent avec rage, cherchant à deviner la portée des coups, criant des injures au *djich* invisible. Une joie enfantine et sauvage animait leurs yeux fauves : ils étaient en fête.

Touhami avait voulu rester à cheval, à côté de l'officier, calme, soucieux, qui allait et venait, songeant aux hommes qu'il perdait, à la situation peut-être désespérée du *goum* isolé. Il n'avait pas peur et les *goumiers* l'admiraient, parce qu'il était très crâne et très simple, et parce qu'ils l'aimaient bien.

Touhami, au contraire, riait et plaisantait, tirant à cheval, maîtrisant sa bête qui, à chaque coup, se cabrait, les yeux exorbités, la bouche écumante. Il ne pensait à rien qu'à la joie de pouvoir dire aux siens, plus tard, qu'il s'était battu.

— Mon lieutenant, tu entends les *mouches à miel*, qu'elles sifflent autour de nous !

Touhami plaisanta les balles, faisant sourire le chef. Il arma son fusil, visant dans un buisson qui semblait remuer... Puis, tout à coup, il lâcha son arme et porta ses deux mains à sa poitrine, se penchant étrangement sur sa selle. Il vacilla un instant, puis tomba lentement, s'étendant sur son dos, de tout son long, pour une dernière convulsion. Ses yeux restèrent grands ouverts comme étonnés, dans son visage très calme.

— Pauvre bougre!

Et le lieutenant regretta l'enfant nomade qui désirait tant se battre et à qui cela avait si mal réussi.

L'étalon noir s'enfuit dans la vallée où il sentait les autres chevaux.

Sous les voûtes basses, blanchies à la chaux, des lampes fumeuses répandent une faible clarté, laissant dans l'ombre les angles de la salle.

Des nomades vêtus de laines blanches, des spahis superbement drapés de rouge, des *mokhazni* en *burnous* noir s'alignent le long des murs, accroupis sur des bancs. Silencieux, attentifs, ils écoutent, ils regardent. Parfois, un œil s'allume, une paupière bat, le désir pâlit un visage.

La *r'aîta* bédouine pleure et gémit, tour à tour désolée, déchirante, haletante, râlant comme un spasme de volupté. Et, comme un cœur oppressé, le tambourin accélère son battement, devient frénétique et sourd... Des fumées de tabac, des relents de benjoin alourdissent l'air tiède.

Parée comme une épousée, toute en velours rouge et en brocart d'or, sous son long voile neigeux, Fatima-Zohra danse, lente, onduleuse, toute en volupté. Ses pieds glissent sur les dalles, avec le cliquetis clair des lourds *khalkhal* d'argent, et ses bras frêles agitent, comme des ailes, deux foulards de soie rouge. La lueur douteuse des lampes jette des traînées de sang, des coulées de rubis dans les plis de la tunique de la danseuse.

Mais Fatima-Zohra ne sourit pas. Elle est pâle, muette et son regard est sombre. Elle danse, allumant les désirs de tous ces mâles, dont l'un sera son amant pour cette nuit. Mais en elle, rien ne vibre, rien ne s'émeut. Un matin trouble de fin d'automne, sous la pluie, une troupe d'hommes en loques, montés sur des chevaux fourbus, a traversé, maussade et silencieuse, le village...

Et l'un d'eux lui a conté comment Touhami ould Mohammed est mort par une soirée néfaste de *Ramadhan*, dans un défilé désert du Moghreb lointain.

NOTE

Écrite à Aflou en décembre 1903, cette nouvelle paraît le 25 janvier 1904 dans *la Dépêche algérienne*. Quatre ans plus tard c'est une version très légèrement modifiée (quelques mots varient) que Barrucand choisira pour *Notes de route* (*op. cit.*). Il en changera le titre (*Dan-*

seuse). Et enfin, une troisième version, assez différente celle-là, en fut donnée dans *Pages d'Islam* (*op. cit.*), cette fois sous le titre *Fiancée*. L'éditeur précise en 1920 que « *Fiancée* est le premier état du récit ». Nous la publions ici en variante.

Variante : Fiancée

Mohammed passa sa main droite sur sa fine barbe naissante.

– Tiens, dit-il solennellement, que l'on me rase celle-ci et que je devienne semblable à une femme, si je ne tiens pas parole, et si je ne te fais pas entrer sous la tente de mon père, ô Emmbarka! Si je t'oublie, que mes deux yeux deviennent aveugles et que je finisse ma vie en mendiant au nom de Dieu!

Emmbarka, affalée sur le lourd *ferach* multicolore, pleurait lentement.

Son corps avait la sveltesse gracile de la jeunesse, et son visage ovale, à la peau ambrée et veloutée, était d'une fraîcheur charmante. Ses yeux, très longs et très noirs, étaient rougis par les larmes qu'elle ne cessait de verser depuis la veille, quand Mohammed était venu lui annoncer son départ pour le Sud oranais, avec le *goum* de sa tribu.

– Oui, tu dis cela maintenant, et puis tu vas partir pour la guerre, et si même Dieu te ramène vivant, tu auras oublié Emmbarka, la pauvre Emm-barka qui n'est rien!

Mohammed se pencha vers elle et l'enlaça, essuyant tendrement ses larmes.

– Ne pleure pas, la vie et la mort, et le cœur de l'homme sont entre les mains de Dieu. Quant à moi, je n'ai qu'une parole, et Dieu me maudisse, si j'oublie les serments du jour présent! Pour toi j'ai laissé dans l'abandon ma femme, mère de mon fils, et j'ai été sans cesse tracassé par mon père... Reste en paix, Emmbarka, et attends mon retour, en comptant sur Dieu et sur moi!

Comme il allait s'attendrir, Mohammed se leva et sortit brusquement; il ne convenait pas à un homme, à un *djouad*, de pleurer devant une femme.

Et Emmbarka demeura seule dans sa misérable chambre, boutique blan-chie à la chaux, dans l'une des ruelles boueuses et désertes d'Aflou.

Quelques mois auparavant, comme il chassait dans la montagne, Mohammed ould Abdel Kader, fils d'une des plus grandes tentes du *djebel* Amour, avait rencontré Emmbarka près d'un *redir* où elle emplissait sa grande amphore de terre cuite. A peine nubile, sous ses haillons de nomade, Emmbarka était déjà belle et Mohammed l'avait convoitée. Elle avait cédé, avec la passivité des filles de sa race : Mohammed était beau, jeune, de haute lignée et généreux, de cette insouciante générosité arabe qui touche à la prodigalité.

Comme il rentrait à Aflou, elle l'avait suivi, s'installant parmi les filles de joie dont les robes aux couleurs éclatantes jettent leur note gaie sur le fond de pierre grise, de terre rosée et de verdure sombre de cette minuscule capitale prostituée traditionnellement.

Et Mohammed, quittant la tente paternelle sous tous les prétextes imaginables, venait la rejoindre, obstinément, malgré la colère de son père et les remontrances de tous les notables musulmans.

Entre Mohammed et Emmbarka était né un de ces étranges amours, violent et tendre à la fois, comme il y en a tant entre Arabes de sang noble, de situation en vue, et prostituées obscures.

Mohammed comblait sa maîtresse de cadeaux, s'endettant pour elle, bravant avec une rare audace les suites de sa conduite.

L'ordre de partir avec le *goum* de son oncle le *caïd* avait surpris Mohammed en plein rêve. Il obéissait, à contrecœur ; quelques mois auparavant il fût parti heureux, plein d'entrain et d'orgueil : pour lui c'était la guerre, sous son aspect attirant et grisant de grande fantasia dangereuse.

*

... Le soleil se levait à peine, tout rouge, au-dessus des collines pierreuses, colorées de teintes virginales, d'un rose pâle, infiniment limpide. Le premier vent frais d'automne murmurait dans les peupliers argentés, le long des avenues françaises.

Les nomades en *burnous* blancs ou noirs, encapuchonnés, défilèrent sur leurs maigres petits chevaux ardents.

Ils étaient fiers de leurs cartouchières et de leurs fusils, les *goumiers*, et ils traversèrent sans nécessité toute la ville attirant les femmes mal éveillées sur le seuil de leurs portes. Et c'étaient des adieux sans fin, des plaisanteries échangées au passage, avec les belles tatouées.

Mohammed excitait à plaisir son bel étalon bai qui bondissait joyeusement à la tête du *goum*. Avec sa veste bleu de ciel, toute chamarrée d'or, ses bottes rouges et ses *burnous* de fine soie blanche, le nomade avait grand air. Son *lithoua* de mousseline immaculée encadrait son visage régulier et pur, aux méplats de bronze poli, et adoucissait d'une ombre légère l'éclat superbe de ses yeux roux.

Devant la porte d'Emmbarka, il s'arrêta et se penchant sur sa selle en peau de panthère brodée d'argent, il dit un adieu ému et discret à Emmbarka qui attendait là depuis l'aube, parée et immobile comme une idole sous ses mousselines transparentes et ses foulards de brocart.

Pâle et soucieuse, elle lui sourit et le suivit des yeux, tant qu'il fut en vue, caracolant parmi ses hommes, sur le plateau grisâtre que les thuyas piquaient de taches sombres.

*

Les jours et les semaines s'écoulèrent, monotones pour Emmbarka, pleins d'imprévu d'abord pour Mohammed, puis voilés de lourd ennui.

En effet, il avait vite éprouvé une grande désillusion : au lieu des escarmouches rêvées, des coups de fusil et des exploits de guerre, il avait été astreint à de longues marches lentes, sans charme, sur les pistes désertes de l'extrême Sud, à la suite des convois de chameaux.

Pas la moindre attaque, seuls quelques coups de fusil entendus de loin, parfois.

Les *goumiers* impatients descendirent jusqu'à Beni-Abbès sans encombre. Puis, on les envoya à Béchar : là, sûrement, la poudre parlerait. Il n'en fut rien, et ils rentrèrent mécontents et las. Puis, ce fut vers Ich et Attatiale qu'on les lança. On parlait d'une *harka* importante de Beni-Guil à poursuivre... Les goumiers trouvèrent, après des marches forcées dans la montagne et la brousse, une quinzaine de tentes délabrées et pouilleuses, quelques vieillards impotents et des femmes qui se jetaient à leurs pieds en se lamentant et en demandant du pain.

Le soir, autour des feux clairs, dans leurs campements de hasard, les cavaliers du *djebel* Amour commençaient à murmurer : décidément, ou bien les *roumis* avaient peur des bandits de l'ouest, ou bien ils ne savaient pas faire la guerre, puisqu'ils n'attaquaient pas, perdant le temps en marches inutiles !

Les nomades primitifs ne comprenaient rien à cette guerre moderne, doublée de politique, à cette « police » pacifique en plein territoire étranger. Si on les avait laissés faire, eux, c'eût été bien autre chose : puisque c'étaient les Beni-Guil, les Doui-Ménia dissidents, les terribles Oueld-Djerir et les insaisissables Beraber qu'on devait combattre, ils les auraient cherchés et exterminés, jusqu'au fond du Tafilala !

*

Comme le *goum* rentrait de Béchar, par une journée brumeuse et froide, il s'engagea dans un défilé pierreux, entouré de collines peu élevées, arides.

Les chevaux fatigués avançaient lentement, la tête basse. C'était le *ramadhan*, et les *goumiers*, que le jeûne rendait maussades, se taisaient, roulés dans leurs *burnous* poudreux.

Brusquement, deux ou trois coups de feu crépitèrent dans le silence. Un cheval s'abattit.

L'officier arrêta le convoi et les *goumiers* firent face au coteau déchiqueté où devait être l'ennemi invisible.

Le feu recommença, habile, meurtrier. Les *goumiers* ripostaient avec entrain, mais leurs balles devaient se perdre inutilement dans les rochers, tandis qu'ils étaient vus, donc fusillés à coup sûr.

Bien peu d'entre les cinquante *goumiers* du *djebel* Amour s'échappèrent, avec leur officier français blessé, du sinistre défilé.

Bou Hafs, le cousin de Mohammed, ne l'avait pas quitté un instant. Le cœur du nomade bondissait de joie et d'émotion : enfin, c'était la guerre, la vraie guerre, et il tirait comme les autres, au hasard, criant des injures aux bandits, aux lâches qui n'osaient se montrer.

Quand Mohammed, la poitrine traversée par une balle, roula sur le sol pierreux, le *goum* fuyait. Bou Hafs sauta à terre, saisit le corps de son cousin et le jeta en travers de sa selle. Puis, remontant à cheval, sous une grêle de plomb, il rejoignit le *goum* au galop.

– Les chiens ne se moqueront pas du fils d'Abdel Kader! dit Bou Hafs.

Et Mohammed dormit son dernier sommeil sur le bord de la route de Béchar, dans la terre rouge.

*

Le soir d'hiver tombait, fuligineux, sur Aflou. Une vingtaine de cavaliers loqueteux passèrent au grand trot sur leurs chevaux fourbus. Sombres, ils répondaient à peine aux questions des femmes accourant en masse, vol gracieux de papillons multicolores.

Emmbarka, pâlie et maigrie, questionna du geste Bou Hafs qui passait, silencieux, drapé dans un grand *burnous* noir tout en lambeaux.

— Dieu lui accorde sa miséricorde!

Et Bou Hafs continua son chemin, sans même se retourner au long cri de bête blessée d'Emmbarka. Elle se déchirait le visage, affalée à terre, devant sa porte, repoussant les femmes qui essayaient de la consoler...

*

Emmbarka, parée de soie rose et de foulards lamés d'or, sous ses longs voiles de mousseline brodée, glisse sur les dalles, tandis que ses hanches ondulent voluptueusement.

Sur un banc, une *rhaïta* criarde jette sa note de grande tristesse sauvage, soutenue par le battement sonore des tambourins. Et Emmbarka récolte des pièces blanches que les hommes lui glissent entre les lèvres.

En attendant que quelque spahi ou quelque bédouin l'appelle pour une nuitée d'amour, elle retourne ensuite à son banc. Mais son œil est sombre, ses lèvres sans sourire : elle se souvient toujours du beau Mohammed, l'amant élu qui dort là-bas dans le Moghreb lointain.

Le Vagabond

Un matin, les pluies lugubres cessèrent et le soleil se leva dans un ciel pur, lavé des vapeurs ternes de l'hiver, d'un bleu profond.

Dans le jardin discret, le grand arbre de Judée tendit ses bras chargés de fleurs en porcelaine rose.

Vers la droite, la courbe voluptueuse des collines de Mustapha s'étendit et s'éloigna en des transparences infinies.

Il y eut des paillettes d'or sur les façades blanches des villas.

Au loin, les ailes pâles des barques napolitaines s'éployèrent sur la moire du golfe tranquille. Des souffles de caresse passèrent dans l'air tiède. Les choses frissonnèrent. Alors l'illusion d'attendre, de se fixer, et d'être heureux, se réveilla dans le cœur du Vagabond.

Il s'isola, avec celle qu'il aimait, dans la petite maison laiteuse où les heures coulaient, insensibles, délicieusement alanguies, derrière le moucharabié de bois sculpté, derrière les rideaux aux teintes fanées.

En face, c'était le grand décor d'Alger qui les conviait à une agonie douce.

Pourquoi s'en aller, pourquoi chercher ailleurs le bonheur, puisque le Vagabond le trouvait là, inexprimable, au fond des prunelles changeantes de l'aimée, où il plongeait ses regards, longtemps, longtemps, jusqu'à ce que l'angoisse indicible de la volupté broyât leurs deux êtres ?

Pourquoi chercher l'espace, quand leur retraite étroite s'ouvrait sur l'horizon immense, quand ils sentaient l'univers se résumer en eux-mêmes ?

Tout ce qui n'était pas son amour s'écarta du Vagabond, recula en des lointains vagues.

Il renonça à son rêve de fière solitude. Il renia la joie des logis de hasard et la route amie, la maîtresse tyrannique, ivre de soleil, qui l'avait pris et qu'il avait adorée.

Le Vagabond au cœur ardent se laissa bercer, pendant des heures et des jours, au rythme du bonheur qui lui sembla éternel.

La vie et les choses lui parurent belles. Il pensa aussi qu'il était devenu meilleur, car, dans la force trop brutalement saine de son corps brisé, et la trop orgueilleuse énergie de son vouloir alangui, il était plus doux.

... Jadis, aux jours d'exil, dans l'écrasant ennui de la vie sédentaire à la ville, le cœur du Vagabond se serrait douloureusement au souvenir des féeries du soleil sur la plaine libre.

Maintenant, couché sur un lit tiède, dans un rayon de soleil qui entrait par la fenêtre ouverte, il pouvait évoquer tout bas, à l'oreille de l'aimée, les visions du pays de rêve, avec la seule mélancolie très douce qui est comme le parfum des choses mortes.

Le Vagabond ne regrettait plus rien. Il ne désirait que l'infinie durée de ce qui était.

** *

La nuit chaude tomba sur les jardins. Un silence régna, où seul montait un soupir immense, soupir de la mer qui dormait, tout en bas, sous les étoiles, soupir de la terre en chaleur d'amour.

Comme des joyaux, des feux brillèrent sur la croupe molle des collines. D'autres s'égrenèrent en chapelets d'or le long de la côte; d'autres s'allumèrent comme des yeux incertains, dans le velours d'ombre des grands arbres.

Le Vagabond et son aimée sortirent sur la route, où personne ne passait. Ils se tenaient par la main et ils souriaient dans la nuit.

Ils ne parlèrent pas, car ils se comprenaient mieux en silence.

Lentement, ils remontèrent les pentes du Sahel, tandis que la lune tardive émergeait des bois d'eucalyptus, sur les premières ondulations basses de la Mitidja.

Ils s'assirent sur une pierre.

Une lueur bleue coula sur la campagne nocturne et des aigrettes d'argent tremblèrent sur les branches humides.

Longtemps, le Vagabond regarda la route, la route large et blanche qui s'en allait au loin.

C'était la route du Sud.

Dans l'âme soudain réveillée du Vagabond, un monde de souvenirs s'agitait.

Il ferma les yeux pour chasser ces visions. Il crispa sa main sur celle de l'aimée.

Mais, malgré lui, il rouvrit les yeux.

Son désir ancien de la vieille maîtresse tyrannique, ivre de soleil, le reprenait.

De nouveau, il était à elle, de toutes les fibres de son être.

Une dernière fois, en se levant, il jeta un long regard à la route : il s'était promis à elle.

... Ils rentrèrent dans l'ombre vivante de leur jardin et ils se couchèrent en silence sous un grand camphrier.

Au-dessus de leurs têtes, l'arbre de Judée étendit ses bras chargés de fleurs roses qui semblaient violettes, dans la nuit bleue.

Le Vagabond regarda son aimée, près de lui.

Elle n'était plus qu'une vision vaporeuse, inconsistante, qui allait se dissiper dans la clarté lunaire.

L'image de l'aimée était vague, à peine distincte, très lointaine. Alors, le Vagabond, qui l'aimait toujours, comprit qu'il allait partir à l'aube, et son cœur se serra.

Il prit l'une des grandes fleurs en chair du camphrier odorant et la baisa pour y étouffer un sanglot.

*
* *

Le grand soleil rouge s'était abîmé dans un océan de sang, derrière la ligne noire de l'horizon.

Très vite, le jour s'éteignit, et le désert de pierre se noya en des transparences froides.

En un coin de la plaine, quelques feux s'allumèrent.

Des nomades armés de fusils agitèrent leurs longues draperies blanches autour des flammes claires.

Un cheval entravé hennit.

Un homme accroupi à terre, la tête renversée, les yeux clos, comme en rêve, chanta une cantilène ancienne où le mot *amour* alternait avec le mot *mort*...

Puis, tout se tut, dans l'immensité muette.

*
* *

Près d'un feu à demi éteint, le Vagabond était couché, roulé dans son *burnous*.

La tête appuyée sur son bras replié, les membres las, il s'abandonnait à la douceur infinie de s'endormir seul, inconnu parmi les hommes simples et rudes, à même la terre, la bonne terre berceuse, en un coin de désert qui n'avait pas de nom et où il ne reviendrait jamais.

NOTES

Je suis toujours triste quand je quitte un endroit où j'ai souffert, disait, en substance, Isabelle Eberhardt. Elle laisse ce texte comme une lettre d'adieu alors qu'elle est déjà en route pour son dernier voyage.

A Kenadsa, peut-être, sa longue quête mystique approche de son but.

Daté de Aïn Taga, avril 1904, *le Vagabond* paraît le mois suivant (3 mai) dans *la Dépêche algérienne*. V. Barrucand l'a repris dans l'*Akhbar* le 28 janvier 1906 puis dans *Pages d'Islam* (*op. cit.*) sous le titre *la Rivale*.

Le Paradis des Eaux

Des négresses au corps mince et souple dansaient, baignées de lueurs bleuâtres. Dans les visages très noirs, l'émail de leurs dents brillait en de singuliers sourires.

Elles drapaient leurs formes grêles en de longs voiles rouges, bleus ou jaune soufre qui s'enroulaient et se déroulaient au rythme bizarre de la danse et flottaient au vent, devenant parfois diaphanes comme des vapeurs.

Leurs mains sombres agitaient les doubles castagnettes en fer des fêtes soudanaises.

Tantôt les castagnettes battaient en une cadence sauvage, tantôt, elles se heurtaient sans bruit.

... Mais les négresses se détachèrent peu à peu du sol et flottèrent dans l'air. Leurs corps s'allongèrent, se tordirent, se déformèrent, tourbillonnant comme les poussières du désert aux soirs de siroco. Enfin, elles s'évanouirent dans l'ombre des poutres enfumées, sous le plafond...

Les yeux du vagabond s'ouvrirent péniblement. Son regard erra sur les choses. Il cherchait les étranges créatures qui, quelques instants auparavant, dansaient devant lui.

Il les avait vues, il avait entendu leurs rires de gorge semblables à de sourds gloussements, il avait senti sur son front brûlant les souffles chauds que soulevaient leurs voiles.

Elles avaient disparu, laissant au vagabond le souvenir d'une angoisse inexprimable.

Où étaient-elles maintenant?

L'esprit fatigué du vagabond cherchait à sortir des limbes où il flottait depuis des heures ou depuis des siècles, il ne savait plus.

Il lui semblait revenir d'un abîme noir où vivaient des êtres, où flottaient des choses subissant des lois différentes de celles qui régissent le monde de la réalité...

Le cerveau surchauffé du vagabond s'efforçait douloureusement de chasser les visions troubles.

Un grand silence pesait sur la *zaouïya* accablée de sommeil. C'était l'heure mortelle de midi, l'heure des mirages et des fièvres d'agonie. La chaleur s'épaississait sur les terrasses en *toub* incandescente et sur les dunes qui scintillaient au loin. On avait couché le vagabond malade sur une natte, dans un réduit donnant sur une terrasse haute. La petite pièce s'ouvrait toute grande sur le ciel de plomb et sur le désert de pierre et de sable qui brûlait sous le soleil.

... Aux poutrelles de palmier du plafond, on avait suspendu une outre en peau de bouc.

L'eau s'égouttait lentement dans un grand plat en cuivre posé par terre. Toutes les minutes, la goutte tombait, résonnant sur le métal, avec un bruit clair et régulier, d'une monotonie de tic-tac d'horloge d'hôpital ou de prison.

Ce bruit causait au vagabond une souffrance aiguë, comme si la goutte obstinée tombait sur son crâne en feu.

Accroupi auprès du malade, un esclave noir soudanais, aux joues ornées de profondes entailles, agitait en silence un chasse-mouches en crin teint au henné.

Le vagabond regardait l'esclave. Pendant des instants, longs comme des années, il imaginait la volupté qu'il éprouverait quand l'esclave aurait enlevé le plat, sur son ordre, et quand la goutte d'eau tomberait sur le sol battu, avec un bruit mat.

Mais le vagabond ne pouvait parler et la goutte tombait toujours, inexorable, sonnant sur le cuivre poli.

Mais les poutrelles du plafond s'évanouirent. Maintenant, c'étaient des palmes d'un bleu argenté qui se balançaient et bruissaient au-dessus de la tête du vagabond.

Autour des troncs ciselés des dattiers, sous les frondaisons arquées, des pampres très verts s'enroulaient et des grenadiers en fleurs saignaient dans l'ombre.

Le vagabond était couché dans une *séguia*, sur de longues herbes aquatiques, molles et enveloppantes comme des chevelures de femmes.

Une eau fraîche et limpide coulait le long de son corps et il s'abandonnait voluptueusement à la caresse humide.

Une autre *séguia* coulait à portée de sa bouche. Parfois, sans faire un mouvement, il recevait l'eau glacée entre ses lèvres.

Il la sentait descendre dans son gosier desséché, dans sa poitrine où s'éteignait, peu à peu, l'intolérable brûlure de la soif.

... L'eau! L'eau bienfaisante, l'eau bénie des rêves délicieux!

... Le vagabond s'abandonnait aux visions nombreuses, aux extases lentes du *Paradis des eaux*, où il y avait d'immenses étangs glauques sous des dattiers gracieux, où coulaient d'innombrables ruisseaux clairs, où des cascades légères ruisselaient des rochers couverts de mousses épaisses et où, de toutes parts, des puits grinçaient, répandant alentour des trésors de vie et de fécondité...

Quelque part, très loin, une voix monta, une voix blanche qui glapissait dans le silence.

Elle venait des horizons inconnus, à travers les verdures et les ombrages éternels du *Paradis des eaux*. La voix troubla le repos du vagabond. De nouveau, ses yeux s'ouvrirent sur la petite chambre d'exil.

La voix s'affirma réelle, monta : l'homme des mosquées annonçait la prière du milieu du jour.

L'esclave dressa l'index noir de sa main droite et attesta tout haut l'unité de Dieu et la mission prophétique de Mohammed.

Puis il se leva, drapant son grand corps d'ébène dans ses voiles blancs.

Il pria. A chaque prosternation, sa *koumia*, son long poignard marocain à lame courbe et à gaine de cuivre ciselé, heurta le sol.

Il disait : « Dieu est le plus grand » et il se prosternait, le front dans la poussière, le regard tourné vers la *guébla*.

Le vagabond suivait des yeux les gestes lents de l'esclave. Quand il eut fini de prier, le Soudanais reprit sa place auprès du malade et agita de nouveau le long chasse-mouches en crin.

Des vapeurs rousses montaient des terrasses qui se fendaient. Dans l'air immobile, lourd comme du métal en fusion, aucune brise ne passait, aucun souffle. Les vêtements blancs du vagabond étaient trempés de sueur et il sentait un poids écrasant oppresser sa poitrine.

Une soif brûlante, une soif atroce que rien ne pouvait apaiser, le dévorait. Ses membres étaient brisés et endoloris et sa tête lourde roulait sur le sac qui lui servait d'oreiller.

L'esclave trempa un lambeau de mousseline dans un vase plein d'eau et en humecta le visage et la poitrine du vagabond. Puis il versa dans la bouche quelques gouttes de thé tiède à la menthe poivrée. Le vagabond soupira et étira ses membres las. La voix du *mueddin* s'était tue sur le *ksar* accablé de chaleur.

L'esprit du vagabond plana de nouveau dans les régions vagues peuplées d'apparitions étranges, et où coulaient les eaux bénies...

**

Le jour de feu s'éteignait dans le rayonnement immense de la plaine et des collines.

Au-delà des *sebkha* de sel, les dattiers s'allumèrent comme de grands cierges noirs. De nouveau, le *mueddin* clamait son appel mélancolique. Le vagabond était tout à fait réveillé maintenant.

Les yeux aux paupières meurtries et alourdies s'ouvraient avidement sur la splendeur du soir.

Soudain, une tristesse infinie descendit dans son cœur. Des regrets enfantins l'envahirent. Il était seul, seul dans ce recoin de la terre marocaine et seul partout où il avait vécu, partout où il irait toujours.

Il n'avait pas de patrie, pas de foyer, pas de famille, ni même d'amis. Il avait passé comme un étranger et un intrus, n'éveillant que la réprobation et l'éloignement.

A cette heure, il souffrait loin de tout secours, parmi les hommes qui assistent, impassibles, à la ruine de tout ce qui les entoure et qui se croisent les bras devant la mort, la maladie, en disant : *Mektoub*.

Sur aucun point de la terre, aucun être humain ne songeait à lui, ne souffrait de sa souffrance.

Le cœur du vagabond se serra affreusement et des larmes roulèrent dans ses yeux.

Puis, plus lucide, calmé, il méprisa sa faiblesse et sourit. S'il était seul, n'était-ce pas parce qu'il l'avait souhaité, aux heures conscientes où sa pensée s'élevait au-dessus des sentimentalités du cœur et de la chair également infirmes?

Être seul, c'est être libre, et la liberté était le seul bonheur accessible à la nature du vagabond. Alors, il se dit que sa solitude était un bien et une grande paix mélancolique et douce descendit dans son âme.

**

Un souffle chaud se leva vers l'ouest, un souffle de fièvre et d'angoisse.

La tête déjà lasse du vagabond retomba sur l'oreiller.

Son corps s'anéantissait en un engourdissement presque voluptueux. Ses membres devenaient légers, flous, comme s'ils avaient peu à peu cessé d'exister.

La nuit d'été, sombre et étoilée, tomba sur le désert. L'esprit du vagabond quitta son corps et s'envola pour toujours vers les jardins enchantés et les grands bassins bleuâtres du *Paradis des eaux*.

NOTE

En juin 1904, I.E. s'enferme auprès des *marabouts* et des étudiants à la *zaouïya* marocaine de Kenadsa. Dans cette citadelle du désert, Mahmoud Saadi a gagné la confiance du *cheikh* des Ziania, Sidi Brahim ben Bou Ziane.

Les pages de *Sud oranais 2ᵉ partie* (*Œuvres complètes*, tome I, *op. cit.*) évoquent en détail l'envoûtement de ce séjour, l'immersion dans l' « ombre chaude de l'Islam ». Les fièvres exacerbent les visions. *Le Paradis des eaux* est, dans cet ensemble, un climax. Dernier rêve prémonitoire, cette version fictionnalisée, envoyée à *la Dépêche algérienne*, et jamais rééditée, annonce la mort du vagabond...

Elle paraît le 17 juillet 1904. A la fin de l'été, I.E. revient à Aïn-Sefra dans un état d'épuisement qui la contraint à entrer à l'hôpital militaire.

Joies Noires

Parfois des cris fusent des cantines du village : disputes ou chants de légionnaires en bordée.

... Ici, au « Village Nègre », les derniers bruits s'éteignent.

La pleine lune verse des flots de lumière bleue sur les maisons en *toub* grises, sur les rues vides et, tout près, sur la dune qui semble diaphane.

Par la porte d'un petit café maure encore entrouverte, une raie de lumière rouge glisse sur le sable, jusqu'au mur d'en face.

Des sons tumultueux – des sons de tam-tam et de chants – s'échappent de ce taudis blanchi à la chaux.

Nous entrons, le nègre Saadoun et moi.

... Il faut traverser la salle, grande comme une cellule, puis pénétrer dans la cour par un trou à peine praticable.

Au milieu des décombres, dans la clarté diffuse qui tombe d'en haut, un groupe de femmes s'agite.

Deux vieilles, accroupies dans l'ombre, battent du tambourin et chantent, en leur idiome incompréhensible, une mélopée infiniment traînante, coupée d'une sorte de halètement sauvage, de râles rauques, saccadés.

Trois autres négresses dansent.

L'une d'elles est jeune et belle.

Son long corps souple se tord, ondoie et se renverse lentement, avec des frémissement factices, tandis que ses bras ronds, aux chairs dures, esquissent une étreinte passionnée.

Sa tête roule alors sur ses épaules et ses larges yeux roux se ferment à demi, tandis qu'un sourire langoureux entrouvre ses lèvres sur l'émail parfait de ses dents.

Des reflets argentés courent sur les cassures des plis raides de sa longue tunique de soie bleu de ciel qui flotte autour de ses épaules, comme de grandes ailes vaporeuses.

Les lourds bijoux d'argent sonnent en cadence.

Parfois, quand elle frappe les paumes de ses mains, ses bracelets s'entrechoquent avec un bruit de chaînes.

Deux autres femmes, fanées, avec des masques de momies, secouent des voiles rouge sang sur des corps pesants.

... En face, assis le long du mur, les hommes regardent cette danse des prostituées noires, qui, comme un rite rapporté de la patrie soudanaise, revient tous les mois à la pleine lune.

Quatre ou cinq nègres, dont deux Soudanais de race pure, type de rare et décevante beauté nègre, aux traits fins, aux longs yeux roux, tout arabes. Leurs joues sont ornées de longues entailles au fer rouge et un anneau d'argent traverse le lobe de leur oreille droite.

Immobiles, impassibles, l'œil fasciné par les danses, ils regardent, sans un mot.

Les autres, *kharatine* et métis, rient avec des attitudes et des grimaces simiesques.

... Un seul Blanc parmi eux, un spahi, fine figure d'Arabe des Hauts-Plateaux, l'amant de la belle négresse.

Accoudé sur son *burnous* rouge plié, il regarde, lui aussi, en silence.

Un pli dur fronce ses sourcils arqués et les abaisse sur l'éclat de ses yeux noirs où passent les reflets changeants de ses émotions.

Tantôt, quand se pâme la négresse qui le regarde et lui sourit de temps en temps, tout le corps musclé du spahi s'étire... Tantôt, quand elle semble prêter un peu d'attention aux rires et aux plaisanteries des nègres, les mains nerveuses du nomade, qu'aucun travail n'a jamais déformées, se crispent convulsivement.

Et il ne nous voit même pas entrer. Il met toute son âme dans cette contemplation de la femme qui lui a fait oublier son foyer, ses enfants, ses amis, qui l'a pris et le retient là, dans son bouge en ruine.

A côté, dans une petite chambre voûtée, dans une niche de la muraille nue et blanche, une bougie brûle.

Sur des nattes, sur des hardes bariolées, une dizaine de nègres sont à demi couchés.

Entre eux, sur un plateau en cuivre, des verres à thé et des petites pipes de kif.

Des loques blanches sur des corps noirs aux muscles saillants comme des cordes, des voiles de mousseline terreuse autour de faces prognathiques et lippues ; çà et là, le rouge écarlate d'une *chéchiya*...

Les deux Soudanais qui étaient dans la cour nous ont suivis. Ils s'assoient côte à côte, au fond de la pièce.

L'un prend un *bendir*, un tambourin arabe, et l'autre un chalumeau.

Alors, une des négresses apporte une cassolette en terre cuite avec, sur des charbons ardents, de la poudre de benjoin et de l'écorce de cannelle.

La petite fumée bleue monte sous la voûte et emplit bientôt le réduit où s'épaissit une lourde chaleur.

Les deux nègres commencent leur musique, lentement d'abord, comme paresseusement.

Puis peu à peu, ils s'excitent. Des gouttes de sueur perlent sur leur front, les prunelles sombres de leurs yeux se dilatent et leurs narines mêmes palpitent. Ils se renversent en arrière, roulant sur la natte, comme ivres.

L'homme au tambourin élève son instrument à bras tendus, au-dessus de sa tête, et frappe, frappe, par saccades sourdes, sans cesse accélérées, jusqu'à une cadence folle.

Le joueur de chalumeau, les yeux fermés, balance sa tête coiffée du haut turban à cordelettes des nomades arabes.

Les autres chantent, sans s'arrêter, comme sans respirer, et c'est le chant haletant, le terrible chant qui, tout à l'heure, soulevait d'une ardeur sauvage la chair en moiteur des négresses.

Les pipes de kif circulent.

Peu à peu, avec le thé à la menthe poivrée, avec les fumées odorantes, les senteurs nègres, la musique et l'étouffement de la pièce, un souffle de démence semble effleurer les fronts ruisselants des nègres.

Des sursauts convulsifs les secouent tout entiers.

Tout à coup, le beau Soudanais qui jouait du tambourin semble pris de fureur. Il lance de toutes ses forces le *bendir* sur les trois petites cornes du brûle-parfums.

La peau mince se crève.

Alors des rires s'élèvent. Avec une sorte de rage, les nègres déchirent l'instrument.

... Et le chalumeau pleure, pleure à l'infini, sur un air d'une déchirante tristesse.

Je sors, la tête en feu.

Dans la cour, les femmes ont allumé un feu de palmes sèches, qui illumine d'une clarté brutale leurs contorsions lascives.

Accoudé sur son *burnous* rouge, le spahi contemple sa maîtresse plus ondoyante et plus excitée, à mesure que l'heure avance. Il n'a pas bougé, et le pli dur de ses sourcils s'est accentué.

De ce taudis noir s'exhale une sensualité violente, exaspérée jusqu'à la folie et qui finit par devenir profondément troublante.

... Dehors, tout se tait, tout rêve et tout repose, dans la clarté froide de la lune.

Il fait bon s'en aller au galop, par la brise fraîche de la mi-nuit, sur la route déserte, fuir la griserie sombre de cette terrible orgie noire.

NOTE

Les négresses de *Paradis des eaux* semblent s'incarner dans *Joies noires*. Sur cette vision se clôt le regard de l'écrivain. *Joies noires* est son dernier texte. Il paraît le 31 octobre 1904 dans *la Dépêche algérienne*, dix jours exactement après que le flot de l'inondation eut englouti Isabelle Eberhardt sous les décombres de sa maison.

La presse s'émeut de cette disparition et, en métropole, l'écrivain-nomade accède à une célébrité qu'elle n'avait jamais connue de son vivant.

TRIMARDEUR

Roman

Première Partie

Dans un coin de la salle tapissée de planches pâles, une veilleuse en argent brûlait, suspendue devant l'iconostase, une merveille de vieil art byzantin. Les ors éteints des châsses scintillaient faiblement, mettant un nimbe étrange autour des visages émaciés du Christ, de Marie et des Apôtres.

Au milieu de la pièce, deux grandes lampes éclairaient la table à nappe rouge, les verres à thé et le samovar de cuivre qui achevait sa petite chanson plaintive.

Une vingtaine de personnes causaient bruyamment, avec l'ardeur presque violente des discussions russes.

Cependant, on sentait qu'un souffle unique animait ces jeunes hommes pauvrement vêtus, avec, quelques-uns, des blouses brodées de paysans, ces jeunes femmes en simples robes noires, sans ornements, s'accoudant fraternellement parmi les hommes.

Et le maître de la maison, le philosophe néo-chrétien, Anntone Ossipow, souriait à ces enfants d'une autre génération, d'autres idées, qui se réunissaient chez lui en toute sécurité. De stature athlétique avec une large barbe blanche s'étalant sur sa *poddiovka* grise de moujik, Ossipow, très calme, ne se mêlait guère aux conversations. Une flamme allumait seule parfois ses larges prunelles bleues, le baignant tout entier d'une singulière clarté très douce.

De mœurs tolstoïennes, disciple d'un Christ à lui, anarchiste et tendre, Ossipow avait, pendant une année de famine, distribué une fortune considérable à des paysans. Puis, il était venu se réfugier dans cette vieille maison de la banlieue pétersbourgeoise où il poursuivait ses travaux d'exégèse, vivant de l'humble métier de relieur.

Il aimait la jeunesse révolutionnaire, sans partager ses convictions. Qu'importaient les dogmes, puisque, comme lui, ces nouveaux venus cherchaient passionnément la vérité, rêvant d'un idéal de justice?

Dmitri Orschanow, étudiant en médecine, restait à l'écart, silencieux. De plus en plus, les discussions le fatiguaient. La société de ses camarades lui devenait fastidieuse. Quand on lui adressait directement la parole, il avait de la peine à retenir un mouvement d'impatience.

Il avait été un des plus ardents parmi les révolutionnaires de Pétersbourg. Avec deux ou trois autres, il avait fondé un comité d'action pour faciliter les évasions de déportés politiques. Il avait été l'âme de son groupe. Tout cela était même très récent. Maintenant, sans que ses convictions se fussent modifiées, il perdait tout vouloir d'action, toute énergie. Il éprouvait un torturant besoin d'isolement, d'inaction et de silence. L'idée qu'il finirait par être soupçonné de trahison lui causait un violent dégoût : les libertaires allaient-ils se transformer en tyrans, vouloir le garder par force? N'était-il pas libre de s'en aller comme il était venu, de rentrer dans l'ombre et le silence?

Orschanow, qui appartenait à la forte race de la Russie orientale, était grand et robuste, à vingt-quatre ans. Mais sa santé s'altérait depuis quelque temps, et ses traits, d'une pâle beauté slave, toute spirituelle, se tiraient. Sous le flot châtain de ses cheveux qui retombaient sur son front, ses yeux bruns avaient pris un regard de tristesse inquiète.

Accoudé à l'appui de la fenêtre, il rêvait, n'écoutant plus ce que l'on disait autour de lui. Il avait envie de s'en aller, pour toujours [1].

Une jeune femme entra. De haute taille, d'une sveltesse forte dans sa robe bleue, elle avait un beau visage mat, tout de tranquille énergie et de bonté. Ses boucles noires, coupées de près, ombrageaient le front haut et blanc, jetant comme une ombre sur le rayonnement des grands yeux gris.

Le vieil Ossipow embrassa tendrement la jeune femme.

— Enfants, dit-il, voilà Véra Gouriéwa, ma nièce.

On la connaissait de réputation. Son père, noble, haut fonctionnaire du Sud-Est, avait épousé par calcul une riche marchande, Agrafèna Ossipow, la sœur du vieil Anntone. Toute sa vie, Gouriéwa avait gardé le regret de cette mésalliance intéressée. Il n'avait jamais aimé Agrafèna, la reléguant dans son intérieur, sans la mener

1. Ces deux dernières phrases ne figurent pas dans la version de l'*Akhbar* 1903. *(Note des éditeurs.)*

dans la société. Elle était morte jeune, lui laissant Véra. Gouriéwa avait voulu élever sa fille dans les idées de sa caste, mais une institutrice avait éveillé l'esprit de Véra à la pensée. Elle lui avait conté l'effroyable souffrance du peuple d'où elle-même sortait, elle lui avait façonné une âme ardente et forte de lutteuse.

A dix-huit ans, Véra était venue à Pétersbourg contre la volonté de son père. Elle avait commencé à étudier la médecine, vivant chez son oncle. Puis elle avait épousé un camarade, Stoïlow, d'origine bulgare. Très jeunes tous les deux, ils avaient fait un beau rêve de travail et d'apostolat communs. Mais bientôt Stoïlow, faible, indécis, s'était rallié au parti terroriste, se passionnant pour la propagande par le fait, sans trouver la force d'un geste d'audace. Cette impuissance le mena au désespoir et à la mélancolie. Dès lors, la tranquille santé morale de Véra devint un tourment pour son mari. C'était une sorte de reproche constant, malgré la douceur affectueuse de Véra. Un jour, Stoïlow avait imploré de sa femme la séparation, prétextant l'incompatibilité de leurs natures, au fond, par remords de la faire souffrir inutilement. Et ils s'étaient quittés, en camarades, sans rancune et sans haine.

A la suite de troubles universitaires, on avait exilé Véra sur la frontière sibérienne.

Elle avait demandé et obtenu d'être envoyée comme infirmière à Tioumène, au depôt des émigrants russes se rendant sur les immenses terres incultes de Sibérie. Après deux ans, elle revenait de ce premier contact avec le peuple, toute vibrante de pitié et d'énergie. Elle allait reprendre ses études interrompues.

Tous se levèrent, toutes les mains se tendirent. Chacun se présentait, se nommait lui-même. C'était presque une ovation qu'on faisait à Véra Gouriéwa, car on savait son dévouement insouciant et son tranquille héroïsme, là-bas, dans la géhenne sibérienne.

Stoïlow, présent, serra cordialement la main de Véra.

Quand tous eurent repris leurs places, on la fit parler, raconter ses impressions. Très simplement, modeste, elle disait les foules entassées dans des *izba* enfumées, sans air, les hommes, les femmes, les enfants, les malades mêlés, dans un encombrement et une saleté tels que des épidémies éclataient à chaque instant. Elle contait l'incurie criminelle, la mauvaise foi de l'administration, son hostilité tantôt perfide, tantôt féroce contre les quelques intellectuels qui, comme Véra, essayaient de faire un peu de bien, de mettre un peu d'ordre.

Pas d'hôpital, pas de médicaments, les rares médecins réduits à l'impuissance, débordés, le cimetière s'emplissant, envahissant les champs voisins, y jetant sa moisson de petites croix noires...

Un grand silence se fit. Une tristesse immense passa dans la salle claire, comme un souffle de détresse, devant ces évocations d'abandon injuste, de misère et de mort.

Mais Véra secoua, d'un beau geste d'insouciance, ses boucles noires.

— Eh, il ne faut pas se laisser désespérer. C'est là-bas qu'on vit, dans la tension perpétuelle des nerfs, de la volonté! C'est bon, la lutte. C'est une atmosphère sainte et vivifiante.

Orschanow la regardait, depuis qu'elle était entrée. Une admiration montait en lui, presque de l'envie, devant cette belle créature si saine et si forte.

Malgré l'ardente sensualité de sa nature, il gardait une grande chasteté de pensée, entretenue par le milieu où il vivait, et où la femme, égale de l'homme, était traitée en camarade et respectée comme telle.

Il se sentait simplement attiré vers Véra, parce qu'elle était une force, une santé, et parce que lui se sentait si lamentablement faible, si irrésolu, si plein d'un amer mépris pour lui-même.

Il regarda Stoïlow avec étonnement et pitié, si jaune, si maigre, l'œil enfiévré et bilieux. Comment l'amour, la tendre présence continuelle d'une telle femme ne l'avait-elle pas sauvé?

Et il songea à sa propre solitude, à l'abandon où il avait grandi et où il vivait encore. Une pitié lui vint, de lui-même, avec les images de son passé.

Le père de Dmitri, Nikita Orschanow, était un seigneur du gouvernement de Samara. Rêveur, imbu d'idées humanitaires, il s'était ruiné en coûteuses expériences de culture nouvelle, selon des systèmes perfectionnés, qui n'aboutissaient pas.

Il avait épousé Lisa Mamontow, pauvre institutrice d'origine tartare. A la naissance de son second enfant, Dmitri, elle était morte.

L'aîné, Vassily, petit homme raisonnable dès dix ans, s'était fait envoyer chez une tante, à Moscou. Dmitri resta seul, à la garde des servantes.

Très tôt, il devint rêveur, dans le silence de la grande maison, au fond d'un immense jardin devenu une forêt où l'enfant aimait à se perdre pendant des heures. Les noisetiers, les sorbiers, les houx tristes avaient formé une brousse inextricable sous les arbres de haute futaie, les chênes puissants, les tilleuls élancés, les bouleaux délicats à troncs blancs. Un étang dormait dans l'ombre, envahi de roseaux, avec tout le mystère troublant des eaux stagnantes.

Les arbres s'échelonnaient sur une pente douce, masquant la vue.

Puis, brusquement, ils finissaient, et c'était la grande Volga, large et lente qui coulait au soleil.

Sur la rive gauche, où était la petite ville de Petchal, c'était la steppe infinie, la steppe libre qui roulait sa houle d'herbes d'un horizon à l'autre.

Dans la brume diaphane des lointains, la rive opposée dressait les falaises de ses collines boisées.

Nikita Orschanow passait des mois dans ses terres éloignées, laissant Dmitri seul. L'enfant, au sortir de l'école, s'enfuyait dans le jardin ou dans la steppe. C'était là qu'il avait vécu les meilleures heures de son enfance, en d'indicibles rêveries. Il y avait un silence solennel dans tout ce vaste décor septentrional, d'une mélancolie douce. Parfois, au-dessus de la steppe, un aigle planait, puis s'arrêtait dans l'air, et Dmitri admirait le frémissement continu des ailes fauves de l'oiseau baigné dans le soleil.

Alors, une envie presque douloureuse lui venait, de se griser, lui aussi, d'espace, de courir à travers la steppe, très loin, vers les pays de rêve qu'il pressentait derrière la muraille bleue de l'horizon.

Plus tard, il se passionna pour le fleuve, devenant l'ami des matelots et des *bourlaki* (haleurs) du port fluvial.

Il aima le chantier bruyant, l'odeur résineuse des bois robustes du Nord, débités, façonnés, pour servir à la construction des grandes barques qui, dès le printemps, s'en allaient vers les villes du Midi, le long de la Volga nourricière!

Dmitri épelait avec ivresse ces noms lointains, Saratow, Tsaritsyn, Astrakan...

Il faillit pleurer, d'une émotion inconnue, quand il assista pour la première fois au départ des *bourlaki*, accompagnés par les prières et les chants solennels du clergé...

Ils chantaient, eux aussi, les *bourlaki*, sur leurs barques pavoisées... Ah! ces chants de liberté, de tristesse infinie, de sauvage audace! Ils éveillèrent tout un monde de rêveries merveilleuses dans l'âme esseulée de Dmitri, ils le charmèrent, lui donnèrent pour toujours la soif de la vie errante. Partir, partir, s'en aller au plus lointain des lointains terrestres, pas en *touriste*, en *barine* riche et désœuvré, mais en rude et pauvre matelot.

Aller, aller toujours!

Dmitri n'enviait pas Pierre Iwanowitch Rostow, le maréchal de la noblesse, qui avait, disait-on, visité toute l'Europe. Ceux dont le sort l'attirait, c'était les *stranniki*, les innombrables vagabonds, pèlerins et errants russes, et les tziganes, et les matelots, et les *bourlaki*.

*
* *

Dès son entrée à l'école, Dmitri haït cette réclusion, cet esclavage maussade. Il eut des révoltes brutales qui faillirent le faire chasser bien des fois.

Il étudia sans goût, pour ne pas déplaire à son père, qu'il aimait d'un amour étrange, presque douloureux inconsciemment.

Tout petit, il connut la pitié attendrie jusqu'à l'angoisse, pour toute souffrance, surtout pour celle des humbles, les paysans et les bêtes.

Son indignation violente devant l'injuste le rapprocha plus tard, au gymnase, de ses camarades imbus d'idées libertaires.

Il découvrit vers cette époque, dans une aile abandonnée de la maison paternelle, une vaste salle aux murs couverts de rayons où s'entassaient des livres et des manuscrits, sous la poussière grise de l'oubli : il y avait là des trésors de science ethnographique.

Vingt ans auparavant, l'oncle de Dmitri, le docteur Wladimir Orschanow, avait été exilé en Sibérie pour ses opinions libérales. Il était mort là-bas, laissant à son frère Nikita ses livres et ses études personnelles.

Dmitri passa ses nuits dans l'appartement de son oncle, à lire et à étudier, ravi et charmé par ce décor suranné, ces tentures fanées, aux teintes adoucies par vingt années d'abandon et d'obscurité...

Là, il conçut un culte passionné pour cet oncle martyr qu'il n'avait pas connu. Il résolut de l'imiter, de devenir, comme lui, médecin et apôtre.

Sincèrement, il crut se découvrir la vocation de cet apostolat humanitaire.

Ce fut plein d'énergie et d'espoir qu'il entra à la faculté de médecine de Pétersbourg.

Les deux premières années, il travailla avec acharnement, aidé par une singulière facilité d'étude.

Il prit part, dès le premier jour, aux réunions et aux entreprises révolutionnaires.

Mais l'idéal socialiste était incompatible avec sa nature. Il se modifia, s'élargit, et Dmitri se donna tout entier à l'idée anarchiste, voulant toute la liberté pour l'individu.

Pendant un temps, malgré sa jeunesse, il fut l'un des meneurs, l'initiateur de plusieurs comités d'actions, entre autres de ce Comité sibérien qui avait préparé et mené à bien plusieurs évasions restées célèbres.

Il avait été heureux, pendant cette période de sa vie d'étudiant. Son besoin de vie intégrale était satisfait, il *vivait*, de tous ses nerfs, de toute sa volonté, sans comprendre le danger de la continuelle griserie où il se maintenait.

Puis, peu à peu, insensiblement, une lassitude lui était venue... La satiété de tout assouvissement, la détente des nerfs, après une tension trop forte, trop prolongée.

Il sentit que sa vie devenait moins ardente, moins intense... Croyant à du surmenage, à de la fatigue, il avait espéré qu'en prenant du repos, cela passerait.

Il s'était refugié, pendant les vacances d'été, dans un petit bourg suburbain.

Là, s'était achevée la déroute. La plaine ensoleillée, et les bois, et l'horizon triste l'avaient repris brusquement. Il y avait retrouvé toutes les délicieuses angoisses de son enfance, les aspirations vers les ailleurs inconnus...

Alors, effrayé, il était rentré à Pétersbourg, il avait essayé de se contraindre au travail. Mais cette vie d'étudiant, cette action révolutionnaire, ces réunions, tout cela avait perdu son charme. Un morne ennui remplaça dès lors la surexcitation passée.

Dès son arrivée à Pétersbourg, Orschanow avait voulu étudier les bas-fonds urbains, essayer même d'y semer des idées saines. Il était descendu, en frère prêcheur, en apôtre, dans l'effrayante géhenne qu'il avait découverte.

Mais, à son retour de la campagne, un sombre besoin de souffrir l'avait poussé à retourner là-bas, dans les quartiers de misère, d'alcool et de prostitution. Il y alla désormais sans but, n'étudiant plus, n'essayant plus d'aucune propagande : simplement, la boue douloureuse l'attirait, maintenant il ressentait une envie torturante de s'y laisser choir, pour toujours.

Il se croyait l'un des déchus qu'il coudoyait, l'une de ces épaves humaines qui traînaient là, tout en bas, loques rejetées et foulées aux pieds.

Parfois, il luttait cependant encore. C'était la révolte dernière de tout ce qui, pendant huit ans, l'avait fait vivre, avait été sa raison d'être.

Il ne voulait pas s'avouer que la vocation qu'il s'était crue n'existait pas, que sa personnalité d'homme de science et d'action était toute factive...

C'était dans cet état esprit vague et douloureux qu'il était venu là, à cette réunion, ou plutôt qu'il s'était *obligé* à y venir, malgré la répugnance que cela lui causait.

Mais, depuis qu'il avait écouté Véra, une honte lui venait de sa faiblesse et de ce qu'il appelait encore sa lâcheté. Cette lutteuse calme et belle, consciente et heureuse de sa force, faisait renaître l'énergie de Dmitri, son besoin d'agir.

* *

Vers une heure, dans la rue, les groupes se dispersèrent. La nuit d'été, blanche comme une aube incertaine, était tiède, avec de légères senteurs de lilas. Il faisait bon et doux, dans le silence des avenues vides.

Orschanow quitta tout de suite les camarades. Il s'en alla seul, lentement.

Une sorte d'apaisement attendri s'était fait en lui, il éprouvait un soulagement subit, comme si on avait ôté de sa poitrine un poids écrasant.

Comment! A vingt-quatre ans, avec l'énergie qu'il avait souvent senti faire vibrer tout son être, avec son intelligence qu'il savait vive et pénétrante, comment avait-il pu en arriver à une inaction honteuse, à un lâche pleurnichage sur son sort, qu'il était maître de rendre beau!

Non, il fallait se secouer, dompter ses nerfs de femme malade, redevenir celui dont la volonté opiniâtre et la calme audace étonnaient les camarades, naguère encore.

D'ailleurs, Véra n'était-elle pas la secourable, l'amie prédestinée auprès de laquelle il irait désormais puiser le courage et la santé morale?

Ce fut presque avec joie qu'Orschanow rentra dans sa chambre nue, envahie par le désordre et la poussière, dans les combles d'une grande maison noire, couverte de lierre sombre...

CHAPITRE II

Les membres du Comité sibérien étaient réunis chez Arsény Makarow qui habitait un ancien atelier de photographie à toiture vitrée.

Des livres et des instruments chirurgicaux traînaient pêle-mêle sur les tables, sur les sièges.

Par les fenêtres ouvertes, la tiédeur du soir entrait. Makarow, presque un géant, aux larges yeux bleus et à l'épaisse toison blonde, arpentait la pièce, nerveusement, les mains fourrées dans sa ceinture bleue de paysan.

Il y avait là Véra Gouriéwa, qui venait d'entrer dans le Comité, Marie Garchina, petite et contrefaite, institutrice primaire, Émilie Himmelschein, une Juive rousse, très belle, au visage reposé et sérieux, Hospodian, un Arménien brun aux yeux de braise, toujours en mouvement, se donnant des attitudes tragiques, Dawidow, phtisique, l'œil soucieux et morose, et le petit Rioumine, sortant à peine du gymnase, encore presque imberbe, avec un visage dur et ferme et de beaux yeux gris fer où flambaient l'intelligence et la volonté. Celui-là ne souriait jamais.

— Que le diable vous emporte! C'est absurde! criait Makarow très excité. Orschanow, un traître! C'est idiot. Voyons, vous, Gouriéwa, et vous, Rioumine, qui êtes les plus calmes, et vous aussi, Himmelschein, qui connaissez bien Orschanow, vous fait-il l'effet d'un traître?

Véra fumait en silence. Elle sourit.

— Je ne connais Orschanow que pour l'avoir vu deux ou trois fois. Encore n'a-t-il pas desserré les dents. Tout ce que je puis dire, c'est qu'il n'y a rien, ni dans sa physionomie, ni dans ses manières, de suspect [1]...

— Ni dans ses actes non plus, trancha Émilie Himmelschein qui semblait très émue.

Dawidow, le promoteur de cette réunion, protesta.

— Mais je n'ai jamais dit qu'Orschanow était un traître! Dieu m'en préserve. Seulement j'ai dit et je répète qu'il se détache complètement de nous.

Garchina intervint, de sa voix grêle d'infirme.

— Oui, c'est vrai, et il connaît tous les secrets du Comité, et bien d'autres! Dawidow a raison, cela devient dangereux.

Hospodian se cala sur sa chaise et déclara sentencieusement :

— Ou avec nous, ou contre nous.

Émilie Himmelschein jeta sa cigarette avec colère.

— Dieu sait ce que vous dites! Ne voyez-vous pas qu'Orschanow souffre, qu'il est miné par un chagrin que nous ignorons tous? Vous avez donc emprunté aux terroristes de la génération précédente la

---

1. Ici se termine le premier manuscrit (Chemise 1). Voir note de fin, p. 513.

manie des machinations romantiques, que vous soupçonnez ainsi un camarade, pour un simple changement de caractère?

– Mais ne comprenez-vous pas qu'au contraire, s'il voulait nous trahir, il ne manifesterait pas un éloignement intempestif!

Makarow était au comble de l'agitation. Il n'était pas l'ami d'Orschanow, n'ayant avec lui aucunes relations en dehors du comité. Mais il s'emballait ainsi pour toutes les causes qui lui semblaient justes.

Il cria, s'adressant à ceux qui semblaient suspecter Dmitri :

– Alors, selon vous, que faut-il faire? Faut-il, comme dans les romans nihilistes, supprimer Orschanow?

Dawidow blêmit.

– Oh, Makarow, comme vous êtes injuste! Qui a dit cela? Il faut tirer cette affaire au clair, voilà tout.

– Si l'un de nous était *convaincu* de trahison, oui, il faudrait le supprimer, puisqu'il n'y aurait pas d'autre moyen de l'empêcher de nous perdre tous, nous, notre œuvre et les malheureux qui espèrent en nous, là-bas, et dont les vies sont entre nos mains. Mais quelle certitude absolue il faut pour oser prononcer un arrêt semblable! Dans le cas présent, il n'y a pas même, pour le moment, de présomption sérieuse. Il faut enquêter, et décider après.

Rioumine avait parlé sans passion, sèchement, avec son souci de la stricte justice.

– Il faudra l'obliger à s'expliquer clairement. Je m'en charge!

Dawidow, involontairement, gardait un ton si agressif, que Véra sourit de nouveau.

– Si vous voulez suivre mon conseil, Dawidow, laissez-moi lui parler. Dans l'état d'esprit où il est, vous n'obtiendrez rien de lui... Il ne faut pas s'échauffer.

***

En rentrant d'une course sans but, morne, à travers les rues, Orschanow trouva, glissé sous sa porte, un bout de papier, sans signature :

« A dix heures, chez moi, urgent ».

Un signe conventionnel, au coin du billet, signifiait *Makarow*.

Dmitri eut un sursaut, puis, un mouvement de colère. C'était l'interrogatoire, la torture qu'il prévoyait depuis longtemps.

Une trahison entraînait des malheurs irréparables. C'était une question de vie ou de mort.

Orschanow se jeta tout habillé sur son lit. Il songea aux membres du Comité... Dawidow, Garchina, Hospodian, ceux-là l'accuseraient, par tempérament. Les autres...

Mais comment savoir? N'étaient-ce pas des convaincus, presque des fanatiques, et le danger qu'on leur ferait entrevoir était si terrible, leur responsabilité si lourde! Si on croyait acquérir la *conviction* de sa faute, on le détruirait.

Et Orschanow sentit qu'il n'aurait rien à leur dire, rien, ni pour expliquer sa conduite, ni pour se défendre. Il sentait qu'il serait agressif et violent, qu'il se les aliénerait.

Sans avoir le courage d'aller chez Véra, il était retombé à sa lutte torturante et vaine...

Depuis quelque temps il souffrait d'ailleurs de privations et s'anémiait. Il était resté presque sans ressources, son père, complètement ruiné, ne pouvant plus rien lui envoyer... Et Dmitri ne tentait même pas de gagner quelque argent, comme les autres, par des leçons ou des traductions.

Il se coucha sans manger, dans l'obscurité, pour attendre l'heure.

Et il se prit à songer à Véra, avec une tristesse étrange. La pensée qu'elle aurait, parmi les autres, à se prononcer sur son sort, lui était d'une singulière douceur... Sa révolte et sa colère tombèrent quand il pensa que, s'il était condamné, elle aurait contribué à sa mort...

**

A dix heures, Orschanow entra chez Makarow. Tout de suite, il perçut la gêne et l'angoisse planant autour de lui. On lui serra la main en silence.

Les visages demeurèrent pâles et soucieux.

Orschanow resta debout.

De nouveau, de la colère et de l'amertume bouillonnaient en lui. Il dit brutalement :

— Vous m'avez appelé! Me voilà. Que me voulez-vous encore?

Véra parla, doucement.

— Asseyez-vous, Orschanow. Vous n'ignorez pas la gravité des intérêts — les nôtres et ceux d'autrui — qui nous lient les uns aux autres. Inutile d'insister sur la responsabilité qui nous incombe. Or, nous avons tous remarqué un tel changement dans votre attitude, que nous vous avons appelé, pour tâcher de nous expliquer.

— Dites simplement que vous me soupçonnez de trahison!

La voix d'Orschanow tremblait, son regard s'était assombri. Il souffrait horriblement.

Sa phrase jeta un froid glacial.

Mais Makarow bondit.

— Personne ne vous soupçonne! vous avez été le plus brave et le plus actif d'entre nous. Qui oserait vous faire une semblable injure?

Dawidow ne put se contenir.

— Oui, vous avez été le plus méritant d'entre nous tous. Mais, maintenant, vous menez un genre de vie mystérieux. Vous ne venez presque plus aux réunions, vous ne vous occupez plus de rien. De plus, vous disparaissez pendant des semaines. On a beau aller chez vous pour les affaires les plus urgentes, vous n'y êtes jamais, ou vous feignez de ne pas y être. Avouez que tout cela peut sembler bien étrange.

Orschanow eut une brusque révolte de son orgueil, comme jadis à l'école.

— De quel droit prétendez-vous contrôler ma vie privée? Vous vous dites libertaires, et vous voulez exercer la pire des tyrannies, espionner et juger la vie privée des hommes! Je vous récuse ce droit, entendez-vous?

Émilie Himmelschein se rapprocha.

— Orschanow, cher, ne vous fâchez pas, Dawidow, vous le savez bien, ne sait pas parler calmement. Nous vous demandons simplement la cause de l'abandon où vous laissez les affaires du groupe.

Peut-être Dmitri se fût-il calmé, mais Garchina intervint de nouveau.

— Nous n'avons pas de vie privée, nous nous devons entièrement à l'œuvre commune. Vous devez répondre.

Dmitri se leva.

— Eh bien, non, je ne dirai rien. Je n'ai rien à dire. Si vous me croyez un traître, tuez-moi. Car, c'est cela, n'est-ce pas, que vous avez à décider. Si cela vous pèse, eh bien, espionnez-moi, apprenez par vous-mêmes ce que je suis, si vous êtes assez adroits. Mais moi, je vous récuse pour juges, et je m'en vais pour toujours.

Rioumine, tranquillement, lui barra la porte. Véra s'était levée, elle força Orschanow à se rasseoir, laissant sa main sur l'épaule de l'étudiant.

Il la regardait d'en bas, et elle lui semblait très lointaine; une sorte d'extase lui vint.

Makarow vit des larmes dans les yeux de Dmitri, et un brusque attendrissement le rejeta contre les autres.

— Vous êtes inhumains! Le camarade souffre, il est peut-être à l'agonie... Qu'en savez-vous? Et vous le torturez, au nom de vos sacrés préjugés!

Véra voyait, dans le regard d'Orschanow, qu'il était bien loin des idées qu'on lui prêtait, et qu'il souffrait.

Elle se retourna :

— Que ceux qui soupçonnent Orschanow le disent enfin! dit-elle.

Il y eut un silence.

— Vous voyez bien que personne ne parle. Je vais leur expliquer, moi, votre attitude. Votre âme est ailleurs, vous avez un chagrin, une préoccupation personnelle qui vous éloigne de nos affaires. Voilà tout. Vous avez besoin de repos... Nous n'allons donc pas vous tourmenter davantage. Pour finir cette pénible scène, nous nous portons garants pour vous, Himmelschein, Makarow et moi. Si vous voulez vous éloigner du Comité pendant quelque temps, faites-le. Vous avez raison de revendiquer votre liberté.

Orschanow se leva :

— Merci à vous qui avez eu le courage d'agir comme des hommes libres... A présent, laissez-moi m'en aller. Si jamais je puis revenir, je reviendrai. Sinon, adieu!

Gauchement, sans serrer la main à personne, Orschanow sortit.

Devant la calme assurance de Véra, les autres membres du Comité s'inclinaient, par respect pour son caractère et sa droiture connus et appréciés de tous.

Un silence régna, après lequel Makarow pensa tout haut :

— Il a raison, il faut agir en hommes libres. A quoi bon tous ces décors à la Dumas père, tous ces comités avec président, vice-président, etc., etc., toute cette puérile et illogique imitation des formes gouvernementales que nous combattons?

**

Orschanow était rentré chez lui, brûlé par une fièvre intense, en proie à une sorte d'irritation amère, à une révolte profonde de tout son être. Pourquoi avait-on essayé de régler sa vie privée, de pénétrer les douloureux secrets de son cœur? Cela l'exaspérait. Les figures soupçonneuses et pédantes de Dawidow, de Garchina et de l'Arménien grimaçaient dans son délire lucide.

Cependant, quatre d'entre ces gens avaient eu le courage d'abréger sa souffrance... Véra surtout. Cette image acheva de le calmer. Il n'était plus seul, puisqu'il y avait Véra. Tôt ou tard, quand il pourrait, il irait à elle.

CHAPITRE III

Après le demi-sommeil trouble d'une nuit mauvaise Orschanow passa la journée presque entière dans le vague de l'indécision; irait-il chez Véra? Puis, une honte le retint. Comment lui dire que depuis plus de six mois, il vivait dans les plus sordides cabarets, qu'il s'enivrait avec des prostituées et des repris de justice, qu'il roulait sciemment dans l'immondice, et *que cela lui plaisait*?

Ce qui le décida à rester, ce fut l'idée très nette que, si même il fallait tout dire à Véra et chercher un refuge auprès d'elle, après, à cinq heures, il retournerait *quand même* à l'île Goutouyew, le plus pauvre des quartiers maritimes, retrouver sa maîtresse Polia... Et quand il serait avec elle, inévitablement, ils iraient au cabaret, ils se soûleraient.

Alors, puisqu'il restait le chien errant et crotté, trouvant la boue noire du ruisseau bonne et délectable, à quoi bon aller faire ce qu'il appela amèrement la « comédie », chez Véra?

*

... Polia pouvait avoir vingt ans. Ses cheveux blonds auréolaient un mince visage de souffrance et les larges yeux gris, de vrais yeux de Russe, s'ouvraient comme étonnés, presque effrayés de tant de laideurs et de misères.

A dix-huit ans, elle était entrée à la fabrique de papier des frères Kozlow. Son père et sa marâtre buvaient, ne faisant aucune attention à la fillette.

Polia subit les promiscuités délétères du logis et de l'atelier. Avant l'âge, elle fut violée par les ouvriers, comme toutes ses pareilles. Ce fut une galopade brutale de mâles insouciants, et sa santé frêle en fut ébranlée pour toujours. Elle était restée passive, comme hébétée, les sens endormis subissant les hommes avec résignation, comme une des formes de la misère. A l'église, le pope répétait bien que les filles perdues brûleraient éternellement en enfer, mais il n'indiquait aucun moyen d'éviter le rut débordant, la houle violente qui montait de toute part.

Polia buvait, comme toutes les autres et elle avait pris l'habitude de se prostituer pour de l'argent, après la fatigue de la journée.

Souvent, sortant de son indifférence, elle jurait contre sa chienne de vie, elle parlait de faire comme sa sœur Liouba, qui était en maison, chez la mère Schmidt. Au moins, on mangeait à sa faim, on se collait de la soie sur le dos et on avait chaud, en hiver, tandis qu'à la maison, c'était le besoin perpétuel, depuis que le frère Kolia était au régiment.

Un soir qu'Orschanow errait dans l'île, Polia l'avait appelé.

Lui, en proie à l'une de ses crises périodiques de sensualité, et aussi par besoin de n'être plus seul, l'avait suivie dans un hangar en ruine où de l'herbe avait poussé.

Les sens de Polia ne s'étaient pas éveillés. Les ardeurs de Dmitri la faisaient sourire, l'étonnant. D'ailleurs, Dmitri ne put savoir, même plus tard, si elle l'aimait.

Lui s'était attaché à elle, parce qu'elle incarnait pour lui la souffrance et la déchéance où il se plaisait à vivre.

Dans l'île, on appelait Polia la *Loqueteuse*, tellement ses robes étaient toujours déchirées et sales : elle dépensait en eau-de-vie tout ce qu'elle gagnait comme ouvrière et comme racoleuse.

Et, peu à peu, éprouvant dans l'ivresse un apaisement mêlé d'une étrange volupté sombre, Orschanow s'était mis à boire, avec Polia qui, le regard trouble et lointain, semblait écouter les choses, bien inintelligibles pour elle, que lui disait Orschanow, dans l'ivresse. « Elle me comprend avec son cœur », se disait-il, quand, parfois, simplement, de le voir pleurer, Polia sanglotait désespérément.

... Le lendemain de sa comparution devant le Comité sibérien, Orschanow, renonçant à aller chez Véra, retourna, vers le soir, dans la désolation laide de l'île Goutouyew, à travers le dédale des fabriques délabrées, des hangars aux vitres brisées, lugubres comme des yeux crevés...

CHAPITRE IV

D'abord, dans les milieux populaires, on s'était méfié d'Orschanow, devinant le *barine* sous les loques qu'il endossait. Puis, peu à peu, avec la sociabilité innée chez le peuple russe, et son sens de l'égalité que des siècles d'oppression n'ont pu émousser, on accepta l'ex-étudiant.

Du jour où il s'enivra *par chagrin*, il fut des leurs, et il acquit droit de cité chez les miséreux.

Ce lui fut une joie, un soulagement immense.

Un soir, n'ayant pas trouvé Polia, il erra, sans but, à travers la ville, revenant sans savoir vers la place Siennaya, le marché au foin, qui est la Cour des Miracles de Pétersbourg, le rendez-vous et le refuge de toute la lie souffrante, prostituée et criminelle de la capitale.

Quelques gouttes de pluie firent qu'Orschanow se réfugia dans un cabaret, une longue salle aux parois enfumées et luisantes, qui semblaient en bronze poli. Devant le comptoir en planches mal clouées, le patron trônait, un grand jeune homme robuste, au visage sec et bronzé, aux yeux noirs et obliques : un Tartare. Il avait le front rasé, sous un bonnet en peau de mouton, et son corps souple était sanglé dans un vieux cafetan bleu ceinturé de rouge.

Il se disait de Kazan, se faisant appeler Akhmatow, se nommant réellement *Ahmetka*, et resté musulman.

Une forte gaîté régnait chez Akhmatow, on jouait de la *balalaïka* et de l'harmonica, et des filles y venaient boire, en foulard de paysannes, traînant des galoches éculées.

Orschanow, installé dans un coin, observa avec curiosité la clientèle du cabaret. A première vue ces gens eussent pu passer pour des ouvriers, mais l'œil expérimenté d'Orschanow ne s'y trompait pas, et il se félicitait d'être entré dans ce lieu. Les études qu'il pourrait y faire, les amitiés qu'il pourrait y lier rompraient la monotonie de sa vie et de ses errances dans les milieux ouvriers.

Dans un groupe, près d'Orschanow, quelqu'un cria :
– Commençons un *maïdane* !

Au pays, Orschanow avait vu souvent des *brodiaga*, des évadés de Sibérie devenus des vagabonds.

Et ce mot caractéristique de *maïdane* qui, en Sibérie, désigne le jeu de cartes, lui dévoila tout de suite ce qu'était le cabaret d'Akhmatow : un repaire de repris de justice, de *brodiaga*.

Il savait que la plupart des évadés de Sibérie sont des vagabonds-nés, des hommes qui ne sont heureux que sur les grand'routes, pour qui la seule vie désirable et délectable est la vie errante.

Et il se sentit à son aise parmi eux, il éprouva le besoin de les connaître, de leur parler.

Parmi ceux qui jouaient aux cartes, Orschanow remarqua un homme de son âge, vêtu d'un cafetan en loques et coiffé d'un bonnet de renard usé. Malgré ces haillons, le joueur avait grand air. De haute taille, svelte, avec un profil régulier et aquilin, de longs yeux fauves et des cheveux très bruns, il avait une grâce sauvage qui attirait.

Ses camarades l'appelaient *Oriol* (aigle) ou *Tête-Perdue*.

L'*Aigle* buvait beaucoup et, vers la fin de la soirée, une dispute éclata entre lui et le patron, pour le payement.

— Tête de Veau! Front rasé! cria l'*Aigle*.

— Oui, peut-être. Et toi? Tu pues les travaux forcés!

— C'est ton chemin!

— Si j'y vais, Dieu le sait. Quant à toi, c'est sûr que tu en viens!

Puis, brusquement, avec un regard oblique vers Orschanow, ils se turent, et l'*Aigle* paya sans rechigner.

Le lendemain, Orschanow retourna chez Akhmatow, avec Pétrow, un ancien ouvrier de Goutouyew, ivrogne et devenu ce que l'on appelle dans les bas-fonds un *valet de cœur*, c'est-à-dire un voyou.

Pétrow s'était pris d'affection pour Dmitri et, comme il était connu à la Siennaya, Orschanow, accompagné de lui, ne provoqua plus aucune méfiance. C'était un *barine*, un ex-étudiant, mais il s'était mis à boire, *par chagrin*, et il préférait la société des moujiks à celle de ses semblables, les nobles et les lettrés.

Tout ce qu'on lui demandait, c'était de ne pas être un policier, et la recommandation de Pétrow suffisait pour écarter tout soupçon de ce genre.

A l'inverse de ce qui se passe en Occident, le peuple russe a de la pitié et de la sympathie pour les *déclassés* qui viennent à lui.

L'*Aigle* manifestait le plus écrasant mépris pour presque tous les clients d'Akhmatow et pour ce dernier lui-même, qu'il traitait à chaque instant de *païen* et d'*antéchrist*.

Ce soir-là pourtant, l'*Aigle* se rapprocha d'Orschanow et lui parla, l'interrogeant sur son passé, par petites phrases brèves et sèches. Les yeux fauves du *brodiaga* fixaient ceux de Dmitri, disant clairement : « Mens-tu, ou ne mens-tu pas? »

L'*Aigle* dédaignait visiblement d'interroger Pétrow sur le nouveau venu.

Orschanow disait toujours la vérité sur sa personnalité et sa vie. Cependant, il donnait sa résolution de vivre dans la « Légion dorée [1] » pour définitive.

D'ailleurs, cette idée lui plaisait, il la couvait, dans la mélancolie de ses rêveries solitaires.

---

1. La « Légion dorée » : les miséreux vivant d'expédients, de crimes et de mendicité. (*Note d'I.E.*)

L'*Aigle* poussa la politesse jusqu'à offrir à Orschanow de l'eau-de-vie. Ils jouèrent, et comme Dmitri perdait, l'*Aigle* jeta négligemment les cartes sur la table.

— Tu en as assez. Si tu as encore quelques kopecks, garde-les pour toi.

Quand ils sortirent, Pétrow félicita Orschanow.

— Tu as su gagner les bonnes grâces de l'*Aigle*, tu as de la chance ! Bien peu peuvent se vanter d'avoir bu et joué avec lui.

Et l'ancien ouvrier raconta à Dmitri ce qu'il savait du passé d'Orlow, le vrai nom de l'*Aigle*, à ce que lui-même prétendait.

Originaire du territoire des cosaques de l'Oural, Orlow avait, tout jeune, commis un meurtre passionnel. Envoyé en Sibérie, il s'était enfui, était devenu un *brodiaga*. On l'avait repris, après un nouveau crime, un acte de brigandage, cette fois. Tous les printemps, Orlow se sauvait, repris par la nostalgie de la liberté dans les bois et la steppe. L'année précédente, il avait fui de Nertschinsk avec un vieux *brodiaga*. Un peu avant Tioumène, les fugitifs se cachèrent dans un cabaret, au village de Néoplatimowka. La nuit, ils surprirent un entretien entre le cabaretier et son fils. Le moujik envoyait le jeune homme chercher la police pour arrêter les *brodiaga*. Alors, Orlow et son camarade égorgèrent le vieux et son fils, et mirent le feu au village avant de partir.

Cependant, le même Orlow avait retiré d'une rivière une femme qui se noyait et il avait toujours épargné les paysans qui lui avaient donné l'hospitalité et gardé son secret. Il y avait en lui un singulier mélange d'orgueil, de mélancolie, de cruauté et de douceur. Tantôt, il s'enivrait, faisait du tapage, devenait terrible, tantôt, pendant des semaines, il se tenait dans quelque cabaret et restait plongé en une sorte d'apathie morne, en une tristesse sans bornes.

Tous ces détails augmentèrent la curiosité et la sympathie qu'Orlow avait inspirée à Orschanow, dès le premier jour.

Ils devinrent amis.

Quand Orschanow avoua au *brodiaga* qu'il connaissait en partie son histoire, celui-ci eut un sursaut farouche.

— Fais attention, diable de nuit ! *Oriol* ne plaisante pas.

Orschanow haussa les épaules. Il parla à l'*Aigle* de Néoplatimowka, de la steppe et de la forêt.

— Écoute, dit le *brodiaga* : tous ceux qui sont ici sont des valets, des larbins toujours prêts à lécher les bottes des forts, de ceux qui savent se faire craindre. La plupart sont des misérables, des voleurs. Moi aussi, j'ai volé... mais pas dans les poches.

« Eux, ils sont lâches, malgré que *leurs visages ne sont pas à la ressemblance de l'image de Dieu*. Tu vois je ne leur parle pas. Toi, je t'ai parlé, parce que tu es triste. Tu ne ris pas à gorge déployée, comme une bête brute, quand il n'y a rien de drôle et quand les hommes ont envie de parler. Seulement, Miska, si tu vois que je te respecte, ne va pas croire que c'est pour ta science... C'est le cœur de l'homme qui importe, et non sa science. Nous tous, nous sommes des gens obscurs et pauvres d'esprit... Mais ceux qui ont du cœur, ceux-là peuvent se passer de science. N'oublie pas cela.

– Quand tu t'es enfui, étais-tu bien dans la steppe ?

Les yeux d'Orlow luirent. Il sourit.

– Surtout la dernière fois. C'était tout au commencement du printemps. J'étais avec un ancien boucher de Penu, qu'on appelle *Couteau-d'Or*. Les vieux nous avaient bien recommandé de ne pas descendre vers le sud, chez les *Manzi* (Chinois). Ils traquent les *bro-diaga* pour les rendre à la police russe. Nous avons quitté Nert-schinsk et nous sommes restés cachés pendant huit jours dans un marais, dévorés par les moustiques et tremblants de fièvre. La nuit, le bruit du vent dans les roseaux nous faisait tressaillir, car nous avions peur d'être repris. Puis, nous avons gagné la forêt. Ah, là, c'était autre chose. Nous couchions sur la mousse, sous les grands chênes, et nous nous nourrissions de poisson pêché avec des épines courbes et des ficelles en herbe tressée et de gibier pris avec des pièges que nous construisions.

Le *brodiaga* se redressa, à ces souvenirs, et ses yeux fauves s'allu-mèrent.

– Nous allions, libres, où nous voulions, sur la terre de Dieu. Nous dormions sur les feuilles sèches, sur l'herbe fine, qui sentait bon. Quand il faisait chaud, dans les bois de sapins, il y avait une odeur d'encens, comme à l'église.

Le *brodiaga* eut un geste large.

– Tout était à nous, alors, frère, la forêt, la steppe, les rivières, les grands fleuves... Quelquefois, nous montions sur un très grand arbre, et de là, nous regardions la forêt, de tous les côtés, jusqu'à l'endroit où le *ciel rejoint la terre*. Le vent pleurait, la nuit, il hurlait comme les loups, en hiver, et, quelquefois nous nous serrions l'un contre l'autre, Dieu sait pourquoi.

Les narines du *brodiaga* se dilataient, sa poitrine puissante se gon-flait à ces souvenirs.

– Moi, j'aurais aimé rester. Mais les vieux, comme mon compa-gnon *Couteau-d'Or*, savent mieux, et, il m'a traité d'imbécile, me demandant comment je ferais, en hiver. Alors, nous avons pris la route de Russie... Puis, près de Thioumène, le diable nous a embrouillés, nous avons été obligés de prendre encore le péché sur notre tête.

— Oui, je vois, vous avez brûlé Néoplatimowka...

Le *brodiaga* attacha sur Orschanow un regard long et pénétrant...

— Qui te connaît?... Et pourtant, je vois bien que tu n'iras pas *chez les chefs*, pour leur dire... Non, tu n'iras pas.

— Comment sais-tu que je n'irai pas?

— Je suis comme le renard ou la *Bête-à-trois-pieds* [1], je sens de loin les chiens de chasse.

— Alors, tu as brûlé Néoplatimowka?

— Oui... Tu comprends, moi, quand nous avons tué le vieux et son fils, pour nous sauver, je voulais partir. Mais *Couteau-d'Or* m'a dit: Non, il faut brûler le maudit village. Ils n'ont pas l'image de Dieu sur leur village, ici. Il faut brûler ceux qui vendent les malheureux...

— Mais d'où es-tu, enfin, et comment te nommes-tu?

— D'où je suis? Je n'y suis plus, là-bas. Mon nom? On m'appelle Orlow, Oriol, *Sachka-à-l'œil-vif*... Beaucoup de noms!

Le visage du *brodiaga* s'était brusquement rembruni, et Orschanow n'insista pas.

Depuis ce soir-là, l'*Aigle* devint l'ami et le compagnon d'Orschanow. Ce fut lui qui l'initia aux secrets de la Siennaya. L'*Aigle* y était comme chez lui. Il connaissait tout le monde, il était respecté et même admiré. Tout le monde savait que c'était un *brodiaga*, un évadé de Sibérie, et cela augmentait encore son prestige.

Orschanow aima la Siennaya. C'était un monde à part, on y voyait tous les types, tous les costumes, on y exerçait tous les métiers, même les plus extraordinaires. On y vendait de tout. Dès l'aube, la place était envahie. Les marchands s'installaient, qui sur des tables, sur des bancs, des planches, qui à terre. Des marchandes en *katsaveïka* [2] trouée, en mitaines, vendaient des victuailles défraîchies, des œufs pas frais, du foie rôti, des poissons salés, fumés, ou séchés, racornis... Elles débitaient de l'ail, de l'oignon cru et du pain noir, avec de la cuisine qu'elles préparaient sur des réchauds en tôle.

Les ouvriers et les rôdeurs venaient se nourrir là, pour quelques kopecks.

Des femmes, une planche chargée de pain sur la tête, traversaient

---

1. *Bête-à-trois-pieds*: loup, de l'habitude de ces animaux de courir en relevant une de leurs pattes de derrière. *(Note d'I.E.)*
2. *Katsaveïka*: sorte de *spencer* de femme en drap ou en fourrure. *(Note d'I.E.)*

la foule, en criant d'une voix traînante et aiguë : *Zalatchi! Zalat-chi!* (pain blanc).

Les célibataires gîtaient tout près, en de grandes chambrées où des bancs remplaçaient les lits. Une table grossière, couverte de graisse, quelques ustensiles de popote entassés dans un coin, des coffres en bois peint contenant les hardes des ouvriers, et, dans un coin, le grand poêle russe, en briques, servant à la fois pour la cuisine et pour le chauffage... Aux croisées, les vitres brisées étaient remplacées par du papier, des feuilles de zinc, des tampons de chiffons.

Les ouvriers s'entassaient là, dans la puanteur et l'encombrement, sans air et sans lumière.

Dehors, abandonnés, les enfants malingres, en simple chemise de toile, grouillaient, nombreux, précoces.

Les femmes, d'une pâle beauté frêle avant la puberté, vieillissaient vite enlaidissant, les chairs molles, les traits tirés.

La prostitution et l'alcool résumaient tout. C'étaient l'abominable salariat russe, le travail écrasant, dérisoirement rétribué, dans les pires conditions matérielles et morales.

C'étaient la pourriture et la déchéance de tout un peuple.

Orschanow n'allait plus là-bas en apôtre. Il n'y portait, comme à la Siennaya, du temps de l'*Aigle*, que son noir ennui, le noyant dans celui, immense et éternel, des êtres écrasés et des choses laides.

Il se sentait mieux, parmi ces gens-là, moins seul. Personne ne lui reprochait son inaction, ses stations interminables au cabaret, où il s'habituait à boire, comme les autres.

Il lui arriva de passer ainsi des semaines entières sans rentrer chez lui couchant au hasard, dans les bouges où il s'endormait, étourdi par l'alcool et l'oisiveté, insouciant.

CHAPITRE V

Près d'un mois s'était écoulé depuis qu'Orschanow avait comparu devant le Comité, et il n'avait pas trouvé le courage d'aller chez Véra.

Presque tous les jours cependant, il songeait à cela, au soulagement immense qu'il éprouverait, s'il pouvait tout avouer, mettre à nu son cœur devant elle, et si elle voulait devenir son amie, lui tendre la main. Puis, un sombre dédain de lui-même le retenait. A quoi bon aller là-bas, puisqu'il se sentait à son aise dans la boue?

Pourtant, aux heures de lucidité, Orschanow sentait bien qu'il n'était pas heureux, que cela ne pouvait durer ainsi. Il buvait, mais il n'était pas devenu un ivrogne. Il vivait avec les voyous et les repris de justice, mais il ne se sentait pas devenir leur semblable.

Ce qu'il lui fallait, ce à quoi, dans la brume grise de son existence présente, il aspirait de toute son âme, de toute la tension douloureuse de ses nerfs exaspérés, c'était *une solution définitive.*

Se résoudre enfin, redevenir étudiant, ou sombrer pour toujours en bas, devenir ouvrier ou vagabond, mais pas rester là, en suspens parmi tous ces vaincus de la vie.

Il aimait encore la vie, il avait encore besoin de lumière, d'air pur et d'espace.

Obscurément, à travers son désespoir croissant, il sentait bien cela, et c'était ce qu'il le poussait vers Véra, irrésistiblement.

* * *

Orschanow se réveilla à l'aube, dans un chantier désert où il avait dormi.

Le soleil montait, tout rouge et une lueur rose passait à la face des choses, comme une ombre de pudeur.

Il faisait tiède et doux. Dans le silence des rues encore désertes, les oiseaux sauvages s'éveillaient, et une gaîté calme montait de ce coin perdu de la banlieue.

De tout temps, Orschanow avait subi, avec une intensité extrême, l'influence des aspects extérieurs. Les jours pluvieux et gris le plongeaient en un morne ennui, tandis qu'il se sentait revivre au moindre rayon de soleil.

Ce jour-là, dans la lumière opaline du matin, Orschanow sentit une joie sans cause, presque un attendrissement sourd en lui.

Pourquoi se laissait-il aller au désespoir? Pourquoi cherchait-il la torturante laideur chez les êtres et dans les choses, quand il eût fallu au contraire se griser de toutes les beautés, respirer à pleins poumons l'air et la lumière chaude, vivifiante?

Et, très tôt, il alla chez Véra.

La chambre de l'étudiante, très grande, peinte en bleu pâle avec d'humbles rideaux d'indienne blanche à petites fleurs roses, ne contenait qu'un étroit petit lit, une table en sapin, un bureau, des casiers et des rayons chargés de livre, sur le mur. Deux fenêtres ouvertes donnaient sur la joie du jardin en fleurs, où se jouait le soleil, à travers les branches, entrant à flots dans la pièce.

Véra, en simple robe bleu sombre, achevait la correction d'un article sur l'émigration des paysans en Sibérie, promis à une revue. Elle fumait son éternelle cigarette, écrivant d'une main rapide, sabrant parfois nerveusement le texte, à l'encre rouge.

Quand Orschanow entra, Véra ne parut pas surprise.

– Soyez le bienvenu, Orschanow! Mais à une condition, vous allez vous asseoir et rester bien tranquille pendant cinq minutes. Je suis très en retard.

Orschanow la regarda travailler. L'attention donnait un quelque chose à la fois enfantin et sérieux à son visage. Elle se hâtait, se penchant sur son manuscrit, et ses boucles noires retombaient sur son front, lui donnant une délicieuse beauté d'éphèbe.

Quand elle eut fini, elle sourit à Dmitri.

– Je savais bien que vous viendriez un jour. Mais où avez-vous été, depuis ce dernier soir, là-bas? Makarow et Himmelschein sont allés chez vous, plusieurs fois. Ils ont trouvé la porte ouverte et la chambre vide... D'ailleurs, vous avez très mauvaise mine... Que vous est-il arrivé? Vous, vous n'avez pas besoin de solitude et de silence : c'est très dangereux pour vous! Allez, parlez, dites-moi tout ce que vous avez fait depuis lors.

Elle devinait, elle allait au devant de la confession. Cela soulagea beaucoup Orschanow que la honte avait repris, et qui se croyait très ridicule de venir raconter sa vie à cette femme qu'il connaissait à peine.

Alors, avec la brutalité involontaire des timides, il raconta tout, depuis ses rêves de jadis, au bord de la Volga, jusqu'à sa liaison avec Polia et son ivrognerie. Il ne retrancha rien, ne chercha ni à gazer la sombre vérité, ni même à s'excuser.

– Je comprends tout... Une seule chose me reste inintelligible, dit Véra, pensive. Qu'est-ce qui vous a si rapidement dégoûté de la vie d'étudiant, qu'est-ce qui vous a fait renier notre credo moral qui était naguère le vôtre? Si vous m'expliquez clairement cela, je pourrai peut-être répondre à votre question : que devenir?

– C'est d'abord la monotonie de cette vie qui m'a dégoûté... Puis, presque inconsciemment, j'ai commencé à me révolter contre l'*obligation* d'être un homme d'action sociale que m'imposait le milieu où je vivais. J'ai soif de liberté, Gouriéwa, et je n'ai pas trouvé la liberté chez nos libertaires.

— Mais certes, nous ne sommes pas libres. Nous ne sommes que les obscurs ouvriers de la liberté future.

— Je le croyais aussi, avant. A présent, il me semble au contraire qu'il vaudrait mieux que chacun prenne dès aujourd'hui toute la liberté morale, intellectuelle et matérielle possible, sans être supprimé par la société moderne. Que les individus s'affranchissent eux-mêmes! L'affranchissement général ne viendra pas autrement. Remarquez que c'est la première fois que je tâche de coordonner ce fouillis de sensations et de pensées. C'est aussi la première fois que j'en parle à qui que ce soit.

Véra resta songeuse.

— Mais qu'appelez-vous l'affranchissement de l'individu par lui-même? Est-ce suivre ses penchants sans s'embarrasser d'aucune solidarité avec les autres, vivre comme bon vous semble, tournant résolument le dos à toutes les conventions, à tous les mensonges, et aussi à toutes les coopérations de l'ancien monde? Si oui, est-il possible que vous pensiez réaliser ce rêve, en vivant comme vous l'avez fait depuis tantôt six mois?

— Oh, non, mille fois non! Mais voilà j'ai encore trop d'attaches sentimentales avec ma vie passée, je suis encore trop étudiant pour m'en aller définitivement, pour devenir ce que je voudrais être : un vagabond, mais pas le sombre vagabond déchu que je suis à présent : un vagabond se grisant à toutes les sortes de beauté, s'en allant à travers le vaste univers, radieux et libre. C'est cette irrésolution, ces regrets du passé, en insupportable conflit avec le présent, qui m'ont poussé aux chutes successives que je vous ai racontées.

— Mais alors, pourquoi me demandez-vous ce qu'il faut faire? C'est si simple! Faites un effort sur vous-même et prenez une résolution. Je doute fort que, dans l'état moral où vous êtes, vous puissiez prendre une décision définitive. Alors, reprenez empire sur vous-même, rentrez chez vous, essayez, de toutes vos forces, en toute énergie et en toute sincérité, de redevenir étudiant et homme d'action. Si, sans faiblir, sans vous laisser aller, vous sentez que votre cœur n'y est plus, que cette vie ne vous est plus tolérable, quittez-la bravement, et allez-vous-en, pour vous faire *bourlak* ou vagabond, ou n'importe quoi, selon ce que vous voudrez être. Mais ne laissez pas le désordre s'implanter dans votre vie, ne vous laissez pas aller à la dérive : c'est le gage le plus certain d'une perpétuité de malheur et de souffrance.

Orschanow avait écouté Véra, attentivement. Comme elle avait raison! C'était si simple, le salut! Il obéirait, et puis, elle était là : cela faciliterait tout.

– Merci, Gouriéwa, merci! Seulement, j'aurai besoin de vous pendant longtemps encore.

– Je serai là. N'ayez jamais honte de moi, ne pensez jamais que vous pourriez m'ennuyer ou me lasser. En un mot, ne me considérez pas comme une étrangère. Maintenant faites attention de ne pas vous emballer : c'est très dangereux cela aussi. Makarow m'a dit que votre chambre est noire et triste. Vous n'y avez vécu, ces derniers temps, que des jours affreux. Tout de suite, allez, cherchez une autre chambre. Choisissez-la en banlieue, propre et claire, claire surtout. Puis, rendez-la habitable. Jetez vos loques de *valet de cœur* au feu, et mettez-vous au travail. Toutes les fois que cela vous sera difficile ou pénible, venez le jour, le soir, peu importe. Parmi les camarades, il y a Makarow et Himmelschein. Tous les autres pourraient vous être moralement nuisibles, pour le moment. Une dernière recommandation : cessez tout de suite, dès aujourd'hui, vos vagabondages. Promenez-vous beaucoup, mais ni à Goutouyew, ni à la Siennaya ; allez au soleil, aux îles, dans la banlieue.

Comme Orschanow allait sortir, le vieil Anntone entra.

– Vérotschka! tu catéchises Orschanow... Mais à quoi bon? Eh, travailler pour l'affranchissement du peuple, créer des chefs-d'œuvre, contempler le long des routes la splendeur de l'Univers, ou prier Dieu au fond d'un cloître, c'est tout un. Peu importe, pourvu qu'on cherche la *lumière* avec sincérité et simplicité.

Dmitri Orschanow devait se souvenir toute sa vie de ces paroles du vieux prophète de douceur. Véra se mit à rire.

– Oh! Oncle, ne prêchez pas la vie contemplative à Orschanow; il n'en a pas besoin, il y est déjà assez enclin!...

Elle comprenait, certes, l'idée large et belle énoncée par son oncle, mais elle devinait encore autre chose.

Orschanow suivit, point par point, les conseils de Véra. Il loua une chambre claire et gaie, il y rangea les quelques choses rapportées jadis de Pétchal, il classa ses livres et ses cahiers.

Dans toute cette tentative de résurrection de son ancienne vie, une seule chose le réjouissait réellement, profondément : l'amitié acquise de Véra. Cela suffisait à tout ensoleiller, à le ranimer.

Pourtant, Orschanov attribuait très sincèrement et très naïvement le calme moral très vite reconquis, la sérénité des jours qui suivirent, à ce fait qu'il avait pris une résolution, qu'il était sorti des ténèbres.

Dès lors, de plus en plus, il s'illusionna sur ce point, et finit par vivre en plein rêve.

Véra, toujours secourable, capable d'apprécier d'un coup d'œil la valeur, même cachée, des êtres qui l'approchaient, se réjouissait de cette tâche ardue à accomplir, et captivante : Orschanow à tirer de l'ombre morbide où il s'était laissé choir.

Cet homme n'était certes pas fort, mais il n'était pas non plus vulgaire ni lâche. Il était versatile, mais capable de sentir profondément; et l'intensité même de sa souffrance, l'étendue de la misère morale où il était tombé, disait la hauteur de son idéal, sa soif de beauté et de pureté. « Plus sombre est la nuit, plus proche est Dieu »... Véra se souvint de cette phrase, trouvée jadis dans une biographie du grand Dostoïewsky, le poète des déchéances et des souffrances humaines.

CHAPITRE VI

Orschanow avait complètement cessé d'errer, de fréquenter les bas-fonds. Cependant, un remords lui restait. Il avait quelque argent que le comité de secours lui avait remis, sur la demande de Véra, et il avait abandonné la triste Polia, sans un mot d'adieu, sans quelques roubles pour l'aider, au moins un peu.

Comme les ténèbres où il l'avait connue n'attiraient plus Orschanow, il résolut d'aller un jour chez elle, de lui dire adieu, prétextant un voyage, et de partager avec elle les secours du comité.

Il ferait cela plus tard, dans quelques jours, quand il serait bien sûr de lui-même.

Et, de peur d'inquiéter Véra, il garda le silence sur ce projet.

Il la voyait tous les jours et, chaque fois, il éprouvait une joie indicible, une douceur infinie à l'écouter parler, à la regarder.

Elle était si forte et si indulgente, comprenant et excusant toutes les faiblesses, moyennant qu'on luttât sincèrement, qu'on cherchât à se vaincre...

Véra avait la parole imaginée et attrayante, le geste aisé et large. Elle était d'humeur égale et une auréole de gaîté adoucissait le profond sérieux de cette âme consciente et droite.

Auprès d'elle, Orschanow oubliait toutes ses tortures, tout son ennui morne.

Malgré sa sensualité intense, Orschanow avait, pour la femme affranchie et pensante, une estime chaste, une faculté d'amitié absolument désintéressée et pure. Comme à tous ceux de sa génération et de son parti, le sens de la *galanterie,* si peu développé en général chez les vrais Russes, lui faisait absolument défaut.

Pour lui, la femme qui vivait côte à côte avec lui, partageant son labeur et ses aspirations, était un être humain, une individualité distincte et non un sexe. Ainsi, il n'éprouvait pour Véra qu'une tendresse toute fraternelle, une affection où il y avait beaucoup de reconnaissance.

Et Orschanow ne songeait pas qu'il pourrait un jour en être autrement, qu'il pourrait aimer Véra d'amour...

Orschanow s'était calmé. Il vivait maintenant tantôt seul dans sa chambre qu'il aimait, et où il travaillait, utilisant les vacances pour regagner le temps perdu, et tantôt dans la demeure du vieil Anntone avec Véra et, souvent, Makarow et Émilie.

Rioumine venait aussi parfois, mais ce type de fanatique ne plaisait pas à Orschanow.

A quinze ans, Rioumine, petit collégien d'aspect chétif et timide, avait tué, d'un coup de revolver, un employé supérieur de la police, et cela au milieu d'une foule, un jour de fête. On ne l'avait pas vu tirer, dans la cohue, et il ne fut pas même soupçonné, en raison de son jeune âge.

Depuis lors, pour les affaires de son groupe et du Comité sibérien, Rioumine avait toujours risqué sa vie ou au moins sa liberté avec un sang-froid rare, une insouciance simple et sans phrases.

Il avait consacré toute sa vie à la cause révolutionnaire, il n'avait d'autre but, d'autre raison d'être.

Un tel homme ne pouvait comprendre Orschanow, rêveur aux idées larges et vagues, amoureux d'un idéal de beauté.

Souvent, Orschanow apportait ses livres chez Véra, et ils travaillaient ensemble, comme deux étudiants qu'ils étaient, sans que rien de troublant passât jamais entre eux.

Les jours s'écoulaient pour Dmitri, tranquilles, doux, illuminés par la présence de Véra.

*
* *

Un soir qu'il était seul, Orschanow songea qu'il était assez fort maintenant pour accomplir le mélancolique pèlerinage de Goutouyew, auprès de Polia.

Sans un frisson de rappel, presque avec dégoût, Orschanow pénétra dans le dédale de ruelles sales, entre les masures en planches ou en briques.

Il y avait là beaucoup de manufactures, longues bâtisses lézardées, basses, laides. C'étaient des suiferies, des peausseries, des fabriques de papier, des filatures. En plein air, dans des tonneaux, des peaux fraîches trempaient, grouillantes de vers. Des tas d'os, de chiffons immondes s'accumulaient, et le soleil couchant jetait de la pourpre et de l'or sur le trouble miroir des mares puantes.

Orschanow trouva Polia assise sur un madrier, près de la fabrique où elle travaillait. Elle avait vieilli, son pauvre visage dolent s'était enlaidi, tiré par des rides précoces autour des yeux las.

— Oh, Mitia! Moi qui croyais que tu ne reviendrais plus!

— J'étais malade. Maintenant, j'ai trouvé un emploi en province, et je pars demain matin. Je suis venu te dire adieu, Polia.

— Si tu pars demain, il faut au moins passer la soirée avec moi.

— Je ne puis pas. On m'attend pour des papiers qu'on doit me donner. Adieu, Polia, pardonne-moi et *ne te souviens pas de moi en mal* [1].

Elle s'était laissée retomber sur le madrier et elle regardait Orschanow :

— Alors tu t'en vas... comme ça?

Et, lentement, des larmes roulèrent sur les joues déjà flétries de Polia.

Orschanow ne s'attendait pas à cela, qui le remuait au plus profond de son être. Ainsi Polia, si passive toujours, sans même un seul réveil des sens, Polia l'aimait!

En effet, pour elle, avec Dmitri, s'en allait pour toujours le pâle rayon de soleil qui avait pour un instant illuminé l'ombre grise de la vie... Un tel amant, si bon, si doux, qui ne la battait pas, c'était quelque chose de si rare et de si bon, pour elle, la loqueteuse bousculée et méprisée. Et voilà qu'il allait s'en aller!

— Mitia, Mitia! est-il possible que tu vas t'en aller?

Alors, désespérément, Orschanow la prit dans ses bras, la baisant sur ses lèvres décolorées. Lui aussi pleurait, bégayant :

— Pauvre, pauvre Polia!

Ainsi, à cette heure, le seul être, à part son père si étrange et si lointain, qui aimât Dmitri, c'était elle, Polia la loqueteuse, si misérable, si écrasée!

Et cette pensée fut à Dmitri à la fois très douce et d'une tristesse infinie.

---

1. Formule russe (populaire) d'adieu. *(Note d'I. E.)*

– Allons, Mitia, pour le Christ, aie pitié! Pour la dernière fois, viens, buvons un petit verre et allons *chez nous*, dans le hangar. Tu sais, depuis que tu es parti, j'y suis allée, comme cela, pour pleurer, quand j'étais seule. L'herbe y a poussé, et un sorbier a envahi la porte. C'est comme une vraie chambre, à présent.

Il la suivit : pourquoi ne pas lui faire cette aumône d'un peu d'alcool et d'amour, puisque c'était fini, qu'après, il ne reviendrait plus jamais?

Ils entrèrent au cabaret Arkhipour.

Des ouvriers buvaient, déjà ivres. Ils reconnurent Polia.

– Ah, la garce! Dès qu'elle a un galant c'est par l'eau-de-vie qu'elle commence! Gueule de courge trop mûre, tu bois plus qu'un charretier.

Ils criaient cela, sans animosité, pour la plaisanter. Mais elle se retourna.

– Qu'est-ce que ça vous fiche, à vous autres? Est-ce vous qui payez?

– Ta sœur est en maison!

– C'est une belle fille, la Lioubka!

– Oui, pas comme cette jument efflanquée.

Dmitri, habitué à ces scènes, intervint tranquillement.

– Allons, laissez-la tranquille. C'est pour m'amuser que je suis venu ici, et non pour me disputer.

Le cabaretier, gros, au visage apoplectique et luisant, approuva :

– Oui, il a raison, Mitreï Nikititch, faut pas embêter les gens comme ça...

Dmitri et Polia s'attablèrent. Une angoisse inexprimable étreignit tout à coup le cœur d'Orschanow : il venait de boire un grand verre d'eau-de-vie. Maintenant, il allait être ivre, et voilà, il s'était laissé reprendre de nouveau! Un moment d'attendrissement avait suffi.

Il entraîna Polia au dehors, pour ne pas continuer à boire.

Elle le poussa doucement vers l'ombre de *leur* hangar.

Brusquement, quand Orschanow tint Polia dans ses bras, il eut un violent sursaut et la broya sous une telle étreinte qu'elle gémit.

Une idée lui était venue, une vision subite, fulgurante, qui l'avait rendu fou, et qui le laissa brisé en une telle lassitude de volupté, qu'il pouvait à peine penser : au lieu de Polia dolente, tenir Véra ainsi, dans ses bras, la posséder.

Puis, comme il se reprenait un peu, cela lui sembla un sacrilège, dans ce lieu, dans ce décor, avec cette pauvre fille. Il se leva, donna à Polia la moitié de ce qu'il possédait, et partit, après l'avoir embrassée sur le front.

Malgré les appels de Polia, il s'enfuit, sans se retourner, emportant en lui, à travers la nuit chaude et terne, l'intolérable brûlure, le feu qui s'était si brusquement allumé, et que rien ne pouvait éteindre, désormais.

Il courait presque, sans raison, puisqu'il était déjà loin de Goutouyew. Une rage atroce contre lui-même le fouettant, hâtant son pas.

Il était donc maudit! Quand ce n'était pas son caractère de fainéant, de vagabond, sauvage qui le jetait loin des hommes, c'étaient ses sens qui le rendaient fou, odieux à ses propres yeux!

Ce qui le torturait, ce qui lui semblait une monstruosité, c'était le lieu et les circonstances dans lesquelles était né en lui le désir de Véra. Comment était-ce possible? Dans les bras de Polia, désirer subitement Véra, tout instinctivement, avec une violence si aiguë qu'il avait cru en mourir? Et il y avait presque eu *substitution* pour lui : ce n'était pas Polia, c'était le fantôme de Véra qui lui avait procuré cette volupté.

**

Quand il entra, Orschanow n'eut pas même le courage d'allumer sa lampe. Il se déshabilla, jetant au hasard ses vêtements sur le sol. Puis, il se coucha.

La fenêtre était ouverte. Dans l'air tiède, des souffles odorants passaient, la senteur chaude des jardins suburbains.

La lumière discrète, pâle comme un sourire de convalescente, glissait sur les planches en sapin du parquet, sur la table où des livres ouverts et des cahiers s'accumulaient.

Orschanow, encore couché, regardait la cime des bouleaux que dorait le soleil levant. Il avait l'illusion d'être à la campagne, là-bas, au pays.

Pour la première fois, depuis le cauchemar de sa dernière nuit à Goutouyew, Orschanow sentait le calme, et la joie de vivre renaître en lui.

Il travaillait, maintenant, avec passion, comme il faisait tout.

Cependant, ses études ne l'intéressaient plus. Il s'efforçait de croire encore à sa vocation et y parvenait à certaines heures.

Mais il y avait Véra...

Et l'image de Véra glissa dans la lueur douce du matin qui envahissait la chambre.

Elle était la force, elle était la vie. Elle portait au front comme une auréole le rayonnement de sa beauté ennoblie par la pensée.

Et Dmitri la défiait presque, elle qu'il désirait de toute sa chair. Pourtant, cette brûlure du désir inassouvi lui était parfois délicieuse, et il s'y abandonnait.

Sans qu'il en eût conscience, c'était parce qu'il préférait tout, même la souffrance, au vide des jours ternes.

Longtemps, Orschanow resta couché, se délectant en la sensualité de son alanguissement.

Puis, il se leva. Il sentait des énergies nouvelles sourdre en lui, presque une gaieté.

Sans cause apparente, brusquement, il se réveillait après les rêves troubles de ces dernières semaines.

Il s'accouda à la fenêtre.

Les jardins, coupés de palissades en planches vermoulues, où des mousses dessinaient des arabesques noires, étaient étroits, envahis par une végétation un peu étiolée. Des roses trémières allumaient des flammes rouges, parmi les calices soyeux des volubilis de pourpre violette. Et les grands tournesols courbaient leurs têtes brunes au nimbe doré.

Un souffle puissant montait des plantes, de la terre noire et grasse, après le sommeil humide de la nuit. Les choses vivaient, les choses souriaient.

Et Orschanow aima la vie.

*
* *

Vers le soir, Véra entra. Tout de suite elle vit qu'Orschanow avait changé depuis la veille, et ce lui fut une joie.

Ses sens dormaient. Son mariage avec Stoïlow, jadis, ne les avait pas éveillés. Véra, dans son grand calme, toute pensée, toute action, arrivait à se croire presque insexuée.

Pour Orschanow, elle éprouvait une tendresse fraternelle que beaucoup de sollicitude adoucissait.

Elle s'était accoutumée à l'avoir presque sans cesse auprès d'elle, à partager ses peines, à s'inquiéter de ses angoisses.

— Vous êtes couleur du temps, aujourd'hui, Orschanow! Le soleil luit et vous rayonnez. Comme vous avez changé! Hier, encore, vous étiez si sombre. Quelque événement heureux vous a-t-il surpris et transformé?

— Oh, non! Voyez-vous, quand je suis plongé dans cet état de dépression morale où vous m'avez vu depuis quelque temps, il s'établit en moi une lutte sourde, inconsciente de la vie, de la santé, contre cet engourdissement morbide. Et, un jour, tout à coup, quand la santé a triomphé, je fais peau neuve.

Orschanow regardait Véra restée debout près de la fenêtre.

Une émotion intense, délicieuse, l'envahissait, un élan de tout son être vers elle.

Puis, une pensée lui vint, et il s'attrista.

— Écoutez, Gouriéwa, c'est vous, c'est votre présence continuelle près de moi, c'est l'atmosphère de santé et de raison où vous me faites vivre qui me transforme... Mais, dans nos camaraderies et nos amitiés d'étudiants, il y a un moment noir, celui de la séparation... Pour nous deux, il viendra un jour... Et moi, alors, je vois bien que je retomberai dans le vague et l'angoisse.

Il avait parlé, sans savoir, sans s'apercevoir de la portée de ce qu'il disait.

Véra le regarda. Leurs yeux se rencontrèrent, et Orschanow ne sut plus dissimuler. Il lui prit la main et ils restèrent ainsi, muets, devant la fenêtre en face des jardins qu'ils ne voyaient plus.

Véra avait pâli. Un grand trouble s'était fait en elle. Son esprit se révoltait contre l'inconscience où elle avait vécu, depuis des semaines... Et pour la première fois, elle éprouvait un immense vouloir d'aimer. Ses sens de vierge s'insurgeaient.

CHAPITRE VII

Ils se taisaient toujours, dans l'angoisse délicieuse de l'heure. Et Orschanow sentait qu'elle était à lui, qu'elle aussi n'était plus la même.

Une joie immense le brisa. Il prit les deux mains de Véra et les serra sur sa poitrine.

Alors, Véra, se ressaisissant, le regarda encore. Ce regard fut très sérieux et très doux, c'était une promesse.

— Soit, dit-elle enfin. Nous continuerons ensemble à travailler, à vivre.

Mais elle se dégagea lentement. L'étreinte d'Orschanow était devenue violente. Il tremblait, les lèvres blêmies.

Alors il recula, honteux.

N'était-ce pas le bonheur, n'était-elle pas à lui, puisqu'elle s'était promise ?

Orschanow n'osait parler. Il ne trouva pas de mots, rien qui ne fût banal, inutile.

Et Véra presque aussitôt partit, lui serrant les mains avec un sourire et une caresse dans le regard.

Orschanow se laissa tomber à genoux près de la fenêtre, la tête dans ses mains.

Son émotion ressemblait à de la douleur, à de l'ivresse.

Il était sauvé, maintenant, après toutes ses désespérances ! Et si simplement, si facilement.

*
* *

Dans la rue, Véra rencontra Makarow.

Depuis des années, une étroite amitié les liait, pleine de franchise, une tendresse d'hommes.

Alors, très émue, Véra lui conta ces choses nouvelles qui venaient d'envahir sa vie.

— Gouriéwa ! Moi, qui vous observais tous deux, je savais bien qu'il en serait ainsi. Mais écoutez-moi. Je connais très bien Orschanow, à présent, et je vous dis en toute conscience : si vous voulez qu'il passe son doctorat, si vous ne voulez pas qu'il retombe à l'inaction, ne vous donnez pas.

Ils s'étaient arrêtés dans l'avenue déserte. Véra très pensive écoutait.

— Croyez-vous que mon influence, ma volonté ne suffiront pas ?

— Non. Orschanow est un sensuel en tout. Il vit pour la jouissance, sous toutes ses formes. Il n'a pas toujours conscience de cela, mais c'est bien là le fond de sa nature. Ainsi, tout ce travail acharné auquel il se livre depuis qu'il vous connaît, c'est pour vous, pour vous seule. Demain, si vous êtes à lui, il se donnera tout entier à sa passion, à la volupté nouvelle, et aucune force extérieure ne le fera plus remonter le courant... Croyez-moi, Véra, ne faites pas cela. Quand il aura passé son doctorat, allez-vous-en, ensemble, quelque part dans l'Est, au fond des steppes.

Et Véra sentit que Makarow disait vrai : il fallait trouver la force de résister, tenir Orschanow en suspens, pour le sauver de lui-même.

Orschanow se révolta d'abord, devant la nécessité d'attendre. Puis, subjugué, il se grisa de mélancolie et de désir, trouvant une volupté amère à cette vie anxieuse, à cet élan continuel de tout son être vers Véra.

**

L'été finissait, pâle, ensoleillé, en un sourire. C'était les vacances, et Orschanow ne sortait presque plus, continuant sa besogne, sans faiblir. Souvent pourtant, vers le soir, Véra venait le chercher et ils erraient jusqu'à une heure tardive, sur les routes tristes de la banlieue. Ils se tenaient par la main, comme deux enfants sages : Orschanow avait eu quelques crises violentes, de brusques éveils de désir, des poussées de tout ce qui dormait au fond de lui d'atavique, de sauvage presque. Mais Véra, très calme et très ferme, très douce pourtant, le dominait, et ne cédait pas. Alors, il revenait à sa rêverie voluptueuse et triste, mais exempte de souffrance.

Ils parlaient peu, quelques mots parfois, sur l'avenir qui leur apparaissait à tous deux plein de joies ineffables.

**

Un jour, brutalement, tout fut bouleversé : Orschanow reçut, de son frère Vassily, l'annonce de la mort de leur père, le vieux rêveur Nikita. Et Vassily, ce frère qu'Orschanow n'avait pas revu depuis tout petit, l'appelait là-bas, à Pétchal, pour régler les affaires du vieillard, très embrouillées, afin que son nom restât vénéré.

La mort de ce père qu'il aimait d'un étrange et douloureux amour laissa Orschanow tout meurtri, avec une sensation d'isolement profond, définitif.

Oui, il irait, il retournerait à Pétchal pour un pèlerinage mélancolique.

Véra le laissa partir, songeant que ce serait un repos salutaire pour Orschanow, après tout le surmenage de ces derniers mois.

Le jour de son départ, Orschanow fut honteux de ne pas éprouver le déchirement qu'il prévoyait, quand il se séparerait de Véra... L'idée qu'il allait trouver là-bas la tombe de son père lui semblait très mélancolique, très douce, sans rien de désolé ni de lugubre.

Quand le train de Moscou roula à travers la campagne nue et triste, toute dorée de soleil, Orschanow sentit tout à coup un soulagement immense, presque une joie.

Et il resta confondu.

Il essaya de se détourner du paysage, il lutta contre l'entrain jeune qui montait en lui, à mesure qu'il s'éloignait de Pétersbourg.

Il avait peur de se laisser aller à ces sensations qu'il connaissait bien : la hantise de l'*ailleurs*, la joie de partir.

Dans le wagon de troisième classe, les voyageurs changeaient presque à chaque station, paysans, encombrés de sacs, de paquets, sentant la peau de mouton et le goudron, paysannes en *sarafanes* de couleurs voyantes.

Une grappe de poules gloussait sous une banquette. Un coq s'enhardit, battit des ailes, chanta. Ce fut un grand éclat de rire, dans le wagon, dans la bonhomie sans gêne de ce peuple très sociable.

Et Orschanow se surprit à vivre avec ces gens, à les questionner. Il se méprisa atrocement, de renaître si vite à la vie, dès qu'il avait quitté Véra, le travail, et quand il allait à Pétchal, pour voir les ruines de tout ce qu'il avait tant aimé : le père enterré, le jardin et la maison vendus.

Des paysans, dans un coin, se mirent à chanter : « Ne bruisse pas, mère chênaie verte ! N'empêche pas le franc gars de poursuivre sa pensée »... Une vieille complainte des brigands de jadis, écumeurs de la steppe.

Alors, pour Orschanow, ce fut l'appel irrésistible vers la liberté, la vie errante, vers l'horizon immense.

Et le train continua sa marche vers le Sud-Est, emportant, à travers le silence des campagnes où soufflait la première brise d'automne, le fracas de ses roues, et le chant fier et sauvage qui, peu à peu, prenait Orschanow et le grisait.

CHAPITRE IX

A la gare, Orschanow reconnut Térennty, le vieux domestique qui accourut en pleurant, le bonnet bas, baisant sur l'épaule le fils de son maître. Et fraternellement, Orschanow étreignit le vieillard.

— Mitri Nikititch! Qui vous aurait reconnu, si vous ne ressembliez pas tant au *barine* défunt, Wladimir Nikolaïtch!

Un grand jeune homme, mince et blond, aux longs cheveux soyeux, aux yeux gris, très longs et très droits, s'avança, les bras tendus.

— Je suis ton frère Vassily. Faisons connaissance, Dmitri! Il faut nous aimer... Nous ne sommes plus que deux, maintenant...

Sa voix se brisa et tous trois pleurèrent, les deux frères et le vieux serviteur.

Orschanow éprouva une émotion intense à traverser ainsi les petites rues désertes, toutes droites, de la ville.

Et là-bas, devant eux, la Volga brillait, large et orgueilleuse, avec des reflets de cuivre sous le soleil couchant. Les coupoles dorées de la cathédrale scintillaient, pourpres, sur la colline... Au-delà, c'était l'horizon plat, infini, vaporeux de la steppe.

— Oh, Vassina! Revoir tout cela, après tant d'années, tant de changements survenus en nous-mêmes!

— Moi aussi, Mitia, je ne croyais pas éprouver une si violente émotion en retrouvant ces choses que j'ai quittées tout enfant.

Devant la vieille grille en bois, ils s'arrêtèrent un instant. Le jardin était devenu plus touffu et plus sauvage. Les arbres avaient poussé librement, géants couvrant de leur ramure puissante le toit en tuiles pâlies.

L'automne avait jeté là sa riche gamme de couleurs. Les tilleuls semblaient couverts de pièces d'or, tant leurs feuilles avaient d'éclat. Les poiriers étaient tous rouges, avec des reflets violets, les bouleaux alternaient des feuilles encore vertes avec d'autres d'un jaune fauve. Seuls les chênes séculaires étaient encore verts, d'un vert sombre et profond.

— Tu vois, Mitia, j'ai une bonne nouvelle à t'annoncer, dit Vassily. C'est le vieil ami de ton père, Bodgane Ostapow, qui achète tout. Il n'y changera rien, celui-là!

Ce fut une grande joie pour Dmitri qui s'affligeait à l'idée que des étrangers dévasteraient ce cher décor.

— Oui, j'ai arrangé cela... Et Ostapow m'a même promis de garder Térennty.

Ils entrèrent. Dans la maison rien n'avait changé. Orschanow retrouvait les objets connus, vieillis, usés, mais demeurés à la place coutumière.

Vassily et Dmitri parcoururent en silence toute la maison. Dmitri évoquait ses souvenirs qui revenaient à flots, maintenant, et Vassily respectait l'émotion de ce frère qu'il connaissait à peine, mais de qui le malheur le rapprochait. Et puis, Vassily avait suivi la destinée de Dmitri, par des amis communs de Pétersbourg.

Il savait tout et éprouvait une grande sympathie pour cet être à part, en qui semblait revivre le tendre et malheureux Nikita, le père.

Térennty refusa obstinément de s'asseoir à la table des maîtres, demeuré discret et respectueux.

— Vois-tu, Mitia, j'aurais très bien pu régler les affaires sans toi... Et c'est pour te voir, et aussi pour que tu te reposes que je t'ai appelé. Je sais tout de ta vie et je t'avoue que j'ai été bien inquiet pour toi, pendant que tu errais dans les sphères de misère et de défaite morale... Pauvre Mitia! Nous ne pouvions venir l'un à l'autre... T'écrire... Je savais bien que cela ne servirait de rien. A présent que je vois Gouriéwa auprès de toi, je suis beaucoup plus tranquille. Je la connais pour l'avoir vue à Moscou et j'ai pour elle une grande estime, presque de l'admiration. Suis-la, laisse-toi guider par elle. Moi, je veillerai de loin. Pour le moment ici, je prends tout sur moi : toi, repose-toi, vagabonde à ta guise, ne travaille surtout pas.

Depuis qu'il était auprès de son frère, Orschanow s'étonnait de le trouver si différent de ce qu'il se l'imaginait : une sorte d'homme de science froid, de révolutionnaire fort et sans tendresse, comme le petit Rioumine...

Et il dit cela tout haut.

— Certes, pour tout le monde, je suis un peu ce que tu croyais, mais pas pour toi. N'y a-t-il pas entre nous le lien mystérieux du sang, cette communauté d'origines que rien ne peut effacer, que rien aussi ne saurait remplacer? Pour toi, je serai tel que tu me vois aujourd'hui, de près ou de loin, toujours.

La nuit tombait, silencieuse. Un vent frais agitait la ramure, tout près.

Vassily et Dmitri veillèrent très tard, parlant de leurs vies si différentes, cherchant à se rapprocher l'un de l'autre.

*
* *

Tous les matins, Vassily et Dmitri allaient au cimetière, avec Térennty.

C'était au bas de la colline, à l'entrée de la steppe, un champ humble, semé de croix noires, surmontées d'un petit auvent conique, en planches.

Vieille et déjetée, toute penchée vers la terre pétrie de débris humains, l'église en bois assombrissait le calme de ce coin d'oubli qu'envahissaient les grandes herbes de la steppe, démesurées presque arborescentes.

Près du paysan illettré qui priait et pleurait, se signant pieusement, les frères incrédules s'agenouillaient, se tenant par la main. L'image triste et douce du défunt passait dans leur souvenir.

Ces heures sans amertume rendirent l'affection naissante de Vassily et de Dmitri plus attendrie et plus profonde. Elles leur furent salutaires.

Dans la journée, Vassily était pris par le défilé presque ininterrompu des créanciers qui stationnaient sur le perron.

Juifs en cafetan poisseux, *koulaki* [1] gras, l'œil en vrille, sanglés dans leurs *poddiovka* de drap neuf, tous le bonnet à la main, respectueux, mais tenaces, ils commençaient par célébrer les vertus du *barine* défunt, un homme de Dieu, si doux, si accessible au peuple, et pas fier... Puis, après s'être gratté la nuque en piétinant sur place, ils finissaient par exhiber quelque lambeau de papier graisseux, un compte plus ou moins fantaisiste.

Froidement, tranquillement, Vassily leur répondait invariablement : « Attendez que la maison soit vendue. Je solderai les comptes de ceux d'entre vous qui justifieront de leurs droits. »

Térennty se fâchait. Il ne prenait à partie que les Russes, dédaignant de discuter avec les Juifs.

— *Vous n'avez pas le signe de la croix sur vous?* C'est le sceau de l'Antéchrist que vous portez! Fronts d'airain! Vous ne laissez pas au *barine* défunt le temps de se refroidir dans son cercueil, ni à ses fils celui de le pleurer, et vous tombez sur la maison comme un vol de corbeaux sur une charogne! *Que le vide se fasse autour de vous!*

Et Dmitri vivait des heures délicieuses dans le jardin où, à mesure que l'automne venait, les pourpres et les ors de la feuillée devenaient plus intenses.

Couché sur le dos dans les herbes minces et les ors éparpillés des tilleuls, il passait des heures, immobile, en un bien-être immense.

Il sortait tous les jours avant l'aube, pour aller sous les chênes, à l'entrée de la steppe. Il regardait le jour monter, sur la plaine baignée de brumes irisées. Puis, c'était le soleil qui se levait. A l'horizon, au ras du sol, des vapeurs d'un gris de lin s'épaississaient. Plus

---

1. *Koulaki* : exploiteurs ruraux, issus du peuple, pratiquant l'usure et l'accaparement des terrains. Littéralement, *koulak* veut dire *poing*, c'est-à-dire *force*. (*Note d'I.E.*)

haut, une bande sulfureuse, trouble, verdâtre, semblait une échappée de mer incertaine. Plus haut encore, l'horizon passait de l'orangé foncé au carmin. Et le soleil rouge sombre, sans rayons, émergeait de ce monde de vapeurs.

Alors, très vite, la brume fuyait et Dmitri voyait au loin les basses ondulations de terrain, les arbrisseaux clairsemés, vagues mouchetures noires sur le fond bleu de la steppe libre.

Cette nativité souriante du jour dans la steppe attirante procurait à Dmitri une joie, presque une ivresse. Il sentait sa poitrine se gonfler sous l'afflux de forces vitales nouvelles...

Et pourtant, les souvenirs de Pétersbourg, l'image de Véra le hantaient souvent.

Il savait qu'il retournerait là-bas, qu'il reprendrait ses études, que plus tard il épouserait Véra et que, pour elle, il redeviendrait un homme *normal* et *utile*.

Tout cela, c'étaient des choses raisonnables, bonnes, mais qui, en dehors de l'amour de Véra, laissaient Dmitri froid et indifférent. Certes, il en serait ainsi, c'était bien la formule du lendemain.

Mais derrière cet horizon artificiel, une autre aube se levait, une autre lueur montait... l'amour de la vie errante et libre, l'amour de l'ailleurs ensorcelant.

Et Orschanow, comme à un péché véniel, se laissait aller à caresser un rêve qu'"il considérait sincèrement comme à jamais irréalisable : sortir ainsi un matin et s'en aller seul et pauvre, à la conquête de la terre, pour toujours... devenir le libre vagabond qui dort sur le bord des chemins, qui n'a rien et ne convoite rien, qui ne lutte ni contre lui-même ni contre les êtres et qui s'en va, heureux de son indépendance, maître des choses qui ne le dominent plus, maître des horizons infinis.

Dmitri, à ces heures, allait jusqu'à se représenter les adieux avec Véra, avec Vassily qu'il aimait maintenant. Cette scène serait la première station, très mélancolique, mais très douce, du chemin de l'affranchissement...

Puis, d'autres fois, le désir de Véra revenait le brûler. Il songeait alors que son rêve réalisé serait l'abandon de Véra et la perte de l'espoir qui le faisait vivre depuis des mois.

Et Dmitri se maudissait et accusait la steppe tentatrice. Il s'enfuyait dans le silence de la maison, dans l'appartement désert de l'oncle Wladimir. Il se mettait à lire, à travailler. Il écrivait à Véra.

Mais le soleil entrait à flots par les fenêtres, promenant sur les planches en sapin vaguement rosé l'ombre verdâtre des grands arbres voisins.

Bientôt, Dmitri, malgré sa promesse à Véra de ne plus « aller dans le peuple », descendit au port fluvial, et renoua ses vieilles amitiés avec les *bourlaki*. Il fit des pêcheurs et des gars du faubourg ses camarades et ses amis.

Les hommes lui plaisaient d'être passifs, d'une force d'inertie invincible sous la dureté des choses, dans l'inclémence sans espoir de leur vie. Tout leur besoin inné de poésie, toute leur douleur, toute la souffrance de leurs âmes frustes et de leur chair endurcie et, parfois, presque inconsciemment, un soufle plus mâle de révolte et d'audace s'exprimaient dans leurs chants, ces admirables chants de la Volga qui grisaient Dmitri, depuis tout petit, d'une si singulière ivresse.

Orschanow se sentait redevenir fort et gai et, sans savoir, il se laissait envahir de nouveau par tous les ferments destinés à dissoudre fatalement tout ce qu'il avait échafaudé péniblement d'artificiel dans sa vie...

Véra serait si heureuse de le retrouver si changé, si fort et si joyeux.

Dmitri ne se reprochait pas même l'attirance invincible qu'exerçaient une fois de plus sur lui les milieux ouvriers et simples : ces gens, qui vivaient au grand soleil, qui avaient des muscles de fer et des poitrines de bronze, n'étaient plus les pâles débris humains des quartiers de misère de Pétersbourg. Certes, ils étaient pauvres, ils souffraient, et ils buvaient, ils cherchaient les faciles, les brutales amours... Chanter, boire, s'accoupler, telle était leur seule joie. Mais ils étaient sains et rieurs, et il y avait l'air pur et vivifiant, et la bonne lumière bienfaisante.

Dans ces fréquentations, Orschanow oubliait ce qu'il y avait de douloureux et d'inique dans le sort de ces gens qu'il enviait : les villages désertés où les femmes s'épuisaient sur le sol ingrat, à pousser l'archaïque charrue en bois, le *grattoir* traditionnel, où les mioches mouraient par milliers de misère et de maladie, et l'écrasant travail des hommes, rétribué dérisoirement, le perpétuel esclavage du pauvre, du soumis.

***

Le vent d'automne devint plus froid, aux crépuscules hâtifs. La belle feuillée multicolore des jardins joncha le sol humide. Une grande tristesse, un vague et ultime sourire d'agonie sereine, planaient dans l'air plus souvent brumeux.

Un jour une tempête souffla à travers la steppe. L'étrange herbe hivernale des déserts slaves, le *pérékati-polié* [1], roula vers le lointain.

Toute la nuit, le vent hurla et soupira autour de la maison ébranlée.

Le matin, la terre avait revêtu pour des mois son suaire de neige.

— Il faut nous en aller, dit Vassily. Petit frère Mitia, te voilà redevenu vigoureux, plein d'entrain et courage. Va, retourne à ton labeur, comme je retourne au mien. Aux heures noires, en plus de Gouriéwa, n'oublie jamais que tu as un frère, un ami, moins sensitif et plus solidement taillé que toi pour la dure lutte qu'est et doit être notre vie d'apôtres et d'éclaireurs. Appuie-toi sur moi et ne crains rien. Cependant, garde-toi de t'endurcir, de devenir insensible. Songe toujours à l'exemple de bonté et de douceur que nous a donné l'inoubliable Nikita, notre père.

*
* *

A Moscou, les deux frères se séparèrent. Brusquement, quand ils s'embrassèrent pour la dernière fois, tous deux pleurèrent.

Et Dmitri sentit, par une nette et singulière intuition, qu'il ne reverrait jamais plus ce frère qui était entré dans sa vie si soudainement.

Cette impression acheva de l'assombrir. Certes, il se réjouissait de revoir Véra. Mais il y avait ce Pétersbourg qu'il haïssait maintenant et le *travail*. Tout cela causait à Orschanow un malaise intense, une sorte d'irritation sourde.

Le train roulait avec un bruit mat, comme étouffé, à travers les plaines infinies, toutes couvertes de neige. Le ciel bas et couvert semblait peser sur cette désolation immense.

Combien peu ce voyage de retour ressemblait à l'autre, l'acheminement radieux vers la liberté et le repos dans le silence de la steppe !

*
* *

Véra, Makarow et Émilie attendaient Orschanow. Il leur sembla grandi, tellement il était devenu robuste, le visage et le cou bronzés par le soleil, ses cheveux bruns retombant sur son front large et volontaire avec une grâce insouciante.

1. *Pérékati-polié* : sorte de chardon très dur en forme de boule qui se détache du sol en automne et que le vent roule à travers les steppes. *(Note d'I.E.)*

Ce lui fut tout d'abord une émotion charmante de revoir Véra.

Pour la première fois, il la serra dans ses bras, lui mettant un baiser d'amant sur les lèvres. Véra, un peu étonnée de ces façons nouvelles, sentit un trouble singulier l'envahir.

Orschanow fut gai, presque exubérant, se donnant tout à la joie du moment.

Puis, tout à coup, comme ils gagnaient lentement leur faubourg écarté, tout fut fini. Sans savoir, innocemment, Véra rappela à Dmitri toutes ses appréhensions et tous ses dégoûts.

— A présent que tu es fort et que ta santé s'est si bien rétablie, tu vas pouvoir t'atteler à la besogne... C'est que cet hiver, il te faudra travailler ferme.

Cette évocation de tout ce qu'il redoutait tant, depuis qu'il avait quitté Pétchal, provoqua en Orschanow une sourde colère. Il ne répondit pas, les dents serrées, maudissant mentalement le fanatisme aveugle de ces gens, l'esclavage qu'ils s'imposaient et qu'il les accusait de vouloir lui imposer.

Et, pendant quelques instants, il détesta Véra, de tout son désir inassouvi, de tout son besoin d'affranchissement aussi.

Et Véra, toute pâle, sentit qu'il lui échappait de nouveau, sans doute pour toujours cette fois. Elle se reprocha amèrement de l'avoir laissé partir, et de s'être sottement réjouie de ce voyage.

Muette, Véra souffrait. Un abîme les séparait. Alors, elle voulut prouver à Orschanow toute son injustice et elle vint prendre sa tête, le baisant sur le front.

— Mitia, si tu crois tout ce que la colère te fait dire, tu te trompes. Je suis à toi, quel que tu sois. Je veux plutôt sacrifier tout ce que j'avais rêvé pour nous deux, que de me sentir haïe de toi.

Orschanow l'attira à lui et ils demeurèrent ainsi muets. Ce fut un moment ineffable et amer.

Puis, tout à coup, Orschanow songea que s'il acceptait le sacrifice de Véra, il s'enchaînerait pour toujours, qu'il ne serait plus jamais assez fort pour reprendre sa liberté et que toute leur vie ressemblerait aux jours mortels d'ennui et de révolte qui avaient suivi son retour. Une perpétuité de souffrance allait s'ouvrir devant eux.

CHAPITRE X

Les jours s'écoulèrent, ternes et monotones. Orschanow n'essayait même plus de s'arrêter en pleine déroute.

Il ne travaillait plus que très irrégulièrement.

Quand Véra, très doucement, le sermonnait, il avait parfois des accès d'exaspération et s'attelait à la besogne, furieusement.

La violence croissante de cette nature indisciplinée effrayait Véra, et, de plus en plus, elle constatait son impuissance.

Cependant, le temps pressait, l'époque des examens approchait, et Véra tenta encore une fois de ramener Orschanow.

Sur un ton sérieux et tendre, elle lui dit qu'il ne serait pas reçu, lui demandant ce qu'il ferait après. Elle commit l'imprudence d'ajouter que la caisse de secours du Comité ne l'aiderait plus, s'il ne travaillait pas.

Alors, brutalement, Orschanow répondit qu'il n'avait pas besoin d'aide, qu'il ne vendrait pas lâchement sa liberté contre sa nourriture. Il se ferait ouvrier, vagabond, n'importe quoi, mais pas esclave.

Puis, accablé, il se jeta sur son lit et, tordant ses mains, en proie à une crise de rage et de douleur, il reprocha à Véra ce qu'il appelait son insensibilité.

– Oh, Véra, Véra! Pourquoi me tourmentes-tu ainsi? Ce n'est pas moi, l'homme de chair et de sang que tu aimes, c'est une entité, une formule! Après m'avoir promis d'être mienne, tu me tortures des mois durant. Tu fais servir ma passion à ton fanatisme d'apôtre. Tu es inconsciente et cruelle!

Brusquement, Orschanow repoussa Véra, et, sans un mot, n'osant même lui dire adieu, il s'enfuit.

Véra, épouvantée, se releva et courut à sa poursuite, l'appelant.

Orschanow, sans répondre, continua sa course à travers les rues, devant les passants qui se retournaient, étonnés, inquiets même.

Et Véra, toute tremblante, sortit. Il fallait le retrouver, coûte que coûte.

En elle, une seule pensée, un seul vouloir demeurait, ne pas perdre Orschanow, le revoir, le reprendre. Mais où était-il allé?

Véra se souvint alors des fréquentations antérieures d'Orschanow, de sa prédilection pour la Siennaya et l'île Goutouyew.

Elle marcha à grands pas, sans sentir le froid intense. La nuit tombait et Véra, plusieurs fois, faillit se perdre dans ces ruelles qu'elle ne connaissait que vaguement.

Elle commençait à se décourager, quand une idée atroce lui vint qui la fit courir de nouveau : elle vit Orschanow se jetant dans l'une des ouvertures pratiquées dans la glace, sur les canaux et la Néva.

Quand elle parvint à Goutouyew, il faisait nuit, une nuit obscure et terne de dégel.

Et Véra s'arrêta, brisée par une lassitude mortelle. Où irait-elle chercher Dmitri, dans ce dédale de fabriques, de terrains vagues, d'entrepôts, dans toute cette misère et ce grouillement où elle ne connaissait personne, où elle n'était jamais venue? Devenait-elle folle et comment elle, si énergique, si calme d'ordinaire, en était-elle arrivée à un pareil désarroi moral? Comment n'avait-elle pas même songé à appeler Makarow, à le lancer lui aussi à la poursuite d'Orschanow?

Pourtant, elle était là, et elle pouvait encore espérer la chance d'une rencontre fortuite.

Alors, calmée, elle marcha au hasard.

Tout à coup, elle s'arrêta et tout chavira de nouveau devant ses yeux : la porte d'un cabaret venait de s'ouvrir et, à travers la fumée grise des pipes, elle avait vu Orschanow, attablé au fond de la boutique, la tête appuyée sur le bois poisseux de la table, tandis qu'une fille en haillons essayait de le relever, lui passait sa pauvre main rude d'ouvrière dans les cheveux.

Sans savoir, Véra entra, alla droit à Orschanow qu'elle secoua par le bras.

– Lève-toi, Dmitri.

Orschanow avait eu le temps de boire beaucoup d'eau-de-vie. Ses yeux étaient troubles et son visage d'une pâleur livide. Véra lut dans le regard d'Orschanow une indicible épouvante. Pourtant il se leva et la suivit, docilement, sans un mot. Il trébuchait contre les bancs, ne regardant personne.

D'abord, quand Véra était entrée, un grand silence s'était fait. Le cabaretier et les consommateurs regardaient, stupéfaits, ne comprenant rien. Mais des rires s'élevèrent, on se moqua tout haut de cette scène insolite.

Le cabaretier, voyant Orschanow se diriger vers la porte, l'appela :

– Eh, Mitreï Nikititch! Et l'argent?

Orschanow ne l'écouta pas, sortit, et ce fut Véra qui dut payer, tandis que la salle se tordait maintenant.

Polia, très ivre, s'était dressée. Quand elle vit Orschanow s'en aller, elle eut une trouble révolte et elle insulta Véra.

— Que viens-tu faire ici, toi, demoiselle? Tu viens prendre les amants des autres, parce que tu es mieux nippée! Quand on a des robes comme la tienne, on a au moins honte de se traîner dans les cabarets... car c'est bon pour nous, les perdues!

Dehors, Orschanow s'était affalé sur un tas de pierres, dans la neige. A travers son ivresse, il ne voyait et ne comprenait qu'une chose : Véra s'était trouvée tout à coup dans le cabaret du père Arkhipitch, à Goutouyew. Et comment cela était-il possible, mon Dieu?

— Lève-toi, vieux!

Véra lui parlait durement, voyant qu'il était ivre et craignant qu'il ne la suivît pas, si elle semblait s'attendrir.

Il obéit encore et, toujours muet, suivit Véra qui le tenait par la main. Elle marchait sans savoir où elle allait, essayant de se reconnaître dans l'enchevêtrement de l'île à peine éclairée par quelques becs de gaz rouges dont la lueur vacillante saignait sur la neige. Des gouttelettes d'eau tombaient des toitures avec un bruit régulier de pluie et, dans le silence morne, des chants tristes s'échappaient des cabarets.

Tout à coup, un grand espace noir et vide s'ouvrit devant eux : c'était la mer, et ils avaient traversé l'île, tournant le dos à la ville.

Orschanow faiblissait, la tête perdue, chancelant. Il finit par glisser et tomber dans la neige.

Il ne put se relever. Sa tête roulait sur la neige et il balbutiait des paroles sans suite.

Alors, Véra le prit dans ses bras robustes et le coucha sur des madriers un peu secs. Elle ôta son manteau et l'en couvrit.

Puis elle s'assit près de lui et, machinalement, roula une cigarette.

Le dégel continuait, de longs craquements, des bruits de cristal fendu, montaient des canaux et des mares dont la glace s'ouvrait. Une buée lourde pesait sur la mer, dans l'ombre, et attiédissait l'air.

Véra, en une lassitude immense, devant sa défaite attendait. C'était fini, maintenant, aucune illusion n'était plus possible. Orschanow, après tout ce qu'elle avait cru voir germer en lui, était là, ivre, inconscient... Il en serait toujours ainsi.

Et elle, Véra, n'avait pas la force de se lever et de s'en aller reprendre sa tâche, laissant Orschanow continuer seul son douloureux chemin.

Elle se méprisa d'être si faible : elle n'avait pas su le dompter et le faire sien, et elle s'assujettissait à lui, maintenant.

*
**

Le réveil fut sombre, dans la lueur grise de l'aube. Orschanow se souvint de tout, de suite, et il se demanda de nouveau comment Véra avait-elle pu se trouver, la nuit, au cabaret Arkhipitch.

Mais, torturé par un remords et une honte inexprimables, Orschanow garda le silence.

Il se leva, évitant de regarder Véra.

Elle vit cette souffrance sans issue, et elle ne lui fit point de reproches. A quoi bon, puisque c'était fini?

A travers la laideur triste de l'île où la misère s'éveillait après l'engourdissement de la nuit, à travers Pétersbourg maussade, Véra et Orschanow s'en allèrent côte à côte sans un mot.

Mais Orschanow songeait, il se débattait contre l'accablement qui envahissait tout son être, paralysant sa volonté : il fallait prendre une résolution. Pourquoi suivait-il de nouveau Véra? Où allait-il ainsi? Il fallait là, tout de suite, s'arrêter, lui serrer la main, lui dire adieu et s'en aller.

Mais Orschanow marchait toujours. Il n'osait pas.

Une morne désespérance s'abattit sur lui, quand il se retrouva dans la cour de sa maison.

– Monte! dit Véra, comme il s'arrêtait.

Et il monta, lentement, péniblement. Depuis un instant, un frisson glacial le secouait. Ses membres s'alourdissaient, il s'accouda à la fenêtre.

Il souffrait. Il eût voulu que Véra partît, qu'elle le laissât seul.

Tout à coup, tout vacilla dans ses yeux et il tomba. De nouveau, Véra le releva, le couchant sur son lit.

– Déshabille-toi, tu es tout trempé! dit-elle.

Et elle l'aida.

Orschanow tomba depuis ce moment dans une sorte de délire pénible.

Et Véra resta là, près de lui, sérieuse, calme, sans révolte devant l'inévitable.

Qu'importaient toute cette déchéance, toute cette souffrance, toute cette faiblesse même! Elle garderait Dmitri, malgré tout, elle le veillerait toute leur vie durant, comme elle l'avait veillé, cette nuit.

*
**

Orschanow fut malade. Une fièvre intense, avec un lourd et pénible délire, le tourmenta pendant huit jours.

Presque régulièrement, il se réveillait, vers le soir, il ouvrait les yeux... Et toujours, il voyait la robe bleue de Véra, sa haute silhouette souple aller et venir dans la lueur rose du couchant. Alors, pour ne pas parler, il refermait ses yeux las, et il feignait de dormir. Que lui aurait-il dit? Et pourquoi était-elle là, obstinément, malgré lui?

Orschanow ne parlait pas, parce qu'il ne trouvait pas le courage de lui dire la vérité : il ne travaillerait plus, il abandonnerait la vie d'étudiant, il deviendrait ouvrier et vagabond. Il renonçait définitivement à tout ce qu'elle avait rêvé pour lui comme pour elle. Et pourtant, il la désirait toujours, il la voulait sienne.

Makarow et Émilie venaient aussi, tous les soirs. Ceux-là, Orschanow ne les aimait ni ne les haïssait. Pourtant, connaissant Makarow, il comptait sur lui pour dire à Véra ce que lui, certainement, n'aurait jamais la force de lui dire.

Les jours s'écoulaient, et Orschanow se sentait revivre.

Le triomphe de la vie s'affirma un pâle matin d'avril.

Il faisait si tiède que Véra avait ouvert la fenêtre toute grande. Le soleil entrait à flots, se jouant en arabesques capricieuses sur le parquet de sapin blanc, sur la courte-pointe de soie rouge du lit.

Véra lisait, le dos tourné à Orschanow, ce qui lui fut un soulagement.

Il s'éveillait tout changé et il sentait une force nouvelle soulever ses membres redevenus souples.

Comme il faisait tiède et comme il faisait bon! Il s'assit, sans bruit, pour rester seul, dans la volupté de l'heure.

Pourquoi avait-il tant douté de la vie, pourquoi s'était-il tant torturé lui-même?

Et Orschanow regarda les choses avec des yeux réconciliés.

Véra... Oui, elle était là, dans toute sa beauté qui le troublait; ses cheveux, dans la lumière, semblaient plus veloutés et plus noirs et une ligne plus pure et plus onduleuse descendait, sous le drap sombre de sa robe, de son épaule à sa hanche.

Il la désira. Mais n'était-elle pas parmi ces choses belles, ces choses attirantes qui, ce matin, souriaient au soleil?

Puis Orschanow se renversa de nouveau sur les coussins blancs.

Il avait senti quelque chose de brûlant et d'amer le mordre au cœur : il renaissait à la vie, il la trouvait de nouveau belle. Mais puisqu'il y avait entre lui et Véra un abîme, ne devait-il pas se taire, cacher sa joie, et *s'en aller*?

*

Orschanow, par voluptueuse lâcheté, prolongea sa convalescence, se disant faible, las, quand Véra le questionnait. Quand il se serait avoué guéri et assez fort pour sortir, ne lui faudrait-il pas en finir d'un mot et partir ?

Il se laissait aller à la griserie de ce renouveau, à l'*amère* volupté de désirer Véra, si proche et si lointaine.

Et Véra se réjouissait de le voir presque guéri et de surprendre parfois sur ses lèvres et dans ses yeux un sourire. Elle attribuait uniquement à la honte et au remords le silence où s'enfermait Dmitri, qui répondait doucement, mais brièvement, à ses questions, et ne lui parlait jamais de lui-même.

Et Orschanow se disait qu'il pouvait bien jouir de ces derniers jours avec Véra, tristes et, pour lui, d'une ineffable douceur : après, il lui dirait bravement adieu et il irait ailleurs, n'importe où, pour que sa destinée fût accomplie... Mais pourquoi se hâter ?

CHAPITRE XI

Et ce fut ainsi, au milieu de cette quiétude mélancolique, qu'Orschanow fut surpris par une nouvelle tourmente, très inattendue et qui, pour des mois, le lia de nouveau à Véra.

Une nuit, comme il venait à peine de s'assoupir après une longue et délicieuse veillée sur les pages d'un poète aimé, Orschanow fut réveillé par Véra.

Très tranquille, sans un tremblement dans la voix, elle lui dit de s'habiller, tout de suite.

— L'un des nôtres nous a vendus. On nous cherche, moi, toi, et les autres. On est chez moi, à présent, vite, vite.

Orschanow eut un instant d'hésitation. Qu'importait le bagne ? Allait-il se lier à *eux*, à Véra, pour toujours peut-être ?

— Mais... je ne veux pas fuir.

Véra eut un geste d'une violence terrible.

Viens, ou je reste aussi !

Il pleuvait. La nuit était humide et obscure. Dans le silence, on entendait seul l'infini crépitement de la pluie sur les toitures, sur les trottoirs déserts. Dans une maison voisine, une lampe brûlait, une vague lueur trouble tamisée par un rideau rose, dans la nuit.

Véra prit des sentiers, à travers les jardins, sautant des palissades et des haies, glissant dans la boue.

— Mais où allons-nous?

Orschanow se maudissait de s'être laissé aller à l'alanguissement de sa convalescence, d'avoir été si lâche. Maintenant, il faudrait se terrer quelque part avec Véra, avec les autres, partager leur vie, pendant des mois et des mois, toujours peut-être.

Sans s'arrêter, Véra répondit :

— Makarow nous attend chez une vieille paysanne, la mère de sa maîtresse, à la campagne, pas bien loin d'ici. Heureusement, je sais où c'est...

— Mais comment ne nous a-t-on pas arrêtés tous à la fois?

— En rentrant, vers onze heures, j'ai trouvé Prokhor, notre *dvornik,* posté sur mon chemin. « Allez-vous-en, Véra Nikolaïevna, m'a-t-il dit. La police est chez vous. Le *barine* vous fait dire de partir et de ne pas vous inquiéter de lui, car ce n'est pas à lui qu'on en veut. Il vous fera tenir de l'argent par M. Rioumine. » Et c'est tout. J'ai tout de suite couru chez Makarow, Émilie y était. Elle est partie de son côté, et moi, je suis venue. Voilà tout ce que je sais.

Qui avait trahi le Comité? Comment la police ne les avait-elle pas cernés, tous?

Orschanow chassa avec colère ces questions qui assaillaient son esprit. Qu'importait tout cela?

Ce qui lui arrivait, à lui, n'était-ce pas une moquerie féroce : être persécuté pour une cause dans laquelle il n'avait plus foi, qu'il ne servait plus!

... Comme ils couraient toujours, Véra lui parla encore.

— Tu verras, nous ne serons pas malheureux, là-bas. C'est la fille d'une veuve, ancienne serve. Elles vivent seules au milieu d'un immense parc, dans un pavillon que les maîtres leur ont laissé, ils habitent à l'étranger. Nous serons en pleine campagne, en sûreté et bien tranquilles... Tu achèveras de te remettre, tu te calmeras...

Orschanow eut envie de rire, méchamment. En cet instant, il haïssait presque Véra. De quel droit voulait-elle le garder, ainsi, malgré lui? Mais non, cela ne lui réussirait pas : dès qu'il pourrait, même en dépit des pires dangers, il s'en irait... Oh, être seul, seul, libre!

Dans le silence de leur retraite, entourés des soins presque dévots des deux paysannes discrètes, Véra et Makarow continuaient ignorés tranquillement leur vie toute de pensée et d'étude, sans se laisser distraire par la rude secousse qui les avait pris en pleine quiétude, et avait à jamais aboli tout leur vouloir d'apostolat russe.

Orschanow s'isolait d'eux, en un farouche silence.

Il passait des heures, étendu sur son lit, ou accoudé à la fenêtre. Il ne rêvait pas, il *attendait*.

Domna Vassiliewna, la veuve, petite, alerte sous sa robe noire et son grand châle de deuil, servait leur cause avec une tranquille énergie. C'était par elle qu'ils s'étaient remis en rapport avec Rioumine, qui vivait ignoré, comme ouvrier dans une fabrique. Et, toutes les semaines, elle apportait le mot d'ordre, de la part du camarade vigilant. Rioumine leur enjoignait d'attendre encore.

Et Orschanow se disait que Rioumine avait raison. On finirait par les croire à l'étranger, la surveillance se relâcherait... Mais lui, n'attendrait peut-être pas aussi longtemps que les autres.

Orschanow sentait avec mélancolie, mais sans volonté de lutte, tout ce qu'il y avait en lui de bon et de tendre s'engourdir, pour faire place à un âpre vouloir de vie libre et de solitude.

Pour éviter des explications douloureuses, il ne parlait jamais de l'avenir. D'ailleurs, il sentait sur lui l'œil scrutateur et clairvoyant de Makarow, et cela le gênait, l'exaspérant parfois même.

Makarow et Véra parlaient souvent d'Orschanow. Véra voulait le laisser libre, ne pas le pousser à bout, Makarow prévoyait qu'elle ne réussirait pas à le ramener.

— Tant qu'il cherchait sa voie dans la souffrance, tant qu'il luttait contre l'instinct jouisseur et indiscipliné qui le domine aujourd'hui, Orschanow m'était sympathique, dit un jour Makarow. Mais il a bien changé, et je n'attends plus rien de lui...

Véra aimait et elle voulait espérer.

C'était justement cette obstination de Véra à croire en son retour possible à la vie passée qui exaspérait le plus Orschanow.

Comme leur séjour chez les deux paysannes se prolongeait, en une monotonie lourde, Orschanow douta bientôt de la sagacité de Rioumine. Lui avait son idée : s'aboucher moyennant argent, avec l'un des patrons finnois des barques à voiles de la Baltique, et gagner ainsi un port scandinave ou allemand.

Aussi, un jour, sans prévenir les camarades, il chargea Domna Vassiliewna de transmettre son plan d'évasion à Rioumine, en lui indiquant une taverne borgne de Goutouyew où il trouverait les Finnois.

Très vite, tout fut conclu, organisé.

Dans le courant de mai, la *Maria*, une grande barque pontée, devait faire deux voyages sur la côte allemande. Les fugitifs se partageraient en deux groupes et s'embarqueraient sur la *Maria*. Orschanow, Véra et Makarow formaient le premier groupe. Rioumine, Émilie et Garchina le second. On tira au sort le premier départ... Le hasard désigna Orschanow.

Il fallait donc attendre encore un mois. C'était long, mais au moins, la date du départ était fixée. L'incertitude douloureuse où vivait Orschanow avait pris fin, et il se rasséréna.

Pourtant, il continua à éviter ses compagnons, ne voulant ni entretenir les illusions que Véra au moins conservait à son égard, ni non plus affronter l'explication qu'il redoutait.

A l'idée de quitter la Russie pour toujours son cœur se serrait. Jamais son rêve de vagabondage russe ne se réaliserait donc! Puis, il y avait Vassily... Il fallait partir sans le revoir, sans même lui écrire, de peur de le compromettre.

Pourtant, ce départ, c'était la délivrance, la fin des hésitations et des tortures...

***

La date fixée par les Finnois approchait.

Du port allemand où les mènerait la *Maria*, les fugitifs iraient continuer leurs études et leur action révolutionnaire à Genève...

Et Véra se demandait avec anxiété ce que ferait Orschanow là-bas, une fois redevenu libre, échappant donc plus entièrement à son influence... Resterait-il seulement avec eux?

Comme Orschanow continuait à garder le silence, Véra songea que c'était à elle à se rapprocher de lui, au lieu de le laisser seul avec des pensées qui, elle le sentait bien, le détachaient de plus en plus d'elle et des camarades,

Véra entra chez Orschanow. C'était le soir, et la lampe à abat-jour rouge éclairait faiblement la petite chambre toute simple, la table de travail où rien n'était dérangé depuis longtemps, le lit blanc et rouge, étroit, un lit de collégien.

La fenêtre était ouverte et la fraîcheur humide du parc entrait par bouffées, avec des senteurs de bouleaux et de sapins.

Orschanow était assis sur le bord du lit, la tête entre ses mains, plongé en une songerie lourde.

Véra vint, et ce fut, pour Orschanow, une diversion. Il s'y donna tout de suite, avec soulagement.

Véra resta debout, près de lui, gardant sa main dans la sienne. Elle souriait.

— Puisque tu es si méchant et si farouche, puisque tu me fuis, il faut bien que je vienne à toi...

— Si tu veux... Ne parlons pas de ces choses. Cela me serait désagréable. A quoi bon, d'ailleurs, parler de l'avenir, tant que nous sommes ici, dans l'incertitude, captifs? Je voudrais, Véra, que tu apprisses à te donner à l'instant fugitif, à chercher avant tout, partout et toujours, la jouissance!

— Quel prix a-t-elle, si elle ne doit durer qu'un instant, et nous laisser ensuite plongés dans un vide plus noir?

— C'est très jeune, ce que tu dis là... Mais, Véra, ce que tu demandes, ce à quoi tu aspires toujours, c'est l'absolu, donc l'impossible! Tu demandes à la vie ce qu'elle ne peut donner, et c'est un gage certain de désillusion et de souffrance.

— Alors, il faut vivre au jour le jour, happer avidement la volupté qui passe, sans s'inquiéter du lendemain?

— Peut-être as-tu raison...

— Laissons venir demain sans y songer. Tout passera et, qui sait, nous serons encore un jour, ensemble.

Orschanow ne l'écoutait plus. Un trouble immense l'envahissait. Le désir brusquement rallumé oppressait sa poitrine. Il attira Véra, la renversa sur ses genoux, malgré elle. Il disait des mots sans suite.

— Oh, Véra, Véra chérie! Pourquoi plus tard, le bonheur? Tu ne sais pas... Tu ne sais rien! Tu es naïve, comme une enfant, et toute blanche, toute pure... Demain, nul ne sait, ce que nous deviendrons...

Instinctivement, Véra se débattait. Pourtant, sa tête tournait, un tourbillon d'idées vagues la traversait et une fièvre soudaine soulevait toute sa chair enfin éveillée. Orschanow écrasa violemment les lèvres de Véra sous les siennes. Tous deux tremblaient, défaillants. Véra s'abandonnait maintenant à cette étreinte ardente qui semblait vouloir la briser.

Orschanow la garda longtemps ainsi dans ses bras, chair contre chair, en l'accablement de leur trop immense bonheur. C'était pour lui, entre l'inconscient orgueil, une jouissance nouvelle, plus lente, plus profonde, de l'avoir là, si douce et de plonger son regard dans ses prunelles pleines de caresse et de mystère. Véra le regardait, inerte, sans un mot... Et, à la longue, ce regard le troubla.

— Comme tu es autre! dit-il enfin, frissonnant.

Il s'écarta un peu, pour admirer la lueur rouge de la lampe caressant la chair nacrée, la chair pâle de Véra, sur le fond éteint de la couverture de soie rouge fanée.

Il joua avec les boucles noires, mordit les lèvres un peu pâles... Et toujours Véra gardait le silence.

— Parle-moi! Sais-tu que tu me fais peur, ainsi!

Presque farouche, elle le reprit entre ses bras retrouvant leur force souple.

— Tais-toi! Tais-toi! Il n'y a plus rien à dire.

***

Makarow, après une furtive promenade dans le parc obscur, rentra. Autour de la table ronde où s'éteignait le samovar plaintif, Domna et sa fille cousaient en silence, les yeux baissés, appliquées et calmes...

— Où est Véra?

Domna leva son pâle visage de nonne byzantine.

— Véra Nikolaïewna est allée chez Dmitri Nikitich.

— Depuis longtemps?

— Depuis longtemps...

Il était onze heures.

Makarow se tut. Il s'accouda à la fenêtre. Le parc dormait et sa respiration puissante montait dans l'obscurité à peine attiédie.

Une tristesse envahit Makarow, un sourd malaise. Il ferma les yeux. Une vision traversa son esprit, qui le brûla : Orschanow, Véra...

Makarow se méprisa.

— Au diable! Est-ce que ce sont mes affaires? Elle souffrira... soit! mais moi, je n'en suis pas moins un cochon. J'ai frissonné désagréablement, quelque chose, une bête de nuit, inconnue, m'a pincé au cœur... Oui, oui, une jalousie de brute!

Et il cracha, s'éloignant de la fenêtre. Il prit ses cahiers, ses livres et se mit au travail avec une ardeur un peu nerveuse, cependant.

***

Orschanow et Véra ne se cachèrent pas. Ils s'étaient tus pourtant, le matin, mais leurs visages pâles rayonnaient de joie intérieure, et ils ne se quittaient plus une seconde.

Orschanow surtout avait changé, rajeuni, embelli, se redressant, les cheveux au vent, l'œil ravivé.

Pour la première fois depuis qu'ils vivaient là, Orschanow causa et rit, plaisantant, improvisant des vers sur la *Maria*, son amoureuse, lente à venir le prendre.

Et Véra, heureuse, le regardait et souriait.

Elle apprenait de lui à se donner à la joie de l'heure fugitive et à ne plus songer au lendemain qui, pour eux, ne devait pas exister.

Pourtant, en pleine griserie d'illusion, ni l'un ni l'autre ne savaient cela.

Deuxième Partie

Des brumes monotones sur une houle terne, de grands vents glapissants sur la triste Baltique. Un port enfumé, des docks puissants, un décor vigoureux et sévère sous un ciel sans sourire. Puis, des plaines et des plaines, sablonneuses ou fertiles... Enfin les hautes montagnes et les vallées romantiques de l'Allemagne du centre...

A Genève, c'était le printemps.

Grave sans être morose dans sa vallée aux montagnes éloignés, sans heurts de lignes ni de couleurs, avec le miroir calme de son lac et la coulée profonde du Rhône, Genève souriait, dans sa parure de marronniers et de platanes.

Propre, d'une coquetterie effacée, sans couleurs vives, sans bariolage de costumes, sans gaîté apparente, Genève était jolie.

Sur les bords de l'Arve rapide et boueuse, le faubourg de Plainpalais, le quartier des étudiants, au pied de la colline de Champel et de la Roseraie.

Là, nichait toute une Russie jeune et pleine de vie, quoique meurtrie déjà. Là, loin des ténèbres et de l'épouvante, au grand soleil, les audaces et les espoirs révolutionnaires s'épanouissaient, libres, ardents.

Des assemblées orageuses, des clubs retentissants, une ardeur débordante, surtout, beaucoup de sincérité jeune.

Dès le premier jour, en cette atmosphère propice, Makarow et Véra avaient respiré, soulagés, presque radieux, malgré leur rude défaite, là-bas.

Les sens apaisés de Véra la troublaient moins déjà, et, au delà des joies souhaitées pourtant de l'amour, Véra aspirait, en lutteuse, à se reconstituer une vie, à retrouver la saine griserie du travail et le calme de l'esprit.

Orschanow, charmé par les aspects souriants des choses nouvelles, se donnait tout entier à la joie du soleil.

Dès l'aube, comme là-bas, à Pétchal, il sortait sur la route et errait, au hasard, entre les champs où les semailles frissonnaient sous le vent léger, entre les haies vives toutes étoilées de fleurs, entre les bois de chênes enchevêtrés de broussailles épaisses.

D'autres fois, c'était à la conquête de la ville qu'il allait, seul, sans guide, devinant les coins de beauté ou de silence.

Il trouva aussi les vieux quartiers de la Genève de Calvin, la grande cathédrale de Saint-Pierre, privée de ses beautés intérieures par le protestantisme iconoclaste, mais belle encore, de tout le sombre rêve des siècles accumulés entre ses murailles puissantes, brunies, roussies. L'évêché transformé en prison, dans le silence et l'abandon de ruelles mortes, si vieux que ses murs tout rouges nourrissaient une mousse épaisse, d'un vert humide.

***

Un jour Orschanow reçut une première révélation du Midi.

C'était rue des Corps-Saints. Des gouttes de soleil pleuvaient sur le pavé noirâtre et les vieilles maisons obscures prenaient des teintes de brun chaud et doré.

Là, il y avait des rouges ternis, à côté de bleus verdâtres, des jaune canari côtoyant des vermillons pisseux... Les laideurs noires ou grises étaient rares...

On parlait fort, on chantait. Dans une échoppe pauvre de cordonnier, on jouait de la mandoline, avec, pour accompagnement, le martellement sourd du maillet de bois sur le cuir des semelles neuves...

***

Orschanow ne travaillait toujours pas, s'abandonnait au délice des jours errants et des nuits ardentes où il étouffait tyranniquement sous ses caresses les reproches de Véra.

En lui, de la posséder, un orgueil et une jalousie étaient nés. Et, quand il la vit donner une partie de son ardeur à cette vie d'étudiant qu'il haïssait maintenant, il souffrit.

Parfois, elle s'attardait aux réunions, tandis que lui, enfiévré, torturé, l'attendait.

Pourtant, quand elle le conviait à ces assemblées, il refusait violemment.

Seules les journées de solitude, de silence et de volupté lente, sans heurts et sans fatigue, le calmaient et lui étaient réellement douces...

Et puis, depuis qu'il avait pris Véra, au lieu de l'esclavage définitif qu'il prévoyait et qu'il redoutait, il se sentait *libre*.

Peu à peu, le désir de s'en aller, de devenir le fier vagabond conquérant des horizons, s'affirmait en lui et le dominait.

Il finit par pressentir toute la volupté mélancolique du départ, de l'abandon de Véra.

Elle n'en mourrait pas : elle savait où se réfugier et de quoi se délecter.

Orschanow s'abandonna à son cher rêve avec délice et orgueil.

Les camarades et Véra elle-même précipitèrent l'inévitable dénouement.

Ils tentèrent encore de le reprendre, de le soumettre. Ils lui parlèrent fraternellement et avec ardeur.

C'était chez Véra, un soir. Pâle, angoissée, elle le regarda, l'œil tout assombri de reproche.

– Serais-tu donc lâche, Dmitri! Il faut travailler, lutter, être homme. Non, tu ne peux être lâche. Va, demain, te faire inscrire à la Faculté, travaille.

Orschanow se leva.

– Lâche? Non, c'est vous qui l'êtes, prophètes d'une liberté problématique dans mille ans et qui n'avez pas le courage de secouer tout de suite le joug de la société imbécile et des choses meurtrières! Lâche, Véra, celui qui t'a faite sienne, qui a fait vibrer quelque chose de son âme au plus profond de ta chair! Soit, je disparaîtrai, je m'en irai, mais tu resteras mienne, Véra, et rien ne m'arrachera de toi, jamais. Laissez-moi! Laissez-moi seul!

Et il alla à la fenêtre, s'appuyant le front contre la vitre. Il souffrait. Une révolte surtout grondait en lui.

Il entendit Garchina dire :

– S'il était parti, depuis le temps qu'il menace de s'en aller, il serait bien loin!

Furieusement, Orschanow haussa les épaules.

Les camarades partis, Véra essaya de lui parler, doucement. Alors, de nouveau, il la prit, la poussant vers le lit. Elle se révolta, lutta.

Orschanow était aveuglé par la colère et le désir. Ils se tordaient, l'un contre l'autre, en une lutte orageuse.

— Brute! Lâche! râlait Véra, pâle, avec une barre dure entre les sourcils.

Enfin, tous deux, roulèrent à terre.

Ce rut sauvage et cruel soulevait le cœur de Véra de dégoût et de honte.

Orschanow se releva. Sous sa main, le poignet droit de Véra avait saigné. Elle était pâle, elle n'avait pas répondu à son étreinte, elle lui en voulait.

Quelque chose s'était brisé.

Sans un mot, elle sortit.

Orschanow se jeta sur son lit et chassa tout souvenir, toute pensée, en un immense besoin d'apaisement.

Le lendemain, adouci, calmé, il alla s'agenouiller devant Véra, qui lisait, assise dans sa chambre. Il lui prit la main.

Puis, tout à coup, il remarqua la meurtrissure qu'il lui avait faite la veille. Alors, désespérément, il pleura.

— Pauvre, pauvre Mitia, dit-elle, avec une tendresse triste. Jamais plus tu ne seras des nôtres...

— Tu sais bien que je t'aime.

— Ton amour est comme tout en toi, tourmenté, fou. Pourtant, tu m'es si cher!... Restons là, l'un près de l'autre, sans rien dire, sans rien espérer...

Le reste de la journée s'écoula en une mélancolie profonde, douce... Le soir rose glissa sur les arbres dorés de la promenade, sur le mur blanc de la chambre.

Véra sortit. Orschanow sentit une grande paix descendre en son cœur rasséréné...

***
***

La fenêtre était restée ouverte et une lueur bleue coulait sur les planches du parquet. Dans le grand silence du faubourg, les voix diverses des coqs claironnaient un réveil hâtif. Des sabots d'ouvriers matineux claquèrent sur le trottoir.

Orschanow se réveilla en sursaut, se rappelant qu'il avait quelque chose d'important à faire, ce matin-là.

Il se souvint : c'était fini; il allait partir.

Son cœur se serra un peu, pour une seconde. Puis, il se leva, d'un bond. Il était joyeux, il avait envie de chanter.

Pourtant, tandis qu'il s'habillait, mettant ses vieux vêtements d'ouvrier de Pétersbourg, il se calma, et se plongea peu à peu dans l'atmosphère de sérénité qu'il avait prévue la veille...

Il griffonna quelques mots d'adieu à Véra, simples, sincères, doux, comme était son âme en cet instant.

Puis, il sortit.

Le soleil se levait à peine, derrière les dentelures aiguës des monts Voirons... Une lueur opaline enveloppait les choses et une brise légère passait dans la ramure des arbres, secouant une pluie fraîche de rosée.

Orschanow prit la route de Savoie qui s'en allait, blanche entre les campagnes vertes, vers les ondulations molles du mont de Sion.

Le jour était limpide et joyeux. Orschanow s'éloignait à grands pas, sentant des sources ignorées de vie et de puissance sourdre en lui.

La force et la souplesse de sa chair s'harmonisaient avec cette joie intérieure et il se sentait capable de marcher ainsi, toujours, à la découverte du monde, des horizons les plus lointains.

Enfin, c'était donc fini, il avait eu le courage de tout abandonner, même Véra, de partir, de se faire libre...

Et Orschanow s'en alla ainsi dans le soleil du matin de mai...

C H A P I T R E   I I

Au sommet de la côte de Copponex, un grand chêne tordait ses bras robustes, aux bourgeons épanouis. Contre son tronc puissant, un pommier sauvage avait poussé, étendant au-dessus de la route ses branches constellées de fleurs blanches, avec une goutte de sang sur chaque pétale.

Des primevères couleur de citron et des anémones carminées semaient leurs taches vives sur le velours sombre de la mousse.

Plus loin commençait une haie, avec la floraison candide des *blossiers*, les prunelliers épineux de la montagne.

Sur le plateau, au bout du champ, une ferme dressait sa silhouette pesante, une de ces vieilles fermes de la Savoie, carrées, basses, à moitié enfouies en terre, et couvertes de tuiles plates noircies par le temps.

Une fumée bleue montait toute droite, dans le rayonnement doux du soir tranquille.

C'était la fin du printemps, et une haleine puissante de vie et de fécondité se mêlait à l'odeur du logis pauvre : relent d'étables et d'oignons frits, rancis.

Orschanow, vêtu d'une blouse, avec un petit baluchon au bout d'un bâton, s'en venait sans hâte, jouissant du calme de l'heure, dans la simplicité sans âpreté du décor.

Depuis deux mois, il errait ainsi à travers la Savoie ; de hameau en hameau, de ferme en ferme.

Jadis, là bas, en Russie, il avait appris des ouvriers auxquels il aimait à se mêler bien des petits métiers : charronnage, maréchalerie, menuiserie.

Et c'était d'ailleurs si simple, dans ce pays primitif, chez les paysans savoyards : on demandait la soupe et le coucher, en échange d'un coup de main, d'une réparation quelconque.

En Orschanow, les souvenirs douloureux des derniers mois s'étaient apaisés. Tout cela lui semblait si lointain, maintenant qu'il ne reverrait jamais Véra, et que tout était fini, pour toujours.

Il n'avait pas oublié Véra, et la silhouette aimée passait souvent dans ses rêves, embrumée de mélancolie. Mais Orschanow, au lieu d'un regret et d'un déchirement douloureux, éprouvait la volupté profonde du renoncement...

Oh, être seul, être libre, inconnu, sans attaches ni entraves sur la terre accueillante et douce aux errants ! S'endormir en des abris de hasard, où on ne possède rien, où on ne tient à rien, et le lendemain, s'en aller plus loin, vers d'autres décors, parmi d'autres êtres... et ainsi toujours !

C'était surtout à cette heure préférée du crépuscule qu'Orschanow ressentait la douce mélancolie de toutes ces choses qu'il avait devinées depuis longtemps et dont l'attrait l'avait vaincu...

Orschanow s'approcha de la ferme. Dans la cour, assise sur le seuil moussu, une vieille femme en tablier bleu et en bonnet blanc épluchait des légumes.

Orschanow salua, demandant s'il y avait du travail. La vieille le regarda fixement.

— Et d'où que vous venez comme ça ?

— De Sergy, où j'ai fait des réparations chez M. Mouchet, le fermier du comte.

— Ah... Alors vous cherchez de l'ouvrage ?

— Eh oui, ma bonne dame.

— Ça dépend, si c'est pour de l'embauche ou pour coucher... Vu que l'embauche, y en a pas. C'est pas le moment... Pour la fenaison, je dis pas... Mais maintenant, y en a pas. Quant à pour coucher, je dis pas, ça se peut tout de même. Seulement, y en a déjà un, de *voyageur*, qu'il est venu... Et pis vous, ça fait deux... Quand même, d'ici à la ferme de chez Bozon, y a ben quatre heures... C'est ben loin. Ben, si vous voulez coucher, vous pourrez faire le bois et le rentrer... L'autre, il est allé *s'aider* à mon homme, pour couper de l'herbe, que ça fait profiter les vaches. Vlà, y aura un pot de soupe pour vous. Quand y en a pour quatre, y en a pour cinq.

Orschanow posa son baluchon. Une grande fille blonde, d'une robustesse d'homme, le visage sérieux, sans sourire, lui donna la hache et lui montra un tas de racines de chêne.

– Vlà. Quand vous aurez fini, vous y mettrez là, sous la remise, derrière le *char à échelles*.

Et les deux femmes reprirent leur travail, sans plus faire attention à Orschanow qui, à deux pas, fendait le bois noueux et dur. Elles échangeaient parfois quelques réflexions en patois.

* *

Une salle carrée, au plafond en poutres épaisses et enfumées où pendaient des jambons et des chaînes d'oignons secs. Aux murs noircis, des rayons avec de la vieille vaisselle de terre et, rangés sur le manteau de la grande cheminée, des ustensiles de jadis.

A l'antique crémaillère de fer, vestige de la vie nomade oubliée, la grosse marmite de fonte pendait dans la flamme claire des sarments.

Sur la table, une lampe à pétrole, les pots à soupe, coniques, avec des dessins verts et rouges sur l'émail grossier, et la miche de dix livres, énorme et bise.

Sur les bancs polis par l'usage, les hommes s'assirent, lourds, avec leur osature puissante et leurs muscles épais, sous la blouse et le pantalon de futaine. Aucun n'avait ôté son chapeau. Les femmes servaient, les manches retroussées.

Le patron, un vieux au visage racorni et rasé, versa le vin dans les verres épais. L'autre trimardeur, un blond trapu à la moustache tombante sur la bouche ferme et bonne, l'œil bleu, très franc, semblait gêné. Alors, le fermier dit, avec son accent traînant :

– Allons, vous autres, faut pas avoir honte. Quand on offre la soupe, c'est de bon cœur, ben sûr. Y vaut mieux demander que voler, pas vrai? Pis, ça peut arriver à tout un chacun, ça, de pas trouver de l'ouvrage. C'est pas en cette saison qu'on connaît le feignant du bon ouvrier, c'est au moment des gros ouvrages. Allez, faut trinquer avec nous autres, pour montrer que vous êtes pas plus couillons que le monde !

Depuis son départ de Genève, Orschanow observait curieusement ce peuple d'une autre race, sans la mélancolie résignée et le vague mysticisme du paysan russe, moins travailleur et plus contemplatif.

« C'est le travail, l'inique, l'éternel travail qui les a rendus ainsi, pensait Orschanow. Ils sont comme leurs bêtes de labour, et ils n'ont pas le loisir de lever la tête et de regarder autour d'eux l'horizon libre, de respirer en paix l'air qui est à tous... Oui, ce sont la vie sédentaire, la propriété, la famille, le travail, tout ce qui fait la société qui les abrutit et les tue, les maintenant courbés vers le sol, dans l'âpre lutte de toute heure, qui les durcit et les enlaidit. »

*

Dans le fenil poudreux, comme ils se couchaient côte à côte sur les gerbes molles, les vagabonds parlèrent. De leur vie, ils se contèrent ce qu'ils voulurent, surtout Orschanow qui cachait son passé d'intellectuel, se disant ouvrier russe émigré.

Antoine Perrin, lui, était du Bugey. Pendant qu'il était au service, son père était mort, et on avait vendu leur bien. Alors, en rentrant, ça l'avait dégoûté, et il était parti, gagnant sa vie, parce qu'il restait un bon ouvrier, respectueux du travail, de l'ouvrage, comme il disait, et plein de dédain pour les vagabonds ordinaires, tous des feignants et des chapardeurs.

Orschanow lui plut, parce qu'il sentit en lui un homme sûr et sans malice, sur lequel on pouvait compter et qui ne mettrait pas les camarades dans de sales pétrins, comme ça arrive si souvent.

Après un long silence, Perrin, qui avait réfléchi, finit par dire :

— Si tu veux, demain, on partira ensemble. On s'embêtera toujours moins, quand on sera deux, puis, ça vaut mieux pour toi, vu que t'as pas l'habitude de chez nous. Tu pourrais tomber avec des mauvais bougres qui te foutraient dedans. C'est que c'est vite fait tu sais.

— Ça va bien...

Perrin plaisait à Orschanow. D'ailleurs, quand il l'ennuierait, il n'avait qu'à le quitter. Cette association provisoire avec un trimardeur, un ouvrier, lui souriait, comme tout ce qui venait du hasard de la vie errante.

Et ils s'endormirent insouciants, sans regrets ni inquiétudes : ils étaient jeunes et forts, et la route était là, accueillante pour tous, menant loin, n'importe où. Et partout le soleil luisait... et l'homme mangeait du pain.

CHAPITRE III

Un flot de vie et de gaîté roulait sur les quais aux dalles blondes. Des richesses s'accumulaient, variées, mêlant leurs taches de couleur, au sortir des wagons poudreux.

Il y avait là des tas de planches en bois du Nord, d'une teinte fraîche et pâle, avec des larmes de résine rose, des tonneaux de soufre d'Agde, avec de minces filets d'un jaune verdâtre entre les douves sèches, des sacs de plâtre livide, des fûts de vin teintés de lie violette, des caisses de couleurs en poudre, tachées d'indigo sombre, de vert émeraude, de safran clair, des barils de minium poudrés de rouge violent...

Sous le soleil déclinant l'eau des bassins s'irisait de reflets tendres, avec des fourmillements d'or liquide dans les vagues remous.

Les hautes maisons noires de la Joliette dardaient le regard songeur, le regard nombreux de leurs fenêtres sur la mer tranquille où attendaient les navires, ceux qui arrivaient et ceux qui allaient partir.

C'était le soir, et les débardeurs des Transatlantiques avaient fini de charger le *Saint Augustin,* en partance pour Oran. Maintenant, ils se reposaient, étirant leurs bras puissants.

Ils portaient des pantalons de toile bleue, tachés de goudron et d'huile, le torse moulé en des maillots bleu et blanc, la ceinture de laine rouge très lâche, retombant sur les hanches.

Quelques-uns avaient des bérets de matelots, et d'autres arboraient de vieilles *chechiya* déteintes de zouaves et de spahis, défroques africaines.

La lumière chaude, déjà rosée, caressait leurs cous musclés et les méplats de cuivre de leurs visages de types différents, les uns troubles et indéfinissables, les autres purs et beaux.

Orschanow s'habillait comme eux maintenant, et, après à peine un mois, il parlait leur jargon, moitié provençal, moitié *matelot,* émaillé de mots lointains, arabes ou chinois, et qui avait une saveur poivrée, méditerranéenne.

Perrin avait conservé son pantalon de futaine et le chapeau de son pays. Pourtant, il avait dû échanger sa blouse contre un maillot, à cause des moqueries qu'il accueillait mal.

Il était venu à contrecœur dans ce Midi étranger, au bord de cette mer qui lui faisait peur. Il avait subi l'ascendant d'Orschanow et l'avait suivi.

Orschanow avait été ébloui et grisé par la Méditerranée, après les ports enfumés et moroses du Nord, après l'inclémence de la mer sans sourire.

C'était bien la mer classique, la mer étincelante, vivante dans la gloire du soleil, celle qui avait caressé de son flot violet les côtes de lumières où était née la pensée humaine... Elle était aussi la grande route qui mène à tous les pays de rêve.

Orschanow l'aima, se donna à elle, depuis le matin d'opale où, des crêtes blanches de la Nerthe, il l'avait aperçue pour la première fois.

Et cette plèbe maritime, si bruyante, si éclatante dans ses oripeaux, si colorée en sa misère étalée, aux senteurs violentes, dans la fermentation chaude de son sol fécond !

*
* *

Devant les admirations d'Orschanow, Perrin haussait les épaules.

Bien sûr, il y avait là des richesses, du travail. On trouvait du pain à manger, mais il fallait tout de même se méfier de tous ces « mocos » qui vous sautent au cou sans vous connaître et qui, s'ils peuvent, vous font la peau par derrière, pour dix sous !

Perrin avait vite démêlé la ruse et les passions brutales, impulsives, sans frein, sous l'apparente bonhomie des gens du Midi.

Il ne les aimait pas, lui qui ne pouvait les regarder en artiste, comme Orschanow, les admirer comme de belles choses dans une belle lumière. Il ne savait pas faire abstraction de leurs laideurs et de leurs déchéances morales. Pour lui, c'étaient des mauvais bougres, des sournois qui jouaient du couteau. Il ne fallait pas s'emballer.

Orschanow, avec sa souplesse de Slave, savait entrer dans tous les milieux, semblait s'assimiler toutes les habitudes, tous les parlers, tout en restant lui-même.

Les débardeurs l'aimaient mieux que Perrin, anguleux et ferme. Ils l'appelaient le « Russe » et disaient que c'était un bon zig.

*
* *

Orschanow était assis sur le bord du quai, ses pieds nus ballants au-dessus de l'eau, où flottaient des fragments de liège et des lambeaux d'affiches rouges et jaunes. Il rêvait.

Près de lui, un grand Piémontais, l'oreille droite percée d'un petit anneau d'or, se sanglait dans sa ceinture qui tombait à terre, s'enroulait comme un serpent de feu.

Le petit Henri, un gamin déhanché, au profil de chèvre malicieuse, chanta :

Suona, suona la campana,
Suona a matine suona!

Comme personne ne reprenait le refrain, il fit la roue.

Les autres, le dos à un tas de sacs, fumaient la pipe, s'entretenant des bateaux.

L'Arabe Slimane, à demi couché par terre, traçait avec le doigt des arabesques dans la poussière chaude des dalles.

... Des ouvrières passèrent, en cheveux, la jupe rouge, le tablier à fleurettes, comme des demoiselles. Chacune portait son ouvrage plié dans un foulard. Elles coulèrent un regard aguicheur vers les débardeurs qui se redressèrent, bombant leurs pectoraux. Elles firent une moue et se mirent à rire.

Un gros chien noir se jeta dans le bassin, et les hommes le regardèrent nager, le museau hors de l'eau. Autour de lui, de grands cercles d'or rouge allaient en s'élargissant, jusqu'à la coque sombre des navires.

Orschanow se laissait bercer par le calme de l'heure.

Il regardait, en face, la jetée et les Forges de la Méditerranée, où le grand martellement sourd, la plainte du fer, s'était tu, et où étaient mouillés les monstres géants des Messageries Maritimes, les courriers lointains des Indes, de la Chine et des îles d'Océanie.

Au delà c'était Arene et le Lazaret, et le môle des Abattoirs où passaient des silhouettes mélancoliques d'Arabes en *burnous* fauves, convoyeurs de moutons algériens.

Plus loin, l'anse arrondie de l'Estaque, puis la côte qui filait, qui s'abîmait dans la brume rose du large.

A gauche, au-dessus du Port-Vieux et des voiliers, au-dessus des forts Saint-Jean et d'Entrecasteaux, Notre-Dame-de-la-Garde brûlait étincelante, dans l'incendie rouge du soleil couchant.

Un souffle puissant de vie, un appel tyrannique vers les horizons lointains, comme un sortilège subtil et irrésistible montait de Marseille et de ses ports.

Pour la première fois, Orschanow se dit que là, sur ce quai, ne finissait pas l'Univers, qu'il y avait là-bas, au delà de la mer berceuse, les terres de soleil et de silence, qu'il y avait l'Afrique...

CHAPITRE IV

Derrière les crêtes blanches de la Nerthe, le soleil se levait, carminé, sans rayons, dans un ciel d'un violet pourpre, limpide, profond.

Sur les quais, le travail recommençait, avec le grondement continu des lourds camions attelés de huit ou dix énormes chevaux, percherons massifs, à la croupe carrée, au col puissant sous les hauts colliers à sonnailles.

Les ouvriers filaient vers les ergastules, avec le bruit mou des espadrilles ou des pieds nus sur le pavé poudreux.

Le va-et-vient affairé des marchands ambulants, la large manne d'osier sur la tête, commençait avec leurs longs cris, chantant sur toutes les gammes le zézaiement de leur patois.

Un flot de lumière rouge coula sur les maisons, sur les navires, sur les dalles des quais, se brisa en myriades d'étincelles sur les rides légères de l'eau dans les ports tranquilles.

Orschanow et Perrin, avec leurs couffins de hardes, s'en allaient dans la joie du matin derrière la silhouette déhanchée du petit Henri, qui gambadait et continuait ses singeries cocasses.

Perrin, songeur, réfléchi comme à son ordinaire, suçait sa pipe. Il regardait droit devant lui : après la secousse, l'étonnement extrême de l'arrivée à Marseille, il s'était très vite *habitué* et il n'éprouvait plus aucune curiosité pour les décors maritimes. Il s'inquiétait des petites affaires quotidiennes et surtout de l'*ouvrage*.

Depuis quelques jours, des portefaix nouveaux avaient ébranlé les prix, aux bateaux, et le petit Henri en avait profité pour décider Orschanow et Perrin à aller chercher de l'embauche à la Fontaine des Tuiles, du côté de l'Estaque.

C'était bien plus rigolo. C'était surtout *ailleurs*, et *autre chose*.

Le petit Henri ne pouvait pas vivre deux jours dans la même rue, dans le même quartier. C'était un vrai enfant du pavé marseillais, épris de maraude et de vagabondage, « un *nervi* dans l'âme », comme disaient ses *collègues* marseillais.

Perrin avait bien un peu hésité. Ce diable de gosse avec ses mauvaises singeries et son goût de chiper finirait bien sûr par les foutre tous dedans, un jour.

Pourtant, une fois de plus, Perrin suivit Orschanow qui, lui, préférait continuer à trimarder à travers Marseille, comme ils avaient trimardé à travers la France.

De plus en plus, à mesure que le Russe prenait de la force et de l'envergure, qu'il devenait un rude ouvrier, Perrin se sentait de l'estime, du respect même pour lui. Il n'y avait pas à dire, le Russe savait bigrement bien se débrouiller à présent.

Puis, il connaissait mieux les nouveaux métiers qu'on était obligé de faire dans ce pays.

*
* *

Orschanow marchait allègrement, les yeux levés sur la beauté des choses, leur découvrant ce matin-là des harmonies nouvelles de lignes et de couleurs.

Ils suivirent le quai du Lazaret. Il y avait là un fouillis de navires de faible tonnage, petits vapeurs irréguliers, rouillés, fatigués et portant des noms sonores, de vieux noms de voiliers : *San Irénéo, Carthagène, Santa Mater Dolorosa, Cadix, Eleni Proti, Corinthe, Stella Maris, La Plata...*

Ils attendaient là, leurs équipages dispersés dans les quartiers saures de la vieille ville, d'autres départs, d'autres rêves bercés sur d'autres houles.

Et Orschanow songea pendant un moment à se faire matelot.

Depuis le soir où il avait rêvé sur les dalles de la Joliette, en regardant partir le *Saint Augustin*, pour Oran, l'Afrique le hantait, l'Afrique musulmane surtout.

Il songeait à ses propres atavismes d'Islam, à travers toute la lignée maternelle, tartare et nomade.

Orschanow, comme le matin où il avait quitté Genève, Véra et son ancienne vie, sentait un flot de vie recouvrée, d'énergie, le soulever tout entier, le jeter à la conquête du monde.

*
* *

Petit Henri n'avait pas menti : on les avait embauchés pour piocher et brouetter la terre ardente au fond des carrières, ouvertes comme des plaies saignantes au flanc vert des collines couronnées de pins maritimes.

Sous le soleil brûlant, dans la poussière sanguine, ils avaient peiné tout le jour, parmi des Piémontais silencieux et des Siciliens sauvages.

A eux deux ils pouvaient gagner six francs par jour : avec cela ils seraient heureux.

Petit Henri, le gosse imberbe, grimaçant, aux yeux verts et louches, proposa, quand ils furent sortis du chantier :

— Si qu'on allait manger le pain, le fromage et la sardine sur la jetée de l'Estaque? Mêmement que j'ai *fait péter* [1] une couple de *moulans* [2] à une femme dans son panier.

— Bougre de nom de Dieu de voleur! jura Perrin qui s'indignait de ces rapines du gosse.

Orschanow, lui, restait indifférent. *Petit Henri* était drôle, comme une bête maligne. Il semblait une fleur bourbeuse poussée dans la fermentation chaude du pavé méditerranéen. Cela ne suffisait-il pas?

Ils allèrent s'asseoir parmi les grands blocs noirs, les brise-lames de la petite jetée blanche enserrant un bassin vaseux, presque stagnant, peuplé d'algues brunes où jouaient des crabes obliques que le gosse appelait des *favouilles*.

Perrin mangea lentement, posément, le pain et le fromage, la nourriture de son pays; les sardines, il n'y tenait pas, trouvant que ce n'était pas nourrissant.

Orschanow, qui mangeait très vite, s'était installé, à moitié couché sur le dos entre deux blocs lisses, face au golfe.

Là-bas, très loin, Marseille fumait, noyée d'or rose, avec les flammes innombrables des vitrages et les feux encore pâles des phares et des navires qui s'allumaient.

Vers la droite, c'était la silhouette haute de la *Bonne Mère* sur son rocher de craie couleur de braise, puis en des transparences allant du rose sombre des falaises d'Endoume, par le rose incarnadin des rochers arides de la Madrague de Montredon, au violet profond de la mer, une houle de lumière qui baignait et effaçait les îles... Seul, très loin le roc aigu et sombre de l'île de Maire flambait au milieu des eaux obscures.

Le grand œil changeant du phare Planier cligna au large.

Un soupir continu, immense, montait du mystère de l'eau assoupie, passant peu à peu à des bleus froids, à des bleus noirs d'abîme...

Orschanow éprouvait une sorte d'engourdissement voluptueux.

Il pensait, comme en rêve, sans émotion et sans hâte, qu'il ferait bon, par un soir pareil, un soir de calme et d'anéantissement, partir vers les terres inconnues d'outremer, avec, au cœur, une mélancolie très douce, sans aucune amertume, avec un renoncement définitif à

1. Volé.
2. Pêches.

tout son passé, à tout ce qui avait été lui-même, et *avec le pressentiment qu'il ne reviendrait jamais.*

CHAPITRE V

Onze heures, en été, sur les quais, dans les rues. La fièvre du travail s'interrompit brusquement.

Le roulement des wagons, des camions pesants, le grondement perpétuel de la ville maritime, s'étaient tus pour un instant, dans l'accablement de la méridienne.

Des flots de lumière dorée coulaient sur les maisons de briques roses de la place de la Joliette, sur la poussière surchauffée des quais, sur l'eau violette des ports, immobile, lourde, comme épaissie dans la chaleur, où de grandes taches métalliques, huileuses, oscillaient doucement.

Au milieu de la place, sous des tentes légères en toile grise à raies rouges, des éventaires se chargeaient de victuailles, aux couleurs et aux parfums violents : tomates saignantes, poivrons verts, olives noires, piments rouges, gros oignons violacés, charcuteries racornies, poissons frits à l'huile, d'un brun doré, étoilés de tranches transparentes de citrons, citrons entiers, tout en or verdâtre, parmi l'écaille noire des moules, lourds raisins muscats, couleur de miel pâle, pains blancs et légers, cerises d'un grenat noirâtre.

Tout un régal des yeux, à côté des petits fourneaux improvisés avec de vieux bidons à pétrole défoncés où cuisaient les mets poivrés et jaunis au safran de la cuisine marseillaise.

Des vapeurs d'huile montaient de ces étalages et des nuées de mouches y bourdonnaient.

Quittant les quais, des hommes demi-nus, des débardeurs excédés de fatigue et de chaleur vinrent en bandes.

Ils s'arrêtèrent d'abord près de la fontaine et, les uns après les autres, se lavèrent les mains qu'ils secouèrent simplement pour les sécher.

Puis, ils allèrent se presser en masse houleuse et compacte devant les éventaires.

Les plaisanteries grassement patoisées, les marchandages, les offres, les discussions allaient leur train, et les sous de cuivre tombaient avec un bruit sourd et continu, sur les planches.

Et, de toute cette foule affamée, un fumet sauvage de sueur mâle montait sous le soleil.

Orschanow s'était fait aux nourritures huileuses et pimentées, aux oignons crus, aux olives.

Perrin haussait les épaules, préférant emporter un bon litre de vin blanc, avec un pain et un morceau de fromage, des choses *comme chez eux*, qui vous tenaient au moins au ventre, disait-il.

Portant leurs papiers gras sur le plat de la main droite ouverte, le pain sous le bras et la bouteille à l'autre main, les ouvriers coururent occuper les places à l'ombre des maisons, le long du quai. Assis sur le bord du trottoir, les pieds dans le ruisseau sec où traînaient de la paille et des ordures, ils mangèrent avidement, sur leurs genoux.

A chaque instant, un bras se levait, avec une bouteille rouge ou blanche, une tête se renversait en arrière, les muscles d'un cou bronzé se tendaient et saillaient dans la découpure ronde du maillot.

Orschanow avait toujours fini de manger avant les autres et s'étendait sur les dalles un peu fraîches du trottoir, son béret sur les yeux, non pour dormir, mais pour rêver.

* *

Il était las et tranquille, sans désirs.

Il pensait à sa vie nouvelle et il s'étonnait qu'il lui eût été si simple, si facile, après les souffrances et les hésitations des dernières années, de se faire libre et heureux, du seul bonheur accessible à sa nature.

Il lui avait suffi de *s'isoler*, de descendre dans ce milieu simple et rude où il vivait à l'aise, accepté de tous parce qu'en apparence, il agissait et parlait comme eux, et où, pourtant, il demeurait le solitaire qu'il avait toujours été et qu'il resterait.

Au contraire des intellectuels, les pauvres et les simples ne tourmentaient pas Dmitri, parce qu'ils ne faisaient jamais incursion dans le monde formé de sensations et d'idées où il vivait et dont l'existence même leur échappait.

Pour être libre, il faut être seul, toujours, partout, surtout parmi les êtres.

Orschanow plaignait les hommes de leur misérable besoin de vivre en collectivités morales, de se grouper, de s'embrigader en commun, de tendre leurs cous vers le joug écrasant et l'insupportable tyrannie de l'opinion des autres.

Orschanow, errant et isolé dans un monde où il pouvait rester à jamais un *inconnu*, était réellement *libre*.

Il pensait et agissait à son gré, et personne ne pouvait prétendre contrôler ses pensées car il lui suffisait de s'en aller, au moindre choc, de reprendre la route.

... Orschanow, étendu sur les dalles du trottoir, dans la lassitude de ses membres durcis, sentit, à la pensée de son affranchissement définitif, une joie et une fierté soulever sa poitrine.

Puis, tout à coup, il se mit à penser à Véra, et son cœur eut un léger sursaut.

C'était toujours pour lui une volupté très douce, très mélancolique et sans aucune cruauté de songer à Véra, de se dire qu'il ne la reverrait plus jamais, qu'il ne saurait plus rien d'elle non plus, car, en partant, il avait bien senti qu'il ne lui écrirait jamais, qu'aucun lien ne subsistait plus entre lui et son passé.

Les yeux clos, Dmitri revoyait Véra, l'amante si longtemps et si ardemment désirée, et en qui il avait incarné les voluptés les plus intenses de ses sens et de son imagination.

C'étaient les boucles noires de Véra, courtes et soyeuses, qui caressaient son front haut et blanc, et leur ombre atténuait l'éclat des longs yeux noirs.

C'était le mystère de son sourire, et la ligne onduleuse de son corps très virginal, allant de l'épaule au genou en courbes parfaites et mobiles.

A ce souvenir, un obscur regret mordit Orschanow au plus profond de sa chair.

Il s'étira et rouvrit les yeux pour voir le soleil sur les navires, et les taches de lumière oscillant sur l'eau des ports... Alors, il se calma de nouveau et sourit, à la vie, à l'amour, aux formes changeantes...

*
* *

Le soir, comme quelque chose de brûlant et de trouble restait en lui de son rêve de midi, Orschanow lâcha les camarades et monta lentement, en flânant, vers les rues noires où la houle du rut brutal de la cité en chaleur battait déjà les trottoirs peuplés de filles peintes en jupon court et tête nue, qui fumaient en attendant les hommes, matelots, débardeurs, soldats, *nervi*...

Dans la nuit chaude où traînaient des relents de musc et de femelle, Orschanow se promenait sans hâte, entrant dans les bouges et s'attablant, sans boire, car il ne recherchait plus l'alcool, depuis qu'il avait quitté la Russie.

Ces spectacles des vieilles rues de prostitution, de misère et de crime, pleines de chants et d'ivresse, concordaient bien avec la disposition d'esprit d'Orschanow.

Au lieu de dégoût ou de curiosité, Orschanow se sentait soulevé par tout le désir aveugle qui déferlait à travers la ville haute.

Enfin, comme il redescendait du Calvaire des Accoules par des rues obscures et humides, il vit une femme, en sarrau rouge, avec un fichu jaune canari sur une extraordinaire chevelure noire, défaite et qui roulait comme une vague sur ses épaules tombantes.

Elle était très jeune, et son masque pâle, presque exsangue, était d'une beauté étrange, d'un type méditerranéen si mêlé, si complexe, qu'il était indéfinissable.

— *Digo, pitchoun!*

C'était une autre femme, une grosse en robe à traîne, avec des fleurs dans ses cheveux blonds, qui appelait Orschanow.

La fille brune gardait le silence, le dos appuyé contre la muraille.

Elle ne souriait même pas.

Orschanow s'aperçut qu'elle était nu-pieds.

Il s'approcha d'elle.

— Où est ta chambre?

— *Vengo, fils.*

Et, sans hâte, avec une indifférence profonde, elle précéda Orschanow dans un couloir obscur et puant.

Dans la chambre, il y avait un lit, une table en bois blanc, deux tabourets dépaillés, une armoire. Des taches noires d'humidité sur le plafond bas et sur le papier décollé des murs sales assombrissaient encore le décor.

La femme poussa le verrou, puis elle se mit à se déshabiller, toujours sans parler.

Et ce silence de la fille, qui seyait à son étrange beauté, achevait de troubler et de griser Orschanow.

Comme ses gestes brusques, comme sa voix de gorge, presque rauque, l'amour de la fille fut âpre et brutal, sans les veuleries et les rengaines tristement bêtes de la plupart des filles...

* *

Orschanow s'éveilla. Les persiennes étaient restées entr'ouvertes et la lumière bleutée du matin glissait vers le lit où, la tête enfoncée dans l'oreiller, la fille dormait.

Orschanow ne voyait d'elle que sa forme vague sous le drap grossier et l'écroulement lourd de ses cheveux.

Il se détourna vers la fenêtre.

Quelque part, un serin en cage se mit à chanter.

Un souffle de fraîcheur agita les rideaux, passa comme une
caresse, sur la poitrine d'Orschanow, dans l'entrebâillement de sa
chemise d'ouvrier.

Tout à coup, un immense attendrissement l'envahit, mystérieux
sans cause...

Il se sentit l'âme toute neuve et toute blanche.

Il fut heureux de vivre, heureux de savoir que dehors, le jour se
levait et que la brise fraîchissait sur la mer, heureux de penser qu'il
allait travailler, peiner sous le soleil avec les camarades qu'en cet
instant il aimait.

Il fut heureux en même temps de savoir que, dans peu de jours,
inévitablement, il quitterait ces gens et ces choses, et qu'il irait ailleurs, très loin, au delà de la Méditerranée, pour se griser à d'autres
sources de volupté et de tristesse.

CHAPITRE VI

Vers la fin d'août, un vent de colère roula sur les quais.

Les bateaux italiens amenaient tous les jours des bandes
d'hommes décharnés, haillonneux, le masque anguleux et rasé, qui
débarquaient, le dos courbé sous de maigres baluchons.

L'œil sournois, la tête baissée, ils montaient tout de suite vers les
taudis de la haute ville, et tout de suite ils y trouvaient des pays.

Le lendemain, ils réapparaissaient sur les quais.

Ils accostaient les contre-maîtres, le chapeau à la main, humbles
et offraient leurs bras noueux du meurt-de-faim, à vil prix.

Les salaires baissaient.

Dès qu'un ouvrier ancien essayait de protester, on le renvoyait,
car on avait une inépuisable réserve d'Italiens.

Un matin, une rixe éclata devant l'embarcadère de la Transatlantique, comme de nouveaux Calabrais venaient s'offrir.

Les débardeurs les écartèrent, avec des injures et des menaces.

On se battit. Des couteaux luirent, du sang coula. Dix ouvriers furent renvoyés le soir. Ils restèrent sur le quai, jusqu'à la nuit, en un groupe tumultueux où s'esquissaient des gestes violents.

Aux Forges de la Méditerranée, un débardeur resté inconnu assomma à coups de poings un Italien et le noya...

Alors, les camarades d'Orschanow lui dirent que c'était à lui, le plus instruit, de les guider.

Ils étaient dans leur droit, ils allaient se défendre. Mais lui seul savait parler, lui seul pourrait se faire entendre des patrons et des autorités.

Orschanow s'en défendit tout d'abord. Il n'était qu'un débardeur comme les autres, il ne voulait pas devenir un chef.

Un lourd ennui l'envahissait, en face de cette tâche qu'on voulait lui imposer.

Il souffrait sans doute, comme les autres, de la baisse des salaires, comme les autres, il était bousculé par les contre-maîtres devenus arrogants et querelleurs.

Mais tout cela lui était égal...

Il était là, par l'un des hasards de sa vie de vagabond. Il se sentait en dehors, à côté de ces gens et il ne voulait pas devenir leur tête, car cela ne serait bon pour personne. Il savait bien qu'il lui suffirait d'un effort minime pour les dompter tous, pour faire de leur masse houleuse sa chose; mais il voulait rester seul et rêveur, seulement.

Pourtant, quand la situation empira, quand les conciliabules d'abord pacifiques devinrent des meetings tumultueux, il fut pris et emporté par le torrent débordé.

Il aimait cette vie soudain fiévreuse et il n'eut pas, dès les premiers jours, le courage de s'effacer.

Et très vite, il devint le meneur des compagnons de son groupe, par la force même des choses, pour échapper à l'effroyable désarroi et à l'incohérence de leurs cerveaux exaltés, de leurs tempéraments superficiels.

Ils se grisaient des mots ronflants, parlaient de vengeance, mêlaient aux couplets de *l'Internationale* des boutades d'un chauvinisme enfantinement féroce. Il fallait massacrer les *Macaroni*, les *Babi*, qui volaient aux *Français* leur pain.

Eux-mêmes étaient des épaves de toutes les races, latines et autres, jetées à la côte par le reflux fécond de la Méditerranée. Et tous, même Slimane l'Arabe, même Juaneto le Mahonnais, se réclamaient de la France.

Et l'alcool coulait, exaspérant les colères, corrodant les nerfs tendus, embruinant les raisons vacillantes.

Malgré la lucidité avec laquelle il voyait l'inanité de leur effort et leur immense faiblesse, Orschanow aux heures de colère les soulevait, pitoyables et beaux.

D'ailleurs, n'avait-il pas perdu, jadis, des jours précieux, dans les clubs révolutionnaires, en de vains palabres?

Pourquoi fuir, maintenant que ces mêmes idées, déformées, troublées, confuses, descendaient tout à coup dans l'arène tragique de la vie, dans la gloire du soleil doré et du sang rouge?

Dès que le mot de grève fut prononcé, des hommes surgirent qui parlaient d'organisation, de défense des travailleurs, de lutte.

Ils répétaient, avec moins d'âpreté et surtout avec moins de rêve, les idées qui, jadis, avaient conquis Orschanow, qui avaient été son « credo » et pour lesquelles il avait lutté.

Ces gens se mêlaient aux ouvriers, cherchaient à les grouper. Et, comme eux-mêmes ne s'entendaient pas entre eux, comme ils se réclamaient de partis différents, ils entraînaient les débardeurs dans leurs querelles. Ce qui restait pour Orschanow un sujet d'étonnement et d'indignation, c'était que l'incohérence régnant dans les milieux ouvriers ne gênât nullement les orateurs populaires. Au contraire, d'aucuns savaient en tirer parti.

Personne qui eût souci d'éveiller la pensée des masses. Tous les traitaient en troupeau servile dont il fallait s'emparer pour les mener à la conquête du capital. C'était pour eux une force confuse, amorphe, mais écrasante qui, si on savait s'en servir, balayerait en quelques instants les ruines de la vieille société.

Les meneurs ne cherchaient pas chez le peuple un vouloir un peu conscient, la matière brute leur suffisait. Il fallait l'asservir, la transformer en instrument, et non la façonner.

Et Orschanow voyait bien que ces hommes n'aimaient pas le peuple, qu'ils le méprisaient même au fond.

En Russie, il avait déjà rencontré quelques doctrinaires de cette catégorie.

Pourtant, ils étaient peu nombreux et peu sympathiques au reste des révolutionnaires : l'idéalisme profond et apitoyé du tempérament russe ne s'accommodait pas de leur conception brutale.

Et Orschanow sourit, un soir, en sortant d'une réunion où il avait manqué prendre la parole, pour contredire l'orateur qui essayait d'inféoder les ouvriers à un groupement fondé dans l'un des grands ports marchands du Nord.

Orschanow, sa colère tombée, souriait, parce qu'il sentait que lui seul, parmi les dix ou douze intellectuels présents à la réunion, aimait le peuple, réellement, en toute sincérité et aussi en toute douleur, car il le voyait souffrant, faible et misérable. Et il l'aimait tel qu'il était, sans mépris et sans réprobation.

Puis, dans le silence de la nuit tiède, comme il regagnait un chaland où il couchait, il s'attrista.

La grève allait éclater. La misère serait horrible. Du sang coulerait, des énergies se dépenseraient en pure perte, des existences entières sombreraient. Menée par les adroits ou les sectaires, la grève avorterait.

Et le doux qu'était Orschanow se prenait à souhaiter de voir ces bandes douloureuses, gonflées de colère, rouler à travers Marseille, à travers le monde, pour une œuvre de destruction géante...

Mais ce n'est pas lui qui les y mènerait. Il ne le leur dirait jamais... et il continuerait à recueillir toute leur douleur, goutte à goutte, en son cœur ouvert comme un calice...

Dans son groupe, Orschanow prit la parole plusieurs fois. Il essaya d'éloigner les ouvriers de toute préoccupation étrangère à la question initiale des salaires. Il leur conseilla, pendant qu'on gagnait encore quelques sous, de mettre un peu d'argent de côté. Il leur dit surtout qu'ils ne devaient s'embrigader dans aucun parti politique, qu'ils devaient rester des ouvriers réclamant leur droit au pain qu'ils gagnaient si durement.

Tandis qu'il parlait, les débardeurs lui donnaient raison, tant ses discours étaient simples et sensés. D'ailleurs, il travaillait avec eux, il leur avait souvent donné de bons conseils.

Mais, le lendemain, les « organisateurs » de la grève devenue imminente revenaient, payaient à boire, enflammaient les imaginations méridionales par de grands mots ronflants.

Et de nouveau, soûls d'alcool, de chansons et de tapage, ils parcouraient les quais en poussant des vivats.

Orschanow avait aussi ses heures de révolte et d'exaspération. Il se mettait à détester ces êtres stupides qui n'étaient dociles qu'à ceux qui les méprisaient et se moquaient d'eux.

Un jour, dans une réunion où un avocat parlait de faire rendre gorge aux bourgeois et où des cris de : Mort aux exploiteurs ! l'interrompaient à chaque instant, Orschanow dit tout haut :

— Si les ouvriers finissent par démolir les bourgeois, le lendemain, c'est vous autres qu'il faudra balayer, parce que c'est vous qui prendrez leur place.

L'orateur chercha à ameuter les ouvriers contre leur camarade qui attendait, pâle et très calme, en face. Alors un de ses copains, ancien matelot têtu et silencieux, tira sa pipe d'entre ses dents jaunes et dit :

— Nous nous en foutons. Si le jour de la casse arrive, alors, ben sûr, on s'arrêtera plus. Si on tue un bourgeois, tous y passeront. Le sang, c'est pis que la goutte, ça soûle. Moi, j'ai vu ça en Indo-Chine : quand on tombait sur un village, fallait que tous y passent.

— Oui, affirma un autre, un tout jeune au doux visage, quand on se sera débarrassé de ceux qui nous mangent à l'heure qu'il est, on trouvera bien encore du nerf pour démolir ceux qui chercheront à se mettre à leur place. Ce jour-là, on verra.

Et, devant la défaite de l'orateur qui balbutiait, Orschanow éprouva un peu d'orgueil. Quelque chose de chaud et de doux afflua à son cœur.

Puis il haussa les épaules et sortit. S'il s'était laissé aller, il en serait arrivé à souhaiter le rôle méprisable du tribun.

CHAPITRE VII

Enfin, un jour, le soleil se leva sur les ports déserts qui parurent plus vastes. Autour des chalands, autour des tas de marchandises, sur les quais, seuls les douaniers en tenue bleue et rouge erraient distraitement. A la Transatlantique, chez Touache, aux Messageries, pas un débardeur n'était venu.

La grève était proclamée, depuis la veille au soir, dans le tumulte et les acclamations des salles de réunions, dans les cafés. Très tard dans la nuit, on avait chanté des refrains libertaires et crié « vive la grève ». Orschanow, avec ceux de son groupe, s'était promené à travers cette joie et cette exaltation.

Le petit Henri résuma très bien l'état d'esprit des débardeurs. « Qué veine! Demain, au lieu d'aller s'esquicher les quilles et les pattes sur les bateaux, on pourra aller à la Madrague ou bien à l'Estaque pêcher une bouillabaisse! »

Très naïvement, les débardeurs se réjouissaient de ces premiers jours de chômage. Ils avaient encore quelques sous, ils mangeraient, et ils ne feraient rien. Puis, quand les patrons seraient embêtés, ils céderaient et les Italiens, les *Babi* abhorrés, on les embarquerait à coups de pied au cul pour leur foutu pays.

C'était si juste et si simple! Orschanow les regardait, ce premier soir de grève, si joyeux et si pleins d'entrain, coupant d'éclats de rires leur éternelle blague latine.

Pourquoi leur montrer qu'ils avaient tort de se réjouir, que demain, ils crèveraient de faim et que si même ils réussissaient à se débarrasser des Italiens, cette petite victoire leur coûterait des souffrances et des rancœurs sans nombre?

Orschanow se disait que c'était tout de même quelques heures de vie plus intense et plus heureuse arrachées à la monotonie lourde de leur esclavage...

*
* *

Le matin, tandis que les autres se dispersaient dans la haute ville pour faire la fête, Orschanow s'en alla tout seul dans les pinèdes de l'Estaque.

Là, couché sur la terre chaude, dans la bonne odeur de résine des pins, il rêva longtemps.

Il fallait, par orgueil, par curiosité aussi, attendre la fin de la grève... Puis, quand ça serait fini, il s'en irait plus loin, n'importe où...

Il partirait seul, sans Perrin qui, avec son gros bon sens, ses principes de bon travailleur, le fatiguait depuis longtemps.

Perrin avait gardé le silence dans les palabres et les réunions qui avaient précédé la grève.

Mais, quand les camarades avaient déclaré qu'ils ne travailleraient plus, il avait dit, très calme toujours, à Orschanow :

– Si c'est comme ça, eh bien, on travaillera pas. Ce serait cochon de travailler quand les camarades sont pas contents... Bien sûr, moi, ça me casse quelque chose toute leur politique... N'y a ces messieurs à esbrouffe qui parlent dans les cafés, eh bien, moi je dis que c'est tout des jean-foutres qui se moquent de nous autres... Y a encore que tous ces « mocos » ça gueule tout le temps, ça fait trop de pétard. Moi, j'aime pas ça...

Et Perrin conservait son impassibilité de bon ouvrier tranquille qui ne se mêlait de rien, qui attendait simplement.

Orschanow avait décidé de quitter Perrin, sans brouille et sans colère, simplement parce qu'il aspirait à reprendre la route seul avec son rêve.

Il aimait bien ce camarade simple et droit, qui l'avait aidé dans ses débuts de trimardeur en France.

Mais cela encore, cette accoutumance, cette amitié, Orschanow allait le quitter, volontairement, comme il avait quitté ses camarades d'antan, sa vie d'étudiant et Véra elle-même.

L'exil et les séparations avaient pour lui un grand charme mélancolique.

Il aimait surtout, le lendemain, en recommençant une vie nouvelle, à se retrouver seul avec ses souvenirs et les fantômes d'un passé récent.

**

Orschanow prévoyait, à la suite de la grève, de grands troubles. Il y aurait certainement des rixes entre grévistes et Italiens.

Les *Babi* travaillaient, surtout aux Transports Maritimes.

Dans la joie du premier jour, on n'était pas allé encore les inquiéter. On parlait d'eux avec dédain. Mais cela ne durerait pas... Quand l'alcool aurait échauffé quelques têtes, il y aurait certainement du tapage.

Si on allait empêcher les Italiens de travailler, Orschanow irait : oui, n'était-ce pas logique et indispensable ?

Il n'avait aucune haine pour ces sobres fourmis venues de loin apporter leur chair de peine, pour de moindres salaires. Autant que les autres, il les plaignait... Mais c'était la guerre, l'inévitable guerre.

Orschanow se demandait si la rage ou la peur d'une foule auraient beaucoup d'action sur lui, le solitaire, l'individualiste si jaloux de sa liberté.

Il en doutait. D'ailleurs, il savait bien que, dans peu de jours, il aurait l'occasion d'en faire l'expérience.

CHAPITRE VIII

C'était le soir. Dans les rues étroites avoisinant le port, une foule se pressait dans la chaleur de la nuit sans lune. En bandes, les débar-

deurs parcouraient Marseille. Ils chantaient des refrains révolutionnaires. Quelques groupes promenaient des drapeaux rouges. Ils s'en
allaient droit devant eux, comme marchant à la conquête de la ville.

Parfois, ils s'arrêtaient et un grand cri s'élevait :

– A mort les *Babi* ! A mort !

Ils stationnaient, menaçants, devant les gargotes et les bars italiens, un à un, fermaient devant eux.

Longtemps, ils se promenèrent ainsi, se contentant de crier, sans
même entrer trop souvent dans les cafés qui les tentaient.

La chaleur devenait étouffante et, à force de crier et de chanter,
on avait soif. Alors, l'alcool coula et le sang latin, le sang léger
s'échauffa. Un vent de colère passa sur les groupes confus, battit
dans les plis rouges des drapeaux tendus à bout de bras. Et, plus
souvent, au milieu des chants, le cri « A mort les *Babi* ! » retentissait
d'un bout à l'autre des quartiers maritimes, dans l'haleine salée des
bassins endormis.

La police arriva, les agents se ruèrent vers les bandes de grévistes,
pour les disperser.

Orschanow avait suivi son groupe. Ni lui, ni Perrin n'avaient bu.
Perrin était très calme. A quoi cela servait-il de « gueuler » ? Si on ne
voulait pas que les *Macaroni* travaillent, c'était le matin, sur les
quais, qu'il fallait aller, au lieu de courir comme des fous de café en
café.

– Si c'était pas honteux de lâcher les camarades, on s'en irait
bien, disait-il, ennuyé de tout ce tapage que son bon sens lui disait
inutile.

Mais Orschanow se laissa entraîner par la beauté sauvage de la
foule, par tous ces hommes sains et robustes sous leur défroque de
travail et que la colère grandissait à cette heure, dans l'éclairage
alterné du gaz et de l'électricité coulant en mares rouges, en mares
bleues sur le pavé sale, sur les épaules larges des hommes en maillots
de matelots, en maillots rouges, en gilets noirs.

Et puis, pour lui qui comprenait, c'était un spectacle curieux,
cette annihilation des individualités distinctes ne formant plus qu'un
seul corps, qu'un seul esprit délirant.

A la longue, Orschanow sentait une sorte d'ivresse trouble l'envahir. Sans raisonner, il se disait, en songeant aux prônes révolutionnaires de jadis, qu'après tout, c'était là la vraie révolution, sur le
pavé tragique d'une ville de misère et de labeur injuste, dans le flot
montant des hommes de peine lassés.

Tout à coup, le groupe qui précédait celui d'Orschanow s'arrêta.

Les têtes oscillèrent, les cris redoublèrent : les débardeurs s'étaient heurtés à la police.

C'était au coin du quai de la Fraternité, au tournant du quai du Port.

– A mort! A mort les *Babi*!

Faiblement, on entendait le cri des agents : « Circulez! Circulez! » couvert par l'immense clameur des ouvriers.

Une bousculade eut lieu. Les agents dégainèrent. Il y eut de brusques éclairs d'acier dans la confusion noire de la foule.

Puis, brusquement, un pas cadensé, un piétinement sourd de troupeau se fit entendre dans le tumulte.

– Les soldats! Les soldats!

– Ils vont nous faire étriper, ces bougres d'enragés! bougonna Perrin.

Mais Orschanow n'écoutait plus. Une griserie lui était venue, à la longue, et il se poussait en avant, sans savoir.

On allait sûrement se battre, à présent... Et, au lieu de regretter comme quelques jours auparavant toutes ces éventualités sombres de la grève, il acceptait maintenant les rixes et la mêlée qui allaient éclater.

On n'avait pas d'armes, on se battait à coups de poings, à coups de pieds.

Et Orschanow avançait toujours, traversant péniblement les groupes entassés.

Il fut au premier rang. Là, on se contentait encore d'invectiver les agents et de les repousser vers les soldats qui attendaient, à quelques pas, l'arme au pied, immobiles.

– Tas de cochons, cria un ouvrier, vous, des enfants du peuple, des Marseillais peut-être, vous n'avez pas honte de venir crever la peau à des frères!

Les soldats ne bronchèrent pas.

Comme les ouvriers continuaient à les refouler, sur un ordre bref d'un commissaire, les agents chargèrent.

Cela dura très peu, quelques minutes.

Orschanow, aveuglé, ballotté dans le remous formidable des corps qui s'écrasaient, frappait au hasard.

Une épée d'inspecteur l'effleura... sans penser, il étendit la main, tordit un poignet, ramassa l'arme.

Alors, un homme râla, tomba de suite sous le piétinement immense de la foule.

Orschanow s'éveilla de son rêve. Il avait tué un homme, peut-être l'inspecteur de police. Il fallait se sauver.

Les ouvriers commençaient à céder sous la poussée des agents et des soldats. On allait les cerner, les arrêter.

Orschanow trouva cette scène bête et sinistre. Souple et fort, il recula, se dégageant lentement. Enfin, il se retrouva seul, sur le quai du port.

La mêlée finissait dans les ruelles obscures et près de l'église des Augustins.

Orschanow marcha le long du quai de la Fraternité, lentement, à travers la foule des curieux. A Rive-Neuve, tout était désert et tranquille. Alors, hâtant le pas, il courut presque, contournant la colline.

C'était fini, pour ce soir. On ne le retrouverait pas avant le jour. Le lendemain, il verrait, il quitterait Marseille, il reprendrait la route.

Il songea à Perrin, et son cœur se serra. Le pauvre camarade avait dû être arrêté, lui, car certainement, il ne s'était pas enfui. Que deviendrait-il? Puis, dans un terrain vague, derrière le Roucas Blanc, Orschanow se coucha, apaisé. Personne n'y pouvait rien, à tout cela, et chacun allait vers l'accomplissement de sa destinée. Lui, irait seul, comme il l'avait voulu, depuis toujours.

CHAPITRE IX

Orschanow était assis, [*avec Perrin*] [1], à une table, dans le coin le plus obscur d'un bar de Rive-Neuve, [*en contrefaçon de grotte marine, avec des rocailles en ciment, des coquillages incrustés et un faux éclairage rouge*].

Il songeait à ce qu'il devait faire. Les journaux du matin, relatant la bagarre des quais, disaient simplement qu'un inspecteur de police avait été tué par un débardeur connu sous le sobriquet du « Russe ». Mais cela suffisait pour permettre de le retrouver.

Orschanow avait lu et relu la ligne d'un air calme, puis il releva la tête : un homme entrait.

1. Nous indiquons entre crochets et en italiques les phrases ajoutées par Victor Barrucand au manuscrit d'Isabelle Eberhardt pour faire revenir Perrin qui, dans la version de l'*Akhbar*, disparaissait après la bagarre sur les quais. Voir note de fin, p. 513.

Il s'approcha d'Orschanow. C'était Lombard, un de sa bande.

— Ben, mon vieux, nous sommes frais. Y a pas à dire, on a fait de la sale ouvrage, hier soir! Seulement, moi, je m'en fous, j'ai mon idée. Je suis entré pour prendre un verre, puis, après, je vas aller me débrouiller.

— Que vas-tu faire?

— Moi? Mais c'est pas malin : je vas m'engager à la Légion étrangère, pas plus. En Afrique, on rigolera bien quand même! Y a du pain partout.

[— *Ça, c'est une idée, dit Perrin!*]

[*Sur le trottoir, devant une corbeille de « fruits de mer », au ras du ruisseau, une jeune poissarde s'égosillait à crier, provocante et canaille, avec un accent terrible :*

— *Moules, violiers, des beaux violiers! Faites-vous les couper!...*]

Il y eut un silence entre eux.

[*Lombard expliquait le truc :*

— *Une riche combine... Et pas besoin de papiers.*]

En Afrique!... Orschanow écoutait le camarade. Une émotion étrange l'envahissait.

— Dis donc, Lombard, dit-il enfin, je crois que je vais faire comme toi.

— C'est ce que t'as de mieux à faire, surtout que t'es dans un sale cas comme moi. J'ai souvenance d'avoir estourbi deux flics, hier soir, parce qu'ils voulaient me choper. Je te les ai cognés l'un contre l'autre si bien que vlan! ils sont tombés. Alors, les autres leur ont marché dessus, naturellement.

— Encore un verre, et allons...[*Tu viens, Perrin?*]

[— *Sûrement que je vas pas rester derrière... Là-bas, c'est loin, c'est pas « chez nous », mais j'y serais toujours pas seul, si tu y es...*]

[*Cependant il ne bougeait pas, voulait discuter le marché avant de conclure.*

— *Et la liberté, qu'en fais-tu?*

Lombard fut à la réplique :

— *Nous l'emmenons avec nous.*

— *Et puis, j'suis pas étranger?*

— *Tu diras que t'es Suisse, bougre de fada...*

Et Perrin fut convaincu quoique gêné. Il commanda vivement une tournée :

— *Faut arroser ça!*]

Orschanow savait bien que c'était cinq années de sa vie qu'il allait sacrifier. Mais ce serait là-bas, sur cette terre africaine qui le faisait rêver depuis longtemps, qui l'attirait et cela suffisait.

[*Ils sortirent, achetèrent tous les bouquets d'une gamine en savates, les piquèrent à leurs chapeaux et à leurs parements de veste. Puis un peu étourdis par les apéritifs, ils se crochèrent par le bras et marchèrent glorieusement, barrant le quai. Mais des charrois de planches encombraient les passerelles. Ils prirent par la traverse. On les regardait monter la côte, vers le cours Pierre-Puget.*

Perrin chantait d'une voix sourde et traînante :

> *Je me suis-t-engagé*
> *Pour l'a-amour d'u-une blonde...*

Et il bavait sur sa moustache rustique.]

CHAPITRE X

Sur la vieille terrasse du fort Saint-Jean, où l'herbe poussait entre les pierres disjointes, Orschanow était seul.

Le jour d'été finissait avec apparat.

Les murailles puissantes du fort plongeaient dans l'eau tranquille du Vieux-Port.

En face, au-dessus des jardins, les hautes fenêtres du château de l'Impératrice flambaient.

Les voiliers songeurs et des yachts coquets sommeillaient dans le bassin.

Au delà des mâtures, c'était le grand quai de la Fraternité et la coulée de vie tumultueuse de la Canebière descendant du torrent vert des allées du Melhan.

Tout en haut, vers la plaine Saint-Michel, les deux flèches jumelles de l'église des Réformés roulaient, grises dans le ciel rouge.

Une brume rose voilait Marseille.

Orschanow se retourna vers le quai de la Joliette où les vapeurs en panne dormaient comme échoués.

Des soldats veillaient aux embarcadères, jetant la tache sombre de leurs uniformes sur le vide des dalles pâles.

Parfois, dans le murmure immense de la cité, une brise passait, qui apportait jusqu'au silence du fort des échos de chants révolutionnaires et de cris.

Tous ces bruits venaient mourir au pied de la citadelle morose et ceux qui s'y trouvaient étaient retranchés de toute l'agitation et de toutes les colères de la ville...

***

Orschanow [*et Perrin avaient]* suivi Lombard, le camarade rencontré au bar d'Afrique, au bureau de recrutement.

Là, presque machinalement et parce que cela [*leur*] semblait indispensable, [*ils avaient*] rempli les formalités nécessaires, bien simples et bien rapides.

Orschanow s'appelait Kasimirsky, il était Polonais et revenait du Brésil où il avait essayé de coloniser. [*Perrin était Suisse bien qu'il en eût, et Lombard volontairement Belge.*]

Quand on leur avait demandé auquel des deux régiments étrangers ils voulaient être envoyés, un inconnu [*qui devait savoir de quoi il retournait avait*] poussé le coude [*du Polonais*] [1] :

– Dis que tu veux aller au 2e. On y est mieux.

Et Orschanow, [*Lombard et Perrin avaient*] opté [*avec ensemble*], pour le 2e [*Étranger*].

Maintenant, [*ils étaient*] au fort Saint-Jean, cette vieille hôtellerie de l'armée d'Afrique et, avec une dizaine d'autres, [*ils attendaient*] le départ d'un bateau pour Oran.

Orschanow se rendait bien compte de ce qu'il avait fait à cette heure. Il s'était engagé pour cinq années, il avait aliéné sa liberté, il n'était plus qu'une chose sans volonté.

Et pourtant, aucune désespérance n'était descendue dans son cerveau.

Un calme infini, une mélancolie d'abîme, la sensation de la fin de tout en lui et autour de lui.

Il éprouvait presque la même *joie triste* qu'il avait déjà ressentie le jour où il avait quitté Genève.

Et il comprenait aussi qu'il serait malgré tout plus libre sous la capote du légionnaire qu'il ne l'avait été sous la tunique de l'étudiant.

Parmi les évadés de la vie qui allaient être ses camarades, il saurait demeurer seul et inconnu, donc libre.

---

1. ... l'avait poussé du coude (version de l'*Akhbar*).

Ce fut avec une mélancolie sans amertume qu'il regarda jusqu'à la sonnerie hâtive de l'appel ce décor de Marseille qui lui était devenu familier et qu'il avait fini par aimer.

Encore une fois, une seule, il longerait ce quai de la Joliette où pour la première fois de sa vie, il s'était grisé de soleil et d'air tiède, où il avait reçu la révélation inoubliable de la vie méditerranéenne : et ce serait pour s'embarquer pour cette Afrique inconnue et attirante dont la hantise l'avait pris un jour pour ne plus le quitter.

CHAPITRE XI

Les engagés aux vêtements disparates, aux épaules roulantes sortirent de la cour du fort, avec un sergent et des caporaux en tenue de service.

Il y avait avec eux deux gamins hâves et apeurés marqués pour les bataillons d'Afrique et des soldats en tenues poussiéreuses qui allaient à la Discipline.

Orschanow suivit le détachement, alerte, heureux de sortir enfin du sombre fort qui lui semblait une prison.

Le *Berry*, un vaillant navire des Transports Maritimes, allait partir presque sur lest, avec un quart de chargement.

Comme le quai avait changé ! Un lourd silence y régnait et des soldats s'y promenaient de long en large, parmi les dernières marchandises abandonnées au soleil.

On rangea les soldats d'Afrique et les engagés sur l'avant du *Berry* et le sergent fit l'appel. Puis, on les laissa causer, chanter et fumer. Ils étaient embarqués, parqués, numérotés. C'était de la marchandise livrable à Oran et dont le capitaine était responsable.

**

Combien de fois Orschanow n'avait-il pas assisté à ces départs des courriers d'Afrique et avec quelle envie de suivre il les regardait déraper lentement et s'éloigner !

Son vœu était exaucé, une joie lui en vint. Pourtant il n'était plus le trimardeur libre, l'errant maître de son sort. Il n'était plus qu'un soldat et son cœur se serra encore une fois à cette pensée.

A côté de lui, deux engagés volontaires parlaient.

L'un d'eux, un tout jeune, imberbe et pâlot, semblait regretter amèrement ce qu'il avait fait. L'autre, un grand blond, bien mis et d'allures distinguées, avec un fin profil septentrional, haussa les épaules.

– Ne te fais pas de mauvais sang, Bernaërt, le soleil n'oubliera pas de se lever demain matin va!...

L'inconnu avait raison. Le soleil se lèverait bien le lendemain, un soleil plus chaud et plus ardent dans un ciel plus profond.

La Méditerranée roulerait des flots plus bleus et plus doux et de nouveaux horizons s'ouvriraient aux regards avides du sans-patrie.

Orschanow se secoua, comme après un mauvais rêve. Il s'accouda au bastingage et regarda Marseille avec des yeux apaisés.

Doucement, le *Berry* dérapait filant sur ses amarres.

Souvent Orschanow avait reconnu la presque infaillibilité de ses pressentiments.

Il se demanda, en regardant s'éloigner le quai, si jamais il reverrait Marseille et toutes ces choses dont l'image resterait gravée dans un souvenir.

Alors une ombre grave obscurcit l'éclat de la cité et des ports, un voile de tristesse glissa sur le décor marin.

Orschanow sentit qu'il ne reviendrait jamais.

Là encore, il n'eut aucun regret et, sincèrement, il pensa : tant mieux!

En effet, à quoi bon revenir, à quoi bon tenter d'impossibles recommencements?

Le *Berry* vira de bord, oscilla légèrement, plongea de l'avant, doubla la jetée.

Brusquement, Marseille recula et s'abîma dans un monde de vapeurs rousses.

*
* *

Après la soupe, les passagers de pont s'installèrent pour la nuit.

On distribua des couvre-pieds aux soldats. Quelques-uns cédèrent le leur à trois femmes du peuple qui berçaient des mioches. Les soldats aidèrent les civils à préparer leurs couchettes, avec la bonne fraternité sans phrases des pauvres gens.

Orschanow avait donné sa couverture. Il s'étendit sur l'écoutille fermée des cales et, les bras croisés sous sa tête, il regarda la nuit claire tomber sur le calme de la haute mer violette.

Le Planier clignait au loin son grand œil changeant et les derniers rochers blancs de la côte provençale s'éclairaient de lueurs rouges.

Les étoiles s'allumèrent dans la moire très pâle du ciel.

Le *Berry* se balançait à peine, comme bercé par de vagues lames de fond. Orschanow regardait les agrès et les deux fanaux du navire passer et repasser avec une régularité lente, devant les constellations souriantes.

Et il sentit alors s'assoupir en lui tous les regrets et toutes les appréhensions. Le calme immense de la nuit et de la mer semblait pénétrer en lui. Une émotion très douce lui mouillait les yeux.

Renoncer à tout, être pauvre, aller par le monde, sans famille, sans foyer et sans amis...

Il ne fallait rien regretter, rien désirer, se laisser bercer par les flots de la vie, comme le *Berry* indolent se laissait bercer par le flot mou de la Méditerranée amie.

CHAPITRE XII

Sous l'infini scintillement des étoiles, la nuit était calme et chaude.

La mer coulait avec un bruissement doux aux flancs du *Berry*, à peine balancé, comme assoupi voluptueusement.

Sur l'avant, les sans-patrie et les miséreux en quête d'une terre de clémence, sans faim et sans hiver dormaient, la face au ciel, dans l'oubli de tout.

Le navire traversa un courant et oscilla.

Orschanow s'éveilla sur la grosse toile humide d'eau salée.

A droite, à l'horizon obscur, un phare scintilla, tourna, s'éteignit, se joua dans les ténèbres. Plus loin, un autre, à feu fixe, pointait son unique rouge dans la nuit.

C'étaient les Baléares.

Orschanow alluma une cigarette et se mit à rêver.

Il éprouvait une sensation délicieuse de légèreté et de bien-être.

A certaines heures, depuis qu'il avait quitté Marseille, une impatience lui venait de voir cette côte barbaresque tant souhaitée.

A d'autres moments, comme en cette heure silencieuse de la nuit, dans la solitude de son rêve, il eût souhaité que ce voyage durât toujours...

Il était heureux.

Depuis le commencement des troubles, sur les quais, depuis qu'il s'était de nouveau mêlé aux affaires des hommes et à leur agitation, il n'avait plus éprouvé cette sensation infiniment douce de calme mélancolique et de liberté d'esprit qu'il appelait le bonheur, le seul accessible à sa nature, il le savait bien. Et maintenant que tout était fini, qu'il se retrouvait seul, pour entrer dans une nouvelle phase de son existence, il retrouvait avec joie cette sensation et s'y donnait tout entier.

Qu'importait le lendemain, et cet engagement qu'il avait signé et ces cinq années de servitude qu'il avait acceptées.

Il resterait, sous le dur harnais, le plus fortuné et le plus fier des hommes car il portait son bonheur en lui-même.

Aux yeux de tous, il eût passé pour un malheureux raté, voué à la plus misérable des existences, alors que lui-même se considérait en conscience comme l'être le plus entièrement heureux.

Orschanow regarda les feux des Baléares s'éloigner et disparaître peu à peu, se fondre avec la grande lueur stellaire diffuse sur la mer.

Le *Berry* roulait de nouveau doucement sur l'eau apaisée et son mouvement monotone berça les rêves et la volupté du vagabond peu à peu assoupi.

CHAPITRE XIII

De hautes collines arides, une vieille citadelle espagnole, des falaises rouges baignant dans la mer violette et, sur les choses, un rayonnement chaud et doré...

Dans l'air, un parfum étranger et pénétrant, une senteur indéfinissable qui venait par bouffées de la côte ensoleillée.

Une impression de langueur voluptueuse, d'abandon et de rêverie sensuelle.

Orschanow ressentit tout cela inconsciemment, encore dans l'agitation joyeuse de l'arrivée, tandis que le *Berry* manœuvrait et accostait.

Les soldats et les engagés volontaires suivirent un caporal qui les attendait et qui les appela les uns après les autres d'après une liste qu'on lui remit.

Puis, le détachement se mit à gravir les escaliers et les pentes surchauffées, longeant des jardins poudreux où montait le cri immense des cigales.

Il suivait en silence ses camarades bruyants, lui, dont les yeux se grisaient de lumière alternant avec de grandes ombres transparentes et colorées, et de couleurs criardes et chatoyantes, dans le va-et-vient brutalement animé de la plèbe espagnole.

Pour accueillir Orschanow qui l'aimait sans la connaître et qui la désirait, la terre d'Afrique s'était faite ce jour-là superbe et souriante royalement.

***

Des champs moissonnés en or pâle dans la limpidité infinie de l'air, des vignobles où chantaient les vendangeurs marocains, des collines rousses tachetées du relief des oliviers... Une grande fécondité de la terre sous la caresse ardente du soleil...

Les petites gares se succédaient, le petit train s'en allait lentement, comme pour une promenade.

Les étroits compartiments en planches étaient bondés de soldats, qui chantaient et riaient.

Moins bruyants, plus envieux peut-être du lendemain, les engagés de la Légion étaient parqués ensemble.

C'étaient pour la plupart de jeunes gars alsaciens ou allemands, réfractaires ou déserteurs qui échangeaient la servitude militaire sous le ciel natal contre une autre, au loin.

Le Belge avait acheté des journaux et lisait. Le grand jeune homme blond regardait distraitement le paysage. Il gardait une impassibilité presque dédaigneuse et tenait les camarades à l'écart, sauf le Belge avec lequel il causait parfois par petites phrases ironiques et brèves, avec un indéfinissable accent.

En wagon, un Alsacien avait demandé à Orschanow d'où il était. Oubliant ce qu'il avait déclaré au bureau de recrutement, Orschanow avait répondu qu'il était russe.

Alors le grand jeune homme silencieux s'était retourné vers lui et l'avait dévisagé attentivement. Orschanow avait deviné en lui un compatriote, mais ils n'avaient pas échangé une seule parole.

Orschanow était tout à l'entreprise nouvelle de cette Afrique inconnue, et il n'éprouvait aucun besoin de parler, de se mêler aux autres...

Le décor calme et encore souriant de cette Algérie des colons se déroulait dans la lueur bleuâtre du matin.

Perrégaux, un petit village espagnol noyé de verdures luxuriantes, avec des allées d'eucalyptus et de faux-poivriers pleines d'ombre et de fraîcheur...

Puis, au sommet d'une côte, un large *oued* barré, formant un petit lac limpide au pied de hautes collines boisées de pins maritimes et de thuyas odorants.

Plus loin, ce fut la plaine, des champs et des champs, des vignes immenses aux feuillages rougis par le soleil...

Tout à coup, brusquement, après le village de Thiersville, tout changea.

Plus de cultures, plus de fermes. La steppe infinie, nue, sauvage, avec le mouchetage innombrable des touffes de palmiers nains et parfois la tache blanchâtre d'un troupeau de moutons gardé par de petits bergers arabes accourant pour voir passer le train, avec de grands cris joyeux.

Comme cette steppe âpre et brûlée ressemblait à celle aux confins de laquelle s'élevait la triste Pétchal où Orschanow avait appris à rêver et à aimer la vie errante!

A l'horizon une brume chaude estompait les montagnes lointaines et la plaine semblait sans fin, d'une plage du ciel à l'autre.

Inféconde et ardente, possédée de toute éternité et jalousement dominée par la seule lumière qui y vit et qui s'y joue, la steppe africaine révéla à Orschanow initié et fervent son charme mortel, son emprise et ses sortilèges, en cette première heure de l'arrivée.

Et Orschanow dédaigna alors les paysages italiques et souriants du Tell, pour aimer la steppe qu'il voyait belle et calme, malgré la vague menace très mystérieuse qui planait aux lointains de feu...

A Nazereg, des collines peuplées de thuyas et de genévriers et des bosquets épais entourèrent la voie, avec des chants d'oiseaux et le crissement des cigales...

Puis, vers la fin du jour ce fut Saïda, la triste Saïda dans son immuable décor de pierres.

Comme les engagés se penchaient curieusement aux portières, pour voir le lieu d'exil, le grand jeune homme blond dit, avec son sourire tristement moqueur, s'adressant au Belge :

– Tiens, voilà où aboutissent les *rêves azurés*... voilà le refuge *où l'on revient* fatalement, malgré soi et malgré tout, quand on y est venu une fois... Qu'importe? On y vit.

Orschanow regardait Saïda.

Tout y était rougeâtre, en cette fin de saison : le sol, les collines arides, couronnées de rochers déchiquetés, les remparts, les maisons aux toits en tuiles, les rues...

NOTE

Ici s'arrête la version publiée en feuilleton dans l'*Akhbar*, du vivant d'I.E.

Pour la troisième partie qui va suivre, parue en novembre 1904 après la mort de l'auteur, Victor Barrucand a utilisé la fin du manuscrit d'une première version de *Trimardeur* écrite en 1902. Il y a effectué quelques coupes, des corrections et réécrit entièrement deux passages. Nous rétablissons le texte d'après le manuscrit. (Voir note finale, p. 513.)

Troisième Partie

CHAPITRE PREMIER

Les « marabouts » blancs du camp de la 22ᵉ Compagnie de Dépôt s'alignaient sur la terre battue.

A l'est, c'était le quartier de la Légion, les longs murs tristes, avec des toitures en tuiles rouges, des casernements et les squelettes noirâtres des arbres dénudés de la cour.

En approchant de Saïda, l'air s'était rafraîchi, un grand vent s'était mis à souffler qui balayait la vallée. Les engagés retrouvaient l'hiver, un hiver étrange qui rappelait des automnes au pays.

Les montagnes étaient couvertes de neige, et cela faisait un étrange contraste avec les feuillages persistants des oliviers, énormes, noueux, et des eucalyptus grêles...

A l'arrivée, les engagés avaient été bousculés, traînés de bureau en bureau, enfin habillés tant bien que mal.

Orschanow se sentait gêné avec ce pantalon rouge, tout neuf, et cette capote qui lui battait les jambes ; cela lui semblait un déguisement. Quand ils s'étaient regardés Perrin et lui s'étaient mis à rire, comme des enfants.

– Faut s'habituer, on se sent tout drôle, les premiers jours. Pis, tu sais, je connais le métier, je t'apprendrai ce que tu sauras pas faire.

Perrin retrouvait là des souvenirs de ses trois années de service, et cela lui causait du plaisir, malgré tout.

Ce qui l'ennuyait, c'était de coucher sous la tente par un froid qui était devenu aigre. Vers le soir, le vent de la montagne secouait furieusement les pauvres petits « marabouts ».

A cinq heures, après la soupe, sans avoir travaillé, les engagés étaient éreintés, la tête vide. Le lendemain on les présenterait au rapport, au colonel. Après on commencerait leur instruction.

— J'ai idée qu'il faut demander à être inscrit au peloton des élèves-caporaux, dit Perrin. C'est plus dur, mais au moins on a des chances de s'en tirer.

— Le tableau de travail est plus chargé?

— Oh, pour ça, bien sûr.

— Alors, j'aime mieux ne pas en être. Reposons-nous d'abord, prenons le temps de connaître les gens avec qui nous sommes obligés de vivre. Après on aura toujours le temps.

Assis devant leur « marabout », Orschanow et Perrin regardaient le camp presque désert, à cette heure de liberté attendue impatiemment toute la journée.

Orschanow songea que ce serait son heure, pendant ces cinq années, qui commençaient ce jour-là.

De cinq à neuf heures, il vivrait pour lui, il vagabonderait dans la ville et dans la campagne, à sa guise, libre de penser et de rêver. Et si quelque jour la vie de soldat venait à lui être pénible, il aurait cette consolation, ces quatre heures de loisir quotidien qui lui appartiendraient, que personne ne lui disputerait.

Un soldat s'approcha d'eux. C'était un grand blond, aux yeux gris fer, intelligents. Il demanda du feu, alluma une longue pipe allemande, et s'assit près d'Orschanow et de Perrin.

— D'où êtes-vous, vous autres?

— Moi, je suis Suisse; le camarade est Russe. Et vous donc?

— Moi, Bulgare. Je suis de votre marabout, c'est pourquoi je vous demande ça.

Et dès lors, il s'adressa directement à Orschanow, en russe, avec un fort accent.

— Voyez-vous, moi, je suis un ancien étudiant. J'ai été à Kiew, pour mes études de droit. Puis, je me suis trouvé mêlé à des troubles. Je me suis sauvé, et après bien des misères, je me retrouve ici... Oh, la vie est affreuse, affreuse à cause des brutes qui nous entourent. Il n'y a, entre légionnaires, aucune solidarité; chacun pour soi et le diable pour tous.

— Il faut s'isoler en soi-même.

— Si au moins il y avait moyen de lire, mais sans livres, sans société intellectuelle, comment vivre?

— Moi, j'ai quitté volontairement la vie d'étudiant pour me mettre ouvrier et trimardeur. Ce n'est que la misère de cet hiver et aussi l'envie de venir en Afrique, qui m'ont poussé à m'engager. Eh bien, pendant deux ans, absolument libre, je n'ai pas ouvert un livre, je n'ai pas eu la curiosité de jeter les yeux sur un journal.

— Je ne vous comprends pas.

— A quoi bon lire? A quoi bon penser même? Il y a d'autres voluptés, meilleures et plus intenses.

— Lesquelles donc? Y a-t-il quelque chose de plus beau que les calmes jouissances de l'esprit, que le perfectionnement de soi-même, pour se rendre apte à la lutte qui nous incombe à nous tous, les intellectuels?

— La lutte? Pourquoi faire? Il semble d'un égoïsme bourgeois de dire aux hommes : débrouillez-vous tout seuls. Mais non, c'est le seul avis que puisse leur donner un vrai anarchiste. De quel droit vouloir empiéter sur la liberté des hommes?

— Il faut réveiller ceux qui dorment.

— Celui qui dort ne souffre pas. Et s'il rêve, il souffre toujours moins que celui qui veille. Non, il faut se griser à d'autres sources, chercher la joie partout, dans la volupté et dans la douleur, car elle y est également.

— Et comment l'avez-vous cherchée vous?

— Je vous l'ai dit : j'étais étudiant en médecine, j'étais fiancé à la femme la plus consciente et la plus belle... Un jour, à l'aube, j'ai tout lâché, je suis parti, avec une faux sur l'épaule, pour travailler la terre et jouir de la vie, avec ce paysan qui est là. Oh! comme nous avons été heureux, pendant deux ans, sur la grand'route, dans les champs, sur les quais de Marseille, comme débardeurs.

— Comme vous êtes passionné! dit le Bulgare, sans ironie, avec un sourire plutôt triste. Je reconnais bien le sang russe, ce sang ardent et morbide à la fois, qui coule trop vite, qui brûle les cœurs en les faisant battre une charge continuelle. Moi aussi, je suis Slave, mais combien autre. Vous êtes des hommes de sensation, moi, je suis un homme de pensée.

— Ce n'est pas vrai, dit Orschanow, brutalement.

— Comment, ce n'est pas vrai?

— Non, ce n'est pas vrai! Si vous étiez un homme de pensée, si le sang slave ne bouillait pas dans vos veines et ne refluait pas à votre cerveau, vous ne seriez pas ici.

Un peu pâle, le Bulgare le regarda :

— C'est pourtant vrai, ce que vous dites là!

Un silence se fit. Pourquoi Orschanow, si silencieux d'ordinaire avec les inconnus, avait-il brusquement presque ouvert son âme à cet étranger, chez qui il avait retrouvé toutes les tendances, toutes les idées qu'il avait fuies deux ans auparavant? Il n'en savait rien. Cependant, en y réfléchissant bien, il sourit. Quel enfantillage mélancolique! Rien que d'avoir entendu, pour la première fois depuis son départ, cette musique de la langue russe, cela lui avait donné une émotion d'une violence terrible. Cela avait fait vibrer ses nerfs, brusquement.

Il se leva et, seul, alla errer dans le camp, pour se calmer. Une formule lui vint à l'esprit : il était dans une mine, obligé à l'exploiter, pendant cinq ans. Les richesses qu'il saurait en retirer lui appartiendraient. Il fallait donc les extraire toutes, fouiller la mine. Pour lui, il n'y avait pas de mines sans trésors cachés. Le travail d'extraction serait dur, mais il ne fallait pas se laisser rebuter.

Orschanow se secoua, retrouva sa belle audace. Comme les hommes étaient bêtes et aveugles! Tous, conscients ou non, se ruaient à la poursuite du bonheur, comme les mâles sauvages à la conquête des femelles timides, galopant dans la forêt. Et presque tous le manquaient, quand il était à leurs pieds, à leur merci. Tous, ils étaient les esclaves des êtres et des choses, ils se laissaient prendre et garder par eux, quand il fallait les dominer, et ne pas se laisser entraîner dans leur inévitable chute, où ils se brisaient.

Orschanow sentit un orgueil gonfler sa poitrine : il avait aimé Véra, il avait eu, par elle, des heures charmantes, mais quand il avait compris qu'elle le briserait, *il avait eu le courage de s'en aller...*

C'était tout au début de son affranchissement. Maintenant, il se croyait le maître des choses. Pauvre soldat perdu dans une masse... courbé sous une main de fer impersonnelle et géante, il ne réfléchissait pas, il ne s'en irait pas à la dérive. Il jouirait de tout ce qui serait sur son chemin.

Et Orschanow retourna au marabout.

— Eh Perrin, cria-t-il gaîment. Tu n'as pas froid? Le vent commence à vous couper la figure comme des coups de fouet!

— Ah! il ne fait pas chaud dans ce sacré pays!

Perrin était grave, lui aussi pensait à l'avenir, mais tout autrement, trouvant que cinq ans, c'était long à tirer.

Orschanow sourit. Il connaissait Perrin, qui commençait toujours par jurer contre tous les endroits qu'il ne connaissait pas, par les débiner, puis qui se faisait à tout, très raisonnable au fond...

Un garçon maigre, scrofuleux, au visage glabre, la visière de son képi toute droite vers le ciel, s'approcha les mains aux poches.

— Alors, y avait plus de *bricheton*, par chez vous, que vous êtes venus par ici? Ah, ce que vous allez vous en coller dans le fusil du *singe* pourri, des *ténias* et de la *barbaque* dure comme les côtes à ma grand'mère!

Avec son accent de voyou parisien, il voulait visiblement épater les « bleus », jouir de leur ignorance de l'argot de l'armée d'Afrique.

Perrin haussa les épaules. Brusquement, Orschanow, regardant bien en face l'intrus, répondit :

– C'est chez toi, qu'il doit pas y en avoir à manger de la viande, pour que tu sois si mal fichu! Quant à nous autres, si tu veux voir avec quoi on a été nourri, t'as qu'à t'approcher. Si c'est pour faire de l'esbrouffe que tu es venu, t'as tort. T'es un bleu, comme les autres.

– Moi, un bleu?

Un autre qui s'était rapproché de la dispute approuva :

– Oui, le grand, là, il a raison. Si t'es pas un bleu, pourquoi que t'es au Dépotoir, alors?

Le malin s'en alla, devant cette raison péremptoire, après avoir toisé les épaules larges d'Orschanow.

Dmitri sourit. Cela datait de ses vagabondages d'enfant parmi les *bourlaki*, cette faculté d'être peuple avec le peuple.

– Ben, si ça commence par des disputes, ça va être du propre, dit Perrin qui détestait les querelles et les rixes inutiles, quoique très fort et très brave. D'ailleurs m'est avis qu'il y a par ici un rude ramassis de mauvais gueux. Faudra se veiller! Tu sais, au service, on est responsable pour ses effets... C'est le Conseil, souvent, si quelque chose manque. Alors, faut se veiller qu'on nous chipe rien, par là. C'est pas de reproche, mais on a fait une rude couillonnade en s'engageant.

– Le vin est tiré, il faut le boire.

– Ah, pour ça, bien sûr. Dame! ici, c'est pas le Mont-de-Piété : y a le bureau d'engagement, mais y en a point de dégagement...

Cela les fit rire.

Orschanow savait que Perrin ne se désespérait jamais, ne récriminait pas.

Certes, cette idée de s'engager venait de lui, Dmitri, et il avait fait ça par un pur coup de tête. Orschanow se reprochait même d'avoir exagéré à son camarade les dangers de leur position là-bas, en Savoie. Elle était cruelle, mais ils s'en seraient quand même tirés. Et il se coucha sous la tente froide que le vent secouait brutalement. Orschanow songea que tout était arrivé par la faute de l'un de ses nombreux coups de passion, qui le jetait les yeux fermés sur certaines femmes. Il était devenu amoureux de l'Afrique. Du moins il faudrait qu'elle soit docile, pensa-t-il, qu'elle se donne toute.

Le matin, dans le décor froid et nu de la salle d'honneur, au quartier, on présenta les bleus au colonel, grand, mince, grisonnant, avec un œil bleu très perçant et très froid, et des gestes cassants.

— Comment vous appelez-vous?

— Perrin Antoine, mon colonel.

— D'où êtes-vous?

— De Genève, en Suisse.

— Que faisiez-vous dans la vie civile?

— J'étais ouvrier de campagne, mon colonel.

— Pourquoi vous êtes-vous engagé?

— Pour servir la France, mon colonel.

L'officier eut un vague regard d'étonnement, en entendant la voix de Perrin trembler, émue. Il passa à Orschanow. Celui-ci sur la raison de son engagement ne voulait pas mentir.

— Il n'y avait pas d'ouvrage, mon colonel. On avait faim et froid, en Savoie.

Orschanow avait dit qu'il était ouvrier, lui aussi.

Le colonel le regardait plus attentivement:

— Vos papiers portent que vous avez été étudiant en médecine. Pourquoi avez-vous quitté cette carrière?

— Par goût, mon colonel.

— Oui, enfin, c'est votre affaire. Ici, avec de l'ordre, de la conduite et surtout de la discipline, vous pouvez faire votre chemin. Je suis surtout impitoyable pour l'ivrognerie, souvenez-vous-en. Allez, rompez.

— J'ai dit que c'était pour servir la France, insista Perrin en sortant, parce que, vois-tu, ça me fait toujours quelque chose quand je suis forcé de dire que je suis suisse.

CHAPITRE II

Ce soir-là, après la soupe, ce fut leur première sortie en ville.

Ils passèrent la grande porte, sous le regard sévère du sergent de garde. Ils suivirent le chemin de la Remonte, sous les platanes dénudés, passèrent sous la porte de Tiaret, devant l'hôpital militaire, terne et triste dans le rouge du soir.

Les rues, droites, étaient bordées de maisons européennes, de boutiques, les promenades plantées de platanes et de faux-poivriers.

– Ça ressemble encore assez aux petites villes du Midi, disait Perrin.

Mais ce qui retenait surtout les regards des recrues, c'était la foule bigarrée, la tenue de la Légion, les chasseurs d'Afrique, les Espagnols promenant la teinte neutre et morne de l'Europe, et partout, les Arabes en *burnous* terreux ou blancs, en turbans à cordelettes fauves.

Quelques femmes, drapées dans leur *haïk* de laine, déambulaient, hâtives, comme fuyantes.

Un grand murmure de vie montait des ruelles, augmentant à mesure que les deux légionnaires se rapprochaient du quartier indigène.

Dans leurs boutiques ouvertes, les Mozabites au visage reposé, encadré de grandes barbes noires, trônaient, en *gandoura* courte, parmi les marchandises hétéroclites : poteries de terre verte et fauve, couffins et nattes en *doum*, girandoles de poivre rouge séché qui semblaient de grandes grappes de corail. Des Tlemceni, en veste à capuchon, noire, toute chamarrée d'applications de drap de couleurs vives, des nègres, balayeurs de rues, poussant devant eux leurs petits ânes, des portefaix chargés, suants, courant dans la foule.

Devant les cafés maures, sur les bancs et sur les nattes, d'autres indigènes jouaient, penchant des profils secs et fins, tandis que d'autres goûtaient la joie de l'immobilité féline.

Devant les débits, les soldats se pressaient, faisant bandes à part, selon leur arme. C'était un continuel cliquetis de sabres, de baïonnettes, d'éperons. Et, sur cette houle colorée, le soir d'hiver tombait, noyant les hommes et les choses dans une onde rose, qui pâlissait lentement, flambant encore sur les sommets neigeux des montagnes, se fondant en transparences violettes dans les ruelles.

Puis, après un terrain vide, lépreux, où des herbes minces sortaient à peine de terre, parmi les vieux chaumes dorés, ce fut un dédale étrange, des masures blanchies à la chaux, des nattes et des bancs de bois débordant, couverts de soldats et de femmes.

Une révélation, ces femmes aux marches des bouges africains! Tous les types indigènes, tous les costumes, toutes les parures!...

Il y avait les Mauresques en *chéchiya* pointues, vêtues de soies éclatantes, les négresses dont la peau obscure tachait les couleurs violentes de leurs toilettes, et les bédouines, visages impassibles, tatoués, idoles de bronze, au lourd regard. Et les filles du Sud, surtout celles des Hauts-Plateaux et celles du *djebel* Amour, avec de hauts hennins d'or sur leurs têtes, ou des tresses de cheveux noirs et de laines rouges, des diadèmes d'argent avec des ornements de corail et des bouquets de plumes d'autruche.

Et c'étaient elles, les filles du Sahara qui étaient le plus chargées de bijoux, ruisselantes de reflets métalliques sur leur *mlahfa* de soie ou de fine laine aux splendides couleurs, assemblées avec un art sauvage. Il y en avait de ces *mlahfa* errantes : des violettes avec de larges bandes vertes, des rouges et jaunes, des vertes et orange, des roses et noires, des blanches toutes brodées de fleurs de couleur comme les ailes d'un papillon éclatant.

Elles avaient, retombant de leur coiffure, des chaînettes d'argent, de grands anneaux d'oreilles, des pièces d'or, des parures de corail ou de pâte odorante séchée, par-dessus les lourds gorgerins et des ceintures roides, et des cercles d'argent minces ou larges à gros clous rivés aux poignets. Leurs chevilles étaient enfermées en de larges anneaux d'argent ajouré. Il y en avait de belles et de repoussantes, des jeunes aux chairs fermes et ambrées, des vieilles et fanées. Les unes babillaient en buvant du café ou de l'absinthe, d'autres, en fumant, gardaient leur air farouche, leur rêverie morne.

Des spahis, des Arabes jouaient des airs d'une mélancolie infinie, sur les petits *guibri* en carapace de tortue, ou sur les *djouak* en roseau des bédouins... Quelque part, une *rhaïta* sauvage et triste hurlait une désespérance inconnue.

Et des voix d'hommes chantaient les complaintes du Sud où revenait le refrain traînant, le *danidane* sans cesse renouvelé, varié de prononciation et d'air.

Des lanternes s'allumaient, dans les petites chambres toutes blanches et nues où un misérable lit s'offrait, couvert d'indienne, où de gros tapis bédouins s'étalaient à terre, à côté d'un vieux coffre vert.

Une senteur violente flottait alentour, mélange d'eau de rose, de sueur, d'absinthe et de tabac.

Lâchée à travers cet étal de chair féminine, la troupe hurlait son rut ardent, son désir de joie, de détente et d'oubli...

Un rauquement coupé de cris plaintifs monta d'une place où l'ombre se faisait : des gens de la campagne faisaient agenouiller des chameaux.

Tandis qu'Orschanow s'enivrait de tout cet inconnu dont il voyait la splendeur nouvelle, malgré les oripeaux et la misère ambiantes, Perrin errait, les bras ballants, pris de stupeur.

– Arrêtons-nous, buvons un café maure, dit Orschanow, pour s'asseoir sur une natte et pour regarder en repos un coin qui l'avait charmé.

Perrin hésita, puis, gauchement, il s'assit sur un banc, à côté d'un spahi qui lui fit de la place.

Perrin avait dit : « Bonjour tout le monde. » Seuls le spahi et les femmes, tout de suite accourues, répondirent. Orschanow s'étendit à demi sur la natte.

Il avait du sang musulman, du côté de sa mère, dont les ascendants étaient des Tartares et il subissait l'afflux de tout cet atavisme inconscient.

Il se sentait bien là, dans cette pose nonchalante qu'il avait si souvent prise sur le bord des routes.

Aucun trouble ne lui venait sous les tranquilles regards de ces hommes d'un autre monde, surpris de voir des légionnaires, des *roumi*, s'asseoir fraternellement parmi eux, qui se savaient honnis et méprisés et qui répondaient à ces mines par un absolu dédain, indifférents pour tout ce que les *roumi* avaient pu introduire de nouveau dans leur pays, dans le silence de leurs horizons immenses.

« Il faudra que j'apprenne leur langue », pensa Dmitri, repris de son besoin de vivre de la vie populaire, partout où il était.

Lui et Perrin restaient sans le sou, il ne fallait pas songer aux faciles amours étalées sous leurs yeux. D'ailleurs, Perrin n'était pas tenté par tout cet inconnu qui l'effrayait. Ces femmes qui le frôlaient, qui lui parlaient pourtant français, avec leur accent de gorge, lui semblaient presque des fantômes. Et il les regardait en dessous, sans répondre. Alors, elles l'apostrophèrent de phrases allemandes, croyant qu'il ne comprenait pas... Pressé de trop près par l'une d'elles, une grande fille pâle en *gandoura* fleur de pêcher, il répondit tout de même, maussade :

– C'est pas la peine de mâcher de la paille... On comprend le français, et puis ce que tu veux.

Orschanow, amusé, sentant qu'il reviendrait là, tantôt pour de délicieuses rêveries, tantôt pour assouvir ses rages subites d'amour, leur parlait, doucement, les plaisantait, leur demandant leurs noms, écoutant leurs rires et leurs gazouillements étranges, heurtés d'aspirations rauques, plus rauques que celles du russe – dès qu'elles parlaient arabe, entre elles.

Elles lui faisaient des compliments, le trouvaient beau. Et il promettait de revenir, quand il aurait de l'argent.

Perrin s'ennuyait, mais, comme il voyait que son camarade ne bougeait pas, heureux, il ne voulait pas le déranger. Ce nom de Dieu de Russe était tout de suite à son aise partout!

Puis, quand même, Perrin se leva.

— Tu viens pas prendre un verre, là-bas? dit-il, en montrant un débit juif, au bout de la rue.

— Non, ça va bien ici. Tu sais comment je suis, vas-y... on se retrouvera.

Orschanow était reconnaissant à Perrin de sa délicatesse instinctive, car le paysan ne cherchait jamais à lui imposer ses goûts, à contrecarrer ses besoins brusques de solitude, de silence ou d'errance. Sagement, sans rancune, il allait chercher des plaisirs plus accessibles, laissant Orschanow se débrouiller, comme il disait.

Et Dmitri resta là jusqu'à la sonnerie du soir, silencieux, étendu sur la natte, sans hâte de pénétrer ce monde nouveau, y vivant déjà, de plain-pied, dès la première heure, heureux.

CHAPITRE III

Dans une boutique étroite, sur des bancs, quelques rares consommateurs indigènes étaient assis. Devant l'*oudjak*, le fourneau en faïence bleue et blanche, en forme de porte mauresque avec, par côté, sur des degrés, le bariolage naïf et délicieux des petites tasses, et les cuivres polis des plateaux et des cafetières, le *kaouadji*, un grand Marocain bronzé, préparait le café avec des gestes assurés et lents. Il portait une longue blouse de toile bise, et, sur sa tête rasée, autour d'une *chéchiya* très rouge, un petit turban blanc.

Dans un coin, sur une natte, Orschanow était accroupi près d'un spahi tout jeune encore, avec de larges yeux noirs, caressants et une petite moustache brune sur le dessin ferme et charnu des lèvres. Quand il riait, son visage redevenait enfantin, très doux. La veste et la ceinture rouges sur le gilet bleu prenaient bien sa taille mince et son *burnous* écarlate de [...] à souhait.

Orschanow, dans un petit carnet, inscrivait en lettres russes des mots arabes, sous la dictée du spahi.

Il avait découvert ce professeur bénévole, qui, parlant bien français, était ravi de l'application de ce *roumi* à apprendre sa langue.

Quand Orschanow lui avait appris les ascendances musulmanes de sa mère, son étonnement s'était teinté de sympathie. Il s'appelait Mohammed, il était fils d'un pauvre instituteur coranique et, partant, un peu lettré en arabe.

— Tu sais, demain, tu manges la soupe avec nous, dit-il à Orschanow.

— Tu es donc marié?

— Non, mais j'en ai une femme, au village nègre, qu'elle fera le couscous. Sans faute, tu viendras?

— Bien sûr. Passe me prendre au quartier, à cinq heures.

— Moi, tu sais, j'en ai pas des amis parce que je suis trop fier. Si tu veux pas qu'on se foute de toi, tais-toi et sois malin. Tu as besoin de personne, je te ferai voir tout ce que tu voudras... avec moi tu es tranquille.

Et Mohammed prenait maintenant des intonations fraternelles pour parler à Orschanow.

*
**

Le lendemain, le spahi vint à cinq heures chercher son ami. Les camarades louchèrent un peu de cette amitié insolite entre un fantassin et un cavalier surtout indigène. Mais Orschanow continuait à se tenir à l'écart des autres, pris tout entier par ce pays qui le grisait d'une ivresse singulière.

Perrin avoua en souriant qu'il avait fait la rencontre d'une Espagnole au bar, qu'elle ne lui déplaisait pas, et qu'il avait rendez-vous avec elle pour ce soir-là. La vie indigène, trop différente, lui faisait encore peur, le rebutait même. Il avait envers ces hommes d'une autre race une méfiance persistante.

*
**

Dans une petite masure passée à la chaux, aux murs en planches branlantes, un tapis à grands ramages verts et jaunes était étendu. Contre le mur, des coussins recouverts d'indienne, au lieu de sièges. Un chandelier de cuivre posé à terre et un grand coffre peinturluré, avec de très vieilles ferrures, complétaient l'ameublement.

Une Mauresque en *mlahfa* blanche, jeune, mais de visage las, avec, au front, le tatouage des bédouines et des sonnailles gaies de bracelets aux poignets et aux chevilles, salua les deux hommes, leur baisant la main. Sa voix lente était un peu rauque avec des intonations caressantes.

— Tu sais, on va boire l'absinthe, dit Mohammed. La femme, il nous servira.

En effet, elle ne s'assit pas auprès d'eux, gardant son rôle d'emprunt de femme mariée, attentive, obéissant au regard du spahi qui se calait dans des attitudes de maître.

Sur le tapis parurent les verres, la gargoulette d'eau et la bouteille de Pernod.

— C'est au service que tu as appris à boire?

— Oui... Le service, il gâte les gens... Moi, avant, je fumais pas seulement, à présent je jure le bon Dieu, je bois l'absinthe, je fume... Tu sais, tout à l'heure, il y a la sœur de Zohra qui va venir...

Le spahi, accoudé sur les coussins, regarda son ami, avec un sourire.

Orschanow se laissait aller dans cette atmosphère chaude où traînait une odeur indéfinissable. Une chaleur lui montait à la gorge.

Zohra, debout, les regardait.

— Si Mohammed, faut-il apporter le souper? dit-elle riant de les voir.

— Donne.

Et, comme ils mangeaient, dans un plat unique, la cuisine pimentée et parfumée d'herbes odorantes, on frappa.

C'était Aïcha, une brune frêle, bronzée, avec ce lourd regard impénétrable et farouche des bédouines qu'Orschanow avait remarqué et qui lui donnait un trouble étrange. Elle lui parut très belle, avec ses voiles bleu sombre sur lesquels les bijoux d'argent mettaient des lueurs étranges. Elle était plus jeune que Zohra : son visage tatoué au front avait une fraîcheur de fleur sauvage.

Assise dans un coin, silencieuse, elle gardait une immobilité d'idole. Sa tête était coiffée d'un diadème d'argent ciselé aux pendeloques de corail, comme des gouttes de sang dans ses cheveux noirs.

Elle baissait les yeux, ne regardant pas même ce *roumi* pour lequel sa sœur l'avait fait venir.

Zohra, plus expansive, voyant que Mohammed était un peu ivre, se coula vers lui, humble, rampant presque à terre.

— Donne-moi de l'absinthe, pour l'amour de Dieu!

Lui, toujours souriant, l'aplatit à terre d'un coup sur la tête.

— Pourquoi la bats-tu? dit Orschanow, le prenant par le poignet.

— Ce n'est rien, ça... si tu voyais comme je la bats, quand ça me plaît, quand je suis en colère! ça lui fait plaisir... Dis, ça te fait plaisir, hein?

Elle se hasarda à lever la tête, avouant, de peur d'être battue encore.

Et alors, bon prince, le spahi lui versa à boire, lui donna une cigarette.

– Aïcha, approche, viens boire, n'aie pas honte, disait Zohra.

Mais l'autre, à peine enfuie de son *douar*, demeurait immobile.

– Elle a honte.

Mohammed poussa son camarade du coude.

La tête d'Orschanow tournait délicieusement. Ce décor d'orgie brutale ne lui déplaisait pas. Combien il s'était méprisé, jadis, de ce goût de l'amour sauvage qu'il se connaissait bien, et qui le jetait souvent à des aventures dont il restait honteux! Maintenant il s'y abandonnait, tranquille, conscient malgré son ivresse.

Mohammed lui racontait l'histoire d'Aïcha. On l'avait mariée, elle avait un caractère hautain et indocile, son mari n'avait pas su s'en rendre maître et elle s'était enfuie, rejoignant sa sœur.

Orschanow se laissait prendre par la gaîté sauvage du spahi qui luttait à présent avec Zohra, la roulant à terre comme une boule, d'une main. Comme toujours, l'envie lui venait de ces jeux qui le rendaient fou, après.

Et il se leva, ferme sur ses jambes, avec sa résistance à l'alcool d'homme du Nord. Il prit Aïcha, la leva à bras tendu, malgré ses ongles de jeune chatte qui entraient dans la chair de ses poignets, il la jeta sur les coussins, et, la violentant, l'obligea à boire un verre d'absinthe. Il était pris tout d'un coup d'une obstination brutale.

Elle se raidissait pour lui échapper, tournant la tête, les dents serrées. Mais elle dut boire, la gorge meurtrie sous la main d'Orschanow dont les yeux flambaient.

Puis, la bougie s'éteignit poussée du pied par Mohammed, et tout chavira dans l'ivresse et les ténèbres...

CHAPITRE IV

Il neigeait, un vent glacé balayait les rues désertes. Orschanow courait, mal dégrisé, pour ne pas manquer l'appel. Il avait fallu que Mohammed le poussât dehors, avec son sang-froid de vieux soldat. Dmitri avait tout oublié, refusant de s'en aller, dans la joie de ses épousailles sauvages.

Maintenant, dans le froid intense, sa tête tournait, une fièvre le brûlait.

Il arriva à temps, au moment où le clairon lançait sa note aiguë.

— Nom de Dieu, dit Perrin, mais t'es saoûl!

— Oui, je suis saoûl... Que le tonnerre de Dieu emporte un métier comme ça, quand on doit tout lâcher, pour rentrer se coucher comme un gosse!

Et Perrin, soigneux, ramassait les vêtements qu'Orschanow jetait au hasard, et qui gardaient une étrange odeur.

Perrin connaissait son camarade, les rages d'amour subites qui le brûlaient.

Ça l'avait toujours étonné, cette fureur, lui qui, tout en aimant la rigolade, gardait toujours son sang-froid. Il ne comprenait pas les ardeurs de l'homme de la steppe, primitif sous son instruction de monsieur, tandis que lui, l'ouvrier fruste, avait derrière lui des générations et des générations de paysans paisibles, alourdis.

— Tu t'es encore monté la tête pour une femme! dit-il, voyant Orschanow roulé sur son lit, l'œil en flamme, assombri. [1]

L'étudiant russe était donc devenu pareil aux hommes du peuple avec lesquels il avait voulu vivre, il les avait même dépassés, ceux d'Europe du moins, en se rapprochant plus qu'eux de la sauvagerie ancestrale.

Orschanow ne regrettait rien, il ne se méprisait plus. Parfois, aux débuts, après son départ de Genève, il s'était tâté, inquiet, craignant que ces brusques floraisons de sensualité presque meurtrières ne fussent des symptômes de névrose. Mais non, ils correspondaient aux époques les plus radieuses de sa vie, aux jours de santé et d'énergie. Sous leur empire, ses facultés acquéraient une acuité nouvelle, il vivait ardemment, redevenait amoureux de la vie, il était heureux! Et cela l'avait calmé. D'ailleurs aucune idée de volupté malsaine, de luxure morbide n'entrait dans ses rages.

Il était comme ça, et la conscience de sa virilité simple, retrempée aux origines lui donnait des heures d'un bonheur profond. Pourquoi dès lors se fût-il torturé de scrupules, compliqué de nuances?

*
* *

Il écoutait vaguement les conversations, la Babel chaotique des voix fortes, les plaisanteries en langues différentes, les disputes sous le marabout frêle que le vent secouait.

1. Ici, il manque deux pages du manuscrit. *(Note des éditeurs.)*

Sa place était là désormais. Il saurait s'y pelotonner, faire son trou parmi les camarades aux existences cachées.

Tous ces gaillards-là avaient eu des angles durs et blessants, maintenant ils s'effaçaient : ils avaient quitté pour un temps leur personnalité encombrante comme un vêtement trop voyant, et cela leur permettrait de marcher plus à l'aise, de vivre intérieurement plus libres sous la tyrannie du règlement, déchargés du poids mort des responsabilités. Dans ce retour à la chaleur du troupeau, à la vie animale, il y avait un sentiment de soulagement. Le « ouf » du fardeau jeté bas qui fait la poitrine plus libre.

Autrefois il avait voulu aller au peuple, et maintenant il retournait au peuple pour ne plus penser.

Coudoyer d'anciens drames pour ne plus souffrir, retrouver après des accidents le sens d'une personnalité intacte et immémoriale, découvrir sous la cendre un feu secret, le feu vital, le sens des éternités de l'instinct... Orschanow sentait tout cela, couché sous la tente comme une bête heureuse, et son regard traînait avec volupté sur la triste Saïda, refuge des cœurs meurtris.

CHAPITRE V

— Ça va être le printemps, dit Orschanow, qui regrettait son « marabout », maintenant. Et à présent, on nous loge au quartier, quand il ferait si bon rester sous la tente où on nous a laissés grelotter pendant l'hiver.

Perrin était devenu un soldat modèle, soigneux, ponctuel, comme il avait été un bon ouvrier. Il avait même pris goût à cette vie, à ce métier. Orschanow, indifférent, avait vite compris qu'il fallait en faire juste assez pour n'être pas puni ni mal noté. Tout l'intérêt de sa vie était au dehors. A part quelques jours de consigne et, une fois, de salle de police pour une réponse un peu brusque, il se soumettait au règlement, sans trop de révolte intérieure.

A la 6e Compagnie, le sergent de la section Schmütz, un Alsacien, était un ivrogne aux manières rudes, grincheux à ses heures, mais doux à ceux qui lui payaient à boire. Il faisait d'ailleurs un fourbi terrible avec les caporaux d'ordinaire et les fourriers, pour subvenir à ses besoins continuels d'argent, pour boire, car on ne lui connaissait pas de maîtresse. Petit, chétif, l'œil rouge et vague, il semblait toujours inquiet. Sa tenue lui allait étrangement mal, il était toujours aussi sale que le permettaient ses chefs.

Orschanow se l'attacha, lui payant de l'eau-de-vie et lui parlant allemand.

Dès qu'il fut installé dans la chambrée, il eut envie d'étudier ses nouveaux camarades, lui qui au Dépotoir n'avait prêté aucune attention aux autres légionnaires. Le Bulgare se trouva avec lui, ce qui l'ennuya, car l'ex-étudiant lui imposait ses dissertations sur des sujets sociaux et politiques. Cet homme méprisait sincèrement ceux dont Orschanow préférait la société, les simples comme Perrin.

— Il est bien fier ton ami le Bulgare, disait Perrin.

— Tu sais bien qu'il n'est pas mon ami et qu'il m'embête. Moi, je n'ai d'autre ami que toi et Mohammed.

Celui-là, Perrin, malgré sa différence, commençait à l'estimer, pour son caractère bon enfant et audacieux.

Il avait même consenti à accompagner une fois Orschanow chez Zohra, pour goûter le couscous. Il avait trouvé Aïcha belle, quoique, disait-il, les Mauresques lui faisaient peur. Celle-là surtout, avec son air farouche, lui semblait inquiétante, ne riant jamais devant Mohammed et Perrin, avec seulement, parfois, un sourire à dents blanches et aiguës.

Jamais, malgré les instances amicales de Mohammed et les plaisanteries d'Orschanow, Perrin ne voulut qu'une Mauresque, une voisine, vînt le rejoindre chez Zohra.

Dans la chambrée il y avait beaucoup d'Allemands, des déserteurs pour la plupart, gens qui se calaient de leur mieux dans leur vie nouvelle, et qui n'avaient d'autres plaisirs que l'eau-de-vie et les cartes. Les Alsaciens, les Lorrains, presque tous réfractaires, ayant fui la conscription allemande, s'entendaient mal avec les [...], les Allemands. Souvent, des querelles éclataient, des rixes qui finissaient en prison. Puis, quelques Italiens, dont un officier déserteur, qui faisaient bande à part, bruyants avec leur gaîté de méridionaux. Des Belges, des Suisses, et d'autres qui cachaient leur vraie nationalité.

Orschanow remarqua qu'il était d'usage, à la Légion, de ne pas raconter son histoire, de la masquer de demi-mots vagues. Ceux qui semblaient se livrer le plus racontaient des histoires fantaisistes.

Le malheur de la dure vie commune ne rapprochait pas ces gens. Chacun cherchait à faire son trou, tout seul, et à s'y retirer.

Chacun se débrouillait comme il pouvait. C'est le système *dégrouille*, disaient les légionnaires. On se *dégrouillait* pour n'en pas fiche une datte (ne rien faire), on se *dégrouillait* au détriment des camarades, les objets dont on avait besoin. La cruche de la chambrée était-elle cassée, on en *dégrouillait* une dans une autre chambrée. Les vols de menus objets, ou même de linge et d'effets d'habillement, étaient passés à l'état endémique, malgré l'égal danger pour le voleur et pour le volé. Plus d'un légionnaire avait ainsi passé au tourniquet pour dissipation d'effet militaire.

Ils étaient durs à la souffrance d'autrui, les légionnaires, meurtris, habitués à souffrir eux-mêmes.

Les légionnaires étaient presque tous de bons soldats, surtout en marche, à la peine. Et pourtant bien rares étaient ceux qui aimaient réellement le métier. La plupart préféraient tirer au flanc, se *dégrouiller*, ne pas se fouler la rate.

Sur eux pesait une discipline d'une dureté sans pareille, les locaux disciplinaires ne désemplissaient pas, et tous les jours, on voyait, dans la cour, une troupe hâve, l'œil mauvais, rageant à froid, faire le *bal*, avec le sac lourdement chargé, de cailloux parfois.

Certains sergents de garde prenaient un plaisir cruel à faire exécuter aux hommes punis les mouvements les plus pénibles en les espaçant. Ainsi le sergent Schmütz avait pour spécialité le pas gymnastique continuel en été, les longues poses désolantes en hiver.

Ceux qui ne se soumettaient pas passaient à la disciplote ou au tourniquet. Ils étaient nombreux.

Après avoir épuisé sur eux toutes les rigueurs, après les avoir laissé briser par la fatigue terrible du *bal* et l'horreur du *Sénégal*, des cellules de correction, on les envoyait à la section de discipline et ils étaient perdus alors. Ils filaient à Aïn-el-Hadjar ou à Mers-el-Kebir, quelquefois même à la Nouvelle ou à Cayenne. Il y en avait qui étaient fiers d'être des *irréductibles,* des révoltés.

L'un d'eux, un Breton, ancien quartier-maître de la flotte, cassé, et qui buvait terriblement, répétait tous les jours à la chambrée :

— Moi, mon idéal c'est d'être *butté*.

Il ne s'expliquait pas davantage. Un jour sur une observation du caporal d'escouade, il lui fendit le crâne, d'un coup de crosse, férocement, sans raison.

Quand on l'emmena pour le mettre en cellule de prévention, il dit :

— Vous voyez bien que j'ai tenu bon, que je serai *butté*.

On apprit sa condamnation à mort, peu de temps après, avec

l'indifférence des légionnaires pour le sort des camarades partis, condamnés ou libérés.

Dmitri éprouvait de la sympathie pour ces révoltés, qui s'avouaient vaincus d'avance, mais qui ne voulaient quand même pas courber la tête. Il se souvenait alors d'Orlow, le *brodiaga* qui avait brûlé le village de Nicoplatimowka, pour se venger d'un cabaretier. Certes, chez les légionnaires, Orschanow ne rencontrait pas le côté épique et sombre qui l'avait charmé en l'enfant révolté des steppes, mais il lui semblait qu'ils avaient aussi leur grandeur, ceux-là.

— Ce sont des fous! A quoi bon faire le malin, disait Perrin, quand on n'est pas le plus fort? Ça n'avance de rien.

Lui, trouvait qu'il fallait tâcher de bien vivre partout où on était et qu'il était trop bête de vouloir se casser le cou quand on pouvait décemment plier.

— Ah! je dis pas, si on voulait nous obliger à faire du mal, à commettre de sales coups, ou à faire de vilaines actions, oui, alors on aurait le droit de rouspéter. Mais qu'est-ce qu'ils nous demandent par là? D'obéir et de faire le travail pour lequel on s'est engagé. C'est que juste. Si je m'engage pour les foins, faut que je fasse les foins jusqu'au bout. C'est la même chose.

Perrin, qui avait tant hésité à s'engager, et qui n'avait fait que suivre son ami, ne lui reprochait jamais ce grave acte qui les avait liés.

Il acceptait les événements avec le fatalisme du paysan qui sait que tout le labeur d'une saison peut être anéanti en une heure de grêle, sans que personne y puisse rien.

Orschanow s'était fait, lui aussi, à cette vie. Avec assez rarement de sourdes révoltes intérieures, quand il se heurtait à la volonté opposée des chefs, qui le dominaient.

Le lieutenant Clerc surtout, saint-cyrard sec et cassant, aux allures d'homme du monde au dehors mais de despote au dedans, l'horripilait parfois, avec sa façon de dire à tout propos : « J'entends que cela marche autrement. J'ai ordonné de faire telle chose. » Des envies venaient à Orschanow de le souffleter et il contenait avec peine des accès de colère.

Il haïssait le lieutenant Clerc qui s'était taillé, d'ailleurs, une place privilégiée dans la compagnie, grâce à la faiblesse de Reynaud, le capitaine, dont les femmes étaient la seule préoccupation, et qui s'en remettait pour tout au lieutenant.

Le sous-lieutenant Mouriez, grand jeune homme blond aux yeux gris, où une éternelle tristesse adoucissait la flamme de l'intelligence, promenait une désolation inconnue parmi celles, cachées, elles aussi, de ses hommes.

L'adjudant Gregh, surtout, était détesté. Prétentieux parce qu'il était joli garçon, d'une dureté froide envers les hommes, il affectait pour eux un mépris écrasant.

Ses souffre-douleur étaient ceux en qui il devinait des gens instruits. Il s'attachait à les humilier.

Cependant, il n'eut pas de prise sur Orschanow, parce que celui-ci n'était pas rebuté, même par les besognes les plus dures et les plus grossières. Il aimait même les humbles travaux de garde-chambre, dans son continu besoin d'activités physiques. Les meilleures heures au quartier étaient celles où, au lavoir de la petite cour, entre le *Sénégal* et les séchoirs, il lavait son linge et ses effets de treillis, pataugeant dans l'eau, la poitrine au vent. Les légionnaires chantaient, et les complaintes en langues diverses jetaient leurs notes d'un exotisme étrange dans ce coin du quartier triste.

Sous les allusions ironiques de l'adjudant, Orschanow restait indifférent ou répondait très poliment, par des phrases mordantes, auxquelles l'adjudant ne pouvait s'accrocher pour le punir et qui le blessaient.

C'était devenu une lutte sourde, où Orschanow se contentait de garder la défensive.

Avec le caporal d'escouade Vialar, Dmitri s'était presque lié. Vialar, ancien ouvrier rural, français, se disant belge, était un garçon raisonnable, d'esprit un peu obtus, d'une stricte justice. Son meilleur ami dans la chambrée était Perrin. Vialar avait la médaille militaire, et ne s'en montrait pas orgueilleux. Il avait derrière lui sept années de Légion, une bonne conduite inlassable, une probité et une patience à toute épreuve. Il travaillait pour sa retraite, sagement, sans impatience.

Les autres escouades enviaient à celle de Vialar un si bon gradé.

Quand le sergent Schmütz avait des accès de rage subite, des lubies d'alcoolique, c'était le caporal qui, très doucement, prenait la défense de ses hommes, qui arrangeait les choses, calmant le sergent, lui payant à boire, ce qui était le meilleur remède...

Les jours s'écoulaient, monotones, sans ennuis, car tous les soirs Orschanow retrouvait, dans les cafés maures ou dans les autres maisons blanches du village nègre, la griserie de cet Orient qui se révélait à lui.

Après quatre mois il commençait à s'exprimer assez librement en arabe, à comprendre les discours lents devant les cafés maures et les interminables complaintes.

Le monde arabe, si fermé, les premiers jours, tout semblable à une féerie de couleurs et de parfums, s'ouvrait peu à peu.

Mohammed, resté bédouin sous le *burnous* rouge, contait à Orschanow les amours au *douar*, les épopées périlleuses qui occupent la vie des jeunes gens, dans la splendeur âpre de la campagne arabe.

Dans les milieux indigènes où il se plaisait exclusivement, on s'habituait à lui. On l'estimait pour sa sympathie, venant à eux le cœur ouvert, en frère, et on n'oubliait pas que du sang musulman coulait dans ses veines.

— C'est dommage que tu sois un *roumi*! disait souvent Mohammed, qui l'aimait maintenant en frère et qui aurait voulu que cette dernière barrière s'abattît entre eux.

— Mais je ne suis pas un *roumi*, objectait Orschanow en souriant. Je ne suis d'aucune religion, et si j'en avais une, entre toutes celles qui existent, ce serait l'islam.

En effet l'islam lui avait comme jeté un charme mélancolique. C'était l'apaisement et la sérénité.

Devant l'infortune et la mort, l'Arabe restait impassible, sans révolte, presque sans pleurs et toutes les hérédités fatalistes d'Orschanow s'émouvaient fraternelles, le poussant vers ces hommes.

D'ailleurs, ne leur était-il pas semblable? N'avait-il pas renoncé volontairement à la lutte, l'objectif de toute vie européenne, pour se laisser aller comme eux, voluptueusement au fil de l'eau?

Et puis ils étaient des nomades, des vagabonds invétérés. Et tant d'autres traits les faisaient ressembler à ce peuple russe que, l'ayant quitté à jamais, Orschanow aimait toujours d'un douloureux et profond amour.

Comme le peuple russe, le peuple arabe se maintenait par sa force d'inertie, presque immuable. Comme lui aussi, il souffrait en silence, apportant dans ses rapports avec l'administration tyrannique et omnipotente la même résignation, la même soumission, la même réprobation pour l'injustice. Le Russe disait : « C'était sur ma naissance. » L'Arabe, plus laconique, se contentait d'esquisser un geste vague de soumission : *Mektoub*, c'était écrit !

Orschanow retrouvait certaines coutumes touchantes de la terre slave, chez les Arabes : le culte de l'hospitalité, la générosité et la charité envers les pauvres.

Ils étaient mélancoliques, ignorants de la *blague*, cette fausse gaîté occidentale si étrangère à Orschanow. Ils avaient cependant leurs heures de joie légère, leur rire de grands enfants. Mais, tout de suite après, ils retombaient à leur gravité, ils se renfermaient en eux-mêmes. La plupart du temps même, ils se contentaient de sourire.

Et puis, ils étaient, comme les Slaves du peuple, sociables et égalitaires, sans dédain pour les pauvres. Les riches, les lettrés s'asseyaient côte à côte avec les plus loqueteux, dans la grande fraternité islamique. Un mendiant entrait-il dans un café, on lui faisait une place, on échangeait avec lui le salut de paix, le même pour tous les musulmans.

Et Orschanow se laissait aller au bien-être indolent de la vie arabe peu compliquée.

Mohammed, fumeur de kif, avait persuadé Dmitri d'abandonner l'alcool pour la petite pipe de poussière de chanvre. Au lieu de l'ivresse tapageuse de la boisson c'était un engourdissement doux, une paix infinie qui venait, à mesure que la fumée jaunâtre du kif montait dans l'air tiède.

CHAPITRE VII

Derrière un café maure, dans une petite cour passée à la chaux bleuâtre, un pied de vigne séculaire se tordait, s'appuyant sur un figuier noueux, en une fraternité de vieux arbres reclus.

Des pierres sèches, équarries et alignées, formaient une sorte de large banquette ronde autour du puits étroit. Dans les niches irrégulières des murs, des pots de basilics et des gargoulettes bouchées d'un bouquet de brins de lentisque. Dans une vieille caisse, un jasmin dont les fleurs blanches, striées de rose pâle s'effeuillaient sur des nattes.

Un faucon, attaché par la patte, rêvait sur son perchoir et des rossignols se pâmaient dans de petites cages en piquants de porc-épic.

C'était la fumerie de kif clandestine de la Djenina tenue par Hadj Adda, nègre marocain, lettré, grave et poli. Son visage régulier, d'un noir d'ébène, encadré d'une barbe blanche, souriait à l'habitué, quand il voulait bien accepter une petite pipe.

Dès cinq heures, le jardinet silencieux s'animait. Ils étaient une vingtaine qui venaient là, des portefaix, des bédouins de passage, des Maures.

Il n'y avait rien d'orgiaque dans ces réunions. On fumait le kif en échangeant de rares paroles. Puis on faisait de la musique arabe et on chantait.

Jamais une femme, jamais une plaisanterie grossière.

*
* *

Mohammed avait introduit Orschanow à la Djenina, répondant de ce légionnaire qu'on avait bien un peu regardé de travers, le premier jour. Puis, on s'était habitué à lui, le traitant en frère, lui souriant quand il arrivait.

Il s'étendait près du spahi, et, sa petite pipe à la main, il écoutait, les yeux mi-clos, le murmure doux des rossignols captifs, et la musique de rêve des *hacheïchia*, les fumeurs de kif.

Mohammed jouait du *djouak*, tirant des plaintes étouffées, tantôt langoureuses, tantôt d'une presque immatérielle tristesse, de ce petit bout de roseau, coupé au fond d'un *oued*.

Hammou Benhalima, un portefaix en loques européennes, avec un foulard de coton bleu roulé autour de sa *chéchia*, jouait de la guitare espagnole.

Un vieux, la face rasée, impassible, les yeux clos, comme en extase, faisait pleurer un antique violon, qu'il appuyait sur son genou, à la mode arabe. Et d'autres, un groupe de bédouins aux minces profils d'oiseau de proie, aux yeux roux sous le voile en auvent de leurs turbans à cordelettes fauves, promenaient des petits morceaux d'écorce sur les deux cordes de leurs *guibri*. Et les têtes se renversaient, les yeux se fermaient.

Les *hacheïchia* en extase chantaient.

Tantôt c'étaient des complaintes bédouines, épopées de chasse, d'amour et de rixes. Tantôt, des cantiques maraboutiques, la *Borda*, en l'honneur du Prophète, ou des chants d'amour passionné et malheureux, où des cœurs saignaient, distillant goutte à goutte les larmes brûlantes des séparations et des oublis.

Orschanow, tiré de son demi-assoupissement, dans la lueur vacillante des bougies, observait parfois les groupes aux attitudes souples et félines, les accroupissements, les poses couchées, lasses, les mimiques des visages que l'ivresse du chant, de la musique et du kif spiritualisait. Les citadins se laissaient aller à l'extase, voluptueusement. Les bédouins gardaient leurs masques bronzés, de gravité farouche, les prunelles plus luisantes seulement, dans l'entrebâillement des paupières alourdies.

On parlait peu, à la Djenina, et le cafetier distribuait en silence les petites tasses de café, les tout petits verres de thé marocain, à la menthe poivrée...

CHAPITRE VIII

C'était la nuit.

La chambrée, dans l'ombre, soufflait une chaude haleine de lassitude reposée.

Les corps se vautraient, moites, dans les gros draps bis. Parfois, un gémissement ou une toux coupaient le silence.

Orschanow dormait, ayant rejeté ses draps, les bras nus hors du lit. Il avait retrouvé le sommeil sans rêves, sans cauchemars de ses toutes premières années.

Tout à coup quelque chose le réveilla. Il sursauta. Dans la cour, le clairon sonnait. C'était une sonnerie étrange, lente, lugubre, entendue ainsi à travers l'engourdissement du sommeil.

Déjà le caporal Vialar bondissait, criant :

– Tout le monde debout ! Alerte !

Et les légionnaires se levaient, pêle-mêle, jurant, mal éveillés.

Pour Dmitri c'était nouveau.

Il crut à un malheur.

– C'est encore une lubie du colonel : foutre tout le monde en l'air au milieu de la nuit.

Et, en ville, la trompette des chasseurs répondait, puis un coup de canon déchira les ténèbres et le silence de Saïda endormie.

Le caporal avait rallumé une lampe. On s'habillait avec un cliquetis d'armes, des froissements de cuirs violemment bouclés.

Les hommes juraient, se hâtant pourtant. Dans les escaliers on commençait à entendre le martellement des godillots des autres escouades qui descendaient.

– Allons, nom de Dieu! Tas de feignants, est-ce qu'on se fout du monde par ici!

C'était le sergent Schmütz qui entrait, blême, mal désaoûlé de la veille.

Dans la cour, des lanternes couraient comme des feux follets, jetant de brusques clartés rouges sous les arbres noirs, sur le pavé gris.

Avec des bruits métalliques et le grouillement des chaussures ferrées, les sections s'établissaient. Des lumières secouées furieusement mettaient des éclairs sur les fusils. Les officiers, prévenus par un fourrier, arrivaient.

Le lieutenant Clerc boutonnait son col, les dents serrées avec une flamme de colère dans les yeux : une hiverneuse de passage, une Belge délicieuse, était restée dans la chambre désertée brusquement, là-bas, à l'hôtel.

Enfin, le colonel parut, sur son grand cheval blanc. Froid, correct comme pour une revue; il demanda si tout était prêt.

Alors, tout de suite, les ordres retentirent, brefs et on sortit, tournant sur la route, vers le sud.

Dans l'obscurité, on n'entendait plus que le bruit houleux, le bruit marin de la troupe en marche, avec, parfois, des entrechoquements d'acier.

* * *

On grimpait les pentes raides caillouteuses, au pas gymnastique, péniblement.

– On va à Aïn-el-Hadjar! murmura un légionnaire.

Ils filaient, poussés par les gradés, avec, au cœur, la rancune de leur servitude, l'ennui de toute cette peine prise inutilement.

Seul Orschanow ne s'ennuyait pas. Pour la première fois, la campagne bédouine lui apparaissait ainsi dans la clarté vague de la nuit de printemps.

La brousse prenait des aspects fantastiques, semblait se mouvoir, noire, confuse.

Les *oued* s'ouvraient, semblaient sans fond, et le sommet des montagnes se détachait en silhouette exacte sur la pâleur sombre de l'horizon.

Parfois dans le scintillement innombrable du ciel, une étoile se détachait comme un fruit mûr, et roulait à l'infini.

Dans le silence de la montagne on entendait sourdre une vie puissante, l'enfantement prodigieux du printemps africain et les drames inconnus de la brousse.

Des chacals glapissaient courant par bandes sur les collines.

* * *

Les légionnaires haletants arrivèrent au grand plateau d'Aïn-el-Hadjar. Là, au delà de la mer d'alfa où bruissait le vent tiède, l'horizon s'ouvrait, large, immense, libre...

Orschanow éprouva un grand soulagement. Enfin, plus de montagnes écrasantes, plus de murailles barrant le ciel.

Il aspira avec bonheur l'air léger de la plaine. Son amour pour la terre d'Afrique devenait plus conscient et plus profond. Il ne se sentait plus exilé et ne souhaitait que de rester là, dans cet âpre décor, pour toujours, même sous l'humble capote bleue du légionnaire.

Lentement, l'horizon s'éclaira. C'était une lueur verdâtre, diffuse, qui dessinait au loin les dentelures aiguës des montagnes, qui arrachait à l'uniformité noire de la nuit les silhouettes plus opaques des buissons de lentisques et de palmiers nains. Le plateau apparaissait dans la houle de l'alfa coriace, tout moucheté comme une peau de panthère.

Puis la lueur grandit, monta dans le ciel, les légionnaires cessèrent d'être un flot sombre.

Un vent léger frissonna dans l'herbe dure, caressa les visages où la sueur collait la poussière rouge.

Ce fut pour Dmitri, la joie de l'aube en rase campagne, l'heure aimée où renaissaient, avec la bonne lumière, l'espoir et la force de vivre...

* * *

Dans la mer d'alfa, une troupe venait, morne, silencieuse. Dans la lueur lilas du matin, les hommes, en vareuse bleue, coiffés de képis à l'énorme visière carrée, le visage rasé et maigri, l'œil cave et sombre, défilèrent, entre des légionnaires, baïonnette au canon, et des *chaouchs* des sous-officiers de la justice militaire, revolver au côté.

C'étaient les *pégriots*, les détenus du pénitencier d'Aïn-el-Hadjar, qui allaient au travail, leurs outils sur l'épaule. Quelques-uns bronzés, le front et les mains tatoués gardaient, sous le costume du bagne, la gravité arabe. D'autres, très blonds, échangeaient un regard avec la Légion étrangère qui passait : anciens légionnaires, condamnés, ils retrouvaient des camarades, sans un sourire, avec la haine des forçats pour les *autres*, ceux du dehors, qui leur semblaient libres.

Et les tristes ilotes passèrent avec un piétinement de troupeau résigné, dans la gloire du soleil qui se levait, là-bas, dans un monde de vapeurs carminées, au-dessus de la plaine mélancolique.

Orschanow sentit une révolte, sous le harnais pesant du soldat; tout le conventionnel, tout le mensonge de la vie civilisée lui apparaissait : le mensonge à la base de la société, s'arrogeant le droit, nié aux individus, de renouveler l'antique esclavage, pesant de tout son poids sur ceux qui ne voulaient pas plier.

Combien parmi ces pégriots glabres et mornes étaient là pour des crimes purement *militaires*, c'est-à-dire pour des actes qui, dans la vie ordinaire, plus naturelle, étaient à peine des délits!

Ah! s'en aller dans la brousse, vivre seul, à sa guise, sans courber la tête devant tous ces fantômes imbéciles qui accablaient les hommes de leur dure tyrannie.

Les instincts de vagabond et de révolté d'Orschanow s'éveillaient en cette heure, et il songea qu'il avait encore près de cinq années à vivre parmi les hommes, sous leur autorité et leur menace!

Mais il fallait se raidir et attendre, marcher sourd et aveugle, en saisissant au passage les heures de vie, les impressions grisantes, telle l'ivresse de ce lever de jour au désert.

CHAPITRE IX

Il y avait dans l'escouade du caporal Vialar un légionnaire qui s'appelait Pedro Garcia, et qui se tenait à l'écart des autres, muet, plongé en une continuelle rêverie morne. Grand, d'une maigreur robuste, il avait, sous le képi rouge et noir, un visage bronzé, aux méplats de cuivre, des cheveux bouclés, très noirs, une étroite moustache ombrant des lèvres sensuelles, toujours serrées, sans un sourire.

Dès le premier jour, personne ne s'était trompé sur la réalité des bribes d'histoires qu'il avait contées au caporal. Ce n'était pas vrai, ce n'était pas un déserteur espagnol. Et, tout de suite, on l'avait marqué de ce surnom qui le faisait pâlir : le Bicot...

Ils étaient voisins de lit, Orschanow et lui. Le Bicot ne parlait pas plus à Dmitri qu'aux autres, mais il le regardait autrement, lui sachant gré de respecter son silence et de ne pas le plaisanter méchamment.

Plusieurs fois Vialar avait eu à intervenir :

– Nom de Dieu! Foutez la paix à cet homme. Qu'est-ce que ça vous fait qu'il soit Arabe plutôt qu'Espagnol? Y en a-t-il ici beaucoup, parmi vous, qui aient donné leur vrai nom, leur vraie nationalité en s'engageant?

– Ça, caporal, c'est vrai! disait Perrin, en soupirant et gardant toujours le regret d'être obligé de se dire suisse.

Quand les légionnaires furent en campement sur le plateau d'Aïn-el-Hadjar le Bicot eut l'occasion de rendre quelques services à Orschanow. C'était un excellent soldat, d'une propreté de chatte, toujours en train de laver ses effets, d'astiquer ses cuirs. Il n'avait rien du bleu maladroit qu'il eût dû être, se trouvant à la Légion depuis trois mois à peine.

– *Pourquoi ne sortais-tu jamais à Saïda?* demanda Dmitri.

– *Je n'aime pas à rigoler.*

– *Alors nous sortirons ensemble. Je ne te demanderai rien, tu me raconteras ce que tu voudras. Je ne cherche pas à savoir ce qui ne me regarde pas* [1].

– Quand tu sors, où vas-tu, à Saïda?

– Je vais au café maure, je me promène aussi sur la route.

– Oui, c'est vrai, sur la route on s'ennuie moins...

Ce soir-là ils marchèrent longtemps autour du camp dans la gloire du soleil mourant en rose sur l'immense horizon du Sud attirant.

– D'où es-tu? demandant tout à coup le Bicot.

– Moi, je suis russe, par mon père, tartare par ma mère. Et toi?

– Moi?... Tu sais, j'ai dit que je m'appelais Pedro Garcia... Eh bien, ce n'est pas vrai. Ils ont raison les autres! Mais pourquoi m'embêter? Je suis de Bou-Saâda, je m'appelle Lamri Belhaouari.

Et d'un trait, il conta son histoire, comme pour se justifier.

---

1. Les corrections de V. Barrucand ont rendu le manuscrit illisible dans ce passage. *(Note des éditeurs.)*

Il était fils de *cadi*. Il avait été à l'école française-arabe, puis au lycée, à Alger. Riche, il n'avait pas eu besoin de travailler. Rentré à Bou-Saâda, son père lui avait donné une délicieuse petite maison en *toub* doré, dans les jardins qui bordent l'*oued*. Il l'avait marié avec sa cousine par alliance, Halima, toute jeune et très belle. Et Lamri était devenu amoureux de sa jeune femme. Il l'adorait.

Un soir, on était venu le chercher, son père étant très malade. Il avait quitté à regret sa maison paisible et son Halima, il avait couru chez son père, disant qu'il rentrerait au jour. Le vieillard allait mieux après une crise, et Lamri, tout joyeux, rebroussa chemin. Il avait une clé, il rentra doucement. Et alors, dans la tiédeur de la cour où ils dormaient l'été, il avait trouvé Halima dans les bras d'un de ses cousins, Ali.

Lamri avait perdu la raison. Il avait massacré les amants à coups de couteau... Il s'était jeté en travers du lit inondé de sang, et il avait attendu le jour, prostré, inconscient. On l'avait arrêté, et le Conseil de Guerre, dont il était justiciable, comme indigène du territoire militaire, l'avait condamné seulement à deux ans de prison...

A la colonie pénitentiaire de Berrouaghia, Lamri avait vécu ces deux années en un rêve sombre. Son père était mort, et Bou-Saâda lui sembla vide et désolée, quand il rentra.

Alors, abandonnant ses biens à son frère Ahmed assesseur du *cadi*, il s'était engagé aux spahis, par ennui. Vers la fin de sa quatrième année de service, Lamri, en détachement à Aumale, s'était passionné pour une belle juive. Et un soir, il avait eu une altercation avec un autre spahi, chez cette femme. Ils s'étaient battus et Lamri avait blessé son camarade. Pour la deuxième fois, il passa au Conseil, et fut condamné à un an de prison, le Conseil ayant admis l'excuse de provocation.

En sortant de prison, Lamri, las, désespéré et se sentant désormais un réprouvé, avait fait, à Médéa les quatre mois qui lui restaient à faire. Puis, pour disparaître à jamais, pour ne plus se souvenir de rien, il était venu s'engager à la Légion, sous ce faux nom de Garcia.

— C'est fini, conclut-il, je ne vis pas, je rêve, et Dieu sait si mon rêve est noir.

Très intelligent, lui, si silencieux d'ordinaire, avait la parole claire et imagée, dans son français irréprochable.

— Garde pour toi ce que je t'ai dit. Tu es tout jeune, toi. Fais attention de ne pas faire comme moi. Tu sais, au jeu il ne faut pas tout mettre sur une carte. C'est la même chose dans la vie. Moi, deux fois j'ai été fou, j'ai mis ma vie sur une seule carte, l'amour d'une femme. Et aujourd'hui, je suis moins heureux qu'un mort.

Orschanow songea que, lui aussi, en épousant Véra, avait failli mettre toute sa vie sur une seule carte...

Quelquefois Orschanow éprouvait un plaisir âpre, une griserie intense à prendre part aux terribles bordées de la Légion, dans les cafés et les bouges. Il buvait alors, son ivresse devenait tapageuse, avec une teinte d'audace triste, très russe. Il se saoulait encore plus de bruit que de vin, chantant à gorge déployée, inventant des farces de grand gamin [...]. Il se mettait alors à la tête des camarades, les détournait des rixes ordinaires, des sanglantes querelles avec les chasseurs d'Afrique.

Il entraînait même Perrin, si sage pourtant, et le sombre Bicot.

Schwartz, un grand maigre d'allure aristocratique, officier autrichien en fuite qui se disait alsacien, boute-en-train, que rien ne lassait, cédait le pas à Orschanow...

(Le manuscrit s'interrompt.)

C H A P I T R E X I [1]

Les amours tragiques de cet Arabe, victime de l'instinct, avaient vivement intéressé Orschanow. Un nouveau classement d'idées s'était fait définitivement en lui. Il comprenait mieux, et d'une façon nouvelle, pourquoi il avait quitté Véra en l'adorant, pourquoi il avait dû la quitter.

L'amour de Véra l'avait d'abord guéri des servitudes révolutionnaires et, presque aussitôt, il avait dépassé cette étape : il s'était évadé de la chaude petite cage du bonheur parce qu'il portait en lui-même le sentiment de l'espace et parce qu'il éprouvait, contrairement à tant d'êtres, le besoin d'être seul et de finir.

Tout d'abord cette manière d'être lui avait paru monstrueuse, et maintenant voilà qu'il y voyait une supériorité, le but peut-être de l'évolution humaine en un effort vers l'individualité et la liberté, brisant la chaîne des associations et des sexes, s'élevant toujours

---

1. Chapitre entièrement imaginé et écrit par V. Barrucand. *(Note des éditeurs.)*

plus haut vers plus de vérité, acceptant la passion mais dépassant l'amour qui continue la chaîne des êtres.

Cette pensée d'ailleurs, il l'avait cueillie analogue, un jour, au bord de sa route et l'avait mise comme une fleurette de montagne dans son carnet de notes. C'était à Genève, dans la grande bibliothèque claire. En ouvrant un volume de Chateaubriand, il avait tressailli en lisant :

« Cette impossibilité de durée et de longueur dans les liaisons humaines, cet oubli profond qui nous suit, cet invincible silence qui s'empare de notre tombe et s'étend de là sur notre maison, me ramènent sans cesse à la nécessité de l'isolement. Toute main est bonne pour nous donner le verre d'eau dont nous pouvons avoir besoin dans la fièvre de la mort. Ah! qu'elle ne nous soit pas trop chère! car comment abandonner sans désespoir la main que l'on a couverte de baisers et que l'on voudrait tenir éternellement sur son cœur? »

Orschanow avait porté cela sur lui comme une formule bizarre. Il n'en avait pas encore éprouvé la force de talisman. Il avait fallu cette banale histoire arabe pour lui découvrir le sens de ses actions. Maintenant il possédait une vérité précieuse qui lui eût permis de braver toutes les servitudes et le visage de son amie lointaine s'en éclaira.

La pensée de la femme quittée lui fut bonne et mordante : elle l'aida à se sentir plus fort.

**
* **

Sans se préoccuper de la présence du sombre Bicot, Orschanow lui savait gré d'être là et d'avoir parlé. Ils marchaient, se tenant par le petit doigt de la main, suivant la fraternelle coutume musulmane. Sur cette piste des Hauts-Plateaux du Sud, l'étudiant russe atteignit, pendant quelques minutes, à la conscience heureuse de sa solitude affranchie, il se trouva maître de lui-même et, sous la lourde capote militaire, il sourit à sa jeune liberté.

Pourquoi se torturer d'un chétif amour quand la grande passion de vivre flambait si diverse sous les soleils du monde, dans la splendeur de l'Univers? Véra! Véra plus belle d'être lointaine! comme il tendait vers elle, comme il respirait son âme dans le crépuscule, comme il la possédait, comme il se pénétrait de son essence éternelle!

Maintenant, assis, les jambes croisées, il écrivait sur ses genoux avec la lenteur et l'application d'un thaleb *arabe :*

« Véra inoubliée [1],

« Je t'écris pour te réjouir, car je sais que, toi aussi, tu ne m'oublies pas. La pauvre chair lamentable qui se tordait en des convulsions inutiles n'est plus. Comme toi, maintenant, je suis fort, et je suis heureux, j'aime la vie et le soleil. Makarow a eu raison de me laisser partir. Remercie-le pour moi. C'est la bonne route libre qui m'a sauvé, et toutes les fois que tu regarderas la route, remercie-la, dis-toi bien que c'est elle, la bonne mère accueillante, qui a régénéré ton Dmitri, qui l'a sauvé de la déchéance et de la mort. Adieu, et puisse le soleil de la vie illuminer ta voie, comme il illumina la mienne.

« Ton DMITRI ORSCHANOW. »

En rentrant au campement il jeta la lettre à la boîte.
Il n'avait donné à Véra aucune adresse.
A quoi bon?

NOTE

Bien plus qu'une tentative biographique transposée, *Trimardeur* apparaît comme le miroir romanesque du cheminement d'Isabelle Eberhardt. Véritable obsession, son élaboration incessante accompagne – pendant plus de dix années, depuis les premières tentatives en Suisse jusqu'à sa mort – la destinée tumultueuse de l'écrivain nomade. On retrouvera le manuscrit miraculeusement épargné mais toujours inachevé près du corps d'I.E. dans la boue de l'inondation d'Aïn Sefra.

Comme la vie de son auteur, le roman s'interrompt prématurément mais n'en est pas pour autant moins accompli. Les qualités d'une première œuvre de longue haleine y révèlent amplement le souffle imaginatif d'un futur grand écrivain.

Dès ses toutes premières publications en 1895 dans *la Nouvelle Revue moderne*, I.E., qui signe alors N. Podolinsky, annonce l'une de ses nouvelles, *Vision du Maghreb*, comme « le fragment d'un roman, *Bohème russe*, à paraître sous peu ».

Ce projet ne vit pas le jour mais à Bône, deux ans plus tard, lors de son premier séjour en Algérie, I.E. l'évoque à nouveau dans sa correspondance avec son ami Ali Abdul Wahab. Elle cite un titre, *A la dérive*. Sa rédaction à peine ébauchée est vite interrompue. I.E. se consacre à un autre roman, *Rakhil*, « plaidoyer pour le Coran », qu'elle abandonne après plusieurs tentatives d'écriture. Il faudra attendre son troisième retour en Algérie, en 1902, pour que *A la dérive* prenne forme. Un an plus tard il commence enfin à paraître en feuilleton dans l'*Akhbar*, sous le titre *Trimardeur*, à partir du 9 août 1903.

Mais avant cette première parution I.E. avait continué à mûrir son projet en écrivant trois

---

1. Lettre extraite d'une variante écrite par I.E. *(Note des éditeurs.)*

nouvelles, *l'Anarchiste, le Russe* et *M'tourni*. Chacune constitue autant de variantes courtes de son roman.

Selon les versions le héros change de nom et même de nationalité (il est italien dans *M'tourni*), mais l'itinéraire est toujours le même, de l'Occident vers l'Orient, dans une tentative plus ou moins aboutie d'intégration au monde musulman, avec, en chemin, la rencontre de l'amour, qui aide à la fusion dans l'autre civilisation.

Par bien des traits les héros des nouvelles et celui de *Trimardeur* ressemblent à Isabelle Eberhardt. Même si, comme le dit V. Barrucand, ses propres aventures furent infiniment plus fortes. La part masculine qu'elle n'avait pu vivre, l'engagement dans la Légion, par exemple, elle la trouvait dans l'histoire de son frère Augustin, deux fois enrôlé à Sidi Bel Abbès.

Dans les nouvelles, la fin diffère : heureuse dans *l'Anarchiste* et surtout dans *M'tourni*, dramatique dans *Légionnaire*. On ne saura jamais quel sort définitif I.E. avait décidé pour Dmitri Orschanow dans *Trimardeur*. Peut-être l'ignorait-elle elle-même quand la crue de l'*oued* Sefra vint interrompre définitivement sa longue dérive le 21 octobre 1904.

Après la publication des premiers feuilletons en deux séries dans l'*Akhbar* (du 9 août au 13 novembre 1903 et du 17 janvier au 10 juillet 1904), Barrucand s'empressa d'en fournir une troisième, à titre posthume, à partir du 13 novembre 1904, soit moins d'un mois après la mort d'I.E.

Le manuscrit utilisé s'achevant en queue de poisson, il imagina une fin elliptique. Les « fans » d'I.E. ne lui pardonnèrent pas plus cet « achèvement » que sa désinvolte réécriture de *Dans l'ombre chaude de l'Islam*.

La publication de *Trimardeur*, en mai 1922 chez Eugène Fasquelle, ne manqua pas de raviver la polémique dans les cercles littéraires. D'autant que la couverture du roman portait cette précision : « Terminé et publié avec une préface de V. Barrucand. » C'était suffisant pour ranimer les craintes, V. Barrucand étant depuis l'*Ombre chaude*... éternellement soupçonné d'altérer l'œuvre de son ancienne collaboratrice.

Il est vrai qu'il ne manque pas de culot pour se justifier dans sa préface à *Trimardeur*, il parle « d'œuvre commune ». « Aux vestiges de son labeur, écrit-il, nous avons mêlé fraternellement son âme majeure... »

Seule l'étude des manuscrits conservés aux Archives d'outre-mer à Aix-en-Provence pouvait permettre de savoir dans quelle mesure l'éditeur avait mêlé sa prose à celle d'Isabelle Eberhardt.

En fait, à part deux ou trois corrections de détail, il n'a rien changé aux deux premières parties. Mais il intervient lourdement dans la troisième. En outre *Trimardeur*, tel qu'il fut publié dans l'*Akhbar* et édité chez Fasquelle, est le montage de plusieurs versions écrites par I.E.

La première (beaucoup moins aboutie que les suivantes) a été rédigée en 1902. Plus tard, entre et pendant ses longs séjours dans le Sud oranais, en 1903 et 1904, I.E. trouva le temps d'entreprendre une nouvelle écriture. C'est cette version qui fut publiée de son vivant dans l'*Akhbar*. C'est elle qui fut reprise pour les premières parties de l'édition Fasquelle et que nous reproduisons dans cette édition des *Œuvres complètes*, puisque avalisée par la publication du vivant de l'auteur. Restait la troisième partie...

Le dossier 23 × 1 du fonds Isabelle Eberhardt à Aix-en-Provence comprend quatre chemises. Dans la première, annotée par V. Barrucand, « version de l'*Akhbar* 1903 », le manuscrit a disparu. A sa place on ne trouve qu'une copie des deux premiers chapitres.

La chemise n° 2 porte cette mention de V.B. : « *Trimardeur*, roman inachevé, version d'Aïn Sefra utilisée pour la troisième partie. » Elle contient en fait un manuscrit qui constitue le premier état de *Trimardeur*, datant de 1902. Écrits recto verso à l'encre violette, les feuillets portent des traces d'humidité et de sable de l'inondation d'Aïn Sefra. On y lit effectivement le début d'une troisième partie de *Trimardeur*, celle que Barrucand s'est empressé de récupérer pour poursuivre le feuilleton de l'*Akhbar*. Se laissant aller à sa manie de réécrire il y apporte des ajouts, des corrections de style et s'autorise une coupe de quatre feuillets. Enfin il écrit le dernier chapitre, titré par lui « Illumination », pour tenter de donner une fin ouverte au récit. A la fin du texte (p. 170) il précise « le manuscrit s'interrompt », mais raye un dernier paragraphe qui constituait l'amorce de la suite, sans doute encore fort longue dans le projet d'I.E., car le sort de son héros est loin d'être réglé.

Bien entendu nous publions cette troisième partie en rétablissant autant que possible la version du manuscrit. Il est parfois difficile, à partir des feuillets très raturés et surchargés, de retrouver le texte original. Deux ou trois mots restent douteux.

Enfin, pour l'édition Fasquelle de 1922, Barrucand est encore obligé de faire une dernière modification. Dans le feuilleton de l'*Akhbar*, Perrin, le compagnon de Dmitri, disparaît à Marseille pendant la manifestation des dockers. L'éditeur l'a fait revenir discrètement afin d'assurer la cohérence avec la troisième partie (écrite antérieurement) où Perrin est présent.

En guise de conclusion V. Barrucand a glissé dans son court chapitre de fin une lettre de Dmitri à Véra, qu'il a extraite d'une autre variante. Il en existe en effet plusieurs que l'on peut lire à Aix-en-Provence dans le dossier 23 × 1. La chemise n° 3 porte cette mention : « *Trimardeur*, manuscrit d'Aïn Sefra avec la terre de l'inondation, deuxième version » (ces deux derniers mots ont été rayés). Elle contient un manuscrit de 119 pages écrit recto verso à l'encre noire. Les feuillets rendus fragiles par l'humidité ont été soigneusement recolés sur papier calque. Le manuscrit s'arrête au début du chapitre XVII. Il ne porte quasiment aucune correction, comme écrit d'une seule traite. Sans doute s'agit-il d'une copie. Le début est presque conforme aux textes de l'*Akhbar* et de Fasquelle. La suite diffère sensiblement, surtout à partir du chapitre III, où l'on peut lire cette note portée à l'encre rouge : « A introduire comme deuxième chapitre de la vie de Dmitri dans les bas-fonds de Pétersbourg. » Nul doute qu'avec cette variante I.E. avait l'intention d'enrichir le début de son roman. La description de la misère des bas quartiers est à rapprocher des meilleures pages des maîtres de la littérature russe du XIXᵉ siècle. Elle s'en inspire directement, I.E. n'ayant jamais connu la patrie de ses origines. Mais l'on sait qu'elle avait lu assidûment Tolstoï et Dostoïevski. On trouve encore quelques courtes variantes fractionnées et incomplètes dans la chemise n° 4. Elles ont été écrites au crayon, au recto d'une facture de l'imprimerie Zamith à Alger ou à l'encre noire sur du papier à en-tête de la Brasserie Tourtel à Oran et de l'hôpital civil de Mustapha à Alger.

Ainsi, l'on peut reconstituer, étape par étape, la genèse de ce seul roman écrit par I.E. et dont il lui restait encore un tiers à imaginer. Les deux premières parties, dans leurs versions successives, font apparaître le retour de tout un imaginaire russe. La Russie, la terre du déracinement et la langue qui berçait l'enfance d'I.E, les figures tolstoïennes et dostoïevskiennes qui avaient accompagné sa jeunesse en Suisse, et peu ou prou forgé sa rébellion, n'ont jamais cessé de hanter sa mémoire. A travers elles, I.E. retrouvait l' « âme russe » de ses origines lointaines et ses indispensables racines.

Fragments

Érostrate

« *Et le temple altier s'enflamma, comme
une torche funéraire... Et cette lumière ne
s'est point encore éteinte. En cette même
nuit, inconnu, un autre insensé génial venait
au monde, pour du sang et des victoires!* »

S.Y. Nadson, *Érostrate*.

Tous les soirs, à l'heure splendide du couchant, il s'en allait errer
au bord de la mer et, assis sur un rocher, il regardait le soleil d'or
descendre sur la mer hellénique, et les îles de l'archipel flotter dans
l'incendie du couchant abolissant la ligne d'horizon.

Très loin, Samos lui apparaissait auréolée d'or pourpre. Son âme
traversait tour à tour les phases de la tristesse, et son imagination
ailée parcourait l'univers, cherchant la Vérité dont l'amour douloureux le consumait.

Il avait pâli et maigri depuis son retour de Tyr. Et, entre ses sourcils parfaits, une ride chagrine s'était creusée, à l'ombre des cheveux
noirs qui retombaient, bouclés, retenus par une bandelette de lin.

Près de lui on pouvait voir toujours Myrsine, la courtisane célèbre
qui avait été aimée et adorée à l'égal d'Aphrodite.

Un soir, on la portait au bain, en litière.

Debout, appuyé contre la colonne d'un temple, elle avait aperçu
un jeune homme de haute taille, dont le visage ne ressemblait point
à celui des autres jeunes hommes d'Éphèse.

Il était plus beau et, sur son visage, Myrsine avait lu une insondable tristesse.

Elle avait fait arrêter sa litière et avait appelé l'inconnu avec son
accent attique.

Mais il avait eu un geste négatif et était parti.

La nuit suivante, vêtue comme une esclave pour n'être pas

reconnue, elle était accourue à la maison du cordonnier Chilou, chez lequel Érostrate vivait.

Elle trouva le jeune homme assis près de la maison, il regardait les rayons glauques de la lune glisser sur la place déserte... Il songeait.

— Comment s'appelle donc ta maîtresse, ô Érostrate, que tu songes sans cesse à elle?

— Alithia! dit-il, la Vérité qui doit venir un jour et éclairer le monde.

La jeune Athénienne posa sa main frêle sur l'épaule de l'Éphésien.

— Pourquoi es-tu si triste?

— Parce que je doute, parce qu'un monde nouveau bout dans mon cœur et m'étouffe... Je voudrais, comme Prométhée, ravir le feu du ciel et le donner — présent bienfaisant, à la race infortunée des humains! Et je ne puis pas, je ne puis pas! Je souffre ô Myrsine! Pourquoi la souffrance existe-t-elle? Elle rompt l'harmonie de la Nature, elle gâte et enlaidit tout ce qu'elle touche!

— Il y a la beauté, il y a l'amour!

— La beauté meurt et l'amour finit.

— Une forme de la beauté meurt et mille autres, comme Phénix, sortent de ses cendres. Un amour finit et un autre renaît. La marche des choses est éternelle.

— Tu ne réponds pas! La souffrance est et elle domine tout. Peut-être est-elle le chemin de la vérité. Nos aïeux et nous-mêmes, nous avons vénéré et adoré les dieux. Ils sont restés sourds et muets, ils n'ont jamais répondu à nos prières... Nous avons cherché l'oubli de la souffrance dans les voluptés... Mais le chagrin est éternel. Oui, peut-être la souffrance est-elle le chemin de la vérité. La femme enfante dans la douleur. Pourquoi n'en serait-il pas de même de la pensée?

L'Athénienne sourit, incrédule.

— La Vérité est belle, ce qui est laid ne peut être le chemin de beau et la souffrance est laide.

— Non, elle n'est pas laide. Celui qui a souffert du mal sublime de penser, ne fût-ce qu'une seconde, ne se départira jamais du charme de cette souffrance. Et même dans l'amour dont tu me parlais, est-ce que, quand la passion est à son apogée, l'âme ne souffre pas?

Myrsine devint pensive...

— Comment as-tu commencé à penser ces choses, Érostrate?

— Tu sais que j'ai écouté parler les rhéteurs et les philosophes... J'ai été à Athènes. J'ai entendu parler les plus sages d'entre les sages. Ils ont allumé en moi la flamme de la pensée, mais ils ne m'ont point satisfait. Après, je suis allé à Milot, et, un jour, j'y ai rencontré des hommes qui venaient d'un pays brûlé par le soleil et qui est presque le désert... Et je les ai écoutés parler. Or ils disaient que toutes les divinités de nos aïeux n'étaient que des mythes enfantins, et qu'au-delà des étoiles, dans l'infini du Kosmos, il y a un seul Dieu, qui a tout créé de son essence et vers qui tout retourne... Ils s'exprimaient en grec car c'étaient des marchands. Je les ai écoutés et mon âme a ressenti une étrange ivresse. Figure-toi, ô Myrsine!, ils disaient qu'après la mort, notre âme survit et s'en va en des régions où il lui est donné de contempler la Vérité en face... Et que telle était la récompense des justes. Ils ont dit encore que les justes étaient ceux qui n'avaient pas amassé de richesses et qui avaient été pleins de miséricorde et de pitié.

— Qui étaient ces hommes?

— C'étaient des Barbares, des hommes de Judée.

De nouveau, elle hocha la tête.

— Non, Érostrate, dit-elle, ce n'est pas vrai. C'est l'amour, c'est Éros tout-puissant qui régit le monde. C'est lui qui l'a tiré du chaos. C'est lui qui engendre la rose de la poussière du tombeau, et fait fleurir le narcisse sur les décombres. Mais, Érostrate souffrant, tu n'es point comme les autres. Ton âme est étrange et grande et un dieu semble l'animer. Je t'aime, Érostrate.

— Jamais, dit-il, je ne viendrai chez toi, au milieu de ton luxe et de tes orgies. Ma place est dans l'obscurité et le silence, car mon âme enfante!

Toutes les nuits, elle revint. La tristesse d'Érostrate donnait à leur amour une saveur étrange qui grisait l'âme subtile de l'Athénienne.

Un matin, à l'heure habituelle de son départ, Myrsine resta.

— Tu ne retournes pas là-bas, aujourd'hui? dit-il, distrait.

Elle sourit.

— Non, hier, j'ai tout donné à mon affranchie Charité... Tout, ma maison, mes esclaves, mes robes et mes bijoux. Et je suis venue. Je resterai auprès de toi, Érostrate, car, loin de toi, rien ne me plaît, tout me plonge en un sombre ennui.

Et elle resta. Elle partagea la vie pauvre et insouciante d'Érostrate, dans la chambrette nue du cordonnier Chilou.

Depuis quelques jours elle observait en Érostrate un changement étrange. Une lueur semblait s'être répandue sur son visage et son regard brillait.

Un jour, après avoir passé plusieurs heures en un silence profond, il prit la main de Myrsine, rayonnant.

– Ô Myrsine, Myrsine, ô compagne suave! J'ai enfin trouvé ce que je cherchais! *Je sais.* Les hommes de Milot ont dit la vérité. Il n'y a qu'un seul Dieu et c'est lui qui est la vérité. Il faut marcher dans la voie de Dieu, faire le bien, et avoir pitié de la souffrance. Il faut être juste. Tout le reste n'est qu'aveuglement et folie!

Guidée par l'instinct des cœurs aimants, elle ne le contredit point. Et, cependant, en son âme, le culte de la Beauté tel que l'avait conçu l'esprit hellénique restait inébranlable.

– Il faut, reprit Érostrate, se délivrer des chaînes pesantes de la matière. Il ne faut pas vivre au milieu de la richesse et de l'oisiveté. La vérité ne se donne qu'à celui qui la cherche, dans le labeur pénible et dans la douleur!

Par quelle aberration son âme s'est-elle emplie des idées sans grâce des Barbares? songeait Myrsine.

Mais elle aimait.

En dehors de son amour, tout lui était devenu indifférent [1].

---

1. Manuscrit non daté; Archives d'outre-mer, Aix-en-Provence.

Juda

«Ami, comment n'étant point revêtu des
habits de fête, est-tu entré ici?»

(Évangile)

Jésus priait... Une sueur sanglante coulait de son front courbé. Pour le genre humain, pour le genre hypocrite, Jésus priait. La flamme de l'inspiration sacrée brillait sur son visage. Avec un sourire de pitié il subissait les derniers tourments et la douleur de la couronne d'épines. Autour de la croix, la foule stationnait, et un rire grossier se faisait parfois entendre.

La multitude aveugle ne comprenait point qui elle insultait par sa haine impuissante. Qu'avait-il fait? Pourquoi était-il condamné comme un esclave ou comme un voleur?... Et qui avait osé, insensé, lever la main sur le Maître? Il était entré dans l'univers avec un amour sacré. Il avait instruit les hommes, il avait prié et il avait souffert. Et le monde s'était souillé pour jamais de son sang innocent...

La nuit bleue éclairait doucement la terre. La jeune lune s'élevait dans l'azur, répandant une lumière discrète... Tantôt elle se cachait comme pensive, tantôt, de nouveau, d'une lueur tremblante, éclairait le Golgotha.

En bas, enveloppée de brume, s'étendait la ville. En haut, la dominant comme des géants, s'élevaient les croix funèbres.

Sur deux d'entre elles les suppliciés étaient restés. Les rayons de la lune regardaient du fond de l'espace sans bornes leurs visages livides.

Mais la troisième croix était nue. Enlevé par ses amis, Jésus avait été enterré, et le granit funéraire de son tombeau avait été arrosé de leurs larmes d'adieu.

Mais quels sont ces sanglots étouffés qui retentissent près de la

croix du milieu? Quel est cet homme? Les traits de son visage brûlant respirent la souffrance.

Peut-être, aspirant au salut, était-il venu de loin pour que Jésus,
de sa puissante parole, guérît sa souffrance... Peut-être était-il prêt
déjà à tomber, suppliant, aux genoux du Christ? Et voilà qu'il
apprenait de toutes parts que celui que le peuple saluait naguère du
nom de roi, que celui qui avait illuminé le monde, qui ne s'inclinait
pas devant les idoles de la terre et qui dévoilait ouvertement le mal,
que le Christ avait péri, accablé par le dédain des hommes, brisé par
la torture et la douleur?!

Peut-être encore est-ce un secret disciple et appuyait-il sa tête
lasse, avec la douleur et une ardente prière, au pied de la croix de
son Maître? Peut-être est-ce un pécheur qui, agenouillé, est venu là
dire son repentir? Mais non – c'est Juda! Il n'est pas venu pour prier
– il n'ose prier, car son âme est criminelle. Il n'est pas venu pour dire
adieu au corps du Maître... Il ne sait lui-même pourquoi et comment
il est venu là.

Quand, condamné ou martyr...
(Le manuscrit s'interrompt [1].)

1. Texte non daté publié dans l'*Akhbar*, 1915.

Cérès

VISION NOCTURNE

Elle était en bois dur, fendu et rongé par les vents des mers, fatiguée d'avoir promené son sourire centenaire à travers trop de tempêtes, d'avoir contemplé, muette, les tristesses de trop d'horizons.

Après avoir regardé, de ses yeux vides et candides, l'immensité changeante pendant près d'un siècle, après avoir tant roulé de par le monde, elle était reléguée là, pauvre vieille chose mutilée et inutile, dans le coin obscur d'une toute petite chambre éclairée d'en bas comme un cachot, par une lucarne grillée.

Elle habitait ce coin gris, en son obscur et mystérieux silence, et continuait de sourire aux visions azurées de jadis.

En ce logis qui n'était pas mien et cependant ami où la destinée me rapportait parfois des lointains où se plaît mon âme, je la retrouvais à chaque retour, toujours pareille, souriant toujours.

Je l'avais d'abord trouvée gênante en sa lourdeur massive et n'avais pas su déchiffrer le mystère de son âme de sirène.

Un soir, cependant qu'à ses pieds je m'endormis, parmi d'autres visions plus troubles, il me sembla la voir se redresser, retrouver ses jambes douloureusement séparées de la proue natale et sortir de son coin, haute et blanche, comme voilée d'un nimbe lumineux, telle, sur la mer calme, la bleuâtre clarté des lunes mourantes.

Sa face hellénique s'éclaira et sa bouche, si longtemps figée en un sourire inexpliqué, s'ouvrit. Elle parla :

« Au lieu de me rudoyer, maussade, et de me reprocher même ce coin obscur où est emprisonnée ma beauté, pourquoi, poète vagabond et inquiet, amoureux des horizons infinis, pourquoi ne m'as-tu point interrogée, pourquoi n'as-tu pas deviné toute la splendeur et toute la mélancolie de mon destin? Pourquoi, toi qui devrais communier en l'âme obscure des choses silencieuses, pourquoi as-tu insulté à la grandeur de mon exil?

« Et cependant, c'est à toi que j'ai voulu conter mes peines et mes rêves, telle une aïeule très ancienne, le soir, dans la chaumière. Lassée d'un centenaire silence, moins éphémère que vous, humains, de plus durable matière, avant de redevenir pour jamais muette, essayerai-je de te dire ce que me chantèrent, jadis, les flots, amants funèbres dont je fus insatiable, qui m'enlacèrent et que je brisais, souriante et immuable, mon rameau d'olivier à la main, fendant l'onde claire et molle ou apaisant la révolte terrible des lames ?

« Après que la main – desséchée maintenant dans la poussière du tombeau – d'un artiste oublié m'eut ciselée dans le tronc brut d'un géant du nord, m'eut revêtue de robes candides et eut couronné d'or mon front haut et songeur, fixée à la proue d'une frégate altière dont je fus l'âme et le génie, je me lançai, aventureuse, dans les flots bleus de la Méditerranée natale... Impassible et de vie insoupçonnée, j'assistai aux combats tumultueux et, tandis que, sur le pont de ma frégate, des hommes combattaient et mouraient, j'interrogeais de mon œil impassible et blanc l'immensité sereine ou agitée.

« Je vis des soleils de feu descendre au-dessus des rouges déserts d'Afrique... Je vis des lunes phosphorescentes jeter sur les flots des milliers de pierres précieuses, multicolores et éphémères...

« J'ai respiré le parfum capiteux et subtil des ports chaotiques du Levant et vu se lever de chaudes journées ternes sur les forêts dormantes de l'Inde... J'ai entendu la plainte de la mer dans les récifs de corail sanglant et la plainte des filles d'Océanie dont ma frégate emportait, pour toujours, les amants...

« J'ai entendu maintes fois la grande voix terrible, le grand colloque du vent jaloux, grondant la mer révoltée... J'ai subi alors le choc amoureux et furieux des flots qui voulaient m'engloutir, pour mieux m'étreindre ; j'ai cru sombrer dans l'abîme amer dont je fis ma patrie... Mais toujours souriante, je fus protégée, et, telle Vénus Anadyomène, l'horizon apaisé vit émerger des flots ma face blanche et sereine.

« Enfin, quand ma belle frégate aux larges ailes blanches vint dormir pour des années interminables dans l'eau immobile des ports de guerre, quand, telle une belle déchue, elle replia pour toujours ses ailes d'oiseau, je fus réduite à contempler, épave vénérable, en une solitude plus grande, un horizon plus restreint.

« La nostalgie du large me hanta longtemps, et si mon œil de bois te semble aujourd'hui si mort, qui sait, n'a-t-il pas pleuré des larmes inconnues, aux nuits de lune ?

« Qui a songé à la tristesse de la poulaine toujours vivante, liée à la frégate morte, comme un naufragé qui s'attacherait au corps d'un oiseau géant et qui, l'oiseau tombé à la grève et mort, resterait à jamais enchaîné à lui?

« Enfin, un jour, les hommes, qui depuis si longtemps avaient déserté ma haute frégate défunte, l'envahirent à nouveau, insectes démolisseurs, irrespectueux du passé.

« Ce ne fut que craquements et bruits sinistres, car en ma frégate vieillie, une vie latente sommeillait encore, et elle ne voulait pas encore achever de mourir.

« Enfin, séparée brutalement de la pauvre carcasse éventrée, profanée, je tombai dans la poussière immonde et le limon.

« C'est là qu'une main charitable vint me recueillir et m'accorder cet obscur refuge où tu me vois et où je rêve, muette et pensive, revoyant dans les rêves les horizons immenses d'antan... Vieillie et lasse, je n'aspire plus qu'au repos... Mais j'eusse voulu finir en face du libre horizon des ports, pour voir encore jouer et ondoyer les flots, mes amants de jadis... Les ténèbres et l'étroitesse de mon réduit me pèsent et m'étouffent... Oh! revoir encore le large, entendre encore bruire le vent des équinoxes sur la fureur des mers!... Car, bientôt, la hache sacrilège me brisera, et mon âme de sirène s'en ira, insoupçonnée, se dissiper dans les brumes et les souffles de la mer. »

Et des yeux blancs de la poulaine, deux larmes, lourdes et brillantes, comme des gemmes marines, se détachèrent et roulèrent lentement sur ses joues usées par les baisers amers des flots.

L'amoureuse centenaire regrettait les sourires et les colères des océans éternels [1].

1. Publié par Victor Barrucand dans l'*Akhbar* en 1917, avec cette mention : « Écrit au crayon, sans signature ni date, sur trois feuillets, recto et verso, numérotés de 1 à 5. »

L'âge du néant

Un soir d'automne, par désœuvrement, j'allai dans l'un des principaux théâtres de la grande ville maritime française, où j'étais de passage... J'y allai, non pas pour assister à la représentation dont le programme quelconque ne me disait rien, mais pour voir se dérouler l'un des actes de la grande, de la profonde tragi-comédie moderne.

D'abord, longuement, je considérai le public, ce suggestif public des grandes villes d'Europe.

Toilettes féminines bizarres, parfois presque inquiétantes, taches plus claires parmi le noir lugubre et les teintes neutres des vêtements masculins...

Visages trop réfléchis ou empreints de bestialité lourde, profils anguleux, faces tourmentées d'où la vraie beauté s'est retirée... fronts soucieux et sillonnés de rides prématurées, figures dont tous les artifices ne sauraient masquer la terrible usure héréditaire... yeux fébriles ou atones, farouchement ardents ou sombrement indifférents, regards de lassitude, de dégoût ou de douleur cachée, contenus par le respect des convenances...

Parmi les femmes, têtes mièvres ou sensuelles, sans profondeur d'expression; mondaines, servantes de la *visibilité* au détriment du *réel,* servantes de leur corps au détriment de leur esprit uniquement occupé de futilités infimes... Courtisanes au masque aussi artificiel que celui des mondaines, aussi trompeur, sans grâce esthétique et d'un attrait purement matériel en leur vulgarité absolue... bourgeoises usées de bonne heure par une vie mesquine et étroite, sans pensées de large envergure, rapetissées et se ressemblant étrangement entre elles.

... Néanmoins, le mal du siècle est plus nettement accusé chez l'homme qui, moins esclave du convenu, s'abandonne plus... Quelles têtes rapaces ravagées d'ambitions déçues, de convoitises inassouvies, chez les parvenus cherchant à se maintenir à flot au milieu de la grande houle implacable de l'Humanité ivre du désir féroce de fuir !... Quelles faces profondément lasses et torturées chez les vrais intellectuels, l'esprit emporté au loin par le tourbillon noir de leurs pensers moroses.

Plus haut, là où vient échouer pour un soir d'oubli la plèble malheureuse, le même spectacle, peut-être plus effroyable, parce que moins dissimulé... Désirs à jamais irréalisables, prostitution, crime, désespoir, banalité, écœurante soumission de bêtes battues, en face de la souffrance inique, ou révolte féroce de tous les appétits longtemps contenus...

Après cet examen de la triste foule massée sous mes yeux, je portai mes regards sur les planches poussiéreuses de la scène. Une chanteuse, en qui aucune grâce naturelle ne subsistait, détaillait avec un geste canaille, chantait un air gai, qui, à moi, me sembla macabre. Vêtue d'oripeaux éclatants, un sourire de commande sur des lèvres qui, sans le rouge artificiel, eussent été livides, un sourire jurant douloureusement avec l'ennui et la souffrance du regard.

... Et il me sembla alors voir la clarté criarde de la rampe pâlir, devenir un vague crépuscule funèbre, celui qui devait inévitablement venir après la grande journée éclatante où triompha la société moderne, sans foi et sans espoir, avide de jouir, non pour le divin frisson de volupté, mais pour oublier l'inexprimable douleur de vivre, attendant, craintive et impatiente à la fois, l'heure de mourir...

... Pour un court instant, ma pensée se reporta vers la nuit millénaire du Passé. L'Humanité, à son aurore lointaine, balbutiant à peine, adora la Nature et la Vie. Plus tard, elle chercha à concevoir l'omnipotent vouloir qui fait mouvoir les astres, qui engendre et qui tue... Dès que les sociétés primitives furent perverties par le luxe et les jouissances multiformes, elles eurent des cultes barbares, des Moloch et des Baalim... Cependant, même ceux-là admirent le *dualisme* dans les Forces de la Nature : la lutte du Principe de la Lumière contre celui des Ténèbres.

Et jamais, pas même au sein de la lassitude infinie de Rome finissante, pas même dans la monstrueuse dépravation de Byzance, ni dans la nuit sanglante du sombre Moyen Age fanatique et démoniaque, aucune Société n'a connu encore le culte effrayant que professent les civilisés modernes, agenouillés, lamentables, devant le spectre menaçant du Néant.

L'Europe et ses filles spirituelles, essaimées aux quatre coins du monde, ont fini par rejeter toutes les croyances douces et consolantes, toutes les espérances et tous les réconforts... Au point de vue de la science, tel était leur droit... Cependant les hommes tirèrent de l'athéisme cette conclusion terrible : point de Dieu, point de châtiment surnaturel ni ici-bas ni ailleurs, donc point de *responsabilité*... Dès lors, tout fut permis, et l'éthique avait vécu... De ce fait, l'incrédulité des modernes est double : religieuse et morale.

Ils se sont persuadés eux-mêmes que le rôle de la créature est uniquement celui, inepte et hideux, de souffrir et de mourir... Pris du vertige mauvais que donnerait le voisinage d'un abîme sans fond, où l'on serait certain de devoir inexorablement tomber un jour, beaucoup d'entre eux, pour abréger une agonie désolante, préfèrent se précipiter dans la Mort.

La société sans foi, sans idéal et, partant, sans joie, est devenue un monstre paradoxal.

Elle s'est condamnée elle-même en son essence.

Elle est devenue le mendiant pitoyable qui n'a plus où aller, plus qui implorer, plus en quoi espérer.

Derrière elle, le Néant dont elle croit être une émanation. Alentour, l'ennui glacé qui est l'ombre du Néant projetée sur les choses de la vie. Devant elle, l'épouvante qui en est le vertige... puis, la déroute finale et la Mort. Voilà le bilan des efforts que firent les hommes pour instaurer l'athéisme et le scepticisme éthique, le pire de tous : des torrents de sang et de larmes répandus par l'humanité se ruant à la conquête du bonheur... et tout cela vainement, puisque demain, elle ne croira plus à cet idéal, le premier qu'elle ait conçu et celui aussi qui était destiné à survivre à tous les autres.

La Civilisation, cette grande frauduleuse de l'heure présente, avait promis aux hommes de multiplier les jouissances en compliquant leur existence, de rendre toutes les formes de la volupté plus subtiles et plus intenses, plus aiguës et plus enivrantes, de diviniser les sens, de les aduler et de les servir docilement... Elle avait promis aux hommes de les rendre libres, tout cela au prix du renoncement à tout ce qui leur fut cher, et que, dédaigneusement, elle traitait de mensonges et de vaines rêveries...

Et, au lieu de tout cela, en réalité, la Douleur triomphe, se ramifie, envahit les cœurs et les esprits... Elle rend les premiers faibles et débiles, et les seconds, incurablement stériles.

Les besoins augmentent d'heure en heure et, presque toujours inassouvis, peuplent la terre de révoltés et de mécontents. Le superflu est devenu le nécessaire, le luxe, l'indispensable vers quoi, furieusement, se meuvent les multitudes assoiffées de jouissances, leurrées par les promesses mensongères qui leur furent faites.

... Certes, elles ont raison, ces foules malheureuses à qui l'on ne cesse de crier, du haut de toutes les chaires et de toutes les tribunes : « Homme, tu n'as que quelques courts instants à vivre! Saisis l'instant qui fuit et ne reviendra plus, et la sensation qui, à peine née, s'éteint déjà, car tu n'es certain que d'aujourd'hui. Hier n'est plus, et tu es impuissant à en modifier un iota, demain ne viendra peut-être jamais... Jouis, car tout à l'heure tu mourras, et tout sera fini, car l'au-delà n'est qu'un mythe inventé par l'ignorance de nos ancêtres. »

Mais les foules, elles, tirent de ces théories des conclusions néfastes : puisque nulle part, il n'est ni justice, ni miséricorde, tout devient permis, les pires violences sont non seulement excusables, mais même légitimes, quand elles ont pour but de procurer la jouissance immédiate... Et, sans autre préoccupation, elles s'élancent vers le mirage trompeur, à travers leur propre souffrance et les ruines qu'elles laissent sur leur passage... seuls résultats réels de leurs efforts.

Tel est le châtiment inévitable qu'inflige la Nature à ceux qui veulent, coûte que coûte, en modifier et en violer les lois, à ceux qui se révoltent contre sa toute-puissance, lui attribuant une cécité et une cruauté sans nom.

La plupart des modernes sont sourds aux chants ineffables de la Nature et aveugles à ses spectacles merveilleux. Leur cœur malade et endurci ne vibre plus aux appels mystérieux et troublants de l'auguste Inconnu qui les environne de toutes parts.

Elle agonise en une tristesse sans bornes la Société inique, sans pitié pour les faibles, sans Dieu et sans idéal, elle est condamnée à se dévorer elle-même en une stérile et laide douleur.

... Et je songeai, avec un frisson d'épouvante, à l'enfer qui grondera dans les âmes débiles et perverses des enfants engendrés par de tels pères, et qui, avec le lait pauvre des mères névrosées et des nourrices prolétaires, auront sucé l'incurable ennui et la lassitude de vivre, avant d'avoir vécu.

Oui, j'ai songé à ces catéchumènes de la Mort qui s'en iront, silencieux et mornes, à travers la vie à laquelle ils demanderont trop, tout en n'espérant rien obtenir... à ces foules noires de demain, enfantées par les foules grises d'aujourd'hui, à ces êtres misérables qui ne sauront plus ni croire, ni espérer, ni aimer, ni se dévouer, ni avoir pitié, ni se repentir... Et en arriveront à cette chose monstrueuse : être, vivants, la négation même de la vie.

... Il en est cependant, parmi les modernes, qui croient et qui servent un Idéal, Dieu, la Science ou l'Humanité... Mais, hélas, ceux-ci, au lieu de reconnaître que, par-dessus les différences et les antagonismes qui semblent les rendre les ennemis acharnés les uns des autres, ils sont tous solidaires, puisqu'ils sont les soldats de l'Idée contre la passion, de l'Idéal contre la désespérance, ils usent leur énergie et leur courage en des luttes inutiles et funestes, pendant qu'autour d'eux, la décadence des masses s'achève... Et ce ne seront point les prédications isolées de quelques vaillants qui pourront arrêter cet élan effroyable des hommes vers la négation universelle...

« Sourds, muets et aveugles, et ils ne reviendront pas sur leurs pas (Coran, chap. II). »

Cependant, reste une espérance bien vague, hélas : peut-être, après la nuit profonde de demain, une nouvelle aube radieuse doit-elle se lever sur les ruines fumantes du vieux monde déchu, et peut-être un autre monde doit-il surgir de la poussière du passé, purifiée par le sang et la souffrance – séculaire de quelque bienfaisante invasion de Barbares, en apparence, fléau destructeur, mais en réalité simples instruments inconscients de l'omnipotent Inconnu...

Que tout être pensant s'arrête, s'interroge et sente son orgueil, sans cesse plus démesuré, s'humilier, en son infinie faiblesse, devant l'éternel Vouloir qui de la vie engendre la mort et de la mort fait surgir la vie, qui fait fleurir la rose issue de l'humus des tombeaux, qui engendre et qui tue pour engendrer de nouveau et pour tuer encore dans l'infini de l'Espace et du Temps... Et qu'il n'oublie point, le triste désespéré de nos jours, que, de toutes les ruines, la vie rejaillit toujours, et que tout ce qui meurt, revit.

NOTE

Signé Mahmoud Saadi, un lettré arabe quasi inconnu à Paris, ce texte véhément offre un curieux contraste avec les articles bienséants de la livraison de mars 1900 de la revue l'*Athénée*.

En novembre 1899, lorsqu'elle écrit *l'Age du néant*, I.E. est de passage à Marseille, retour de son deuxième long séjour au Maghreb. Ses ressources financières ont fondu, elle décide de tenter sa chance à Paris, afin de « s'y faire un nom ». Au cours de l'hiver et du printemps 1900 la capitale fête avec brio son « bilan de fin de siècle ». L'Exposition universelle étend ses pavillons depuis le bois de Boulogne jusqu'à la place de la Concorde. La ville s'étourdit, rêve d'un empire colonial, à peine remise du tohu-bohu de l'affaire Dreyfus. La « Belle Époque », avec ses dandys maquillés et ses femmes en veston, ses salons mondains et ses théâtres bondés, fait horreur à l' « exilée ». Elle note simplement dans ses *Journaliers* une visite au cimetière Montparnasse par une nuit sans lune...

L'Age du néant aurait dû figurer dans le tome I des *Œuvres complètes* (Grasset, 1988) mais les aléas des recherches à la Bibliothèque nationale nous ont contraints à en différer la republication.

Ce texte de rupture avec l'Occident est-il vraiment déplacé ici comme épilogue?

ANNEXES

Œuvres d'Isabelle Eberhardt
Œuvres consacrées à Isabelle Eberhardt
Lexique des mots arabes

BIBLIOGRAPHIE

Œuvres d'Isabelle Eberhardt

Dans l'ombre chaude de l'Islam, édition préparée, annotée et cosignée par Victor Barrucand, Fasquelle, 1906. (Deuxième partie de *Sud oranais* complétée de *Choses du Sahara, Heures de Tunis* et de notes.)

Notes de route, édition préparée et préfacée par Victor Barrucand, Fasquelle, 1908. (Première partie de *Sud oranais* et *Sahel tunisien.*)

Au pays des sables, plaquette préparée par Chloë Bulliod, Imp. Em. Thomas, Bône, 1914.

Pages d'Islam, recueil de nouvelles préfacé par Victor Barrucand, Fasquelle, 1920.

Trimardeur, roman préfacé et achevé par Victor Barrucand, Fasquelle, 1922.

Les Journaliers, cahiers intimes recueillis, préfacés, annotés par René-Louis Doyon, Éd. La Connaissance, 1923 (réédité aux Introuvables, 1985).

Amara le forçat, l'Anarchiste, coll. Les Amis d'Édouard, Imp. Frédéric Paillart, Abbeville, 1923, préface de René-Louis Doyon.

Contes et Paysages, La Connaissance, 1925, édition de luxe tirée à 138 exemplaires. Nouvelles sélectionnées par R.-L. Doyon : *Yasmina, Au pays des sables, Doctorat, Pays oublié, Amara le forçat, l'Anarchiste, le Major.*

Au pays des sables, Sorlot, 1944 (recueil de nouvelles préfacées par R.-L. Doyon, reprenant les textes publiés en 1925).

Yasmina et autres nouvelles algériennes, nouvelles choisies, annotées et préfacées par M.-O. Delacour et J.-R. Huleu, Liana Levi, 1986.

Lettres inédites, Internationale de l'Imaginaire, revue de la Maison des Cultures du monde, n° 9, hiver 1987/1988.

Écrits sur le sable (récits, notes et journaliers) édition et présentation de M.-O. Delacour et J.-R. Huleu, Grasset, 1988.

BIBLIOGRAPHIE

Œuvres consacrées à Isabelle Eberhardt

BLANCH, Lesley : *les Rives sauvages de l'amour*, Plon, 1956 (quatre portraits : Isabelle Eberhardt, Aimée Dubucq de Rivery, Isabel Burton, Jane Digby el Mazrab).

BOWLES, Paul : *The Oblivion Seekers*, City Lights, San Francisco, 1972.

BRAHIMI, Denise : *l'Oued et la Zaouïa*, Office des publications universitaires, Alger, 1983 ; *Requiem pour Isabelle*, Publisud, 1983 (ces deux ouvrages sont identiques).

CHARLES-ROUX, Edmonde : *Un désir d'Orient*, Grasset, 1988.

DÉJEUX, Jean : *Femmes d'Algérie* (légendes, traditions, histoire, littérature), La Boîte à documents, Paris, 1987.

DELACOUR, Marie-Odile et HULEU, Jean-René : *Sables, le roman de la vie d'Isabelle Eberhardt*, Liana Levi, 1986.

D'EAUBONNE, Françoise : *La Couronne de sable*, Flammarion, 1967.

ERRERA, Eglal : *Sept Années dans la vie d'une femme. Isabelle Eberhardt, lettres et journaliers*, Actes Sud, 1987, réédité en 1989, sous le titre *Lettres et Journaliers*.

KOBAK, Annette : *Isabelle, the Life of Isabelle Eberhardt*, Chatto and Windus, Londres, 1988. Paru en français sous le titre *Isabelle Eberhardt*, Calmann-Lévy, 1989.

MACKWORTH, Cecily : *The Destiny of Isabelle Eberhardt*, Routledge and Kegan Paul Ltd, Londres, 1951 ; New York Ecco Press, 1975 ; Quartet Books Ltd, 1977. Ouvrage traduit en français par André Lebois : *le Destin d'Isabelle Eberhardt*, Fouque, Oran, 1953.

NOËL, Jean : *Isabelle Eberhardt, l'aventureuse du Sahara*, Baconnier, Alger, 1961.

NOUEL, Élise : *Carré d'as aux femmes*, Guy Le Prat, 1977 (quatre portraits de femmes : lady Stanhope, Isabelle Eberhardt, Marga d'Andurain, Aurélie Picard).

RANDAU, Robert : *Isabelle Eberhardt, notes et souvenirs*, Éd. Charlot, Alger, 1945, réédité en 1989, avec une présentation de Jean Déjeux, La Boîte à documents.

REZOUG, Simone : *Isabelle Eberhardt*, Classiques maghrébins, Office des publications universitaires, Alger, 1985.

ROBERT, Claude Maurice : *l'Amazone des sables*, Soubiran, 1934.

STEPHAN, Raoul : *Isabelle Eberhardt ou la révélation du Sahara*, préface de Victor Margueritte, Flammarion, 1930.

TOURNIER, Michel : *le Vol du vampire (Isabelle Eberhardt ou la Métamorphose accomplie)*, notes de lecture, Mercure de France, 1981.

LEXIQUE DES MOTS ARABES

Isabelle Eberhard employant, au gré de ses textes, des graphies fort changeantes, nous nous sommes efforcé dans ce lexique de les unifier, comme de donner pour chaque mot sa juste transcription.

'acha : repas du soir.

'adel : juge, notaire religieux.

'adjedj : vent poussiéreux, tourmente de sable.

Aghalik : notable placé au-dessus du caïd.

Aman : confiance, sécurité, protection.

'amel : gouverneur.

'araba : carriole, attelage, charrette.

'ar'ar : plante aromatique utilisée pour fumer.

'assas : gardien, surveillant, veilleur.

'asr : prière du milieu de l'après-midi.

Bach amar : guide de caravanes ou de convois (celui qui commande).

Bachagha : haut fonctionnaire indigène.

Baraka : bénédiction divine, influence bienfaisante produite par un saint, vivant ou mort, ou par un objet sacré.

Bahri : vent marin humide.

Baroud : littéralement poudre; par extension guerre, combat.

Bendir (plur. *Banadir*) : tambour nomade.

Berdha (Berd'a) : bât de mulet.

Berrania : étrangère (masc. Berrani).

Beylik : titre de noblesse ottoman; seigneur; par extension, pouvoir.

Bith ech char (Bet ech-cha'ar) : littéralement maison de poils; tente des bédouins en poil de chameau.

Bled : pays, campagne.

Bled el 'atteuch : le pays de la soif.

Bordj : place forte, bastion, citadelle, tour.

Btom : térébinthe, sumac.

Burnous : vêtement masculin, grande cape de laine à capuchon.

Cadi (Qadi) : juge musulman.

Cahouadji (Qahouadji) : cafetier.

Caïd (Qaïd) : leader, commandant; pendant la colonisation, fonctionnaire local représentant la France à la tête d'une tribu.

Chaouch : planton, sergent, gardien, appariteur.

Chechia (ou *chechiya*) : calotte, coiffe.

Chèche : turban formé d'un long voile.

Chehili : sirocco, vent du désert.

Cheikh (pluriel : *chioukh*) : chef de fraction nommé par le gouverneur, subordonné du caïd et contrôlant plusieurs moqqademin; vieil homme, directeur spirituel, chef de confrérie.

Chelha : parler berbère.

Chira : herbe; orge.

Chorba : soupe.

Chott : lac salé desséché, dépression fermée dans les régions arides, dont le fond est occupé par une sebkha.

Ciradjou : cireur (de chaussures).

Dar : maison.

Dar ed-diaf : maison communale réservée aux voyageurs et aux invités.

Dar el ghannyat : maison des chanteuses.

Deïra : garde municipal, patrouille, ronde.

Delloua : seau en bois ou en cuir pour retirer l'eau du puits.

Derbouka (Darboucca) : instrument de musique formé d'une peau tendue sur une poterie.

Derouich (fém. *derouicha*) : membre de confréries musulmanes, par extension, homme ou femme vivant sa passion de Dieu dans une extrême pauvreté; parfois considéré comme fou.

Diffa : repas donné en l'honneur d'un ou plusieurs hôtes voyageurs.

Dikr : invocation, répétition (du nom de Dieu), formule rituelle et sacrée que prononcent les membres d'une même confrérie religieuse.

Diss : herbe sèche, jonc.

Djebel : montagne.

Djellaba : habit long à capuchon.

Djemâa : assemblée locale des habitants d'un douar; mosquée.

Djerid : palme, feuille de palmier.

Djich (pluriel : *djiouch*) : littéralement armée; par extension, tribus armées pratiquant le pillage.

Djinn : esprit malin.

Djouad : noble, généreux, faisant preuve de libéralité.

Djouak : flûte en roseau.

Douar : groupement d'habitations réunissant le plus souvent des familles qui prétendent descendre d'un ancêtre commun; groupe de tentes, village.

Doul' kada : (Dou'l Qa'da) 11e mois de l'hégire.

Doum : palmier nain.

Drinn : herbe du désert.

Eddhen : appel à la prière.

Erg : région de dunes dans le désert.

Farenghi : franc; par extension étranger.

Fatiha : première sourate du Coran (ouverture).

Feggaguir (singulier : *Faggara*) : canal souterrain pour irriguer à partir de sources.

Fellah : paysan, cultivateur.

Ferrach : tapis, natte, paillasse, matelas.

Ferrachia : voile de femme.

Filali : cuir ouvragé marocain de la région du Tafilalet (Maroc).

Fondouck : auberge, abri pour les voyageurs.

Forka (Forqa) : fraction ou partie d'une tribu.

Fouta : serviette que l'on emmène au hammam. Quelquefois portée en jupe.

Gandoura : tunique de laine, de soie ou de coton sans manches portée sous le burnous.

Gasba (Qasba) : flûte taillée dans un roseau.

Ghaïta (raïta) : sorte de clarinette ou instrument à anche.

Goual (Qawwal) : poète-compositeur-chanteur, sorte de troubadour.

Goum : contingent militaire composé de nomades dirigés par leur caïd.

Goumbri (guembri) : mandoline à deux cordes dont la caisse est une carapace de tortue.

Goumiers : soldats d'un goum.

Gourbi : maison sommaire en terre.

Guebbla (Qibla) : direction de La Mecque.

Guellal : instrument de musique.

Guemira (ou g'mira) : borne ou repère marquant la limite d'une piste.

Guennour : coiffure d'homme en turban.

Guerba : outre à eau en peau de chèvre.

Habou : propriété affectée à une fondation religieuse.

Haïk : grand voile carré blanc; voile de femme.

Hakem (pluriel : *hokkam*) : administrateur.

Hamada (ou *Hammada*) : désert de pierres.

Hammam : bain maure.

Haram : interdit religieux.

Harara (pluriel : *harair*) ou gharara (pluriel : *gharaïr*) : longs sacs en laine noire et grise qu'on accouple sur le bât des chameaux.

Harka : bande armée, expédition.

Harrag : troupeau.

Hartani (pluriel : *Harratine*) : descendant d'esclaves noirs des territoires du Sud.

Hassi : puits.

Hottara : armature de puits en tronc de palmier, dans le Souf.

'Icha : prière du soir.

Ihram : vêtement du pèlerinage.

Imam : celui qui conduit la prière à la mosquée (qui est devant).

Kacidés (Qacida) : poésies récitées ou chantées.

Kalam (Qalam) : roseau taillé pour écrire.

Kanoun : brûleur alimenté par des cendres chaudes.

Kaftan : manteau long jusqu'aux chevilles, parfois richement orné.

Kasbah : à l'origine, citadelle ou quartier entourant le palais; par extension vieille ville arabe.

Kaoued(a) : entremetteur.

Kefenn : linceul.

Kéfer (ou *Kafir*) : renégat, mécréant.

Keram : figuier.

Khalifa : vice-gouverneur des caïdats du bey de Tunis, fonctionnaire local, adjoint du caïd ou du pacha.

Khalkhal : anneau de cheville.

Khammes : fermier au cinquième de la récolte, métayer.

Khamsin : vent de sable.

Khartani : (voir *hartani*).

Khouan : frère, membre d'une confrérie religieuse.

Khodja : secrétaire; interprète.

Khol (ou *Kehol*) : fard pour les yeux, poudre d'antimoine.

Khouan : frère, membre d'une confrérie religieuse.

Koubba (Qoubba) : édicule élevé sur la tombe d'un marabout.

Koumia : long poignard recourbé.

Ksar (pluriel : *Ksour*) : village du Sahara.

Lithoua ou plutôt litham : voile de visage.

Maghreb (ou *moghreb*) : endroit où se couche le soleil; heure du coucher du soleil.

Mahakma : tribunal local.

Makam (Maqam) : sépulture d'un saint, lieu saint.

Makhzen : corps supplétif de la gendarmerie ou de l'armée, composé d'indigènes, qui fait régner l'ordre. Désigne aussi la gendarmerie marocaine.

Marabout : saint personnage, objet de la vénération populaire; lieu de la sépulture ou lieu saint; employé dans *Trimardeur* au sens de tente.

Matara : outre pour conserver l'eau.

Mechta : hameau, ferme.

Meddah : rhapsode arabe; à l'origine panégyrique chanté par le chamelier.

Medersa : école coranique, collège d'enseignement religieux.

Mehara : course à chameau.

Mehari : chameau de course.

Meïda : petite table basse.

Mektoub : ce qui est écrit (dans le Coran), inéluctable, le destin, la volonté de Dieu.

Mella : galette que l'on fait cuire sous la cendre.

Mellah : quartier juif (à l'origine saloir).

Mezouïd : outre en peau de chèvre pour les provisions de route (semoule, dattes...).

Mihrab : niche indiquant, dans une mosquée, la direction de La Mecque.

Misbah : lampe à huile; lanterne.

Melahfa : robe des femmes du Sud (voile complet).

Mlehya (ou melaya) : grand drap porté en voile par les femmes à la campagne.

Mokhazni (pluriel : *makhzenia*) : cavalier du makhzen.

Mokkadem : directeur d'une zaouïya, nommé par le cheikh.

Mouddarés : instituteur.

Mouharram : 1er mois de l'hégire.

Moueddhen (*muezzin* ou *mueddine*) : préposé à l'appel à la prière.

Mourabet : voir *marabout*.

M'tourni : converti (sabir).

Mufti : juriste religieux qui délivre les avis juridiques.

Mzana't : rénégat.

Naach : brancard de bois pour transporter le mort.

Naala : sandale.

Naïb : représentant, vicaire, dignitaire.

Na'Na' : menthe.

Narba : querelle, chercher noise.

Nefra : différend, discorde.

Nouba : à l'origine composition vocale ou instrumentale; désignait pendant la colonisation la musique des tirailleurs nord-africains.

Oudjak : fourneau des cafés maures, souvent garnis de faïences.

Oued : cours d'eau, vallée.

Oukil (wakil) : gérant, administrateur chargé des affaires financières.

Oumara : outre de cuir.

Ouzara (singulier : *Wazir*) : ministres, vizirs.

Qadri (ou *Kadri;* pluriel : *Qadriya, Kadriya*) : confrérie fondée au XIIᵉ siècle par Abd el-Kader Djilani de Bagdad.

Ramadan (ou *Ramadane*) : jeûne religieux du mois de ramadan (9ᵉ mois de l'hégire).

Redir (ghedir) : étang, flaque, mare, bras mort d'un fleuve.

Redjeb : 7ᵉ mois de l'hégire.

Rezzou (pluriel : *razzia*) : expédition de pillards contre une tribu.

Rhaïta : voir *ghaïta.*

Roumi : terme utilisé à l'origine pour désigner les chrétiens; par extension désigne aujourd'hui les Français ou les Européens.

Sebkha : marécage salé, qui occupe le fond d'une dépression.

Sefseri : burnous tunisien.

Seguia : canal d'irrigation à ciel ouvert.

Serroual : pantalon arabe.

Sloughi : race de chien du désert.

Sob(k)h : lever du soleil, matin.

Sokhar : convoyeur responsable de chameaux.

Souafa : habitants de la région du Souf (Grand Erg oriental).

Soufia : femme du Souf.

Souk (Souq) : marché arabe; marché rural.

Sourdi(s) (pluriel : *swared*) : pièce d'un sou.

Tâam : nourriture; désigne aussi le couscous.

Taleb (pluriel : *tolba*) : étudiant, lettré musulman, sage.

Tarbouch(a) : coiffure turque; fez.

Tellis : sac.

Timzrith : thym.

Toub : argile séchée.

Turco : nom familier donné aux tirailleurs algériens depuis la campagne de Crimée (1854).

Zaouïya ou *zeouïya* : établissement religieux, école, siège d'une confrérie animée par des descendants d'un saint local.

Zebboudj : olivier sauvage.

Zeriba : hutte en palmes séchées.

Ziar : pèlerin, visiteur.

Ziara : visite, pèlerinage sur le tombeau d'un marabout.

Zoual : appel à la prière de midi.

Remerciements

Nous n'aurions pu mener à bien cette édition des Œuvres Complètes d'Isabelle Eberhardt sans les encouragements de Faïza Abdul Wahab, Himoud Brahimi dit Momot, Edmonde Charles-Roux, François Cominardi, Jean Déjeux, Eglal Errera, Ali Ghanem, Michel Le Bris, Danièle Masse, Mokrane Moualed, Leïla Sebbar... Qu'ils en soient tous remerciés.

TABLE

NOUVELLES

ROMAN

FRAGMENTS

ANNEXES

Cet ouvrage a été réalisé sur
Système Cameron
par la SOCIÉTÉ NOUVELLE FIRMIN-DIDOT
Mesnil-sur-l'Estrée
pour le compte des éditions Grasset
le 19 janvier 1990

Imprimé en France
Dépôt légal : janvier 1990
N° d'édition : 8131 – N° d'impression : 13531
ISBN 2-246-39231-4

19.95